Bernard CLAVEL

Qui m'emporte
(Le Tonnerre de Dieu)

Le Voyage du père

L'Hercule sur la place

BERNARD CLAVEL, QUI ÊTES-VOUS ?

Propos recueillis par Adeline Rivard

FRANCE LOISIRS
123, boulevard de Grenelle, Paris

Édition du Club France Loisirs, Paris
avec l'autorisation de Bernard Clavel et des Éditions Robert Laffont

ISBN 2-7242-6025-2

SOMMAIRE

Qui m'emporte

(le Tonnerre de Dieu)

A Jean Reverzy,
en témoignage d'admiration et d'amitié.

Première partie

1

Depuis hier, il s'est passé bien des choses, je ne sais pas du tout ce qu'il faut en penser, je devrais peut-être prendre une décision, mais je ne vois pas laquelle. Il faudrait que je réfléchisse, mais c'est difficile. Après tout, rien ne presse. J'ai bien envie d'attendre et de me reposer encore un peu. Au fond, si je n'avais pas été si fatiguée, les choses se seraient peut-être passées autrement.

Il faut dire que je n'avais presque pas dormi depuis deux jours. J'avais fumé beaucoup aussi. J'avais la tête lourde. Quand j'ai quitté mon dernier client, il était 2 heures après midi. Marcel était absent pour plus d'une semaine. En général, je n'aime pas qu'il parte. Mais là, j'ai pensé tout de suite que je pourrais profiter de ma liberté pour aller me reposer. Seulement, j'avais faim. Et avant de remonter dans ma chambre, je suis entrée chez Jo pour acheter des sandwiches. Je me disais que ce serait plus vite fait qu'un repas au restaurant. Je pourrais les manger dans mon lit et m'endormir tout de suite.

Dès que j'ai ouvert la porte du bar, Marinette s'est précipitée vers moi.

— Il y a le fameux Brassac qui est là. Viens un peu, tu vas te marrer.

Les autres m'avaient souvent parlé de ce Brassac mais je n'avais pas envie de le voir. Tout au moins pour le moment. J'ai toujours été comme ça, moi, quand j'ai sommeil, rien ne m'intéresse. Pourtant Marinette insistait. Je ne pouvais pas refuser sans raison. Je ne savais quoi inventer. Alors, je suis allée m'asseoir sur la banquette parce que c'était moins fatigant que de raconter une histoire.

A table, il y avait toute la bande plus un grand type large et épais qui paraissait passablement saoul. Marinette m'a fait asseoir à côté de lui. J'ai remarqué tout de suite qu'il ressemblait à Raimu. Il avait d'ailleurs l'accent du Midi et il m'a semblé que sa façon de gesticuler en parlant n'était pas bien naturelle. Mais, au fond, c'était peut-être parce que les autres m'avaient dit qu'il puait le cabot à plein nez. Ils m'avaient dit aussi qu'il était souvent casse-pieds avec ses histoires de théâtre et de chiens perdus, mais qu'il fallait le supporter parce que l'argent se mettait à lui couler des mains comme s'il en pleuvait dès qu'il avait un verre dans le nez.

Une fois son histoire terminée, il s'est tourné vers moi. Marinette lui a dit :

— C'est Simone, une bonne copine.

Il m'a dévisagée un moment avant de dire à Marinette qu'il me trouvait mieux roulée qu'elle. Les autres se sont mis à rire et Marinette a répliqué :

— Si le cœur t'en dit, faut pas te gêner, Brassac, elle est presque toute neuve.

Il m'a pris le menton comme les vieux qui parlent à des gosses et il m'a regardée dans les yeux. Il puait le vin. J'y suis habituée, je le supporte mais ça me dégoûte tout de même. Et puis, il y avait autre chose qui me gênait. Sur le moment, j'ai pensé que c'était parce qu'il me regardait trop fixement, mais je crois qu'il y avait encore autre chose. Quelque chose dans ses yeux. C'est difficile à expliquer. Je voyais bien qu'il était saoul, mais on aurait dit que ses yeux ne l'étaient pas.

C'était gênant, cette impression. Tellement que lorsqu'il m'a demandé mon âge, je n'ai même pas eu le réflexe de me rajeunir comme on le fait toujours quand on se trouve avec un client qui a passé la quarantaine. Marinette a bien vu que je n'étais pas dans mon assiette, elle s'est dépêchée de dire :

— Oui, elle a vingt-six ans, mais il n'y a que six mois qu'elle turbine.

Brassac m'a demandé pourquoi j'en étais arrivée là, puis il m'a quittée des yeux pour se verser à boire. J'avais toujours sommeil, je sentais toujours ma fatigue, mais j'étais tout de même moins mal à l'aise. Et puis je connais si bien le boniment classique, que je n'avais aucun effort à fournir pour le débiter. Dans le métier, on en rencontre souvent de ces types qui vous demandent de raconter votre vie. Ils croient toujours être le premier à vous poser cette question. Quelquefois, ils vont jusqu'à vous faire part de leurs sentiments et, en général, ils sont navrés que des filles de vingt ans en soient réduites à faire le trottoir. Au début, je les trouvais ridicules. Maintenant je n'y prête plus attention. Je sais depuis longtemps que les choses se terminent toujours de la même façon et que ça n'est pas pour le plaisir de nous plaindre qu'ils viennent nous voir. En somme, toutes ces choses font partie du métier. Et chez nous, c'est comme ailleurs : c'est le plus habile à vanter sa marchandise qui réussit le mieux. Moi, j'ai la chance de n'être pas trop abîmée, si bien que les hommes me croient facilement quand je leur dis que je suis débutante. Ce qu'il ne faut jamais oublier, c'est de dire qu'on est « entrée dans la carrière » à la suite d'un chagrin d'amour. De savoir qu'une fille se donne à tous les hommes parce qu'un seul d'entre eux l'a refusée, c'est encore ce qui les excite le plus.

Quand j'ai eu terminé, Brassac m'a demandé si le métier me plaisait. J'ai répondu que non, mais qu'il fallait bien vivre. Puis, parce qu'il m'agaçait avec sa façon d'insister et que je sentais de plus en plus la fatigue me serrer les reins, j'ai ajouté :

— D'ailleurs, tous les hommes sont des salauds.

Les autres se sont mis à rire. Brassac ne riait pas. Au contraire il s'est mis à leur crier que j'avais bien raison. Ensuite, il s'est tourné vers moi. Il a levé les bras et son geste a fait rire tout le monde. Il ne s'en est pas occupé et il m'a dit :

— Mon petit, tu te trompes. Moi, Antonin de Brassac, je vais te démontrer que tu te trompes.

Il a payé les consommations et s'est levé. Il s'est balancé un moment sur place, puis, quand il a eu trouvé enfin son équilibre, il m'a dit :

— Viens, petite.

Je lui ai répondu que je n'avais pas de temps à perdre avec un imbécile qui voulait me faire des discours. Aussitôt Marinette m'a dit :

— Vas-y donc, espèce de gourde !

Par-dessus la table, Brassac s'est penché vers elle. On aurait dit qu'il voulait l'écraser.

— Toi, la rouquine, ta gueule. Si j'emmène la petite, c'est pas pour me l'envoyer. Tu comprends ?... Non, c'est pas pour ça !

Toute la tablée se tordait. Moi, j'ai répété que je n'avais pas de temps à perdre. Alors Brassac a tiré son portefeuille de sa poche et posé devant moi cinq billets de mille francs. J'ai hésité un peu, puis j'ai ramassé l'argent et je suis sortie derrière lui. En me retournant pour faire un signe aux autres, j'ai vu que Marinette faisait une drôle de tête.

Dehors, Brassac m'a répété simplement :

— Viens, petite, tu le regretteras pas.

J'ai cru que nous allions « monter ». Mais non, il s'est mis à marcher. Je l'ai suivi sans rien dire jusqu'à la gare de Perrache. Nous sommes entrés au buffet. Il a cherché une table libre et m'a fait asseoir sur la banquette, en face de lui. Quand le garçon est venu, j'ai demandé un grog parce que j'avais froid. Brassac a commandé un pot de vin rouge. Nous avons bu, et Brassac est resté un bon moment sans parler. L'air de la rue m'avait un peu réveillée, mais il y avait beaucoup de monde dans la salle et le brouhaha des conversations m'a endormie de nouveau. J'ai laissé aller ma tête contre la banquette. Il faisait chaud. Je ne dormais pas vraiment, mais je m'engourdissais peu à peu. J'étais bien.

De temps à autre j'ouvrais les yeux. En face de moi, accoudé à la table, Brassac continuait de se saouler.

J'ai dû dormir pendant un bon moment. Quand j'ai rouvert les yeux, il y avait trois bouteilles vides sur la table. Voyant que je le regardais, l'homme s'est mis à parler. Tout d'abord je l'ai écouté parce que son accent m'amusait, puis, sans cesser de l'entendre, je n'ai plus prêté attention à ce qu'il disait. Je me souviens seulement qu'il parlait constamment de chien galeux. Il a répété aussi plusieurs fois que j'étais une pauvre chienne mais qu'il me sauverait ; que toutes les femelles avaient besoin de faire des petits. Mais son accent ne m'amusait plus. Et puis, j'ai trop l'habitude des ivrognes pour m'intéresser longtemps à ce qu'ils racontent. Alors, j'ai fini par m'endormir complètement. Quand il m'a réveillée, il y avait cinq bouteilles vides devant lui. Il s'est levé lentement. A moitié endormie je l'ai suivi. Dehors il faisait frais. La nuit n'était pas loin. Sur le cours de Verdun, les enseignes lumineuses étaient déjà éclairées. En arrivant dans la salle des Pas-Perdus, j'ai regardé l'horloge. Il était déjà 5 heures et demie. J'ai demandé à Brassac ce qu'il comptait faire et il m'a répondu :

— T'inquiète pas. Viens.

Il parvenait encore à marcher, mais les mots avaient du mal à sortir de sa bouche. Mon envie de dormir était de plus en plus forte. Dans une espèce de brouillard, j'ai pensé un instant au chemin que j'aurais à parcourir pour rentrer chez moi. Il m'a paru très long. J'ai pensé aussi à la banquette du buffet. C'était plus près. J'aurais aimé y retourner. Brassac revenait du guichet. J'étais immobile près de l'entrée des voyageurs. Des gens me bousculaient avec leurs valises. Brassac m'a poussée devant lui vers le portillon de contrôle et le flot des voyageurs m'a déposée sur le quai. Devant la portière du wagon, j'ai hésité. Je me suis souvenue que l'on ne doit jamais accepter de suivre un client ailleurs que chez soi ou dans un hôtel. J'avais toujours respecté cette règle. Pourtant, je me suis dit qu'il était ivre, et qu'avec lui je pourrais certainement dormir tranquille. Après tout, que je dorme chez moi, chez lui ou dans un hôtel, ça m'était égal. Et puis, j'étais toujours assoupie et je n'ai pas vraiment réfléchi.

En montant dans le wagon, j'ai vu aussi qu'il ne s'agissait pas d'un express mais d'un train de banlieue. C'est peut-être ce qui a fini par me tranquilliser. Aussitôt installée je me suis endormie.

*
**

Je ne me souviens pas du trajet. A peine un bourdonnement, quelques heurts, des lumières qui passaient de temps à autre, très vite.

Quand nous sommes descendus du train, le vent froid m'a réveillée tout à fait. Il faisait nuit. Le convoi s'éloignait déjà. J'ai frissonné. L'homme m'a empoigné la main et il m'a dit :

— Viens !

Comme je résistais (sans d'ailleurs savoir pourquoi), il m'a demandé si je n'avais pas encore assez dormi.

Je regardais autour de moi. Quelques personnes sortaient de la gare. Il n'y avait pas d'employé. Contre le mur de la station, une plaque d'émail luisait sous une lampe, à côté de la pendule. Elle portait un nom en lettres rouges : LOIRE. Il était huit heures moins le quart.

Je ne comprenais pas. Pour moi, Loire c'était le nom d'un département, pas un nom de ville ou de village. Je devais faire une drôle de tête car l'homme s'est mis à rire en disant :

— Qu'est-ce que tu cherches ? T'es pas perdue, non !

J'ai demandé où nous étions et il a ri de plus belle.

— Où on est ? On est à Loire, pardi. L.O.I.R.E. Ça se voit, oui ?... C'est écrit assez gros.

Il a toussé gras, craché en direction des rails luisants avant d'ajouter :

— Allons, viens, on n'est pas encore arrivé.

Lentement, la fraîcheur de l'air me permettait de reprendre pied. J'ai réfléchi quelques instants en regardant la nuit autour de nous. Je ne voyais pas d'autre lampe que celle de la gare. Il n'y avait plus personne sur le quai. Puisque j'avais suivi cet homme jusque-là, j'ai pensé que le plus simple était d'aller dormir où il m'emmènerait.

Nous avons tout d'abord suivi une route goudronnée. Il faisait toujours très sombre, mais nous marchions vers des fenêtres éclairées que des arbres cachaient par moments. Arrivés aux premières maisons, nous avons pris à droite une petite rue montante. Le sol était inégal, les lampes très éloignées l'une de l'autre. Je portais des chaussures à hauts talons et je me tordais les chevilles à chaque pas. Bientôt, nous sommes entrés dans une nuit épaisse. Il n'y avait plus de maisons. La route montait davantage et, au bruit que faisait le vent dans les feuilles sèches, j'ai compris qu'elle était bordée d'arbres. Des branches craquaient. L'homme me tenait toujours la main. Ses doigts et sa paume étaient rêches. J'ai dû serrer sa main plus fort car il m'a demandé si j'avais peur. J'ai répondu que non, mais je crois bien qu'en réalité j'avais un peu peur. En tout cas, ce n'était pas lui que je redoutais. Je ne saurais expliquer pourquoi, mais je n'ai jamais eu l'impression que cet homme pouvait me faire du mal.

A un certain moment, il m'a semblé très vaguement que j'avais déjà vécu un moment semblable, mais j'étais trop fatiguée pour chercher à me souvenir. D'ailleurs, le sol devenait de plus en plus caillouteux et j'ai trébuché à plusieurs reprises. L'homme s'est alors arrêté pour me demander si j'étais fatiguée. J'ai répondu que oui et que mes chaussures me blessaient.

— Si tu es fatiguée, faut qu'on trouve une voiture.

Il s'était arrêté. A sa façon de parler, j'ai compris qu'il était un peu moins ivre. J'ai demandé si nous avions encore beaucoup à marcher. Il m'a dit :

— Oui, quatre kilomètres. Et ça monte dur, plus haut.

J'ai soupiré. Nous sommes revenus sur nos pas jusqu'à

la dernière maison du village. Les volets étaient fermés, mais on voyait la lumière par deux trous en forme de cœur. L'homme a cogné du poing contre le bois en criant :

— Oh ! la mémée ! C'est Brassac, ouvrez !

Je fixais les deux trous de lumière. Brassac devait les regarder aussi. Il m'a dit, sur le ton des gens qui récitent une poésie :

— Deux âmes dans la nuit, deux cœurs de soleil !

Une porte s'est ouverte à côté des volets. Nous sommes entrés et j'ai vu alors qu'il s'agissait d'un tout petit café. Une petite vieille avec un visage tout en peau plissée et en os s'était effacée pour nous laisser passer.

Brassac m'a présentée comme sa nièce en expliquant que j'étais fatiguée et que j'attendrais ici le temps qu'il ait trouvé une voiture. Il a bu coup sur coup deux grands verres de vin rouge puis il est sorti. Moi, j'ai demandé un grog. La vieille est allée dans la pièce voisine où je l'ai entendue remuer des casseroles. Venue d'assez loin, une voix d'enfant a demandé ce que c'était. La vieille a répondu :

— C'est M. Durand avec sa nièce... Dors donc !

Quand elle a apporté mon grog dans un grand verre à pied, j'ai eu envie de lui demander pourquoi elle appelait Brassac « M. Durand ». Mais je ne l'ai pas fait parce que je n'avais pas envie de parler. Avec les vieux, quand on commence à bavarder, ça n'en finit jamais.

J'étais toujours aussi lasse, mais je n'avais plus sommeil. Pour passer le temps, je me suis mise à regarder la salle de ce café. A part les tables de marbre, les chaises mal commodes et le petit comptoir, elle était meublée un peu comme un appartement. Je n'ai pas l'habitude de ces bistrots de campagne et il me semblait que j'étais en visite chez une vieille parente. C'est d'ailleurs curieux car je ne suis jamais allée en visite chez une vieille parente pour la bonne raison que je n'en ai pas.

Brassac n'est pas resté absent très longtemps. Une voiture s'est arrêtée devant la porte, et il est entré suivi d'un petit homme d'une trentaine d'années, vêtu d'une combinaison de mécanicien, coiffé d'une casquette sale et qui avait un visage en lame de couteau avec une moustache noire très mince. Il avait l'air d'un voyou et s'est mis à me regarder de la tête aux pieds. Brassac lui a demandé ce qu'il voulait boire.

— Comme vous, monsieur de Brassac.

En prononçant ces mots, le petit homme avait eu un sourire en coin auquel il m'a semblé que la vieille répondait par un clin d'œil. Brassac a commandé un pot. J'étais toujours assise à la même place. Accoudés au zinc, les deux hommes me regardaient. Derrière le comptoir, la vieille demeurait immobile, un peu voûtée, les deux mains cachées sous son châle de laine noire. Elle avait un visage de morte, mais ses petits yeux ne cessaient pas de bouger. Son regard volait comme une mouche, allait du voyou à Brassac pour venir ensuite se promener sur moi. Le voyou avait vidé son verre, Brassac le restant de la bouteille et je pensais déjà que nous allions sortir quand la vieille a demandé :

— Alors, comme ça, elle vient en vacances chez vous, votre nièce ?... L'air d'en haut lui fera du bien, elle est pâlotte.

Brassac s'est dressé de toute sa taille. Il a toisé un moment la vieille puis le jeune homme avant de dire :

— Vous n'y êtes pas, la mémée. Vous connaissez pas Brassac. Cette petite, elle vient de perdre sa mère, elle a plus personne. Alors je l'ai adoptée.

Ensuite il s'est embarqué dans une phrase compliquée dont je n'ai aucun souvenir et qu'il n'a d'ailleurs pas pu terminer. Le petit homme baissait la tête pour rire. Quant à la vieille, elle regardait drôlement mon corsage rouge par l'échancrure de mon manteau de fourrure. Le petit homme ne voulait plus boire, mais Brassac s'est fait servir encore deux grands verres de vin qu'il a bus très vite. Quand il a dit au revoir à la vieille, il ne pouvait presque plus articuler.

Une fois dehors, il s'est retourné brusquement pour bredouiller :

— Oh ! la mémée, donnez-moi un pot pour la route... Le petit vous rendra la bouteille.

Puis il s'est installé devant à côté du chauffeur tandis que je montais derrière.

La voiture était une vieille Rosalie qui tanguait beaucoup. Je regardais la route éclairée par les phares. Ce n'était qu'une suite de virages bordés de gros arbres ou donnant sur des ravins noirs dont je ne voyais pas le fond. Brassac portait de temps en temps la bouteille à sa bouche et s'arrêtait de boire pour injurier les cahots.

Quand nous sommes arrivés sur le replat, l'homme a ralenti, puis s'est arrêté en disant :

— Je vous laisse là ; j'ai pas envie de casser un ressort.

Brassac, qui bafouillait de plus en plus, a demandé combien il devait. L'homme a dit un prix. Brassac a payé et nous sommes descendus. Debout au bord de la route, nous avons regardé la voiture faire demi-tour. Au moment où elle démarrait, Brassac a lancé :

— Oublie pas la bouteille... pour la mémée.

L'autre s'est penché pour crier :

— D'accord, monsieur Durand !

Brassac s'est mis à mâchonner des injures en direction de la voiture, mais le feu rouge disparaissait déjà derrière les arbres.

La nuit me semblait de plus en plus épaisse. Seule, je n'aurais pas pu faire un pas, mais Brassac m'avait repris la main et me tirait dans un sentier. La terre était dure, mes pieds glissaient dans des ornières et je devais à chaque instant m'agripper au bras de l'homme pour ne pas tomber. Bientôt il s'est arrêté. Il a lâché ma main et au bruit qu'il faisait j'ai compris qu'il ouvrait une barrière de bois. Aussitôt un chien a gémi doucement et s'est mis à me flairer les jambes. Brassac a grogné. Le chien s'est éloigné. Une fois la porte refermée, nous nous sommes remis à marcher sur un sol encore plus inégal. A plusieurs reprises j'ai dû m'arrêter tant j'avais mal aux pieds. Alors, Brassac m'a prise par la taille pour m'aider, mais je sentais qu'il n'était plus très sûr de son équilibre. Après quelques pas, avec beaucoup de difficultés il est arrivé à dire :

— Ça te semble drôle, hein, que je sois pas un homme comme les autres ?

Encore quelques pas, puis il a ajouté :

— Pourtant, moi aussi j'ai de quoi... Et je sais m'en servir.

Il a hésité un peu, puis il s'est arrêté et m'a attirée contre lui d'une main tandis que de l'autre il tentait de relever mon manteau.

— Et nom de Dieu, c'est pas l'envie qui m'en manque !

J'ai pu me dégager en le repoussant. Alors, il m'a repris la main en bégayant :

— Excuse-moi, petite... Tu comprends... J'ai un peu bu.

Je ne sais pas très bien pourquoi je l'ai repoussé. Sans doute à cause de ma fatigue et parce que j'avais de plus en plus envie de me coucher. Sur le moment, je n'ai pas compris pourquoi il s'excusait. Il n'avait pas à le faire. Après tout, il avait payé d'avance.

Nous avons repris notre route. Mes jambes ne me portaient plus. S'il n'y avait pas eu le bruit du vent dans les arbres, je me serais laissé tomber sur le talus pour pouvoir m'étendre.

Enfin, loin devant nous, j'ai aperçu une fente très mince de lumière. Brassac l'a vue aussi. Il a marmonné :

— Évidemment, la vieille n'est pas encore couchée.

2

Devant la maison, nous nous sommes arrêtés. Le chien nous avait rejoints. Je sentais son souffle tiède sur mes mollets. Un instant, Brassac a semblé hésiter. Puis il a dit au chien d'aller se coucher et, aussitôt, d'un coup il a ouvert la porte toute grande. La lumière m'a surprise. J'ai fermé les yeux et ne les ai rouverts que lorsque l'homme m'a poussée devant lui en me disant d'entrer.

J'ai fait quelques pas. Derrière moi la porte a claqué très fort. Mes yeux se sont habitués assez vite à la lumière et la première chose qui m'a frappée, c'est la grandeur de la pièce. J'étais beaucoup plus seule ici que dans la nuit. Dehors, on ne voyait rien, ici, tout ce que je regardais me semblait très loin de moi.

La pièce était rectangulaire. Les coins restaient dans l'ombre. Je ne comprends pas pourquoi j'ai commencé par examiner chaque objet avant de regarder la femme qui se trouvait debout immobile à côté de la cuisinière.

Cette femme, c'est sa main que j'ai vue d'abord. Je regardais la grosse cuisinière, haute sur pattes. Et la main de la femme serrait la barre de cuivre. Une main large et épaisse, très brune, avec des doigts boudinés, le poignet rond sortait d'une manche de toile bleue, presque noire. D'habitude je ne m'attache pas aux détails et je me demande pour quelle raison tout est demeuré si précis en moi.

C'est seulement lorsque Brassac s'est mis à parler que

j'ai regardé le visage de la femme. Un visage rond et sans rides. Ses yeux étaient fixés sur moi, et pourtant, il ne m'a pas semblé qu'elle me regardait vraiment.

Je ne me souviens pas des premières paroles de Brassac. Je ne crois pas qu'il ait parlé très fort mais sa voix a empli toute la pièce en résonnant drôlement. A ce moment-là, je n'entendais pas le vent au-dehors, mais j'avais encore la tête pleine du craquement des grands arbres.

En parlant, Brassac s'était approché de la table. Il est resté un instant immobile, le front à la hauteur de la lampe. La lumière de l'ampoule électrique lui faisait un visage sans ombre, très dur. Il a tiré une chaise et s'est assis lourdement en grognant. Puis, se tournant à demi, il m'a dit :

— Allons, petite, viens t'asseoir, on va bouffer.

Il a marqué un temps et, désignant la femme d'un mouvement du menton, il a ajouté :

— C'est la Marie. C'est ma femme... Elle est emmerdante, mais pas mauvaise.

Il parlait lentement. Il cherchait ses mots et s'appliquait à ne pas bégayer. Comme je ne bougeais pas, il a repris plus fort :

— Alors, tu viens, oui !

Sans réfléchir, sans penser que la nuit était là, de l'autre côté de la porte, j'ai murmuré :

— Je vais m'en aller.

Alors, Brassac a été secoué d'un gros rire qui s'est prolongé longtemps avant de s'achever en une quinte de toux. Il était devenu très rouge et s'est levé pour aller cracher dans le foyer de la cuisinière. La femme s'est écartée pour le laisser passer.

Lentement, je m'étais approchée de la table. La femme a paru réfléchir un instant puis elle m'a dit :

— Asseyez-vous... madame.

Brassac s'était installé de nouveau sur sa chaise. Les deux coudes sur la table, il est resté un moment à chercher son souffle puis il a lancé :

— C'est pas une dame, c'est une putain.

Et il s'est remis à rire.

C'est vrai, je suis une putain. Je n'en avais jamais eu honte, mais à ce moment-là j'ai senti mon visage devenir très chaud.

Haussant les épaules, la femme m'a priée de ne pas faire attention. Sa voix, comme son regard, était sans expression.

— Quoi, pas attention ! Tu vas peut-être dire que je suis saoul ?

J'ai sursauté. Tout en criant, Brassac venait de frapper la table du plat de la main. Il a fixé la femme un temps, puis, comme elle ne répondait pas, il a continué :

— Eh bien, oui, je suis saoul... Bourré à bloc... Et tu peux demander à la môme, j'y ai mis le prix !

Là, il s'est retourné vers moi.

— Comment tu t'appelles déjà ?

— Simone.

— Bon, Simone... c'est ça... Et alors, qu'est-ce que t'attends? Dis-lui ce que tu fais dans la vie... Tu vois bien qu'il faut lui mettre les points sur les *i*. Avec elle, c'est comme ça... Tu sais, elle est pas mauvaise, ma vieille, mais elle n'a pas inventé l'eau tiède.

Il s'est remis à rire. Toute la pièce vibrait de ce rire énorme et rocailleux. J'évitais de bouger. J'évitais de regarder la femme mais je sentais que ses yeux ne me quittaient pas. Je n'avais plus sommeil. Mais mon corps s'était engourdi et je crois que c'était seulement ma fatigue qui dormait. Pourtant, je ne pouvais pas réfléchir. Le rire de Brassac résonnait dans ma tête où bourdonnait encore la colère du vent de nuit.

De temps à autre une bourrasque plus forte que les autres secouait la porte derrière moi ou les volets de la fenêtre qui se trouvait sur ma droite, dans la partie la plus sombre de la pièce.

En entrant, je n'avais pas fait attention à la température mais, maintenant, je sentais qu'il faisait chaud. La cuisinière semblait dormir et pourtant, c'était d'elle que venait cette chaleur. Son petit œil rouge tremblotait. Elle ronflait doucement, avec des gémissements quand le vent redoublait. A ce moment-là j'ai eu une impression bizarre. Il me semblait que nous étions quatre dans la pièce : nous trois et ce gros fourneau. Je sais bien que c'est idiot mais ce qui comptait le plus pour moi, c'était le fourneau.

Je n'avais pas répondu à la question de Brassac. J'ai encore sursauté quand il a toussé très fort avant de crier :

— Alors, tu lui expliques, oui ! Sinon elle va croire que je débloque... Je suis saoul. Parfaitement... Seulement, vous saurez que même plein comme une vache, Brassac débloque jamais ! Allez, Simone, dis-lui...

Je sentais qu'ils continuaient de me regarder tous les deux. J'ai baissé davantage la tête. Sans élever la voix, la femme a dit :

— Tais-toi, Léandre. Tu es dégoûtant.

— C'est bon ; puisque j'ai rien le droit de dire, je la boucle... Mais c'est pas une raison pour nous laisser crever de faim.

La femme a commencé de disposer deux couverts. En passant près de moi elle m'a demandé si je voulais enlever mon manteau. Comme elle m'avait appelée mademoiselle, Brassac s'est mis à crier. Il gesticulait en répétant que je m'appelais Simone et que je n'étais pas une demoiselle, mais une putain. La femme ne prêtait plus aucune attention à ses paroles. Elle venait de mettre une casserole sur le feu et d'apporter sur la table la moitié d'un jambon cru. Je me suis rappelé alors qu'au moment de ma rencontre avec Brassac, j'étais venue chez Jo pour acheter des sandwiches. Je n'avais rien pris depuis mon petit déjeuner. Le sommeil et la fatigue m'avaient fait oublier ma faim, mais de voir ce beau jambon bien rouge, j'ai eu de nouveau envie de manger.

Plantée devant son fourneau, la femme surveillait la casserole. Son dos était large et voûté. On la devinait grasse sous son corsage qui la serrait un peu. Son cou était très court avec un bourrelet. Ses cheveux étaient relevés en une espèce de chignon mal fait.

Quand elle s'est retournée, nos regards se sont croisés et je crois bien qu'elle a essayé de sourire. Elle a posé sa casserole fumante devant moi en me disant de me servir. Je me suis aperçue alors que Brassac s'était endormi, les coudes écartés, la joue à même la table et le visage tourné de mon côté. Il n'était pas vraiment vilain, mais sa bouche entrouverte lui donnait l'air idiot.

Comme la femme avançait la main vers lui, j'ai dit doucement :

— Vaudrait peut-être mieux le laisser dormir.

— Non, il se réveillera dans un moment et il faudra faire réchauffer la soupe.

En disant cela, sans brutalité elle l'avait secoué. Il a soulevé la tête et cligné des yeux hébétés puis, en me voyant, il s'est remis à rire. Il a fait une grimace en direction de la casserole, et, après avoir regardé sa femme, il s'est levé lentement. Une fois debout il a vacillé un moment. Ses yeux allaient de la casserole au visage de sa femme. Enfin il s'est dirigé vers la porte. Une fois là-bas, il s'est retourné et s'est frappé la poitrine d'un grand geste en disant :

— Moi, Antonin de Brassac, je suis au-dessus de ça. Vous entendez... au-dessus de ça.

Il se frappait toujours la poitrine. Il semblait chercher autre chose à dire. Puis d'un seul coup, criant très fort, il a repris :

— Au-dessus de ça, vous entendez !... La petite, elle couchera dans un lit... Moi, je vais au foin.

Et il est sorti. Je l'ai entendu passer devant la fenêtre. Il chantait mais le vent ne permettait pas de saisir ses paroles.

En le voyant sortir, sa femme avait eu un haussement d'épaules et un soupir. Revenue près de la table elle a bougonné :

— Un costume qu'il a mis deux fois... Si c'est pas un malheur.

Puis elle m'a dit de manger pendant qu'elle monterait préparer mon lit. Quand elle a quitté la pièce, j'ai remarqué que son visage exprimait enfin quelque chose. Un peu comme une vive contrariété. Et j'ai pensé que c'était probablement à cause du costume.

Mais je n'ai pas réfléchi bien longtemps. Je me suis mise à manger parce que j'avais vraiment très faim et que ce jambon me faisait envie.

3

Ce matin il faisait encore nuit quand je me suis éveillée. Je n'ai pas cherché où je me trouvais. Je me suis d'abord demandé pourquoi je m'éveillais si tôt, moi qui ai l'habitude de dormir jusqu'à 10 heures passées même dans un mauvais lit. Or, celui-ci était très bon. Je suis restée longtemps immobile, à prêter l'oreille avant de comprendre que c'était le silence qui m'avait réveillée. Chez moi, dès le matin, il y a les bruits de la rue. Dans les hôtels aussi, avec le va-et-vient des clients et du personnel. Le vent ne courait plus. Le silence entourait la maison. Le silence et l'obscurité.

Alors, brusquement, j'ai revu la scène de la veille. Le train, la nuit, l'homme et la femme ; et aussi la grande pièce avec la cuisinière.

Et tout de suite j'ai pensé à Marcel. J'ai compris en même temps que sans le vouloir je m'étais sauvée de Lyon. Que j'avais fait une chose que peut-être aucune n'a jamais osé faire.

Je n'avais pourtant jamais pensé à m'en aller.

Ma première idée a été de me lever tout de suite et de partir pour essayer d'être à Lyon avant le jour. Et puis, en réfléchissant mieux, je me suis rendu compte que c'était inutile. Il me suffirait d'arriver vers les midi.

Un coq s'est mis à chanter, très loin, puis un autre tout près. Je me suis dit que le jour allait bientôt venir. Et de nouveau j'ai eu envie de m'habiller à tâtons et de sortir sans bruit. Non plus à cause de Marcel, mais parce que je ne tenais pas à me retrouver devant cette femme.

Je me suis demandé encore ce que l'homme allait penser une fois dessaoulé.

Pourtant je n'ai pas bougé.

Je m'étais couchée nue et je me trouvais bien. Les draps étaient doux, il y avait une bonne chaleur tout autour de mon corps. J'aime bien me trouver seule dans un lit, le matin, avec beaucoup de temps devant moi. Là, je me dis qu'il était peut-être à peine 5 heures et que ces gens n'avaient aucune raison de me déranger avant 10 ou 11 heures.

Je me suis étirée, puis, pour profiter encore davantage de ce bon lit, je me suis retournée et j'ai enfoncé mon visage dans l'oreiller.

La toile était parfumée. Je ne m'en étais pas encore aperçue. J'ai respiré à petits coups, plusieurs fois de suite. Il y avait, bien sûr, le parfum de mes cheveux, mais un autre aussi, très différent et qui ne me semblait pas inconnu.

J'ai rampé un peu sur le côté vers un endroit où je n'avais pas posé la tête. De nouveau j'ai respiré à petits coups, puis plus lentement. Et j'ai éprouvé alors, pendant un très court instant, la sensation bizarre d'avoir déjà respiré exactement ces mêmes bouffées d'air. Je me suis dit que c'était impossible et j'ai voulu ne plus penser à rien. J'y suis parvenue. Je crois d'ailleurs que j'étais sur le point de me rendormir quand j'ai soudain reconnu ce parfum.

Sur le coup, je crois bien que j'ai sursauté.

Et puis, je suis restée un long moment sans force. Je me sentais comme emplie de choses qui venaient de très loin. Du fond de ma mémoire.

Et c'était à cause d'une odeur, simplement, que je les retrouvais.

Une odeur que je venais de reconnaître d'un seul coup.

Alors, pendant un temps, j'ai respiré de toutes mes forces, presque malgré moi, presque à m'en saouler, ce parfum des plantes des champs que les femmes de la campagne mettent dans leurs armoires.

J'avais oublié le nom de ces plantes, mais leur forme, leur couleur étaient là, devant moi. C'étaient de ces plantes sèches, d'un vert grisâtre, avec des feuilles toutes recroquevillées qui crépitent quand on les touche comme un feu de brindilles en s'éparpillant sur des piles de draps blancs.

De belles piles de draps bien pliés, des piles de torchons à raies rouges, du linge brodé aussi sur le rayon du milieu.

L'armoire avait deux portes. Deux portes qui grinçaient quand on les ouvrait doucement.

J'ai senti que j'allais avoir mal. Que j'étais en train de faire une bêtise. Mais il était trop tard. Tout ce monde lointain s'était déjà mis à remuer au fond de moi.

Maintenant, les portes de l'armoire s'étaient refermées. Les piles de draps ne laissaient plus couler leur parfum dans la chambre. Mais les veines du bois dessinaient dans l'ombre deux visages de monstre. J'en retrouvais chaque ride, chaque verrue avec une précision inouïe.

Quelque chose me disait que j'avais eu tort de chercher, durant des années, à me débarrasser de ces souvenirs. Mais je ne voulais pas y penser.

Seulement quand des mains de vieille femme sont venues se poser sur les panneaux de l'armoire, j'ai cru que j'allais crier. Je me suis assise sur le lit. J'ai essayé de penser au jour qui allait venir. A la route. Au train qu'il faudrait prendre. A Lyon. A mon travail. Et aussi à Marcel qui rentrera samedi.

Puis, quand j'ai senti le froid, je me suis recouchée.

J'ai dû rester longtemps ainsi, à moitié engourdie.

Quand j'ai rouvert les yeux, le plafond était tout gris de lumière. Du regard, j'ai suivi chaque craquelure, chaque tache. Et j'ai pensé alors qu'il ne m'était jamais arrivé d'examiner de la sorte le plafond de ma chambre ni celui des chambres d'hôtel où je couche souvent.

Bien sûr, ce plafond-là n'était pas pareil. Il était un peu comme l'odeur de ce lit.

J'avais peur, et je me sentais vraiment seule.

Et puis, lentement, tout ce qui m'avait effrayée s'est transformé en une espèce de brouillard dans lequel il me semblait que l'on devait être bien. On devait pouvoir s'y reposer tranquillement.

Au fond, si quelqu'un était alors entré dans la chambre pour m'annoncer que j'étais condamnée à demeurer éternellement couchée dans ce lit, à regarder ce plafond, je crois que je n'aurais pas protesté. Je n'aurais plus rien eu à faire. Je n'aurais pas eu besoin de penser mais j'aurais tout de même pu vivre en profitant bien de la chaleur de ce lit très doux.

Plusieurs heures ont dû s'écouler sans que je fasse le moindre mouvement.

Seulement, quand j'ai entendu des pas résonner sous la fenêtre, j'ai sursauté. Ce moment de repos m'avait entraînée plus loin de la réalité que ma nuit de sommeil. Je m'étais vraiment crue seule et ce bruit de pas me rappelait que deux personnes vivaient là. C'était peu en comparaison du nombre d'hommes et de femmes que je côtoie chaque jour en temps normal, mais j'ai compris pourtant qu'il me serait plus pénible de retrouver ces deux personnes que de revoir tous les gens que je fréquente chaque jour à Lyon.

Les pas se sont arrêtés et on a frappé très fort contre la porte du bas. Presque aussitôt j'ai entendu cette porte s'ouvrir et se refermer, puis un murmure confus. Bientôt j'ai reconnu la voix de Brassac. Il devait crier.

La femme, je l'entendais à peine. Ils n'ont pas parlé longtemps. La porte s'est rouverte puis elle a claqué si fort que les vitres de ma fenêtre ont vibré. Un pas très lourd qui ne pouvait être que celui de Brassac s'est éloigné de la maison tandis qu'un chien se mettait à pleurer doucement. Il m'a même semblé que plusieurs chiens pleuraient. Alors, Brassac est revenu. Il y a eu des aboiements joyeux, puis le silence a repris sa place autour de la maison.

Quelques minutes plus tard la porte s'est ouverte et refermée encore une fois et un autre pas a résonné. D'un bond je suis sortie de mon lit pour courir jusqu'à la fenêtre. L'œil collé à la vitre, j'ai pu voir, entre les lattes des persiennes, la femme qui s'éloignait.

Je me suis habillée très vite. J'ai pris mon sac et je suis sortie de la chambre. Confusément, je sentais qu'il fallait que je quitte cette pièce sans me retourner.

Quand je suis arrivée dans la cuisine, je ne savais pas encore bien ce que j'allais faire. Je sentais pourtant qu'il fallait à tout prix profiter de l'absence de Brassac et de sa femme pour me sauver.

Mon regard a fait rapidement le tour de la pièce à la recherche d'une glace. Il y en avait une accrochée près de la fenêtre. Je me suis regardée et, sur le coup, j'ai éprouvé l'impression curieuse de me trouver en face d'une autre personne. Cela n'a duré qu'un instant et j'étais trop pressée pour chercher d'où venait cette sensation. Mes cheveux étaient en broussaille et je ne pouvais pas partir sans me coiffer. Je voulais me maquiller aussi. Toujours très vite j'ai cherché mon peigne et mon tube de rouge dans mon sac.

J'étais prête, mon manteau enfilé, quand la porte s'est ouverte. Je n'avais rien entendu. La femme est entrée. Elle m'a regardée comme elle l'avait déjà fait hier sans que son regard n'exprime rien. Puis elle s'est avancée et m'a dit bonjour. J'ai répondu. Elle m'a demandé :

— Qu'est-ce que vous faites, vous partez ?

J'ai fait oui de la tête en me demandant si je devais la remercier, mais elle ne m'en a pas laissé le temps.

— Il ne faut pas partir comme ça.

— Si, il faut que je parte.

Ma voix n'était pas très assurée.

— Non, il faut que vous restiez.

— Mais je n'ai aucune raison de rester chez vous.

La femme a hésité un moment et plissé légèrement le front comme si ma réponse l'avait mise dans une situation réellement embarrassante, puis elle a dit :

— Si, il faut rester. Autrement... Autrement il croira que je vous ai fait partir.

— Mais non, puisque c'est moi qui veux m'en aller.

— Oui, mais il ne me croira pas.

J'ai réfléchi un instant avant de demander où Brassac se trouvait.

— Je ne sais pas, m'a-t-elle dit. Il est aux champs, mais il ne m'a pas dit à quel endroit.

Son front avait maintenant le même pli que lorsqu'elle s'était inquiétée pour le complet de son homme. Elle a joint un instant ses grosses mains avant de les frotter sur son tablier en disant :

— Restez au moins jusqu'à midi, pour qu'il voie bien que je ne vous ai pas chassée.

Je n'ai pas répondu mais j'ai posé mon sac et mon manteau. Alors, la femme a semblé soudain soulagée d'un gros poids. Elle s'est mise à circuler de son placard à son fourneau en me disant qu'elle allait me donner à déjeuner du lait de sa vache. Du bon lait tout frais !

4

La femme m'a servi un grand bol de café au lait. Elle m'a donné du pain, du beurre et du miel. Puis elle est sortie. Auparavant elle m'avait fait promettre de ne pas m'en aller avant le retour de son homme. Sa voix était toujours douce et égale, son œil terne, mais il me semblait pourtant qu'elle était sincère et désirait vraiment que je reste.

Une fois seule j'ai mangé. Je n'avais pas bien faim, mais tout ce qu'elle m'avait donné était tellement bon que j'ai tout de même mangé beaucoup. Le pain était large avec une croûte brune et épaisse. Le miel était clair et parfumé, le lait crémeux et le beurre en grosse motte posé sur une assiette verte où étaient dessinées des feuilles. Tout était nouveau pour moi et différent de ce que je mange en ville habituellement. Tout était bon et j'avais un peu l'impression de jouer.

Pourtant, à mesure que je mangeais, il me semblait que je connaissais déjà ce jeu. Et, bientôt, j'ai compris que ce qui s'était passé pour l'odeur des draps et les fentes du plafond allait encore se renouveler.

Seulement, je ne sais pas me priver d'une satisfaction. Je me laisse toujours aller au plaisir du moment, même si je dois le payer très cher ensuite. J'ai donc mangé encore trois tartines puis j'ai vite pris une cigarette dans mon sac et je l'ai allumée. D'abord parce que j'avais envie de fumer et puis, le tabac, c'est quelque chose de ma vie à Lyon.

Pendant un bon moment, j'ai fait tout ce que j'ai pu pour ne pas penser. Pour ne pas regarder autre chose que la fumée de ma cigarette. Je soufflais cette fumée tout doucement, pour qu'elle reste près de moi. Mais, malgré tout, elle s'éloignait et je la suivais des yeux.

De cette façon, j'ai fini par regarder tout ce qu'il y avait dans la pièce.

Les meubles et tous les objets étaient trapus et lourds. Le silence aussi était lourd.

Je n'étais pas à mon aise. Il me semblait que les meubles me regardaient. Ils ressemblaient à ces gros chats qui font semblant de dormir mais dont le regard coule pourtant sans cesse entre les paupières presque closes. Réellement, j'étais gênée par leur présence. Tout en me répétant que c'était idiot, je les sentais me regarder, puis se regarder entre eux pour se communiquer leurs impressions ou s'interroger sur mon compte. Quant à moi, il me semblait vraiment que je les reconnaissais.

Moi qui n'aime pas la lutte, j'ai alors voulu me dégager coûte que coûte. J'ai quitté ma chaise, j'ai marché vers le gros bahut ventru. Je l'ai touché. Mes mains ont couru sur le bois lisse. Maintenant, je n'étais plus à moitié endormie dans une pièce obscure. Il faisait clair. J'avais les idées plus nettes. Et je n'étais pas folle.

Bien sûr, ce n'était pas dans ce vieux bahut que j'avais rangé autrefois les assiettes ébréchées de ma grand-mère ; et pourtant, plus je le regardais plus il me semblait que je l'avais déjà vu.

Malgré moi, je me suis accroupie devant lui pour retrouver ma taille de petite fille et voir les portes, les grosses ferrures comme je les voyais du temps de ma grand-mère. J'étais de plus en plus troublée. S'il n'y avait eu que ce bahut, il aurait suffi de lui tourner le dos. J'y ai songé d'ailleurs, mais déjà ce simple geste de bouder me semblait venir tout droit de mon enfance, et puis, il n'y avait pas que ce meuble qui m'attirait, mais tout ce que contenait cette pièce.

J'ai entrepris d'en faire le tour en m'arrêtant longtemps devant chaque meuble. J'en étais à caresser le dessus patiné d'un vaisselier encombré de bibelots quand j'ai eu soudain l'impression d'une présence. Me retournant brusquement du côté de la fenêtre, j'ai vu que la femme m'observait depuis la cour. Elle est partie aussitôt et je suis restée sans bouger, un peu bête et ne sachant plus quoi faire. Des sabots ont sonné contre le seuil et la femme est entrée très lentement. Elle m'a regardée longtemps avant de dire à voix presque basse :

— Faut pas croire... Je voudrais pas que vous croyiez...

— Que vous me surveillez ?... C'est votre droit. Vous êtes chez vous et vous savez qui je suis.

Parce que j'étais agacée, j'avais parlé très fort.

Timidement, la femme s'est avancée. Elle avait joint ses grosses mains sur son ventre et se tortillait les doigts comme font les gosses qui ne savent pas une leçon. Je la trouvais ridicule. Elle ne savait que répéter :

— Non, mademoiselle, faut pas vous figurer. Faut pas...

Au fond, je crois que ce qui m'énervait le plus, c'était de ne jamais pouvoir deviner ce qu'elle pensait. Pour éviter une discussion, je me suis retournée en haussant les épaules. Et tandis que je marchais vers la fenêtre, elle continuait de débiter toujours sur ce même ton pleurnichard qui m'agaçait :

— Vous croyez que je pense du mal de vous ? Je vous assure, c'est pas vrai. J'ai pas cru un mot de ce qu'il m'a dit ; hier soir il était saoul et ce matin il était en colère.

J'étais curieuse de savoir ce que l'homme avait pu dire une fois dessaoulé. Je me suis retournée et j'ai demandé :

— Ce matin, il vous a parlé de moi ?

— Oui.

— Et il vous a répété ce qu'il avait dit hier ?

Elle a hésité un moment puis elle s'est remise à se tordre les mains.

— Oui, mais je sais bien que c'est pas vrai.

— Et qu'est-ce que vous croyez donc que je suis ?

— Je ne sais pas. Mais pas... ce qu'il dit.

Ses yeux semblaient toujours aussi vides, mais le mouvement gauche de ses mains m'agaçait moins. Il avait quelque chose d'attendrissant. J'avais depuis un moment envie de crier : « Si, je suis une putain. Une vraie. Et après ! Faut bien bouffer ! C'est un métier comme un autre ! » Je n'ai pas pu. J'ai dit simplement :

— Pourtant, c'est vrai.

Ses mains se sont immobilisées un instant avant de recommencer leur manège. La femme avait légèrement baissé la tête. Elle devait chercher quelque chose à dire. Enfin, elle s'est décidée.

— Ça ne fait rien. Ce n'est pas une raison pour vous figurer que je vous surveille.

Je voyais bien qu'elle avait quelque chose à ajouter. Elle ne devait pas savoir comment s'y prendre. Moi, je finissais par la trouver vraiment bête. Pour en finir, j'ai demandé :

— Mais alors, pourquoi vous me regardiez ?

— Ça faisait un bon moment que je vous regardais... Quand vous touchiez le bahut, on aurait dit que vous étiez moins triste.

Après avoir parlé, la femme m'a observée un instant. Elle paraissait effrayée. Elle est d'ailleurs partie brusquement, exactement comme si je l'avais menacée.

5

Moi, j'avais promis d'attendre jusqu'à midi. Alors, je me suis assise près de la fenêtre sur une chaise basse assez commode. J'étais bien et je n'avais aucune raison de bouger.

Quand la femme est revenue, elle s'est mise à préparer son repas. De temps à autre je tournais la tête vers elle pour voir ce qu'elle faisait. A deux ou trois reprises nos regards se sont croisés et, chaque fois, j'ai eu l'impression qu'elle essayait de sourire.

Il ne devait pas être loin de midi quand des souliers ferrés ont raclé le seuil. La porte s'est ouverte et une bande de chiens a envahi la pièce. Ils couraient en tous sens, flairant le sol et bousculant les chaises. Après une minute de ce manège ils sont tous venus autour de moi. Plus hardi que les autres, un grand chien à poil grisâtre et raide a posé ses pattes de devant sur mes cuisses, puis, avant que j'aie pu faire un geste, il m'a passé plusieurs fois sa langue sur la figure.

Brassac a crié quelque chose que je n'ai pas compris et, aussitôt, les chiens ont filé jusqu'à ses pieds. Revenue de mon étonnement, je me suis mise à rire.

Brassac s'est approché en me tendant la main. Il m'a dit bonjour et m'a demandé si je n'avais pas eu peur. J'ai répondu que j'aimais beaucoup les chiens et que j'avais seulement été un peu surprise.

Comme les bêtes s'étaient de nouveau approchées de moi, je me suis baissée pour les caresser. En réalité, il n'y en avait que cinq, mais c'était leur façon brutale d'entrer qui m'avait fait croire à une véritable meute. Déjà Brassac s'était mis à me les présenter.

— Ce grand corniaud qui vous a lavé le nez, c'est Brutus. Le plus emmerdant mais le plus affectueux de tous. Seulement, faut se méfier, il fait dans les quarante kilos et il vous foutrait par terre comme rien. La petite noire à poil ras qui vous flaire les pieds, c'est Diane ; bien brave aussi mais plus craintive. Bob, le gros courtaud qui a la gueule d'un boxer, c'est le meilleur gardien.

Brassac m'a expliqué aussi que Mikie, la petite chienne noir et blanc, était un vrai terrassier. Quant au vieux Dik, c'était celui qui se trouvait dehors hier soir, lors de notre arrivée.

Sans s'occuper de nous, la femme avait disposé trois couverts. Nous nous sommes mis à table et, tout en mangeant, Brassac continuait à parler de ses chiens. Il parlait toujours très fort avec beaucoup de gestes. Mais, comme j'aime beaucoup les chiens, ce qu'il disait m'intéressait et je ne prêtais plus attention à sa façon de parler. Même sa taille monumentale ne m'étonnait plus. Au contraire, tout, dans cette cuisine, semblait fait à sa mesure. Moi, je ne parlais pas et je l'écoutais vraiment avec beaucoup de plaisir. A un moment donné il m'a dit :

— Vous verrez, ils ne mettront pas longtemps à vous adopter. Même la petite Diane. Les bêtes savent bien reconnaître les gens qui les aiment.

Et je n'ai pas été surprise de l'entendre dire ça.

En achevant cette phrase il s'était tourné vers sa femme. Occupée à retirer un plat du four de sa cuisinière, elle n'avait pas pu voir la grimace qu'il lui avait adressée. Pourtant, quand elle s'est retournée avec son plat fumant elle a dit :

— Léandre croit que je ne les aime pas parce que je les caresse pas.

— Non, c'est parce que tu fais la gueule chaque fois que j'en ramène un nouveau.

— Bien sûr, si je l'écoutais, on en aurait des centaines à la maison. C'est que, il faut les nourrir.

— Ça ne te coûte pas cher avec Roger.

J'ai demandé qui était ce Roger et Brassac m'a dit que c'était le voisin. Il s'est tourné vers la fenêtre, et m'a montré une maison qu'on apercevait très loin, à moitié cachée par les arbres, de l'autre côté d'une vallée. Il paraît que ce Roger travaille à Givors ; dans une usine de colle. Il fait, avec un camion, le ramassage des os dans toutes les boucheries de la région. Chaque semaine, il prélève un sac d'os sur son chargement, et, comme il a une moto, il l'apporte jusqu'ici.

Quand la femme a parlé du pain et des châtaignes qu'il faut ajouter pour faire la soupe des chiens, Brassac a élevé la voix. Alors, elle s'est remise à manger sans rien dire.

Durant tout le repas, Brassac n'a pas cessé de parler de ses chiens. De ceux qui sont là et de tous ceux qu'il a eus. Selon lui, les chiens valent mieux que les hommes. Il prétend aussi qu'aucun d'eux n'est méchant sans raison, et il se fait fort, lui Brassac, d'approcher sans courir aucun risque le chien de garde le plus terrible. Il n'a ni don particulier ni pouvoir magique. Il aime les chiens, c'est tout. Mais il les aime vraiment. Il aime d'ailleurs toutes les bêtes. Il a seulement une peur irraisonnée des reptiles mais ce n'est pas pour autant qu'il les tue. C'est plus fort que lui, il ne pourrait pas lever la main sur une bête. Comme sa femme faisait observer que c'était là une manie qui coûtait souvent très cher, il s'est récrié en disant que l'on ne paie jamais trop cher pour faire le bien.

— J'aime mieux acheter ainsi ma part de paradis et la tienne que de donner mes sous à un curé.

En ajoutant cette phrase il s'était mis à rire. Et comme hier son rire résonnait dans toute la pièce. Mais sa femme ne riait pas. Au contraire, elle semblait très fâchée quand elle a dit qu'elle n'aimait pas à entendre parler de paradis par un homme sans religion.

Mais Brassac avait l'air bien décidé à ne pas se fâcher. Et c'est lui qui m'a expliqué que lors de son arrivée ici il a dépensé une somme considérable pour clore une grande partie de ses terres. Depuis, il peut interdire aux chasseurs d'y pénétrer et le gibier peut vivre en paix. Il déteste vraiment les chasseurs et s'est battu avec plusieurs d'entre eux. Quand il en parlait ses poings énormes se serraient, les veines de ses avant-bras poilus se gonflaient. Sa femme en a profité pour dire que ces dépenses-là aussi étaient bêtes. Et c'est elle qui a précisé que Brassac tapait toujours très fort. Trois fois il a été condamné à verser des dommages et intérêts et de fortes amendes. Brassac essayait de la faire taire. Mais je crois qu'en vérité il est très fier de ses exploits et content que je les connaisse. Au fond, je me demande si sa femme n'est pas, elle aussi, très fière de cette force. Toujours est-il qu'après la troisième condamnation il a acheté et planté des barrières. Il a également acheté un fusil, non pour chasser mais pour les chasseurs.

Moi je trouvais tout ça très bien et, en tout cas, amusant à entendre raconter.

Le matin, quand j'étais restée seule dans la cuisine, je m'étais dit que je partirais au début de l'après-midi. Mais, tandis que Brassac parlait, j'avais regardé plusieurs fois du côté de la fenêtre. Dehors, il y avait un beau soleil. Avec tous ces arbres rouges et jaunes, on aurait presque cru que la forêt brûlait sur la colline en face. Au contraire, le haut, planté de pins, était sombre. Après, c'était le ciel. Il était presque sans couleur.

Pendant que la femme préparait le café, j'ai senti que je m'engourdissais. La voix de Brassac s'éloignait. J'avais la même impression qu'au buffet de Perrache, mais, ici, il n'y avait pas d'autre bruit que la voix de Brassac.

Je crois aussi que ce n'était plus à cause de la fatigue que je me laissais aller à ce demi-sommeil. Non, c'était simplement par plaisir. Parce que ce plaisir était là et que je n'avais pas de raison de m'en priver.

Nous avons bu le café, puis Brassac s'est levé de table et

m'a demandé si je voulais l'accompagner dans « ses terres ». Sans réfléchir j'ai fait oui de la tête et je me suis levée à mon tour. Comme nous allions sortir, la femme m'a fait remarquer que je ne pourrais pas marcher dans les champs avec mes chaussures de ville. Elle m'a prêté des souliers à elle et, comme ils étaient trop grands, elle m'a prêté aussi une paire de chaussons en grosse laine.

Une fois chaussée, j'ai eu l'impression que je n'arriverais pas à marcher avec ces souliers sans talons. Je me sentais petite, et tout près du sol.

6

Brassac a posé trois sacs vides sur sa brouette et il s'est mis en route par un sentier qui descend vers le val que j'avais aperçu de la fenêtre. J'ai suivi à quelques pas. Pendant un moment les chiens ont fait les fous autour de nous, puis ils sont partis devant à la queue leu leu. Seul, le vieux Dik est resté sur les talons de Brassac. De temps à autre il s'arrêtait, tournait la tête vers moi puis se remettait à suivre son maître. J'avais l'impression qu'il était content de me savoir toujours là. En le voyant comme ça, je me suis rappelé ce que Brassac disait ; à bien regarder, ce chien avait des yeux qui en disaient plus que ceux de la femme par exemple.

Le sentier est entré dans un bois de châtaigniers. Tous les arbres étaient gros et tordus. Ils avaient déjà perdu beaucoup de feuilles. Le sentier en était tout couvert. Dans certains tournants, elles étaient entassées et j'éprouvais bien du plaisir à enfoncer mes pieds dedans. A plusieurs reprises je me suis mise à rire toute seule ; je traînais les pieds dans les feuilles, et, quand j'arrivais au bout du tas, je voyais sortir des gros souliers larges et carrés du bout. J'avais l'impression de marcher avec les pieds de quelqu'un d'autre. Dans ce bois, on ne sentait pas un souffle de vent et il y avait une odeur très forte. Je respirais. C'était agréable. Je ne me sentais pas dépaysée.

C'était peut-être comme pour le reste, mais ça ne me gênait pas.

Après avoir remonté longtemps à flanc de coteau, le sentier sortait de la châtaigneraie. Il continuait en s'élargissant sur un pré. Puis il finissait par se perdre dans l'herbe.

Brassac s'était arrêté. Je me suis approchée de lui. Nous étions au sommet de la colline qui ferme le fond du val. La première chose que j'ai remarquée, c'est le ruisseau parce qu'il faisait comme un pointillé de soleil entre les bois et les prés.

Brassac m'a dit que le ruisseau sortait de terre juste en dessous de nous, au pied de la colline, entre deux troncs de châtaigniers. Ensuite, j'ai regardé à gauche mais, de cet endroit-là, on ne peut pas voir la maison de Brassac cachée par le bois. En revanche, on voit très bien celle du voisin, sur la colline de droite. Elle est basse et grise, construite dans un pré très en pente. Juste en dessous se trouve un bouquet de pins et on dirait qu'il est là pour empêcher la maison de glisser.

Brassac est resté longtemps sans parler. Il avait sorti son mouchoir et s'épongeait le front. Son souffle était saccadé. Il regardait la vallée. Quand il a eu fini de reprendre haleine, il m'a demandé si ce paysage me plaisait. J'ai dit que oui et j'ai tendu la main en direction d'une colline plus petite que les autres et qui avance vers le centre de la vallée. J'ai demandé à quoi peut servir cette construction qui se trouve au sommet, sous les pins. Brassac m'a expliqué qu'il s'agit d'une baraque en planches à moitié démolie. Puis il a ajouté :

— Ce que vous voyez de jaune, c'est un jeu de boules. L'herbe a pas encore trop gagné dessus, parce qu'on l'avait fait solide, avec un bon fond de roches.

Je devais faire une drôle de tête, car Brassac s'est mis à rire en disant :

— Ça vous surprend ? Vous êtes pas la première. Tous ceux qui le voient n'en reviennent pas.

Et là, il s'est passé quelque chose que je n'ai pas

compris : le rire de Brassac s'est arrêté et son visage est devenu presque dur.

J'ai attendu un moment avant de le questionner de nouveau. Alors, comme si je l'avais réveillé brusquement, il m'a regardée avec des yeux étonnés. Il a hésité un moment puis il m'a dit :

— Faut que je remplisse mes sacs... Un jour, je vous expliquerai. Je vous expliquerai pour le jeu de boules et aussi pour la ferme là-bas.

J'ai regardé dans la direction qu'il m'indiquait. En effet, il y avait, cachée par les arbres, une maison dont on voyait un pan de mur et un bout de toit.

Je n'ai pas insisté. Je l'ai aidé à ramasser des châtaignes. Mais je me piquais les doigts et je n'allais pas vite. Son sac était déjà plein que le mien l'était à peine à moitié. Je n'ai pourtant pas trouvé ça ennuyeux du tout.

Enfin, à la tombée de la nuit, nous sommes rentrés, toujours avec les chiens qui nous avaient rejoints et couraient devant nous.

La femme nous attendait. Elle avait mis un couvert pour moi. Deux ou trois fois au cours du repas j'ai eu envie de parler de mon départ, et je n'ai pas pu. Je ne sais pas ce qui s'est passé ; mais j'avais l'impression que c'était quelque chose qu'on ne pouvait pas dire là, comme ça, devant cette table, dans cette pièce, à ces gens-là.

Brassac nous a encore parlé de ses chiens. Moi j'ai raconté aussi des histoires de chiens. Puis il a fallu monter se coucher et j'ai retrouvé ce bon lit avec vraiment beaucoup de plaisir.

Maintenant, je sais qu'il faudrait que je réfléchisse à tout ça, que je prenne une décision pour mon départ, mais je crois que je le ferai demain parce que ce soir je suis encore trop fatiguée.

Cette nuit, je vais dormir seule dans ce bon lit. Et c'est un peu comme si j'allais dormir deux fois plus fort.

Deuxième partie

7

Voilà plus de deux semaines que je suis ici et j'ai bien du mal à le croire. Parfois il me semble que je viens à peine d'arriver, mais, à d'autres moments, je suis comme si j'avais toujours vécu ici. De toute façon, je peux dire qu'il ne m'est jamais arrivé de trouver le temps long.

Il faut reconnaître aussi que les premiers jours j'étais à moitié assommée. Brassac disait que c'était le changement d'air. C'est vrai sans doute, mais il doit y avoir également ce silence auquel je ne suis pas habituée. Je sais pourtant qu'il me fait du bien, mais parfois, quand je me trouve seule, je sens comme un poids qui me coupe le souffle.

De l'endroit où se trouve la maison, on domine presque toute la vallée. C'est agréable et le paysage change à chaque heure du jour. Pourtant, on a un peu l'impression que le monde ne va pas plus loin que cette ligne formée par la cime des collines. Ça n'est pas plus triste qu'un autre coin, certainement, mais il doit falloir s'y habituer. Le soir, par exemple, surtout lorsque le ciel est couvert, on se sent tout de même un peu perdu. Et puis on ne voit jamais personne. Simplement, dimanche matin, alors que j'étais encore couchée, j'ai entendu un moteur de moto. Je me suis levée et, par les fentes de mes persiennes, j'ai aperçu un homme qui détachait un grand sac ficelé sur le porte-bagages de sa moto. J'ai pensé que c'était Roger, le voisin dont ils m'ont parlé plusieurs fois, alors, je me suis recouchée.

J'ai eu encore beaucoup à faire avec « mes rencontres ». Je veux parler de ces choses qui me rappellent mon enfance. Seulement maintenant, ce n'est plus pénible parce que j'y suis habituée. Je ne cherche pas à les éviter. J'ai compris que c'était inutile et puis, à vrai dire, ça ne m'est plus désagréable.

Autre chose que j'aime bien, c'est le soleil. C'est drôle, mais en ville on ne se fait aucune idée de ce que ça peut être. Et puis, de ne plus penser, peut-être que la peau est plus sensible. C'est en tout cas l'impression que j'ai eue.

Au fond, je me trouvais très bien comme ça et je crois que ça aurait pu durer longtemps sans l'arrivée de cette lettre de Marcel.

Bien sûr, je ne peux pas dire que je n'avais pas pensé à Marcel. Seulement, les premiers jours, comme j'étais vraiment endormie, je le voyais loin, perdu dans une espèce de brouillard, et j'avais l'impression qu'il ne pouvait rien contre moi. Après, quand j'ai vraiment réalisé, je n'ai plus rien osé faire. C'était trop tard. Je savais qu'en rentrant après plusieurs jours d'absence, ce qui m'arriverait serait terrible.

Et comme ça, j'ai laissé passer les jours. Et chaque jour je comprenais de plus en plus qu'il m'était impossible de rentrer.

Avant-hier, de bonne heure, Brassac m'avait réveillée et nous étions partis tous les deux ramasser des châtaignes de l'autre côté du vallon. Le ciel était couvert et, vers les 11 heures, une petite pluie fine et serrée s'est mise à tomber. Nous sommes revenus très vite. Le bois sentait encore plus fort que de coutume et je n'ai pas trouvé le paysage triste sous la pluie. Les arbres mouillés brillaient. Les branches prenaient parfois la même couleur que le ciel. La boue collait les feuilles mortes et, deux ou trois fois, j'ai failli tomber. Je riais. Brassac, qui avait laissé sa brouette, rapportait seulement sur son épaule un demi-sac de châtaignes. Il était essoufflé mais il riait aussi de voir mes cheveux collés à mes joues. Les chiens trottaient devant nous, en file indienne. Ils avaient les pattes et le ventre crottés.

Dès notre arrivée Marie s'est affairée autour de moi en me répétant que j'allais prendre froid et qu'il fallait que je monte me changer. Elle avait posé sur la bouillotte du fourneau une serviette-éponge qu'elle m'a tendue toute chaude. Mais nous avions marché si vite que j'étais plus mouillée de sueur que de pluie. Je suis montée me changer pourtant et je suis redescendue avec une robe de Marie deux fois trop large pour moi.

J'avais envie de rire mais, en entrant dans la cuisine, j'ai vu que Brassac me regardait avec un air inquiet. Comme Marie lui avait reproché de m'avoir emmenée alors qu'il risquait de pleuvoir, j'ai pensé qu'il avait peur que j'aie pris froid. J'ai voulu le rassurer.

— Ne faites pas cette tête. Je ne suis pas en sucre !

Il a voulu sourire, mais j'ai bien vu qu'il se forçait. J'ai vu aussi qu'il levait la main en direction de la table. Son geste était si lent qu'il paraissait vouloir soulever un poids énorme.

J'ai regardé la table. Sur un angle, il y avait une enveloppe. Je ne l'avais pas encore remarquée et c'est étonnant parce qu'elle faisait vraiment une tache blanche qui sautait aux yeux. Je ne sais pas si j'ai compris tout de suite qu'une lettre ne pouvait rien m'apporter de bon, mais il m'a semblé que ce papier trop blanc n'était vraiment pas à sa place dans cette pièce. Le bois de la table était presque noir et patiné, les recoins de la pièce étaient sombres et même les rideaux de la fenêtre étaient gris, presque aussi gris que le ciel.

Je me suis approchée de la table et, sans toucher l'enveloppe, j'ai lu : « Mademoiselle Simone Garil, chez Monsieur Brassac à Loire (Rhône). »

J'avais tout de suite reconnu l'écriture de Marcel. Mais, sur le coup, je n'ai pensé à rien de précis.

J'ai regardé Brassac, puis Marie. Debout l'un à côté de l'autre, ils me fixaient tous les deux sans faire un geste.

Moi, je ne pensais toujours pas, mais je sentais qu'il se passait quelque chose en moi. C'était un peu comme deux rivières qui se rencontrent.

Le bruit de mon sang à mes tempes et le bruit de la pluie tout autour de la maison grandissaient sans arrêt.

Brassac m'a dit :

— Vous ne lisez pas ?... C'est peut-être important.

Sa voix était lointaine. On aurait dit qu'il me parlait depuis l'autre rive d'un torrent.

« Important... important... important... »

Il y avait aussi un écho qui répétait ce mot.

Je ne me rappelle pas du tout ce qui s'est passé en moi. Mais je revois simplement ma main s'avancer très lentement vers la table. Cette main, je la voyais comme si elle avait été à une autre. Mes doigts se sont posés sur l'enveloppe sans que j'aie l'impression de toucher du papier. Ils l'ont fait glisser jusqu'au bord de la table avant de l'empoigner.

Là, j'ai dû hésiter ; puis déchirer l'enveloppe et lire la lettre très vite. C'était d'ailleurs une lettre très courte, Marcel disait qu'il avait besoin de moi et qu'il viendrait me chercher le lendemain.

J'ai regardé autour de moi. La brume était toujours aussi épaisse. Puis, d'un seul coup, elle s'est déchirée avec un bruit qui m'a fait mal. J'ai eu vraiment mal, oui. Et j'ai senti que j'allais pleurer. Alors je me suis laissée tomber sur une chaise, j'ai posé mes coudes sur la table et mis ma tête dans mes mains.

Il y avait des années que je n'avais pas pleuré, mais ça doit être naturel de mettre sa tête dans ses mains quand on pleure. Parce que là, ce n'était pas pour me cacher. Je n'avais pas honte de pleurer. Je ne pouvais pas avoir honte, puisque je ne savais même pas au juste pourquoi je pleurais. J'ai dû pleurer un bon moment, mais, quand j'ai relevé la tête, Marie et Léandre étaient toujours à la même place. Marie se tordait les doigts. Léandre était voûté, comme tiré en bas par ses deux grosses mains qui pendaient le long de son pantalon de velours.

Longtemps j'ai regardé ses mains. Sans savoir pourquoi, mais je les regardais. Jamais je ne les avais trouvées si grosses.

Puis, soudain, tout s'est éclairé. Alors je n'ai pas pu me retenir. Je me suis précipitée vers Léandre. Je l'ai agrippé et je l'ai supplié de ne pas m'abandonner. Je ne savais ni ce que je demandais ni ce que je pouvais attendre de lui. Mais il était fort. Ça se voyait et c'était suffisant.

Je n'ai pas fait attention à ce qu'ils m'ont dit tous les deux, mais leur voix était douce. Ils me parlaient sans me repousser, je n'en demandais pas davantage.

Léandre a lu la lettre de Marcel.

Quand il a eu terminé, j'ai vu ses poings énormes se fermer et je crois bien que c'est eux qui ont fini de me réconforter.

Après un temps, Léandre s'est mis à me parler doucement. Je sentais bien qu'il n'aurait pas agi autrement avec un enfant et je le laissais faire. Je trouvais tout naturel de l'entendre me parler de cette façon. Il m'a expliqué que je devais accepter de revoir Marcel. Moi, j'avais peur. Il devait le sentir car il a ajouté :

— Vous ne risquez rien, je serai là.

En disant ça, il serrait encore ses gros poings.

Et il a dit aussi :

— Vous comprenez, il faut lui dire que vous ne voulez pas retourner. Il faut lui parler vous-même. Comme ça, il laissera tomber. Il n'a aucun droit sur vous. Je lui dirai. Et puis, il le sait bien.

J'avais repris mon sang-froid et je regardais Léandre. Malgré moi je revoyais le Brassac que j'avais rencontré à Lyon, et il me semblait impossible que ce soit le même. Il ne gesticulait pas. Il parlait calmement, comme tout le monde. Et pourtant, rien qu'à le voir, assis devant moi, je me disais qu'il était fort et que je pouvais avoir confiance en lui.

Pendant qu'il me parlait, Marie avait achevé son repas et dressé le couvert. Nous nous sommes mis à table.

Tout d'abord j'avais du mal à avaler mais bientôt mon appétit est revenu. De nouveau Léandre parlait très fort. Il gesticulait sans cesse et les yeux de Marie suivaient ses gestes. Je voyais bien qu'elle l'admirait.

Moi, ça m'était égal qu'il se remette à faire le cabot. De l'avoir vu, de l'avoir entendu me parler comme il venait de le faire, m'avait suffi. Au contraire, je m'amusais beaucoup à écouter ses histoires invraisemblables.

Comme la pluie continuait, nous sommes restés à la ferme tout l'après-midi. Léandre s'est mis à racler des manches d'outils, Marie et moi nous égrenions des haricots secs. Les cinq chiens dormaient autour de la cuisinière. De temps en temps, l'un d'eux se levait, allait vers Léandre ou venait poser son museau sur ma cuisse. Rien qu'à sa façon de s'approcher et au poids de sa tête je le reconnaissais. Il n'y avait que Diane et le vieux Dik qui ne venaient pas. Elle, parce qu'elle ne s'est pas encore très bien habituée à moi, et lui parce qu'il est trop vieux et qu'il peut rester un jour complet à dormir sans faire un seul mouvement.

Pourtant, ils étaient tous là. A côté de moi. J'y pensais constamment et je me disais qu'ils étaient là pour me défendre. Que je n'avais à me soucier de rien.

Le soir, nous avons veillé bien plus tard que les autres jours. Personne ne l'a fait remarquer, mais j'ai bien compris que Marie et Léandre voulaient reculer le plus possible le moment de me laisser seule.

Quand nous sommes montés nous coucher, il y avait longtemps que les chiens avaient gratté à la porte pour sortir. Et lorsque Léandre est rentré après être allé les enfermer dans la grange, il nous a dit que le ciel s'éclaircissait, que la pluie ne tombait plus guère et qu'il ferait certainement beau le lendemain.

8

Une fois seule dans ma chambre je me suis mise à réfléchir et je me suis endormie très tard. C'est sans doute pour ça que, le lendemain matin, Marie a été obligée de venir me réveiller. Elle a ouvert les volets de ma chambre et le soleil est entré jusqu'à mon lit. Marie m'a demandé si je n'étais pas malade. J'ai répondu que non et, qu'au contraire, je me sentais très bien.

C'était vrai. J'étais heureuse simplement de constater que Léandre ne s'était pas trompé en nous annonçant le beau temps. Il me semblait que Léandre ne pouvait pas se tromper. Et je me disais aussi que toute cette lumière d'automne était là pour moi, rien que pour moi.

Avant de quitter ma chambre Marie m'a dit de ne pas trop tarder car « ce Monsieur » pouvait venir d'une minute à l'autre. Elle disait « ce Monsieur » et ça me donnait envie de rire. Je crois qu'elle ne se fait pas une idée de ce qu'est Marcel pour moi. Elle doit se représenter une espèce de fiancé dont je ne veux plus parce qu'il n'est pas convenable.

Je me suis levée très vite parce que je commençais à goûter la tiédeur du soleil sur mon lit et que je me méfie de ma paresse.

A la cuisine, mon déjeuner était prêt. J'ai mangé, puis je suis allée dans la cour, où Léandre travaillait. Il avait sorti une masse et quatre coins de fer et il commençait d'aligner par terre les troncs empilés sous l'auvent de la grange. Comme je m'étonnais de ne pas voir les chiens, il m'a expliqué que si l'on voulait s'entretenir convenablement avec Marcel, il valait mieux que rien ne puisse l'impressionner. Et il a ajouté :

— De toute façon, s'il n'est pas seul et qu'ils fassent les méchants, Marie se tiendra prête à ouvrir la grange.

Ensuite, il s'est mis à rire fort en empoignant le manche de sa masse.

Tout cela, le chantier de fendage, le rire un peu forcé, les chiens que Marie serait prête à lâcher, sentait un peu trop la mise en scène. J'avais pourtant confiance en Brassac. Et puis, tout bien pesé, je n'avais pas à me soucier du procédé ; le principal c'était que Marcel comprenne.

Brassac s'était mis au travail. Il avait une façon de faire tournoyer sa masse qui me rappelait les monteurs des cirques. Pourtant, d'habitude, quand il fendait du bois, il ne devait pas avoir d'autres spectateurs que ses chiens. Après tout, c'était peut-être simplement pour se faire plaisir à lui qu'il étudiait ainsi chacun de ses gestes. Je l'ai observé un bon moment et j'ai été bien obligée de reconnaître qu'il était beau à voir.

Ensuite je suis rentrée dans la cuisine. Marie épluchait les légumes pour la soupe de midi. Je me suis assise en face d'elle, et je me suis mise à éplucher aussi.

De temps en temps nous nous regardions. Marie souriait. Son sourire se voyait à peine, mais je savais ce qu'il voulait dire. Il voulait dire que Marie m'aimait bien. Moi, je souriais aussi pour lui dire que je n'avais pas peur.

Il était près de 11 heures quand les chiens se sont mis à aboyer. Aussitôt Léandre a posé sa masse et s'est approché de la grange pour leur dire de se taire.

Une auto montait.

Maintenant qu'il n'y avait plus le bruit de la masse, on l'entendait bien.

Marie s'était arrêtée d'éplucher et j'ai vu que son couteau tremblait dans sa main. J'ai souri de nouveau en m'efforçant d'être calme.

L'auto est arrivée très vite sur le replat et nous l'avons entendue s'arrêter à l'entrée du chemin de terre. Je suis allée à la porte mais, de la maison, on ne voit pas la route à cause des châtaigniers. Brassac m'a dit de rentrer vers Marie. Lui est resté debout au milieu de la cour, appuyé d'une main sur le manche de sa masse. Il était un peu essoufflé et sa poitrine poilue se soulevait plus vite que de coutume, ouvrant à chaque fois sa chemise dégrafée. Pourtant il souriait et il avait l'air très calme.

Je suis revenue vers Marie. Elle avait posé son couteau. Ses deux mains étaient sur la table. Elles tremblaient. Moi, j'avais bien un peu le sang qui me battait aux tempes, mais je n'avais pas peur. Quelques minutes se sont écoulées sans un seul bruit. Les chiens n'aboyaient plus mais l'un d'eux a grogné et Brassac lui a encore dit de se taire. Puis j'ai entendu un pas sur le sentier et, presque aussitôt, Brassac qui lançait de sa plus belle voix de théâtre :

— Adieu, Marcel (il disait Marcèèlle). Tu as pas eu trop de mal à me trouver ?

— Non, j'ai demandé en bas.

La voix de Marcel était calme. Je l'attendais. Et pourtant, ça m'a fait quelque chose de l'entendre. Tout de suite il a ajouté :

— Salut, Brassac, ça va ?

— Ça va pas mal, oui... Dis donc, c'est gentil de venir me voir !

Alors la voix de Marcel a changé. Elle s'est durcie quand il a répondu qu'il ne venait pas en visite, mais chercher sa femme.

Brassac s'est mis à rire.

— Ta femme ? Tu veux parler de Simone, je pense.

Marcel a dit que oui et il a demandé si j'étais là. J'ai compris qu'il était très nerveux et qu'il avait du mal à se contenir.

Léandre a répondu que j'étais ici et invité Marcel à entrer pour prendre un verre. Ils ont traversé la cour et Marcel est entré le premier, suivi de Léandre qui le dépassait de plus d'une tête.

Je me suis levée et j'ai dit bonjour à Marcel en lui tendant la main. Il a eu un ricanement pour me demander si je m'étais bien reposée et si les vacances me faisaient du bien. J'ai répondu « oui » simplement. Alors d'une voix qui grinçait il m'a lancé :

— C'est bon, tant mieux, mais c'est fini les vacances, va falloir rentrer.

J'allais répondre quand Léandre a demandé à Marcel ce qu'il voulait boire. J'ai vu que Marcel avait beaucoup de mal pour se retenir. Il a dit :

— Un canon sur le pouce. Je suis pressé.

Tandis que Marie apportait deux verres qu'elle emplissait de vin rouge (c'est effrayant ce qu'elle tremblait), Brassac invitait Marcel à s'asseoir. Il s'étonnait de le voir si pressé et lui demandait s'il avait tant de travail. Mais Marcel n'a pas bronché. C'est tout juste s'il a ouvert la bouche pour me dire d'aller me chausser et mettre mon manteau. Je me suis assise et j'ai dit :

— C'est pas la peine puisque je reste ici.

Je n'ai vraiment eu aucun mal à prononcer ces mots. Ils sont venus tout seuls, sans que je les aie préparés. Mais aussitôt Marcel a explosé. Il est devenu presque vert et s'est mis à crier que la plaisanterie avait assez duré et qu'on allait voir lequel commandait de lui ou de moi. Léandre, qui avait pris son verre, l'a reposé sur la table et s'est approché lentement de Marcel. Il a posé sa grosse main sur son épaule et il a dit :

— Doucement, petit. Ici, on gueule pas, on cause.

Marcel serrait les poings. Son menton tremblait. Pendant un instant il a regardé Brassac comme pour évaluer son poids puis, d'un seul coup, il a fait demi-tour et s'est mis à courir jusqu'à la porte. Sur le seuil il s'est arrêté et s'est retourné le temps de crier :

— Si tu veux l'employer à temps complet, Brassac, faudra qu'on s'entende pour le prix. Je te donne jusqu'à demain pour réfléchir.

Tandis qu'il se sauvait, Léandre est sorti derrière lui. Il a pris sa plus grosse voix pour lancer :

— Prépare-lui sa valise, j'irai la prendre un de ces jours.

Il est rentré ensuite en éclatant de rire. Un rire qui emplissait toute la grande cuisine. Il a vidé son verre d'un trait puis, prenant celui que Marcel n'avait pas touché, il l'a vidé en jurant qu'il ne lui arriverait plus jamais de payer à boire à un cochon pareil. Moi, je ne savais pas bien ce que je devais faire. Pourtant, quand il m'a regardée, j'ai senti qu'il fallait que j'aille vers lui pour lui dire merci. Mais, à ce moment-là, tous les chiens se sont mis à aboyer très fort et nous nous sommes précipités tous les trois jusqu'à la porte.

Sur le sentier, Marcel revenait accompagné de trois de ses amis. Alors tout est allé très vite. En trois enjambées Léandre s'est trouvé vers son chantier de fendage. Moi, voyant que Marie se sauvait au fond de la cuisine, j'ai couru jusqu'à la porte de la grange. Quand je me suis retournée après m'être assurée que le loquet n'était pas coincé, Léandre marchait à la rencontre des autres. Il tenait sa masse de la main gauche et, de l'autre, un de ses coins de fer. Arrivé au bout de la cour, il s'est planté à l'entrée du sentier en criant :

— Le premier qui avance, y trinque !

Les autres se sont arrêtés sauf un petit, large d'épaules, le seul que je ne connaissais pas. Il a fait trois pas. Je le regardais mais, en même temps, je voyais Léandre. Son bras droit s'est levé puis s'est détendu. L'homme a fait un saut de côté et le coin de fer a tinté sur les pierres du sentier juste à l'endroit où se trouvaient ses pieds quelques secondes plus tôt. En ricochant, le coin a touché le pied du grand Gaston qui se trouvait à droite de Marcel et qui a crié :

— Salaud !

Comme s'il avait lancé un ordre, les quatre hommes se sont mis à courir sur Léandre. Alors, sans hésiter, j'ai soulevé le loquet en tirant la porte de toute ma force. Elle s'est ouverte toute grande et j'ai crié :

— Tcha... Tcha... Tcha... !

Comme je savais qu'il fallait faire pour exciter les chiens.

Mais je crois que c'était inutile. Déjà ils avaient bondi tous les cinq, Bob et Brutus en avant. Il y a eu un flottement chez les hommes, ils se sont arrêtés puis, faisant demi-tour, ils se sont sauvés à toutes jambes. La voix de Brassac a tonné un coup bref. Les chiens ont stoppé en soulevant un nuage de poussière qui a scintillé dans le soleil avant de se coucher sur l'herbe, à côté du sentier. Pendant que les chiens revenaient aux pieds de Brassac, Marie est sortie de la cuisine. Elle était affreusement pâle mais, pourtant, en la voyant, j'ai eu envie de rire. Elle portait à bout de bras, posé à plat sur ses deux mains, le fusil de Léandre. Quand Léandre s'est retourné et qu'il l'a vue s'avancer ainsi, il est parti de son grand rire. Puis, prenant le fusil, il l'a armé d'un coup sec et il a tiré deux fois en l'air.

Les détonations ont couru dans la vallée, d'une colline à l'autre, tandis que le moteur de la voiture se mettait en marche.

Nous l'avons écoutée s'éloigner sans rien dire. Léandre était appuyé sur son fusil, moi je caressais les chiens qui tournaient autour de nous.

Pas un instant je n'avais eu peur. Je crois même que s'il y avait eu de la bagarre je ne me serais pas sauvée. Pourtant, quand nous sommes rentrés dans la cuisine, mes jambes se sont mises à trembler et j'ai été obligée de m'asseoir. Marie, au contraire, avait déjà retrouvé ses couleurs. Elle s'est approchée de moi, elle a hésité une seconde, puis elle m'a embrassée très fort sur les deux joues. J'ai senti que j'allais encore pleurer et je me suis levée. Brassac était debout près de la table. Il avait l'air ennuyé d'être là. Il se balançait sur place, les deux mains pendantes. Alors je suis allée vers lui et je l'ai embrassé. J'aurais voulu lui dire quelque chose, mais je n'ai pas pu, et je crois que ça n'était pas la peine.

9

Le reste de la journée s'est écoulé très vite. Après le repas nous sommes allés tous les trois chercher les derniers maïs. En rentrant, j'ai eu envie d'en faire griller une « panouille » sur le feu. Il était trop mûr pour éclater et ce n'était pas très bon, mais j'étais bien parce que c'était encore une façon de retrouver mon enfance. Marie était heureuse et Brassac riait en nous traitant de gamines. Tous les chiens étaient là, autour de la cuisinière dont les flammes montaient haut. Nous avions laissé la porte et la fenêtre ouvertes à cause de la fumée. Dehors le jour baissait et le fond du val était déjà plein de nuit. Pendant un bon moment je crois que j'ai été tout à fait heureuse. Et, à ce moment-là, j'ai eu pour la première fois l'impression que je pourrais vraiment vivre là, avec Marie, Léandre et les chiens.

Ensuite, j'ai accompagné Marie à l'écurie et j'y suis restée pendant tout le temps qu'elle a mis pour traire sa Roussette. On y voyait à peine, avec l'ampoule trop faible et tout emmaillotée de toiles d'araignées. Par la porte entrebâillée, un peu d'air de la nuit entrait. Autrement il faisait tiède et j'ai retrouvé là cette odeur d'écurie à vache que l'on ne trouve en aucun autre endroit. C'est moi qui ai rapporté à la cuisine le seau de lait couvert de mousse. J'en ai bu un grand bol tout chaud et Léandre m'a tendu la glace pour que je puisse me voir avec des moustaches blanches.

Nous avons mangé et, pendant le repas, Léandre a parlé beaucoup. A la fin, j'ai vu que Marie s'endormait sur sa chaise. Alors je me suis levée pour débarrasser la table mais j'ai fait du bruit et ça l'a réveillée. Nous avons débarrassé ensemble pendant que Léandre menait coucher les chiens.

En montant, il a pris son fusil. Il a plaisanté et, pourtant, je crois bien qu'il a raison de se méfier. Je suis montée, mais ce simple geste de Léandre avait suffi à me faire repenser à Marcel. J'y ai pensé longtemps avant de m'endormir et j'ai même eu peur de ne pas pouvoir dormir. Seulement, j'étais fatiguée et le sommeil m'a gagnée d'un seul coup.

Malgré tout, ce matin, en m'éveillant je n'étais pas bien. Il me semblait que je devais faire quelque chose mais je n'arrivais pas à savoir quoi.

Quand j'ai entendu descendre Marie je me suis levée aussi. En me voyant debout si tôt elle a été tout étonnée. J'ai dit que je voulais voir le soleil se lever sur le val et que j'irais faire une petite promenade avant de déjeuner. Je crois que Marie a été inquiète mais elle a eu l'air rassuré quand j'ai dit que j'emmenais Bob. Parmi les cinq chiens, Bob est le seul qui accepte de me suivre sans que Brassac m'accompagne. Avec lui, je ne risque rien.

J'ai suivi le sentier que Brassac m'avait fait prendre le lendemain de mon arrivée et je suis allée jusqu'à l'endroit d'où l'on voit le jeu de boules et la ferme abandonnée.

Arrivée là, je me suis assise sur une murette de pierre et j'ai attendu que le soleil sorte de derrière la colline. Le ciel était jaune entre la terre presque noire et une longue ligne de nuages violets. Bob était couché à mes pieds. Il regardait dans la même direction que moi et on aurait dit qu'il attendait aussi le lever du soleil.

A ce moment-là, j'ai pensé que ce n'était certainement pas uniquement pour assister au lever du jour que j'étais venue là, mais je n'ai pas pu comprendre quelle autre raison m'avait poussée.

Bien sûr, j'avais passé une partie de la nuit à me répéter

qu'il faudrait que je prenne une décision. Je ne pouvais pas continuer de vivre ainsi chez ces gens. C'était cela, sans doute, que j'étais venue faire ici, parce qu'il fallait que je sois seule pour réfléchir.

J'allais réfléchir sérieusement à tout cela au moment précis où le soleil s'est montré. Ça, c'était évidemment une chose que je n'avais jamais vue. En ville, même quand on se trouve encore dehors à l'aube, on ne voit jamais le soleil se lever. C'est bien dommage, parce que c'est une chose qui vaut la peine d'être vue. Pendant plus de cinq minutes j'ai eu le souffle coupé. On aurait dit que toute la terre se mettait à remuer et, pourtant, le silence était parfait. Très vite l'ombre de la vallée parut rentrer dans la terre et disparaître sous le couvert des arbres. Les prés brillaient, le ruisseau faisait comme une traînée de feu entre les châtaigniers.

Dès que le soleil a été détaché de la colline, tout s'est immobilisé. Il n'y avait plus que les nuages qui avançaient lentement vers le nord.

J'ai essayé de reprendre le fil de mes idées, mais j'ai tout juste pu me dire que je venais d'être très heureuse pendant quelques minutes.

J'allais me lever pour partir lorsqu'un moteur a pétaradé dans la montée. Sur le coup, j'ai sursauté. Puis j'ai entendu qu'il s'agissait d'une moto. J'ai pensé que c'était Roger, l'homme aux os. D'ailleurs, Bob s'était levé et il courait vers le sentier. Je l'ai rappelé. Il est revenu mais il me regardait avec des yeux tristes. Alors, je me suis mise en route en me disant que, le temps de faire le chemin, l'homme serait parti.

Je n'avais pas envie de le voir, mais, de l'avoir entendu, je savais que c'était dimanche et ça m'a paru extraordinaire. J'ai pensé que j'étais ici depuis plus de quinze jours, que nous étions dimanche et que, sans ce bruit de moto, je ne m'en serais jamais aperçue.

Troisième partie

10

Je crois de plus en plus que je ne suis pas faite pour prendre des décisions. Encore moins pour me battre et pas davantage pour réfléchir. Tout ce qui arrive m'ennuie beaucoup. Seulement, comme dit Léandre : « Si on pouvait tout arranger d'un seul coup, ce serait trop simple. Quand on a fini avec les individus, faut compter avec l'Administration. »

Évidemment, je croyais être débarrassée de Marcel. D'ailleurs lui-même n'a pas donné signe de vie. Pourtant, cette lettre de la Préfecture, que j'ai reçue huit jours après sa visite, je suis persuadée qu'il n'y est pas étranger. C'est d'ailleurs ce que j'ai dit à Léandre dès que j'ai vu qu'on me demandait de me présenter pour « régulariser ma situation ». Marcel s'est assez souvent servi de ses amis quand il fallait me protéger pour que je sache à quoi m'en tenir à ce sujet. Léandre l'a très bien compris et il m'a tout de suite offert de se rendre à la Préfecture pour voir ce qu'ils me veulent exactement et quelles formalités il faut accomplir. Bien entendu, j'ai accepté.

Léandre est donc parti, un matin, et je suis restée seule avec Marie et les chiens. Excepté Bob qui ne me quitte plus, tous les chiens étaient inquiets. Ils tournaient sans cesse dans la cuisine, et, dès qu'on ouvrait la porte, ils filaient sur le sentier qui mène à la route. Là, ils se collaient le nez contre la barrière et ils attendaient. Quand j'allais les appeler ils rentraient la queue basse. Seul le vieux Dik refusait de bouger. Ça m'ennuyait parce que le vent s'était remis à souffler depuis deux ou trois jours et il faisait froid. Quand j'ai demandé à Marie ce qu'il fallait faire, elle m'a dit :

— Rien. Faut le laisser. C'est pareil chaque fois que Léandre s'en va. Au fond, avec son poil épais, il ne risque rien. D'abord, quand il y a de la neige, il se couche dedans pendant des heures.

Depuis que j'étais là, jamais Brassac ne s'était absenté. Je n'y avais pas pensé et, de voir cette tristesse des chiens, j'ai compris que moi non plus je n'étais pas comme les autres jours.

J'ai aussi observé Marie. Je m'étais un peu habituée à lire sur son visage, et j'ai compris qu'elle était soucieuse. J'aurais aimé profiter de l'absence de Léandre pour essayer d'apprendre quelque chose de leur vie avant mon arrivée. J'ai posé plusieurs questions mais je n'ai rien pu savoir. Simplement, Marie m'a dit que les terres viennent de ses parents, qui sont morts ici voilà plus de quinze ans. Et c'est après leur mort seulement qu'elle a épousé Léandre.

A un certain moment, je ne sais plus à quel propos, Marie s'est mise à me parler de Dieu et de la religion. Marie est croyante. J'ai compris qu'elle se raccrochait à cette croyance en Dieu chaque fois qu'il lui arrivait malheur. Moi, je ne vois pas comment on peut se raccrocher à ça, mais je n'ai rien dit. Au fond, j'ai l'impression que Marie ne sait pas grand-chose de Dieu et de la religion et qu'elle ignore pourquoi elle croit.

Ce qui m'intéressait, c'était de savoir ce que Marie entendait par « malheurs ». Il a fallu que je lui pose plusieurs fois la question pour qu'elle finisse par m'avouer qu'elle a une peur terrible de son homme quand il rentre saoul. J'ai souri en disant que ça n'arrivait pas souvent. Alors, Marie m'a dit :

— Bien sûr, depuis que vous êtes là il n'est pas retourné

à Lyon. Mais vous verrez, ce soir, il rentrera saoul. Avant, il lui arrivait d'y aller une fois par semaine. Et chaque fois, en rentrant il m'insulte.

J'ai répondu que j'étais très ennuyée puisque c'était à cause de moi qu'il était descendu en ville.

Alors, elle m'a regardée d'un drôle d'air pour me dire :

— Au contraire, ce serait peut-être à moi de vous remercier... Ça doit être votre présence qui le retient ici.

En disant ces derniers mots, elle avait eu un sourire triste. Ensuite, nous n'avons presque plus parlé, mais j'ai repensé constamment à ce sourire de Marie. J'avais l'impression qu'elle souffrait, et que ce n'était pas seulement à cause de Brassac qui risquait de rentrer saoul. J'aurais aimé qu'elle me parle franchement, mais je ne savais comment m'y prendre.

***

La journée m'a paru très longue. De temps à autre j'allais jusqu'à la fenêtre. Le vent soufflait toujours aussi fort. Il venait de l'est et prenait le val en enfilade. Il remontait dans les châtaigniers en soulevant des feuilles mortes si bien qu'à certains moments on avait l'impression qu'il neigeait à l'envers d'énormes flocons jaunes. Sur la colline en face, les pins se tordaient. A mesure que le jour diminuait, le ciel paraissait plus bas et, peu de temps avant la nuit, les nuages ont paru s'appuyer sur la forêt pour enjamber la colline. J'ai pensé alors que, lorsque j'étais petite, c'était l'heure que ma grand-mère appelait « entre chien et loup ». Avant d'éclairer la lampe à pétrole elle me prenait sur ses genoux et je regardais par la fenêtre en l'écoutant me raconter des histoires. Les histoires, je m'en souviens à peine, mais je me rappelle très bien que les arbres avaient toujours des formes d'hommes à cette heure-là. Ici, ces formes je les ai retrouvées dans les châtaigniers les plus proches. Et, comme ma grand-mère, Marie a attendu la nuit complète pour donner de la lumière. C'est peut-être ridicule, mais, quand elle a tourné l'interrupteur, j'ai regretté un instant qu'il n'y ait pas de lampe à pétrole.

Je suis revenue près de la table et j'ai continué de dépouiller le maïs. Marie s'était remise à raccommoder, mais j'ai remarqué qu'elle regardait souvent le réveil. Elle connaissait l'horaire des trains et devait calculer le temps qu'il faudrait à Léandre pour monter de la gare. Elle ne disait plus un mot. Depuis des heures son visage n'avait pas changé d'expression. Moi, je n'osais rien dire. Et surtout, je ne savais pas quoi dire.

Chaque fois qu'un chien bougeait, Marie le regardait. Enfin, à 8 heures, elle s'est levée pour mettre le couvert. Voyant qu'elle ne mettait que deux assiettes je lui ai demandé si nous n'attendions pas Léandre.

— C'est inutile. S'il avait pris le dernier train, il serait là, maintenant c'est l'horaire d'hiver.

Elle parlait toujours sur le même ton.

Dès que nous avons eu fini de manger, Marie a conduit les chiens à la grange. Quand elle est revenue je lui ai demandé si elle avait pu faire rentrer Dik.

— Non, m'a-t-elle dit, c'est pas la peine de l'appeler, avec le vent il n'entendra pas. Et puis, il ne nous obéira pas.

— Voulez-vous que j'aille le chercher ?

— Il vaut mieux le laisser dehors, si vous le faites rentrer de force il va pleurer et ça fera pleurer les autres.

Là-dessus, nous sommes montées nous coucher.

J'ai eu beaucoup de mal à m'endormir. Je suis restée longtemps à écouter les bruits de la nuit. Je pensais à Brassac. Je le voyais ivre mort, dans le bar où je l'ai rencontré. Peut-être avait-il rencontré Marcel. J'étais inquiète. Pourtant, je savais que Marcel tenait beaucoup à sa tranquillité et cela me rassurait un peu. Mais je pensais aussi à Marie ; aux soirées qu'elle avait dû passer seule à écouter, à épier les mouvements des chiens. Depuis la visite de Marcel, j'avais l'impression qu'elle avait de l'affection pour moi et je l'aimais bien. Mais son attitude du matin m'ennuyait beaucoup. De plus, je la trouvais trop renfermée. Et pourtant, en pensant à la vie qu'elle avait dû avoir depuis qu'elle était seule ici avec Léandre, je ne pouvais pas lui en vouloir.

11

C'est la voix de Léandre qui m'a réveillée. Il faisait nuit et j'ai compris tout de suite que je n'avais pas dormi bien longtemps. Léandre devait être à la cuisine et criait très fort en appelant Marie.

Il a dû faire tomber une chaise puis, tout de suite, j'ai entendu le pas lourd de Marie dans l'escalier. Je me suis levée et me suis habillée en hâte. Quand je suis arrivée dans la cuisine, Marie était en train de ranimer le feu. Accoudé à la table, Brassac la regardait. Elle n'avait pas pris le temps de s'habiller et portait une chemise de nuit blanche, très large et qui lui descendait jusque sur les pieds. Sous la table, quelque chose bougeait. Je me suis penchée. Entre les pieds de Brassac, un petit chien tout noir se léchait les pattes.

Sans raison, Brassac s'est mis à rire. Puis il m'a dit :

— Tiens, la môme, voilà tout ton bordel.

Il parlait avec beaucoup de difficultés. D'un geste large, il a tiré de sa poche une poignée de papiers qu'il a jetés sur la table. Je l'ai remercié en lui demandant s'il n'avait pas eu trop de mal. Il s'est remis à rire en se frappant la poitrine.

— Tu sauras, petite, que pour Antonin de Brassac, il n'est point de difficulté qui soit insurmontable. Brassac est l'homme des circonstances difficiles... Demande à la vieille...

Et il a continué par une longue tirade où il était question d'une foule d'actions toutes plus périlleuses les unes que les autres et dont il s'était tiré un peu comme les jeunes premiers des films de cow-boys.

Ce qu'il disait, sa façon de parler et ses gestes auraient pu amuser bien du monde s'il s'était trouvé dans une salle de café par exemple. J'ai repensé à Marinette, aux autres aussi qui m'avaient si souvent parlé de lui comme d'un « type » marrant. Moi, pour l'instant, je n'avais pas envie de rire. Au contraire.

J'en ai vu des ivrognes, ils m'ont toujours plus ou moins dégoûtée, mais jamais un homme saoul ne m'avait fait cette impression. Quand j'étais obligée de les subir, je les détestais. Au début, il m'est arrivé de souhaiter qu'un verre de plus les tue pour de bon. Là, d'entendre Léandre, de voir le dos voûté de Marie qui s'affairait de la table au placard, j'avais le cœur tout gonflé.

A un geste de Léandre, j'ai remarqué que la manche de sa veste était déchirée et qu'il avait du sang au poignet. Je me suis approchée de lui en lui demandant s'il était blessé. Il s'est mis à rire en disant :

— Une égratignure, petite. Un tout petit coup de surin. Une caresse pour ainsi dire.

Il a marqué un temps puis, parlant plus haut, il a repris :

— Mais Brassac n'aime pas ce genre de caresse. Et le maquereau qui me porta ce coup de lame gémit à l'heure qu'il est sur un lit d'hôpital. A moins que la morgue déjà... Mais non, cent mille tonnerres, veuille Dieu que le poing de Brassac n'ait pas entièrement occis cet imbécile.

Là, il s'est levé d'un coup. Sa chaise est tombée et, sous la table, le petit chien a pleuré avant d'aller se coucher derrière la cuisinière. Brassac ne s'est occupé ni du chien ni de la chaise. Déjà il marchait de long en large en gesticulant et en criant :

— Sacrebleu, quel carnage vous fîtes, cher monsieur de Brassac. En quel piteux état mîtes-vous cette vermine et le matériel de cet ignoble bouge qui, tantôt, vit votre victoire sur la pègre de la rue Mercière !...

Marie s'est retournée. Très pâle, elle suivait des yeux son va-et-vient. Brassac ne s'occupait pas de nous. Il allait d'un bout à l'autre de la pièce en titubant. Quand il s'arrêtait, c'était toujours en face de la fenêtre. Il la regardait un moment sans cesser de crier puis il repartait.

Il bégayait toujours. Pourtant la scène qu'il essayait de décrire, je n'avais pas beaucoup de mal à l'imaginer. Je connaissais le bar où elle s'était déroulée et je connaissais aussi la plupart des personnages. Je savais que la police n'intervenait presque jamais dans ce genre de règlement de compte parce que le patron ne l'appelait pas. Cela me rassurait. Et puis, j'étais persuadée que Brassac exagérait. Cependant je voyais le visage de Marie qui se tendait. Son front bas se plissait. Elle était de plus en plus pâle. Elle devait savoir qu'il était dangereux d'interrompre Brassac. Elle se dominait. Pourtant, quand il s'est arrêté elle a demandé :

— Et si les autres portent plainte, faudra encore payer ?

Elle avait parlé presque à voix basse, mais Brassac avait compris. D'un bloc il s'est retourné pour lâcher une bordée d'injures. Baissant la tête, les poings serrés il s'est dirigé vers Marie qui a perdu la tête. Elle a poussé un cri en se sauvant vers l'escalier. Mais elle avait à peine monté trois marches, qu'elle s'entroupait dans sa chemise trop longue et dégringolait de tout son poids.

Alors Brassac s'est penché en avant et s'est mis à rire en se tapant sur les cuisses. Moi, j'ai couru vers Marie pour l'aider à se relever. Elle n'avait pas l'air de s'être fait beaucoup de mal. Quand je me suis retournée, j'ai vu que Brassac s'était assis. Il ne nous regardait plus mais il riait toujours.

Nous avons commencé de monter, et, avant d'arriver au palier, j'ai regardé encore Brassac. Toujours sur sa chaise, cassé en deux, il toussait et crachait entre ses pieds.

Arrivée devant la porte de sa chambre, Marie s'est tournée vers moi. Elle m'a regardée. Ses yeux n'étaient plus vides. Elle avait peur. Terriblement peur. Je ne savais pas ce qu'il fallait faire. C'est Marie qui a parlé la première. Elle m'a dit :

— D'habitude, quand il est comme ça, je me ferme à clef dans ma chambre.

J'ai compris qu'elle n'oserait pas le faire puisque Léandre ne pouvait plus venir coucher dans la chambre que j'occupe. Alors je lui ai demandé si elle voulait dormir avec moi. Sans répondre elle m'a suivie.

En bas, Brassac ne criait plus. Il devait manger.

Allongée à côté de moi, Marie ne bougeait pas. Je crois même qu'elle retenait son souffle.

Un bon moment s'est écoulé avec juste le bruit du vent entre les lames des persiennes. Puis j'ai entendu Brassac qui montait l'escalier en trébuchant. Il a ralenti devant notre porte. Il marmonnait mais je n'ai pas pu comprendre ce qu'il disait. Il est allé jusqu'au bout du couloir. L'autre porte s'est ouverte, mais Brassac n'est pas entré. Il avait dû éclairer et voir que Marie n'y était pas car je l'ai entendu revenir plus vite vers nous. Marie s'est mise à trembler et j'ai senti qu'elle se rapprochait de moi.

La poignée de notre porte a tourné, mais j'avais fermé à clef. Par trois fois, Brassac a cogné contre le panneau. Marie a soufflé :

— Il va casser la porte.

Brassac s'était mis à crier :

— Vous allez ouvrir, deux salopes... ou je... je défonce tout le bordel.

J'ai senti que Marie bougeait. Je l'ai empoignée par le bras en lui disant de ne pas se lever. Je n'avais pas peur.

Brassac continuait de nous insulter. Mais il voulait parler fort et vite et je ne comprenais pas la moitié de ce qu'il disait. Il s'est tu le temps d'envoyer deux coups de pied dans la porte puis, parlant plus lentement, il a crié :

— Vous êtes deux putains... Ça vous va bien de coucher toutes les deux... Brassac, tu as deux putains chez toi... Et t'as plus qu'à te branler. Les putains sont en grève !

Là, il s'est arrêté une bonne minute pour rire, puis il a lancé :

— T'entends, Marie-Molasse ? T'es une putain comme l'autre... Une qui se fait baiser sans que ça serve jamais à rien... T'es un ventre inutile, t'entends, un ventre inutile... Pas foutue de faire un môme !

Marie s'est mise à pleurer. Elle pleurait lentement, à petits sanglots réguliers.

Chaque injure de Brassac me faisait mal pour elle. Et il continuait. Je me suis retenue un moment, puis, me levant d'un bond, j'ai couru jusqu'à la porte. Marie a crié :

— Simone !

Je lui ai dit de se taire. Sans éclairer j'ai tourné la clef très vite et ouvert la porte d'un coup. En me voyant, Brassac s'est arrêté de crier. Ses bras sont tombés le long de son grand corps qui continuait de vaciller. Il n'avait plus rien de méchant dans le regard. Il m'a fait penser un instant à Bob quand on le gronde. J'étais sortie avec l'intention de l'injurier et même de le gifler si c'était nécessaire. J'ai dit simplement :

— Vous êtes dégoûtant.

Il a marmonné je ne sais quoi, puis il s'est éloigné lentement. Il était plus voûté que jamais. Ses grosses mains semblaient tirer ses bras vers le plancher.

A ce moment-là, j'ai eu l'impression curieuse que Léandre ne finirait jamais de marcher jusqu'au bout de ce couloir de quelques mètres et que moi, je resterais toujours plantée là à le regarder.

Il a atteint la porte pourtant, et il l'a refermée derrière lui sans se retourner.

12

Le lendemain matin, c'est Marie qui m'a réveillée en se levant. Elle prenait pourtant beaucoup de précautions, mais j'avais mal dormi toute la nuit. Plusieurs fois je m'étais réveillée et, de sentir la chaleur d'un corps à côté de moi, ça m'avait fait une drôle d'impression.

J'ai fait semblant de dormir encore et j'ai laissé Marie sortir de la chambre. Elle devait être très fatiguée.

Elle avait pleuré longtemps. Et même pendant son sommeil je l'avais plusieurs fois entendue sangloter et soupirer. J'aurais aimé la consoler, mais je n'aurais pas su comment m'y prendre après ce que Brassac avait dit. J'ai préféré me taire. Et puis, à l'entendre sangloter ainsi, régulièrement, je pensais à la source qui sort de terre en bas de la grande châtaigneraie. Quand on bouche l'orifice avec sa main, l'eau trouve tout de suite une autre fissure dans le rocher. Il n'y a rien à faire, il faut qu'elle coule. Le chagrin de Marie, c'était pareil.

Une fois qu'elle a été sortie, j'ai essayé de me rendormir mais je n'ai pas pu et je n'ai eu aucun effort à faire pour me lever. Quand je suis descendue, Marie a été surprise et s'est excusée de m'avoir réveillée. J'ai dit que ça n'avait pas d'importance.

Comme je m'approchais de la table pour prendre les papiers que Brassac y avait jetés, j'ai vu qu'il y en avait un autre avec quelques mots écrits de sa main. Marie a vu que je regardais, elle m'a dit :

— Vous voyez, il est parti avant le jour, et il a laissé ce papier pour dire de ne pas l'attendre pour manger.

— Et où est-il ?

— Il doit être de l'autre côté, au bois de la Vieille-Terre. Il avait des pins à abattre et j'ai entendu taper là-haut.

Je suis sortie et j'ai traversé la cour. En effet, on entendait les coups réguliers de la cognée sur les troncs. J'ai fixé le bosquet de pins qui se trouve au sommet de la colline et qu'on appelle le bois de la Vieille-Terre. A plusieurs reprises j'ai cru voir remuer, mais en réalité, tout remuait car le vent avait redoublé de violence. Il était froid et j'ai remarqué qu'il ne venait plus de l'est mais du nord.

Quand je suis rentrée je claquais des dents. Marie avait déjà allumé le feu et la cuisine était toute pleine d'une bonne chaleur qui sentait bon le café au lait.

Je me suis mise à déjeuner. J'avais faim et j'aime beaucoup le café au lait avec des tartines de beurre, mais je pensais à Léandre. J'ai demandé à Marie s'il avait emporté à manger. Elle m'a dit qu'il avait dû prendre un morceau de pain et une tranche de lard. Elle a hésité un peu et puis, au bout d'un moment, elle a ajouté :

— Ça fait rien, toute la journée sans rien avaler de chaud, avec le temps qu'il fait ; si c'est pas malheureux.

Puis, tout de suite après, Marie est sortie avec le seau de pâtée qu'elle venait de préparer pour son cochon.

La matinée m'a paru interminable. Je ne savais pas quoi faire. Marie ne disait pas un mot. Pourtant quand nos regards se croisaient il me semblait qu'il se passait quelque chose. Ce n'était plus comme d'habitude. Il y avait un peu de gêne, bien sûr, mais il y avait aussi comme une complicité. Comme un secret que nous aurions eu à garder toutes les deux.

Vers les 10 heures j'ai demandé à Marie si elle ne pensait pas qu'en faisant cuire la soupe de bonne heure je pourrais en porter une gamelle à Léandre. Elle m'a dit simplement :

— Ça n'a l'air de rien, mais ça fait une trotte pour grimper là-haut.

Je n'étais jamais montée jusqu'à ce bois, je suis allée à la fenêtre pour me rendre compte. C'était loin, bien sûr. Mais j'ai pensé à toute cette journée, j'ai pensé à Léandre qui avait emmené les chiens. J'ai dit à Marie :

— Ça ne fait rien, j'irai.

Nous avons tout de suite épluché les légumes et Marie a mis à cuire une bonne soupe au lard avec, dedans, une saucisse fumée.

A midi nous avions fini de manger toutes les deux, et je pouvais partir. Marie avait préparé une petite marmite de fonte ventrue où elle avait mis de la soupe, un morceau de lard et la moitié de la saucisse.

— C'est la marmite qu'on prend toujours pour emporter. Elle n'est pas lourde et on peut faire réchauffer dehors.

Dans une musette elle avait mis une cuillère, une écuelle et du pain.

J'ai pris le sentier et ça me faisait quelque chose de ne pas voir Bob courir devant moi. Le vent soufflait toujours aussi fort et les feuilles mortes n'arrêtaient pas de tourbillonner en montant très haut. Les châtaigniers craquaient. En marchant, je n'avais pas froid. J'avais le vent dans le dos et je le sentais qui m'empoignait les reins, qui s'engouffrait sous mon manteau. A plusieurs reprises il m'a fait penser à des mains d'homme.

De penser à cela j'ai pensé aussi à la nuit que je venais de passer. La chaleur de Marie avait suffi à me réveiller, à me mettre mal à l'aise.

Depuis que j'étais levée, il y avait quelque chose qui n'allait pas. Bien sûr, je pensais à Marie et à Léandre. A la vie qu'ils devaient avoir depuis des années à se quereller sans cesse pour la même raison, mais ce n'était pas tout.

J'ai marché encore avec toujours ce vent qui me poussait, ces feuilles qui me frôlaient les jambes ou la figure. J'avais déjà fait plus des trois quarts du chemin quand j'ai compris que depuis le matin j'avais devant moi le visage de Marcel.

Je m'étais arrêtée. Je n'étais plus comme la première semaine de mon arrivée ici. J'étais capable de réfléchir.

Est-ce que je pouvais vraiment avoir envie de Marcel ?

Je savais bien que ce n'était pas en marchant que je me débarrasserais de cette idée. Malgré tout, j'ai repris la marmite de fonte et je me suis mise à marcher plus vite. Le sentier montait maintenant entre une friche et un pré. Il n'y avait plus d'arbres pour arrêter le vent qui, à présent, venait sur ma droite. Je me suis mise à courir. Mais, arrivée sous le couvert des pins, j'ai dû m'arrêter pour reprendre mon souffle.

Comme j'allais repartir, Bob s'est jeté sur moi. Il a failli me faire tomber avec ma marmite, mais je n'ai pas pu le gronder. Depuis mon arrivée ici, c'était la première fois que je restais une demi-journée sans le voir. Je l'ai caressé un moment puis je n'ai eu qu'à le suivre pour trouver Léandre.

Léandre avait déjà abattu et ébranché cinq gros pins. Il était en train de lier des fagots de branchage et c'est pour cela que, depuis un moment, je n'entendais plus taper. Quand il m'a vue arriver, il m'a d'abord regardée avec un air gêné puis, tout de suite, il a eu un sourire un peu triste. Moi, j'ai pensé qu'il valait mieux faire comme si tout avait été prévu ainsi et j'ai crié :

— A la soupe, l'homme des bois, à la soupe !

Alors Léandre est venu au-devant de moi en disant :

— C'est trop loin, fallait pas.

Mais j'ai senti qu'il était heureux que je sois là.

Comme la soupe s'était refroidie en cours de route, il a fallu allumer du feu. Mais on ne pouvait pas le faire sur le sommet de la colline à cause du bois de pins et du vent. Nous sommes descendus jusqu'au bord du ruisseau. Là, à côté du feu que Léandre a fait entre deux pierres, il faisait vraiment bon. On sentait à peine le vent, mais on l'entendait passer au-dessus de nous avec des craquements de branches et des sifflements. Il ne descendait pas au creux du val. Il sautait d'un bord à l'autre.

Simplement il lui arrivait de lâcher en passant une ou

deux feuilles mortes qui descendaient lentement. Ce qui était amusant aussi, c'était de voir la fumée de notre feu monter presque toute droite et, arrivée à la hauteur où le vent passait, se tordre d'un coup et s'effilocher.

Léandre s'était assis par terre, en face de moi. Je le voyais à travers la fumée. Il avait toujours son sourire un peu triste. Quand la soupe a été chaude, il a voulu que j'en mange une assiettée. Je ne me suis pas trop fait prier parce que la marche m'avait donné faim. De plus, Léandre affirmait que la soupe était bien meilleure ainsi. Et c'est vrai, je l'ai trouvée meilleure.

Léandre a mangé tout ce qui restait puis il a lavé la marmite et l'assiette avec l'eau et le sable du ruisseau. Quand il a eu fini, il est venu s'asseoir à côté de moi. Je voyais bien qu'il avait envie de me dire quelque chose, il me semblait que ça l'aurait soulagé, mais je ne savais pas comment m'y prendre pour l'amener à parler. Enfin, après avoir toussé et craché dans le feu, il s'est tourné vers moi et il m'a dit en me regardant bien dans les yeux :

— J'ai été dégueulasse, hier soir.

— Un peu, oui. Seulement tout ce qui arrive c'est à cause de moi.

— Non, c'était pareil avant... Peut-être pire.

— Ça fait rien, c'est chic ce que vous avez fait pour moi.

— Faut pas en parler. Surtout que maintenant tu peux être tranquille. Marcel, c'est fini. Pas seulement à cause de moi, mais j'ai su qu'il a une sale histoire sur les reins et qu'il a tout intérêt à se faire oublier.

Léandre a fini de me rassurer au sujet de Marcel puis, après un long silence, il m'a demandé :

— Qu'est-ce que j'ai dit exactement, cette nuit, à Marie ?

Là, j'ai marqué un temps avant de répondre :

— Je ne me souviens pas de tout. Mais c'était assez méchant.

Il a baissé la tête. Il me faisait de la peine, mais j'ai pensé à Marie et j'ai ajouté :

— Vous ne devriez pas boire comme ça. Je ne comprends pas, puisque vous pouvez rester pendant des jours sans boire une goutte de vin.

Il a attendu quelques instants, puis il a relevé la tête pour me dire :

— C'est plus fort que moi.

Je lui ai demandé si c'était également plus fort que lui d'insulter Marie comme il l'avait fait et, surtout, de la traiter de putain.

Léandre m'a juré qu'il ne se souvenait pas de l'avoir traitée ainsi. Puis, après avoir réfléchi un moment, il m'a demandé si c'était tout ce qu'il avait dit de vraiment offensant pour Marie. J'ai encore hésité parce qu'il me semblait que ce devait être pour lui quelque chose de très dur. Mais j'ai fini par me décider. Quand j'ai parlé, il a un peu sursauté puis il m'a encore juré que, étant de sang-froid, il n'avait jamais reproché cela à Marie. Il savait que ce n'était pas sa faute si elle ne pouvait pas avoir d'enfant. Il supposait bien qu'elle devait en souffrir autant que lui.

Moi, je sentais qu'il était très malheureux mais que ça devait le soulager de parler. Au fond, chez lui, la parole c'était un peu comme les larmes chez Marie.

A un certain moment, il s'est arrêté. Il a eu un soupir puis il a dit en baissant la voix :

— Tu comprends, petite, c'est surtout quand on a raté sa vie qu'on voudrait avoir un gosse. On en a besoin. Pour faire en sorte que lui, au moins, il ne rate pas la sienne.

Il s'est encore arrêté puis, relevant la tête, il m'a montré du menton le fond du val et il m'a dit :

— Tu vois, on est dans un cul-de-sac, ici. Eh bien ! moi, c'est pareil. Je suis un cul-de-sac. Après moi, il y a plus rien.

Et il s'est remis à parler. Il a parlé longtemps pour m'expliquer comment il avait cru pouvoir être un grand comédien. Brassac c'est le nom de son village natal. En réalité, il s'appelle Durand, mais il a pris ce nom quand il faisait du théâtre. Maintenant, ça ne lui fait plus rien qu'on l'appelle

Durand, sauf quand il est saoul. Ça, je m'en étais aperçue. Il m'a expliqué aussi qu'il a épousé Marie à l'âge de quarante ans, quand il a vu que sa carrière théâtrale était ratée. Il était sans argent, sans travail. Elle avait ses terres, alors il est venu s'installer là. Depuis, il n'en est plus sorti que pour aller se saouler et se donner en spectacle à Lyon.

A un moment donné, il s'est arrêté, il m'a regardée puis il a baissé les yeux pour dire :

— Le plus dégueulasse, c'est que je dois tout à Marie. Non seulement les terres et la maison, mais quand je me saoule comme ça, c'est toujours avec de l'argent à elle. Des titres qu'elle a et qui pourraient nous aider à mieux vivre. C'est terrible, tu sais, de ne pas pouvoir y penser au moment où ça serait utile.

Pendant qu'il parlait, le petit chien noir qu'il avait ramené la veille est venu s'asseoir entre ses pieds. Il s'est mis à le caresser puis comme il s'arrêtait de parler je lui ai demandé où il l'avait trouvé. Il m'a regardée un instant avant de me dire :

— Je ne l'ai pas trouvé. Je n'ai jamais trouvé aucun chien. Je vais les chercher au refuge.

Je lui ai demandé pourquoi il allait si souvent chercher des chiens puisqu'il savait que ça déplaisait à Marie.

— Je ne sais pas, m'a-t-il dit. Je ne sais pas. Ça aussi, c'est plus fort que moi.

Alors j'ai pensé au jour où il m'a ramenée avec lui et je n'ai plus rien dit.

Comme il était déjà tard, nous sommes remontés dans la coupe, Léandre a rassemblé ses fagots et ramassé sa hache et sa serpe. Il a passé le manche de sa hache dans l'anse de la gamelle, moi j'ai pris la musette et nous sommes revenus avec les chiens qui gambadaient autour de nous.

Le vent soufflait toujours aussi fort et il me faisait encore, comme le matin, cette impression de main courant tout autour de mon corps. Cependant, j'y prêtais moins attention parce que je pensais à tout ce que Léandre m'avait raconté.

13

J'y ai pensé encore le long du chemin en regardant le dos de Léandre qui marchait devant moi, sa hache sur l'épaule. De temps à autre il s'arrêtait, se retournait pour voir si je suivais bien et il me souriait. Et j'avais beau me souvenir de la scène de la nuit, de son visage répugnant d'ivrogne, à plusieurs reprises je me suis dit que si j'avais eu un père, j'aurais bien aimé qu'il soit comme Léandre. Mais ma grand-mère ne m'avait jamais parlé ni de mon père ni de ma mère. Moi-même, je n'avais jamais pensé à eux et je me demande encore pourquoi j'ai eu soudain cette idée en voyant devant moi ce dos large et un peu voûté.

Quand nous sommes sortis du bois, Léandre s'est arrêté à l'endroit même où il m'avait amenée le premier jour. Nous étions un peu essoufflés tous les deux et nous nous sommes assis au pied du talus pour être abrités du vent. Il n'était pas tard, mais, avec le ciel couvert, tout le val était déjà triste comme il l'est à la tombée de nuit. Les chiens rôdaient autour de nous. La petite noire venait plus souvent que les autres flairer Léandre et se faire caresser. Au bout d'un moment, elle s'est couchée entre ses jambes et n'a plus bougé. Léandre lui a pris la tête entre ses mains en me disant :

— Vous voyez, elle me connaît déjà bien.

Il a paru réfléchir un temps puis il a ajouté :

— C'est drôle, chaque fois que j'ai recueilli un chien, je n'ai jamais été déçu.

Là encore, j'ai revu le jour de notre rencontre. Et, parce que je voulais occuper ma pensée à autre chose, j'ai rappelé à Léandre qu'il m'avait promis de me raconter l'histoire de cette vallée. Il m'a regardée un instant avant de me dire :

— Vous savez, c'est pas une histoire bien gaie.

J'ai répondu que ça n'avait pas d'importance et il s'est mis à parler.

Lorsque lui, Léandre, était arrivé ici — au moment de son mariage avec Marie — il restait encore une grosse famille dans la ferme maintenant abandonnée et que l'on aperçoit entre les arbres. Dans l'autre maison, en plus de Roger alors tout jeune, il y avait son père et sa mère et quatre autres enfants. Cela faisait du monde dans le val, mais ces gens ne se rencontraient que dans les prés ou ne venaient l'un chez l'autre que pour demander un service.

C'était Léandre qui avait eu l'idée de ce jeu de boules.

Et maintenant, il me racontait tout ça simplement, sans faire de grands gestes et sans prendre sa voix de théâtre. De temps à autre, il s'interrompait, regardait longuement la colline au jeu de boules, puis il reprenait :

— Au début, ils ont rigolé quand je leur en ai parlé. Mais, comme c'était l'hiver et que le travail n'abondait pas, on l'a fait tout de même. Alors, déjà rien que de le faire je crois qu'ils y ont trouvé du plaisir. On s'y était tous mis, les femmes et les gosses aussi. Et c'était la rigolade à longueur de journée. Tant que le soir on avait peine à se quitter.

Plus Léandre racontait, plus le ton de sa voix baissait. A la fin, j'avais l'impression qu'il m'avait oubliée et parlait pour lui seul.

— Tous les dimanches, on y allait. Pour nous arrêter fallait vraiment que le temps soit mauvais. Chacun apportait quelque chose, et on mettait tout en commun pour faire un gros repas. Nous on jouait aux boules, les femmes tricotaient en faisant la parlotte et les gosses s'amusaient.

Là, j'ai cru qu'il avait terminé parce qu'il est resté un bon moment sans rien dire. Toujours avec le regard qui allait de la colline à la maison de Roger et à la ferme abandonnée. Cependant, après ce long silence, il a soupiré avant de dire en se tournant vers moi.

— C'était rien, tu comprends, ça changeait pas grand-chose si tu veux, mais c'était la vie. Et puis, les vieux qui étaient là, c'était des hommes. Nous, avec la Marie, on n'a pas assez de terre en culture pour avoir un cheval, c'est pourquoi je laboure avec la vache. Mais c'est pas facile. Et ça vaut rien pour la bête. A ce moment-là, c'était le père de Roger qui venait avec sa jument. Moi, je lui rendais son temps quand il abattait son bois.

J'ai demandé alors pourquoi Roger n'avait pas continué. Léandre a haussé les épaules en disant :

— On ne peut pas lui en vouloir. C'est lui qui a tenu le plus longtemps, après la mort des vieux. Seulement, une fois seul, faut reconnaître que ça ne devait pas être bien drôle. Alors, un jour il a fait comme les autres, il a trouvé du travail à l'usine. Pourtant, il est le seul à revenir, les autres on ne les a jamais revus.

Léandre a soupiré encore. Bob était venu se coucher entre nous deux et il avait posé sa tête sur mes jambes. Léandre l'a caressé un moment avant d'ajouter :

— Qu'est-ce que tu veux, faut vraiment être dégoûté du monde pour vivre là comme je le fais... Ou alors, faut être comme Marie, être né là et n'avoir jamais pensé à la possibilité d'une autre vie.

Il faisait de plus en plus sombre et je commençais à sentir le froid de la terre traverser mon manteau. Je me suis levée. Nous avons repris le sentier entre les arbres qui avaient déjà leurs formes de nuit.

Léandre ne parlait plus. Il allait de son grand pas qui balançait contre son dos la petite marmite de fonte.

Moi, je le suivais sans cesser de penser à cette vallée. Au temps du jeu de boules et des gens qui riaient.

Je ne sais pas si cela venait de ce que la nuit tombante transformait tout autour de moi, mais il me semblait que ces personnages étaient à moi. C'était étrange comme impression : ils étaient là, et j'avais le pouvoir de leur faire faire ce que je voulais.

J'étais à peu près dans le même état que lorsqu'on vient de se réveiller et qu'on voudrait continuer un rêve.

Il y avait aussi, qui bourdonnaient sans cesse à mes oreilles, ces mots de Brassac : « Une autre vie. » Et, à ce moment-là, j'ai eu cette vision curieuse de la vallée fermée qui contenait une vie. Tout autour, c'était « une autre vie ».

C'est alors que nous sommes sortis de la dernière châtaigneraie. J'ai aperçu, tout au bout du sentier, la lumière de l'écurie où Marie devait traire. J'ai pensé à elle. C'était en parlant d'elle que Léandre avait dit : « Une autre vie. »

Bien sûr, Marie n'avait certainement jamais pensé à vivre ailleurs. Alors je me suis dit que si les circonstances l'avaient voulu, Marie, faible de caractère comme elle est, aurait très bien pu être putain.

Tout de suite, je m'en suis voulu parce que j'aime bien Marie, mais, pourtant, je crois que j'ai raison.

Nous avons marché jusque dans la cour. Là, Léandre a paru hésiter. Peut-être avait-il envie d'aller à l'écurie où Marie se trouvait, peut-être voulait-il aller à la cuisine pour retarder l'instant de la voir ? Je ne sais pas. Et je ne sais pas non plus ce qui s'est passé en moi d'un seul coup. J'ai pris le bras de Léandre, je me suis plantée devant lui et je lui ai dit :

— Léandre, faut me promettre de ne plus vous saouler.

Il s'est penché pour mieux me voir dans la nuit qui s'épaississait. Une minute le vent a soufflé fort en tournant dans la cour.

— Oui, faudrait.

Léandre a dit ces deux mots à voix presque basse. Puis, se retournant, il a marché vers l'écurie.

14

Je pensais que Léandre voulait parler à Marie et je ne l'ai pas suivi.

Quand ils sont venus me rejoindre à la cuisine, j'avais mis le couvert et nous avons tout de suite commencé de manger. Ils ne parlaient pas. Je n'ai rien osé dire.

Le vent avait redoublé de violence et la lumière s'est éteinte à plusieurs reprises. Chaque fois Léandre éclairait son briquet, mais, avant qu'il ait achevé d'allumer la bougie que Marie avait posée devant lui, la lumière revenait. C'est ce qui a fini par nous faire rire. Pourtant, vers la fin du repas, la lumière s'est éteinte pour de bon. Marie avait justement fait griller des châtaignes, et c'est à la lumière de la bougie que nous les avons mangées.

Des ombres énormes dansaient au plafond et contre les murs. Chaque fois que Marie découvrait le foyer pour y mettre une bûche, la pièce s'éclairait de rouge, les ombres changeaient de place, se multipliaient, dansaient de plus belle tandis que des étincelles giclaient en pétillant. Le feu ronflait fort et la flamme faisait le gros dos.

J'étais heureuse. Je regardais sans cesse dans les coins d'ombre. Je savais pourtant bien que je n'y trouverais rien d'autre qu'un bout de museau à peine éclairé ou l'angle d'un meuble que je connaissais bien, mais je regardais quand même.

Je n'osais pas dire que j'étais heureuse. D'abord, j'aurais

eu peur de ne pas savoir expliquer pourquoi. Et puis, il me semblait qu'il y avait encore quelque chose entre Léandre et Marie. Quelque chose qui paraissait s'être aggravé depuis que la lumière avait disparu.

Pendant longtemps, je n'ai rien dit. Pourtant, Léandre semblait tellement soucieux que j'ai fini par lui demander ce qu'il avait. Il m'a expliqué que le vent avait très bien pu démolir la ligne électrique à l'intérieur de sa propriété. Cela s'était produit à plusieurs reprises, et chaque fois la réparation avait coûté fort cher. En outre, lors du dernier accident de ce genre, les hommes de la Compagnie avaient dit que la ligne était trop vieille et ne supporterait certainement plus beaucoup de réparations. Alors Marie a soupiré en disant :

— Si on est obligé de la refaire, avec l'année qu'on a eue, je me demande où on prendra les sous.

Elle a marqué un temps avant de dire encore à voix basse :

— C'est qu'il faut vivre... Ça coûte.

J'ai bien vu que Léandre me regardait, puis qu'il regardait Marie, mais elle n'a pas levé les yeux.

Tout ce qu'il y avait de joie en moi s'était arrêté de remuer. Les ombres sur le mur dansaient moins que tout à l'heure.

J'allais dire que j'étais fatiguée et monter dans ma chambre quand les chiens ont couru vers la porte. Seule la petite noire a jappé deux fois. Léandre les a regardés, puis aussitôt il s'est levé en disant :

— Ça ne peut être que Roger.

En effet, nous avons bientôt entendu la moto qui est venue s'arrêter devant la porte. Léandre est sorti en ouvrant à peine pour éviter que les chiens le suivent. Moi je pensais toujours à la phrase de Marie : « C'est qu'il faut vivre... Ça coûte. » J'avais envie de lui dire bonsoir et de monter avant le retour de Léandre. Mais j'ai hésité trop longtemps et les deux hommes sont entrés.

Aussitôt, tous les chiens se sont précipités sur Roger et

lui ont fait une fête incroyable. Il portait un grand sac à pommes de terre qu'il a posé sur une chaise. Léandre a crié un coup, tous les chiens ont fait le cercle en attendant leur os. Une fois la distribution terminée, Léandre a emporté le sac au fruitier.

Marie a fait asseoir Roger après me l'avoir présenté. Je le voyais mal à cause de la bougie qui était entre nous deux. Quand Léandre est revenu, il a tout de suite demandé à Roger s'il y avait du courant à Loire. Roger a répondu que oui et Marie s'est mise à se lamenter en disant qu'il n'y avait plus de doute, que la ligne était certainement cassée dans la partie leur appartenant. Léandre l'a laissé dire un moment puis il l'a interrompue :

— Tais-toi, ça ne sert à rien de pleurer.

— Tu peux bien dire, mais où est-ce qu'on prendra les sous ?

Roger est intervenu.

— Je comprends pas que vous vous fassiez tant de soucis maintenant. Ça peut bien être le long de la route. Rien ne prouve que ce soit dans la partie qui est à vous.

Sa voix était douce et il parlait posément.

Ils ont discuté encore un moment de la ligne électrique, puis Léandre a demandé à Roger quelle idée il avait eue de venir à une heure pareille et avec ce temps-là. Roger a expliqué que le lendemain il avait l'intention de démonter entièrement sa moto pour la nettoyer et qu'il lui fallait bien sa journée.

Il restait des châtaignes grillées, Marie a remis une bûche dans le feu et apporté sur la table un litre de vin. Nous avons mangé et bu, mais personne ne parlait. Dehors, le vent menait toujours la sarabande, mais dans la pièce, il y avait un autre bruit qui meublait. C'était le bruit que faisaient les chiens en rongeant leur os. De temps à autre l'un d'eux grognait, mais ça n'allait jamais jusqu'à la bagarre. Bob s'était mis sous la table, contre mes jambes. A un certain moment j'ai dû le repousser parce qu'il me bavait sur les pieds. Il s'est retourné et j'ai vu que Roger, en face de moi, se penchait pour regarder. Il a dit en riant :

— T'en tiens de la place toi, le gros.

Et il a déplacé sa chaise vers la gauche. Ainsi, je le voyais mieux et j'ai remarqué tout de suite qu'il avait des yeux noirs et les cheveux noirs très courts mais frisés.

Nous avons parlé des chiens. A part Marie qui ne disait pas un mot, j'ai bien senti que cette conversation était un soulagement pour chacun. Voyant que Roger parlait des bêtes avec beaucoup d'amitié, je lui ai demandé pourquoi il n'avait pas de chien. Mais ça lui est impossible. A Givors, il n'a qu'une petite chambre garnie et, ici, il ne vient qu'une fois par semaine. Là, Léandre s'est mis à rire en disant :

— Il n'a pas de chiens mais les miens sont autant à lui qu'à moi puisqu'il les nourrit. D'ailleurs, quand il est chez lui, si j'ai quelque chose à lui dire je fais un mot, je l'attache au collier du vieux Dik ou de Bob et je dis : « Va chez Roger. » Et vous pouvez être tranquille, dix minutes après, la commission est faite.

Nous avons bavardé encore un moment, et puis Roger a dit qu'il allait partir. Il a serré la main à Marie puis à moi. Il a hésité un peu avant de me dire :

— Un dimanche, faudra venir voir ma maison. C'est pas que ce soit bien joli, mais la vue sur le vallon n'est pas la même qu'ici.

Léandre est sorti pour l'accompagner et enfermer les chiens. La moto a pétaradé mais le vent a bientôt emporté le bruit du moteur.

J'ai attendu le retour de Léandre et je suis montée dans ma chambre.

Je ne me suis pas déshabillée tout de suite. Je suis restée plusieurs minutes à écouter le vent. Depuis mon arrivée ici, c'est la première fois qu'il souffle si fort. Toute la maison tremble. Au grenier, c'est comme si on piétinait.

J'ai fait le tour de ma chambre. J'avais posé sur la cheminée la bougie que Marie m'avait donnée. Machinalement j'ai caressé les meubles, le marbre de la cheminée. Et, petit à petit, j'ai senti en moi comme une boule qui durcissait.

Je me suis couchée parce que j'avais froid.

Maintenant je n'ai plus froid sous l'édredon de plume et dans le matelas très doux où mon corps a creusé sa place. Je ne suis pourtant pas à mon aise. Les autres soirs, avant de m'endormir, je reste longtemps à écouter la nuit sans penser à rien.

Ce soir, je ne peux pas. Il y a les paroles de Marie : « Il faut vivre... Ça coûte. » Et, peu à peu, je sens que ces quelques mots font bien plus de bruit que la tempête.

Il a suffi de ces quelques mots pour que tout m'effraie. Il y a en moi une foule d'images qui se bousculent. Depuis mon départ de chez grand-mère jusqu'à mon arrivée ici. Toute cette partie de ma vie que je croyais avoir quittée définitivement. Ce qui est, pour moi, cette autre vie dont Léandre parlait cet après-midi.

Le départ de chez grand-mère qui pleurait parce qu'elle ne pouvait plus me nourrir. Tout de suite après, les patrons. La première vendeuse toujours bien habillée. Cette première vendeuse qui m'a éblouie. J'avais quinze ans, j'étais arrivée à Lyon avec ma robe de petite paysanne. Cette fille m'offrait de me présenter à un ami qui m'aiderait. L'ami, ce vieux qui m'a donné un peu d'argent. Cet argent dont on ne m'a pas laissé le temps de profiter. La maison de redressement. Cinquante-quatre mois à compter les jours. Cinquante-quatre mois à vivre uniquement avec de vraies putains, toutes mineures comme moi, mais qui m'ont appris ce qu'est le métier.

Et puis, ma majorité, ma libération avec Marcel qui m'attendait. Marcel que je ne connaissais pas mais qu'une camarade avait avisé de ma sortie pour qu'il « se charge de moi ». Ensuite, la vie la mieux réglée, la plus monotone qui soit. Subir un homme après l'autre.

Bien sûr, je comprends Marie. Je comprends ; il faudra que je prenne une décision.

Autour de la maison, il y a la tempête. On dirait que c'est le val tout entier qui se démène. Le val tout entier. Ce val où, tantôt, je voyais une vie.

Je sais bien qu'ici il n'y a rien. Et pourtant, maintenant

que j'y réfléchis je m'aperçois que je ne me suis jamais ennuyée. Quand il m'arrive de rester seule avec Marie pendant tout un jour alors que Léandre est aux champs, si je trouve le temps long, je n'ai qu'à sortir, faire trois pas dehors pour trouver du nouveau. Souvent, je vais jusqu'au bout de la cour, je m'assieds durant des heures sur le banc de pierre devant l'écurie et je regarde la mare avec le peuplier debout sur son reflet.

Il va peut-être falloir que je retourne à Lyon. Encore une fois je sens très bien que je devrais prendre une décision, mais je crois que le mieux sera de demander conseil à Léandre.

Quatrième partie

15

Il y a une chose que je n'arrive pas à comprendre : voilà plus de trois mois que je suis ici, j'ai l'impression d'y être arrivée hier et, pourtant, le temps que j'ai vécu à Lyon me semble déjà loin.

En tout cas, ce que je n'oublierai jamais, c'est cette veillée de novembre où j'ai fait la connaissance de Roger. Depuis, j'y ai souvent pensé et j'ai compris pourquoi je ne l'oublierai pas. Je ne sais comment expliquer cette chose bizarre, mais, dans cette soirée, il y avait trois fois plus de temps qu'il pouvait y en avoir en réalité. Il y avait le vrai temps qui passait, bien sûr, avec Léandre, Marie, les chiens et moi, et Roger qui est arrivé ensuite. Et puis, il y avait aussi mon enfance vraiment réveillée cette fois, à cause de la bougie, des ombres qui dansaient au plafond et contre les murs. En plus de cela, il y avait la phrase de Marie, cette phrase que j'entendais sans cesse.

Ça, c'était le plus dur. C'était ce que je ferais, ce qu'on ferait de moi.

Et c'est à cause de cette phrase que je n'oublierai jamais non plus la nuit qui a suivi cette soirée.

A 3 heures du matin, je ne dormais pas encore. Chaque fois que le sommeil me gagnait j'étais réveillée aussitôt par des cauchemars.

D'abord, il y avait ce vent terrible, mais il y avait surtout Lyon. Ma vie que je revoyais. « L'autre vie. » Celle qui se trouve de l'autre côté des collines qui ferment le val.

Je me suis endormie très tard et il était à peine 5 heures du matin quand la lumière m'a réveillée. Le soir, en montant me coucher, j'avais dû tourner machinalement l'interrupteur. Je suis allée éteindre, naturellement, mais je n'ai pas pu me rendormir.

Le vent soufflait moins fort, et ce n'était plus lui qui me tenait éveillée. C'était encore les mots de Marie et tout ce qu'ils m'avaient fait redouter, mais c'était aussi autre chose. Cette même impression que m'avait procurée, la nuit précédente, le corps de Marie à côté du mien; ou, encore, le vent qui m'avait fait penser à des mains tout autour de mon corps.

J'ai essayé de compter pour m'endormir. J'ai essayé de penser à ce que je ferais s'il me fallait partir. Mais l'impression revenait sans cesse.

Aussi, dès que j'ai entendu descendre Léandre, je me suis levée. Je lui ai dit simplement que la lumière m'avait réveillée. Il m'a répondu en riant :

— Moi aussi, mais je l'avais fait exprès parce que j'étais en souci pour les fils. Donc si c'est revenu tout seul c'est que c'est pas chez nous.

On voyait qu'il était heureux et, manière de plaisanter, en disant qu'il était content, il m'a prise dans ses bras et m'a embrassée sur les deux joues. Je l'ai embrassé aussi, puis, tout de suite, je l'ai repoussé. Je l'ai fait peut-être un peut fort, en tout cas il a paru surpris.

J'ai dit que j'allais faire chauffer le café parce que j'avais très faim. Léandre s'est mis à rire et à ce moment-là nous avons entendu Marie qui descendait l'escalier. Dès qu'elle est entrée, Léandre a crié :

— Tu as vu, c'est pas chez nous. Le courant est revenu!

Marie a eu l'air heureuse aussi et m'a demandé pourquoi j'étais si matinale. J'ai encore raconté l'histoire de l'interrupteur, nous avons ri tous les trois et comme Léandre finissait d'éclairer le feu, Marie a fait bouillir l'eau pour le café.

Dès après déjeuner, Léandre nous a dit qu'il retournait achever ses fagots avant que le temps ne se mette à la pluie. Marie a fait remarquer que c'était dimanche et, comme chaque fois, Léandre a dit en riant :

— De toute façon, j'ai déjà mon billet pour l'enfer, alors, ça m'est égal d'être à la poulaille ou au fauteuil d'orchestre.

Au moment où il partait, je lui ai demandé de me laisser Bob en ajoutant que j'irais peut-être faire un tour. Je ne savais pas du tout si je sortirais, mais j'ai demandé ça machinalement.

Pourtant, dès que Léandre a été parti j'ai fait ma toilette. Bob tournait autour de moi sans arrêt parce qu'il sentait que les autres étaient sortis et que nous partirions certainement aussi. A vrai dire, je n'avais pas tellement envie de me promener. Une fois habillée, je suis restée longtemps debout vers la fenêtre à regarder le val que le vent faisait vivre. Les arbres n'avaient plus une feuille, mais le vent en trouvait encore pour les faire monter du bois en grands tourbillons qui s'élevaient plus haut que la colline. Très loin, sur l'autre versant, j'ai vu Léandre traverser la friche avant de disparaître dans le bois de pins. Il avait emporté la marmite de soupe et je n'aurais rien à lui porter. Je l'ai regretté un instant, puis, comme je quittais la fenêtre, Marie est entrée en me disant :

— Ça souffle moins fort et le vent est bien moins froid qu'hier. Si vous voulez sortir, faut pas trop tarder, la pluie viendrait vers les midi que ça ne m'étonnerait pas.

J'ai regardé Bob. Il était assis près de la porte. Il ne me quittait pas des yeux et il avait l'air bien malheureux. Quand il m'a vue prendre mon manteau il s'est mis à faire le fou autour de moi. Il a même bousculé Marie qui a ronchonné.

Aussitôt dans la cour, il a flairé et pris la trace de Léandre. J'avais déjà remarqué que lorsque Léandre était dehors, il voulait toujours que nous allions le rejoindre. Mais je l'ai rappelé et je suis partie dans la direction opposée. Léandre était trop loin, et je ne voulais pas être obligée de surveiller Bob sans arrêt.

Au fond, ce qu'il voulait, surtout, c'était pouvoir courir librement et une fois perdue la trace de son maître, je crois qu'il ne pensait plus à le rejoindre.

J'ai emprunté le sentier qui mène à la route mais, bien avant d'y arriver, j'ai pris à droite, dans le bois de châtaigniers qui descend presque jusqu'au fond du val. Sous bois, je sentais moins le vent et je l'entendais davantage faire le fou dans les branches au-dessus de ma tête.

Je le sentais moins, mais assez malgré tout pour avoir encore cette même sensation que la veille. A la fin, cela m'agaçait. J'ai joué avec Bob. Je lui lançais des branches qu'il me rapportait. Quand je les prenais il ne voulait pas lâcher et nous luttions pendant plusieurs minutes. Une fois, j'ai glissé sur une racine, je suis tombée dans les feuilles. D'abord surpris, Bob n'a pas bougé, puis croyant sans doute que je voulais jouer, il s'est jeté sur moi juste au moment où je me relevais. Je suis retombée. Je le tenais serré contre moi. Nous avons roulé dans les feuilles. J'ai senti son souffle chaud dans mon cou. Alors, sans réfléchir, je l'ai repoussé en lui donnant une claque sur le museau. J'ai crié :

— Va-t'en!

Sur le coup, il s'est éloigné de quelques pas.

Tandis que je me relevais en brossant mon manteau, il m'a regardée avec ses yeux tristes, et, comme chaque fois, il m'a fait pitié. Je l'ai caressé et me suis remise à lui lancer des branches.

Nous sommes descendus ainsi jusqu'au ruisseau. Là, le vent ne soufflait presque plus. Je me suis assise au pied d'un arbre. La marche et les jeux avec Bob m'avaient essoufflée. J'ai été calme pendant un moment. Bob aussi devait être essoufflé car il a bu longuement au ruisseau. Quand il a eu fini, il a secoué sa grosse tête en faisant gicler de la bave. Ensuite, il est venu s'asseoir contre moi. J'ai encore senti son souffle sur ma figure, sa patte qu'il posait sur ma cuisse. Je ne l'ai pas grondé, cette fois, mais je me suis levée et j'ai repris le chemin de la maison.

16

En général, quand Léandre restait aux champs toute la journée, Marie ne servait à midi qu'une soupe et un autre plat. Elle réservait le repas le plus important pour le soir. Ce dimanche-là, elle avait fait de même si bien qu'à une heure nous avions fini de manger.

De m'être retrouvée seule en face de Marie m'avait fait penser de nouveau à ses paroles de la soirée. Je l'ai observée à plusieurs reprises, elle n'avait pas l'air plus triste ni plus préoccupée que les autres jours. Elle n'avait rien dit au cours du repas, mais cela n'était pas étonnant. En l'absence de Léandre, il nous arrivait de rester des journées entières sans échanger plus de trois paroles. Nous n'avions rien à nous dire, simplement.

Comme chaque dimanche, nous avons bu le café.

Quand Marie s'est levée, je me suis levée aussi pour l'aider à desservir. Ensuite, je suis allée jusqu'à la fenêtre.

Bob était sur mes talons.

Rien n'avait changé. Le ciel restait couvert. Le vent soufflait aussi fort.

Pendant un très court instant, j'ai eu l'impression que le temps s'arrêtait. Puis, qu'il continuait de couler devant moi, dans le val, mais que derrière moi, dans la cuisine, il demeurait en suspens.

Quand j'y pense à présent cela me paraît curieux. Mais je reste certaine que c'est ce qui m'a poussée à sortir cet après-midi-là. A cet instant précis, il n'y avait rien d'autre pour m'attirer dehors. C'était à peine si je sentais la tête de Bob appuyée contre ma jambe.

Je ne suis pourtant pas restée longtemps devant la fenêtre. Je me suis retournée, j'ai dit à Marie que j'allais faire un petit tour et je suis sortie.

Comme le matin, Bob a filé sur les traces de son maître. Cette fois je ne l'ai pas rappelé. Je me disais que j'obliquerais bientôt à gauche pour gagner rapidement le fond du val.

Pourtant j'ai suivi le sentier jusqu'à l'endroit où Léandre m'avait amenée le premier jour. J'y étais repassée souvent. Je m'étais arrêtée chaque fois.

Là encore je suis restée un moment à regarder la colline au jeu de boules et les maisons. Puis, comme Bob ne tenait pas en place, j'ai repris ma route.

Il ne m'était plus possible de gagner le fond du val qu'en revenant sur mes pas ou en traversant des friches presque impraticables. J'ai continué jusqu'à l'endroit où le sentier se partage en deux. Bob avait pris à droite. Bien sûr, il grimpait vers le bois de pins où se trouvait Léandre. Je n'avais plus guère qu'une demi-heure de marche pour atteindre ce bois. Pourtant, j'ai rappelé Bob. Il a hésité, mais, comme je sifflais de nouveau, il est revenu.

J'ai regardé un moment vers le fond du val. Il devait y faire meilleur qu'ici où le vent soufflait assez fort.

En prenant à gauche, le sentier montait beaucoup moins. A vrai dire, je ne l'avais jamais emprunté. Léandre ne possédait aucune terre de ce côté-là et je n'avais pas dépassé ce croisement. Je savais cependant que ce sentier conduisait à la maison de Roger, mais ce n'est pas pour cela que je m'y suis engagée.

J'ai d'ailleurs été surprise de me trouver si vite à proximité de la maison. J'avais marché tout le temps entre deux vieilles châtaigneraies. Les arbres étaient énormes et très beaux. Les châtaignes n'avaient pas été ramassées et, à mesure que j'avançais, j'écrasais des bogues encore vertes d'où les fruits giclaient tout luisants.

Puis, en débouchant à un tournant, j'avais aperçu le toit et les murs, de l'autre côté du jardin.

Je suis restée longtemps debout à la lisière du bois. Je ne pensais à rien. Je me suis dit simplement que Roger devait être en train de nettoyer sa moto.

Je n'avais jamais vu la maison d'aussi près, ni sur cette face. Aux deux fenêtres du premier étage, les volets étaient fermés. En bas, la seule fenêtre était fermée également mais les volets étaient ouverts. Il y avait des rideaux et j'ai pensé que c'était la cuisine.

On ne peut jamais affirmer que l'on aurait fait ou que l'on n'aurait pas fait telle chose si tel événement ne s'était pas produit. Moi, en tout cas, je trouve que les « si » sont inutiles, et j'avoue que je ne sais pas du tout ce que j'aurais fait sans l'arrivée de Roger.

Quand je l'ai vu tourner le coin de la maison avec le chien qui gambadait autour de lui, j'ai compris tout de suite ce qui s'était passé. Mais Roger ne s'attendait pas à me voir. Je l'ai senti à son premier regard et d'ailleurs, dès qu'il a été près de moi, il m'a dit :

— Quand j'ai vu Bob sans commission à son collier, j'ai pensé que Léandre ne devait pas être bien loin.

Je n'ai rien répondu. Je n'ai pu que rire en lui tendant la main. C'est seulement quand il m'a invitée à entrer chez lui que j'ai dit :

— Non, vous êtes en train de travailler, je ne veux pas vous déranger.

Roger m'a alors montré ses mains comme une preuve qu'il ne mentait pas en disant :

— Justement je viens de finir de manger. J'ai voulu tout démonter avant, pour que ça ait le temps de tremper au pétrole.

Tout en parlant, il s'était mis à traverser le pré et je l'ai suivi.

Il m'a fait entrer dans la cuisine et j'ai vu tout de suite que je ne m'étais pas trompée.

J'ai trouvé la pièce petite comparée à la cuisine de

Léandre, mais agréable à cause d'une deuxième fenêtre donnant sur le val et d'où l'on voit la colline au jeu de boules. Malgré le temps, il faisait clair.

Roger a remis une bûche sur le feu. Il faisait chaud. J'ai quitté mon manteau et j'ai pensé tout de suite que c'était ridicule puisque je n'avais pas l'intention de rester longtemps.

Cependant, je suis restée parce que Roger a voulu que je boive le café. Ensuite, il a posé sur la table une bouteille remplie de marc avec, dedans, un petit bonhomme en bois grimpant à une échelle. Il m'a dit que c'était son père qui l'avait fait pour occuper ses veillées d'hiver. Il a ajouté qu'il tenait beaucoup à cette bouteille parce qu'elle lui rappelait une époque de sa vie qu'il regrettait.

J'ai pensé à Léandre et à l'histoire du jeu de boules.

Il a fallu que je boive du marc et pourtant, je ne l'ai jamais beaucoup aimé. Il m'a fait tourner la tête parce que, depuis mon arrivée chez Léandre, je ne buvais plus du tout d'alcool. Mais je n'étais pas ivre, loin de là. Et, quand Roger m'a demandé si je voulais visiter sa maison, j'ai très bien senti ce qui pouvait arriver.

J'ai dit oui. Et, à ce moment-là, j'ai vraiment compris que depuis plusieurs jours j'avais envie d'un homme.

Roger m'a d'abord montré une chambre qui avait été celle de ses parents, puis il m'a fait entrer dans la sienne.

Nous n'avons pas dit un mot ni l'un ni l'autre. Je suis d'abord allée jusqu'à la fenêtre. J'ai regardé le val. Quand je me suis retournée, Roger était derrière moi. Je me suis approchée d'un demi-pas à peine. Il s'est peut-être avancé un peu aussi, mais je crois que c'est surtout moi qui l'ai embrassé. J'ai aimé Roger deux fois. Lui aussi a été heureux.

Quand nous nous sommes levés, le jour baissait déjà. J'ai dit :

— Il faut que je rentre, Marie s'inquiéterait.

Roger m'a embrassée, puis il m'a demandé :

— Tu reviendras?

J'ai promis de revenir.

Roger m'a accompagnée jusqu'au bout du pré, mais il avait sa moto à remonter et je n'ai pas voulu qu'il vienne plus loin.

J'ai couru pendant la première partie du trajet. J'étais à bout de souffle et plusieurs fois j'ai dû m'arrêter et m'adosser à un arbre.

Ce n'est qu'en arrivant au fond de la combe que je me suis arrêtée plus longtemps. J'ai respiré très fort, et puis, je crois bien que je me suis mise à rire toute seule. Je riais, parce que, au fond, j'avais couru comme si j'avais eu une nouvelle importante à annoncer à quelqu'un.

17

Mais non, bien sûr que je n'avais rien à annoncer à personne. Au contraire, pendant tout le mois qui a suivi, je me suis arrangée pour rencontrer Roger chaque dimanche sans éveiller l'attention de Léandre et de Marie. Je trouvais toujours un prétexte pour sortir seule avec Bob. Ce n'était pas tellement facile, car souvent le temps n'était pas très beau. Cependant, ces promenades ne semblaient pas bizarres puisque je sortais tous les jours. J'étais obligée; autrement les semaines m'auraient paru trop longues.

La première semaine, je suis revenue plusieurs fois rôder autour de la maison de Roger. Par la suite, il m'a donné une clef et j'ai pu entrer et sortir à ma guise. Je ne restais jamais bien longtemps à l'intérieur parce que je ne pouvais pas allumer de feu. Si Léandre avait vu de la fumée, il aurait pu se douter de quelque chose et venir. Le plus souvent, je m'asseyais sur le banc de pierre dans la cour qui est très petite. Comme il y a des murs assez hauts tout autour, au moindre rayon de soleil il y fait chaud. J'ai pensé souvent aux vieux qui avaient dû venir s'asseoir sur ce banc durant des journées entières. Je les imaginais fort bien, penchés en avant, le menton appuyé sur des mains sèches posées sur leur bâton. Seulement, chaque fois, je m'en allais un peu triste sans comprendre pourquoi.

Il m'a fallu plusieurs semaines pour me dire que j'étais triste parce que tout dans cette cour était mort.

Au temps où les vieux somnolaient sur le banc, il devait y avoir constamment de la vie autour d'eux. Moi, je n'avais que Bob qui se chauffait à côté de moi. Les clapiers étaient vides, les portes ouvertes. Le poulailler était vide aussi. Et ce que je regardais le plus souvent, c'était la petite cabane adossée à la maison. A l'intérieur, il y a encore le four à pain. Ce four me rappelait des jours de fête, avec une bonne odeur de brioche.

Un dimanche, j'ai expliqué à Roger cette tristesse que je ressentais devant ces choses mortes.

Il a hoché la tête un moment puis il m'a dit :

— Moi aussi, au début, j'ai cru qu'elles étaient mortes. Mais les choses ne sont jamais mortes. Seulement elles peuvent dormir très longtemps.

Je n'ai rien répondu, mais à compter de ce jour-là, je n'ai jamais été aussi triste en quittant la petite cour.

Et puis, à partir de décembre, j'ai eu autre chose pour m'occuper l'esprit. J'ai attendu jusqu'au quinze pour être bien sûre de ne pas me tromper. Et, le dimanche suivant, j'ai annoncé à Roger que j'étais enceinte.

J'avais attendu d'en être certaine, mais je ne m'étais même pas demandé si Roger serait content ou mécontent. Moi-même j'y pensais sans cesse, mais à vrai dire je n'éprouvais ni joie ni peine. Quand je l'ai dit à Roger, il a d'abord paru abasourdi. Puis il m'a serrée contre lui en disant :

— Tu es sûre ? Tu es sûre ?

J'ai dit :

— Oui, ça ne peut pas être autre chose.

Alors il m'a embrassée très fort et il m'a dit qu'il était heureux. Je lui ai demandé pourquoi, et il m'a dit :

— D'abord à cause de l'enfant et puis, comme ça, je suis sûr que tu ne partiras pas.

Nous avons passé le reste de l'après-midi à discuter pour savoir ce qu'il fallait faire. Roger voulait tout de suite prévenir Léandre. Il disait qu'il le connaissait assez pour savoir qu'il serait aussi content que nous. Moi, je ne sais pourquoi, j'avais un peu peur. Comme si Léandre avait été mon père et que j'aie dix-huit ans.

Pourtant, il commençait à faire froid et c'était de plus en plus pénible d'être obligée de sortir ainsi en cachette pour retrouver Roger. Je crois que c'est surtout pour ça que j'ai accepté.

Roger est donc revenu avec moi. C'était la première fois que nous faisions le chemin tous les deux. Il était déjà venu m'accompagner, mais jamais jusqu'au bout, à cause des espaces découverts que l'on pouvait voir depuis chez Léandre. Nous avons marché lentement en nous arrêtant souvent. Bob s'impatientait. Il venait faire le fou autour de nous et Roger lui lançait des branches.

Quand nous sommes arrivés près de la maison, il faisait déjà sombre. Léandre était seul à la cuisine. Assis près du feu, il devait somnoler car je crois qu'il a sursauté quand Bob lui a posé ses pattes sur les genoux. Tous les autres chiens sont venus vers nous. C'était surtout après Roger qu'ils sautaient. Mais il n'avait rien à leur donner parce qu'il avait déjà apporté son sac d'os le matin.

Quand Léandre nous a vus tous les deux, il a dit :

— Salut, les amoureux.

Nous nous sommes regardés, Roger et moi, mais il faisait trop sombre pour se voir vraiment.

Brassac m'a justement demandé d'allumer puisque j'étais vers la porte, mais Roger a tout de suite dit :

— C'est pas la peine, tant qu'on y voit encore un peu, on est mieux sans lumière.

J'ai pensé que Marie devait être en train de soigner ses bêtes. J'aurais voulu que Roger se dépêche de parler. Au fond, je crois que c'était la réaction de Marie que je redoutais le plus.

Nous nous sommes assis à côté de Léandre et c'est lui qui a demandé à Roger :

— Alors, qu'est-ce qui t'amène à pareille heure?

Roger a toussé deux fois. Il a hésité un peu et puis, d'un coup, il a dit que j'attendais un enfant de lui et qu'il voulait m'épouser.

Tout d'abord, Léandre n'a rien dit. Il n'a pas fait un geste. Ce silence de quelques secondes m'a paru terriblement long. Deux fois j'ai regardé la porte. J'avais peur de voir entrer Marie.

Enfin, Brassac a dit très bas, comme pour lui seul :

— Ben alors... Ben alors...

Puis il s'est levé brusquement. Il est venu jusque vers moi. Il m'a empoignée par les deux épaules; j'ai compris qu'il essayait de voir mon visage dans le restant du jour. Il a dit, exactement comme Roger :

— Tu es sûre? Tu es bien sûre?

J'ai fait oui de la tête. J'avais la gorge sèche.

Alors Léandre a bégayé :

— Un... petit... Un, un petit.

Il m'a lâchée pour courir jusqu'à la porte qu'il a ouverte toute grande. Du seuil, sans sortir, il s'est mis à crier :

— Oh! Marie. Oh! Marie... Écoute un peu!

J'ai entendu les sabots de Marie de l'autre côté de la cour. Aussitôt Brassac a crié :

— Marie! Un petit. On va avoir un petit!

Là, il avait sa voix de théâtre avec son accent du Midi un peu forcé.

Roger était debout à côté de moi. Cette fois, il faisait presque noir.

Marie est venue en sabotant plus vite que jamais. Comme elle arrivait, Léandre a tourné le bouton. La lumière m'a fait un peu mal. Ils sont entrés tous les deux et j'ai à peine eu le temps de m'essuyer les yeux pour ne pas qu'ils voient que je pleurais.

18

Ce soir-là Roger a mangé avec nous et il est parti très tard. Quand Léandre est revenu après être allé l'accompagner et coucher ses chiens, il nous a annoncé qu'il neigeait. Cela m'a fait plaisir parce que j'ai pensé qu'il y avait bien longtemps que je n'avais pas vu de la neige. De la vraie neige de campagne.

Le lendemain, en effet, il y en avait plus de vingt centimètres. Les chiens étaient fous. On ne pouvait plus les tenir. Chaque fois qu'on ouvrait la porte ils se précipitaient pour sortir. Dans tous les coins de la cuisine, il y avait de grandes flaques d'eau. J'avais beau éponger, Marie n'arrêtait pas de crier après les chiens. Elle a fait tant et si bien que Léandre a été obligé de les emmener faire une promenade pour les fatiguer. J'aurais bien aimé l'accompagner, mais je n'avais pas de chaussures pour cela.

Quand Léandre est revenu, il a vu que j'étais toujours derrière la fenêtre. Alors il m'a dit que de toute façon il fallait qu'il descende à Lyon. Il irait dès le lendemain et me rapporterait une paire de bonnes chaussures montantes.

Sur le moment je n'ai pas pensé du tout que Léandre risquait de boire et je n'ai pas fait attention à Marie.

Ce n'est que le lendemain matin, quand je suis descendue après le départ de Léandre, que j'ai vu à quel point Marie était inquiète. Elle avait son visage fermé et, depuis longtemps, je savais ce que ça voulait dire.

Au fond, c'était surtout à cause de mes chaussures que Léandre était parti et j'étais très ennuyée. J'avais peur que Marie finisse par dire que c'était à cause de moi que Léandre allait à Lyon et dépensait de l'argent en beuveries.

Une partie de la matinée s'est écoulée sans que Marie ne dise rien. Moi, je m'occupais surtout à surveiller les chiens qui étaient encore plus excités que la veille en raison de l'absence de Léandre. Bien sûr, le vieux Dik était dehors et il n'était même pas question d'aller le chercher. De temps en temps j'allais jusqu'à la fenêtre. Le val était magnifique sous la neige. Le ciel était toujours gris, et il me semblait qu'il allait en tomber encore.

Plus je pensais à Léandre, plus je me disais qu'il ne se saoulerait pas. Au fond, il ne m'avait jamais rien promis, mais sans savoir pourquoi, j'avais le sentiment que ça n'était plus possible.

Vers midi, je me suis décidée à parler à Marie. Je lui ai demandé si elle m'en voulait. Elle a eu un sourire bien triste en me disant :

— Ma foi non. Vous savez bien que c'est tout le contraire. Mais que voulez-vous, c'est comme ça. On ne peut rien y faire. Faudra toujours qu'il aille de temps en temps.

J'ai eu beau lui dire que j'étais sûre que Léandre ne boirait pas, elle n'a pas voulu me croire. Selon elle, c'était son vice, il fallait en prendre son parti. Tout ce qu'on pouvait espérer c'était qu'il ne ramènerait pas un autre chien. Marie me faisait un peu penser à ces malades qui découragent les médecins à force de se croire incurables. Au cours de l'après-midi, j'ai tout essayé pour la distraire, il n'y avait rien à faire.

Et quand, à 4 heures, les chiens qui avaient fini par se coucher se sont précipités vers la porte, elle leur a crié de rester tranquilles ajoutant que ça devenait impossible. Moi j'ai couru à la fenêtre. C'était bien Léandre. Il marchait vite, sans tituber.

J'avais appelé Marie. Elle a regardé dehors; elle m'a

regardée comme si elle n'avait pas été bien sûre de ses yeux. J'ai souri. Alors Marie a murmuré très bas en se retournant :

— Doux Jésus!

Et j'ai vu qu'elle se signait en regagnant sa place vers la cuisinière.

Moi j'ai regardé encore une fois la neige. Le jour baissait. De gros flocons recommençaient à tomber.

19

Et ce matin encore c'est la neige que je vois sur tout le val. Mais le ciel n'est plus gris. Il est bleu, très bleu. La bise souffle. Elle s'est levée le soir de Noël, pendant que nous étions à table. Et voilà vingt jours qu'elle tient. Léandre ne s'est pas trompé.

Mais au fond, maintenant, ça n'a plus d'importance pour moi. Je trouve même que c'est bon d'être bien au chaud dans mon lit et d'entendre souffler la bise. Ce matin à l'aube, Roger s'est levé doucement. Je ne dormais plus mais j'étais encore engourdie. Je n'ai pas ouvert les yeux. Quelques minutes plus tard j'ai entendu sa moto. Je l'ai laissé s'éloigner, puis je suis allée ouvrir les volets. La bise était glacée. J'ai vite refermé la fenêtre et je suis revenue me coucher bien au chaud. Ensuite, j'ai attendu que le jour se lève.

Surtout quand je sais qu'il fait froid, j'aime voir le jour se lever.

Tout à l'heure, Marie me montera mon déjeuner pour que je puisse rester au lit jusqu'à 11 heures. C'est elle qui le veut et Léandre aussi. C'est d'ailleurs pour cela que je suis encore ici. Ils veulent que je reste jusqu'à mon accouchement pour pouvoir s'occuper de moi. Après seulement je suivrai Roger dans sa maison.

C'est le soir du réveillon qu'ils ont tout décidé. Roger était venu. Marie avait voulu qu'on fasse beaucoup de cuisine.

Au moment de se mettre à table, Léandre est allé chercher ce paquet qu'il avait caché en revenant de Lyon. C'était une brassière bleue. Comme je faisais observer que c'était bien tôt, Léandre a baissé la tête. Il a bafouillé en disant que c'était la première fois qu'il jouait le rôle du Père Noël.

Ensuite, pour nous amuser, il nous a raconté la scène dans le magasin avec les vendeuses. Il imitait toutes les voix. Moi, je regardais surtout Marie. Elle riait. Et c'était la première fois que je la voyais rire.

Ce qui avait fait le plus plaisir à Léandre, c'est quand une vendeuse avait dit qu'avec les grands-pères c'était toujours pareil, il fallait toujours leur donner mieux qu'aux autres.

Depuis, Marie m'a déjà fait voir tout ce qu'elle a de linge dans son armoire et sa commode. C'est elle qui fera les draps et les couches.

Cependant, les premiers jours, Marie n'avait pas l'air vraiment heureuse. A certains moments, elle reprenait son visage fermé. Comme je lui demandais ce qu'elle avait, elle m'a dit :

— Si, je suis heureuse. Seulement, faut le temps de s'habituer. Ça fait drôle de savoir qu'on va être grand-mère sans avoir jamais eu d'enfant.

J'ai eu l'impression qu'elle disait cela avec un peu de regret. Cependant, je suis persuadée qu'elle sera très heureuse.

Moi, je ne me rends pas très bien compte de ce que ça peut être, d'avoir un enfant. Malgré tout, je suis contente d'être là. Je sais que je pourrai y rester. Que personne ne m'obligera à quitter ce lit bien chaud d'où j'entends la bise qui court entre la neige et le ciel.

Vernaison-Quinsonnas
1956-1957.

Le Voyage du père

A Hans Balzer
frère miraculeusement retrouvé,
en souvenir de Carcassonne 1942
et Weimar 1965.

Un matin de décembre

1

Durant plus de huit jours, le ciel avait promis la neige. Tourmentées de bise et de vent d'ouest, les grisailles s'étiraient en voûte basse d'un bord à l'autre de la terre, sans jamais ni s'arrêter ni s'ouvrir. On avait pu croire, un moment, que l'hiver passerait au-dessus du pays, tiraillé de remous mais coulant comme un large fleuve triste d'où ne tombait que la plainte du vent. Et puis, le soir du 22 décembre, une petite heure avant la nuit, la bise avait apporté les premiers flocons. Des flocons minuscules, à peine blancs, pareils à ce grésil de printemps qui court longtemps au ras du sol avant d'aller se nicher au creux des sillons. À mesure que descendait le crépuscule, les flocons avaient grossi, serré la trame de leur voile jusqu'à faire disparaître même la vigne des Benots dont les premiers piquets ne sont pas à plus de cent mètres de la maison. Il y avait eu, très vite, ces longs serpents clairs qui, dès les débuts de neige, marquent l'endroit où se formeront les congères.

Et puis la nuit.

L'obscurité sur cet univers blanc qui ensevelissait la terre. L'univers blanc plongé dans la nuit labourée de rafales, déchirée de longs sifflements.

De son lit, Quantin avait écouté longtemps sans pouvoir s'endormir. Et ce matin, avant même de nettoyer l'écurie, il avait tracé les chemins.

Tout était terminé. Le travail des bêtes, le bois pour la journée empilé derrière la cuisinière, et l'hiver installé, qui vous garde enfermé pour le temps que tiendra la neige.

Quantin avait essuyé d'un tranchant de main la buée d'une vitre et regardait l'hiver. Il se tenait debout, immobile, dans le chaud de la grande cuisine toute pleine de l'odeur des pommes de terre et du son. Derrière lui, il entendait sa femme, Isabelle, préparer les pâtées des lapins et des cochons. Il reconnaissait le son fêlé de la marmite basculant sur la pierre d'évier. C'était la plus grande, celle qui s'était fendue après les vendanges et qu'il avait dû cercler d'un gros fil de fer. Il n'entendait pas Denise, mais il savait qu'elle était là aussi. Assise devant la table. Son bol devait être encore à moitié plein du lait tiède où elle avait trempé ses tartines. Elle ne buvait pas. Elle regardait fixement la crèche installée dans la gueule de l'ancien four à pain.

Deux merles tombèrent du toit sur la neige de la cour, et Quantin eut presque un sursaut. Les oiseaux se chamaillèrent un moment, puis le plus gros s'envola vers le chemin. Quantin le suivit des yeux jusqu'à ce qu'il eût disparu derrière la réserve à maïs. La neige avait dû tomber de bise toute la nuit car le grillage de la réserve était une épaisse dentelle blanche. C'était sans doute l'aube qui avait tué le vent et la neige du même coup. Tout était gris et blanc excepté les sentiers que Quantin avait tracés et le tas de fumier d'où s'élevait une buée plus claire que le ciel épais.

La lumière montait du sol et éclairait le plafond bas de la cuisine, au-dessus de la fenêtre. Mais le jour demeurait terne. Il resterait ainsi. Quantin le savait. Il connaissait ce temps qui dure. Ces ciels qui pèsent sur la terre au point de se confondre avec elle, d'attirer l'horizon jusqu'au bois des Moulates que brouillent des frottis de cendre.

Le bois, ce matin-là, il fallait presque le deviner. Tout commençait à se confondre par-delà une énorme congère barrant le chemin qui descend au village. Même les vignes étaient comme absorbées par cette bande indistincte où semêlaient le bas du ciel et le haut des collines.

Quantin cessa de regarder l'horizon pour suivre le vol des merles qui, à présent, étaient à se disputer quelques grains tombés de la réserve. Les merles s'envolèrent, et, lorsque Quantin reporta son regard vers le bois, il remarqua un point sombre, à peine mobile, et qui semblait suspendu entre ciel et neige. Quantin s'approcha de la vitre. Il était impossible de reconnaître l'homme qui montait le chemin, mais Quantin comprit tout de suite qu'il s'agissait de l'instituteur. L'heure du facteur était encore loin, et seul l'instituteur pouvait monter par ce temps. Quantin l'observa quelques minutes puis, avant même que ne fût reconnaissable la longue silhouette efflanquée du garçon, sans bien savoir pourquoi, il se retourna lentement et s'éloigna de la fenêtre.

Denise n'avait pas bougé. Son lait fumait encore un peu. En passant devant elle, Quantin dit à voix basse :

— Dépêche-toi, mon petit.

Isabelle n'avait pu comprendre. Pourtant, sans se retourner, sans interrompre sa besogne, elle se mit à crier :

— Tu peux toujours causer, tu sais bien que tu perds ton temps. Ça porte dans le vide ! Avec elle, y a rien à faire. Rien de rien. Même pour manger, faut qu'elle traînasse. Elle a la paresse dans le sang. C'est pire qu'une maladie. Et tu le sais bien. Aussi bien que moi.

Quantin savait aussi ce que sa femme répondrait s'il tentait de prendre la défense de la petite. Et pourtant, il dit lentement :

— Mais non, ce n'est pas de la paresse. Il faut lui laisser...

Criant bien plus fort, Isabelle l'interrompit :

— Bien sûr, tu lui donnes raison. Tu as toujours fait comme ça. Comment veux-tu que j'en obtienne quelque chose, moi, dans ces conditions-là ? Tu sais pourtant bien que c'est pas une question de travail. Ce que j'en dis, c'est uniquement pour son bien. Pour qu'elle s'habitue. Pour qu'elle arrive à sortir un peu de sa mollesse. Toi non plus, par ce temps, tu n'as rien qui te bouscule, c'est pas pour autant que tu vas mettre une heure de plus à soigner tes bêtes. Seulement, question de dresser cette gosse...

S'arrêtant de besogner, elle s'était retournée à demi, pour continuer de parler. Sa main droite demeurait plantée dans la marmite, tandis que la gauche, tout engluée de pâtée et jaune de son, dessinait sur le fond d'ombre des zigzags de buée. Découragée par le silence de Quantin, elle se retourna soudain, haussant les épaules, et reprit son travail. Son dos maigre était animé comme par une danse lente et saccadée, sa tête au chignon châtain tout semé de fils blancs allait de droite à gauche, étirant sa nuque maigre où une vertèbre tendait la peau hâlée.

Denise buvait à longs traits, le visage à demi-caché par son bol blanc à fleurs rouges qu'elle tenait à deux mains. Lorsqu'elle l'eut reposé, elle essuya sa bouche du coin de son tablier et regarda son père. Elle semblait lui demander si elle avait bu assez vite. Quantin sourit, et le visage de la petite s'éclaira.

Quantin pensa à l'instituteur. Il l'imagina, levant très haut ses longues jambes maigres, hésitant devant les congères, louvoyant d'un talus à l'autre. Il eut envie, un instant, de retourner vers la fenêtre, mais il se contraignit à rester devant la table, le dos à l'ancien four.

Comme Denise ne bougeait pas, le regard toujours fixé sur lui, son sourire figé éclairant à demi son visage rond, il lui fit signe de se hâter. Elle se leva, porta sur l'évier son bol et sa cuillère, alla ranger le pain et revint vers la table avec le torchon. Quantin suivait des yeux chacun de ses mouvements. Elle commença d'essuyer la toile cirée à coups réguliers et rapides, puis, peu à peu, son geste se ralentit, suivant le dessin des bouquets de pivoines. Une fois qu'elle eut rassemblé les miettes en un petit tas bien propre, elle les fit couler doucement dans sa main en corolle, pour les porter ensuite dans la pâtée que sa mère achevait de pétrir.

— Si tu es enfin prête, grogna Isabelle, va chercher les

deux paniers de betteraves que j'ai préparés dans la resserre, sous le fruitier... Et tu mettras un fichu sur ton dos.

Denise, qui s'éloignait assez vite, s'arrêta soudain devant la fenêtre. Se haussant sur la pointe des pieds pour regarder par la vitre que son père avait nettoyée, elle dit :

— Il y a quelqu'un qui monte le chemin.

Elle marqua un temps, puis, d'une voix un peu moins assurée, elle ajouta :

— C'est pas Marie-Louise, c'est l'instituteur.

Au rire aigre de sa femme, Quantin comprit qu'elle allait se mettre en colère.

— Bien sûr, cria-t-elle, que c'est l'instituteur ! Qui veux-tu que ce soit ? Ta sœur ne peut pas arriver à neuf heures du matin. Tu sais bien qu'il n'y a pas de train à cette heure-là... Allons, dépêche-toi d'aller me chercher mes paniers.

La petite s'éloigna comme à regret de la fenêtre, et sortit par la porte qui donne directement sur le cellier. Sans se retourner, sa mère continua :

— Celui-là, tout de même, c'est quelque chose ! Faudrait pour le moins un mètre de bouse sur la route pour l'empêcher de venir ! Et encore, c'est pas sûr...

Elle venait de laver ses mains maigres, rougies par la pâtée brûlante, et vint les essuyer au torchon pendu à la barre du fourneau. Pointant son menton vers la porte, elle lança encore :

— Il est en vacances, alors, nous allons l'avoir sur le dos à longueur de journée. Et surtout quand notre Marie-Louise sera là. C'était à prévoir. Mais moi, je ne veux pas de ça. (Elle regarda Quantin.) Tu entends ? Je ne veux pas de ça. Pour une fois que je peux avoir ma fille, je veux qu'on reste entre nous. Faudra t'arranger pour lui faire comprendre. Tu entends ? Si tu ne veux pas t'en charger, je le ferai, moi. Et sans me gêner, encore !

Quantin s'approcha de la fenêtre. L'instituteur n'avait pas encore atteint le tournant. Il montait lentement, précédé par le petit nuage de sa respiration précipitée. Derrière Quantin, Isabelle continuait ses cris et ses ricanements :

— Tu peux regarder ; il serait devant la porte, et même dans la pièce, que ça ne m'empêcherait pas de parler.

Presque timidement, Quantin dit :

— Tu devrais pourtant bien comprendre...

Une fois de plus, elle l'interrompit :

— Comprendre ? Mais c'est lui, qui devrait avoir compris depuis longtemps, s'il avait pour deux sous de jugeote ! Quand je pense qu'un garçon si borné a pu devenir instituteur, ça me dépasse, moi !

Elle avait décroché une veste de laine, qu'elle se mit à enfiler à geste nerveux. Tout son corps très sec s'articulait comme si la colère l'eût électrisé.

— En tout cas, ajouta-t-elle, personne ne peut prétendre que c'est moi qui cherche à l'attirer.

Quantin eut un hochement de tête et un sourire amer pour murmurer :

— C'est le moins qu'on puisse dire.

Isabelle, qui se dirigeait déjà vers la porte, fit soudain volte-face. Cette simple phrase avait suffi pour que sa colère s'orientât vers Quantin. D'une voix sifflante, elle lança :

— Et si tu avais fait comme moi dès le début, il y a belle lurette qu'on en serait débarrassé !

Comme l'instituteur allait entrer dans la cour, Quantin dit très vite :

— Je t'en prie, ne crie pas. Je lui dirai. Je te promets de lui dire, mais tais-toi.

Denise revenait, portant ses deux paniers. Leur poids, au bout de ses bras, tirait ses épaules en arrière, et sa poitrine déjà forte tendait le devant de sa blouse, déformant les carreaux bleux et blancs du tissu. Elle posa les paniers pour jeter sur sa tête un grand châle de laine rouge qu'elle serra sous son menton avec une épingle de nourrice.

Sans le flou de ses cheveux châtains, son visage paraissait encore plus rond et plus plein. Ses yeux d'un bleu indéfinissable fixaient la porte. Comme Isabelle s'apprêtait à ouvrir, les semelles de l'instituteur battirent le seuil de pierre. Il y eut un temps de silence, puis quatre coups frappés à la porte. Denise eut un léger mouvement en avant de la tête et du buste, puis elle demeura immobile, la bouche entrouverte. Les lèvres pincées sur sa colère, Isabelle regardait Quantin qui hésita quelques instants avant de crier :

— Entrez !

La porte s'ouvrit lentement, et l'instituteur n'avait pas encore ébauché un pas que déjà Isabelle glapissait :

— Est-ce que vous avez bien nettoyé vos pieds, oui ?

Comme le garçon hésitait, elle reprit, avec autant de hargne :

— Alors c'est bien, entrez vite, vous me gelez toute ma cuisine. On ne paye peut-être pas le bois, nous autres, mais il est assez cher à la peine pour qu'on l'économise. Vous, on voit bien que vous ne savez pas ce qu'il en est. C'est la commune qui vous fournit le chauffage, alors vous auriez tort de vous fatiguer...

L'instituteur entra, décontenancé, et demeura sans un geste, tout près de la porte. Quantin s'avança pour lui serrer la main.

Comme Denise s'approchait aussi, l'instituteur lui sourit en demandant :

— Comment allez-vous, mon petit ?

Denise rougit. Tout son visage se tendit dans l'effort qu'elle faisait pour préparer sa réponse et surmonter son trouble. Quantin, qui l'observait, comprit qu'elle était sur le point de répondre au moment où sa mère intervint :

— Denise va très bien, trancha-t-elle. Tout le monde ici va très bien, même les bêtes. Seulement les bêtes, elles ont faim, et nous autres, on n'a pas le temps de tailler la bavette. Nous avons notre ouvrage, et c'est lui qui commande. Les vacances on sait pas ce que c'est, on en entend causer, mais c'est tout. Allons Denise, dépêche-toi un peu !

Tout en parlant, elle avait ouvert la porte et empoigné ses marmites fumantes ; Denise prit les paniers, et Quantin les regarda s'éloigner toutes deux vers la grange.

2

Restés seuls, les deux hommes demeurèrent face à face, à trois pas de la porte. Beaucoup plus grand que Quantin, l'instituteur se tenait un peu cassé en avant. Sa tête se balançait lentement au bout de son cou trop mince, ses genoux, pas tout à fait tendus, paraissaient avoir peine à porter le reste de son corps. Ses mains trop blanches ébauchèrent quelques gestes qu'elles n'achevèrent pas. Ses yeux clairs étaient pleins de larmes, et il tira son mouchoir en disant :

— La chaleur après le froid me fait toujours pleurer.

— Moi aussi.

Quantin le regardait essuyer ses pommettes trop saillantes et son long nez pointu que la course avait rougi. Il se moucha, s'essuya encore, puis les deux hommes retrouvèrent leur immobilité. Seules les mains de l'instituteur se levaient encore de loin en loin pour retomber, comme épuisées par ces mouvements à peine amorcés.

Les minutes coulaient. Quantin avait entendu se refermer la porte de la grange.

Le silence reprenait possession de tout. Il était là, entre eux ; il était dehors aussi, tout autour de la maison ; et il s'étendait peut-être jusqu'au fond de la plaine, bien plus loin que les brumes qui limitaient la vue. Sans tourner la tête, Quantin voyait le jour couler tristement dans la cuisine, tamisé encore par l'opacité des vitres embuées.

— Venez vous asseoir un moment près du feu, dit-il enfin.

L'instituteur toussa, et parut chercher une réponse. Ses mains montèrent jusqu'à hauteur de sa poitrine, et s'écartèrent avant de redescendre lentement, un peu comme de large feuilles mortes.

— Je ne voudrais pas vous déranger, fit-il. Si vous avez à faire...

— Par ce temps, vous savez...

— Bien sûr... Remarquez, c'est un temps de saison.

— S'il arrive que les saisons ne se fassent pas, ce n'est pas le cas cette année. Nous avions déjà eu du froid, et cette neige de novembre qui a tout de même tenu plus de dix jours.

— C'est exact. Et il en tombera encore. Le ciel est pris. Complètement pris. Cette neige ne partira pas vite, elle en attend d'autre.

Ils s'étaient assis face à face, entre la table et la cuisinière. Ils se regardèrent un moment en silence. Le feu ronronnait à peine, avec, de loin en loin, un claquement sec et le jet d'une étincelle entre deux barreaux de la grille. Quantin sentait que leur conversation pouvait reprendre sur ce thème de l'hiver, et se prolonger toute la matinée. Il avait envie de parler d'autre chose, mais il remarqua encore :

— Vous savez, lorsque les saisons se font bien, tout est plus facile.

— C'est naturel, dit l'instituteur. C'est la nature. On a beau faire, on ne change rien, dans ce domaine.

L'instituteur se tut. A l'inclination de sa tête, Quantin comprit qu'il s'était mis à fixer la marque brune que le fer à repasser avait laissée sur la toile cirée. Pourtant, avant que son regard ne lui échappe, il avait cru y lire presque de la détresse. Lui non plus ne devait pas pouvoir dire ce qu'il avait apporté jusque-là. Si Quantin ne l'aidait pas, il repartirait comme il était venu. Il referait le long chemin barré de congères. Quantin regarda ses jambes aux genoux pointus et qu'il tenait serrés l'un contre l'autre. Le bas de son pantalon trempé commençait à fumer à la chaleur du foyer. Sur ses cuisses, ses mains restaient allongées, mais elles n'étaient pas en véritable repos. De temps à autre, un doigt se haussait, se pliait à demi, puis un autre, un autre encore ; ou bien toute la main, comme soulevée par une vague.

Quantin respira profondément et demanda :

— Vous êtes venu avec un livre ?

— C'est-à-dire... Pas exactement. Je suis monté pour vous annoncer que le bibliobus ne passera pas cette semaine.

— Forcément, avec les chemins que nous avons.

— Il y a cela, mais il y a surtout les vacances de Noël. Moi, je reste ici, mais de nombreux correspondants locaux s'en vont.

Il s'arrêta un instant, puis retrouvant le mouvement de ses mains, il se hâta d'ajouter :

— Mais si vous n'avez plus rien à lire, je vous trouverai quelque chose.

— Merci, je n'ai pas encore terminé le dernier... Et puis, vous savez, tant que Marie-Louise sera là, je n'aurai guère le temps de lire. Nous aurons beaucoup de choses à nous raconter.

Quantin avait d'abord parlé lentement, cherchant chaque mot, puis son débit s'était accéléré. Par la pensée, il suivait Isabelle. Elle devait en avoir fini avec les cochons. Elle avait sans doute rejoint la petite dans le fond de la grange, où se trouvent les clapiers. Peut-être avait-elle déjà soigné les lapins logés dans la rangée du haut. Cette mère grise qui a fait ses petits si tard... Les deux femmes allaient revenir avec leurs paniers et leurs marmites vides. Quantin cherchait autre chose à ajouter, lorsque l'instituteur dit très bas, d'une voix attristée :

— Enfin, si vous avez besoin d'un livre, vous me le ferez savoir. Je trouverai toujours quelque chose à vous monter.

Quantin savait ce qu'il devait dire. Les mots étaient là, en lui, peut-être à son insu, préparés depuis le moment où le tout petit point noir était apparu, encore englué dans la brume du bois des Moulates. Ils se regardèrent, et, presque en même temps, ils se mirent à sourire. Alors, tout naturellement, Quantin expliqua :

— Eh bien, c'est ça. Vous chercherez quelque chose que je ne connais pas, et vous m'apporterez ça. Vous pourrez monter après demain, par exemple, dans l'après-midi.

L'instituteur sourit davantage, puis, plissant soudain le front, il regarda un instant vers la porte, parut aussi tendre l'oreille avant de dire :

— Mme Quantin a l'air un peu fâchée.

— On n'y peut rien. Il faut en prendre son parti. Ce n'est jamais bien méchant, vous savez. Avec moi aussi, elle est toujours en train de grogner. C'est sa vie ; il faut qu'elle grogne. Et depuis le temps que ça dure, je m'y suis habitué. Ça fait également partie de ma vie, de l'écouter.

Quantin avait parlé sur le ton de la plaisanterie et l'instituteur, un moment inquiet, retrouva son sourire. Il quitta sa position figée pour s'accouder à la table, laissant son regard aller du foyer rougeoyant à la fenêtre glacée.

Le silence n'avait plus la même densité. Le feu y avait trouvé sa place, éloignant l'hiver. Maintenant, Quantin se sentait bien, en face de ce grand garçon emprunté. Il leur arrivait souvent de rester ainsi, à se regarder sans mot dire, chacun avec sa pensée. Et puis, soudain, un mot venait entre eux, un titre de livre, un événement de l'histoire ou de l'actualité, et ils se mettaient à parler. Quantin aimait ces conversations, mais il aimait presque autant les longs silences qui les précédaient. C'est-à-dire qu'il les aimait d'une autre manière ; comme on peut aimer à la fois l'ombre et le soleil. Il avait besoin de ces échanges, mais il avait besoin aussi de ce silence où il n'était plus seul. Tout n'était pas absolument clair en lui, mais il sentait que ce silence était réellement un lien entre l'instituteur et lui. Pour s'en assurer, il pensait aux autres hommes qui s'étaient assis à la même place, en face de lui, et au silence qui, bien souvent, les avait séparés de lui.

Il n'essayait plus de deviner ce que pouvait penser l'instituteur. C'était sans importance. Ce qui comptait, c'était de le tenir là ; d'être certain qu'il faisait réellement partie d'un moment de la vie où Quantin aussi se sentait heureux. Un moment de la vie où ils avaient tous les deux leur place.

Le jour demeurait gris, mais le froid s'arrêtait vraiment à la fenêtre.

Quantin remarqua que l'instituteur regardait le buffet où se trouvait la photographie de Marie-Louise. Il devait penser à elle, bien sûr, et l'imaginer ici. Il voyait sans doute son arrivée. La joie de tous les Quantin. Ils allaient être là, réunis tous les quatre pour un Noël heureux et tiède. Et lui, l'instituteur, resterait seul dans sa chambre, au-dessus des salles de classe désertes. Il serait loin de la maison. Perdu dans cet hiver qui était tout autour et qui semblait n'avoir ménagé qu'ici un petit coin de chaleur.

Quantin cherchait un moyen d'engager de nouveau la conversation et de parler tout de suite de Marie-Louise. Tout à l'heure, il s'était tu avec le sentiment qu'ils n'avaient plus rien à se dire pour ce matin. Il avait pensé que le silence partagé leur apporterait davantage que les mots, mais il s'apercevait qu'il n'avait rien dit de Marie-Louise. Rien, ou presque rien, et sans même prononcer son nom. Il le sentait, et cela l'empêchait de trouver le premier mot.

Son regard rencontra celui de l'instituteur, et il eut la certitude qu'une fois de plus ils se retrouvaient. Ils livraient tous deux le même combat à la recherche d'un mot. Ce fut l'instituteur qui parla le premier.

— Ce soir, est-ce que vous irez attendre Mlle Marie-Louise à la gare ?

Il avait prononcé très fort le début de sa phrase. Puis, comme effrayé d'avoir si brutalement déchiré le calme, il avait baissé le ton jusqu'à finir dans un murmure.

Quantin répondit, presque à voix basse :

— Bien sûr, avec des chemins pareils, elle ne peut pas monter seule. Je descendrai lui porter des bottes, elle ne doit avoir que des chaussures de ville.

— Si j'osais, monsieur Quantin... Si j'osais...

Comme il se taisait, Quantin se mit à rire et acheva pour lui :

— Si j'osais, j'irais avec vous.

Le visage de l'instituteur, qui avait retrouvé sa pâleur habituelle, s'empourpra tandis qu'il bredouillait :

— Enfin, je pense que vous descendrez seul.

— Bien entendu. Vous n'avez qu'à vous trouver à la gare ; vous pourrez toujours nous accompagner un petit bout de chemin.

— Monsieur Quantin, vous êtes... Je vous remercie...

Il n'eut pas le temps d'achever. La porte de la grange claqua et Quantin, comme s'il eût obéi à un signal donné, se leva pour aller prendre un livre sur la petite table, à côté du four.

— Ne bougez pas, dit-il.

Il revint s'asseoir, posa le livre sur la table, puis, comme les femmes entraient, il dit d'une voix qui avait peine à trouver un ton naturel :

— J'aurais dû vous le rendre jeudi dernier en descendant au marché, mais je l'ai oublié. J'y ai pensé en route, seulement c'était un peu tard pour remonter.

— Ça ne fait rien.

— Mais je vous ai obligé à venir jusqu'ici, et avec cette neige, le chemin n'est pas agréable.

Au regard qu'Isabelle lui lança, Quantin comprit qu'elle n'était pas dupe. Il redouta un instant sa colère, mais elle se contenta de hausser les épaules avant de s'éloigner vers son évier. L'instituteur n'avait rien remarqué. Il continua d'expliquer qu'il trouvait beaucoup de plaisir à marcher dans la neige. Sans se retourner, Isabelle grogna :

— Eh bien, au moins, il est servi !

Elle grommela encore autre chose, mais le vacarme qu'elle faisait en lavant sa marmite empêcha les hommes de comprendre. Quantin s'efforçait de sourire. Denise était venue se planter à quatre pas d'eux. Les mains dans son dos, le visage baissé et le regard au ras des sourcils, elle dévisageait l'instituteur. En la voyant ainsi, Quantin éprouva un malaise indéfinissable. Ce n'était pas la première fois qu'il remarquait ces regards de la petite, mais il n'aimait pas y penser. Au début, il s'était dit que Denise était impressionnée parce qu'il était maître d'école. Denise n'avait jamais eu de facilité pour étudier, et sa timidité l'avait beaucoup gênée. Pour elle, un maître d'école avait certainement quelque chose d'étrange, surtout ici, dans sa propre maison. Et puis, celui-là était un visage inconnu, un être très différent du maître qu'elle avait toujours eu à l'école. Quantin s'était souvent répété cela, et il n'y pensait même plus. La façon que Denise avait de regarder l'instituteur était de ces choses inexplicables, qu'il faut admettre même si elles sont pénibles.

Derrière Quantin, Isabelle continuait à faire énormément de bruit avec ses casseroles et un bidon qu'elle traînait sur la pierre d'évier. Il y eut un moment pareil à ces jours d'été où l'on voit passer un orage très loin, au-dessus de la plaine, en se demandant vers quelle contrée le vent va le pousser.

Le bruit s'arrêta enfin, et Isabelle traversa la cuisine, portant un broc d'eau chaude et son panier à œufs. Avant de sortir, elle cria :

— Denise, ne reste pas plantée là comme un échalas ! Va laver les bols et tu éplucheras des pommes pour la compote.

Tourné vers Isabelle, l'instituteur se leva en disant :

— Il faut que je parte.

Mais la porte claqua au beau milieu de sa phrase. Il marqua une hésitation. Sa main, qui se levait déjà en direction de Quantin, ondula sur place avant de retomber. Se dirigeant vers le four, il demanda :

— C'est vous, Denise, qui avez fait cette crèche ?

— Oui, m'sieur, avec maman.

Le visage de la petite s'était éclairé. Elle se mit à sourire, en le rejoignant. Cassé en deux, il examina l'intérieur assez longuement, puis il souleva une branche de sapin en disant :

— C'est joli. C'est vraiment très joli, vous savez.

Comme Denise restait sans voix, Quantin s'approcha pour expliquer :

— Elles ont voulu faire une surprise à Marie-Louise. C'est sa crèche, vous comprenez ? Quand elle était ici, c'était une de ses plus grandes joies, de faire cette crèche. Elle commençait d'en parler au moins deux mois avant le temps de Noël. L'autre jour, je suis allé fagoter sur la côte des Rubeaux, alors j'ai coupé ces deux branches de sapin.

L'instituteur s'était redressé. Son regard heureux allait de la crèche à Denise. Plusieurs fois, il se porta aussi sur le portrait de Marie-Louise.

— C'est une fameuse idée, dit-il, d'avoir installé cette crèche dans cette gueule de four.

Denise retrouva sa voix pour dire :

— Et ça s'allume, dedans. Faut brancher la prise.

La petite se baissa pour établir le contact, et l'ampoule enveloppée de papier rose éclaira le fond de la crèche fait de deux grosses bûches de frêne. L'instituteur se pencha de nouveau et recommença de tout examiner en poussant des petits cris d'admiration. Quantin s'éloigna. Il était contrarié de voir que l'instituteur traitait un peu Denise comme une fillette de dix ans. Denise avait dix-sept ans. Elle était timide au point d'en être paralysée devant certaines personnes, mais ce n'était pas une raison pour la croire simple. Il eut un instant envie de le dire, mais ce n'était pas possible. Il y avait Denise et puis, de toute façon, il y a des mots qu'on ne trouve pas facilement. Quantin fixait le dos étroit et voûté du garçon, et il savait que même lorsqu'ils n'étaient pas d'accord, même quand l'instituteur l'agaçait, il ne pouvait pas le blesser. C'était ainsi. Il ne fallait pas chercher à l'expliquer. Ce n'était ni à cause de Marie-Louise ni à cause de ce qu'il y avait de tristesse chez ce garçon. Peut-être les deux à la fois, mais autre chose aussi, et pour une part plus grande, semblait-il. Mais ce n'était pas commode à démêler.

L'instituteur se déplia lentement, reprenant sa taille et

laissant de nouveau flotter ses mains librement au bout de ses manches.

— Mlle Marie-Louise, dit-il, est très sensible à toutes ces choses.

— Elle l'était, fit spontanément Quantin qui se tut aussitôt.

Le visage de l'instituteur s'assombrit. Il demanda :

— Vous voulez dire...

Comme il hésitait, Quantin expliqua :

— Je veux dire que... Enfin, j'espère qu'elle l'est toujours. Seulement, on se voit si peu souvent ! Mais lorsqu'elle était petite, nous ne faisions pas encore la crèche dans le four. On prenait une boîte en carton, on la découpait, et on lui mettait un toit de paille. Et chaque fois, quand c'était terminé, Marie-Louise me répétait qu'elle voulait juste une toute petite fenêtre pour s'asseoir devant et regarder tomber la neige... Elle me disait ça. Et quand il neigeait vraiment, il lui arrivait de rester des heures et des heures près de la fenêtre, à regarder tomber la neige... Des heures sans un geste, sans un mot.

Lorsque Quantin s'arrêta de parler, le silence parut différent de ce qu'il avait été jusqu'alors, chaque fois que les hommes s'étaient tus. Un peu comme si un silence venu du temps qu'évoquait Quantin se fût ajouté à celui d'aujourd'hui. Un silence semblable, un silence d'hiver aussi, avec son poids de neige et de ciel, mais avec une autre présence encore.

Il y eut ainsi un long moment très dense, avec le poids de leurs regards qui n'osaient plus se déplacer dans la pièce. Quantin avait parlé à voix basse, et ce fut également très bas que le garçon demanda :

— Vraiment, vous redoutez qu'elle ne soit plus la même ?

Quantin était embarrassé. Est-ce qu'il pouvait savoir ? Pouvait-on réellement deviner ce qu'était devenue Marie-Louise à travers de simples lettres ?

— Quand elle écrit, tenta-t-il d'expliquer, il est bien

malaisé de savoir ce qu'elle penserait de tout ça. Pour le moment, elle nous parle surtout de sa situation. De ce départ possible pour Paris.

Chaque fois que Quantin s'interrompait, l'instituteur hochait la tête en disant :

— Bien sûr, bien sûr.

Et lorsque Quantin s'arrêta, le garçon respira profondément comme un homme qui a quelque chose de très difficile à dire. Il parla pourtant sans hésiter, mais d'une voix peut-être un peu dure :

— Vous savez qu'après les vacances, je lui ai écrit plusieurs fois... Elle me répondait. Pas très longuement, mais enfin elle répondait...

Il baissa les yeux et soupira encore.

— Et alors, demanda Quantin, elle ne vous écrit plus ?

— Je n'ai rien reçu depuis plus de deux mois.

Denise écoutait, le visage tendu, avec, dans les yeux, une lueur qui s'éteignit soudain, au moment où la mère entrait.

Quantin toussa très fort, l'instituteur fit un pas vers la porte en disant :

— Je vais m'en aller... Je ne veux pas vous déranger plus longtemps... Au revoir, monsieur Quantin... Au revoir...

Isabelle était entrée, mais elle tenait la porte qu'elle n'avait pas refermée complètement. Dès que l'instituteur arriva vers elle, elle l'ouvrit largement sur une bouffée d'hiver. Avant de sortir, avec un mouvement emprunté, l'instituteur se retourna pour les saluer tous en disant :

— Au revoir... Je vous souhaite un bon Noël.

3

Bon Noël et bonne route ! Que le vent vous gèle et que le cul vous pèle !

Isabelle cria cela très fort en regardant la porte que l'instituteur venait à peine de fermer derrière lui.

Quantin eut envie de lui dire qu'elle dépassait la mesure, mais il avait trop besoin de silence pour prononcer un seul mot qui risquât d'exciter sa femme. Il espérait qu'elle en resterait là, et il le crut vraiment tout le temps qu'elle mit à porter le broc vide vers l'évier et son panier d'œufs dans le cellier. Mais, lorsqu'elle revint, il eut le tort de la regarder, de lui offrir son regard où elle devait lire la moindre de ses pensées. Il le regretta aussitôt et lui tourna le dos pour marcher vers la fenêtre. Il avait à peine fait deux pas que le ricanement d'Isabelle commençait. Imitant l'instituteur, elle se mit à dire :

— Moi, j'aime bien la neige... C'est agréable, la neige. J'aime marcher dedans... Nein, nein, nein, nein... Pauvre imbécile et dans la merde, tu y marcherais ?... S'il était obligé de patauger comme nous pour faire son ouvrage, il ne mettrait pas longtemps pour changer d'avis. Seulement, avec le métier de fainéant qu'il a, et une pareille couche de bêtise...

Quantin serrait les dents. C'était la première fois qu'Isabelle allait aussi loin. Déjà, lorsque l'instituteur était arrivé, il avait redouté un incident. Il fallait que le garçon fût patient, pour admettre cela. Pour se laisser traiter ainsi, car il avait entendu. C'était certain. Bien sûr il y avait Marie-Louise. A cause d'elle, il devait être capable de tout endurer. Il n'était pas lâche. Ça se voyait à son regard. Il avait une certaine fierté, mais aussi quelque chose que Quantin comparait à l'expression des martyrs, tels que les représente l'image des catéchismes. Quantin s'efforça longtemps de contenir sa colère, puis, se retournant brusquement, il lança :

— Tais-toi ! Je trouve que tu exagères !

Sur le coup, Isabelle parut interdite. Son visage maigre s'était crispé et sa paupière gauche, se fermant à demi sur son œil brun, accentuait encore la lueur dure du regard. Peu à peu, l'expression de son visage se métamorphosa en un faux sourire. Ses lèvres minces s'entrouvrirent jusqu'à laisser voir le trou noir que fait l'emplacement de la canine qui lui manque. Son ricanement grinça, annonçant qu'elle s'était déjà reprise :

— Évidemment, dit-elle, il est instituteur. Ins-ti-tu-teur, ça suffit pour qu'on n'ait pas le droit d'y toucher. Et ça suffit aussi à nous prouver qu'il est intelligent. (Le ton monta.) Eh bien, non ! Moi je ne marche pas ! Tu m'agaces, avec tes foutaises ! Parce que tu avais rêvé d'être instituteur, tu ne vois rien de plus beau. Tu en baves. Ça t'éblouit au point de t'enlever toute jugeote. Pensez donc : instituteur, c'est quelque chose ! Et si ta fille pouvait en épouser un, même le plus stupide de tout le troupeau, tu serais heureux comme un roi !

Elle pouvait continuer longtemps ainsi, Quantin le savait. Il avait maintes fois éprouvé son endurance. Les mots lui venaient comme une eau sort de terre. Mais ses propos ne le touchaient plus. C'était à lui, surtout, qu'ils s'adressaient. Ils n'étaient pas nouveaux. Il avait entendu cela cent fois et il avait pris l'habitude, lorsqu'elle partait ainsi, de la laisser aller sans la contredire. Au bout d'un moment, elle recommença d'insulter l'instituteur et de s'en prendre à ses sentiments pour Marie-Louise. Comme elle insistait, Quantin intervint :

— Tu peux dire ce que tu veux, mais ce mariage serait le meilleur moyen de ramener cette petite près de nous.

Comme fouettée par ces simples mots, Isabelle abandonna son ouvrage et revint vers Quantin. Son attitude était presque menaçante. Sa voix était déformée par la colère :

— Tu devrais avoir honte ! L'enterrement dans un trou, voilà ce que tu souhaites à cette gosse qui s'est donné tant de mal ! Le trou des Quantin ! Le bousier où ils ont vécu depuis je ne sais combien de générations. C'est tout ce que tu as d'ambition pour elle. Elle qui s'est esquintée à en sortir, du bousier ! Mais pour toi, l'ambition, c'est justement ça : le poste d'instituteur ! Et encore, à condition que ce soit ici.

Profitant de ce qu'elle reprenait sa respiration, il essaya de dire :

— Ça vaudrait peut-être mieux pour nous tous. Nous vivons vraiment comme si cette petite était en Amérique. Huit jours de vacances en deux ans, c'est tout de même trop maigre.

Isabelle paraissait un peu moins nerveuse. Toujours dure, mais d'une voix qui avait cessé de trembler, elle répliqua :

— Mais tu sais bien ce qu'elle t'a expliqué : c'est un sacrifice à faire pendant quelques années, ensuite, elle aura une situation comme ton grand dadais ne pourra jamais en avoir, même s'il finit dans la peau d'un inspecteur d'école.

La vibration de sa voix était revenue lorsqu'elle avait parlé de l'instituteur, mais Quantin avait le sentiment qu'elle le regardait avec une espèce de mauvaise pitié. Elle devait surtout l'estimer trop stupide pour comprendre où se trouvait l'intérêt de sa fille. Trop stupide ou trop égoïste.

— Dans toute cette histoire, dit-il, on fait bon marché de sa santé.

— Est-ce que tu crois que je n'y pense pas ? Est-ce que tu te figures que ça m'amuse de ne jamais voir ma fille ? De ne même pas savoir si elle n'est pas malade ? A t'entendre, on dirait bien que je ne l'aime pas, moi !

Ce dernier mot pouvait exprimer à la fois la colère et la détresse. Elle devait souffrir aussi de l'absence de Marie-Louise, mais cette façon qu'elle avait de toujours crier enlevait toute envie de lui venir en aide, de partager ses peines.

Ce n'était pas la première fois qu'ils se querellaient à ce sujet, mais Quantin s'arrêta vite de répondre. Puisque Marie-Louise allait venir, tout cela était bien inutile. Pourtant, Isabelle ne voulait pas en rester là.

— Surtout, reprit-elle, lorsqu'elle sera ici, je ne veux pas que tu l'embêtes avec cette histoire. Et je ne supporterai pas ce grand benêt chez nous.

Elle revenait toujours à cette idée. Cette visite de l'instituteur l'avait réellement agacée. Elle en parla encore plusieurs fois. Ce qui la mettait le plus en colère, c'était qu'il eût bravé le froid et le mauvais chemin uniquement pour avoir confirmation de l'arrivée de Marie-Louise. Car Isabelle n'avait pas cru un seul instant à cette histoire de livre. Elle le lança au visage de Quantin comme une gifle.

— Tu me prends toujours pour une andouille, dit-elle. Et surtout quand tu es avec celui-là. Pour vous autres, je suis un souillon sans instruction. Je ne lis pas de livres, moi. Et même sans instruction, pour ce qui est de l'avenir de Marie-Louise, le souillon de mère, il voit plus loin que toi.

Quantin ne bronchait pas. Il pensait à cette force de l'instituteur, si frêle d'apparence, si timide et qui pouvait se dominer au point de tout entendre sans se fâcher. Tout, parce qu'il tenait à Marie-Louise. Plus il y pensait, plus il lui semblait injuste que l'instituteur fût méprisé par sa fille. Il n'était pas surpris que Marie-Louise n'aimât pas ce garçon, mais pourquoi lui avoir écrit ? Pourquoi s'arrêter soudain de répondre à ses lettres sans lui donner la moindre explication ? Ce n'était pas de Marie-Louise. Pas de celle qui était partie de chez eux, deux ans plus tôt. Tout cela tournait en lui, et, autour de lui, tournaient les propos d'Isabelle qui ne cessait de parler. Elle lui reprochait son égoïsme. Elle trouvait anormal qu'un père pût essayer de garder ses enfants auprès de lui.

— C'était bon il y a un siècle. Je t'ai dit cent fois que tu retardes d'un siècle, toi qui te crois toujours plus malin que les autres.

C'était son grand reproche. Et c'était exact, elle avait bien dû lui rabâcher cela plus de cent fois depuis le départ de Marie-Louise. Et, chaque fois qu'elle parlait ainsi, Quantin avait un peu l'impression d'une toute petite victoire. Elle qui détenait le pouvoir de deviner ce qui se passait en lui lorsqu'ils se chamaillaient, elle n'avait pas encore compris ce qu'il pensait réellement de cela. Lorsqu'il lisait les journaux, lorsqu'il écoutait le poste de radio, lorsqu'il descendait à la foire de Lons-le-Saunier, une fois par mois, lorsqu'il voyait les gens se tuer sur les routes, se battre à mort pour une minute, Quantin était heureux de vivre là. Il pensait à la chance qu'ils avaient d'être loin de la route et même du village et de pouvoir vivre comme avaient vécu ses parents. Pouvoir retarder d'un siècle, c'était peut-être le secret du bonheur. Un siècle plus tôt, une Marie-Louise née ici n'en serait pas partie.

Tout en continuant ses reproches, Isabelle avait vidé sur la table un panier de haricots secs qu'elle commença d'égrener. Quantin vint s'installer en face d'elle et se mit à l'ouvrage. Au bout de la table, Denise épluchait lentement de grosses reinettes grises, dont quelques-unes portaient encore de la terre du verger. Quand Isabelle se taisait le temps de reprendre son souffle, il n'y avait plus, dans la cuisine, que le craquement des cosses sèches et le bruit des grains tombant dans la casserole de fer. De loin en loin, une bûche qui avait du mal à brûler chuintait un peu. Ce devait être un des rondins que Quantin avait pris tout au bout de la pile et que les dernières pluies et la neige avaient mouillés. En écoutant cela, Quantin pensait à Marie-Louise, à ce rêve de son enfance, à cette petite maison bien chaude où elle aimait à s'imaginer, immobile durant des heures au coin de sa fenêtre.

Isabelle parla encore de l'instituteur. Elle revenait à ce qu'il avait dit de la neige. Selon elle, aimer la neige, ou faire semblant de l'aimer, ne pouvait qu'être une preuve de sottise.

— D'ailleurs, finit-elle par dire, il faut bien qu'il soit stupide pour s'être monté le coup à propos de Marie-Louise.

Timidement, Quantin remarqua :

— Tu dis ça, mais tu ne sais pas exactement ce qu'il y avait entre eux. Ils se sont écrit...

Elle ne le laissa pas poursuivre. Avec un geste tranchant de sa main maigre armée d'une cosse de haricot, elle lança :

— Il n'y a rien entre eux ! Absolument rien ! S'il y avait quelque chose, Marie-Louise me l'aurait dit.

Elle n'avait pas crié, mais Quantin s'abstint de répondre. Il eut un moment envie de rire, à cause du haricot qui ressemblait à un ridicule petit sabre dans la main menaçante de sa femme. Il baissa la tête, Isabelle se tut. Sans doute renonçait-elle à le convaincre, le jugeant incapable de rien comprendre.

Il y eut alors un long moment de calme. La chatte était montée sur les genoux de Quantin qui percevait son ronronnement.

Quantin pensait à Marie-Louise qui allait venir. De loin en loin, sans cesser son travail, il regardait la crèche, puis le feu dans la grosse cuisinière noire ; puis la fenêtre toute embuée où des gouttes traçaient des ruisseaux d'un gris verdâtre. Il regardait, et il se disait que Marie-Louise allait retrouver tout cela, et que lorsqu'elle serait arrivée, ils pourraient vivre tous ensemble un vrai moment de bonheur.

4

Ils avaient presque fini d'égrener les haricots secs, lorsqu'ils entendirent un pas heurter le seuil. La chatte sauta par terre et fila derrière la cuisinière, entre deux cageots de bois. Ils se regardèrent, tous les trois, le geste en suspens. A l'expression de sa femme, Quantin comprit que, comme lui, elle pensait au facteur. Si le facteur montait, c'était peut-être...

C'était lui. Quantin reconnut sa façon de frapper. Avant de répondre, il regarda encore Denise qui fixait la porte, le visage tendu, la bouche entrouverte.

Dès que Quantin eut crié, le facteur entra. Il avait son passe-montagne gris sous son képi bleu. Comme toujours, il lança :

— Salut les Quantin !

Isabelle et Quantin s'étaient levés. Ils restèrent immobiles à côté de leur chaise, tandis que le facteur avançait jusqu'à la table où il posa une lettre en disant :

— Voilà des nouvelles de votre grande.

Quantin alla jusqu'au buffet où il prit le litre de marc et deux verres. Il revint, versa la goutte et demanda :

— Alors, Fernand, le chemin n'est pas trop mauvais ?

— Ici, ça va encore, répondit l'homme, mais dans certains bas-fonds, elle s'est amassée. Ils pourraient tout de même passer le chasse-neige jusque dans les écarts, ce serait pas du luxe !

— Faut le temps.

— Je sais, mais tu peux être tranquille, c'est le Gustave Lambert qui le fait, et il ne risque pas de tuer ses bêtes. Chaque fois que l'occasion se présente de vider un canon, il leur laisse largement le temps de souffler.

Tout en l'écoutant, Quantin regardait l'enveloppe bleue, sur le coin de la table. Isabelle s'en était approchée, mais elle n'y touchait pas. Elle regardait également, tantôt l'enveloppe, tantôt le facteur, et la porte aussi. Personne ne toucherait à cette lettre tant que l'homme serait là. Le facteur but la moitié de son marc, fit claquer sa langue et observa :

— Quand j'ai eu dépassé la scierie, j'ai vu des traces, j'ai dit : tiens, ils ont déjà eu de la visite ce matin. Ou bien c'est Quantin qui est déjà descendu et remonté. Et puis, j'ai mieux regardé : les traces de la descente mordaient sur les autres, alors ça pouvait pas être toi.

— Oui, répondit Quantin, c'est l'instituteur qui est venu chercher un livre.

Le facteur secoua la tête d'un air entendu. Il parut hésiter tandis que son regard allait de la lettre à Quantin, puis à Isabelle et il finit par dire :

— Des fois que vous auriez une commission à lui faire...

— Non, il voulait son livre, il l'a emporté.

Isabelle avait répondu très vite, et sèchement. Le facteur, un peu surpris, vida son verre puis passa le dos de sa main sur sa moustache avant d'enfiler ses mitaines de mouton. Ébauchant son demi-tour, il eut encore un regard pour la lettre et demanda :

— Toujours à Lyon, la Marie-Louise ? Elle est contente, oui ? Le pays lui manque pas trop ?

Ce fut encore Isabelle qui répondit, toujours vive et un peu cassante :

— Elle est contente, oui.

En regagnant le seuil, le facteur eut un geste vague de sa main beige et sans doigts.

— Je l'ai souvent répété, fit-il : cette gamine-là, elle est délurée, elle saura faire son chemin dans la vie. Elle aura besoin de personne... Allons, à la prochaine... Et bon Noël à tous ! Bon Noël !

Quantin le laissa s'éloigner de quelques pas avant de refermer la porte. Le froid entrait largement. Quantin le sentit couler autour de lui et traverser son tricot de laine. Il frissonna comme si tout l'hiver l'eût soudain pénétré. Lorsqu'il revint vers la table, Isabelle avait déjà pris l'enveloppe et le petit couteau pointu dont Denise s'était servi pour peler ses pommes. Elle essuya la lame sur son tablier avant de l'introduire sous le papier qu'elle se mit à couper soigneusement, à petits coups secs et réguliers. Dans le grand silence, ce tout petit bruit paraissait énorme. Quantin et Denise suivaient les gestes de la mère, et lorsqu'elle tira la lettre de l'enveloppe, la petite dit :

— Bien sûr, c'est Marie-Louise qui écrit.

Sa voix était neutre, sans joie ni angoisse.

La lettre n'était pas longue. A peine une demi-page que Quantin voyait par transparence. Il eut envie d'aller se placer à côté de sa femme, pour lire en même temps qu'elle, mais quelque chose le retenait ; peut-être tout simplement le calme parfait, l'immobilité de tous.

A mesure qu'Isabelle lisait, son visage se durcissait. Ses lèvres se serraient au point de n'être plus qu'une ride rectiligne traversant son visage. Lorsque sa main retomba, elle leva les yeux vers Quantin en disant :

— Je m'en doutais... Je le sentais... J'aurais pu le dire...

Sourde d'abord, sa voix montait avec un chevrotement pénible. Quantin avait compris. Il avait même tout compris au moment précis où le pas du facteur touchait le seuil. Aux premiers mots de sa femme, il avait pensé qu'elle allait se mettre à pleurer, mais non, sa voix redevenait plus ferme, elle allait crier ; crier beaucoup et très fort en tournant toute sa colère contre lui. Il prit la lettre qu'elle lui tendait d'une main tout agitée de tremblements, puis alla jusqu'à la fenêtre.

— C'était trop beau ! cria-t-elle. Trop beau d'avoir sa

fille pour Noël ! Pour une mère, c'est trop demander ! Mais qu'est-ce qu'ils se croient donc, ses patrons ? Ils ont tous les droits, ceux-là ! Ils lui font peut-être une situation, mais à quel prix ! Il y a tout de même des limites, non ! Est-ce qu'on a déjà vu des employés qui aient si peu de liberté ?

Elle parlait encore pour tout le monde. Elle s'en prenait à ces patrons qu'elle ne connaissait pas, mais Quantin savait bien qu'elle en viendrait à lui tôt ou tard. Il avait fini de lire, mais il ne bougeait pas. Il ne levait même pas les yeux de cette feuille de papier bleu où courait, d'un autre bleu, la longue écriture fine et inclinée de sa fille. Elle avait changé, l'écriture de Marie-Louise, depuis les derniers cahiers d'école. Il en avait conservé plusieurs, de ces cahiers, et il les feuilletait chaque fois qu'il montait au grenier. A présent, Marie-Louise avait une écriture de femme.

Quantin ne détacha son regard de la lettre que lorsqu'il vit, au bord de ses yeux, l'ombre d'Isabelle qui avançait lentement. Il y eut un silence puis, comme leurs regards se rencontraient, Isabelle demanda :

— Bien entendu, toi, tu ne trouves rien à dire ?

C'était à peine une question. Il soupira, écarta un peu ses bras de son corps en haussant les épaules, et murmura seulement :

— Que veux-tu !

— Toi, rien ne te touche. Tout te glisse dessus comme ça ferait ici.

De sa main largement aplatie, elle frotta la toile cirée. Pour faire ce geste, elle s'était penchée exagérément, elle faisait aller sa tête de bas en haut ; tout dans son attitude trahissait l'intention de blesser, de dire plus que les mots ne pouvaient exprimer.

— Évidemment, continua-t-elle en se redressant. Cette gamine est arrivée chez eux toute seule, comme ça, comme une orpheline, sans personne pour la présenter. Pour la défendre. Pour montrer que... Enfin, quoi, ils ont vite compris ! Ils l'exploitent ! C'est la loi du gros qui mange le petit. Et toi, le père, ça ne te fait ni chaud ni froid.

Elle marqua un temps. Peut-être attendait-elle une réponse, mais Quantin demeura muet. Plus cinglante, elle reprit :

— Toi, tu n'as qu'une chose dans la tête : la jeter dans les bras d'un pauvre niais d'instituteur pour la ramener ici et la garder. Qu'elle revienne s'enliser dans le bousier des Quantin et qu'elle ne puisse plus s'en dépêtrer. Tu es prêt à lui faire rater sa vie pour l'avoir définitivement, mais tu ne feras pas un geste pour l'aider à décrocher quatre jours de vacances. Et en plus, elle va partir à Paris pour je ne sais combien de temps. Et nous ne l'aurons même pas revue avant son départ !

Quantin restait debout devant elle, incapable d'articuler le moindre mot. Elle lui avait souvent reproché de ne pas intervenir pour que Marie-Louise obtienne des congés, mais jamais avec une telle violence. Elle lui demandait seulement d'écrire aux patrons, mais il ne l'avait jamais fait parce que Marie-Louise lui avait expliqué que ses patrons risquaient de le prendre fort mal. Pour elle, c'était une question de patience et d'acharnement. Elle devait tenir quelques années, même au prix de gros sacrifices, pour s'assurer un avenir solide. Quantin rêvait toujours de la voir revenir, au fond de lui, il le souhaitait sincèrement, mais il ne se reconnaissait pas le droit de tenter la moindre démarche qui pût nuire à sa fille. Et puis, même s'il n'en parlait jamais, il éprouvait une fierté secrète à la voir ainsi, tenace et ambitieuse. A présent, Isabelle criait comme elle avait fait chaque fois que Marie-Louise avait dû remettre une visite ; pourtant, lorsqu'elle recevait des lettres où la petite parlait de son avenir, on la sentait toute gonflée de fierté. Et puis, déjà depuis plus d'un an, Marie-Louise devait gagner largement sa vie, à en juger par des cadeaux qu'elle envoyait à sa sœur.

Lorsque sa femme cessa de crier, Quantin comprit qu'il devait répondre. Elle le regardait. Tout son visage dur l'interrogeait. Pris de court, il parla d'écrire, se rendant compte aussitôt qu'il allait aviver la colère d'Isabelle. En effet, elle eut un éclat de rire tranchant, avant de crier :

— Pauvre imbécile ! Écrire. C'est bien le moment! Et qu'est-ce que tu leur diras ? Tu leur parleras de ce que tu lis dans les livres que te prête l'autre grand serin. Tu leur parleras de tes principes. De ta philosophie. De ton honnêteté. De l'égalité des hommes. Tu leur diras que tu es un paysan. Un homme qui n'a jamais menti, jamais trompé ni volé personne. Et ta lettre arrivera après le départ de la pauvre gosse... Ils l'auront expédiée à Paris sans qu'on ait pu la revoir... Ils te répondront qu'elle y est pour des mois ou quelques années.

Sa voix s'était mise à vibrer. Ses phrases étaient toujours entrecoupées de petits éclats de rire, mais qui avaient quelque chose de plus métallique, de plus forcé et faisaient mal à entendre. Quantin eût aimé répondre, mais les mots ne lui venaient pas. Elle demeura un moment comme épuisée. Ses mains tremblaient, son menton se plissait, tirant sur sa lèvre inférieure. Sans crier, d'une voix à demi étranglée, elle dit encore :

— On ne la verra pas... Elle ne viendra pas... Est-ce que tu peux comprendre ce que ça veut dire, hein ? Est-ce que tu ne penses pas que tu aurais dû te déranger depuis longtemps ?

Sans réfléchir vraiment, Quantin se mit à parler du travail et du temps. C'était ce qu'il ne fallait pas faire. Une fois de plus, la colère d'Isabelle tua son chagrin et les reproches continuèrent.

— Depuis que tu as fini l'alambic, avec le froid qu'il a fait, tu ne vas pas me dire que c'est le travail qui t'a bousculé !

— C'était plus la peine, puisqu'on savait qu'elle allait venir.

Là encore Quantin comprit aussitôt qu'il avait parlé trop vite. Ces simples mots avaient achevé de ranimer la rage de sa femme. Frappant de la main la lettre qu'il venait de poser sur la table, elle se remit à crier :

— Ah, elle doit venir ? Eh bien, attends ! Attends donc jusqu'à Pâques, à la Toussaint ! Attends donc, puisque c'est tout ce que tu es capable de faire ! Et nous autres, on passera encore notre Noël sans elle. Tout seuls comme des bêtes. Parce qu'il faut qu'elle reste à trimer comme une esclave !

Elle se mit à rire soudain. D'un rire aigu qu'elle allait chercher tout au fond de sa gorge. Un rire qui secouait sa poitrine maigre, qui tordait sa bouche et lui donnait un peu l'air égaré.

— Je pense à l'autre gourde, lança-t-elle. L'autre gourde d'instituteur qui dit toujours qu'on est des paysans évolués, nous autres. On s'instruit ! On est à la page ! N'empêche qu'on a beau avoir le butane et un moteur pour monter l'eau sur l'évier, ça ne nous empêche pas de vivre comme de sauvages.

Il y eut un long silence. Lourd, étouffant même le bruit du feu. La chatte sortit de sa cachette, vint se frotter contre la jambe de Quantin qui demeura sans bouger. Isabelle était partie en direction de son fourneau. Denise n'avait pas bronché depuis le début de la dispute, regardant tantôt son père, tantôt sa mère, les lèvres à peine entrouvertes. Quantin pensait que sa femme allait peut-être en rester là, mais, lorsqu'elle eut remis une bûche dans le foyer et empli d'eau un grand pot-au-feu, elle se retourna, tenant à la main son pique-feu qu'elle brandissait dans un geste menaçant. Elle avait un autre visage et Quantin sentit qu'elle venait de faire une découverte.

— Je suis stupide, fit-elle. Je suis là, à me demander pourquoi tu n'as jamais rien fait pour elle, mais ça crève les yeux : tu es trop content ! Content qu'elle soit malheureuse ! Plus elle en bavera, plus elle risque d'être dégoûtée de cette vie. Et tu comptes là-dessus pour qu'elle épouse l'autre crétin ! Et tu te dis que si elle ne vient jamais en vacances, c'est moi qui finirai par la supplier de l'épouser. Uniquement pour l'avoir un peu plus à moi ! C'est donc ça, mais ça crève les yeux ! Ah, tu es malin ! Tu es...

— Isabelle !

Quantin ne cria que ce prénom. Il s'était senti fouaillé

soudain, mordu à vif, et le nom de sa femme avait jailli de lui, du fond de lui, sans le concours de sa volonté. Il resta un long moment à fixer Isabelle et, cette fois, il sentit qu'il avait tué sa rage. Il dit simplement d'une voix très calme :

— Isabelle, tu n'as pas le droit...

Et il se tut. Tandis que sa femme s'asseyait lentement, un coude sur la table et son front dans sa main, il regarda Denise. La petite respira très fort et il sut qu'elle allait parler.

— Alors, elle ne viendra pas... Même pas pour le Jour de l'An ? Elle ne verra pas même la crèche ?

Quantin eut un geste de lassitude, tandis que la mère, sans lever la tête, d'une voix complètement brisée expliquait :

— C'est comme ça, ma pauvre petite. Notre Marie-Louise, si personne n'a le courage d'aller la chercher, elle ne viendra pas... On ne la verra peut-être plus jamais.

Sa voix avait un peu monté de ton, mais elle perdait le peu de force qui lui restait. Elle se cassa d'un coup, butant sur un sanglot mal contenu.

Presque aussitôt, se tournant vers la crèche, la petite se mit à pleurer aussi.

Quantin restait devant la fenêtre, immobile, ne sachant que dire, n'osant plus se retourner, le regard rivé aux vitres qui brouillaient la campagne toute grise.

5

Il y avait des années que Quantin n'avait pas vu pleurer Isabelle. Depuis la mort de sa mère, peut-être. Tout d'abord, il resta sans bouger, à écouter et à regarder. Isabelle pleurait vraiment, sanglotant et reniflant, le visage dans ses mains. Lentement, Quantin s'approcha. Il regardait ce dos étroit, ces épaules pointues sous la laine noire d'une veste passée et reprisée en maints endroits ; il regardait cette nuque et ce chignon secoués par les sanglots comme par certains mouvements du travail. En dehors des repas, Isabelle ne s'asseyait guère à la table que pour les rares besognes qu'elle ne pouvait pas mener debout. Même lorsqu'il venait des visites, si elle était vraiment obligée de rester assise à bavarder, elle trouvait une chaussette à ravauder ou des légumes à éplucher. Et à présent, elle était là, avec ses mains seulement occupées à soutenir sa tête. Elle était là, toute secouée de sanglots qui devaient lui faire très mal, et Quantin se sentait vide, impuissant à la consoler.

Il la regarda longtemps, cherchant un mot, un geste. L'idée lui vint d'avancer jusqu'à elle, de la prendre par les épaules, de relever sa tête et de l'embrasser. Il eut réellement envie de le faire, mais il sentit que ce n'était pas possible. On ne retrouve pas facilement un geste qu'on n'a pas fait depuis tant d'années. Et puis, Quantin ne savait pas quelle serait la réaction d'Isabelle. Elle était si vive, si facilement irritable...

Ils vivaient là, sans se quitter, attelés au même chargement de petites misères et de petites joies, à marcher du même pas depuis des années, et voilà qu'il s'apercevait aujourd'hui qu'il connaissait à peine sa femme. Voilà qu'il n'osait même plus l'embrasser. Lorsqu'on vit ainsi, on croit se connaître, mais c'est seulement valable pour l'habituel, c'est-à-dire la peine et les toutes petites joies qui font l'existence. Mais qu'un événement survienne qui vous jette brutalement en dehors de l'ornière, et voilà qu'on ne se retrouve plus. On se prend à regarder sa femme comme si on la rencontrait pour la première fois.

Quantin s'éloigna sans bruit d'Isabelle et regarda Denise. La petite pleurait debout, le visage à peine incliné, sans même essuyer les larmes qui luisaient sur ses joues rondes.

Ils étaient là, et le temps coulait, marqué seulement par le bruit des pleurs. Et Quantin ne parvenait même pas à réfléchir vraiment. Son regard allait des deux femmes à la fenêtre, puis à la cuisinière, puis à la crèche éteinte. Il regardait tout sans rien voir, et il lui semblait qu'un travail compliqué se faisait en lui, presque sans lui.

La chatte avait cessé de se frotter contre ses jambes. Elle était montée sur la pile de bois et se trouvait perchée plus haut que la cuisinière. Le cou tendu, avançant la tête à petits coups prudents, elle flairait l'air brûlant.

Quantin marcha jusqu'à l'ancien four, resta quelques minutes planté devant la crèche puis, lorsqu'il se retourna, son visage se détendit à demi. Il s'approcha d'Isabelle sans bien savoir ce qu'il allait lui dire. Il n'avait rien préparé et il eut le sentiment qu'un autre avait choisi et assemblé les mots qui sortaient de lui :

— Je ne peux tout de même pas partir comme ça, aujourd'hui, sans avoir prévenu personne...

Il se tut. La tête d'Isabelle se souleva lentement. Son visage était ravagé par les pleurs, mais ses sanglots s'arrêtèrent. Quantin avait un peu l'impression de découvrir ce visage. Elle essuya ses larmes, puis, sans bouger, elle dit :

— C'est ce que tu répètes chaque fois qu'il faudrait y aller. Seulement, tu ne le diras plus. Une fois qu'elle sera à Paris, tu trouveras que c'est trop loin. Et ce sera vrai... Mais la petite sera partie sans qu'on ait pu l'embrasser... Et nous, on restera... Tu seras ici, à lire tes livres... A parler d'elle avec l'instituteur... A écouter les âneries qu'il te raconte.

Elle s'était exprimée calmement, et seule sa dernière phrase pouvait faire craindre une nouvelle poussée de colère. Mais non, ce n'était plus possible ; sa force avait dû se briser au moment de son premier sanglot. Elle regardait Quantin, et seul son regard pouvait continuer de parler. Ses yeux mouillés étaient marqués d'une expression qu'il était certain de ne leur avoir jamais vue. Ils n'exprimaient plus la colère. Même en pensant à l'instituteur elle ne parvenait plus à être dure. Il y avait en elle comme un mélange d'espoir et de résignation. Ces larmes, qu'elle avait peut-être retenues des années, venaient de la transformer en quelques minutes. Ces larmes ou bien les quelques mots que Quantin avait prononcés. Est-ce qu'il ne venait pas ainsi de donner un espoir à Isabelle ? Est-ce qu'il ne venait pas, en quelque sorte, de s'engager à partir ? Il avait parlé sans effort, sans bien savoir ce qu'il disait, et puis voilà qu'il se trouvait lié à ces quelques mots qui ne lui appartenaient déjà plus. Ils étaient sortis de lui presque à son insu, et, aussitôt, Isabelle s'en était emparée. Ils avaient agi sur elle comme un baume. Ils avaient même dû toucher également Denise qui s'était, elle aussi, arrêtée de pleurer.

Sans cesser de le regarder fixement, Isabelle se leva lentement, avança le long de la table où sa main droite glissait à plat.

A voix basse elle dit :

— Il y a le train de 2 heures et demie.

Quantin ne trouva pas un mot à répondre. Il lui sembla que son cœur avait changé de rythme, que sa poitrine se serrait, comprimant son souffle. Et les yeux de sa femme s'accrochaient toujours à lui. Ils continuaient de parler, de répéter qu'il fallait partir, qu'à présent lui seul pouvait encore quelque chose. Il voulut tenter de leur échapper. Avec un effort considérable il s'en détacha et fit demi-tour pour se trouver face à la petite qui se tenait plantée à côté de la crèche. Denise aussi le regardait. D'abord sans expression, son visage s'éclaira peu à peu, et son regard aussi refléta bientôt un immense espoir.

Quantin baissa la tête et demeura quelques minutes immobile. A vrai dire, il ne luttait déjà plus, sa décision était prise, mais il fallait seulement le temps que son corps obéît. Enfin, sans se retourner, il se mit à marcher en direction de la chambre. Il allait atteindre la porte quand Isabelle lança :

— Attends un peu, je vais te préparer tes habits. Ne va pas me chambouler toute mon armoire... Et puis, il faut que tu manges, avant de partir... Allons, Denise, ne reste pas plantée comme un piquet ! Mets-moi à chauffer de l'eau pour cuire des nouilles. Il y a de la soupe. Et tu mettras aussi, sur le fourneau...

Elle avait retrouvé sa voix, son débit, ses pointes acérées qui perçaient les oreilles ; et Quantin eut le sentiment qu'elle recommençait à vivre.

Dans la chambre, elle ouvrit toutes grandes les deux portes de l'armoire où tout le haut de son corps disparut un moment. Elle sortit une chemise et des chaussettes propres, puis elle étendit en travers du lit le complet noir que Quantin mettait seulement pour les enterrements. Ensuite, elle dépendit la pelisse que Quantin tenait de son père, et qu'il avait peut-être portée trois ou quatre fois.

— Si tu as besoin d'autre chose, tu m'appelleras, dit-elle avant de regagner sa cuisine.

Quantin contempla un moment ses vêtements étalés sur l'édredon rouge, puis, avec des gestes fatigués, il commença de s'habiller. Il eut beaucoup de mal avec le nœud de sa cravate qu'il faisait sur un petit tricorne en celluloïd. Le tissu glissait mal entre ses doigts rêches. Ces vêtements froids ne semblaient pas faits pour lui.

Isabelle avait laissé la porte entrouverte, et Quantin écoutait le tapage qu'elle menait avec son fourneau et sa batterie de cuisine. Il l'entendit aussi se chamailler à mi-voix avec Denise, puis il perçut un grand bruit de papier plié et replié.

Lorsqu'il regagna la cuisine, il était à peine 11 heures, mais le couvert était déjà dressé et la soupe trempée.

Denise le regarda des pieds à la tête, puis elle sourit.

Isabelle ne souriait pas, mais, sous la moue crispée de son visage, se devinait une lueur qui était peut-être bien de la joie.

6

Habituellement, à table, chacun mangeait, si l'on peut dire, pour son propre compte, le nez dans son assiette. De loin en loin, Isabelle secouait bien un peu la petite toujours trop lente, mais c'était tout. Cela faisait partie du repas, tout comme les bruits des couverts ou les miaulements de la chatte au moment où l'on coupait la viande.

Comme les silences, aussi.

De longs silences qui ne gênaient jamais personne. Mais, ce jour-là, Isabelle avait oublié la petite pour s'occuper uniquement de son homme.

Quantin n'avait pas faim. Un poids écrasait son estomac, et sa gorge se dénouait difficilement à chaque bouchée qu'il devait absorber. Et Isabelle était là, toute occupée de lui, l'obligeant à manger, lui faisant répéter l'adresse des patrons de Marie-Louise et celle de sa chambre. Quantin avait tout noté sur un petit calepin réclame de la Potasse d'Alsace, mais elle prétendait qu'il pouvait perdre le calepin. Isabelle pensait à tout, et, lorsque Quantin fit observer qu'il ne s'embarquait pas pour le tour du globe mais pour un voyage de cent kilomètres, elle dit que c'était tout aussi important. Elle était intarissable, multipliant les recommandations :

— Fais attention. Tu n'as pas l'habitude de la ville. Et puis, avec les patrons de la petite, ne t'emporte pas. Mais tout de même, tâche d'être ferme. Et puis, tu verras bien, si des fois c'est nécessaire, tu peux toujours leur dire que je suis malade, que je voudrais bien voir ma fille... Et s'il faut absolument qu'elle travaille demain, ne reviens pas ce soir. Attends-la. Vous viendrez tous les deux. Elle peut te coucher. Elle a un divan dans sa chambre. Elle nous l'a expliqué... Pour les bêtes, ne te tracasse pas : on se débrouillera, moi et la petite. Si tu étais malade, faudrait bien qu'on fasse sans toi. Quand tu t'es foulé la cheville en tombant du char, le travail n'a pas attendu...

Elle parla ainsi durant tout le repas. Des mots. Des mots qui allaient, l'un traînant l'autre, comme ces processions de chenilles qui traversent les chemins sans qu'on sache jamais où se trouvent le commencement et la fin. Et ce qu'elle disait était aussi comme les chenilles, toujours pareil. A plusieurs reprises, Quantin eut envie de lui faire remarquer qu'elle ne mangeait rien, mais il ne trouva pas le courage de l'interrompre. Elle répétait sans cesse les mêmes mots, mais ces mots semblaient la rendre heureuse. Elle les laissait sortir d'elle un peu comme on laisse couler des larmes qui vous soulagent. Il y avait des mois, peut-être des années, que Quantin ne l'avait pas entendue parler aussi calmement, et autrement que pour se lamenter ou gronder.

De temps à autre, Quantin regardait Denise. Elle non plus ne mangeait pas beaucoup. Son regard allait de sa mère dont elle buvait le flot de paroles à son père dont elle contemplait les vêtements.

Dans la maison, rien n'était habituel. Même la chatte ne comprenait pas pourquoi Quantin l'avait empêchée de monter sur ses genoux. Après avoir longuement flairé le bas de ce pantalon à l'odeur insolite de plantes desséchées, elle s'était éloignée de son maître. Assise au milieu de la cuisine, elle demeurait les yeux clos, toute noire sur le plancher clair.

Peut-être à cause de ce costume et du regard des autres, Quantin se sentait mal à l'aise. Le sentiment bizarre lui venait qu'il se trouvait là en invité, chez des gens d'un pays inconnu.

Par moments, il pensait à Lyon. Il essayait de se remémorer la ville, mais il lui manquait toujours un détail. Il savait que ce n'était qu'un petit voyage, mais cette idée ne parvenait pas à chasser de lui l'angoisse qu'il sentait grandir à chaque instant. Pour y échapper, il se contraignit à écouter ce que disait sa femme :

— Avec cette histoire que le chasse-neige n'est pas venu, tu ne peux pas descendre sans bottes.

— Je ne peux tout de même pas partir à Lyon en bottes.

— Non, mais je pense à une chose, je vais te plier bien comme il faut le bas de ton pantalon, et tu vas mettre tes guêtres par-dessus. Tu demanderas au chef de gare de te les garder. Il peut bien faire ça. Je lui descendrai des fromages. Si ton pantalon se froisse un peu, il aura le temps de se défroisser dans le train.

Elle prépara tout sans cesser une minute de parler. Enfin, lorsque Quantin eut boutonné sa pelisse et qu'elle le vit sur le point de mettre son chapeau, elle s'arrêta. Face à face, ils se regardèrent un moment en silence. Elle avait le front plissé et ses paupières battirent plusieurs fois rapidement. Se détournant soudain, elle prit un paquet ficelé qu'elle avait préparé, sur le bout de la table.

— Tiens, fit-elle. Il faut qu'elle revienne avec toi... Enfin, tout de même, c'est peut-être mieux que tu l'emportes... On ne sait jamais...

Quantin comprit qu'il s'agissait du cadeau destiné à Marie-Louise. Il ignorait même ce que contenait le paquet enveloppé de papier brun, mais il le serra sous son bras. Il tenait toujours son chapeau de sa main droite. Les instants coulaient entre eux. Isabelle le regardait toujours, et il sentait qu'elle ne l'avait pas regardé ainsi depuis de longues années. Elle pénétrait en lui, comme si elle eût aimé ajouter à tout ce qu'elle avait déjà dit, un message que nul mot ne pouvait exprimer. Au moment où son regard s'emplissait de larmes, elle baissa les paupières en disant très vite :

— Eh bien, ma foi, faut plus trop tarder... Avec des chemins pareils, tu ne pourras pas descendre bien vite, tu sais.

Il y eut encore, entre eux, un temps de silence, un temps où il se passa une chose indéfinissable, à peine sensible, une chose sans nom, sans consistance, un peu comme l'ombre des nuages sans épaisseur lorsqu'elle court sur la plaine, tout juste visible. Il y eut cela, puis, sans qu'il fût possible de dire lequel des deux amorça le premier la lente inclination qui les rapprochait l'un de l'autre, ils firent tous deux un demi-pas et s'embrassèrent. Ensuite, Quantin embrassa Denise mais là, c'était beaucoup plus facile. Il marcha jusqu'à la porte puis, se retournant, il regarda très vite la cuisinière, la crèche, la table et les deux femmes aussi immobiles que les meubles. Et il lui parut que jamais encore il n'avait regardé cela de cette façon, que tout avait une densité, une présence inhabituelles. Il avait du mal à réfléchir, mais il comprit pourtant qu'il devait sortir sans s'arrêter davantage, sans laisser cette maison le retenir.

Comme il passait le seuil, la chatte fila entre ses jambes et bondit sur le rebord extérieur de la fenêtre. Il fit quelques pas, avant de crier d'une voix mal assurée :

— Ne vous gelez pas ! Fermez cette porte !

La porte claqua derrière lui, et il marcha jusqu'au milieu de la route avant de se retourner. Dans la buée des vitres, il y avait deux ronds plus foncés, comme des hublots, où s'encadraient deux visages souriants. Assise sur la pierre, la chatte, dont le petit nez fumait, le regardait aussi.

Quantin agita la main, puis, s'engageant dans la neige épaisse, il s'efforça de suivre les traces mêlées de l'instituteur et du facteur.

Il marcha un long moment sans lever la tête, recherchant le meilleur endroit pour poser le pied. Enfin, lorsqu'il se retourna, la neige du tournant cachait déjà presque toute la maison. Seul le haut du pignon dépassait, et le toit blanc semblait posé directement sur la terre blanche. Le ciel était plus lourd encore que le matin ; la fumée grise qui sortait de la cheminée de briques brunes se couchait à peine vers le coteau où les rangs de vigne étaient comme des fils noirs tout noueux déroulés sur la neige.

Quantin reprit sa route. Il avait deux fois le temps de descendre jusqu'à la gare, mais il marchait tout de même d'un bon pas. Il ne s'arrêta qu'une seule fois, pour regarder la Bresse semée d'arbres et de maisons, où les chemins et les haies traçaient des courbes, des lignes droites, des angles imparfaits. Là aussi, il avait le sentiment d'une découverte. Avait-il déjà regardé cela ainsi ? Est-ce qu'il n'y avait pas, aujourd'hui, quelque chose qui montait de la terre et pénétrait en lui ? Avait-il jamais éprouvé cette sensation à la seule vue d'une plaine courant à ses pieds jusqu'à se perdre dans cette brume qui semblait venir à sa rencontre, du fond de l'horizon ?

C'était là-bas qu'il se rendait. Tout au bout de cette plaine, vers cette ville invisible dont on devine l'emplacement parce qu'elle salit le ciel, même par les jours les plus clairs. Là-bas, il y avait Marie-Louise. Marie-Louise et des milliers d'hommes et de femmes ; le bruit des voitures ; la vie effrayante d'une ville monstrueuse.

Ici, c'était le silence.

Quantin n'y avait jamais pensé de cette façon. Habituellement, il ne remarquait pas ce silence, il ne s'arrêtait jamais à cet infini de la plaine et du ciel. Quand il regardait l'un ou l'autre, c'était pour y découvrir le mouvement du vent, la fuite des nuages qui indique le temps du lendemain. Aujourd'hui, le temps importait peu, mais Quantin se surprenait à épier le silence et l'infini de la plaine. C'était un peu comme si son corps eût soudain changé d'essence, varié de densité au point que l'espoir pût lui venir d'un envol soudain. Il ne se sentait plus seulement attaché à la terre par son poids de paysan, mais quelque chose le mêlait à tout ce qui entourait cette terre. Il faisait partie non pas tellement du monde, mais de la minute présente. Et c'était ainsi, sans qu'il pût rien y changer, simplement parce qu'il se tenait debout dans la neige, avec des yeux et des oreilles par où pénétrait en lui comme un complément de l'air qu'appelaient ses poumons.

Il lui sembla qu'il ne pouvait pas davantage se passer de regarder et d'écouter que de respirer. C'était une question de vie ou de mort.

Pour se libérer, il tenta de fixer son attention sur la ville qu'il allait gagner. Mais tout demeurait vague. Ces rues et ces places qu'il n'avait pas revues depuis peut-être vingt ans lui échappaient. Elles étaient sorties de lui depuis longtemps et refusaient d'y revenir. En revanche, il retrouvait devant ses yeux la fenêtre de la maison, les deux visages entourés de buée, la chatte dehors qui le regardait s'en aller.

Un instant il eut réellement la certitude que le vent qu'il respirait portait l'odeur du feu de bois et de la pâtée des bêtes. Il eut un haussement d'épaules et reprit son chemin avec un ricanement.

Au vent mauvais

7

Il était 4 heures après midi lorsque Quantin descendit du train à la gare de Perrache. A cause du temps très bas, il faisait déjà presque nuit. Quantin le remarqua en sortant sur l'esplanade. Il s'arrêta. Jusque-là, le flot des voyageurs l'avait entraîné, mais, brusquement, il se trouvait seul. Les gens qui passaient à côté de lui allaient dans tous les sens et l'ignoraient. La ville était là. La ville, c'était ce bruit des voitures, cette marche des gens inconnus, tous pareils, dont le visage n'exprimait rien qu'il pût comprendre.

Il serra sous son bras le paquet de Marie-Louise et se mit à marcher.

Il y avait moins de neige à Lyon qu'au pays. Dans les jardins entourés de grilles qui se trouvent devant la gare, la neige était encore à peu près blanche, mais ailleurs, elle était sale, presque noire. Elle était davantage boue que neige et des employés de la ville la poussaient le long des trottoirs à l'aide de larges pelles de bois. Ils l'entassaient près de la bouche des égouts et d'autres la faisaient fondre, l'émiettaient, l'écrasaient à grands coups de jets d'eau. Tout cela giclait, éclaboussait dans un bruit qui rappelait à la fois celui du ruisseau et celui du rabot d'écurie. Les cantonniers avaient des mouvements lents, des pauses, une façon de traîner leur outil derrière eux lorsqu'ils se déplaçaient qui témoignait d'une immense fatigue. Au contraire, les passants se hâtaient, courant parfois et se bousculant. Par endroits, la neige obstruait les bouches, et l'eau s'étendait sur toute la largeur de la rue, montant même sur les trottoirs. Les voitures soulevaient des gerbes de boue et les piétons rasaient les murs. Il y avait des cris, des injures et des rires.

Quantin regardait tout cela, et tout lui semblait très loin de l'idée qu'il avait pu se faire de la ville. Il pensait à la neige du pays, à ces chemins difficiles, au chasse-neige qui ne passe pas souvent dans les écarts, et il se disait que malgré tout, c'était encore là-bas qu'on savait le mieux s'accommoder de l'hiver.

Les lampes des magasins étaient déjà allumées. Des guirlandes d'ampoules électriques jaunes et rouges traversaient la rue Victor-Hugo, d'une maison à l'autre, à la hauteur du deuxième étage. Il y en avait ainsi jusqu'à la place Bellecour, et la rue ressemblait à un long corridor de lumière. Quantin s'y engagea. Il avait toujours cette angoisse qui lui serrait la poitrine. Mais elle n'était plus la même. Il éprouvait une sorte de vertige à se trouver ainsi, sous cette lumière, entre ces maisons trop hautes, et l'image de la plaine infinie lui revenait sans cesse.

Durant le trajet, il avait pensé à Marie-Louise. Il avait essayé de se faire une idée précise de son existence, de sa chambre, de son travail. Marie-Louise leur avait beaucoup parlé de tout cela, et il avait en mémoire quelques détails précis, mais le reste demeurait vague. Le reste, c'est-à-dire l'essentiel de ce qui constituait la vie de Marie-Louise. Depuis leur séparation, il avait vécu en pensant à elle, mais sans jamais chercher à se représenter vraiment sa vie. Il s'en était rendu compte en venant ici, dans le train, et il en avait éprouvé un peu de gêne.

Ce qu'il avait le mieux retrouvé de Marie-Louise, ce n'était pas le souvenir de sa dernière visite, mais ceux de son enfance. Quantin pouvait revivre un à un tous leurs Noëls. Même les premiers, ceux du temps où ses parents étaient encore de ce monde. C'était l'occupation nazie; il fallait porter du beurre, des œufs ou de l'eau-de-vie pour avoir quelques oranges et un petit sac de papillotes. Il revoyait l'énorme poupée que sa mère avait confectionnée avec des chiffons et de la paille. Il y avait eu aussi une petite ménagère qui avait beaucoup intéressé Marie-Louise. Et puis, il y avait eu 1947. Elle avait six ans. Elle croyait encore au Père Noël et pensait qu'il était venu à la maison un peu plus tôt, cette année-là, à cause de la petite sœur qu'il portait dans sa hotte et qui n'arrêtait pas de crier. Elle riait en disant qu'il avait été contraint de commencer sa tournée par ce coin-là de la terre, pour se débarrasser de ce gros poupon qui risquait de réveiller les autres enfants et même les poupées.

Tout le long du voyage, Quantin avait pensé à cela et il y pensait encore dans les rues, en se demandant ce que Marie-Louise pouvait bien conserver de ce temps lointain. Serait-elle vraiment heureuse s'il parvenait à l'emmener avec lui ? Est-ce qu'elle serait touchée par la crèche que Denise avait préparée en pensant à elle ?

Tout autour de lui, c'était déjà un peu Noël. Le mot était écrit dans chaque devanture, avec de la lumière, avec de la peinture, avec de la neige artificielle plus blanche et plus ressemblante que la vraie. Mais, pour Quantin, Noël ce n'était pas cela. Noël, ça ne pouvait être que la crèche de Marie-Louise et de Denise, la maison bien close sur la chaleur du fourneau, sur cette autre chaleur qu'il avait sentie s'arracher de lui au moment où il quittait la cuisine. Noël, c'était une nuit où l'on veillait un peu plus tard que les autres soirs, mais où il fallait, le lendemain, être debout avant l'aube pour jouir des rires et des exclamations d'enfants devant les chaussures pleines.

Pouvait-on trouver cela ici ?

Dans les rues, avec toutes ces lampes, on ne voyait même pas l'avance du crépuscule. Mais, place Bellecour où l'éclairage est plus rare, Quantin s'aperçut que la nuit était là. La bise s'était levée et, malgré sa pelisse, il était glacé.

En traversant cette place, il regarda la statue équestre dont le bronze était noir sous la neige. Il chercha quelques phrases d'un livre qui l'avait beaucoup impressionné et dont il avait souvent parlé avec l'instituteur. L'auteur, un médecin dont le nom lui échappait, avait appelé ce lieu *La Place des Angoisses.* Quantin ne retrouvait pas les mots, mais seulement l'émotion qu'il avait éprouvée. Dans ce livre, cette place était liée à l'idée de la mort, et il eut soudain la vision du costume sombre qu'il portait, tel que sa femme l'avait étendu sur l'édredon rouge, avant son départ. C'était le costume qu'il revêtait pour les enterrements, c'était certainement celui qu'on lui mettrait pour l'ensevelir. Il voulut savoir pourquoi lui venait brusquement cette idée de sa propre mort, mais il ne trouva pas. Il pensa seulement que ce pouvait être à cause de son départ. Ici, il n'avait pas l'impression de se trouver sur une terre bien solide. Quelque chose lui manquait, quelque chose qui devait faire partie de sa vie.

Il se hâta de traverser cet espace de pénombre. Il savait que la rue de l'Hôtel-de-Ville se trouvait en face. Elle était également abondamment éclairée et Quantin espéra un instant qu'il s'y sentirait moins seul. Mais il était mal à l'aise sur ces trottoirs où les gens marchaient vite. Il n'arrivait pas à allonger normalement son pas et sa marche était extrêmement pénible. A chaque instant, il devait s'arrêter pour éviter de bousculer les gens. Il s'aplatissait contre une devanture ou demeurait un instant dans l'entrée d'une allée.

Déjà dans le train, il avait pensé à son chapeau. Ce chapeau noir avait un fond très haut et de larges bords. Aux enterrements, il n'était pas seul de son âge, mais ici, c'était différent. Quantin avait beau chercher, il ne voyait que des chapeaux plus petits, à bords étroits et différents de forme. Il se dit qu'il aurait dû remarquer depuis longtemps, à la foire de Lons, cette nouvelle mode de chapeaux, mais il se rendait toujours à la foire en casquette. Il avait sûrement vu les chapeaux des autres sans y prêter grande attention, et surtout sans penser à leur comparer le sien qui sortait si rarement de l'armoire. Ici, il lui semblait que beaucoup de gens regardaient son chapeau. Il ne s'en trouvait pas gêné, mais il pensait à Marie-Louise. Lorsqu'il arriverait dans le salon où elle travaillait, il enlèverait son chapeau et le tiendrait caché derrière son dos. Le tout serait d'y penser même en parlant.

Il n'avait jamais encore cherché à s'imaginer ce salon ; il n'y pensait qu'en fonction de cette histoire de chapeau. S'il y avait un portemanteau, on lui proposerait peut-être d'y accrocher son chapeau et sa pelisse. Il ne voyait personne avec une pelisse comme la sienne, mais cela n'avait rien de comparable à l'histoire du chapeau. Il savait que la fourrure est un luxe, et il s'estimait mieux vêtu que la plupart des hommes qu'il côtoyait.

Toutes les rues étaient de longs tunnels de lumière. Celle de l'Hôtel-de-Ville avait une voûte formée de trois sections d'arceaux, une grande au milieu, et une plus petite de chaque côté.

Plus Quantin avançait, plus la foule était dense. A un certain moment, la bousculade fut telle qu'il dut prendre son paquet à deux mains pour éviter qu'il ne lui soit arraché.

Devant certaines devantures, les passants s'arrêtaient, s'agglutinaient, obstruant complètement le trottoir et même une partie de la rue. Les voitures klaxonnaient, passaient en éclaboussant les badauds qui criaient ou frappaient de la main les carrosseries. Il y avait un peu de folie dans tout cela, et Quantin se demandait comment les gens pouvaient se complaire ici. Il s'étonnait qu'il n'y eût pas d'accident ou de bataille. Des groupes de jeunes riaient, mais, le plus souvent, le visage des gens et leur attitude reflétaient une sorte de hargne, de rage froide qui contrastait avec tant de lumière. Était-ce réellement Noël que l'on préparait ainsi ?

Malgré la boue, la haine, le froid, les curieux continuaient à se presser pour voir de plus près le dos de ceux qui se trouvaient aux premiers rangs.

Devant cette cohue, Quantin pensait à sa maison toute seule dans la neige propre. Les volets devaient déjà être clos, et le bourrelet de toile de sac bien poussé derrière la porte pour couper le biseau de vent qui file au ras du seuil et vous glace les pieds malgré le feu. A cette heure-là, Denise avait sans doute allumé la lampe de sa crèche qu'elle contemplait tandis que sa mère préparait la soupe. Ce n'était rien qu'un peu de tiédeur, une toute petite lueur lointaine, mais comme cela semblait solide à côté de cette folie de la ville !

Sans bien la connaître, Quantin avait toujours redouté la ville; ce soir, ses craintes lui revenaient, tout en lui se tendait vers sa maison solitaire.

Quantin pensa à l'instituteur. Il se demanda s'il était seul dans sa chambre ou si son collègue marié, et qui habite également la maison d'école, l'avait invité à passer quelques heures chez lui. Il savait qu'ils étaient très amis, mais il s'était souvent demandé si l'instituteur ne préférait pas la solitude de sa chambre vide au spectacle de bonheur qu'offrait ce couple heureux. Car c'était un couple heureux. Ça se voyait. Quantin les avait rarement rencontrés l'un sans l'autre, et ils étaient toujours comme deux grands enfants. La maison d'école était un endroit tranquille sous les marronniers, un endroit pour une existence calme, comme ne peuvent en avoir les gens des villes.

Le mal que Quantin éprouvait à se tirer de la foule, à s'extraire des grappes de piétons, à éviter les voitures lui fit encore penser à l'instituteur. Il ne parvenait pas à l'imaginer là, avec son grand corps dont on croyait toujours qu'il allait se casser ; avec ses membres trop longs et qui semblaient déjà l'embarrasser lorsqu'il disposait de beaucoup d'espace. Des jeunes filles qui se faufilaient parmi les groupes comme des truites entre les roches lui firent penser à Marie-Louise. Elle, il n'avait aucun mal à l'imaginer dans ces rues. Elle devait s'y mouvoir sans être gênée. Elle devait un peu mépriser cette foule. Il la voyait fort bien ; en même temps il se demandait si elle pouvait réellement être heureuse ici.

Il finit par marcher sans plus regarder les visages tous semblables, comme saoulé par ce mouvement incessant et ce vacarme.

Il marchait dans cette rue de lumière, mais il pensait à Marie-Louise, et c'était elle qui le ramenait vers sa petite maison bien chaude, où on pouvait s'asseoir près de la fenêtre et regarder tomber la neige.

8

Quantin n'eut pas de peine à trouver le Salon Roberti. Il resta un long moment devant la vitrine où étaient exposés des produits de beauté, des photographies de femmes, le tout sur un velours rouge semé de neige artificielle. Entre les portraits, il y avait aussi quelques branches de sapin pareilles à celles qu'il avait rapportées à Denise pour sa crèche. Et ça ne paraissait pas tellement étrange, ces branches encore vivantes dans cette vitrine inondée de lumière crue et toute scintillante d'objets qui n'étaient pas naturels. En regardant les coiffures photographiées, Quantin pensa que c'était peut-être là le travail de Marie-Louise et, malgré lui, il se mit à rire. Il se souvenait du jour où, alors qu'elle avait huit ou neuf ans, Marie-Louise avait coupé les cheveux de sa petite sœur. Il riait en imaginant le portrait de la pauvre Denise, avec ses mèches cisaillées à ras du crâne, exposé ici, parmi ces pièces montées savantes.

Il fit encore deux pas et se trouva devant la porte qui était une grande glace avec une poignée noire en forme de main très longue, aux doigts effilés. La porte donnait sur une petite entrée absolument vide et limitée par des cloisons de verre dépoli derrière lesquelles passaient des ombres. Quantin observa un moment, sans cesse bousculé, obligé de résister pour n'être pas entraîné par les passants. Il regarda encore deux fois le numéro de l'immeuble et le nom avant de se décider à pousser la porte.

Dès l'entrée, il fut saisi à la gorge par la chaleur et l'odeur des parfums mêlés. Avant même d'avoir pu retrouver son souffle, il pensa à quitter son chapeau qu'il dissimula derrière lui. Il était là, tout près de Marie-Louise qui avait sans doute entendu ouvrir. Elle allait peut-être venir elle-même par l'une de ces trois portes ouvertes dans les cloisons vitrées. Il sentait qu'elle allait apparaître, lui parler, l'embrasser. Il était tout entier pris par cette attente et puis, soudain, une idée absurde le traversa : il devait s'en aller. Se sauver avant l'arrivée de Marie-Louise qui ne lui pardonnerait pas d'être venu jusque-là, d'être entré dans ce salon avec son antique chapeau et sa pelisse démodée. Machinalement, il frottait ses gros doigts l'un contre l'autre. Cela faisait comme un bruit de râpe. Est-ce qu'il y avait place pour lui dans un salon pareil ? Est-ce qu'on pouvait s'occuper d'un paysan aux mains semblables ? Marie-Louise n'avait peut-être jamais expliqué qui étaient ses parents. N'était-ce pas parce qu'elle avait un peu honte de leur état qu'elle venait si peu souvent les voir ?

Une minute passa. Deux peut-être, puis une jeune fille brune, portant une curieuse blouse très courte en tissu clair, sortit sur le pas d'une des trois portes intérieures. Elle sourit à Quantin en disant simplement :

— Monsieur ?

Quantin toussa. L'air chaud et trop lourd de parfum le tenait toujours à la gorge. Il avait simplement à demander Marie-Louise Quantin, mais il éprouvait du mal à parler. Il était comme paralysé, et ce n'était peut-être pas uniquement par les lumières trop vives et l'odeur. Lorsqu'il eut enfin posé sa question, la jeune fille le regarda avec étonnement avant de demander :

— Mlle Quantin, dites-vous ?

— Oui, Quantin.

— Cette personne avait rendez-vous cet après-midi ?

Quantin eut une hésitation. Il ne comprenait pas ce que voulait dire cette fille. Machinalement, il répéta :

— Rendez-vous ?

— Savez-vous à quelle heure elle devait venir ?

Il fit un effort pour réfléchir, mais il lui semblait qu'il venait de pénétrer en un monde étrange, où l'on ne parlait pas le langage de son pays. Comme il ne disait rien, la jeune fille reprit :

— Pour venir ici, cette personne avait bien pris un rendez-vous. Savez-vous à quelle heure elle devait venir?

A présent, on lui parlait comme à un enfant ou à un simple d'esprit. On lui répétait deux fois la même chose, en articulant bien, en changeant les mots de place. Il se raidit un peu pour se donner une contenance, redressa tout son corps engoncé dans la fourrure. Un peu de jour se fit en lui et l'idée lui vint soudain que cette jeune fille pouvait être une nouvelle employée, peut-être une personne embauchée pour la période des fêtes. Si l'on avait ainsi embauché du personnel supplémentaire, c'est qu'il devait y avoir énormément de travail. Il aurait du mal à obtenir un peu de liberté pour Marie-Louise. La pensée qu'il devrait se montrer ferme lui donna un peu de force. D'une voix posée, il expliqua que Marie-Louise n'était pas une cliente, mais une employée de la maison. La jeune fille parut surprise et demanda :

— Vous m'avez bien dit : Marie-Louise Quantin?

— Oui, mademoiselle.

— Alors, vous devez vous tromper. Il n'y a pas d'employée de ce nom dans la maison.

— Pourtant, je suis certain... Salon Roberti.

Son calme s'était déjà dissipé. Il eut conscience que ses mains tremblaient un peu.

La jeune fille eut un geste d'excuse, réfléchit un instant et demanda :

— Voulez-vous patienter une petite minute ?

Quantin approuva de la tête et la jeune fille disparut.

L'air était vraiment irrespirable. Quantin se sentait très mal à l'aise et il craignit un instant d'être obligé de sortir. Il avait du mal à réfléchir et il se demandait seulement comment des êtres humains pouvaient vivre ici. Cependant, derrière ces cloisons de verre, des formes se mouvaient qui paraissaient à l'aise. Les voix étaient calmes. Un ronronnement venait de l'une des pièces.

Quelques minutes passèrent, puis la jeune fille revint en compagnie d'un homme qui paraissait une trentaine d'années. Ils demeurèrent assez loin de Quantin qui ne pouvait entendre ce qu'ils disaient. L'homme regarda plusieurs fois dans sa direction, et Quantin eut le sentiment que tous deux riaient un peu de lui. L'idée qu'il pouvait porter préjudice à sa fille lui revint ; presque aussitôt, il sentit monter une colère sourde. De quoi se mêlaient ces imbéciles ? Pourquoi ne pas appeler tout de suite Marie-Louise ? Est-ce qu'ils allaient se moquer d'elle ? La traiter de paysanne à cause de son père ? L'homme portait également une ridicule blouse de fille. Il avait un visage pâle et un cou frêle de garçonnet mal nourri. Quantin torturait son chapeau entre ses grosses mains. Il luttait contre l'envie de marcher vers ce garçon et de lui tirer les oreilles.

Enfin, la jeune fille revint. Elle semblait contenir avec peine une forte envie de rire. Elle expliqua très vite :

— J'ai demandé à un camarade qui est là depuis plus longtemps que moi. Il m'a dit que Mlle Quantin a bien travaillé ici, mais il y a un peu plus d'un an qu'elle est partie.

— Un peu plus d'un an ?

Quantin fronça les sourcils. Il était persuadé qu'on se moquait de lui. Que cette fille avait une raison d'en vouloir à Marie-Louise... Était-ce possible ?... Elle n'aurait pas osé... Et ce blanc-bec au cou de fillette ?...

— Vous dites, un peu plus d'un an...

C'est tout ce qu'il put murmurer.

— Oui, dit encore la jeune fille. Elle serait au Salon Trianon... Vous connaissez ?

— Non, je ne suis pas de Lyon.

La jeune fille sourit en l'examinant de la tête aux pieds. Il eut envie de lui crier qu'un paysan vaut bien une pimbêche, de lui montrer ses mains... Il serra les dents et fit un effort pour imaginer Marie-Louise ici, à la place de cette gamine. Fallait-il réellement être ainsi pour vivre dans un milieu semblable ?

La jeune fille lui répéta deux fois l'adresse en lui expliquant le chemin à suivre. Comme il se dirigeait vers la porte, elle dit encore :

— Je crois que ça se trouve au deuxième étage, mais vous trouverez facilement.

Quantin remercia et sortit tandis que la jeune fille tenait la porte ouverte.

Sur le trottoir, les gens passaient toujours en aussi grand nombre. Quantin ne savait plus très bien ce qu'il devait faire. Encore oppressé par la lourdeur des parfums qu'il avait respirés, il demeura immobile, le dos à la vitrine du Salon Roberti, à respirer l'air glacé qui lui faisait du bien.

9

Quantin resta ainsi un long moment. Le temps passé dans cette pièce lui semblait un véritable séjour en un monde à peine réel. L'odeur insupportable était encore en lui, sur lui, sous les poils de sa pelisse, au fond de sa gorge, qu'elle avait desséchée. Ce monde lui était inconnu, mais il ne parvenait pas à se débarrasser de l'impression ridicule d'avoir déjà vécu cette rencontre, dans ce même salon, avec le visage trop maquillé de cette gamine, le cou frêle de ce blanc-bec à blouse trop courte. Il était écœuré par cette atmosphère irrespirable, mais pas tellement surpris de ce qu'on lui avait répondu. Il venait d'apprendre que Marie-Louise avait quitté cette maison depuis plus d'une année, et il n'en était pas vraiment étonné. Pourtant, cela signifiait qu'au mois de juillet, lorsqu'elle était venue les voir, elle avait déjà changé d'emploi.

Il se mit à marcher, revenant sur ses pas et suivant le chemin indiqué par la jeune fille.

Pourquoi Marie-Louise n'avait-elle jamais parlé de ce changement de situation ? Est-ce que le blanc-bec du Salon Roberti savait bien ce qu'il disait ? Il avait pu se tromper de date. Il avait une sale tête, ce type-là. Une tête à dire n'importe quoi pour se moquer du monde ou s'en débarrasser. C'était peut-être à cause de lui que Marie-Louise était partie. Pour ne plus l'entendre se gausser des paysans. Il s'était moqué de Quantin, c'était certain. Il avait regardé sa pelisse de telle manière qu'on ne pouvait s'y tromper. Et puis la fille, son sourire, lorsqu'elle était revenue lui parler ! Est-ce qu'elle n'était pas, elle aussi, un peu responsable du départ de Marie-Louise ? N'avait-elle pas intrigué auprès du blanc-bec pour obtenir le renvoi de Marie-Louise et prendre sa place ? Et tout d'abord, est-ce que Marie-Louise avait été renvoyée ? Peut-être pas. Cependant, si elle était partie de son plein gré, elle n'aurait eu aucune raison de cacher ce départ.

Quantin avait l'impression d'être entré non seulement dans un salon où l'air était irrespirable, mais aussi d'avoir mis les pieds en un univers extrêmement complexe, certainement pas très propre.

Marie-Louise renvoyée ! Malheureuse sans doute et qui avait peut-être eu faim pendant des semaines ! La rage qui était en lui se mêlait à une espèce de fierté, à une émotion qui faisait se plisser son menton.

C'était bien là le caractère de Marie-Louise. Elle n'avait rien dit, elle s'était débrouillée seule. Elle s'était accrochée, trop fière pour revenir ou demander de l'aide. Voilà qui expliquait bien des choses. Et ils lui en avaient tous voulu, de ne pas venir plus souvent ! Tous, même l'instituteur. S'il avait pu savoir !

Tout en louvoyant tant bien que mal entre les groupes, Quantin se répétait l'adresse du Salon Trianon. Ce devait être une rue plus petite. Et c'était un salon en étage. Probablement quelque chose de plus pauvre, où Marie-Louise devait gagner moins, se priver pour continuer d'envoyer des cadeaux à sa sœur et donner l'impression que sa situation s'améliorait.

A mesure que Quantin pensait à cela, sa colère revenait. Elle prenait forme et direction. Il pensait à sa femme qui lui avait toujours reproché de ne pas se déranger pour venir voir Marie-Louise.

— Ils l'exploitent. Elle est seule... Une gamine toute seule, mais tu t'en moques. Tu penses à tes terres, à tes livres, à discuter avec cet idiot d'instituteur.

C'était donc sa faute si Marie-Louise avait souffert ; s'il avait écouté Isabelle, ce Roberti n'eût certainement pas osé agir ainsi. Et le blanc-bec non plus. Isabelle avait toujours eu ce qu'elle appelait ses intuitions. Ce sens particulier qui lui permettait, à distance, de savoir qu'il arrivait à sa fille une chose heureuse ou déplorable. Elle le disait. Il y avait des jours où elle parlait de sa fille à chaque instant :

— Je sens que ça ne va pas. Et toi, tu es là ! Tu es là sans rien éprouver, comme s'il s'agissait d'une étrangère !

Quantin avait entendu cela des centaines de fois, tant et tant qu'il n'y prêtait plus attention. Et aujourd'hui, brutalement, il découvrait que sa femme avait raison.

Il s'arrêta soudain à un angle de rue. Il marchait en réfléchissant et sans prêter attention à son chemin. Il brodait. Il était parti de rien pour échafauder toute une histoire qui se trouvait peut-être fort loin de la vérité.

Il se secoua comme pour se réveiller un peu mieux. Après tout, sa fille avait sans doute changé d'employeur pour des raisons de métier, d'intérêt, pour...

Il ne savait rien de précis. Il se trouvait devant une espèce de vide qu'il fallait combler, et le mieux était encore d'aller tout de suite à ce Salon Trianon.

Quantin demanda la rue des Archers et reprit sa marche.

Ce salon en étage pouvait être important. Ou bien alors, il était plus petit mais plus sérieux. Il serait plus facile de voir les patrons.

Quantin ne parvenait pas à se faire une idée de ce que pouvait être un salon de coiffure en étage. Il ne connaissait que celui d'où il venait, les boutiques de Lons, et surtout la vieille échoppe sombre et grise du père Adrien. Il sentait bien que c'était stupide, mais cette pièce noire et enfumée s'imposait à lui de telle sorte qu'il ne parvenait plus à imaginer autre chose.

Il trouva aisément la rue des Archers où il s'engagea en regardant les numéros des immeubles. Ce n'était pas facile, à cause des enseignes lumineuses aveuglantes et des bâches qui cachaient les plaques. Deux fois de suite, des prostituées l'abordèrent, et il fut surpris de les voir là, en plein centre de la ville, à une heure où il y avait tant de monde dans les rues. Le quartier avait pourtant fort bon aspect. Il y avait beaucoup de magasins luxueux. Quantin se souvint d'un homme venu en vacances chez un voisin et qui leur avait affirmé que l'un des proxénètes les plus importants de Lyon était un commerçant honorablement connu et très considéré. Il repoussa ce souvenir qui l'agaçait en arrivant au moment précis où il allait retrouver sa fille. Il cherchait d'autres souvenirs ; des portraits qu'il avait lus de cette ville ou d'une autre et qui montraient combien une cité peut être un mélange étonnant. Il pouvait bien y avoir, dans la même rue, dans le même immeuble, le meilleur et le pire.

Il trouva le numéro qu'il cherchait, non loin de la rue de la République, plus large, plus éclairée et encore plus animée que les autres.

L'entrée de la maison était un porche assez important, avec un lourd portail de bois à deux battants, dont l'un était grand ouvert. Quantin remarqua tout de suite une plaque en matière plastique noire avec une inscription en blanc : « Salon Trianon. 2e étage. Sur rendez-vous. » Une autre plaque, en cuivre celle-là, était fixée au même montant de pierre grise et portait le nom d'un avocat. Quantin se sentit réconforté. Dans la maison où habitait un avocat, il ne pouvait y avoir qu'un salon de coiffure très important.

Quantin entra. Le couloir et l'escalier de pierre étaient éclairés faiblement. La peinture des murs n'avait plus de couleur, et le plâtre apparaissait, partout, rayé par des angles de meubles, écaillé, creusé parfois jusqu'à laisser voir le crépi grisâtre. Quantin regarda tout cela, respirant à petits coups prudents un air humide, tout imprégné d'une curieuse odeur de moisi et de fumée mêlés, qui semblait monter des caves par les claires-voies d'une porte située sous le départ de l'escalier. Quantin n'aimait ni le luxe ni le clinquant, mais il se mit à regretter le Salon Roberti. Il continua pourtant, se disant qu'un immeuble ne saurait être jugé sur sa seule montée d'escalier. Et puis, n'y avait-il pas la plaque rassurante de l'avocat ?

La porte palière du deuxième étage portait également le nom du salon, la mention « Sur rendez-vous » suivie, cette fois, de ces mots :

« Manucure. Messieurs seulement. »

Quantin demeura un peu surpris. Il savait que Marie-Louise avait également commencé d'apprendre ce métier de manucure, mais elle ne leur avait jamais parlé que de coiffure. Il revoyait ses lettres où elle ajoutait parfois d'amusants petits croquis, pour montrer à sa sœur le genre de pièce montée qu'elle construisait sur la tête de certaines clientes. C'était elle qui appelait cela des pièces montées. Quantin ne savait plus ce qu'il devait penser, mais il n'eut pas le temps de réfléchir davantage. Un pas descendait l'escalier, au-dessus de sa tête, et, comme s'il eût redouté d'être surpris devant cette porte, il se hâta de sonner. Un temps très court s'écoula, durant lequel il épia l'avance de ces pieds inconnus frappant la pierre des marches, et la porte s'ouvrit.

Une femme d'un certain âge le salua d'un sourire et d'un lent hochement de tête, puis s'effaça pour le laisser entrer. Il se trouva dans une petite pièce carrée, meublée seulement d'un guéridon minuscule, de deux fauteuils, d'une chaise et d'une tablette d'angle où se trouvait un appareil de téléphone. La femme le dévisageait d'un œil surpris, peut-être même un peu inquiet. Elle était petite, assez forte, avec un visage fripé sous un maquillage excessif. Ce que Quantin regardait surtout, c'était les cheveux de cette femme, blancs très luisants avec un reflet nettement bleu. La femme demanda :

— Vous venez pour prendre rendez-vous ?

Quantin pensa que cette question était tout à fait normale, et il sourit en disant :

— Non, madame, je viens seulement voir Marie-Louise Quantin.

Les boucles à reflets bleus tremblotèrent sur le front de la femme qui eut un air entendu pour expliquer :

— Oh, mon cher monsieur, elle n'est plus chez moi

depuis pas mal de temps ! Mais ça n'a pas d'importance, nous avons des personnes très bien. Si vous voulez vous asseoir...

Quantin l'interrompit.

— Mais non, fit-il, je viens voir Marie-Louise, personne d'autre !

Il avait parlé assez fort, d'une voix dure et le visage de la femme s'était brusquement rembruni. Comme il se taisait, elle retrouva son sourire et eut un clin d'œil pour dire :

— Allons, voyons, on parle toujours comme ça, mais vous verrez, vous ne serez pas déçu...

La femme se tut. Une fois de plus son visage se métamorphosa tandis qu'elle examinait Quantin des pieds à la tête, s'attardant au paquet qu'il portait sous son bras. Elle fit une curieuse grimace pour demander :

— Ah ! Mais, j'y pense comme ça ; vous venez peut-être apporter une commission ?

— Je... C'est-à-dire... Enfin je venais la voir, je suis...

Quantin avait failli dire : « Je suis son père », mais il s'était arrêté. Quelque chose qu'il ne contrôlait pas vraiment avait retenu le mot dans sa gorge.

Pour sa part, la femme avait commencé une phrase qu'elle ne termina pas non plus :

— Vous êtes peut-être...

Ils se trouvaient là, l'un en face de l'autre, à ne plus savoir ni quoi dire ni quoi faire. Quantin balançait légèrement son grand chapeau noir au bout de son bras court ; il mordillait sa lèvre inférieure et sa moustache grise. La femme avait un visage mi-souriant mi-austère, un peu comme si certaine ride eût démenti ce qu'exprimait l'autre. Timidement, Quantin finit par dire :

— Je viens de la part de sa famille.

La femme parut un peu soulagée. Posément, elle expliqua :

— Eh bien, Mlle Quantin n'est plus chez moi. Voilà quelque chose comme trois mois qu'elle est partie.

— Trois mois ?

— Oui. Plutôt plus que moins.

— Quantin regarda autour de lui. Il se sentait très loin de cette pièce. Comme isolé dans une brume où tout tremblotait. Il se raidit et demanda :

— Est-ce que vous pourriez me dire où il est possible de la trouver ?

— Oh ça ! fit-elle. Moi, vous savez, quand une employée me quitte, je n'ai pas l'habitude de...

Elle se tut soudain pour se retourner et crier en direction d'un petit couloir :

— Josette !

Une voix venue d'assez loin répondit :

— Oui ?

— Est-ce que tu sais où est partie Marie-Louise ?

— Elle ne m'a rien dit, mais je crois qu'elle bosse toute seule. Maintenant, vous dire dans quel coin, c'est une autre affaire. Mais je suppose qu'elle doit toujours avoir la même piaule.

La voix se tut et Quantin perçut un grincement de porte. La femme aux cheveux blancs lui demanda s'il connaissait l'adresse de Marie-Louise et il pensa qu'il devait s'excuser.

— Bien sûr, dit-il. Mais à cette heure-ci, je m'étais dit que j'aurais plus de chance ici...

— Évidemment. Mais allez donc chez elle, vous pourrez toujours donner votre paquet à sa concierge.

La femme avait retrouvé son sourire. Elle se dirigea vers la porte, et, comme Quantin la remerciait, elle dit simplement :

— Il n'y a vraiment pas de quoi, c'est tout à votre service.

10

Quantin marchait depuis un bon moment, lorsqu'il s'aperçut qu'il se trouvait dans la rue. Il avait descendu l'escalier sale du Salon Trianon sans même s'en rendre compte. Il s'approcha d'une vitrine très éclairée et ouvrit sa pelisse pour regarder sa montre. Il était 6 heures et demie. Le fond de la vitrine était un grand miroir où Quantin s'étonna de voir paraître son visage, son chapeau, sa pelisse, son paquet brun à ficelle blanche. De longs reflets de lumière morcelaient son image. Les lampes donnaient à son visage une couleur qu'il ne lui avait jamais vue. C'était même une couleur qu'il ne connaissait pas, qu'il n'avait pas rencontrée dans la nature. Il resta là, comme prisonnier dans ce miroir, comme attaché à ce double qui ne lui ressemblait que d'assez loin.

Par-delà ce double, des gens passaient, dont il entendait la voix et les pas derrière lui. Il les regarda un moment, étranger à leur monde en mouvement, étranger à tout ce qui ne se passait pas en lui.

— Marie-Louise...

Il répéta plusieurs fois ce prénom, en observant dans la glace le mouvement de ses lèvres. Il ne se regardait dans un miroir que les jours où il se rasait. Et encore, il regardait sa barbe, le savon moussant tout autour de sa moustache et de son nez ; il regardait sa main et son rasoir, mais pas ses yeux, pas le mouvement de sa bouche.

Est-ce qu'il se voyait vraiment pour la première fois? Était-ce réellement lui qu'il regardait ainsi ? Lui qu'il cherchait à travers ce visage engoncé dans la fourrure et à demi caché par l'ombre d'un chapeau trop large ?

Quantin s'arracha brusquement à cette devanture et se remit à marcher.

Marie-Louise ! Oui, Marie-Louise ! Il devait la trouver. Avant tout la trouver. Qu'y avait-il au juste ? Par deux fois en moins d'un an elle avait changé d'emploi sans rien dire. Pour le Salon Roberti, il y avait certainement eu quelque chose avec le blanc-bec et la gamine trop maquillée. Marie-Louise n'avait rien voulu dire. Quant au deuxième, que fallait-il penser ? Quantin savait qu'il existait encore des lieux de rendez-vous, des maisons de tolérance déguisées, en quelque sorte. Il en avait même parlé avec l'instituteur un jour qu'il lui avait prêté *Bubu de Montparnasse*, un très beau livre. Quantin se souvenait fort bien de leur conversation. Ils avaient conclu que cette prostitution semi-clandestine était le signe d'une grande hypocrisie. Et là, ce qu'il venait de voir ne pouvait être que cela. L'enseigne, la maison, cette femme aux cheveux bleus, son accueil. Alors, Marie-Louise serait entrée là ! Elle y aurait séjourné ? Est-ce qu'on embauchait réellement des jeunes filles comme manucures sans leur avoir dit ce qu'on exigerait d'elles ? Enfin, Marie-Louise ne pouvait pas...

Quantin s'arrêta de nouveau. Il porta sa main à sa poitrine et son visage se contracta en une grimace de douleur. L'image venait de s'imposer à lui d'une Marie-Louise couchée avec un homme comme lui. Car la femme bleue l'avait pris pour un client de la maison. Pour un homme qui revenait coucher avec Marie-Louise. Il imaginait une chambre pareille à celles des mauvais hôtels décrits dans certains livres. Il n'avait jamais couché dans un hôtel, mais il voyait sans peine ce que pouvait être une chambre pareille. Pauvre, plus ou moins propre. Il voyait l'homme et la fille se préparant, mais tout s'arrêtait avant leur accouplement. C'était impossible. Il ne pouvait pas imaginer le reste. Pas avec Marie-Louise. Une fille pareille. Fière. Pourrie d'orgueil, comme disait sa mère les jours où elle lui en voulait trop d'être partie.

Quantin respira profondément et se remit à marcher. Il y avait toujours autant de monde dans les rues, mais il se sentait plus seul qu'au milieu d'un bois ou d'une vigne.

Non, Marie-Louise ne pouvait pas avoir accepté ça. D'ailleurs, si elle avait accepté, elle n'eût pas quitté cette maison. On avait dû l'embaucher comme manucure, pour la façade, la couverture, et elle avait sans doute été dégoûtée par ce qui se passait à côté d'elle. Ce ne pouvait être que cela. Elle n'en avait jamais parlé, pour ne pas les inquiéter. Et puis, on n'explique pas ça dans une lettre. Surtout pas à une mère.

Quantin était effrayé. Il venait de mesurer à quel point les reproches de sa femme étaient justifiés. Il avait fallu qu'il fût inconscient pour laisser cette gamine toute seule dans une ville pareille, sans même venir s'informer des conditions dans lesquelles elle vivait. Une fille seule, si jeune, exposée à tout, même à la prostitution. A cause de lui, Marie-Louise avait sans doute frôlé le pire.

Quantin s'accrochait au visage de Marie-Louise, à son regard bien droit, à son rire franc. Il était impossible qu'elle ne fût pas restée cette fille propre, honnête, solide, têtue, obstinée dans tout ce qu'elle entreprenait.

Une chose l'intriguait encore : cette voix de fille qui avait dit : « Elle doit travailler seule ! » Est-ce que Marie-Louise avait essayé de monter une boutique, toute seule, sans en parler ?

Cette idée l'inquiétait mais le réconfortait aussi. Déjà, toute petite, Marie-Louise avait la passion des surprises. Elle les préparait longuement, sans ménager sa peine, en dépensant des trésors d'habileté pour tout cacher jusqu'à la dernière minute. Et elle le faisait toujours seule. Lorsque tout était terminé, elle voyait ses parents éberlués, et elle était heureuse. Elle était cent fois payée de sa peine ; il suffisait de la regarder pour s'en convaincre. Somme toute, une affaire pareille était bien dans son tempérament.

Quantin fignolait cette idée. Il s'y enfermait un peu comme sa fille avait rêvé de le faire dans sa petite maison pareille à une crèche. Si Marie-Louise s'était installée à son compte, elle devait avoir beaucoup de dettes, beaucoup de charges et cela expliquait qu'elle n'eût pas pris de longues vacances. Et ils lui en voulaient ! Ils avaient cru, à certains moments, qu'elle se détachait d'eux ! Qu'elle préférait sa vie de la ville !...

Quantin buta, cette fois, sur l'idée de l'instituteur. Si Marie-Louise avait ouvert une boutique, si elle travaillait depuis des mois pour la payer, il n'y avait plus d'espoir de la ramener au pays.

Cette pensée l'agaçait un peu; il la chassa pour revenir au présent. Si Marie-Louise avait acheté une boutique, elle devait travailler fort tard et il n'avait aucune chance de la trouver dans sa chambre à une heure pareille. Il devait donc attendre. Il regardait autour de lui, cherchant un café, lorsqu'il pensa à la concierge. Les concierges sont des femmes qui savent tout. Elles connaissent toujours la vie des locataires de leur immeuble. Celle de Marie-Louise pourrait certainement donner l'adresse de sa boutique.

Quantin demeurait vraiment attaché à cette boutique. Pour lui, elle existait déjà. Il avait eu du mal à imaginer un quelconque salon, mais il voyait avec beaucoup de netteté cette boutique minuscule, bien chaude, pas trop parfumée, où sa fille besognait seule. Il la devinait aimable avec ses clientes, adroite, amoureuse de son travail. Longtemps, un métier pareil lui avait paru ridicule et inutile ; aujourd'hui, tout commençait de prendre un sens.

Il marcha encore un moment, regardant les vitrines avec l'espoir inavoué de découvrir une porte où son nom serait inscrit, puis il prit à droite pour gagner la rue de la République. Là, un agent de police lui expliqua où se trouvait la rue de l'Arbre-Sec. Il devait remonter la rue de la République, et il la traverserait. Il se souvint d'ailleurs que Marie-Louise avait expliqué que sa chambre n'était pas très éloignée du Salon Roberti. De fait, Quantin allait emprunter une rue parallèle à celle qu'il avait suivie tout à l'heure. Seulement, celle-ci était beaucoup plus large et la circulation y était encore plus intense.

Le long des trottoirs, des sapins avaient été dressés dont les branches portaient une floraison d'ampoules multicolores. Sur une place, à côté d'un monument, il y avait un sapin beaucoup plus haut que les autres et devant lequel était installé un chaudron suspendu à un trépied. Des gens venaient y jeter des pièces de monnaie, d'autres apportaient des colis qui s'empilaient à côté du trépied. Une femme de l'Armée du Salut, debout et sautillant sur place dans son uniforme bleu, agitait sans relâche une clochette.

A plusieurs reprises, Quantin fut bousculé par des groupes de jeunes gens qui criaient très fort. Lorsqu'ils arrivaient en courant, les personnes âgées elles-mêmes s'écartaient pour leur livrer passage, et tout le monde semblait trouver cela naturel.

Quantin avait cessé de regarder les boutiques. Il savait bien que Marie-Louise ne pouvait pas s'être installée dans une artère pareille. A présent, il scrutait les visages, tous les visages de filles, mais aucune ne ressemblait à Marie-Louise. Aucune ne pouvait lui ressembler.

Il mit longtemps à atteindre cette rue de l'Arbre-Sec mais, une fois là, il trouva tout de suite l'immeuble où demeurait Marie-Louise.

Le couloir d'entrée était assez large, sombre, mais propre et sans odeur. La loge de la concierge, fermée par une porte vitrée aux rideaux tirés, se trouvait à l'entresol. Sur le tableau des locataires, il lut : « QUANTIN, 5e gauche. » Il réfléchit quelques instants, puis, renonçant à frapper, il monta l'escalier. Comme il n'était pas habitué aux étages, il était trempé de sueur et très essoufflé en arrivant en haut.

A chaque palier, il avait remarqué deux portes mais, au cinquième, il y avait un palier plus large d'où partaient deux couloirs. Une dizaine de portes toutes semblables donnaient sur ces couloirs. Quantin avança en évitant de faire du bruit, ce qui n'était guère possible en raison du sol carrelé dont beaucoup de briques étaient descellées. Il y avait un nom sur chaque porte : inscription à même la peinture grise ou carte de visite collée. Il trouva la carte de Marie-Louise maintenue par quatre punaises rouges sur la dernière porte de la travée de gauche. Son cœur battait à un rythme très accéléré, et il se répétait que c'était uniquement à cause de ce maudit escalier qu'il avait grimpé trop vite. Il attendit quelques instants, essayant de s'imposer une respiration plus mesurée. Il frappa plusieurs fois. Il n'y avait personne. Quantin soupira. Il avait eu tort de monter sans rien demander à la concierge.

Il retourna jusqu'au palier et l'idée lui vint alors d'attendre là, assis sur une marche. Il ne faisait pas froid et l'immeuble paraissait désert. Appuyé à la rampe de bois, il écouta, tendu vers le bas. Rien ne bougeait et seul le bruit d'un poste de T.S.F. montait des étages inférieurs. C'était une musique assez douce et que Quantin écouta un moment avec un certain plaisir.

Il allait peut-être se décider à rester, lorsqu'il entendit un bruit de porte dans un des couloirs. On pouvait le trouver là, s'étonner de sa présence... Il se dit que Marie-Louise risquait d'en être gênée et il descendit.

Dès qu'il eut frappé, la porte vitrée s'ouvrit. La concierge était une femme assez forte, au visage bouffi et renfrogné.

— Qu'est-ce que c'est ? demanda-t-elle.

— Mlle Quantin...

— Cinquième gauche, au fond du couloir. C'est écrit là.

Elle désignait le tableau de son doigt boudiné.

— Je sais, dit-il, je suis monté, mais il n'y a personne.

— A cette heure-là, évidemment !

La femme répondait sèchement, tenant derrière son dos la poignée de sa porte restée entrebâillée. Un enfant, qui avait écarté l'angle du rideau, écrasait son nez contre la vitre. Il était très brun de peau, et ses cheveux noirs tout bouclés retombaient jusque sur ses yeux sombres.

— Pouvez-vous me dire où elle travaille ? demanda Quantin.

— Où elle travaille ?

La concierge eut un petit rire et fit un geste du menton comme pour montrer la rue. Son regard était pénible à supporter.

— Mon pauvre monsieur, reprit-elle, c'est pas à moi qu'il faut demander ça !

— Vous pouvez peut-être me dire à quelle heure elle rentre ?

Le sourire de la femme disparut. Elle baissa la tête dans un geste qui fit ressortir son triple menton, puis, plus dure, comme blessée par une telle question, elle lança :

— Vous savez, moi, je ne suis pas une commère. La vie privée des gens ne me regarde pas. Tout ce que je peux vous dire, c'est qu'il vaut mieux venir le matin. Pas trop tôt. Enfin avant midi, quoi.

— Avant midi...

— Ben, oui.

— Et vous ne pouvez vraiment pas me dire...

— Absolument pas. Mais si vous voulez me laisser une commission, je suis là pour ça.

Elle désignait du doigt le colis que portait Quantin.

— Non, merci, fit-il.

La concierge eut un petit geste évasif ; comme elle allait se retourner, Quantin demanda encore, presque implorant :

— Vous ne savez vraiment pas vers quelle heure elle peut rentrer ?

— Pas avant 1 heure ou 2 du matin.

Déjà la femme poussait sa porte et pénétrait dans cette cuisine d'où coulait comme une belle eau une chaude odeur de soupe aux légumes.

Quantin ne bougeait pas. La porte se referma, puis le visage de l'enfant disparut, le rideau retomba et Quantin ne vit plus, sur la vitre, qu'un tout petit rond de buée qui diminuait peu à peu.

L'enfant devait jouer derrière cette porte dont le rideau remua encore plusieurs fois. L'œil fixe, Quantin se tassait sur soi-même; il demeura ainsi une longue minute puis, lentement, il regagna la rue.

11

Une fois dehors, Quantin regarda sur sa droite, du côté de la rue de la République. La foule paraissait toujours aussi compacte sur les trottoirs bordés d'arbres de Noël. Dans la direction opposée, la rue de l'Arbre-Sec semblait, au contraire, s'enfoncer dans une nuit sans vie. Quantin se dirigea vers ce froid et cette obscurité.

Il allait lentement, tantôt sur le trottoir étroit, tantôt sur les pavés glissants. Aux endroits où la boue grisâtre qui recouvrait le sol était peu épaisse, le gel prenait déjà. Le pavé scintillait. Plusieurs fois, Quantin faillit tomber. Il se sentait maladroit et jamais vraiment sûr de son pas.

La rue débouchait sur un quai planté de gros platanes dont l'écorce luisait. Les lampes assez espacées ménageaient de larges zones d'ombre où le froid paraissait plus vif encore. Les passants peu nombreux se hâtaient de gagner les rues mieux éclairées. Sur la murette bordant le trottoir, la neige demeurait blanche, mais les enfants y avaient creusé de longs chemins avec leurs mains en ramassant de quoi rouler des boules.

Quantin s'approcha de ce mur. En contrebas, par-delà la berge où se devinaient des voitures alignées, c'était la Saône. Les lampes de l'autre rive se reflétaient dans l'eau noire. Le courant et les remous torturaient ces reflets, puis, par moments, un coup de vent courait, éparpillant tout en étincelles minuscules. Il y avait ainsi beaucoup plus de lumière dans l'eau que sur le coteau d'en face où s'étageaient des maisons aux fenêtres éclairées. Plus les maisons étaient hautes et loin, plus leurs lumières se nimbaient d'un halo. Il n'y avait pas d'étoiles. La lueur qui montait de la ville semblait rencontrer comme un plafond cotonneux posé sur les toits les plus élevés.

Quantin regardait tout cela sans rien voir vraiment. Depuis qu'il avait quitté ce couloir, cette porte de loge, il n'était plus le même. Quelque chose de nouveau l'habitait qui n'était pas réellement une douleur, mais le tenaillait, l'obligeait à rechercher l'ombre, le froid, cette solitude jamais absolue sur ce quai.

Il se contraignit à regarder n'importe quoi. Les reflets, les maisons, les arbres, leur ombre sur la boue du trottoir. Et il avait beau regarder, Marie-Louise était plus proche que tout ce qu'il voyait. Elle était là, en lui, avec son visage de gamine tour à tour grave et rieur, avec son regard toujours net et franc. Il y avait cette Marie-Louise, et une autre fille, qui lui ressemblait vaguement, mais qui n'était pas elle. Une fille que Quantin ne parvenait pas à saisir, dont les traits, les gestes, les attitudes lui échappaient. Non, non, non ! Marie-Louise ne pouvait pas être ça ! C'était impossible. Il y avait un malentendu, une erreur qui se prolongeait, une suite de malchances qui pouvaient faire croire tout autre chose que la vérité.

Est-il possible qu'une coiffeuse travaille la nuit ? Est-ce qu'il n'existe pas des salons où les gens vont après leur journée ? N'y a-t-il pas des coiffeuses dans les théâtres, pour les artistes ? C'était peut-être ce qu'elle avait voulu leur cacher. Et c'était ce qui expliquait le mieux le fait qu'elle travaillait les jours fériés.

Quantin se répétait cela. Obstinément. Comme pour interdire à toute autre idée de pénétrer en lui. Malgré tout, ce qu'il éprouvait déjà si fort, ce qu'il n'identifiait pas encore exactement était là, dans sa poitrine, à le serrer, à le pincer, à commencer un petit travail de rongeur obstiné que rien n'arrête jamais.

Il continuait de longer le quai. Il marchait sans savoir qu'il marchait, et le rongeur qui besognait en lui semblait suivre la cadence un peu pesante de son pas.

Ici, le froid n'était pas le même que dans son pays. Et la nuit non plus n'était pas la même. Rien ne ressemblait à rien. On voyait beaucoup plus de choses, et tout semblait vide, dénué de sens. C'était une de ces nuits où rien ne permet de marcher en conservant au fond de soi la certitude d'un but. On marche, et on se dit qu'il n'y a pas, au bout du chemin, la petite maison chaude à quoi l'on rêve depuis mille ans.

Passant sous une lampe, Quantin ouvrit sa pelisse et regarda sa montre. Il était un peu plus de 7 heures et demie. Isabelle et Denise avaient déjà terminé la vaisselle. Elles devaient parler d'eux. De Marie-Louise et de Quantin qu'elles imaginaient ensemble, au restaurant ou bien dans la chambre de Marie-Louise. Isabelle demandait à la petite si elle avait bien fermé l'écurie, et le poulailler, et la grange. Elle demandait tout en sachant fort bien qu'elle irait vérifier avant de se coucher. Elles étaient assises toutes les deux au coin du feu, à guetter les bruits du dehors. Denise avait allumé la lampe de la crèche, et parlait certainement de Marie-Louise :

— Quand on était petites, elle me causait toujours de la maison qu'elle aurait quand elle serait grande. Une maison comme la crèche, avec juste une petite fenêtre pour regarder la neige. Est-ce qu'elle a une maison comme ça, à Lyon, Marie-Louise ?

Quantin s'arrêta encore. Ces simples mots en lui venaient de provoquer un élancement qui lui coupa le souffle.

— Marie-Louise ! C'est pas possible...

Il avait parlé à voix haute. Il s'en aperçut et regarda autour de lui. Personne ! Il avait marché longtemps et atteint un endroit qui ne devait pas être très loin de la gare. Il ne savait plus s'il devait continuer ou revenir sur ses pas. Il fit passer son paquet de son bras gauche à son bras droit.

Denise devait en parler, de ce cadeau. Quantin entendait les questions sans cesse répétées de la petite et les réponses agacées de sa mère.

— Elle va venir, hein ? Elle va venir avec papa ?

— Oui. Il faut attendre.

— Est-ce qu'ils viendront ce soir ? Demain soir ?

— Je n'en sais rien. Fais comme moi, attends.

— Pourquoi tu lui as donné le cadeau, puisque Marie-Louise va venir ?

— Denise, tu me fatigues !

— Moi aussi, j'ai préparé un petit cadeau pour Marie-Louise.

— Qu'est-ce que c'est ?

— Tu verras.

Quantin vivait tout cela. Là-bas, tout était ordonné, prévu, sans surprise. Tout se passait forcément ainsi dans la cuisine, dans cette maison enveloppée de nuit et de bise glaciale, mais qui savait se recroqueviller sur la chaleur de son feu de bois. Sur tout le coteau, il n'y avait que ce foyer. Le reste, c'était l'hiver. Une fois clos les volets des Quantin, c'était la nuit avec juste quelques petites fentes d'or que l'on ne pouvait voir qu'après avoir passé le dernier tournant du chemin. Quantin avait envie de cette nuit. Elle l'attirait autant que le repoussait l'obscurité fade de la ville ; cette nuit jamais tout à fait nuit où coulaient d'invisibles ruisseaux de brume et dc vent.

Il pensait aux bêtes, à l'odeur chaude et vivante de son écurie, à celles plus rares mais tièdes et agréables aussi des caves. Il y avait une odeur différente pour chaque cave. Celle des grandes futailles, faite de bois et de vin mêlés, avec toujours un arrière-goût de fermentation qui vous nettoyait la gorge. Ensuite, celle du caveau à bouteilles, une odeur qu'il fallait du temps à apprécier, une odeur qui vous emplissait la bouche de salive. A côté, celles des caves à pommes, à pommes de terre et à betteraves. Et Quantin avait toutes ces odeurs en lui. Il les retrouvait, bien distinctes, bien franches, sans équivoque possible. Et puis, il revenait toujours à la cuisine où Denise devait continuer ses questions :

— Où sont-ils en ce moment ?

— Chez Marie-Louise, certainement. A moins qu'ils soient encore au restaurant. En ville, on mange pas si tôt qu'ici... Ton père va coucher sur le divan... Ils vont sûrement bavarder assez tard.

Quantin regarda de nouveau tout autour de lui. Il avait eu envie de crier. D'appeler Marie-Louise très fort.

Dire qu'elle était là, dans cette ville, quelque part, peut-être à quelques pas de lui et qu'il ne pouvait pas la trouver ! Il y avait, dans cette situation, quelque chose qu'il ne pouvait admettre. Il se sentait devenir fou tant cela lui paraissait dénué de sens. Il était à la fois ici et chez lui, et en réalité, il n'était nulle part. Il voulait à tout prix s'éloigner de cette maison, s'en détacher pour ne s'occuper que de retrouver Marie-Louise. A force de se torturer, il finit par faire éclore en lui une espèce de joie sourde. Il dut résister à un rire douloureux qui lui nouait la gorge.

Il quitta son chapeau, ouvrit sa pelisse et prit un mouchoir pour essuyer la sueur qui venait de noyer son front et son visage en quelques instants. Le froid sur son crâne et tout autour de son corps lui fit grand bien. Il s'efforça de respirer profondément. Sa tête tournait un peu et il pensa que ce pouvait être la faim, mais la seule idée de nourriture, de restaurant, de magasin suffit à lui soulever le cœur.

Lorsqu'il regagna le centre de la ville, il y avait déjà beaucoup moins de monde. Après ce rire empoisonné qu'il avait refoulé, il se sentait comme habité de bile. Il avait constamment envie de cracher, de se libérer d'une mauvaise maladie qui était certainement bien plus profonde que le fond de sa gorge.

Il allait, sans savoir où, et il finit par s'arrêter devant la porte du Salon Roberti. Les vitrines et l'intérieur étaient toujours éclairés. Les mêmes ombres remuaient derrière le verre dépoli des cloisons. Quantin resta devant le seuil, à regarder l'entrée vide, jusqu'au moment où une femme apparut à l'une des portes. Alors, sans réfléchir, il partit très vite et tourna l'angle de la première rue avant de reprendre son pas habituel. Il avait conscience que ce qu'il faisait n'avait aucun sens, mais n'était pas tout à fait maître de lui. Il se disait que cela venait de la ville qui l'étouffait, de ce sol trop lisse où il ne se sentait jamais bien d'aplomb sur ses pieds.

Il n'avait pas l'intention de monter encore une fois les cinq étages de Marie-Louise, mais il retourna rue de l'Arbre-Sec. Arrivé dans le couloir, il n'hésita même pas. Ayant passé très vite devant la loge de la concierge, il atteignit d'une seule traite le palier du troisième.

Là, il dut s'arrêter. Le souffle lui manquait. Ses genoux s'étaient mis à trembler et il dut s'appuyer à la rampe. Il s'efforça de respirer plus lentement et plus profondément, un peu paralysé par la crainte de voir une porte s'ouvrir.

Les deux portes qui donnaient là étaient en chêne mouluré et verni, avec des poignées, des sonnettes, des entrées de serrures et des plaques de cuivre très bien astiquées. L'une de ces plaques portait un nom qui retint l'attention de Quantin. A cause d'un reflet du métal, il avait tout d'abord lu « Savagnin ». En réalité, le nom était « Savignin », mais il avait suffi de cela pour que Quantin évoquât le plan de vigne de son pays.

Lorsqu'il fut un peu reposé, il monta jusqu'au cinquième et alla frapper à la porte de Marie-Louise. Il n'y avait personne.

Dans la chambre voisine, des gens parlaient. Quantin tendit l'oreille. Il ne perçut que des voix de femmes et il eut un instant l'espoir que Marie-Louise était là. Il entendit :

— C'est trop cher. Faut pas acheter, c'est de la camelote. Et puis, c'est une règle générale : faut jamais rien acheter toute seule.

— Va donc chez Rantonnet, ou à la Manu, c'est moins cher.

— A la Manu, c'est pas mal, et ils font du crédit...

Il y avait bien trois voix de femme, mais pas celle de

Marie-Louise. Il écouta encore un moment, partagé entre l'espoir et l'angoisse, mais non, elle n'était pas là. Il eut envie de frapper à cette porte, de demander si ces femmes connaissaient Marie-Louise. Quelque chose le retint. Il n'osait plus rien demander. Il voulait retrouver Marie-Louise, mais pas des gens qui lui parleraient encore d'elle sans la connaître vraiment.

Quantin s'éloigna lentement. Il regagna le palier et là, immobile, retenant son souffle, il demeura un long moment à écouter. Les voix de femmes n'étaient plus qu'un murmure lointain. Il y avait aussi d'autres bruits qu'il n'avait pas perçus en montant, et découvrait un à un. Ils venaient des autres chambres donnant sur le couloir, des étages inférieurs, de la rue peut-être. Par moments, ils étaient très distincts ; puis tout se mêlait pour ne plus former qu'un seul bourdonnement confus. Quantin ne savait pas si ces bruits se confondaient vraiment ou si le bourdonnement était en lui, en lui où s'était installée une espèce de fièvre.

Jamais encore il n'avait entendu cela. Jamais il ne s'était trouvé ainsi, tout seul en haut d'une cage d'escalier avec, autour de lui, la vie de toute une maison, de toute une ville. Penché par-dessus la main courante, il regarda un moment la fuite anguleuse de cette rampe qui faisait comme un puits. Il ne comprenait pas très bien ce qui se passait en lui. Il lui sembla soudain qu'il se trouvait réellement au centre de la ville, que toute la ville vivait intensément sous lui, autour de lui, mais que lui était réellement seul. Pas un autre homme ne pouvait être aussi seul. Est-ce que les femmes qui parlaient dans la chambre se sentaient seules ? Est-ce que ce Savignin était seul, même s'il se trouvait avec sa femme et ses enfants ? Est-ce qu'il ne lui était pas arrivé, à lui, Quantin, de se trouver terriblement seul en face de sa femme et de sa fille, en plein repas, dans sa propre maison où tout était vie et chaleur ? Il pensait au vide des regards, à ce sentiment qu'il avait si souvent éprouvé d'une distance infranchissable le séparant des deux femmes attablées avec lui. Dans ces moments, il pensait à Marie-Louise. Elle était physiquement absente, il ne savait même pas où elle se trouvait exactement, il ne connaissait rien des lieux où elle vivait, rien qui pût lui permettre de l'évoquer, et pourtant il la sentait près de lui. Tout cela se brouillait un peu. Était-il plus seul ici que chez lui ? Il n'avait qu'une porte à ouvrir, à forcer d'un coup d'épaule pour se trouver chez Marie-Louise. Il pourrait l'attendre en pensant à elle, en regardant ce qui portait l'empreinte de sa présence.

Sa douleur dans la poitrine le poignarda de nouveau. Il venait de se voir assis chez elle. Elle rentrait, mais elle n'était pas seule. Et l'homme qui accompagnait Marie-Louise était son double. Il ressemblait à ce vieux à chapeau noir et pelisse démodée qu'il avait vu tout à l'heure, dans cette vitrine de magasin.

Pour se débarrasser de cette idée, Quantin commença de descendre l'escalier. En passant devant chez Savignin, il eut un instant l'idée de sonner pour demander l'hospitalité. A la campagne, un homme qui arrive à la ferme le soir, on le reçoit, on lui donne la soupe et la paille : il n'est plus seul. On l'écoute raconter son histoire s'il en a envie, comme on respecte son silence s'il tient à le garder. Il continue d'être seul, et il n'est plus seul.

Est-ce que Savignin ou son voisin de palier, ou un autre encore pouvait admettre cela ? Est-ce qu'il pouvait comprendre que l'on peut se trouver aussi perdu dans une ville qu'en pleine forêt inconnue ? A la campagne, on trouve toujours une grange, une écurie, une meule en plein champ où creuser son trou et se couler comme un renard. C'est bon, quand l'hiver ruisselle, le cœur sec et tiède d'une meule !

Ici, il n'y avait que la nuit avec ses lampes plus froides que le vent. La nuit et le vide.

Dans la loge de la concierge, la télévision fonctionnait. Quantin le devina aux lueurs bleutées qui jouaient sur le rideau. La musique et les voix le suivirent jusqu'à la porte donnant sur la rue.

Le froid était vif. Il y avait beaucoup moins de monde. Une brume où se mariaient toutes les couleurs des enseignes lumineuses venait de la Saône, épaisse comme la fumée d'un feu d'automne.

12

Quantin avait relevé le col de sa pelisse. Il allait, la tête rentrée entre les épaules, mais le froid était en lui. Le froid marchait du même pas que lui, et il sentait que tout effort pour le fuir serait peine perdue. Il pensa un instant entrer dans un café, mais il comprit que le froid entrerait avec lui.

Il reprit là rue de l'Hôtel-de-Ville, traversa la place Bellecour presque déserte, et suivit la rue Victor-Hugo où les passants étaient de plus en plus rares. Et le livre lui revint en mémoire, car c'était à présent que la ville ressemblait vraiment à celle qui s'y trouvait décrite. Une ville d'où les hommes devaient s'être enfuis devant la montée de cette brume tout engluée de nuit. Sans doute y avait-il de la vie derrière ces fenêtres aux rideaux tirés, mais ce n'était qu'une vie lointaine, sans lien avec celle que Quantin sentait s'évaporer de son corps.

Quelques trolleybus circulaient. Lorsqu'ils longeaient le trottoir, la boue de neige giclait, et pourtant le milieu de la chaussée était déjà presque sec. Par endroits, le sel répandu faisait de larges taches d'un gris poussiéreux qui brillait aussi, mais d'un éclat différent.

Quantin essayait d'accrocher son attention à ce qui l'entourait. Et lorsque Marie-Louise s'imposait par trop, il tentait d'évoquer les souvenirs de son enfance, la maison, la photo d'elle posée sur le buffet de la cuisine.

Marie-Louise n'était pas rentrée. Elle ne se trouvait pas dans sa chambre. Elle avait quitté le Salon Roberti ; elle avait réussi à s'échapper de cet autre salon tenu par l'horrible femme aux cheveux bleus. Marie-Louise travaillait seule. Personne ne savait où elle travaillait. Et alors ? Est-ce qu'il y avait de quoi s'alarmer ? N'était-ce pas naturel qu'une fille comme elle se fût évadée de cette maison toute en glaces et qui sentait si mauvais ? Pouvait-on vivre là et continuer d'être une femme ?

Il fallait être fou pour aller imaginer que Marie-Louise avait cessé d'être la fille honnête qu'il avait laissée s'en aller seule, un matin où le travail l'appelait à la vigne. Bien sûr, aux dernières vacances, elle avait un peu changé. Mais n'était-ce pas la ville qui l'avait légèrement marquée, et rien de plus ? Rien de grave surtout. Ce qui compte, c'est le cœur, l'esprit, pas la couleur des cheveux !

D'ailleurs, si elle avait pu s'entendre avec un être aussi simple que l'instituteur, c'était bien la preuve qu'elle demeurait, au fond d'elle-même, semblable à lui, semblable à eux tous qui vivaient là-bas, loin de la crasse.

Marie-Louise travaillait. C'était tout. Et s'il ne pouvait pas la voir ce soir, il la verrait demain.

Il allait passer la nuit à la gare. Étant soldat, il lui était arrivé de dormir dans une salle d'attente. Il allait retrouver un peu de sa jeunesse. Voilà, il n'y avait rien de plus dans cette aventure. Ce qui était stupide, c'était d'être arrivé sans avoir prévenu. Après tout, même hors de son travail, Marie-Louise pouvait être retenue le soir.

Quantin entra dans le grand hall de la gare. Il était un peu plus de 9 heures.

Et si Marie-Louise avait pu se libérer au dernier moment ? Si elle avait pris le train toute seule ?... Quantin réprima une soudaine envie de rire. Non, ce serait trop ridicule. Il devait s'arrêter de faire constamment des suppositions, d'imaginer ceci ou cela tant qu'il ne saurait rien de plus précis.

Il voulut s'intéresser à la bibliothèque où beaucoup de

livres étaient exposés, mais cette seule idée du train avait suffi à le ramener au pays. Dans la petite gare mal éclairée et vide, l'instituteur avait dû attendre. Et à présent, c'était fini. Après ce dernier train, on fermait la gare jusqu'au matin. Tout était vide, obscur, froid, avec les guêtres de Quantin que le chef avait rangées dans un casier de son bureau. L'instituteur était rentré seul chez lui. Il était tout occupé de Marie-Louise. Tout plein d'elle comme Quantin, mais d'une autre manière. Plus douloureuse peut-être. Il devait penser qu'elle avait rencontré ici un garçon qu'elle aimait.

Après tout, c'était peut-être vrai. Elle avait pu monter une boutique avec un garçon, ou un homme âgé. On en voit tous les jours, qui placent ainsi leur maîtresse. C'était peut-être ce qu'elle tenait tant à cacher. L'homme qu'elle aimait n'était sans doute pas libre. Est-ce que tous ces gens qui avaient renseigné Quantin n'étaient pas un peu jaloux d'elle ?

Une fois de plus, Quantin fit un effort pour ne plus penser qu'à elle.

Un grand nombre de voyageurs se pressaient devant les guichets de distribution des billets. Il y en avait partout, dans toute l'immense salle des pas perdus, dans l'entrée, dans la salle de renseignements qui prolonge l'entrée, et même sur la place où les taxis défilaient, où les voitures paraissaient si bien enchevêtrées que l'on pouvait se demander si les chauffeurs parviendraient à les tirer de là. Quantin circula un moment, regardant tout mais pensant surtout à la nuit qui menaçait d'être longue.

Il avait voulu rire à propos de la salle d'attente, mais une sorte de rage le prenait à l'idée que Marie-Louise se trouvait dans cette ville ; qu'elle y avait une chambre avec un divan pour lui et qu'il était là, à se morfondre tout seul.

Il alla jusque devant le buffet qui était archiplein de gens installés à boire et à manger. On leur servait des assiettes où il y avait beaucoup de choses mêlées, salade verte, œufs durs, charcuterie et de la sauce très jaune qui n'avait pas bonne tournure. En voyant cela, Quantin pensa seulement à du pain. Un gros pain comme celui qu'apporte le boulanger de Saint-Germain-lès-Arlay et qui n'est pourtant plus comparable à celui que les Quantin cuisaient autrefois dans leur four.

Ce soir, dans le four, il y avait la crèche.

Est-ce que les femmes étaient déjà couchées ? Non, certainement pas. Elles avaient entendu passer le train. Elles avaient alors attendu une bonne demi-heure en ouvrant plusieurs fois la porte sur la nuit froide. Elles avaient allumé la lampe de la cour.

C'était pénible, de revenir sans cesse à cette idée de l'attente, des femmes toutes seules, de cette crèche dans la gueule de l'ancien four à pain. Et l'idée du pain ! Ce gros pain à croûte épaisse qui vous fait venir de la salive plein la bouche. Penser au pain quand on n'a pas faim et qu'on cherche sa fille ; et qu'on cherche une banquette de gare où passer la nuit.

Comme il frissonnait, Quantin se dit qu'il pouvait au moins boire une tasse de café ou un bol de bouillon. Il retourna vers le buffet mais la densité des clients assis et debout partout le fit reculer. Il regagna la salle des guichets, toujours avec son idée de gros pain à croûte épaisse et brune. Il n'aurait jamais cru que le pain puisse tenir une si grande place dans l'esprit d'un homme qui n'a pas envie de manger. Mais, à vrai dire, il n'y avait pas que le pain. Il y avait la longue table avec sa toile cirée à fleurs, le litre de vin, les oignons, les haricots à écosser, le bois pour le feu. Tout cela était dans la maison, mais comme séparé de celles qui y vivaient. Il y avait en lui une place pour les deux femmes et la chatte, et une autre pour tout le reste. Il voyait cela très nettement, par moments, puis certains points se brouillaient. La chatte, par exemple, pouvait aller de l'une à l'autre des deux images. Quantin n'avait jamais rien vu ainsi. Jamais il n'avait eu la tête si occupée.

Car tout y était, même la ville et les gens qu'il venait de rencontrer. Même en lisant un livre comme ceux des auteurs russes où les noms des personnages sont si difficiles à retenir, jamais le monde ne lui avait paru si complexe.

Il en arrivait à se demander s'il n'était pas devenu fou. S'il était réellement venu là pour y chercher sa fille, et si sa fille avait jamais habité l'immeuble où il s'était rendu.

Il resta encore un temps à marcher de long en large dans le grand hall, puis, comme il se sentait la tête lourde, il retourna sur l'esplanade. Appuyé contre la rambarde de métal glacé, il contempla longuement la place en contrebas, respirant à longs traits la brume de la nuit ; lâchant de loin en loin la rampe pour appliquer sa main glacée sur son front brûlant.

13

Quantin regardait les petits jardins sous la neige. Il n'y avait personne autour de lui, et là, il se sentait moins seul, moins éloigné de sa maison que dans la cohue. Réellement, parmi ces femmes, ces hommes, ces enfants, chargés de valises, de sacs énormes, de skis ou même de traîneaux, il se sentait mal à l'aise, comme si ces gens-là n'eussent pas été de la même espèce que lui.

Vint un temps où il comprit qu'il devait s'en aller. La brume l'enveloppait, pénétrait en lui, le glaçait lentement. Il quitta sa place à regret, revint vers la gare où il dut faire la queue un long moment pour acheter un billet de quai.

La salle d'attente où il pénétra enfin était bondée. Des voyageurs étaient affalés sur leurs bagages, d'autres debout, adossés aux murs ou aux radiateurs du chauffage central. Ces gens qui partaient en vacances avaient des visages tristes, maussades, des airs de regret, de fatigue et d'ennui.

Quantin posa son paquet à ses pieds, et s'adossa contre une cloison. Il se dit que tous ceux qui étaient debout devraient, comme lui, guetter le départ d'un voyageur assis pour se ruer sur sa place.

Un haut-parleur annonça une arrivée et un départ. Il y eut un mouvement parmi les voyageurs, certains sortirent, d'autres changèrent de place, mais Quantin resta où il était. Le train annoncé arriva, et bientôt tout un lot de nouveaux visages, de nouvelles valises, de nouveaux skis entra. Et tous se ressemblaient. Et d'autres trains passèrent, et tout finit par faire un long va-et-vient, un long bruit continu auquel on finissait par s'habituer.

Quantin trouva enfin un coin de banquette où il put s'asseoir, son colis sur les genoux. Là, il pensait dormir un peu, mais, dès qu'il fut installé, l'engourdissement contre lequel il avait dû lutter jusqu'alors s'évanouit. De nouveau il était parfaitement éveillé, de nouveau sa tête fermentait.

Il était près de minuit, et Marie-Louise devait être rentrée. Et il était là, stupidement, alors qu'il eût été si simple de laisser un mot sous la porte et d'attendre dans le café le plus proche. Et c'était à présent qu'il y pensait. Il s'était torturé avec des idées de vieux fou, il avait fait tant et si bien que son cerveau malade n'avait même pas eu la plus simple, la plus logique des idées. Pauvre idiot !

Furieux il se leva, reprit son colis sous son bras et partit très vite. Si la petite était déjà rentrée, il allait la réveiller. Il n'avait pas une minute à perdre.

L'esplanade de la gare était beaucoup moins encombrée, et toute une file de taxis stationnait. Sans hésiter, comme un homme qui fait cela tous les jours, Quantin se dirigea vers le premier et demanda au chauffeur de le conduire rue de l'Arbre-Sec.

— Eh bien, montez, dit l'homme.

Quantin fut surpris qu'on lui ouvrît la portière de derrière, mais il monta en hâte, heurtant la carrosserie du fond de son chapeau qu'il rattrapa en l'écrasant à moitié sur son épaule. Le taxi démarra. La ville était presque déserte et le gel chantait sous les roues. Quantin regardait attentivement le chemin. La voiture emprunta une voie parallèle à la rue Victor-Hugo, mais plus étroite, s'arrêta à un feu rouge, repartit, contourna la place Bellecour et s'engagea dans la rue de la République. Tout alla très vite et l'homme demanda cinq cents francs. Quantin paya, et se retrouva seul sur le trottoir devant la porte close. Il essaya d'ouvrir, chercha s'il y avait une sonnette, mais ne trouva rien. Alors, ôtant son chapeau pour essuyer son front ruisselant, il eut un grand éclat de rire. Il était allé faire l'imbécile à la gare, pendant ce temps Marie-Louise était rentrée, et elle ne savait même pas qu'il était là ! Là, tout près, en bas de chez elle, dans cette rue où la brume était comme une eau coulant d'un fleuve à l'autre.

Voilà ce qu'il avait fait, le paysan lourdaud, l'homme au cerveau plus brumeux que le ciel de cette ville pourrie. Ce rire qu'il avait ravalé d'un coup l'empoisonnait. Il le sentait bouillonner en lui comme une mauvaise vendange qui lâche des aigreurs. Ce n'était pas une fermentation saine, c'était un remuement de toute la lie.

Alors, il allait rester là ? Repartir à la gare ? Entrer dans un bistrot ? Et si Marie-Louise arrivait à présent ?

Il se mit à marcher de long en large, traversa plusieurs fois, revint, se contraignit à examiner longuement les devantures encore allumées. La concierge avait parlé de 2 heures du matin. Mais pouvait-on croire une concierge ? Est-ce que cette femme n'était pas une mauvaise langue qui prenait plaisir à porter tort à Marie-Louise ? Marie-Louise était une fille trop pleine de qualités pour être sans provoquer la jalousie. Les médiocres cherchent toujours à nuire aux gens dont ils envient la réussite. C'était certain : Marie-Louise était rentrée, elle dormait tranquillement sans se douter que son père s'était laissé monter le cou par une peste de concierge.

Pris de colère, Quantin s'approcha de la porte avec l'intention de cogner du pied pour réveiller cette grosse femme. Il se retint pourtant. Il ne pouvait pas faire cela. Marie-Louise ne le lui pardonnerait pas.

Il allait donc continuer d'attendre. Il se remit à marcher, et tout ce qui s'était amassé en lui se fondait en une terrible colère qu'il tournait contre lui, contre lui seul qui ne pouvait avoir que des initiatives imbéciles.

A présent qu'il avait commis cette sottise, il devait payer. Au lieu d'attendre Marie-Louise dans un café, il l'attendrait ici. D'ailleurs, les cafés fermaient sans doute à minuit. Tout était ridicule. Tout se contredisait en lui. Il s'épuisait à réfléchir alors qu'il n'y avait qu'une seule chose à faire : attendre.

Il était minuit et demi. Il attendrait donc jusqu'à 2 heures. C'était interminable, mais se morfondre ici ou à la gare, c'était la même chose. Il n'avait pas froid, au contraire. Il s'arrêta même de marcher car il continuait à transpirer et il savait que c'était dangereux avec un temps pareil.

La brume poursuivait son flux et son reflux, comme une eau repoussée tantôt par le Rhône, tantôt par la Saône. Il y avait des remous autour des lampes, à l'angle des rues, et de longs couloirs clairs qui se déformaient peu à peu, effrangeant leurs parois impalpables. Les passants étaient rares. Les voitures empruntaient peu cette petite rue transversale.

La colère de Quantin allait et venait à l'exemple de la brume ; mais avec des sursauts plus brutaux. Il était constamment tiraillé entre l'envie de rester et le désir de regagner la gare où, au moins, il aurait chaud. Car le froid le pénétrait. Ses pieds surtout s'engourdissaient. Il battait la semelle et de longues douleurs diffuses partaient de ses orteils gelés pour monter le long de ses jambes.

Non, vraiment, il était fou de rester là. Marie-Louise était rentrée. Ou bien alors elle ne rentrerait pas. Elle avait une liaison. C'était forcé. A son âge, et belle comme elle l'était. Quantin n'était pas révolté par cette idée. Il pensait seulement à l'instituteur. Il se disait aussi que Marie-Louise avait risqué le pire en séjournant dans cet infect Salon Trianon. Et puis, il ne pouvait rien dire. Il en avait assez de formuler des suppositions qu'il rejetait aussitôt. Il en avait assez de cette attente, de cette rue, de cette brume, de ce froid qui, à présent, l'habitait tout entier.

Brusquement, comme fouetté de ronces, sans même retourner jusqu'au porche clos, il reprit le chemin de la gare. Il était 1 heure et demie, et les rues étaient vides.

Arrivé à l'angle de la rue des Archers, il remarqua plusieurs prostituées. Elles étaient immobiles, engoncées dans leurs fourrures comme lui dans sa pelisse. L'une d'elles l'appela, mais il évita de se retourner. Il y en avait deux autres, un peu plus loin, dont l'une paraissait toute jeune. Elles l'appelèrent aussi. Il passa sans broncher puis, ayant parcouru une dizaine de mètres, il s'arrêta, se retourna et revint sur ses pas. Il ne savait pas ce qu'il voulait faire. Rien. Certainement rien. Uniquement passer encore une fois devant ces filles et les regarder mieux.

Lorsqu'il arriva à leur hauteur, la plus âgée demanda :

— Tu as oublié quelque chose, mon chéri ?

Il ralentit.

— Viens, dit encore la fille.

L'autre s'était éloignée de quelques pas. Quantin s'arrêta et la prostituée le rejoignit.

— C'est pour moi que tu t'es retourné ? demanda-t-elle.

Quantin était paralysé.

— T'as l'air frigo, dit-elle. Allons, viens !

Il fit quelques pas à côté d'elle puis, s'arrêtant brusquement, il bredouilla :

— Non... Je voulais seulement vous demander quelque chose.

— Tu veux savoir le prix ?

— Non, non... Je voudrais que vous me disiez...

Il se tut. La fille le regardait, l'œil mauvais. Elle avait des cheveux raides qui tombaient sur ses sourcils. Son visage était maigre, anguleux, avec une grande bouche mince.

— Alors, lança-t-elle, tu te décides ?

Quantin baissa la tête. Il se sentait ridicule.

— Non, non, fit-il. Non, non, excusez-moi.

— Ça va pas bien, non ? J'ai une tronche qui te revient pas ? Va te faire voir au musée, grand-père, avec ta peau d'ours.

Elle s'éloigna en direction de l'autre prostituée, et Quantin l'entendit encore crier :

— Non mais, t'as vu ce cinglé ! C'est le deuxième ce soir

qui voudrait que je lui raconte ma vie. Ma parole, Noël, ça leur vaut rien, à ces tordus-là.

Lentement, la tête complètement vide, accablé par tout le poids de la nuit et de l'hiver, Quantin reprit sa marche dans les rues désertes.

14

Il n'y avait presque plus personne aux guichets de la gare. Quantin acheta un autre billet de quai, et regagna la salle d'attente. Là aussi le nombre des voyageurs avait diminué et il put sans peine trouver une place où s'asseoir. Il quitta sa pelisse qu'il posa à côté de lui avec son paquet.

Le visage de la prostituée était là, devant lui, avec son regard furieux au bord de cette frange de cheveux noirs. Il n'essayait même pas de s'en débarrasser. Au contraire, il la retenait. C'était ça, une prostituée ! Et on avait essayé de lui faire croire que Marie-Louise avait pu devenir ainsi ! Et le plus fort, c'est qu'il avait failli le croire. A présent, une moitié de lui se révoltait pour crier qu'il n'avait jamais rien cru du tout, et l'autre moitié lui reprochait d'avoir injustement soupçonné sa fille. Pauvre gosse que personne n'avait aidée et qui ne pensait sans doute qu'à travailler honnêtement ! Mais est-ce qu'une putain peut continuer ainsi d'écrire à ses parents, d'embrasser sa mère et sa petite sœur ? Peut-elle utiliser l'argent gagné de cette façon pour des cadeaux à une gamine innocente ? Non, décidément, il fallait être fou pour avoir cru cela un seul instant. Il ne savait pas ce qui avait bien pu le pousser à parler à cette fille des rues, la fatigue, une minute de trop grand énervement, mais, somme toute, il avait bien fait. A présent, il se sentait plus calme. Il n'était pas trop mal sur cette banquette de bois et il allait peut-être pouvoir dormir quelques heures.

Il remâcha encore longtemps cette rogne qu'il nourrissait contre sa propre faiblesse, puis il commença de piquer plusieurs fois du nez. La fatigue beaucoup plus qu'un véritable sommeil pesait lourdement sur sa nuque et ses épaules. Il avait rabattu son chapeau sur ses yeux et s'adossa, la tête contre la manche de sa pelisse qu'il avait jetée sur le dossier de bois. Il réussit ainsi à s'assoupir un moment, mais il fut réveillé par le haut-parleur annonçant le départ du train à destination de Strasbourg. Dans une heure, ce train passerait chez lui. Ce bruit qu'il écoutait, Isabelle l'entendrait sans doute. Car elle ne dormait pas. Elle ne pouvait pas dormir. Elle était allongée dans son lit, bien raide, à la façon des morts, peut-être même ses mains croisées sur son estomac, tout comme les gisants. Elle attendait. Elle savait que rien ne pouvait arriver, mais elle écoutait vivre la nuit.

Ici, ce n'était pas la nuit que l'on pouvait entendre. C'était un long bruit fait de mille bruits ajoutés l'un à l'autre par des hommes qui repoussaient la nuit loin de l'enceinte de cette gare. Mais là-bas, Isabelle pouvait l'entendre. Elle respirait fort tout autour de la maison. Elle montait de la plaine invisible, ou coulait des collines comme un fleuve. Son poids sur la maison faisait craquer la charpente, vibrer le volet. Son mystère inquiétait les bêtes qui tiraient sur leurs chaînes et battaient du sabot. Elle apportait de la forêt des odeurs de sauvagine qui affolaient les lapins qu'on entendait mener une ronde effrénée dans leurs clapiers sonores. Tout cela était là-bas où seule, sans doute, Denise dormait vraiment.

Dans sa chambre solitaire, l'instituteur essayait peut-être de lire pour trouver le sommeil.

Quantin changea plusieurs fois de position. Son front s'alourdissait, le battement du sang à ses tempes devenait perceptible, des ondes de chaleur et de froid se succédaient tout le long de son dos. Tout devenait pénible, le bruit, la porte qui claquait, le banc inconfortable et cette position assise dont il n'avait pas l'habitude. Il finit cependant par s'engourdir si bien qu'il éprouva comme une crainte du matin. Sans savoir pourquoi, il avait peur de l'aube et de l'instant où il devrait quitter cette gare.

Il la quitta pourtant bien avant l'aube. Il avait fini par s'endormir réellement, mais un cauchemar le réveilla : il était dans la rue, une putain l'abordait, lui parlait comme l'avait fait celle aux cheveux sur le front, et il la suivait. Il montait dans une chambre avec elle, et c'était seulement en regagnant la rue où l'attendait l'instituteur qu'il reconnaissait Marie-Louise. Réveillé soudain, et voyant que les gens le regardaient avec étonnement, il comprit qu'il avait crié. Il ramassa son chapeau qu'il brossa d'un revers de main, enfila sa pelisse, prit son paquet puis s'enfuit.

Ce fut seulement lorsqu'il eut atteint l'esplanade déserte qu'il prit conscience de l'énormité de ce qu'il venait de rêver. Et il s'était sauvé de cela. Sauvé comme pour échapper à un danger réel. Décidément, il fallait qu'il fût très fatigué pour en arriver à un tel degré de bêtise.

Il se mit à marcher vite. Il faisait très froid et les rues n'étaient peuplées que de rares silhouettes pressées.

Quantin passa sans s'arrêter devant plusieurs cafés qui lui parurent trop grands et trop luxueux. Sur une petite place, il en trouva un dont la salle étroite était toute en longueur, avec une seule rangée de tables. Un gros homme, en tricot de laine bleue à manches retroussées, se tenait derrière le comptoir où un client était accoudé devant un verre de vin blanc. La salle était vide. Quantin alla s'asseoir et commanda un café. Sans quitter sa place, l'homme demanda :

— Nature ? Crème ? Grand ? Petit ?

— Un grand, nature.

Une jeune femme entra en lançant :

— Jour, m'sieur Jérôme !

Le patron répondit :

— Salut, Ginette !

— Ça pince, ce matin.

— Oui, j'ai senti ça en ouvrant.

— Vous faites le réveillon, m'sieur Jérôme ?

— On reste ouvert jusqu'à minuit. Ensuite, eh bien, ma foi, on sait pas. Dans notre métier, vous comprenez, faut travailler quand les autres s'amusent.

— Nous, vous savez, expliqua la jeune femme, c'est un peu la même chose. Seulement, c'est la veille de fête qu'on en met un coup. Hier au soir, on a fini à 10 heures bien tassées.

— Mais ce soir, demanda le patron, vous êtes libres ?

— Ferait beau voir qu'on le soit pas. J'espère bien qu'à 8 heures tout sera bouclé.

Quantin eut envie de se lever pour demander à cette femme si elle était coiffeuse, mais il n'osa pas. Le patron venait de lui apporter une grande tasse blanche et épaisse où le café fumait. Il respira doucement l'odeur chaude qui lui faisait du bien.

La porte s'ouvrit. Un chien entra, tirant derrière lui un homme qui le tenait en laisse. Aussitôt la porte refermée, l'homme se mit à parler en regardant tour à tour tous les consommateurs et en montrant son chien :

— Parlez d'un oiseau. Ça craint le froid comme une vieille fille. Deux tours de place, et le voilà qui me tire jusqu'à ta porte, Jérôme.

Tout le monde riait. Le patron lança un sucre au chien en disant :

— Si tous les clients avaient des clébards comme le tien, ce serait chouette, ils n'iraient jamais ailleurs.

Le client s'était mis à parler de son chien et de tous ceux qu'il avait eus avant celui-là. Chaque personne avait son histoire de chien à raconter. Quantin les écouta un moment, puis il pensa à Bellone, morte depuis un an, et à son petit qui devait se faire écraser à peine un mois plus tard. Sans chien, les femmes étaient vraiment seules dans cette maison perdue. Seulement, avec un temps pareil, qui pouvait avoir l'idée de faire un mauvais coup là-haut ? Et puis, personne ne savait que Quantin était absent.

Le café était chaud et très bon. Quantin le but à petites gorgées. Ensuite, il tira sa montre et prit la clef pour en remonter le mouvement. Il était 6 heures et demie. Isabelle et la petite étaient occupées à traire. Quand elles auraient terminé, Isabelle ferait l'écurie. Seule à la cuisine pour préparer le déjeuner, Denise en profiterait pour allumer un moment sa crèche.

Et les deux femmes le croyaient chez Marie-Louise, couché sur le divan !

Il n'était pas encore 7 heures lorsque Quantin quitta le petit café. Il ne pouvait pas se rendre chez Marie-Louise aussi tôt, mais il ne tenait plus en place. Il avait moins froid. Il se sentait tout à fait réveillé. Il avait besoin de respirer, de faire quelque chose. Alors, dans les rues et sur les quais presque déserts, il se mit à marcher de son pas habituel, exactement comme il avait coutume de marcher sur les chemins de son pays. Et, à mesure que l'air glacé entrait en lui, il lui semblait que tout changeait. La nuit sortait de lui, le matin allait sans doute chasser ce qui restait d'un mauvais rêve.

Après tout, il n'avait perdu que quelques heures. Il allait retrouver Marie-Louise, voir ce qu'était cette vie qu'elle avait su se bâtir toute seule, loin des siens et sans aide. Ils allaient parler tous les deux et, ce soir, elle partirait avec lui. Il le fallait. Elle comprendrait qu'elle devait au moins leur donner sa soirée de réveillon.

Une fille sérieuse

15

Tout au bout d'une rue étroite, une lueur à peine perceptible annonçait l'aurore. Bien qu'elle fût toute noyée de brume et ternie par l'éclat des lampes et des fenêtres éclairées, cette lueur attira Quantin.

Il se dirigea vers elle. A mesure qu'il avançait et laissait les lampes derrière lui, il lui semblait que l'air s'allégeait, que tout se lavait dans cette aube qu'il fallait presque deviner.

Quantin atteignit le bout de la rue et traversa une large autoroute à côté d'un chantier qui barrait l'entrée d'un pont. Il y avait des arbres, et il comprit que c'était un quai donnant sur le Rhône.

La brume toujours épaisse se colorait lentement, s'animait parfois, comme remuée par un vent dont le souffle n'était pas perceptible. Derrière cette brume, les maisons se devinaient, masse effrangée, sans couleur précise, faite d'un indéfinissable mélange de jour et de nuit. Plus loin encore, le soleil très bas imprégnait tout d'un jaune laiteux qui luttait mal contre la grisaille.

Derrière Quantin, les voitures passaient, leurs phares encore allumés, fendant la brume où se dessinaient des remous ; la chaussée luisait, striée d'innombrables traces. Les voitures roulaient vite et Quantin se demanda comment elles pouvaient circuler sans se heurter.

La veille au soir, il avait trouvé la ville très laide, mais, ce matin, il la regardait presque avec plaisir.

Le plus attirant, c'était encore le fleuve, et il se disait que le fleuve ne faisait pas partie de la ville. Il était comme lui, un passant. Il traversait Lyon entre deux rives pareilles à des murs de prison, et il s'enfuyait. Un mot du livre qui l'avait tant impressionné lui revint en mémoire : « ... et les fleuves coulant vers d'invisibles horizons de lumière. » C'était tout ce qu'il pouvait retrouver au fond de sa mémoire. La fin d'une phrase qui lui revenait à la vue de ce fleuve et qui lui donnait une espèce de frisson.

Il fut un moment sans réfléchir, seulement à se répéter ces mots qui lui faisaient du bien. Ces mots qu'il avait toujours trouvés très beaux et comme chargés d'un certain mystère. Ce livre était un de ceux qui l'avaient le plus rapproché de l'instituteur, car c'était à propos de lui qu'ils avaient, la première fois, parlé ensemble de la mort. L'instituteur aussi pensait souvent à la mort, et, comme Quantin, il le faisait sans crainte, sans grande tristesse, peut-être tout simplement parce qu'elle paraissait très lointaine.

Peu à peu, le flcuve se dégageait de sa brume. L'eau n'avait pas de couleur, elle était encore le prolongement de cette brume, cependant, par endroits, perçaient des semis d'étincelles. C'était tout, mais assez pour permettre de sentir vraiment la présence du fleuve.

Quantin le suivit jusqu'à un pont tout neuf qui lançait son tablier de métal comme un seul trait de flèche parti de la rive et perçant de son gris terne cette vapeur de lumière. Le pont enjambait aussi l'autoroute qui plongeait pour passer sous une arche carrée comme une entrée de cave. Les voitures s'engouffraient là dans un vacarme qui sentait un peu la mort, celle que Quantin trouvait la plus absurde et qui hante les routes du dimanche. Au-dessus, les passages étaient si compliqués que Quantin dut attendre d'autres piétons pour traverser en même temps qu'eux.

A mesure qu'il s'éloignait du fleuve, Quantin sentait renaître son angoisse. Ici, tout redevenait triste, sans véritable lumière, comme définitivement lié à la nuit. Il se souvenait mal de la ville telle qu'il l'avait connue autrefois, mais il lui semblait que ce rythme était celui de la folie. Était-il trop vieux pour saisir le sens de cette bousculade ? Mais un être humain pouvait-il rester maître de soi, de ses gestes, de ses pensées, de ses paroles s'il se laissait emporter par ce courant ? Et c'était ce qu'avait choisi Marie-Louise. C'était ce qu'elle avait préféré à la vie simple et calme du pays !

Marie-Louise avait décidé de se plier à cette existence alors que rien ne l'y obligeait. Et Isabelle parlait de bonheur ! Isabelle qui n'avait jamais vu une ville pareille, qui avait peur de toucher à un tracteur, pensait vraiment que c'était ici, et ici seulement, que sa fille pouvait vivre heureuse.

L'instituteur parlait souvent de ce qu'il nommait « le monstre de la cité ». Il le connaissait, il l'avait fui. Quantin assistait au réveil de ce monstre qui ne s'endort jamais tout à fait. Et le monstre grognait déjà, il menaçait, il exhalait une haleine qui sentait le charbon, l'essence, la mauvaise cuisine.

A présent que le fleuve était loin, l'air se raréfiait, la puanteur se mêlait à la brume qui devenait fumée. Quantin continuait de marcher, conscient de se mouvoir à l'intérieur même d'une machine énorme dont rien ne pouvait arrêter le mouvement.

Aujourd'hui seulement, il comprenait l'effroi de l'instituteur chaque fois qu'il avait cherché des mots capables de peindre ce monstre de la cité.

Une envie de rire un peu amère lui vint à la gorge lorsqu'il imagina l'instituteur dans cette ville, tout embarrassé de son immense carcasse et de ses longs membres dont il ne savait jamais quoi faire. Était-il possible que deux êtres puissent s'entendre, l'un appartenant à ce monde et l'autre à celui d'où venait Quantin ! Mais Marie-Louise pouvait-elle vraiment appartenir à ce monde ? Est-ce qu'une pareille métamorphose pouvait s'opérer aussi rapidement ?

Quantin revoyait la Marie-Louise des dernières vacances. Certes, elle avait changé. Mais elle ne pouvait pas coiffer des femmes élégantes sans être comme elles. Il fallait le comprendre. Et Quantin l'avait compris. Contrairement à ce que prétendait toujours Isabelle, il n'était pas rétrograde. Ce qu'il croyait redécouvrir ce matin, c'est que Marie-Louise, en venant les voir, ne leur avait rien apporté de ce qu'il sentait ici. Elle était restée solide sur terre, avec son même raisonnement sain qui avait si souvent fait dire à ses maîtres qu'elle était une gosse parfaitement équilibrée. Non, décidément, Quantin n'eût pu, d'après ce qu'elle leur avait raconté, se faire une idée de cette ville.

A vrai dire, Quantin n'avait jamais beaucoup cherché à se faire une idée de la ville. Il avait seulement lu et bavardé avec l'instituteur. Pour le reste, il avait la plaine infinie devant les yeux, et il savait que la ville était très loin, tout au fond, en ce point d'où l'on voyait seulement s'élever sa respiration grise.

Quantin revint délibérément vers le cœur de la cité, en cet endroit où la vie s'affole. Et il marchait déjà depuis trois quarts d'heure lorsqu'il pensa au chemin qu'il aurait pu parcourir, dans le même temps, le long des terres. Il lui fallait moins de temps que cela pour monter jusqu'aux coupes qu'il avait tout en haut des monts de Saint-Julien. Dans ces rues, il avait l'impression de ne pas avancer. Il avait toujours autour de lui les mêmes murs gris, les mêmes vitrines, les mêmes visages, les mêmes silhouetttes pressées. Le chemin des coupes, par exemple, c'était autre chose. Même lorsqu'il le faisait chaque jour durant des semaines, il ne s'en lassait pas. Même lorsqu'il cessait de regarder autour de lui, il savait que la terre était là. La terre, les arbres, le ciel. Et tout cela qui n'a l'air de rien, c'est tout de même une vie. Et c'était aujourd'hui qu'il en évaluait justement l'épaisseur, la solidité ; c'était à présent qu'il sentait à quel point elle tenait à la sienne. Avec tout cela autour de soi, on ne se sent jamais seul, même quand on reste des jours sans rencontrer âme qui vive.

Ame qui vive, c'était un expression qui lui venait de sa mère. Il l'employait comme ça, par habitude, dans les circonstances mêmes où sa mère l'eût employée. Mais il savait qu'elle n'exprimait pas exactement ce qu'il éprouvait. Jamais il ne sentait aussi fortement le poids de la vie que lorsqu'il se trouvait seul avec sa terre. Et puis, une âme, même s'il ne savait pas ce que c'était, pouvait-il s'en trouver une dans cette machine infernale de la ville ?

Non, si quelque chose devait avoir une âme, c'était bien sa terre. C'était sans doute ce qui lui échappait toujours un peu lorsqu'il voulait tout voir, tout sentir, tout pénétrer de sa terre. C'était probablement ce qu'il devinait dans le silence d'une vigne, le matin, au moment où le soleil s'apprête à pointer.

Ces choses sans nom étaient tout ce qui le séparait de l'instituteur. Lorsque Quantin évoquait cette présence invisible et intangible qui l'inquiétait toujours un peu, l'instituteur se mettait à rire. Et, lorsqu'il ne riait pas, c'était pour citer des philosophes que Quantin ne connaissait pas. Et Quantin était alors impuissant à faire comprendre ce qui était pourtant si vivant en lui.

16

L'heure approchait où Quantin avait décidé de monter chez sa fille. Il avait fini par se persuader que la concierge avait menti. Cette femme n'avait pas une bonne tête. Elle avait certainement prétendu que Marie-Louise se levait à midi uniquement pour la joie de médire. Mais il se moquait de la concierge. Il ne le dirait même pas à Marie-Louise. Il était inutile de lui faire de la peine et puis ils auraient bien d'autres sujets de conversation.

A présent, il regardait la ville sans aucun malaise. Il passait. Il était là en spectateur tout à fait occasionnel, et ce monde ne le concernait pas. Il allait le quitter dans quelques heures, en emmenant sa fille avec lui. Il rejoindrait sa terre, sa maison, sa tranquillité, et il lui suffirait de se souvenir de cette ville pour les apprécier encore davantage. Il savait que lorsque quelque chose n'irait pas dans le temps ou dans les récoltes, il n'aurait qu'à se dire : « Quantin, souviens-toi de Lyon », pour se sentir le plus heureux des hommes.

Comme il avait faim, il entra dans une boulangerie et acheta deux petits pains. Ils étaient légers et encore tièdes. Ils étaient bons, mais ce n'était pas du vrai pain, celui que l'on peut manger chaque jour lorsqu'on travaille de force.

Quantin avait tellement marché qu'il ne savait plus très bien où il se trouvait. Il demanda son chemin à un agent de police. La rue de l'Arbre-Sec n'était pas très loin ; sans le vouloir, il avait cheminé dans la bonne direction.

— Quantin, murmura-t-il en riant, tu ferais un fameux citadin. Tu devrais bazarder ta maison et tes terres, et venir habiter rue de l'Arbre-Sec. Ta femme et tes filles seraient heureuses.

Il atteignait la rue lorsqu'il reconnut la concierge qui sortait d'une épicerie. Elle ne prêta aucune attention à lui, et il fut heureux de la voir entrer dans un autre magasin. Au moins il était assuré de ne pas la rencontrer dans l'escalier.

De jour, la montée paraissait différente, sans doute à cause de la lumière qui tombait du toit de verre. Il gravit lentement les étages. Il ne voulait pas être obligé de s'arrêter, ni se trouver trop essoufflé en arrivant. Et puis, à présent, il avait le temps. Il ne pouvait plus manquer Marie-Louise, si elle descendait, il la rencontrerait.

Il n'était pas tout à fait 9 heures lorsqu'il atteignit le palier. Son cœur battait fort, mais ce n'était peut-être pas uniquement l'effet de la montée.

Il avait seulement croisé une dame âgée qui descendait en compagnie d'un petit garçon. Lorsqu'il l'avait saluée, elle s'était excusée à cause de la place que tenait le petit garçon. Elle devait être sortie, car tout était silencieux.

Il attendit encore un peu. Il aurait pu attendre là très longtemps, sans impatience, parce qu'il était certain de trouver Marie-Louise. Il y avait en lui une grande émotion, mais il la contenait parfaitement, et son cœur reprenait déjà un rythme normal. Il se décida pourtant, et retrouva comme un lieu familier ce couloir aux carreaux branlants.

Avant de frapper, il écouta un instant, mais il ne perçut aucun bruit que celui très assourdi de la ville. De nouveau son cœur battait très fort.

Il aspira longuement, un peu comme avant un plongeon, puis, retenant son souffle, il frappa.

Silence.

La ville même se tait.

Rien ne bouge derrière aucune porte. Ce calme de tout

l'immeuble a quelque chose d'angoissant. Est-ce qu'il faut frapper encore et plus fort ? A présent qu'il est là, Quantin ne peut tout de même pas redescendre. Il croit avoir frappé fort, mais en réalité, il n'a presque pas fait de bruit et si Marie-Louise dort encore... Et si elle dort, a-t-il le droit de la réveiller ? De la priver d'une partie de son repos, elle qui travaille si tard le soir ? Elle a dû garder sa bonne habitude de dormir la fenêtre grande ouverte en se cachant le nez sous les couvertures.

Quantin n'a pas osé frapper davantage. Il est revenu sur le palier où il attend, prêt à descendre si quelqu'un monte ou sort d'une chambre. Il attendra une demi-heure. C'est ce qu'il a décidé. Une demi-heure qu'il accorde à la petite.

Un quart d'heure peut-être s'est écoulé. Quantin a entendu quelques allées et venues dans l'escalier, des bruits de portes, des voix, et chaque fois il a sursauté, comme pris en faute.

A présent, quelqu'un vient. C'est un pas de femme. Une femme qui monte lentement, qui s'arrête, repart. Ce n'est pas Marie-Louise. Elle ne peut pas être déjà sortie. Et puis, il y a trop de lassitude, trop de paresse dans ce pas. Penché par-dessus la rampe, Quantin peut apercevoir un manteau de fourrure, une main pâle sur le bois et même, à un certain passage, des cheveux très blonds.

Non, ce n'est pas Marie-Louise. Ce ne peut pas être elle. Quantin attend encore pour être certain que cette femme vient jusqu'ici. Elle s'arrête au quatrième, mais sa main demeure sur le rampe. Elle repart. Alors, Quantin s'affole. Il pense à descendre puis, se retournant soudain, il court jusqu'à la porte de Marie-Louise.

Il frappe. Rien. Le pas dans l'escalier approche encore. Alors il frappe plus fort. Il frappe toujours au moment où le manteau de fourrure et les cheveux apparaissent sur le palier.

La femme s'arrête et le regarde. Il reste immobile, la main en l'air, un peu comme un écolier qui veut demander la permission de parler.

Silence. La femme paraît hésiter. Elle a pris contre sa poitrine le sac qu'elle balançait au bout de son bras. Elle fait deux pas en direction de Quantin. Le bruit de ses talons sur le carreau est réellement énorme dans ce silence.

— C'est Marie-Louise, que vous cherchez ?

Sa voix est grave, un peu enrouée.

— Oui, madame.

La femme a un sourire fatigué pour demander :

— C'est bien elle, c'est certain ?

Quantin ne sait plus quoi dire. Devançant cette femme qui fait de nouveau deux pas, un parfum très fort arrive jusqu'à lui. Il ne sait que répondre. D'un geste machinal, il change de main le paquet qu'il porte sous son bras. La femme avance encore. Elle a un long visage trop maquillé et très fatigué. Elle examine Quantin de la tête aux pieds en passant par le paquet, puis, changeant de ton, elle reprend :

— Eh bien, Marie-Louise, je crois pas qu'elle rentre aujourd'hui.

Quantin est abasourdi. D'une voix à peine perceptible, il demande :

— Elle est déjà sortie ?

La femme rit. Son rire ne sonne pas, il grince.

— Oui, fait-elle, elle est sortie, mais pas aujourd'hui.

— Vous voulez dire qu'elle n'est pas rentrée ?

— Si vous préférez.

Quantin doit se mordre les lèvres. Cette fois-ci il ne comprend plus. Il a envie de cogner encore à cette porte en appelant sa fille, mais cette femme continue à le fixer et il demande :

— Est-ce que vous savez où je pourrais la trouver ?

— Vous voulez que je lui fasse une commission ?

Il reste sans réponse. Que peut-il dire ? Est-ce que cette femme aussi va essayer...

Elle parle pourtant.

— Quand je vous ai vu comme ça, dit-elle, contre cette porte, j'ai eu un peu les foies. C'est pas que je sois plus pétocharde qu'une autre, mais la semaine dernière, j'ai une copine qui s'est fait cravater son sac comme ça, le matin, en rentrant chez elle. Et dans un immeuble peinard comme celui-là. Faut pas se figurer, mais y a des mecs qui repèrent tout.

Quantin se tait. Il est comme scellé au plancher, devant cette porte, à écouter cette femme.

— Vous comprenez, explique-t-elle, c'est pas la peine de s'esquinter le tempérament toute une nuit pour se faire poirer son pognon en rentrant se pieuter.

Quantin a compris qui est cette femme, mais il ne trouve ni la force de parler ni celle de partir.

— Alors, finit-elle par demander, vous voulez me laisser quelque chose pour elle ?

— Non, bredouille-t-il. Faudrait que je puisse la trouver.

— Eh bien, ce sera pas facile. Elle est sur le point de se tirer. Elle va à Paris. Et d'ici là, je sais pas où on peut la dénicher. Elle a sûrement pas de temps à perdre. Parce que Marie-Louise, c'est une bûcheuse ! C'est pas une fille qui s'amuse, celle-là !... Notez bien, elle a raison. Moi, je lui en veux pas, hein ! Elle se tire, tant mieux pour elle. Si c'est son idée, elle est libre. Mais c'est une bonne copine, et je la regretterai...

La femme se tait. Quantin sent ses jambes qui tremblent. Sa tête est lourde. La sueur perle sur son front et il n'ose faire un geste pour l'essuyer. Il n'y pense même pas. Il sent seulement qu'il a très chaud. La femme se tait et s'approche d'une porte, il répète encore, très vite, comme il lancerait un appel de détresse :

— Faut que je la voie. Faut absolument que je puisse la trouver aujourd'hui.

— Essayez toujours de passer chez Fernand, c'est là qu'elle mange, quand elle est toute seule... Essayez, je vous garantis rien, mais vers midi, des fois, vous avez une chance.

— Chez Fernand ?

— Vous connaissez pas ?

Quantin fait non de la tête. Il a réellement un paquet de coton dans la gorge. La femme lui donne une adresse.

— Merci, réussit-il à dire.

Il s'éloigne. Il arrive sur le palier lorsqu'il entend une clef tourner dans une serrure, une porte qui s'ouvre et se referme. Quand il regarde derrière lui le couloir est de nouveau vide.

17

La descente fut interminable. Quantin ne sentait plus ses jambes. Sa main droite se crispait sur la rampe. La sueur ruisselait sur tout son visage. Il la sentait aussi couler le long de son dos et pourtant il avait froid. Froid à claquer des dents ; froid à en avoir la nausée.

Arrivé en bas, il s'éloigna de cette entrée, gagna une rue peu fréquentée en se répétant sans cesse l'adresse du restaurant où il avait une chance de trouver sa fille. Il s'arrêta sur un trottoir et s'adossa quelques minutes à l'angle d'un porche.

Bon Dieu ! est-ce qu'il allait s'écrouler comme une mauviette ?

Il se raidit et regarda autour de lui. Il y avait un café, de l'autre côté, et il traversa. Le klaxon d'une voiture le fit sursauter. Il sentit le vent tout contre sa main et une voix hurla :

— Fais gaffe, paysan !

Déjà la voiture s'éloignait.

Paysan ! Paysan ! Et alors ?

Il entra dans ce café, s'assit à la première table et demanda un verre de marc qu'il avala d'un trait. Il paya et ressortit aussitôt. Un Quantin inconnu venait de se réveiller en lui qui l'obligeait à remuer, à se secouer.

Marie-Louise... Marie-Louise putain ! Bon Dieu, c'était pas possible ! Il y avait certainement quelque chose qui n'allait pas... Et pourtant ? Est-ce qu'il pouvait y avoir deux Marie-Louise Quantin ? Et à la même adresse ?

Alors il fallait admettre ? Accepter d'être le père d'une roulure, d'une traînée comme celle d'hier au soir, comme celle de ce matin ? Merde alors, on allait voir ! Quantin paysan ! Quantin pauvre type ! Quantin la bonne pâte qui acceptait tout de ses gosses ! Il entendait sa femme :

— Ta Marie-Louise, elle te ferait dans la bouche que tu dirais merci !

Ses poings se serraient. Qu'il la trouve seulement ! Qu'il puisse lui mettre la main dessus ! Elle avait peut-être un type pour la défendre, mais Quantin n'était pas encore un vieillard. Et puis, il y avait bien une police, tout de même ! La police ? Mais c'était peut-être la première chose à faire. Ces filles-là sont connues. Là au moins, on le renseignerait. Il saurait la vérité. On lui rendrait sa fille ou bien on la mettrait dans une maison de correction.

Où avait-il vu un poste de police ? C'était hier soir. Il se souvenait d'une enseigne lumineuse bleue à lettres blanches « Police », et d'un gardien portant une mitraillette. Mais où était-ce ? Et d'abord, où se trouvait-il en ce moment ?

Il regarda une plaque : « Rue de la Bourse ». Ça ne lui disait rien, mais il devait chercher un agent. Il marcha encore et finit par en trouver un près du carrefour. Il demanda le commissariat.

— Ça dépend lequel, dit l'agent.

Quantin ne savait quoi répondre et l'homme à képi blanc demanda encore :

— Ça dépend ce que vous voulez. Si c'est pour un objet perdu, faut aller à Saint-Jean.

— Non, fit Quantin, c'est une affaire personnelle. C'est urgent.

— Vous n'êtes pas d'ici ?

— Non.

— Alors, allez à la permanence. Place Antonin-Poncet. Vous verrez, c'est à côté de la grande Poste, en vous dirigeant vers le Rhône.

L'agent eut un mouvement du corps pour dégager son bras de sa pèlerine, et montra la direction en donnant quelques explications. Quantin l'écouta, remercia et partit.

Dans les rues, il y avait moins de monde que la veille, et il pouvait marcher vite. Il allait, allongeant le pas, jetant souvent son paquet d'un bras sous l'autre, changeant parfois son chapeau de place sur son crâne mouillé. Tout en cheminant, il entretenait en lui cette colère qui lui donnerait la force de dire à un policier : « Je cherche ma fille qui est une putain. » Voilà ce qu'il faudrait dire. Et il savait que ce ne serait pas facile. Il l'avait compris au moment où l'agent lui avait demandé ce qu'il voulait.

Ce qu'il voulait ? Il voulait sa fille. Marie-Louise. Une gamine qu'il avait laissée partir seule et qui s'était perdue ! Qu'on avait perdue ! Que la ville avait perdue ! Ce qui s'était passé ? Allez savoir ! Une saloperie peut-être de ce Roberti ; ou de la femme à cheveux bleus. Est-ce que ça n'était pas eux les coupables ? Eux qu'il fallait arrêter ? Jeter en prison ? Eux et cette fille qui habitait le même palier que Marie-Louise ? N'avait-elle pas entraîné la petite ?

— Une bonne copine... Je la regretterai.

Est-ce qu'elle ne l'avait pas un peu volée, des fois ? N'y avait-il pas un voyou quelconque dans cette affaire ? Quantin avait envie de violence. En quelques minutes, il était devenu un autre homme. Il regardait les gens qu'il croisait avec une espèce de haine. Un espoir secret de lire sur leurs visages le signe qui les désignerait comme coupables. Tous les jeunes garçons avaient des gueules de voyous, des allures de souteneurs. Mais pourquoi les flics n'arrêtaient pas toute cette racaille ? Pourquoi laisser cette pègre en liberté, avec le droit de perdre des filles honnêtes ? Mais les flics s'en moquaient. Ils étaient là, plantés à deux ou trois aux angles des rues, tout juste bons à vous empêcher de traverser. Pendant ce temps, on pouvait enlever des filles de leur travail et les jeter au ruisseau. Elles pouvaient faire le trottoir librement. On racontait des histoires de policiers qui étaient également souteneurs ; Quantin n'avait aucun mal à le croire.

Alors, s'il en était ainsi, pouvait-on espérer l'aide d'un commissaire ?

A mesure qu'il approchait de la place Poncet, Quantin découvrait mille raisons de ne pas mêler la police à cette affaire.

S'il s'était trompé ? Si on l'avait trompé ? Si Marie-Louise pouvait encore se reprendre ? Si on faisait un scandale ? Est-ce que la prison n'était pas le pire lieu de perdition ?

Il s'arrêta soudain. Il regarda les rues autour de lui, le monde inconnu des passants. Il les regarda longtemps, puis il baissa la tête. Sa pelisse était ouverte. Il voyait son gilet barré par la grosse chaîne en argent de sa montre, son pantalon tout froissé, ses énormes souliers noirs tout auréolés de blanc et de gris. Ses souliers qui avaient séché à ses pieds cette nuit et que le sel des rues avait racornis.

Et si le commissaire lui demandait ce qu'il avait fait, lui, Quantin, pour protéger sa fille ? Pour la mettre en garde contre la ville ? Contre le monstre de la ville ?

Ce nom de monstre ramena l'image de l'instituteur. A présent, c'était fini. Même si elle suivait son père au pays, elle n'épouserait jamais l'instituteur. On ne donne pas une putain à un garçon honnête. Si elle rentrait, elle ferait...

Quantin ne savait pas ce qu'elle ferait. Il ne savait rien. Plus rien. Son regard avait quitté les autres pour tomber sur lui, et sa colère avait fondu d'un coup. C'était de nouveau le vide, ce tremblement des jambes, cette sensation de déséquilibre qu'il avait déjà éprouvée dans l'immeuble de Marie-Louise. C'était cela et le froid revenu. Ce froid qui était en lui bien plus qu'autour de lui.

Quantin fit lentement demi-tour et reprit sa marche.

La ville était loin, perdue derrière un écran incolore qui éloignait tout, aussi bien les couleurs que ce bruit infernal qui est la respiration même d'un monde impossible.

18

Quantin marcha longtemps, pour marcher. Il retrouva le fleuve qu'il longea un moment, mais il ne pouvait plus rien regarder. Rien ne s'arrêtait en lui, rien ne pouvait y trouver place.

Il y avait une phrase qui revenait sans cesse :

— Marie-Louise, c'est une bûcheuse... C'est pas une fille qui s'amuse.

La voix qui répétait ces mots n'appartenait à personne. Était-ce la prostituée du cinquième étage, qui disait cela ? Était-ce la propre maman de Marie-Louise ?

Car Isabelle l'avait dit souvent, que sa fille était une travailleuse. Une entêtée acharnée à se faire une situation.

Marie-Louise, c'était son idée, d'arriver. Et selon sa mère, cela suffisait à tout expliquer, à tout justifier. Elle pouvait repousser l'instituteur. Viser ailleurs, plus haut, beaucoup plus haut. Elle était tellement pleine de courage et d'ambition, cette petite ! On ne trime pas de la sorte durant des années pour revenir ensuite s'enterrer dans un trou. On ne se fait pas une situation pour finir dans la cuisine d'un instituteur. Quand on a appris un métier d'artiste, on ne vient pas repriser les chaussettes du maître d'école d'un village de bouseux. Il suffisait de regarder les cadeaux qu'elle expédiait à sa sœur pour se faire une idée de ce qu'était sa situation. Et toute seule ! Elle avait réussi toute seule, cette petite paysanne ! Son père n'était même pas allé la présenter à un patron.

Quantin répétait cela. Il remâchait ces mots comme on fait d'un morceau d'écorce dont il sort un jus amer. Il se contraignait à les remâcher encore, comme un poison, comme une sève de mort.

C'était lui qui avait fait cela. Lui qui avait accepté cela. Lui qui n'était pas venu voir sa fille.

La gifler, à présent ? L'insulter ? La ramener de force et l'enfermer ? Est-ce qu'elle n'allait pas lui rire au nez ? Lui crier qu'il n'avait que ce qu'il méritait ? Que jamais il ne s'était soucié de savoir si elle avait de quoi se nourrir depuis qu'elle les avait quittés ?

Tout lui revenait pêle-mêle. Les mots de la prostituée, ceux de sa femme, ceux de la concierge, ceux de la matrone bleue, ceux de la fille du Salon Roberti.

Tout lui revenait en désordre, mais tout concordait à imposer en lui la certitude que sa fille était perdue.

Il cherchait vainement d'autres paroles à quoi se raccrocher, des mots contenant une parcelle de doute, d'espoir, mais il n'y avait rien.

— Chez Fernand... Vers midi... Des fois, vous avez une chance.

Une chance, avait dit la prostituée blonde. Une chance !... Ce mot lui faisait un curieux effet.

— Je la regretterai, Marie-Louise... Une bonne copine.

Et si cette putain n'avait été qu'une voisine de palier, une cliente peut-être ? Une amie que Marie-Louise coiffait gratuitement ? C'était une raison de la regretter. Marie-Louise allait partir. Donc elle n'avait pas ouvert un salon à son compte. Mais si elle avait été prostituée, pourquoi eût-elle voulu quitter Lyon ? Et pour Paris, encore !

Pauvre fou ! Mais une prostituée n'aurait pas pu parler ainsi d'une simple voisine. Et le regard du blanc-bec de Roberti, ne suffisait-il pas ? Est-ce que tout n'était pas déjà exprimé dans sa façon de dévisager Quantin ? Mais c'était peut-être celui-là, qui était responsable de tout. Ce morveux !

Bon Dieu ! ce que ça doit soulager, d'écraser une pareille gueule !

Quantin s'arrête. Il pense qu'il va devenir fou. Sa tête va peut-être éclater d'un coup, et puis ce sera fini.

Il est fou.

Il a quitté sa terre pour venir se perdre là et, en une nuit, cette ville a tué l'homme qu'il était depuis sa naissance pour faire de lui un déséquilibré prêt à tuer un individu qui l'a regardé d'un drôle d'air. Voilà ce qu'il est devenu. Et tout ça, parce qu'il pense que sa fille n'est peut-être pas restée dans le droit chemin. Il pense, mais il n'est sûr de rien. Et pour un peu, il alertait la police.

Ne va-t-il pas découvrir en lui la force de se reprendre ?

Il regarde où il se trouve. Avec la colline et cette vilaine église tout en haut, il est assez facile de se repérer dans cette ville. Il constate qu'il a repris la direction de Perrache alors que le restaurant qu'il cherche se trouve près du théâtre. Le théâtre, il l'a vu hier au soir, et encore tout à l'heure. Une fois de plus, il fait demi-tour. Il marche vite. Il sait qu'il n'a aucune chance de trouver sa fille dans un restaurant à pareille heure, mais si le patron la connaît, il pourra peut-être lui dire où elle travaille. A présent, il se souvient qu'elle leur a parlé d'une pension où elle déjeune souvent. Ce doit être ça. Quantin est stupide de ne pas y avoir pensé plus tôt.

A mesure qu'il marche, un peu de sérénité lui revient. Il se sent moins fébrile et, lorsqu'il arrive devant « Chez Fernand », il est presque calme.

La devanture est étroite, en bois d'un rouge sombre, avec des rideaux jusqu'à mi-hauteur des vitres. Même en se haussant sur la pointe des pieds, Quantin ne peut rien voir de l'intérieur. Sa douleur de poitrine vient de faire un tour sur elle-même, comme une bête qui va se réveiller. Est-ce que son calme va déjà le quitter ?

Sans réfléchir davantage, il pose sur le bec-de-cane sa main dont le seul poids suffit à ouvrir la porte. Il entre et referme. La salle est vide. Toute petite et encombrée de tables où les couverts sont mis sur des nappes en papier. A gauche de la porte, se trouve un petit bar.

Silence.

Une odeur de viande semble sortir d'une porte ouvrant au bout du bar.

Quantin regarde vers la rue. Il a envie de s'enfuir. Mais il ne bouge pas. Un bruit vient du fond. Une porte bat. Un pas qui traîne un peu. Un homme paraît. Il est assez fort, rouge de visage. Il peut avoir une cinquantaine d'années. Il porte un tablier bleu comme ceux des jardiniers. Une fois derrière son comptoir, il regarde Quantin en disant :

— Pas chaud, hein ?

— Non.

— Ce matin, on aurait pu croire que le soleil allait venir, mais ça se brouille déjà.

L'homme se tait. Il s'est appuyé des deux mains au rebord du comptoir, et il attend. Quantin comprend qu'il doit boire quelque chose.

— Donnez-moi un verre de vin, dit-il.

— Blanc ?

— Oui, blanc.

L'homme tire un litre de vin blanc d'un petit bac en zinc et emplit un verre à pied assez grand.

— Ce serait encore de la neige pour demain que ça ne m'étonnerait pas, dit-il en reposant le litre.

Quantin approuve. Il lève son verre. Sa main tremble et du vin froid coule sur ses doigt. Il boit deux gorgées. Le vin est un peu âpre ; certainement pas naturel. Quantin se dit qu'une tasse de café lui eût fait davantage de bien. Il a demandé du vin parce que c'est le premier mot qui lui est venu à la tête.

L'homme est de nouveau appuyé à son comptoir. Son regard gris va de Quantin à la rue. Comme il est plus haut, il doit voir ce qui se passe dehors.

Quantin a conscience de tout cela, et pourtant il s'en moque. Il boit encore une gorgée, repose son verre et demande brusquement :

— Est-ce que Mlle Quantin viendra manger ici, à midi ?
L'homme fronce son front bas en répétant :
— Mlle Quantin, dites-vous ?
— Oui, Marie-Louise Quantin.
Le visage de l'homme s'éclaire soudain. Il lève une main en s'exclamant :
— Ah la petite Marie-Louise !
Quantin fait oui de la tête. L'homme change encore de visage, cligne de l'œil, sourit de façon curieuse puis, s'inclinant un peu vers Quantin, d'un air entendu il explique :
— A vrai dire, ça m'étonnerait. J'ai idée qu'elle est pas mal occupée en ce moment. Et je crois même qu'il faut plus guère compter sur elle.
Quantin essaie de parler, mais les mots ne lui viennent pas. Il se rend compte qu'il doit avoir l'air emprunté. L'homme cligne encore de l'œil et reprend :
— Faut pas vous défendre, papa. Y a pas de mal à ça, comme dit la chanson. Moi, à vrai dire, je vous explique le coup pour vous éviter de perdre du temps. Mais vous voyez, cette petite-là, eh bien, à vrai dire, j'ai toujours eu dans l'idée qu'elle était pas taillée pour cette vie-là. Ça se voyait gros comme Fourvière, qu'elle avait une idée derrière la tête. Elle cherchait l'occasion. Elle attendait son heure, comme dit l'autre. Avec ma femme, on l'avait toujours dit : cette petite-là, elle est pas comme les autres.
Quantin regarde l'homme, puis son verre de vin, puis de nouveau l'homme qui s'est mis à parler lui aussi du courage de Marie-Louise, de son travail, de toutes les qualités qui lui ont permis de se débrouiller mieux que les autres.
— Il y en a plus d'une, vous savez, qui voudrait s'en sortir. Seulement, elles manquent toutes de ça. C'est vrai, c'est ça qui leur manque.
L'homme se frappe le front du doigt avec des hochements admiratifs.
Alors, comme ça, c'est bien vrai : Marie-Louise a réussi mieux que les autres. Mais réussi quoi, grand Dieu ? Peut-il subsister le moindre doute, à présent ?

L'homme parle toujours.

— Nous autres, vous savez, on en voit défiler. Mais croyez-moi, des comme elle, on n'en rencontre pas des masses. Et puis, il y a la question d'âge. La plupart, quand elles y pensent, c'est déjà trop tard.

Quantin est figé sur place. Chaque mot de l'homme tombe en lui comme une pierre au fond d'un puits. Et il va rester là. Seul son esprit fonctionne encore. Sa carcasse est morte, paralysée, rongée déjà par il ne sait quelle gangrène.

Le cafetier parle de l'amitié née entre sa femme et Marie-Louise. Quelque chose de maternel. Et justement, sa femme vient d'entrer. Elle est courte et ronde avec une grosse figure luisante où ses petits yeux sont à peine visibles.

— J'étais justement après parler de Marie-Louise, dit l'homme.

La femme hoche la tête et son menton épais fait d'énormes plis.

— Sûr que j'ai bien du regret de la voir s'en aller, cette petite-là. Seulement, faut pas être égoïste. Faut se réjouir pour elle... Elle a déniché un gros bonnet. Un type à la grosse galette qui va la mettre dans ses meubles. Au fond, elles en rêvent toutes plus ou moins, même celles qui ne veulent pas en convenir.

Le patron intervient :

— Seulement, à vrai dire, elles ont toutes tendance à faire la vie. Alors ça ne peut pas aller. Mais la petite, je suis tranquille, c'est pas son genre.

Et voilà qu'ils parlent tous les deux, un peu comme si Quantin n'était pas là. L'homme continue ses « à vrai dire », la femme pousse beaucoup de soupirs. Ils évoquent l'arrivée de Marie-Louise. Ce qu'elle leur a dit de sa cambrousse, de son premier patron qui se conduit comme un cochon avec toutes les nouvelles. Ah, la prostitution, si on savait où elle se cache, des fois ! Toutes ces employées qui paraissent si pincées et qui couchent avec leur patron, est-ce que ça n'est pas aussi dégoûtant que le trottoir ? Et personne ne dit rien. Et pourtant, en plus, il y a de l'hypocrisie ! Ils connaissent tout ça, eux. Et ils jugent sans avoir l'air de rien. Mais Marie-Louise, c'est un caractère. Une sacrée tête. Intelligente et sachant se défendre. Une fille qui n'a jamais voulu travailler pour un homme. Ça, c'est le plus rare et le plus difficile !

Quantin ne bouge pas. Il se voûte seulement insensiblement, comme on fait sous une averse qui vous transperce.

L'homme parle du gros commerce et de la politique. Il appelle ça la pire des prostitutions. Le grand monde. Les hauts fonctionnaires. Les pots-de-vin. La construction. Il suffirait de regarder dans les affaires de la mairie, ou de la préfecture ! Il sait tout, et tout est sale. Et toujours, il en revient à Marie-Louise qui est vraiment une fille très bien :

— Sûr que c'est une fille intelligente, renchérit la grosse femme. Elle saura mener sa barque. Les autres la critiquent, mais moi je crois qu'elle a raison.

Elle insiste beaucoup sur le regret qu'elle a de la voir partir.

Un homme vient d'cntrer. Machinalement Quantin vide son verre et le vin lui glace l'estomac.

Déjà les patrons bavardent avec le nouveau venu. Quantin salue, remercie, et se dirige vers la porte. Il a déjà la main sur la poignée, lorsque le patron lui crie :

— Hé, papa, ça fait trente francs !

Quantin se retourne, tire son porte-monnaie de sa poche en bredouillant un mot d'excuse. Avant de sortir, il demande encore :

— A midi, elle viendra pas ? Vous êtes sûr ?

C'est la grosse femme qui répond :

— Sûrement pas. Elle nous a fait ses adieux hier.

Quantin ouvre la porte. Il est sur le seuil, lorsqu'il entend le patron ricaner en disant :

— Merde, alors ! Un vieux jeton comme ça. Y croit encore au père Noël... Moi alors, ça me dépasse !

19

Trempé de sueur et claquant des dents, Quantin arriva devant la gare de Perrache. Pourquoi était-il venu là ? Par quel chemin ?

Il portait toujours sous son bras le paquet destiné à Marie-Louise, mais le papier était sale et déchiré dans un angle. Quantin se souvint qu'il avait glissé sur une plaque d'égout et fait une chute. Un homme et une femme l'avaient aidé à se relever. Il se rappelait même que la femme avait dit :

— Mon pauvre monsieur, heureusement que vous avez un bon manteau, il a sûrement amorti le choc.

Quantin ne savait même pas s'il avait remercié ces gens. Il n'avait même pas remarqué leur visage.

Il alla jusqu'au guichet des renseignements demander l'horaire des trains. Il n'y avait rien avant 18 h 59. Il le savait. Ou plutôt, il l'avait su. Parce que sa tête s'était vidée. Elle s'était vidée de tout ce qui avait été son existence jusqu'à son arrivée ici, pour se remplir de la ville, des visages, des bruits, des voix surtout. Des voix qui répétaient sans discontinuer les mêmes mots. Et ces mots n'avaient plus aucun sens, ils étaient comme le grognement sourd du monstre accroupi devant cette gare et qui s'appelait la ville.

Quantin demeura un moment assis sur une banquette à bagages, devant un guichet fermé. Derrière la porte conduisant à la galerie des messageries, deux malheureux étaient couchés à même le carrelage, enroulés dans leur manteau boueux. Des employés de gare, des voyageurs et des porteurs passaient à les frôler. Mais personne ne semblait prêter attention à leur présence. Ils étaient là, en plein cœur de la foule et pourtant hors du monde.

Lorsque Quantin regarda l'horloge, il était un peu plus de midi. Il compta qu'il lui restait six heures avant le départ de son train, et il se leva, pris de peur.

Il était là, prêt à partir, et sans avoir rien tenté pour revoir sa fille. En quelque sorte, il s'était enfui. En sortant de ce restaurant, il se trouvait à quelques minutes de la rue de l'Arbre-Sec, et, au lieu de retourner chez Marie-Louise, il avait couru jusqu'ici. Une espèce de panique lui avait serré le ventre et il était venu se réfugier là, prêt à tout abandonner. Prêt à prendre le premier train qui le ramènerait vers sa maison, sa terre, sa vie tranquille. Non seulement il n'avait rien fait pour empêcher sa fille de tomber où elle était, mais aujourd'hui, il l'abandonnait.

Pendant ce temps, Isabelle et Denise attendaient Marie-Louise, persuadées qu'il allait la ramener ce soir. Elles devaient être à table, devant leur soupe fumante et lui, le père à qui l'on pouvait tout reprocher, il ne pensait qu'à les rejoindre. Et il oserait se montrer devant elles. Il oserait sans crainte qu'on lui crache au visage ; qu'on lui plonge son nez dans sa lâcheté. Il arriverait là-bas sans rien à leur dire. Ou bien, il dirait...

Et si tout ce qu'il avait découvert n'était que mensonge, calomnie, histoire montée de toutes pièces pour se moquer du paysan qu'il était ?

Il se leva et commença de marcher dans cette immense salle. Il essayait de mettre un peu d'ordre dans sa tête.

Vraiment, tout concordait. Tout était contre Marie-Louise. Le hasard seul ne pouvait pas avoir fait cela. Ni même la méchanceté des gens. Il fallait être fou pour vouloir conserver une lueur d'espoir. En y pensant, il avait envie de rire de lui. De rire de sa femme, de l'instituteur, de cette admiration qu'ils avaient tous pour Marie-Louise. Il croyait les entendre tous en chœur reprendre le refrain du patron de restaurant et de son énorme femme, ce refrain qui prolongeait celui d'Isabelle.

— Une situation pareille ! Une travailleuse, cette petite ! Sérieuse et tout. Pas comme les autres... Un caractère, pensez donc ! Avoir tant travaillé et venir repriser les chaussettes d'un maître d'école ! Revenir s'enterrer dans sa cambrousse, non mais, vous y pensez vraiment ?

C'était vrai, elle avait travaillé. Tout le monde s'accordait à le dire, même sa voisine ! Sa voisine de palier, une putain, une roulure, une peau, une traînée !

Mais Bon Dieu ! qu'est-ce qu'il avait donc fait, lui, Quantin, pour mériter ça ?

Tant de louanges pour une fille qui était tombée si bas, c'était tout de même extraordinaire ! Mais elle serait partie à pied soigner les lépreux à l'autre bout du monde, on n'en aurait pas fait davantage de compliments !

Elle avait su se conduire : elle avait refusé de coucher avec Roberti. Pensez donc, c'était quelque chose !

Roberti ? C'était peut-être ce qui avait tout déclenché. Cet ignoble individu était responsable de tout. Était-ce lui, le blanc-bec ? Non, Quantin savait qu'il avait au moins cinquante ans. Ordure !

N'était-il pas en droit d'aller lui demander des comptes, à celui-là ? Lui écraser la tête dans ses flacons de saloperies qui puent si fort ? Et quoi, s'entendre dire qu'il arrivait un peu tard, qu'un père qui tient à sa fille n'attend pas des années...

Sans s'en rendre compte, Quantin avait repris le chemin du salon. Et il entendait Isabelle :

— Quand il a été question d'y aller, tu as toujours su trouver une bonne excuse.

Et il allait rentrer pour expliquer à Isabelle que sa fille était une...

Il butait sur le mot. Chaque fois qu'il voulait le prononcer, en pensant à sa femme, à sa maison, à Denise, au pays, sa gorge se serrait. C'était un mot qui allait ici, mais pas là-bas.

Il marchait vite, secoué de temps à autre par ce vin glacé qu'il avait absorbé et dont l'acidité lui rongeait l'estomac.

Lorsqu'il arriva rue de l'Arbre-Sec, il était de nouveau en nage. Ses mains tremblaient. Il s'en rendait compte, mais il était impuissant à se dominer.

Il monta les cinq étages sans s'arrêter, la poitrine en feu, la gorge sifflante. A présent, il voyait tout de façon assez nette, et, mis à part le tremblement de ses mains, il se sentait une certaine force. Il n'hésitait plus dans aucun de ses gestes.

Il frappa très fort à la porte et cria aussitôt :

— Marie-Louise ! C'est moi... Ouvre !

Silence. Une éternité de silence. Quantin frappe plus fort et crie encore :

— Marie-Louise ! Ouvre ! C'est ton...

Il allait dire ton papa au moment où la voix du patron de restaurant lui est revenue :

— Allons, papa, faut vous faire une raison.

Pour un peu, il crierait tant il a mal. Mal partout. Mal comme si on le lardait de coups.

Il frappe et appelle encore. A travers une autre porte, une voix d'homme lance :

— Elle est pas là ! Elle a jamais été sourdingue, cette môme-là, qu'est-ce qu'il croit ?

Un rire de femme. Un rire clair et trop haut.

Quantin redescend. L'escalier empeste la cuisine. Il croise plusieurs personnes. Il approche de la loge et la porte vitrée s'ouvre en vibrant comme ce rire de femme.

— Vous cherchez toujours Mlle Quantin ? demande la concierge.

Il fait oui de la tête.

— Vous l'avez manquée de peu. Faut dire qu'elle s'est pas éternisée. Elle a pris deux valises et c'est tout... Mais elle est partie. Le reste, elle reviendra le chercher, ou elle le fera prendre. Elle garde sa chambre jusqu'à la fin janvier. C'est normal, c'était payé d'avance.

Quantin a compris. Tout est clair. Et pourtant, il demande :

— Alors, elle serait partie à Paris ?

— Sûrement, oui.

La femme hésite. Son visage n'exprime rien, mais on dirait pourtant qu'elle essaie de réfléchir. Après quelques secondes, elle ajoute :

— Et si j'ai bien saisi, en voilà une qui a su tirer son épingle du jeu, comme ils disent à la télévision.

— Auriez-vous son adresse ?

Quantin parle sans hésiter. Sans réfléchir. Presque durement. La concierge regarde le paquet qu'il porte, puis elle dit :

— Je dois faire suivre son courrier.

— Alors, vous avez l'adresse ?

La femme fait la moue, lèvres en avant. Quantin la regarde dans les yeux. Il sent qu'elle est un peu effrayée par son regard. Elle ébauche un geste vague et bougonne :

— Oh ! Puis, après tout ! Elle m'a pas défendu de la donner, cette adresse...

Elle rentre dans sa loge, pour revenir aussitôt avec une feuille de papier bleu, exactement comme celui que Marie-Louise prend pour ses lettres. La femme examine le papier, puis dit en riant :

— J'avais même pas lu. Si c'est pour envoyer votre paquet, ça peut faire, mais si c'est pour aller la voir, ça vous donnera pas grand-chose. Elle a marqué : Poste restante. Bureau 57, rue de Dijon.

Quantin répète seulement :

— Rue de Dijon...

Puis il se tait. La femme attend quelques instants, puis elle dit :

— Vous pourrez pas vous plaindre. Je vous ai renseigné, au moins.

Quantin ouvre sa pelisse, cherche son porte-monnaie et donne cent francs. La femme le remercie, fait mine de rentrer puis, se ravisant, elle dit encore :

— J'y pense d'un coup. Comme il n'y a pas très longtemps qu'elle est partie, vous pourriez jeter un coup d'œil au « Tam-Tam ». C'est une boîte. Ça se trouve juste à l'angle de la rue du Théâtre... Des fois qu'elle serait passée dire au revoir à des copines... Essayez toujours... C'était bien son secteur, ce quartier du « Tam-Tam ».

20

En sortant de l'immeuble, Quantin sentit que ses forces l'avaient abandonné. Jusque-là, il avait été soutenu tour à tour par la colère et l'espoir. A présent, il n'y avait plus rien. Il était un corps qui allait peut-être s'effondrer sur le trottoir. Sans doute à cause de la sueur qui imprégnait ses vêtements, il sentit le froid l'envelopper d'un coup comme un linge ruisselant. Il se mit à frissonner et l'envie lui vint de s'allonger par terre, contre un mur, n'importe où, à la façon des clochards qu'il avait vus dans l'entrée de la gare.

S'il se couchait ainsi, on le ramasserait, on l'emmènerait en prison ou à l'hôpital, et il pourrait dormir.

Comme ses jambes se remettaient à trembler, il entra dans un café. L'air y était chaud, épais, chargé de fumée et d'odeurs de graisse cuite. Tout au fond, il y avait une banquette vide. Quantin la regarda. Elle l'attirait. Elle se trouvait dans la pénombre, presque séparée du reste de la salle par un petit meuble où était posée une plante verte à larges feuilles. On devait pouvoir s'acagnarder dans l'angle, un coude sur la table de marbre, et dormir longtemps devant son verre sans être dérangé. Quantin lutta contre cette envie d'aller s'asseoir. Debout devant le comptoir où il s'appuyait de tout son poids, il but d'un trait un verre de marc. C'était un alcool sans goût ni parfum, qui manquait de tonneau et n'était certainement pas de pur raisin. Il sentait tout cela, mais un peu en dehors de lui. Comme le verre était très petit, il en demanda un deuxième.

A côté de lui, des hommes parlaient des courses de chevaux. Ils venaient d'apprendre qu'elles n'auraient pas lieu à cause de la neige, et ce contretemps semblait les affecter autant qu'un grand deuil. Ce devait être une affaire importante. Ils la considéraient comme un bouleversement de toute leur existence, et Quantin eut envie de leur crier qu'ils avaient de la chance de n'avoir rien de plus malheureux à déplorer.

La chaleur de l'alcool et la stupidité de ces hommes ranimaient sa colère. Il y puisa la force de sortir.

Le froid lui parut moins vif et il sentit revenir en lui assez de vigueur pour tenir encore quelques heures.

Il devait tout tenter pour retrouver Marie-Louise et l'entraîner jusque chez eux. L'emmener sans lui laisser soupçonner ce qu'il avait appris. Ne pas la heurter, et attendre qu'elle soit là-bas pour tenter de la sauver.

Il essayait de l'imaginer en fonction de tout ce qu'il avait vu depuis son arrivée ici. Il se remémorait ce qu'on lui avait dit. Il s'efforçait de comprendre ce qui avait pu se passer en elle, ce qu'elle pouvait être réellement, ce qui avait pu la détacher si vite des siens et de tout ce qui faisait leur vie simple et belle.

Lorsqu'il rassemblait ces éléments pour tenter de se représenter Marie-Louise, il avait le sentiment de fabriquer un visage, une silhouette, un personnage qui ne pouvait jamais ressembler à sa propre fille.

Invariablement, il finissait par revenir à cette idée qu'elle n'avait pas pu se métamorphoser de la sorte. Elle pouvait avoir changé, subi de mauvaises influences, mais il suffirait sans doute qu'ils se rencontrent pour que tout soit de nouveau possible.

Il se souvenait d'autrefois, de ces regards qu'ils échangeaient tous deux lorsque la mère criait, de cette force qui leur venait, de cette entente silencieuse qui leur permettait de se sentir heureux même sous l'orage.

Lorsque Marie-Louise apparaîtrait, il faudrait absolument qu'il ait la force de ne pas crier. La force de sourire ; de retrouver dans le silence cette complicité qui leur avait donné tant de joie secrète. S'il criait, la petite se raidirait comme lorsqu'elle était enfant. Elle se buterait. Elle se retrancherait derrière un regard qu'elle savait rendre impénétrable.

Personne jamais n'avait rien pu obtenir d'elle par la colère. La brutalité provoquait chez elle une immobilité qui était pire que tout. Elle devenait un bloc de marbre.

Quantin pensa soudain à un mot de sa femme au moment de son départ :

— S'ils ne veulent pas la lâcher, dis-leur que je suis malade et que je la réclame.

Ce n'était pas à ses patrons qu'il devait envisager de mentir, mais à elle-même. Le pourrait-il ? Il imaginait son regard. Il savait qu'elle demanderait des détails. Il cherchait les mots qu'il pourrait inventer et il ne trouvait rien.

Et si Marie-Louise répondait non ? Si elle disait que c'était impossible, qu'elle ne pouvait pas le suivre, même pour voir sa mère malade ?

Cette éventualité l'effrayait, et pourtant, il sentait que ce n'était pas impossible. Il réfléchit encore, puis, soudain, il pensa à Denise. C'était d'elle qu'il fallait parler.

Il prononça lentement, à voix haute, les mots qu'il dirait :

— Denise est très malade... Il faut que tu viennes avec moi... C'est elle qui te réclame...

Il dit cela, et toute l'enfance des deux gosses se trouva devant lui. Là, toute proche, comme une jolie bête bien vivante et qu'il allait pouvoir caresser de la main. Les yeux des petites, où il avait toujours pu lire leurs joies et leurs peines. Il revoyait tout cela, lumineux et clair, avec des rires, beaucoup de rires qui faisaient joie à écouter. Il revoyait tout, et surtout les larmes de Marie-Louise la première fois qu'Isabelle avait emmené Denise à l'hôpital. Ce matin-là, il avait passé plus d'une heure à la consoler.

A présent, il comprenait aussi que l'été précédent, c'était surtout Denise que Marie-Louise était venue voir. SA Denise.

S'il parvenait à lui parler d'elle, à lui faire admettre qu'elle était malade, qu'elle la réclamait vraiment ; s'il pouvait parler assez bien de *leur* crèche de petites filles... S'il trouvait la force de mentir...

Mentir. A ce seul mot il entendait sa femme :

— Tu leur écriras, à ses patrons... Tu leur parleras de tes principes... Tu leur diras que tu es un honnête homme qui n'a jamais menti à personne !

Elle avait raison : il pouvait se vanter de n'avoir jamais trompé personne. Et pourtant, à présent, il sentait qu'il saurait mentir à Marie-Louise.

Ils partiraient tous les deux. Ils monteraient le chemin dans la neige. Ils retrouveraient la chaleur de la maison et Denise serait heureuse. Il y aurait, dans son regard, cette joie qui l'embellit.

Quantin ralentit le pas. Il imaginait aisément cela, mais ce qu'il ne parvenait pas à se représenter, c'était la réaction de Marie-Louise lorsqu'elle découvrirait qu'il avait menti. Car elle non plus ne l'avait jamais entendu mentir.

Arrivé près du théâtre, Quantin trouva sans peine le « Tam-Tam », mais un écriteau sur la porte lui apprit que l'établissement n'ouvrait qu'à 15 heures.

A cette heure-là, Marie-Louise serait sans doute partie. Il était allé à la gare et n'avait pas demandé l'horaire de départ des trains pour Paris. C'était sans doute à la gare qu'il avait le plus de chances de la voir, et il n'y était pas resté. Il n'avait pas su attendre à sa porte, et l'avait manquée. Il n'avait pas su attendre à la gare, et il laissait échapper sa dernière chance de la retrouver. Est-ce que le plus sage n'était pas de retourner à la gare dès à présent ? Pouvait-il demeurer deux heures planté devant ces petites vitrines à fond de tissu rouge où étaient épinglées des photographies de femmes à peu près nues ? Il les regarda un moment avec la crainte d'y découvrir sa fille, mais il compris qu'il s'agissait d'artistes de cabarets. Ces filles qui chantent en se déshabillant.

— Un métier !

Un métier où il devait y avoir aussi de braves filles, travailleuses et honnêtes. Si on lui avait dit, deux jours plus tôt : « Ta fille fera ce métier-là », il se serait mis à rire. Et à présent, il lui semblait que ce métier-là comparé à d'autres...

Il traversa la rue. Non, il ne resterait pas ici, mais il ne retournerait pas à la gare non plus. Il avait trop couru déjà, trop perdu de chances à chercher sans idée précise. Il y avait un café d'où l'on pouvait voir la porte du « Tam-Tam » ; Quantin y entra et s'assit près de la vitre, devant une toute petite table carrée, en matière plastique noire où se reflétait un angle de ciel gris. Il commanda un café qu'on lui servit dans une tasse minuscule et avec du sucre enveloppé dans un papier. Le garçon du bar se chamaillait avec une grande fille blonde, à cheveux très longs, vêtue d'un maillot de laine verte qui moulait ses hanches et sa poitrine. Une autre fille, presque noire de peau et le nez légèrement aplati, marchait devant le bar en se regardant dans le miroir fermant le fond de la salle. Quantin l'entendit qui disait à un garçon.

— C'est pas parce que j'ai quinze ans...

Il regarda mieux. Cette fille au corps de femme avait quinze ans. Elle fumait. Elle était dans un bar.

— Pendant six mois, continuait-elle, les flics m'ont raccompagnée chez moi tous les soirs. A présent, ils en ont marre... J'ai une carte d'identité... Je les emmerde.

Des mots se perdaient dans le brouhaha du bar. Une fille à pantalon de velours rouge et tricot blanc avait mis en marche un appareil à disques. Quantin regardait tout ce monde, écoutait, respirait, réellement éberlué. Il y avait là un garçon à visage de Christ mais dont les cheveux étaient bien plus longs que ceux de certaines filles. Un immense gaillard aux moustaches de Gaulois. Un garçon verdâtre, seul, figé à une table, paraissait sourd, muet, aveugle avec ses yeux incroyablement vides et fixes. Une fille à voile noir et visage de madone. Quantin se demandait s'il n'était pas en train de rêver tant ce monde lui paraissait loin de la vie. Il y avait sur tous comme une espèce de demi-sommeil triste, une peur de la joie qui crispait les visages.

Il les observa un moment encore, puis, pris d'un brusque malaise, il paya sa consommation et sortit très vite.

21

Quantin erra dans le quartier sans oser s'éloigner. Il alla seulement jusqu'au quai de la Saône, mais il avait perdu le goût de regarder. Il ne savait plus au juste ce qu'il attendait. De loin en loin, comme pour se justifier, il se répétait qu'il n'avait pas le droit de s'en aller sans avoir tenté cette ultime chance.

Par deux fois encore, il entra dans un café pour boire un verre de marc. Les verres étaient toujours très petits, mais, comme il n'avait rien mangé, il ressentait l'effet de l'alcool.

Enfin, peu après 3 heures, il pénétra au « Tam-Tam ».

Il n'avait pas hésité à pousser cette porte, car plus rien ne l'effrayait. Malgré tout, une fois à l'intérieur, il s'arrêta.

C'était comme s'il eût brutalement changé de planète. Il se trouvait dans un monde rouge.

Ici, tout était rouge : les tables, les banquettes, les murs, les lampes. Même la veste blanche du garçon paraissait rouge.

Il regardait les lampes, mais il lui semblait que la lumière baignant la pièce venait d'ailleurs. De partout et de nulle part. Elle pouvait suinter du plafond et des murs tout aussi bien que monter du sol comme ces ondes de chaleur que dégage le goudron des routes les jours d'été. Et c'était une lumière qui n'éclairait pas vraiment. Elle épaississait l'air, elle le chauffait jusqu'à le rendre irrespirable.

Les êtres qui se trouvaient là semblaient d'ailleurs à

demi étouffés par cette atmosphère que Quantin découvrait en se demandant si ce n'était pas sa propre vue qui le trahissait. C'était peut-être ainsi que les agonisants voyaient le monde.

Il fut frappé par cette idée et pensa aux gens qui meurent de ce que l'on nomme un coup de sang. C'était probablement le sang qui brouillait sa vision.

Il s'efforça de respirer, d'avancer un peu.

Il y avait de la musique douce. Une femme âgée était assise derrière une caisse un peu plus haute que le comptoir.

Quantin se dirigea lentement vers ce comptoir et demanda au garçon s'il connaissait Marie-Louise Quantin. L'homme fit un signe de tête et dit :

— Demandez là-bas.

A une table, deux femmes étaient assises. L'une tournait le dos à la salle. Quantin crut un instant que son cœur allait s'arrêter. Mais, comme la fille remuait la tête, il vit que ce n'était pas Marie-Louise. Il regarda de nouveau le garçon qui répéta :

— Allez leur demander. Elles vous renseigneront mieux que moi.

Quantin se sent paralysé. Il sait qu'il va faire son dernier effort, épuiser son ultime espoir. Son corps s'incline lentement en avant, comme s'il allait s'affaler de tout son long entre les tables, mais son pied quitte le sol. Malgré lui, il avance.

Il approche. Il s'arrête. La fille qui lui fait face sourit et dit :

— Bonsoir.

Quantin répond, d'une voix à peine audible :

— Bonsoir.

La fille qui tourne le dos se lève et s'éloigne en direction du comptoir. L'autre se pousse un peu sur la banquette et lui désigne la place qu'elle vient de quitter.

— Assieds-toi, dit-elle.

Quantin avale d'un coup toute la salive qui s'est amassée dans sa bouche. Il bredouille :

— Je cherche Marie-Louise Quantin.

— Justement, assieds-toi. Je vais t'en parler, de ta Marie-Louise.

Il s'assied. Sans en avoir envie, il s'assied à côté de cette fille dont le parfum lui rappelle celui du Salon Roberti.

La fille le prend par le bras pour se coller plus près de lui.

— Moi, dit-elle, je m'appelle Diane... Ça te plaît ? Ça devrait te plaire, tu as un manteau d'homme des bois.

Elle rit. Quantin voudrait la gifler. Il se soulève sur la banquette, mais la fille le retient.

— Bouge pas, souffle-t-elle, je vais t'en parler, moi, de ta Marie-Louise. Elle est partie. Mais c'était ma copine...

Le garçon apporte deux grands verres contenant de la glace et un liquide trouble, comme de l'absinthe.

— On va causer gentiment, en copains, explique la fille. On va boire un verre et on va bavarder, hein ?

Le garçon dit :

— Ça fait huit cents.

Quantin ne réfléchit même pas. Il tire de son portefeuille un billet de mille francs. La fille parle toujours.

— Ta Marie-Louise, tu sais, c'était une bonne môme ; mais, moi, elle m'avait toujours fait une drôle d'impression.

La fille rit encore. Elle tourne vers Quantin son visage qui souffle de la fumée de tabac blond.

— Tu vois, dit-elle, paraît qu'elle est partie avec un mec qui a une bagnole longue comme un trolleybus. Eh bien, moi, ça me fait pas bisquer.

Quantin sent que la fille passe son bras autour de son cou. Il se crispe pour ne pas bouger. Mais au moment où il sent sur sa joue le contact de cette peau tiède, il éprouve comme une décharge électrique qui le fait bondir. Il ne se contrôle plus.

— Marie-Louise !

Il s'est levé d'un coup en repoussant cette fille. La table remue et l'un des verres se renverse.

— Non mais, dis donc, crie la fille, ça va pas bien ?

Une autre voix lance :

— Il est rétamé, laisse mouler !

Quantin marche très vite jusqu'à la porte. Comme il a du mal à ouvrir, il entend une voix d'homme qui demande :

— Qu'est-ce que tu lui as fait ? T'as tout de la brute avec les vieillards !

Quantin a pu ouvrir. Il sort. Des rires montent derrière lui, des rires qui se cassent d'un coup au moment où la porte bat.

Le mensonge

22

Il était parti comme sous un coup de fouet. Brûlé, c'était le mot. Brûlé par le contact de cette peau de fille sur sa peau de vieil homme. Une fille qui pouvait avoir l'âge de la sienne !

Tout s'était détraqué en lui. Une mécanique qui s'emballe. Un vieux bastringue qui se met à moudre tous les airs de son répertoire pêle-mêle, avec des sautes de rythme, des arrêts brusques, des départs grinçants, des mesures qui se chevauchent. Quantin était cela. Tout lui revenait comme un mauvais vin. Il était saoul de tout ce qu'il avait entendu. Il vomissait des mots :

— Un vieux à la grosse galette... Plein aux as... Un vieux qu'a des sous... C'est tout ce qu'elles rêvent.

— Avoir tant travaillé pour revenir s'enterrer dans la cambrousse où ont croupi des générations de Quantin !

— Quantin paysan... Quantin chapeau noir... Quantin pelisse... Quantin homme des bois... Quantin démodé... vieilli... rétamé... foutu !

— Marie-Louise, une qui a su se débrouiller, tiens !

— Une fille bien... Et travailleuse, et tout.

— On la regrettera, cette petite-là...

— Un mec avec une voiture longue comme un trolleybus !

— Vous savez, c'est pas une fille qui s'amuse.

— Faut qu'elle en gagne, tout de même, pour faire des cadeaux pareils à sa sœur !

— Ta Marie-Louise, c'était ma copine.

— Tu lui diras que je suis malade.

— Quand je pense qu'elle s'est débrouillée toute seule !

Tout se mêlait. Les voix et les visages. Les bruits et les couleurs de cette ville qu'il ne voyait plus.

A plusieurs reprises, il voulut encore évoquer Marie-Louise. C'était chaque fois une autre silhouette, un autre visage qui s'imposaient à lui. La femme aux cheveux bleus, la putain brune, la putain blonde, la fille de quinze ans, la fille du « Tam-Tam »... Elles avaient toutes le même visage. La même absence de visage.

Il se retrouva une fois de plus à la gare et se planta près de l'entrée des voyageurs. Il n'y avait plus d'espoir en lui, plus qu'un instinct de bête dont le maître est mort, mais qui continue pourtant de le chercher parmi les vivants.

Elle était partie en voiture, mais il l'attendait là, près de ce portillon où disparaissaient des manteaux de fourrure et des cheveux blonds, bruns, roux... Il ne savait même pas de quelle couleur étaient aujourd'hui les siens.

Voilà : Quantin, c'était devenu cela. Un vieux sans force, un vieux dont les mains ouvertes pendaient de chaque côté de son corps. Deux grosses mains inutiles, marquées par une vie de peine, habituées à tout entreprendre et à tout mener à bien, mais qui n'avaient rien pu faire pour retenir Marie-Louise.

Quantin, c'était cet homme d'un autre âge que les gens d'aujourd'hui bousculaient, malmenaient comme une épave qui a déjà perdu sa forme.

Il attendit ainsi pendant un temps qu'il ne pouvait plus évaluer. Un temps qui s'était arrêté de couler. Rien ne marque moins le passage du temps que ce passage des foules anonymes en un lieu où rien ne distingue le jour de la nuit. Car la lumière de cette entrée de gare n'était ni celle du jour ni celle de la nuit. Mais un éternel crépuscule indécis et morne.

Comme il était petit, frêle, vulnérable, le père Quantin perdu dans cette immense salle où les bruits étaient pareils à ceux des églises ! Comme il était petit, lui qui se sentait si grand et si fort lorsqu'il se trouvait seul sur la terre ! C'était pourtant autre chose, l'immensité de la plaine à ses pieds, le poids des collines derrière lui. C'était autre chose encore, ce poids du ciel, de la lumière, du vent venu d'entre bois et nuées. En présence de tout cela, Quantin restait Quantin. Il ne se sentait jamais autrement que soi-même. Ému, impressionné, écrasé, certes, mais jamais désorienté. C'est qu'il avait sous lui quelque chose qui tenait bon à ses pieds. Pas un sol fabriqué avec des matériaux déjà eux-mêmes fabriqués. De sa terre, montait une espèce de force invincible, intangible, indescriptible, mais qui vous soutenait, qui vous aidait à mieux voir les événements. Ici, c'était le vide ou l'écrasement. Le vide le plus terrible ; celui que l'on éprouve dans ce désert que sont les foules ; l'écrasement de ce qui vous prive de ciel, d'air, de lumière. Tout ce que l'on appelait ici : lumière, Quantin le sentait pénétrer en lui comme un poison. L'autre, la vraie, celle qui contient le germe de vie sans quoi le blé ne sort jamais du sillon, celle-là n'osait pas pénétrer jusqu'en ce lieu où elle redoutait d'être ternie.

Et la foule passait toujours. Avec un long grognement ; avec une plainte qui était celle de son immense peine, de son effort à la recherche d'une joie qui semblait inaccessible.

Insensiblement, Quantin sentit faiblir sa résistance au courant qui le tirait vers le passage. Il y fut bientôt, il dut suivre le flot, poussé par des valises qui lui cognaient les jambes. Il y eut des injures lorsqu'il dut chercher son billet, mais il ne pouvait plus rien entendre. Sa tête était aussi sonore que cette marquise de gare où tout vibrait, où tout se confondait en échos.

Il ne savait plus rien. Il était la bête que l'instinct ramène vers son trou.

Il fut le premier à monter dans la micheline vide. Installé

dans un coin, il releva le col de sa pelisse, ôta son chapeau pour pouvoir appuyer sa tête et ferma les yeux. Il n'avait pas sommeil, mais la fatigue et le manque de nourriture le plongeaient dans un bain où il flottait. Les bruits lui arrivaient très assourdis, cotonneux, et traînant derrière eux un écho interminable.

Quantin était là comme un vase où l'on a remué de l'eau trouble et qu'on laisse reposer ; comme une vendange qui n'a pas tout à fait fini de fermenter. Mais il allait avoir tout ce voyage de retour pour se reprendre, pour réfléchir à ce qu'il dirait en arrivant. En ce moment, il voyait seulement qu'il était venu là pour rien ; qu'il n'avait pas su retrouver Marie-Louise ; et qu'il s'en allait avec un mal dont il ne pouvait pas encore mesurer la gravité.

Quantin avait commencé de s'assoupir lorsque les premiers voyageurs arrivèrent dans la voiture. Il ouvrit les yeux le temps de constater que beaucoup de lampes s'étaient allumées, hâtant le crépuscule. Par-delà les lumières de la gare, le ciel s'assombrissait, de plus en plus bas, de plus en plus lourd. Quantin resta sans pensée, jusqu'au moment où une femme vint s'asseoir en face de lui :

— Mais oui ! C'est bien monsieur Quantin !... Depuis le quai, je me suis dit : Tiens, cet homme ressemble à monsieur Quantin.

La voix l'avait fait sursauter. Il ouvrit tout à fait les yeux pour reconnaître la fille Perdigault. Il se souvint qu'elle travaillait dans les bureaux de l'usine qui s'était montée, deux ans plus tôt, tout en bas du pays. Cette fille, Quantin savait qu'elle était à peu près de l'âge de Marie-Louise. Il y pensa immédiatement et sentit qu'elle allait lui parler d'elle. Il le redoutait. Il cherchait fébrilement un mot à dire qui pût éloigner de l'esprit de cette fille le nom de Marie-Louise, mais la fille fut plus rapide que lui.

— Vous êtes venu voir Marie-Louise, dit-elle.

Ce n'était même pas interrogatif. Il était si naturel qu'un père fît ce voyage pour embrasser sa fille !

— Oui, dit-il. Bien sûr.

— Est-ce qu'elle est toujours contente ?
— Bien sûr.
— Elle ne vient pas souvent au pays.
— Ah, c'est pas facile, tu comprends.
— Naturellement, tout le monde a ses occupations. Comme dit mon père : de nos jours, c'est l'horloge qui mène le monde, les aiguilles tournent plus vite qu'autrefois.

Elle riait, mais elle estimait tout de même que son père n'avait pas tort. Pour elle, c'était la même chose. Uniquement pour obtenir de son patron cette seule journée de liberté, elle avait dû s'arranger avec une camarade. Et ce n'était pas toujours facile.

Quantin approuvait. De loin en loin, il lâchait un oui incolore, ou hochait la tête, espérant qu'elle finirait par se lasser. Mais non, elle parlait. Et il n'y avait aucune raison pour qu'elle ne continuât pas durant tout le voyage. Son bavardage était supportable, mais Quantin redoutait d'autres questions concernant Marie-Louise. Comme pour justifier cette appréhension, elle demanda :
— Et vous venez la voir souvent, Marie-Louise ?
— Non, c'est la première fois.
— Sa maman, le temps doit lui durer.
— Bien sûr.
— Et Marie-Louise ne vient même pas pour Noël ?
— Hé non, ce n'est pas possible.

La fille Perdigault eut un regard rapide et intrigué sur le quai. Quantin espéra un instant qu'elle allait trouver une autre personne du pays avec qui bavarder, mais elle revint à lui en disant :
— J'avais cru reconnaître une copine, mais c'est pas elle.

Quantin soupira. Il venait de penser qu'il n'avait pas de chance, et le mot lui fut douloureux. Déjà, la fille s'était remise à parler :
— Dites donc, demanda-t-elle, faudra me donner l'adresse de Marie-Louise. Enfin, l'adresse où elle travaille. Des fois que je reviendrais, j'irais lui dire un petit bonjour.

Quantin sentit son front devenir chaud. Il chercha un moment ce qu'il pouvait inventer, mais il ne trouva rien. Alors, lentement, comme si chaque mot lui eût coûté un énorme effort, il dit :

— C'est que... Justement... Je suis venu la voir parce que sa situation change, vous comprenez... Alors, elle part à Paris.

Il avait à peine terminé que la fille se mettait à pousser des exclamations d'admiration. Et Quantin dut subir une avalanche de questions. Il répondit tant bien que mal, cherchant ses mots, expliquant seulement qu'il s'agissait d'un stage, et qu'on ne savait pas au juste combien de temps il durerait.

Il put bientôt se taire. La fille Perdigault en savait assez. Maintenant, c'était elle qui parlait. Elle seule, sans demander de réponse. Elle faisait l'éloge de Marie-Louise.

Une fille bien... Et qui avait su se débrouiller toute seule. Oh, elle ne disait pas cela pour faire des reproches aux parents, eux, ils avaient fait ce qu'il fallait, mais en ville, ça ne devait pas être drôle tous les jours de se débrouiller. Et puis, la ville, c'était tout de même plein de dangers. Mais Marie-Louise, c'était quelqu'un.

Chaque mot qu'elle prononçait, chaque petit cri qu'elle poussait tombait en lui comme un plomb en fusion. Elle finit par en dire tant et tant que Quantin se demanda si elle ne se moquait pas de lui. Somme toute, il la connaissait assez peu. Et puis, ils vivaient tellement à l'écart du village, dans leur maison à flanc de colline ! Il pouvait se passer bien des choses sans qu'ils en soient jamais informés. Est-ce que quelqu'un du pays aurait vu Marie-Louise à Lyon ? Est-ce que le village était au courant ? Quantin regardait la fille Perdigault au fond des yeux, mais il lui semblait que ces yeux-là étaient imperméables. Ils étaient comme ce qu'elle disait, ils allaient d'un point à un autre, tels des animaux un peu fous.

Quantin eût aimé lui poser des questions savantes, lui tendre des pièges adroits, l'amener à lâcher un mot, mais il ne pouvait pas, il ne savait pas. On ne s'improvise pas policier. Il pensa au père Guste Perdigault qui devait avoir une soixantaine d'années lui aussi, et qui était un bien brave homme. Pourquoi cet homme aurait-il eu une fille ?...

Il s'arrêta dans sa pensée. Un rire aigu lui était venu soudain qui l'avait paralysé. Pourquoi un honnête homme peut-il avoir une fille qui soit ?...

D'ailleurs, avec cette fille Perdigault en face de lui, il ne pouvait pas réfléchir. Déjà elle lui posait d'autres questions, parlant du travail, de Denise, de la maison...

Durant tout le voyage, elle continua de parler. Mais Quantin cessa vite de l'écouter. Avec le roulement de la micheline, ce flot de mots finit par faire un seul bruit continu qui ne voulait vraiment plus rien dire.

Quantin s'était enfermé dans une espèce de torpeur moite où il se sentait presque à son aise. Il n'y avait en lui qu'un remuement de souvenirs entremêlés, de visages sans nom, de voix sans timbre défini et dont le langage aussi avait perdu toute signification. Sa douleur sommeillait, tapie au fond de lui, de ce sommeil léger des fauves longtemps irrités et prêts à recommencer de mordre.

Sans sortir de cette tiédeur immobile, Quantin hochait la tête et laissait aller un grognement chaque fois que la fille Perdigault marquait un léger temps d'arrêt. Et ce signe imperceptible, ce raclement de gorge qui ne voulait plus dire ni oui ni non avaient le pouvoir de relancer cet interminable monologue auquel il s'était habitué.

23

L'instituteur attendait Quantin à la gare. Il devait se tenir sur le quai depuis longtemps car il était blême et claquait des dents.

— Je suis venu hier, expliqua-t-il. Et le chef de gare m'a dit que vous étiez parti... Alors voilà, je suis revenu ce soir.

Il parlait à mots hachés, le souffle court. Il suivit Quantin dans le bureau où celui-ci allait chercher ses guêtres. Il piétinait. Il allait du poêle à la table, fébrile, attendant d'être seul avec Quantin pour lui poser des questions. Quantin sentait qu'il avait mal, qu'il avait dû souffrir toute la nuit, lui aussi, tout le jour ; lutter contre le désir de monter jusque chez eux pour savoir.

Dès qu'ils eurent franchi la porte, d'une voix enrouée par l'angoisse, l'instituteur demanda :

— Alors, qu'est-ce qu'il y a ?

Quantin n'eut qu'un geste vague et le garçon reprit :

— Elle est malade ? Elle a eu un accident ?... Vous ne voulez rien me dire, ça doit être très grave, alors.

Comme ils passaient devant la boulangerie encore éclairée, l'instituteur se pencha pour regarder Quantin.

— Vous n'êtes pas bien, dit-il. Ça se voit. Elle est très malade, n'est-ce pas ?

Quantin ralentit. Ils s'arrêtèrent. Ils étaient encore dans la lumière et Quantin planta son regard bien droit dans celui du garçon, comme il faisait lorsqu'ils bavardaient, accoudés à la table.

— Non, fit-il très ferme, elle n'est pas malade. Je vous en donne ma parole.

L'instituteur hésita un instant avant de demander, comme à regret :

— Mais qu'est-ce que vous avez ? On dirait que vous êtes malade vous-même.

— Non, non ça va. C'est seulement le voyage qui m'a fatigué un peu... Je n'ai pas l'habitude, vous comprenez.

Ils se remirent à marcher, mais, arrivé devant le bureau de tabac, l'instituteur prit le bras de Quantin et, l'obligeant à s'arrêter, il dit :

— Il y a autre chose. Je le vois.

Quantin baissa la tête. Il ne pouvait plus soutenir ce regard ; il eût aimé répondre, trouver un mot, une idée. Si seulement il avait été seul dans cette micheline, il eût sans doute préparé quelque chose.

— Dites-moi au moins pourquoi elle ne vient pas ? supplia le garçon.

— Parce qu'elle ne peut pas. C'est impossible.

C'était une réponse stupide. Il le sentait, il savait que l'instituteur allait dire :

— Mais pourquoi ? Pourquoi ? Et pourquoi êtes-vous parti la voir si précipitamment ?

— Parce qu'elle ne pouvait pas venir, et que... et qu'il fallait lui porter...

Quantin se tut. Il venait seulement de s'apercevoir qu'il n'avait plus le paquet. Il réfléchit très vite. Il était certain de ne pas l'avoir oublié dans la micheline. Il l'avait encore avant d'entrer au « Tam-Tam ». Il s'en souvenait parfaitement. Ensuite, vraiment, il ne savait plus.

Et, pendant qu'il réfléchissait, l'instituteur continuait ses questions :

— Mais enfin, dites-moi pourquoi elle n'est pas venue... Puisque tout était prévu... Vous l'attendiez...

— Eh bien, oui. Mais c'est impossible.

Quantin ne pouvait plus supporter ce regard. Il y avait trop de douleur contenue, trop de rage impuissante dans les yeux de ce grand garçon dont le corps maigre paraissait la proie de la bise. Le bousculant presque pour passer, Quantin se remit à marcher.

— Laissez-moi, dit-il, il faut que je rentre. Ma femme m'attend. Elle sait que le train a passé. Et puis je suis réellement très fatigué.

— Alors, je vais vous accompagner jusqu'à proximité de chez vous.

— Non, c'est inutile !

Quantin avait lancé cela sur un ton très sec, qu'il n'avait jamais employé avec ce garçon.

Ils marchèrent un moment côte à côte, dans ces rues de village où le chasse-neige avait fait deux levées pareilles à d'énormes sillons tout au long des trottoirs étroits.

Quantin éprouvait un immense besoin d'être seul.

Dans le train, il avait pensé à ce chemin qu'il devrait parcourir dans la nuit. Il y avait pensé comme il pensait à une source, l'été, lorsqu'il fauchait le foin de l'autre côté du bois. Il y pensait encore. Il avait l'impression de traîner l'odeur de la ville et son bruit dans les poils de sa pelisse, comme une poussière tenace.

C'était une glu, un germe de maladie dont il devait à tout prix se défaire avant d'atteindre sa maison. Débarrassé de cela, il serait plus lucide.

Ils marchèrent un moment en silence. Les rues étaient désertes. Quelques fenêtres aux volets encore ouverts éclairaient les tas de neige. La route luisait. Les traces de patins et de roues ferrées brillaient beaucoup plus que le reste, comme de longs serpents craquelés que le gel eût brisés çà et là.

La bise portait quelques pillons minuscules qui étincelaient en passant sous les lampes.

Un homme qu'ils croisaient leur cria :

— Bon Noël à vous deux !... Et bonne nuit !

— Bon Noël ! lança Quantin qui avait reconnu le Denis Malègue.

Sans s'arrêter, l'autre cria encore :

— Il va revenir de la neige. Et quand il neige de bise, il neige à sa guise !

Ils n'étaient plus très loin de la maison d'école, lorsque l'instituteur observa timidement :

— Monsieur Quantin, il y a quelque chose que vous ne voulez pas me dire... Une chose qui me concerne... Mlle Marie-Louise vous a parlé de moi... Elle vous a peut-être même chargé d'une commission que vous n'osez pas me faire...

Sa voix tremblait. Sa grande main maigre sortit de sa poche pour venir s'agripper au bras de Quantin qu'il voulait, une fois encore, contraindre à s'arrêter. Ils se retrouvèrent face à face. Le long corps de l'instituteur, qui semblait flotter dans son manteau pétri par la bise, se cassa en deux. Sa tête s'inclina vers Quantin. Ils se trouvaient juste sous une lampe qui se balançait au milieu de la rue. La lumière jouait sur les cheveux noirs et bouclés de l'instituteur ; ses traits tirés étaient encore accusés par le va-et-vient des ombres. Sur le bras de Quantin, sa main crispée tremblait.

— Vous l'avez vue, dit-il. Vous l'avez vue ?

Quantin ne put répondre. Il inclina seulement la tête. Le garçon reprit :

— Je savais bien ! Alors, il faut tout me dire. Tout... Elle vous a parlé de moi, n'est-ce pas ?... Elle... elle ne veut pas...

Tant de douleur faisait mal à Quantin qui en oubliait presque sa propre peine.

— Vous comprenez, fit-il, elle doit partir... Elle part plus vite qu'elle ne pensait... C'est indispensable... pour sa situation...

— Alors, elle va à Paris ?

— Oui, à Paris.

Chaque mot coûtait un effort énorme.

— Elle ne reviendra pas ici, avant de s'en aller ?

Il fit non de la tête.

— C'est fini ? Elle ne reviendra plus jamais ?

Sa voix tremblait. Elle avait des aigus qui faisaient mal à entendre. Il s'était réellement accroché à Quantin et continuait d'implorer. Il avait quelque chose d'un homme qui a bu.

Un volet claqua quelque part et Quantin perçut un bruit de pas. Ne sachant comment calmer le garçon, il dit très vite :

— Venez avec moi jusqu'à la scierie... Allons, venez !

Ils marchaient aussi rapidement que le permettait le sol glissant. D'ailleurs, à mesure qu'ils avançaient, la neige était moins tassée. La marche n'était guère plus facile, mais les risques de chute diminuaient.

Passé la dernière maison, d'une voix beaucoup plus calme, l'instituteur déclara :

— Eh bien, puisqu'elle ne vient pas, je vais aller la voir à Lyon. Je partirai demain matin. J'aurais déjà dû aller depuis longtemps. J'ai eu tort de vous écouter.

Quantin fit quelques pas, respira profondément et répondit :

— Elle est déjà partie.

— Ça n'a aucune importance, j'irai aussi bien à Paris. Donnez-moi son adresse.

Au tremblement de sa voix, Quantin sentit le mal qu'il avait à se dominer. Sans réfléchir, il répondit :

— Je n'ai pas son adresse.

Alors l'instituteur parut perdre le contrôle de soi. S'accrochant des deux mains, cette fois, il se planta devant Quantin en criant :

— Ça n'est pas vrai ! Vous mentez !... Vous me cachez quelque chose !... Vous vous moquez de moi !... Vous n'avez pas le droit !...

Ils étaient à hauteur des premiers tas de planches de la scierie ; il faisait très sombre et Quantin devinait le visage du garçon plus qu'il ne le voyait. Il ne pouvait rien dire. D'ailleurs, l'instituteur ne l'eût pas écouté. D'une voix hachée par des sanglots qu'il voulait encore refouler, il continuait de crier :

— Vous ne me parlez pas franchement. Et c'est indigne de vous, indigne de moi, indigne de notre amitié. Vous n'avez pas le droit de me traiter comme ça. Je vous supplie de me donner son adresse. Je vous en supplie à genoux, monsieur Quantin.

Il allait se laisser tomber dans la neige, mais Quantin trouva la force qu'il fallait pour le retenir.

— Taisez-vous, fit-il. Je vous jure que je n'ai pas encore son adresse.

L'autre se tut. Il pleurait. Il murmura encore, mais sans colère, cette fois :

— Je suis foutu... Foutu... Mais vous ne pouvez pas comprendre... On voit bien que vous n'avez jamais aimé.

Quantin ne dit rien. Le mot l'avait à peine touché. Il avait envie de demander à ce garçon comment il pouvait aimer une jeune fille qu'il avait seulement rencontrée une dizaine de fois, comment il pouvait s'être attaché à elle à ce point pour avoir seulement reçu quelques lettres, mais il comprit que c'était inutile. Il avait du mal à juger de cela, mais il lui semblait que cet amour un peu fou n'était pas extraordinaire.

Il y eut un silence puis, comme l'instituteur se remettait à réclamer une promesse d'adresse, un moyen de correspondre, Quantin le prit par les épaules et, le secouant un peu, il dit :

— Il ne faut pas lui écrire... Il ne faut pas essayer de la revoir.

— Comment, il ne faut pas ?

— Non, il ne faut pas... C'est moi qui vous le demande.

— Elle vous a parlé de moi, n'est-ce pas ?

Sa voix était complètement enrouée. Comme Quantin ne répondait pas, il fut repris par la colère. Il se remit à crier :

— Mais parlez ! Parlez donc, Bon Dieu ! Expliquez-vous ! Elle va se marier. C'est ça ? Je m'en doutais. Elle part pour se marier. Elle en a trouvé un qui plaît mieux à sa mère... Et vous le saviez... Et vous ne m'avez rien dit... Vous m'avez laissé espérer... C'est peut-être qu'il vous convient mieux, à vous aussi !

Quantin allait parler, mais l'instituteur eut un grand rire de dément. S'écartant soudain, il parut regarder Quantin avec horreur. Il recula lentement en disant :

— Vous avez attendu ce soir. C'est mon cadeau de Noël, hein ? Merci bien, monsieur Quantin. Et bon Noël ! Amusez-vous bien. Bon Noël, monsieur Quantin !

Il n'était plus du tout maître de lui. Quantin voulut le rejoindre pour tenter de le calmer, mais l'instituteur s'enfuit en gesticulant et en répétant toujours les mêmes mots que la bise emportait :

— Bon Noël !... Bon Noël, monsieur Quantin !

24

Travaillé par la bise et sa marche incertaine, l'instituteur ressemblait à un grand manteau vide. Arrivé à l'entrée du village, sous la première lampe, il s'arrêta. Allait-il se raviser ? Allait-il s'écrouler comme un pantin abandonné ? Allait-il disparaître soudain, plaqué au sol par un coup de vent ou emporté vers une ruelle ouverte sur la nuit ?

Il vacilla un moment, s'inclina vers la droite, puis vers la gauche, gesticulant de nouveau. Enfin, il reprit son avance titubante, saccadée. Il paraissait traîner à ses pieds d'énormes charges, et chacun de ses pas donnait l'impression d'épuiser ses ultimes forces. Au tournant de la place, il disparut, brusquement absorbé par la maison des Maliveaux, et Quantin resta encore un moment à contempler la rue déserte.

La bise glissait sur la neige. Dans la cour de la scierie, une tôle et un fil de fer brimbalaient contre des planches. Des flocons blancs clairsemés filaient vers le village sans jamais se poser nulle part.

— Vous verrez, il en tombera encore...

— Quand il neige de bise, il neige à sa guise...

— Bon Noël !... Bon Noël, monsieur Quantin !

La voix de l'instituteur était encore là, vibrante de colère et mouillée de larmes. Quantin l'avait en lui, comme au cœur d'une blessure où est resté le fer.

L'instituteur était seul. Il s'était enfoncé dans la nuit.

Une nuit plus obscure pour lui que pour bien d'autres, une nuit dont il avait espéré tant de chaleur et de lumière.

Tout autour de la maison d'école, le village commençait la veillée de Noël, mais l'instituteur allait demeurer seul. Tout seul avec cette peine qui le rongeait.

Était-il donc possible d'aimer aussi vite et avec tant de passion ? Quantin essaya de retrouver dans un recoin de sa mémoire un souvenir dont le temps avait fini pas user les arêtes vives. Il y parvint très mal. Et puis il le chassa, car ce soir il ne s'agissait pas de lui, mais de Marie-Louise. Il ne s'agissait pas du passé, mais de ce qui se passait aujourd'hui même.

— Marie-Louise, une fille pas comme les autres...

Il avait plus mal de ces simples mots que du souvenir retrouvé de vieilles amours mortes... Quantin sentit alors qu'il n'était plus qu'un père et qu'il lui était impossible de comprendre réellement ce que pouvait éprouver l'instituteur.

— J'irai aussi bien à Paris qu'à Lyon.

Et lui, pourquoi n'était-il pas allé à Paris ? Il y avait pensé tout à l'heure, dans la micheline. Il s'était même dit qu'il n'est jamais trop tard...

Il se mit à marcher, tournant le dos à la lumière. Par moments, lorsque la lampe se balançait de son côté, son ombre floue s'étirait devant lui, sur la neige. Bientôt il y eut le premier tournant de la montée, et il sentit qu'il avait réellement retrouvé son domaine.

Il allait remonter vers sa maison. Isabelle et Denise avaient certainement préparé la veillée. La petite avait coupé les châtaignes qui attendaient dans un saladier, toutes prêtes à griller. Isabelle avait-elle monté du vin jaune ?

Quantin pensa soudain à celui qui datait de la naissance de Marie-Louise. 1941. Ce n'était pas une très grande année, mais le vin jaune, lorsqu'il a sept ans de fût, c'est toujours un grand vin. Celui-là, il en avait gardé vingt bouteilles. Ils avaient bu les dix premières pour la communion de Marie-Louise, les dix autres se trouvaient toujours dans la cave, tout en bas du casier.

Dans le pays, c'est une coutume aussi vieille que le Savagnin : dix bouteilles pour la communion, dix pour le mariage. Le père de Quantin l'avait fait pour lui. Ils avaient bu les dix bouteilles et les dix qu'avait gardées, de son côté, le père d'Isabelle.

Dans la cave de Quantin, il y avait aussi des bouteilles pour Denise. Et celles-là, il avait même fallu les cacher sérieusement, parce que 47, c'était une fameuse année.

Quantin allait, la tête pleine de tout cela.

Dans les caves du pays, quand on démolit une pièce qui a fait son temps, il arrive qu'on découvre dessous des bouteilles à moitié enterrées. S'il y en a vingt, c'est qu'un enfant est mort avant d'avoir fait sa communion. Ou bien c'est le père qui est mort sans avoir pu dire où se trouvaient les bouteilles. Lorsqu'il y en a dix, c'est que l'enfant ne s'est pas marié... On a oublié les bouteilles, ou bien on a espéré trop longtemps.

En pensant à cela, Quantin avait la gorge serrée. Serrée tout d'abord sur une terrible envie de pleurer, puis sur une envie de rire.

Rire comme avait ri l'instituteur.

Arriver chez lui en hurlant :

— Sortez les bouteilles, on liquide !

Somme toute, il aurait même pu inviter l'instituteur. A quatre, ils auraient essayé de vider les dix bouteilles. Dix ? Pourquoi dix ? Ne fallait-il pas également débarrasser le 47 de Denise ?

Quantin avait parcouru à peu près la moitié du chemin, et il s'arrêta pour regarder la nuit. Il se secoua pour se débarrasser de ces idées-là.

Allait-il devenir fou ? Allait-il se mettre à déparler tout seul, au beau milieu du bois, en pleine nuit ?

La bise menait le branle dans les acacias et les frênes. Quelques charmilles encore feuillues grelottaient. Quantin sentit le froid qui l'empoignait.

Le chasse-neige n'avait pas dépassé les dernières maisons du village et la marche de nuit était très pénible. Mieux valait encore rester sur le côté, et progresser en neige vierge plutôt que de chercher à suivre les traces que l'on distinguait mal. La neige restait poudreuse, et très profonde aux endroits abrités du vent.

L'air était glacé, chargé de pointes acérées, mais Quantin se sentait brûlant à l'intérieur. Parvenu à l'embranchement des Parraux, il s'arrêta. S'il obliquait par le chemin du Moutillon, il ferait le tour du bois pour arriver derrière la maison. Avec ce temps, il lui faudrait une bonne heure. Une heure à peiner dans un chemin où personne sans doute n'avait dû passer depuis la neige. Une heure à lutter, à se sentir fouillé et déshabillé par la bise. Une heure seul, à se vider de tout. Une heure à s'épuiser et puis, ensuite, rentrer et tomber comme un homme ivre dans son lit. Ne rien dire, ne pouvoir écouter aucune question. Dormir dans la paille de la grange, peut-être, sans même dire qu'il était rentré. Est-ce que ce n'était pas possible, après tout ?

Il pensa au matin. Au petit matin froid dans la cuisine où l'on vient à peine d'allumer le feu. En ce moment, les femmes devaient attendre dans cette cuisine bien close, dans cette maison pelotonnée sur sa chaleur. Elles avaient écouté le passage du train. Elles calculaient le temps qu'il fallait pour monter.

— Avec Marie-Louise, il ne montera pas vite...

Quantin soupira et reprit son chemin. L'idée de ce qu'il devrait dire le harcelait, mais il la repoussait. Il sentait que c'était une attitude ridicule, qu'il valait mieux réfléchir qu'être pris de court, mais il ne pouvait pas s'y résoudre.

Il monta d'une traite jusqu'au tournant d'où l'on découvre la maison. Là, il marqua une halte. Non seulement la lampe de la cour n'était pas allumée, mais encore, les volets de la cuisine étaient restés ouverts. Comme ils sont toujours fermés à la tombée de nuit, c'était la première fois que Quantin voyait sa maison ainsi, d'aussi loin, avec une toute petite fenêtre lumineuse pareille à celles qu'on peint sur les cartes postales de bonne année. Le ciel était plus sombre que les collines enneigées, le toit était épais. Sur la neige de la cour, il y avait un grand rectangle de lumière.

A mesure que Quantin regardait cela, il éprouvait une curieuse impression. Peu à peu, il devinait ce qui avait dû se passer : au crépuscule, Isabelle avait voulu fermer les volets en disant qu'il faudrait allumer dehors à l'heure du train ; mais Denise s'était obstinée. Elle seule avait imaginé à quoi ressemblerait la maison, vue d'ici, avec la neige et la nuit :

— Une toute petite maison, comme la crèche, avec une fenêtre juste assez grande pour qu'on puisse voir tomber la neige...

A présent, elle était assise derrière cette fenêtre, à écouter miauler la nuit. Elle imaginait sa sœur atteignant le tournant du chemin et découvrant cette fenêtre éclairée, ce point de chaleur dans le froid de l'hiver.

Quantin voulut repartir tout de suite, mais il dut s'arrêter de nouveau. Ses yeux s'étaient brouillés. Les larmes qui étaient en lui depuis si longtemps le brûlaient comme un acide. Pour chercher son mouchoir, il ouvrit sa pelisse où le vent s'engouffra d'un coup. Tout l'hiver l'empoignait. Il tituba sur ses jambes qui ne le portaient plus.

25

La porte s'ouvrit au premier bruit que fit Quantin en frappant ses semelles contre la pierre du seuil. Il y eut sur lui et tout autour de lui un ruissellement de lumière et d'air chaud. Ébloui, il baissa la tête.

— Papa ! Papa !

Il garda la tête baissée comme pour s'inquiéter vraiment de la neige collée à ses chaussures. Denise répéta :

— Papa !

— Mon petit, murmura-t-il.

— Et Marie-Louise, papa ?

Quantin vit s'avancer l'ombre d'Isabelle sur le plancher, puis paraître ses pantoufles brunes, ses jambes maigres dans les bas de laine noire. Il entra. Il leva les yeux vers elle puis, aussitôt, détourna son regard et partit vers la cuisinière.

Silence.

Il sentait sur sa nuque le regard des deux femmes. Il percevait leur respiration, celle du feu au rythme accordé à celui de la nuit assaillant la maison.

Il était là. Chez lui. Dans cette maison dont il avait tant espéré la chaleur et le calme, et il n'éprouvait rien qu'une angoisse pareille à celle qui l'avait talonné tout au long de sa longue marche.

Il était là, avec Isabelle et Denise, et il demeurait seul.

Avait-il donc définitivement rejoint la solitude ? Jusqu'à

présent, il en avait repoussé l'idée, mais il venait d'avoir le sentiment qu'elle l'avait suivi à la trace dans cette nuit de décembre, et qu'elle était entrée sur ses pas comme un gros chien fidèle.

— Qu'est-ce qu'il y a ?

La voix d'Isabelle venait de très loin. Du fond d'un trop long silence. Quantin haussa lentement les épaules, soulevant ses mains qui retombèrent aussitôt. Son regard ne pouvait plus se détacher du minuscule rond de feu bien vivant qui palpitait au milieu de la cuisinière de fonte. La voix d'Isabelle monta d'un ton :

— Pourquoi reviens-tu sans elle ? Pourquoi ?

La chaleur qui s'élevait du foyer brûlait le visage de Quantin qui murmura lentement :

— Elle ne peut pas venir.

— Ils n'ont pas voulu la lâcher... Et toi tu n'as rien fait !... Rien du tout !

— Non... Rien.

Isabelle vint se placer au bout de la cuisinière, à la gauche de Quantin, et se pencha pour scruter son visage. Il sentait qu'elle voulait lire en lui. Il devait se dérober encore. Il pivota sur sa droite, alla jusqu'à une chaise où il s'assit lourdement.

— Alors, lança Isabelle, parle, quoi !

Il se baissa encore davantage pour délacer ses guêtres et ses chaussures. Ses doigts étaient raides et la neige avait durci les nœuds de cuir. La voix d'Isabelle lui cingla la nuque.

— Alors, est-ce que tu vas parler, oui ou non ? J'ai peut-être le droit de savoir quelque chose !

— Ne te fâche pas. Je t'en prie, ne te fâche pas.

Quantin avait parlé très bas et d'une voix qui tremblait. Un peu moins fort, mais toujours sur un ton tranchant, sa femme demanda :

— Qu'est-ce qu'il y a ?... Elle est malade ?

— Non, elle va très bien.

— Alors ?

Quantin, qui avait réussi à se déchausser, enfila ses chaussons et se leva lentement. Denise demanda, au bord des larmes :

— Alors, elle ne viendra pas ?

— Non... Pas pour le moment.

Isabelle qui s'était encore approchée le fouillait du regard. Elle remarqua :

— Tu as une drôle de tête... Mais enfin, parle ! Qu'est-ce que tu caches donc ? Parle, quoi !

Elle était tendue, douloureuse, davantage étreinte par la douleur que par la colère. Son regard exprimait une immense peur.

— C'est toi qui avais raison, murmura-t-il... Faut penser à elle, pas trop à nous.

Il avait dit cela sans bien réfléchir. Il se sentait pris, obligé de parler, d'improviser ce qu'il s'était refusé à préparer. Isabelle fonça les sourcils en criant :

— Si je comprends bien, ça signifie qu'on n'est pas à la veille de la voir arriver !

Il redoutait sa colère. Il ne savait comment s'y prendre pour ne pas l'irriter davantage. Il s'énervait à chercher ses mots et, maladroitement, il dit :

— Nous n'avons pas le droit d'être égoïstes.

Le mot fit bondir Isabelle.

— C'est facile à dire, lança-t-elle, quand on est à ta place ! Tu l'as vue, toi ! Tu l'as vue et tu te moques des autres. Tu t'es toujours soucié de toi. Uniquement de toi... Mais moi je vais encore attendre des jours et des jours... Et tu oses parler d'égoïsme !

Denise commençait à sangloter. Elle dit d'une petite voix haute perchée et prête à se briser :

— Tu as de la chance, papa. Tu as pu la voir, toi !

Quantin les regardait. Oui, pour elles, il avait de la chance. Une sacrée chance ! Elles ne pouvaient pas se faire une idée de la chance qu'il avait. Plus il les regardait, plus il avait le sentiment de les voir ainsi pour la première fois. Elles n'avaient pas changé, la cuisine non plus n'avait pas changé, ni la nuit ni la maison dans cette nuit, mais c'était lui, Quantin, qui ne voyait plus avec les mêmes yeux.

— Est-ce qu'elle ne viendra pas au moins nous embrasser avant son départ pour Paris ? demanda Isabelle.

Presque sans effort, Quantin répondit :

— Elle est partie ce soir, quelques minutes avant moi.

— Alors, c'est vraiment une chance que tu sois arrivé assez tôt pour lui dire au revoir.

— Oui, vraiment.

Elles avaient tout préparé pour le réveillon. Le couvert était dressé pour quatre personnes. Les châtaignes entaillées emplissaient un grand saladier blanc, la poêle trouée attendait sur la pile de bûches.

Quantin s'approcha de la petite qui pleurait à gros sanglots, debout devant la crèche allumée. Il la prit par le cou et, lorsqu'elle leva la tête, il crut découvrir dans ses yeux une lueur de reproche. Il expliqua :

— Elle t'aime bien, tu sais, ta Marie-Louise. Elle pense bien à toi... Et je lui ai dit que tu as fait la crèche pour elle... Elle était contente, tu sais... Elle aurait bien voulu venir... Mais c'était impossible...

Il dut s'arrêter et détourner la tête. Des larmes lui piquaient les paupières, mais il ne voulait pas pleurer.

— Tu avoueras que c'est tout de même un monde ! cria Isabelle. Ils ne pouvaient pas lui donner au moins une journée, pour qu'elle vienne nous dire au revoir ? Elle a des drôles de patrons. Et un foutu métier ! Et toi, bien sûr, tu n'as pas su leur parler. Tu n'as même pas essayé de dire que j'étais malade. Ça t'aurait défrisé, de faire un tout petit mensonge. Tu ne sauras jamais mentir. Tu as tes principes... Tu ne sais te débrouiller qu'avec ta terre, tes bêtes, tes livres ridicules !

Isabelle parla longtemps ainsi. Tout se tournait contre Quantin. Il était seul responsable, et responsable de tout. Il était un monstre d'égoïsme et d'orgueil. Un monstre qu'elle finit par insulter.

Et Quantin ne répondait rien. Il n'avait rien à répondre.

Au contraire, il lui semblait que cette colère d'Isabelle les soulageait autant l'un que l'autre. Elle lui criait des choses qu'il n'avait jamais osé murmurer et pourtant il eût pu prévoir tout ce qu'elle disait. Tout était naturel. Dans l'ordre des choses.

Il demeurait assis, les coudes sur les genoux, capable seulement de fixer la grille de fonte et les charbons vivants qu'elle retenait prisonniers.

26

La colère d'Isabelle finit par se fondre en une crise de larmes qui dura longtemps.

Quantin n'avait pas bougé, le regard soudé aux braises dont l'intensité lumineuse marquait les sautes de vent. Derrière lui, les femmes pleuraient toutes deux et leurs sanglots confondus se mêlaient à la plainte continue de la nuit.

La chatte qui était sortie lentement de dessous la cuisinière s'étira plusieurs fois, se lécha un moment, puis sauta sur les genoux de Quantin. Elle flaira longuement sa veste, son pantalon, son visage, puis s'étant frotté la tête contre son menton râpeux, elle tourna trois ou quatre fois sur place avant de se coucher en boule.

Peu à peu, le chagrin des femmes s'apaisait. Il était comme un orage qui s'éloigne insensiblement, avec des sursauts, de brefs retours et des soupirs mouillés. La bise que l'hiver déchirait à l'angle du toit reprenait le dessus. Il y avait quelques silences presque complets, où Quantin baissait les paupières, essayant de chasser ce qui continuait de remuer en lui.

Le temps allait-il se figer ? Est-ce que tout pouvait se cristalliser d'un coup, en une nuit sans aube ?

Après un silence plus prolongé, plus épais que les autres, la chaise d'Isabelle racla le sol. Son pas fit craquer les planches. Il approchait derrière Quantin.

— Veux-tu manger ? demanda-t-elle.

— Non, je n'ai pas faim.

— Tu devrais tout de même prendre quelque chose de chaud.

— Non, merci.

Quantin répondait sans penser à ce qu'il disait. Il regrettait seulement ce silence, cette présence de la nuit qu'il avait goûtés durant quelques minutes.

— Une assiette de soupe ne te fera pas de mal.

La voix de sa femme reprenait de l'autorité. Il leva la tête. Elle ne le remarqua même pas, occupée qu'elle était à ranimer le feu. La flamme ronfla sous la marmite. Lorsque Isabelle souleva le couvercle, une bonne odeur de lard fumé emplit la pièce. Quantin respira à petits coups pressés, la bouche inondée de salive.

— Allons, viens, dit sa femme.

Lorsqu'il s'assit à table, la soupe fumait déjà dans les assiettes. Ils commencèrent de manger sans parler, puis, d'une voix presque tranquille, Isabelle demanda :

— Explique-nous au moins comment tu l'as trouvée. Est-ce qu'elle est bien logée ? Est-ce que sa chambre est aussi belle qu'elle le disait ?

— Oh, oui. C'est très bien.

— Tu as pu coucher sur son divan ?

— Bien sûr.

— Est-ce qu'elle va la garder, cette chambre ? Est-ce qu'elle pense rester longtemps à Paris ?

Quantin hésita, mais finit par répondre :

— Elle a payé jusqu'à la fin du mois de janvier. Elle la garde jusque-là. Après, elle verra.

— Mais elle ne sait pas encore combien de temps elle va rester à Paris ?

— Non, pas encore.

Isabelle soupira, avala deux cuillerées de soupe reprit son questionnaire :

— Vous avez mangé ensemble ?

— Oui.

— Où ça, au restaurant ?

— Oui.

Isabelle éleva soudain le ton :

— Enfin, parle, quoi ! C'est malheureux, il faut t'arracher les mots de la bouche.

— Je suis très fatigué, tu sais, très fatigué.

— Tu n'as pas pris froid, au moins ?

— Non.

— Tu n'es pas habitué à des maisons si chauffées. Est-ce qu'il fait très chaud, chez elle ?

— Assez, oui.

— Et le train, ça allait ?

— Oui, très bien.

Isabelle se tut. Leurs regards s'étaient croisés à trois reprises, mais chaque fois Quantin avait baissé la tête. Denise demanda :

— Sa maison, à Marie-Louise, est-ce qu'elle est toute petite, comme elle voulait ?

— Oui, toute petite.

— Et à Paris aussi, elle en aura une comme ça ?

— Oui, la même chose.

Quantin avait terminé sa soupe. Repoussant sa chaise, il dit qu'il voulait aller voir ses bêtes.

— Reste donc tranquille, lança Isabelle. Les bêtes sont soignées. Elles n'endurent pas. Tu les verras demain matin.

Quantin se leva et retourna s'asseoir près du fourneau. Il y eut encore un long silence, puis un soupir douloureux d'Isabelle qui dit :

— On a beau savoir que c'est pour elle, pour son avenir, c'est tout de même dur à avaler... Pour une mère, c'est dur, tu sais.

Elle n'était pas encore sortie de son chagrin. Sa voix avait des tremblements inquiétants et Quantin redoutait de nouvelles larmes. Il sentait la nécessité de lui venir en aide, mais c'était difficile.

— Il faut comprendre, expliqua-t-il. Là-bas, la vie n'est pas comme ici... C'est l'horloge qui mène tout... La ville, tu sais, faut y vivre pour se rendre compte.

La chatte revint s'installer sur les genoux de Quantin. Isabelle remit une bûche dans le foyer, et le crépitement du feu soudain réveillé fit vivre la nuit durant un long moment.

— Et l'instituteur, demanda Isabelle, est-ce qu'elle t'en a causé ?

— Oui.

— Alors ?

— Eh bien... Elle a... elle a d'autres projets.

Quantin comprit que ces simples mots permettaient à sa femme de s'éloigner un peu de son chagrin. Il lui sembla aussi qu'une lumière plus claire passait dans les yeux de la petite.

— Alors, faudra le voir, expliqua Isabelle. Faudra lui dire une bonne fois pour toutes. Faut qu'il nous fiche enfin la paix, avec ses idées stupides. S'il veut venir nous voir, qu'il vienne. Ce n'est sûrement pas un mauvais bougre, mais qu'il ne continue pas de nous embêter avec ça !

Quantin soupira, se racla la gorge et dit lentement :

— Je l'ai rencontré, en remontant de la gare. Je lui ai tout expliqué.

— Et alors ?

— Que veux-tu, le pauvre garçon m'a fait pitié.

— Il se consolera, va ! On n'a jamais vu personne mourir de ça.

Isabelle avait peu à peu retrouvé sa fermeté de voix. Quantin plongea de nouveau tout au fond de lui. Il y retrouva un visage fané, mais jamais oublié. Malgré lui, il regarda sa femme sans pour cela que le visage retrouvé ne quittât sa vision. Bien sûr, on se console. Et puis, il y a la vie. Celle de tous les jours, avec son fardeau de peines et de petites joies. La vie qui peut remplacer bien des choses.

— Tu sais, dit-il, il ne reviendra sans doute pas nous voir. Il ne voudra pas revenir ici...

Quantin s'interrompit. Denise venait d'éclater en sanglots. Isabelle parut irritée, puis, se ressaisissant, elle s'approcha de la petite en disant :

— Pleure plus. Elle viendra cet été, ta Marie-Louise.

Elle va être bien, tu sais, à Paris. Et un jour, elle t'emmènera, elle te fera tout visiter.

Quantin aussi voulut consoler la petite, mais elle avait pour lui des regards de reproches. Il comprit qu'elle allait sans doute pleurer longtemps, et que ce n'était plus à cause du départ de sa sœur qu'elle avait tant de chagrin.

Il l'avait attirée près de lui. Elle s'assit sur ses genoux, mais elle se tenait un peu raide. Il y avait longtemps qu'il ne l'avait pas prise ainsi. Elle était trop grande, il se sentait maladroit avec elle.

Pourtant, il se mit à lui parler de Marie-Louise. Tout doucement, en cherchant ses mots, il essayait d'imaginer pour elle une existence qu'il tentait de montrer à la petite. Il peina longtemps puis, peu à peu, il se mit à raconter plus facilement, avec assez de détails, tout le temps qu'il avait passé à Lyon, en compagnie de Marie-Louise.

Il décrivit le salon où elle travaillait, sa maison, sa chambre, les rues aux lumières de Noël. A mesure qu'il parlait, sa voix s'affermissait. Il parlait sans effort, comme s'il eût réellement raconté un merveilleux voyage.

Et les femmes l'écoutaient. De loin en loin, Isabelle approuvait. Son regard, d'abord moins triste, se teinta vite d'une lueur de fierté. Après un long moment, elle finit par dire :

— Tout de même, tu sais, on est toujours à se plaindre, mais c'est quelque chose, d'avoir une fille comme elle. Travailleuse. Intelligente comme ça. Et capable de se faire une situation... C'est quelque chose, tu sais...

Quantin soupira profondément. Levant les yeux, il comprit qu'Isabelle n'était plus là ; à son tour, elle était partie rejoindre sa fille, dans un monde qu'elle devait imaginer merveilleux.

27

Ce matin, en se levant, Quantin est allé voir les bêtes. Tout était en ordre. Il a mené son travail, la tête un peu vide. Sortir le fumier, descendre de la paille, refaire la litière, donner du foin, de l'eau, ce sont des choses que les bras peuvent faire sans que la tête intervienne réellement.

Il avait ses vêtements habituels où se retrouvent, atténuées et fondues, les mille senteurs de la ferme. Dans l'écurie, il faisait une bonne chaleur pleine de vie et de l'odeur des bêtes.

Après la besogne de l'écurie, il a allumé le feu, puis tracé les sentiers dans la neige pour aller jusqu'au fumier et à la réserve de maïs. Il faisait à peine clair. Tout le fond de la plaine dormait, baigné de nuit. Mais, à l'opposé, une lueur à peine colorée coulait sur la neige, descendant comme une source du faîte de la colline où elle suintait entre la cime du bois et le ciel bas, lourd nuage uniformément gris.

Lentement, le jour a filtré à travers la pénombre, venu bien davantage de la neige que du ciel. Quantin a suivi ce lent combat comme jamais, peut-être, il ne l'avait encore fait. Il lui semblait qu'un temps nouveau se frayait un chemin jusqu'à lui, jusqu'à cette maison prise dans l'hiver comme un bateau dans la banquise.

Une fois le jour levé, Quantin a regagné la cuisine.

Maintenant, il se tient immobile devant la fenêtre. Il

regarde le chemin où il n'y a même plus les traces qu'il a laissées cette nuit, en rentrant.

Toutes les traces ont disparu. Celles du facteur, celles de l'instituteur, celles du départ et du retour de Quantin. Cette nuit, l'hiver a soufflé sur la terre pour faire disparaître le passé, pour enfoncer un peu plus ce coin du monde dans le froid et la solitude.

— Quand il neige de bise, il neige à sa guise !

Lorsque l'homme a dit cela, il y avait seulement une couche de neige un peu moins épaisse.

Quantin soupire.

Est-ce que le temps, comme fait la neige aidée du vent, peut effacer certains souvenirs ?

Quantin ne veut pas penser. Il fixe le chemin tout blanc, la prairie toute blanche, le bois tout gris dans son lointain, et le ciel qui paraît, ce matin, posé tout de suite après les derniers contreforts, là où commence la plaine infinie. On ne devine même pas la ville.

Derrière Quantin, les femmes vont et viennent. La porte s'ouvre et se referme sur la cour. Chaque fois, une bouffée d'hiver entre, qui passe entre les jambes de Quantin comme un gros chien au poil glacé, et qui s'en va ensuite attiser le feu. C'est étrange, cette façon que prend l'hiver, à certains moments, d'entrer ici et de siffler sa colère dès qu'il a flairé l'odeur des braises rouges.

Isabelle vient de sortir avec ses deux chaudrons fumants, et la pièce demeure toute pleine d'une bonne odeur de pommes de terre et de son. Quantin en aspire de longues goulées en pensant à la ville, à cette puanteur des rues, à la fumée d'essence qui pique les yeux et prend à la gorge. Là-bas, même le vent se salit. Et ça paraît pourtant impossible, lorsqu'on l'entend siffler pur et clair dans les fils de fer de la treille.

Depuis qu'Isabelle est sortie, il n'y a plus, dans la cuisine, que le grognement de l'âtre. Quantin sent que Denise est derrière lui. Il la devine, figée devant la crèche. Il reste longtemps immobile, avec, en lui, l'envie de se retourner mais aussi le désir de se laisser pénétrer encore par le calme qui monte du dehors. Ce matin, il parvient à ne plus penser, à ne plus chercher à revenir sur ce qui s'est passé depuis deux jours. Il est là, debout, comme ouvert à cette lumière impalpable, à ce silence qui sont tellement présents que plus rien d'autre ne peut parvenir jusqu'à lui.

Il se retourne. Marche lentement jusqu'à Denise. Elle lève la tête vers lui et il lit dans ses yeux ce qu'elle va demander. Mais il devine aussi son embarras, la peine qu'elle éprouve à trouver ses mots.

— Papa, dit-elle enfin, elle viendra, cet été, notre Marie-Louise ?

— Bien sûr, mon petit, elle viendra comme l'an dernier, au moment des vacances.

— Est-ce qu'on laissera la crèche, pour qu'elle puisse la voir ?

Quantin approuve d'un hochement de tête. Le regard de la petite s'est éclairé, mais un faible voile de reproche l'assombrit encore. Après bien des hésitations, elle finit par demander, presque à voix basse :

— L'instituteur, c'est vrai, qu'il ne viendra plus nous voir ?

Quantin sait fort bien que le garçon ne remontera pas ici. Il en éprouve à la fois de la peine et un certain soulagement. Il y a trop d'espoir dans les yeux de sa fille pour qu'il puisse le détruire d'un mot, mais il sait que mieux vaut pour elle une attente qui finira par tout embrumer sans heurt. Il sait que le temps est le seul allié de ceux qui ont une plaie au cœur. Il lui suffit de regarder en lui, de chercher un certain visage, pour s'en convaincre. Presque gai, il répond :

— Bien sûr, qu'il viendra nous voir ! Seulement, tu comprends, il faut laisser passer quelques jours, quelques semaines peut-être.

Cette fois, les yeux de Denise brillent. Son visage se détend pour un vrai sourire qui réchauffe tout d'abord le cœur de Quantin, mais qui, dès qu'il se reprend, lui fait très mal. Il s'approche d'elle, caresse un moment ses cheveux raides, avant de la pousser doucement vers la table en disant :

— Denise, mon petit, tu n'as pas encore enlevé ton bol. Dépêche-toi, et tu essuieras la table avant que maman revienne de la grange.

Elle prend son bol qu'elle porte sur l'évier de pierre, puis, revenant avec le torchon, elle demande :

— Papa, dis-moi encore ce que vous avez fait hier, avec Marie-Louise ?

Quantin retourne se planter devant la fenêtre. La buée s'est déjà reformée sur la vitre qu'il avait nettoyée et qu'il doit essuyer de nouveau.

Le jour a cessé d'avancer. Il s'est immobilisé là, pris lui aussi par le grand gel. Seule demeure en mouvement la bise qui malmène quelques flocons affolés. Les a-t-elle arrachés au ciel ou à la terre ? Ils passent devant la fenêtre, hésitant parfois contre la vitre comme des papillons éblouis, puis ils repartent et vont se perdre en direction du village.

Quantin regagne sa chaise, près du fourneau. Il tisonne le feu endormi qui sursaute. Dès qu'il est immobile, la chatte monte sur ses genoux. Denise a essuyé la moitié de la table, mais elle reste figée. Sa main gauche à demi fermée sur les miettes qu'elle vient de recueillir est devant sa poitrine, comme pour une aumône demandée à regret.

— Papa, murmure-t-elle, parle-moi encore de Marie-Louise...

Les yeux fixés sur la grille du foyer, Quantin hésite un moment, il cherche ses premiers mots. Il a du mal à les trouver et pourtant, il sait que derrière eux les autres viendront facilement.

Quantin lui fait signe d'achever sa besogne, puis, sans attendre, il commence de raconter.

Et il parle. Il parle sans difficulté, en suivant du regard les gestes lents et appliqués de la petite qui pousse les miettes sur la toile cirée, contournant de son torchon le dessin compliqué de chaque bouquet de fleurs.

Enfin, lorsqu'elle a terminé, posé son torchon et jeté ses miettes dans une marmite, elle se dirige vers le buffet. Quantin sait qu'elle est devant le portrait de Marie-Louise, ce portrait qu'il fuit depuis ce matin, mais dont il retrouve le sourire et le regard un peu tristes.

Chelles,
17 juin 1965.

L'Hercule sur la place

L'arbre s'appuie à l'arbre.
(Proverbe africain)

Un être qui s'habitue à tout,
voilà, je pense, la meilleure définition
qu'on puisse donner de l'homme.
DOSTOÏEVSKI

Le baron

1

Il pleuvait. Une pluie lourde que le vent secouait, obligeant les badauds à incliner leur parapluie. Les bâches des baraques foraines se soulevaient, claquaient, retombaient ; pesantes, ruisselantes et raidies. La place était une vaste flaque où trempaient des confetti et des serpentins. Les derniers semés avaient encore un semblant de couleur, d'autres se mêlaient à la boue, piétinés, étirés, accrochant çà et là le reflet d'une lampe.

C'était une fin d'après-midi, un vendredi du mois de mai. Malgré l'averse, il y avait du monde entre les baraques et les manèges.

Pierre Vignaud et Guy Lemoine marchaient lentement, la tête rentrée dans les épaules, s'attardant sous les auvents. Guy portait une veste à carreaux rouges et noirs dont il avait relevé le col. Pierre portait un blouson de cuir noir dont le coude gauche, ouvert sur plusieurs centimètres, laissait voir la manche de sa chemise vert pâle.

Ils demeurèrent un long moment devant un petit stand de tir, à regarder deux garçons qui cassaient des pipes. Lorsque les garçons s'éloignèrent, une femme brune et bien en chair qui tenait le stand leur sourit en disant :

— Un carton, les jeunes, essayez votre adresse, ça vous réchauffera.

Guy haussa les épaules et fit lentement demi-tour. Pierre le suivit.

— Si j'avais trois cents balles à foutre en l'air, grogna Guy, j'irais plutôt me jeter quelque chose de chaud.

— C'est pas ici qu'on se fera de l'oseille.

— C'est à voir.

— Ça fait deux heures que tu me chantes ça. Moi je te dis qu'on n'aurait jamais dû rester dans ce bled à la con.

Guy s'arrêta soudain et se planta devant son camarade qui le dominait d'une bonne tête. Levant les yeux, il le dévisagea durement, avec un rictus mauvais, avant de lancer :

— T'as toujours fait le mariole. T'es plus malin que les autres, mais si je t'avais écouté, on serait en cabane, à l'heure qu'il est. La gare de Perrache, t'es comme moi, tu y as jamais mis les pieds. Tu te figures peut-être que c'est comme dans un trou de campagne, tu suis les voies et tu te tires par les champs.

— On se serait démerdé.

Pierre avait dit cela sans conviction. Guy marqua une hésitation puis, haussant encore les épaules, il se détourna et reprit sa marche en grognant :

— Tu me débectes, tiens. Ça fait six mois que je te traîne et t'arrêtes pas de me faire faire des conneries...

Sans élever la voix, Pierre l'interrompit.

— Le camion, c'est peut-être moi qui ai eu l'idée... ?

Guy s'emporta. Les dents serrées, il grinça :

— Ah ça va ! Moule un peu ! C'est moi qui ai voulu le piquer, mais la connerie, c'était pas ça. La connerie c'est d'avoir foutu le zing dans un fossé. Et qui c'est qui conduisait ?

Il se tut. Pierre Vignaud avait baissé la tête, comme pris en faute.

Ils firent quelques pas sans desserrer les dents puis, comme ils passaient devant un manège de petites autos qui tournait pour quelques enfants encapuchonnés, Guy eut un nouveau ricanement.

— Tiens, fit-il, quand j'aurai de l'oseille, je te paierai un tour. Avec ça, tu pourras te prendre pour Fangio.

Les musiques se confondaient, mais le haut-parleur des autos tamponneuses, plus puissant que les autres, lançait *La Bohème* chantée par Charles Aznavour. Pierre observa un moment la ronde saccadée des voitures et la course violette des étincelles sur le plafond de grillage. Comme réveillé en sursaut, Guy sortit soudain sa main droite de sa poche et empoigna le bras de son compagnon.

— Dis donc, des fois, y cherchent des mecs pour le dimanche. Si on essayait... Allez, va demander.

— Non, vaut mieux que ce soit toi.

Guy hocha la tête, apitoyé.

— T'as raison, t'es tellement bille, même si on a une chance, tu foutras tout par terre.

Guy se dirigea vers le long manège qu'il contourna pour atteindre la caisse vitrée contre laquelle un homme d'une cinquantaine d'années était adossé. Pierre les regardait parler. Le reflet bleuté des étincelles zébrait le dos mouillé de Guy et ses longs cheveux noirs luisants d'eau. Il ne parla que quelques minutes. Lorsqu'il revint, il fumait une cigarette.

— Alors ?

Guy tira une longue bouffée et tendit la cigarette à Pierre en expliquant :

— Tu parles, y sont déjà trop nombreux. Le daron m'a dit : « Avec ce temps, on bouffe des ronds. » Y m'a tout de même filé une tige. Il a une bonne gueule ; sans la flotte, on avait une chance.

Ils restèrent là un moment, debout sur le plancher de ronde secoué par les heurts des petites voitures, puis ils traversèrent la rue en direction d'un grand café dont la salle était pleine. Une odeur chaude de fromage et de pain grillé venait en vagues jusque sur la terrasse.

— Des croque-monsieur, y s'envoient, les salauds, grogna Guy. Viens, ça me fait mal de voir ces mecs-là. Y me paieraient que je voudrais même pas boire avec eux.

Les deux garçons regagnèrent la place et se dirigèrent vers une longue baraque à bâche verte où trois ampoules venaient de s'éclairer. Il y avait là un auvent très large sous lequel les curieux commençaient à se grouper, attirés devant l'estrade par le roulement sourd d'un tambour dont l'humidité devait détendre les peaux. L'homme qui battait était grand et gros. Son visage coloré et flasque vibrait au mouvement de ses bras. Il portait un pull-over rouge à col roulé et un pantalon de toile bleue très large du bas. Il regardait le public, criant de loin en loin, comme pour appeler un chien :

— Allez, allez ! Viens, viens, viens, viens !

Les premiers mots étaient dits d'une voix grave qui montait peu à peu, pour se terminer par une espèce de cri éraillé et haut perché.

— Y paie, le vieux, avec son culbutant d'avant-guerre, remarqua Guy.

L'homme s'arrêta soudain de battre sa caisse au cuivre cabossé, posa ses baguettes sur la chaise où se trouvait déjà l'instrument, et empoigna une énorme chaussette bourrée de paille ou de crin. Comme il lançait de nouveau son cri, deux hommes sortirent de la baraque et s'avancèrent sur l'estrade. Le premier était un grand nègre vêtu seulement d'un slip en fausse panthère. Le second, beaucoup plus petit, portait un survêtement marron à fermeture Éclair. Aussitôt arrivé, le nègre gonfla sa poitrine et banda ses muscles. Il lançait çà et là des sourires qui découvraient ses dents blanches, clignait de l'œil et passait sa langue rose sur ses lèvres épaisses.

— Faut pas dire, remarqua Pierre, il est taillé.

— Tu parles, c'est du vent. Ces trucs-là, c'est comme le catch à la télé, c'est tout du bidon.

— Peut-être, mais il est tout de même baraqué.

Le gros homme à pull-over rouge s'était approché du petit homme au blouson marron. Il lança plusieurs fois sa chaussette en l'air, la rattrapant pour la faire claquer contre sa main large et épaisse. Soudain, au lieu de taper dans sa main, il assena un grand coup de chaussette sur le crâne du petit homme. Le petit homme roula des yeux tout blancs et ébaucha un sourire qui s'ouvrait de côté, déportant sa bouche jusqu'au milieu de sa joue droite.

— La tête la plus dure du monde, cria le gros homme. Mesdames, messieurs, ceux qui veulent confier à Kid Léon leur planche à hacher remporteront du petit bois pour allumer leur feu. Ceux qui ont des planches à repasser peuvent en faire faire des allumettes. Ceux qui ont des briques à réduire en poussière, des œufs à casser, ou du sucre à mettre en poudre peuvent se présenter, travail à la demande... Et-tout-ça-uni-que-ment-avec-l'os-fron-tal.

A chaque syllabe de la dernière phrase, il cognait sur la tête de Kid Léon qui continuait à sourire, roulant toujours ses yeux qui semblaient deux grosses billes claires dans son visage bronzé.

Le public commençait à rire. L'homme cria encore :

— Et vous pouvez remarquer : aucune protection camouflée sous les cheveux.

Kid avait en effet le front légèrement dégarni et le reste du crâne rasé très court. Lorsque le gros homme lui assena un coup magistral sur le front, Kid lança la tête sur le côté et poussa un aboiement rauque, comme pour mordre la chaussette. Un long rire courut sur la foule.

— Tiens-toi tranquille, Kid, fit le gros homme. Tu mordras tout à l'heure, quand on t'aura trouvé un bon poulet bien tendre.

— Le poulet, patron, moi ça me botte, c'est champion.

Kid avait un accent parisien très prononcé et blessait légèrement les S. Comme les gens riaient, il se tourna vers eux, l'air faussement furieux, et prit à partie un spectateur qui se trouvait au premier rang, non loin de Pierre Vignaud.

— C'est toi, gros sac, qui rigoles comme ça ! cria-t-il. Monte une minute, on s'expliquera.

Le patron lui imposa silence.

— Tais-toi, Kid. On sait que tu peux les bouffer tous, même en travers. Mais faut être gentil. Faut pas les forcer. Faut dévorer que les volontaires.

— J'ai jamais forcé personne, patron, mais celui-là, y m'énerve. Y rit mal : il en saute la moitié.

Kid avait sans cesse des mouvements brusques, des gestes de menace, des contractions de tout le corps et des ébauches de détente, comme s'il se fût retenu de bondir au milieu des curieux.

L'autre s'était remis à parler :

— Kid Léon, c'est l'homme qui trompe son monde. Si je le présente comme ça en offrant la prime à celui qui le tombe, j'ai tout de suite une vingtaine d'amateurs qui lèvent la main.

Personne ne broncha, mais l'homme eut un large geste du bras, comme pour repousser mille demandes à la fois et réclamer le silence.

— Minute, hurla-t-il. Minute les enfants !... Nous autres, on n'a pas l'habitude de rouler le client. On le roule sur le tapis, ça suffit. On donne toujours un petit échantillon avant de livrer la marchandise.

Il se tourna vers son partenaire puis, se ravisant soudain, il pointa son index en direction d'un badaud.

— Tenez, fit-il. Une devinette... Vous, monsieur, vous qui avez l'air intelligent ; à votre avis, combien peut peser Kid Léon, l'homme à la tête d'acier ?

Pierre se haussa sur la pointe des pieds pour tenter de voir le spectateur interrogé, mais des parapluies ouverts le gênaient.

— Allons, poursuivait le patron, un chiffre... Quoi ?... Combien ?... Soixante kilos ? Dites donc, vous êtes peut-être intelligent, mais je vous conseille pas de faire confiance à votre boucher.

Il laissa s'éteindre le rire montant de la foule, avant de reprendre :

— Vous pouvez ajouter quarante livres, et ça fera le compte.

Il y eut un murmure, et le gros homme hurla :

— Discutons pas ! Allez Kid, tombe la veste !

Le petit homme eut un mouvement des épaules pour

faire sauter en arrière son blouson qui glissa sur l'estrade. Il apparut en maillot d'haltérophile. Un maillot bleu qui n'était qu'une étroite bavette retenue par une simple lanière passant derrière la nuque. Les pectoraux et les épaules se trouvaient ainsi complètement dégagés. Il y eut un silence, avec seulement quelques murmures d'admiration et de surprise. Kid était une masse de muscles et de tendons.

Le gros homme parcourut l'assistance d'un long regard soupçonneux, avant de dire simplement :

— Alors ?

Personne ne souffla mot.

Se présentant de profil, Kid saisit son poing droit dans sa main gauche et banda son bras. Un murmure d'admiration monta des parapluies et des cirés trempés pour courir sur la foule comme une houle.

— Cinquante-deux centimètres de tour de bras, annonçait le gros homme. Champion d'Europe de poids et haltères, champion de lutte libre et ceinture noire de judo... Avec Kid Léon, c'est à choisir : la lutte, le catch ou les poids.

Kid Léon avait empoigné un poids de vingt kilos qu'il lança en l'air pour le rattraper. Le poids tournait très vite. L'anneau tintait. La masse de métal semblait voltiger autour du petit homme tout en muscles. Elle volait de sa main droite à sa main gauche, montait derrière son dos, frôlait sa nuque rasée pour venir tournoyer tout près de son oreille, comme si elle eût roulé sur son épaule. Kid laissait descendre la masse tourbillonnante, pour la rattraper au ras du plancher. Parfois, la masse tournait si vite sur elle-même, que l'anneau était à peine visible. Et pourtant, Kid le bloquait toujours à coup sûr, exactement comme si sa main eût été aimantée.

Dès qu'il reposa son poids, le gros homme et le nègre donnèrent le signal des applaudissements.

Pierre se tourna vers son camarade pour remarquer :

— Il est taillé, ce mec-là.

— Tu parles, c'est toujours du chiqué, ces trucs-là.

Pierre allait répondre, mais comme le silence reprenait, le gros homme reprit la parole.

— Alors, demanda-t-il, où elles sont les grandes gueules de tout à l'heure ?

Les gens des premiers rangs se retournaient, interrogeant du regard les visages impassibles sous l'ombre triste des parapluies dégoulinants. L'homme au pull-over rouge s'était remis à haranguer cette foule agglutinée, figée par l'averse, secouée de loin en loin par une rafale glacée. Après un long moment, alors que le forain criait qu'il n'y avait plus d'hommes forts dans la vallée du Rhône, une main se leva :

— Les poids ! cria une voix.

— Voilà un costaud ! hurla le patron. Regardez-moi ça, c'est pas des mains, qu'il a, c'est des battoirs à lessive !

Il parla encore tandis que Kid Léon grimaçait. L'amateur, qui avait attrapé la chaussette bourrée de crin, approchait lentement... Lorsqu'il longea l'estrade pour pénétrer dans la baraque, Pierre et Guy remarquèrent qu'il devait avoir une quarantaine d'années. Il portait une veste de cuir élimée et un béret enfoncé jusqu'à son col relevé.

— Tu parles, dit Guy, c'est un baron, on connaît la combine... Tout du bidon.

— Et le poids de vingt kilos, c'est du bidon ? demanda Pierre.

— Je te dis que les mecs sont d'accord.

— Pas forcément.

— Tu penses qu'y vont balancer dix sacs à chaque séance ? Y boufferaient la taule en trois jours.

— La prime, ils la donnent seulement aux mecs qui gagnent.

— Alors, si c'est ça, t'as qu'à prendre le nègre. Tu roules toujours ta caisse en disant que t'as fait de la boxe et de la lutte, si t'es si mariole, c'est une occasion de nous renflouer.

Pierre se contenta de hausser les épaules.

— C'est ça, reprit Guy. T'es toujours en train de chercher des crosses à des mecs quand t'es sûr d'être le plus fort, mais là, tu mouilles. T'es un pauvre type, tiens!

Pierre écoutait le gros homme qui, à présent, présentait le nègre.

— Avec Joë Nelson, c'est la boxe et la lutte... Nelson est un boxeur ancien champion du Mississippi, mais comme les courageux sont rares, il accepte même de rencontrer les catcheurs dans leur spécialité. La semaine dernière, à Valence, il en a mangé trois. Et aujourd'hui, il se sent un creux à l'estomac.

Le nègre, qui avait sauté à la corde pendant la harangue du patron, s'arrêta pour se livrer à quelques effets de muscles. Gonflant sa poitrine, il creusait son ventre et mimait l'homme qui dévore un quartier de viande en le tenant à deux mains. Peu à peu, son ventre s'arrondissait. Le patron l'arrêta d'un geste.

— Assez Joë. Laisse de la place pour nos invités. Avec un temps pareil, ils vont tous vouloir se mettre à l'abri.

Le Noir, sans doute beaucoup plus jeune que Kid Léon, était plus grand et mieux proportionné. Pourtant, sa musculature, légèrement enrobée de graisse, était moins impressionnante.

L'homme au pull-over rouge parla encore un moment, s'étonnant qu'une ville comme Vienne fût si pauvre en sportifs.

— Vas-y, répéta Guy, si vraiment y cherche un amateur, tu peux toujours demander mille balles pour te faire casser la gueule.

Pierre ne répondit même pas.

— T'aimes mieux te faire dérouiller pour rien par des flics, dit encore Guy en le bourrant du coude. Je te jure que si j'étais comme toi, je me déballonnerais pas, moi.

Le forain se lamentait toujours; comme il parlait d'annuler la séance et de plier bagage pour aller dans une ville plus sportive, une voix lança :

— Lo négro! Lo négro!

Les spectateurs des premiers rangs se retournèrent,

regardant tous vers une main qui s'agitait au-dessus des parapluies et des chapeaux mouillés.

Le gros homme jeta une deuxième chaussette en criant :

— Allons, voilà un courageux... Faites de la place... Laissez avancer l'amateur...

Il y eut un remous, et la foule s'ouvrit pour livrer passage à un homme qui ne cessait de répéter :

— Lo négro ! Lo négro !

A mesure que l'amateur approchait de l'estrade, le patron se penchait en avant, une main en visière au-dessus de ses yeux, l'air de plus en plus étonné.

— Ma parole, finit-il par dire, c'est un vieillard ! Ho ! grand-père, y a erreur. Ici, c'est pas une maison de retraite, c'est la baraque des hommes forts.

Après chaque phrase, il s'arrêtait pour laisser au public le temps de réagir. Jouant des coudes, le vieux avançait lentement. Il était voûté et portait une casquette grise enfoncée jusqu'aux sourcils. Visage glabre à la peau olivâtre. Joues creuses. Une bouche aux lèvres minces qui s'ouvrait sur des dents noires lorsqu'il répétait :

— Lo négro ! Lo négro !

Des cheveux blancs sortaient entre sa casquette et le col de sa veste grise que la pluie noircissait sur les épaules et le dos. Arrivé au premier rang où se trouvaient les deux garçons, il posa ses mains sur le bord de l'estrade et répéta encore :

— Lo négro !... Lo négro !

— Vous avez des chagrins d'amour, grand-père, demanda le forain. Vous voulez en finir avec la vie ?

Comme les gens se mettaient à rire, le vieux se retourna pour les injurier dans une langue que personne ne semblait comprendre. A plusieurs reprises, il désigna le nègre du doigt et répéta :

— Lo négro !... Lo négro !

Kid Léon, qui s'était éloigné, revint à la hauteur du gros homme et intervint :

— Ça doit être un Espagnol.

Le vieux cria encore, puis le patron remarqua :

— Non, c'est pas de l'espagnol, ce charabia. Ça doit être du portugais.

Il essaya d'engager le dialogue, mais le vieux s'obstinait à désigner le Noir en répétant :

— Lo négro !... Lo négro !

Par une mimique compliquée, il parvint à faire comprendre qu'il voulait lutter à mains plates.

— Et alors, demanda Pierre, tu crois que c'est du chiqué ?

Guy avait toujours son sourire dur et méprisant.

— C'est probable, dit-il.

— Je crois plutôt que c'est un vieux qui a dû être un sacré lutteur. A voir sa gueule, il est sûrement aussi fauché que nous. Y va peut-être se faire démolir pour essayer d'avoir la prime.

Pierre se tut. L'homme au pull-over rouge s'était redressé en criant :

— Je vous jure, faut venir ici pour voir ça !

— Moi, déclara le nègre, je veux pas lutter avec ce pauvre homme... Un grand-père, ça se respecte... Et puis, je risque la prison, moi. Un homme de cet âge-là, il peut se tuer en tombant. Suffirait de le pousser un peu fort.

Il s'ensuivit une dispute, avec des explications confuses que couvrait par moments le brouhaha de la foule mécontente. Finalement, le patron imposa le silence et expliqua :

— On ne peut pas refuser un amateur. Le public croirait que j'ai peur de risquer la prime. Alors voilà ce qu'on va faire. Je vais demander quatre témoins qui entreront gratis. S'il arrive un accident, je leur demanderai seulement de prouver que j'ai bien averti ce vieillard... Qui veut être témoin ?

Sans réfléchir, Pierre Vignaud leva la main. Aussitôt, il reçut une bourrade de Guy, mais déjà le gros homme se penchait vers lui.

— En voilà un... Et cette petite dame... Vous, monsieur...

— T'es maboule, grogna Guy. Qu'est-ce que tu vas te mêler de ça ?

— Laisse mouler, je veux voir à l'œil... qu'est-ce qu'on risque, puisque tu dis que c'est du chiqué ?

Guy cracha devant lui et leva la main à son tour.

— Ça suffit, lança le patron, j'en ai quatre.

Déjà les gens s'alignaient devant la caisse où une femme maigre et noire de cheveux vendait les billets.

— Je te préviens, ragea Guy, si tu entres sans moi, je te laisse tomber.

Pierre réfléchit un instant, son front bas tout plissé de rides. Puis, se dirigeant vers l'estrade, il appela le patron.

— Je suis avec un copain, est-ce qu'on peut entrer à deux ?

— C'est bon, dit le patron, je suis pas chien.

2

Le patron fit avancer les témoins en les conduisant jusqu'à l'entrée où une fille déchirait les billets des autres spectateurs. Elle était maigre et brune comme la caissière, et semblait âgée d'une quinzaine d'années.

Les témoins s'installèrent au premier rang. Tout près du ring. La bâche verte, où se devinaient des poches d'eau, laissait filtrer une clarté que la lumière électrique ne parvenait pas à réchauffer, et qui donnait à tous les visages un air malade. Il n'y avait qu'une seule ampoule nue, suspendue au-dessus du ring et qui se balançait chaque fois qu'une rafale bousculait la tente. Tout était triste, froid et humide. Le bois des bancs étroits et sans dossier était gluant. Les cordes du ring avaient été rafistolées à l'aide de ficelles et de chiffons de plusieurs couleurs.

Devant une salle à moitié pleine, la séance débuta par un match de poids. Le petit hercule à la mâchoire désaxée portait à bras tendu un haltère de trente kilos, puis jonglait avec. Jambes écartées, il le balançait deux fois, le lâchait, frappait des doigts sur l'une des sphères pour lui imprimer un mouvement de rotation ; lorsqu'il avait fait deux tours sur lui-même à hauteur de sa tête, il le rattrapait pour le renvoyer en l'air. Il plia ensuite une barre de fer et empoigna une brique qu'il cassa en la cognant contre son front.

Son adversaire avait l'air d'un ouvrier d'usine, timide et bien embarrassé de se trouver là. Il ne parvint pas à ployer la barre de fer, ne put mettre que vingt kilos à bras tendu et fut déclaré battu.

— C'est de la connerie, leur bidule, déclara Guy. Je te l'avais dit.

— Je voudrais t'y voir, avec vingt kilos.

— Pauvre mec !

— C'est toi, le pauvre mec.

Leur dialogue n'alla pas plus avant. Kid et l'amateur venaient de quitter le plateau sous quelques maigres applaudissements. Le nègre monta sur le ring. Dans le coin opposé, le vieux enjamba les cordes. Il avait gardé son pantalon de coutil mouillé sur les cuisses et en bas, mais son torse et ses pieds étaient nus. Il était toujours aussi pâle.

— C'est une crevure, remarqua Guy, tu vas voir que c'est du chiqué.

— Ce vieux, observa Pierre, il a dû être vachement balèze, ça se voit encore.

La peau du vieil homme était flasque, trop ample pour ses muscles. Ses biceps étaient encore gros, mais flottaient comme perdus à l'intérieur d'une gaine molle et deux fois trop large. Un pli profond, que l'ombre accentuait, soulignait ses seins plats. Son crâne chauve luisait au centre d'une couronne de cheveux gris qui portait encore l'empreinte de sa casquette. Il semblait souffrir, fixant tour à tour le public, le nègre, le gros homme mais surtout la bâche grise et tachée de brun qui recouvrait le plancher du ring.

— Bon Dieu, ricana Pierre, ce serait tout de même marrant que ce débris foute une avoine au noircicaud.

— T'es bien un vrai plouc. On te dirait que ce vieux c'est le jules à Brigitte Bardot, tu le croirais.

Le gros homme présentait les deux lutteurs, sans avoir pu obtenir le nom du vieux qui, ne comprenant rien à ce qu'on lui demandait, s'obstinait à répéter :

— Lo négro !... Lo négro !...

Le combat commença. Il était lent et mou, comme imprégné de cette humidité qui glaçait tout. Malgré le froid, le Noir se mit à transpirer dès le début, et, chaque fois que le vieux lui portait une prise, ses mains glissaient. Le public se réveilla peu à peu et se mit à encourager le vieillard à l'air triste qui semblait mettre toute sa science et toute sa force dans ce combat. Le nègre souriait, montrait ses dents blanches et poussait des rugissements venus du fond de sa poitrine. A plusieurs reprises, le patron qui arbitrait suspendit le combat pour adresser des reproches au vieux Portugais ; mais le vieux s'énervait, répondait en sa langue avec force gestes de ses longs bras blancs que la lutte avait déjà zébrés de rose. Le public, prenant parti pour lui, commençait à crier.

Le patron avait annoncé : « Un match en deux manches et la belle s'il y a lieu », mais le Noir gagna les deux premières manches. Il y eut quelques protestations du public, et le vieux réussit à faire comprendre qu'il ne se tenait pas pour battu. Il voulait revenir à une autre séance, prendre « lo négro » entre ses grandes mains, et le casser sur son genou comme une brindille de bois mort. Le gros homme commença d'expliquer que ce vieillard avait sans doute été, autrefois, un grand lutteur, peut-être le champion de son pays, mais déjà les spectateurs se levaient. Tous paraissaient déçus, plus fatigués que les hommes qui s'étaient battus.

— Pour encourager l'amateur et le récompenser, cria le gros hommc, la maison lui offre une prime de consolation de mille francs.

Les gens n'écoutaient plus que distraitement, en se dirigeant vers la sortie.

— Tu vois, grogna Guy. T'y serais allé, on pouvait au moins grailler ce soir.

— Alors t'y crois, à présent ?

Comme pris en défaut, Guy s'énerva :

— T'es une bille, tiens. Chiqué ou pas, t'aurais toujours récolté un sac. A présent, qu'est-ce qu'on va foutre ?

3

La pluie tombait toujours. Le ciel semblait descendre à mesure que le jour déclinait. Du bas de la place, une brume froide montait, colorée par le bleu et le rouge des enseignes au néon. Toutes les baraques étaient éclairées, mais les promeneurs semblaient de plus en plus rares.

— Qu'est-ce qu'on va foutre ? répéta Guy.

— Faut qu'on trouve à grailler. Je crève, moi.

Ils passèrent devant une baraque de confiseur. A l'extrémité, un homme en toque et veste blanches étendait de la crème rose sur des gaufres. Deux enfants attendaient. Guy s'arrêta.

— Si les merdeux passent derrière les baraques, on leur cravate leurs gaufres.

Ils patientèrent un moment, suivirent les enfants qui s'arrêtèrent pour manger en regardant une grande loterie dont la roue tournait en cliquetant.

— Des queues, lança Guy. Ces lardons, y boufferont ici, tu peux être tranquille.

Guy s'énervait peu à peu. Il bouscula un groupe de filles qui s'écartèrent en riant.

— Déconne pas, dit Pierre, on aura des histoires.

L'autre se planta devant lui. L'œil mauvais. Les dents serrées.

— Quoi, quoi, déconne pas ! Ça te va bien de dire ça. Qui c'est qui nous a foutus dans le merdier ?

Pierre fit demi-tour, courbant l'échine sous l'averse, il s'engagea entre une loterie et un tir. Guy le suivit, continuant à l'insulter. Au moment où Pierre allait traverser la rue, Guy l'empoigna par le bras en disant :

— T'as rien remarqué, en passant à côté de la roulotte ?

Pierre se retourna.

— Quelle roulotte ?

— Derrière la loterie.

— C'est une roulotte, quoi !

— Pauvre bille ! Je viens de voir sortir une femme. Elle est allée dans la loterie, mais j'ai vu qu'elle fermait pas la porte à clef... Même si on trouve pas de pognon là-dedans, on trouvera toujours à bouffer.

Pierre ne répondit pas. Il regardait tour à tour la loterie, la roulotte, les autres baraques et ce qu'il pouvait apercevoir de la place. L'endroit où ils se trouvaient était dans l'ombre et personne ne passait à proximité.

— Et si y a des mecs ?

— C'est tout éteint.

Pierre eut encore une hésitation avant de proposer :

— Faut attendre qu'y fasse complètement nuit.

— Tu débloques. T'as entendu ce qu'a dit la grosse gonfle dans la taule des lutteurs : pas de séance ce soir, avec ce temps-là. Si ça se trouve, la vieille va boucler sa loterie et revenir dans la roulotte.

Comme Pierre hésitait toujours, son camarade retourna sur l'esplanade, passa devant la loterie et revint rapidement.

— La vieille est avec deux gosses. Pas d'homme, c'est un bon truc. Puisque t'as les foies, tu vas faire le guet. J'entre, tu restes au pied de l'escalier. Si la vieille sort, tu cognes contre la roulotte et tu cavales... Allez, viens.

Ils restèrent quelques instants au pied de l'escalier, l'oreille tendue. Le crépitement de la pluie sur le toit de tôle, la musique des manèges, quelques bruits de moteur plus lointains, c'était tout. Guy monta lentement les marches de bois. Tout en surveillant la petite porte par où la femme pouvait quitter sa loterie, Pierre suivait le mouvement de son camarade. Il vit sa main appuyer lentement, presque insensiblement sur la poignée, il vit la porte de la roulotte s'ouvrir. Pas un bruit. Guy était calme, très sûr de lui.

La porte était ouverte complètement, Guy avait déjà fait deux ou trois pas à l'ntérieur lorsqu'une voix d'homme venue du fond obscur de la roulotte demanda :

— C'est toi, Kid ? Allume donc.

Machinalement, comme si le danger fût venu de l'extérieur, Pierre cogna contre la tôle de la roulotte. Mais déjà Guy jaillissait, sautait dans la boue en criant :

— Merde, y a un mec !

Guy avait fait un bond qui l'avait porté jusqu'au milieu de l'allée. Comme un ressort, aussitôt tombé, il repartit en courant vers la rue. Pierre démarra aussi, mais, dès sa deuxième foulée, il sentit un choc contre son tibia gauche et partit en avant, de tout son long dans la boue. De la roulotte, la voix hurlait :

— Angèle... Kid... Vite... Vite !

Pierre se relevait lorsqu'un choc au milieu du dos le fit retomber dans la boue. Il eut le temps de voir un tabouret atterrir à côté de lui, puis, comme il tentait encore de repartir, il fut de nouveau plaqué au sol. D'un effort violent, il fit basculer la masse qui tentait de l'immobiliser et vit qu'il s'agissait d'un homme aux jambes nues et d'une femme. La femme hurlait :

— Kid... Kid !

Elle était par terre et s'agrippait au blouson du garçon qui réussit pourtant à se dégager. Il comprit que l'homme avait du mal à se relever. La rue était là, à deux pas, et Guy avait disparu dans l'obscurité. Un saut par-dessus cet homme et cette femme, et c'était la liberté. Pierre allait s'élancer lorsqu'il sentit une main se refermer sur son poignet droit. Le bras replié dans le dos, il se cambra et tomba sur les genoux en hurlant. Le front contre le sol, une douleur brûlant toute son épaule, il entendit la femme qui demandait :

— Qu'est-ce qu'il a fait ?

L'homme expliqua, d'une voix malade, hachée par la colère.

— Ils étaient deux. L'autre a filé... Il est entré doucement, j'ai cru que c'était toi, Kid. Des fois, tu fais comme ça quand tu sais pas si je dors. Alors, j'ai parlé. Et ils se sont barrés. Celui-là, il a dû se prendre les pieds dans le câble... Je m'étais levé. Un réflexe, je prends un tabouret... J'ai bien fait... Il allait se relever quand il l'a reçu dans le dos.

— Vous avez du mal ? demanda Kid.

— Ça va, dit l'homme.

— Allez, Angèle, reprit Kid, occupe-toi de Gégène. Moi je me charge de cette ordure. C'est tout de même un coup de veine, je venais juste vous voir.

— Faut l'emmener au commissariat, dit la femme.

— T'inquiète pas, fit Kid. Je sais ce que j'ai à faire.

Pierre entendit les pas de l'homme et de la femme qui s'éloignaient dans la boue, tandis que Kid l'obligeait à se relever en tirant sur son bras douloureux.

— Viens, ordure, on va s'expliquer.

La voix du petit homme était calme. Il dit encore :

— C'est pas la peine de se faire remarquer. On va passer par-derrière, tu vas marcher tranquillement à côté de moi.

Il lâcha le poignet de Pierre dont le bras retomba le long du corps. Kid ajouta :

— Essaie pas de filer, ça te ferait trop mal.

Pierre osait à peine regarder Kid. Il se laissa conduire jusqu'à la baraque des lutteurs dont l'auvent était rabattu. Kid le souleva légèrement et poussa Pierre dans l'obscurité en disant :

— Bouge pas, je vais allumer.

La lumière se fit derrière le rideau séparant l'entrée de la tente où était le ring. Kid écarta le rideau et s'effaça pour laisser passer le garçon qui se frottait le coude.

4

Lorsque le petit lutteur eut refermé le rideau, il entraîna Pierre au pied du ring. Le bruit des manèges était plus lointain, amorti encore par la course de la pluie et du vent sur le toit et les murs de toile. Kid examina Pierre en silence, parut le soupeser du regard, puis, s'adossant au ring, les deux bras posés sur la corde la plus basse, il dit doucement :

— Tu peux t'asseoir.

Pierre se laissa tomber sur un banc du premier rang. Il distinguait mal les traits de Kid dont l'ampoule éclairait uniquement par transparence, la brosse de cheveux blonds très courts. Il y eut un long silence. Pierre entendait son sang battre ses tempes. Baissant la tête, il remarqua que sa main droite tremblait et recommença de se frictionner le coude.

— Te plains pas, observa Kid Léon, si j'avais appuyé la prise, t'étais bon pour l'hosto. Et c'était pas seulement le coude qui pétait, mais l'épaule aussi. Tu t'offrais un mois de plâtre.

Pierre respira profondément avant de pouvoir parler. Se touchant prudemment l'épaule, il finit par dire :

— Justement, l'épaule, ça a craqué.

Kid s'approcha en disant :

— Enlève ta veste.

Pierre eut envie de lui crier : « Me touchez pas. Je veux

pas. » Mais les mots restèrent dans sa gorge. Presque malgré lui, il quitta son blouson. Kid lui ouvrit sa chemise qu'il écarta sur le côté. Prenant d'une main son bras droit, il le fit aller d'avant en arrière, puis de bas en haut, tandis que, de l'autre main, il palpait les muscles de son épaule. Cette main ferme pétrissait la chair où les doigts semblaient fouiller, se promener comme en un lieu connu. Il y eut un léger craquement, et, presque aussitôt la douleur devint moins vive.

— C'est rien, constata le lutteur, c'est le deltoïde qui a un peu trinqué. J'ai pourtant l'habitude, mais t'étais froid, c'est pour ça.

Il semblait presque s'excuser. Tandis qu'il regagnait sa place le dos au ring, Pierre remit son blouson. Kid attendit encore quelques instants puis, toujours calme, il demanda :

— Alors ?

Pierre baissa la tête et Kid, un peu plus haut, répéta sa question.

— On voulait pas faire de mal, dit Pierre. On voulait voir, c'est tout.

Kid vint se planter devant lui et, l'obligeant à lever la tête en l'empoignant sans brutalité par ses cheveux longs et épais, il dit :

— Écoute, petit, je veux bien être bon bougre, mais faut pas te payer ma tête. On va pas visiter une verdine comme ça, à l'aveuglette, pour faire du tourisme. Qu'est-ce que tu voulais, du fric ?

— D'abord, je suis pas entré, moi.

— Tu faisais le pet ?

— Oui, mais j'étais pas d'accord... C'est mon copain qui a tout décidé.

Pierre eut à peine le temps d'apercevoir une ombre, une gifle magistrale arrivait. La douleur lui fit monter les larmes aux yeux.

— Ça, lui dit Kid, j'aime pas. J'aime pas les mecs qui fauchent, mais je crois que j'aime encore moins ceux qui se dégonflent.

Timidement, Pierre grogna :
— Vous avez pas le droit...
Kid l'interrompit.
— C'est bon, fit-il. J'ai pas le droit de te calotter, alors c'est pas la peine de perdre du temps. Viens avec moi, tu verras si les flics vont se gêner pour t'arranger la gueule.
Comme Pierre ne bougeait pas, Kid le prit par le bras pour l'obliger à se lever.
— Allez, j'ai pas de temps à perdre.
Pierre se leva lentement. Ses jambes tremblaient. Il fit trois pas, s'arrêta, eut une hésitation, et d'une voix étranglée, presque suppliant, il dit :
— Non, pas les flics. Foutez-moi une trempe si vous voulez, mais pas les flics.
Kid passa plusieurs fois sa main courte et épaisse sur son crâne. Il semblait réfléchir, tout en observant Pierre qui s'était de nouveau laissé tomber sur un banc.
— Écoute-moi, petit. Je crois que tu ne m'as pas bien compris. Je t'ai pas donné à choisir entre les flics et une raclée. La raclée, si j'avais voulu te la mettre, tu serais resté la gueule dans une flaque. Mais j'aime pas ça. Et j'aime encore moins les flics. J'ai quarante-sept piges. J'ai jamais donné personne, et ça me ferait mal de commencer aujourd'hui. Et avec un gamin, encore.
Il fit trois pas dans l'allée qui menait au ring puis, s'arrêtant soudain, il demanda :
— Quel âge tu as ?
— Bientôt dix-huit.
— T'es pas mal baraqué, pour ton âge.
Kid revint devant Pierre, s'assit face à lui sur un autre banc, toujours le dos tourné au ring.
— Alors, demanda-t-il, c'est du pognon, que vous cherchiez ?
— On voulait juste trouver de quoi bouffer.
— Ah.
Kid avait dit ce simple mot en hochant la tête.
— Je vous jure, ajouta Pierre.

Kid eut un sourire de sa bouche désaxée.

— T'es encore un pilon, hein ! Tu jures : croix de bois, croix de fer, si c'est pas vrai je vais en enfer.

— Je suis plus un gamin, dit Pierre. Mais je vous dis qu'on voulait bouffer, c'est tout.

— T'as si faim que ça ?

— On n'a pas mangé depuis hier matin.

— Eh bien moi, mon gars, ça m'est arrivé de rester plus longtemps que ça sans croquer, et j'ai pourtant jamais rien piqué à personne.

— Moi je voulais pas.

Kid éleva la voix et se souleva sur son banc, avec un geste de menace pour lancer :

— Ah ! non, hein ! Recommence pas. Si t'es pas une merde, personne t'obligera à faire un sale coup quand t'en as pas envie.

Il s'interrompit soudain, puis, très vite, et sur un autre ton, il demanda :

— C'est la première fois, que vous essayez de piquer, ton pote et toi ?

— Oui.

— Te paye pas ma tête.

Pierre ne put soutenir le regard du petit homme. Des mots étaient en lui, des mots qu'un seul regard de cet homme suffisait à refouler.

— Quand j'ai parlé des poulets, reprit Kid, t'as vraiment eu les foies. Y a bien une raison ?

— Non.

— Regarde-moi.

Pierre leva la tête. Le petit homme semblait calme. Seule sa mâchoire dont les muscles se crispaient légèrement, trahissait un peu d'agacement. Ses deux mains bourrelées de muscles étaient posées à plat sur ses genoux, comme deux bêtes prêtes à bondir.

— Alors, demanda-t-il, c'est grave ?

— On a eu un accident de bagnole.

— De bagnole volée, acheva Kid.

— C'était un petit camion, j'avais pas l'habitude.

— Et alors ?

— On était à Marseille... On travaillait.

— A voler des camions ?

— Non, sur le port.

— Il y a eu des blessés ?

— Non. C'est arrivé la nuit, sur une petite route. J'ai queuté un virage.

Kid se leva lentement. Marcha de long en large devant le ring pendant un moment, tout en continuant de questionner Pierre, toujours de son ton calme, se bornant seulement à le fixer dans les yeux lorsqu'une réponse ne lui semblait pas satisfaisante. Il apprit ainsi que les deux garçons avaient pris le train à Avignon et s'étaient arrêtés à Vienne parce qu'ils n'avaient pas assez d'argent pour aller plus loin.

— Et qu'est-ce que vous comptiez faire ? demanda-t-il.

— Essayer d'aller au moins jusqu'à Lyon. Là, on aurait trouvé du boulot.

— Et pour aller à Lyon, vous auriez encore piqué une tire ?

— Non, on voulait aller à pied ou faire du stop.

Kid s'approcha de lui, l'examina une minute et déclara :

— Avec des tronches comme vous en avez, vous auriez sûrement trouvé.

— Qu'est-ce que j'ai ?

Kid lui rabattit les cheveux en avant.

— T'as une tignasse de voyou. Et ton copain, c'est encore pire, il a l'air d'une tante.

— Vous le connaissez pas.

— Il était avec toi, pendant la séance. Figure-toi mon petit, repérer les gueules, ça fait aussi partie du métier, chez nous.

Kid se tut et retourna près du ring. Il se baissa, souleva un coin de la bâche qui pendait jusqu'au sol, tira une énorme valise qu'il posa sur un banc, l'ouvrit et revint vers Pierre avec une serviette de toilette.

— Tiens, dit-il, essuie-toi un coup, t'as de la boue plein la figure.

Pierre s'essuya. Il sentit la terre qui grattait son front et ses joues.

— Frotte-toi aussi les cheveux, ordonna Kid. Ta veste et ton pantalon, faudra attendre que ça sèche pour les brosser.

Quand ce fut terminé, Kid lança la serviette sur une corde de ring. Lorsqu'il se retourna, Pierre demanda :

— Qu'est-ce que vous allez faire ?

Le lutteur se mit à rire.

— Tu te fais du mourron, hein ? Mais qu'est-ce que tu veux que je fasse ? T'as rien piqué dans la roulotte ?

Pierre fit non de la tête. Kid était revenu tout près de lui. A présent qu'ils étaient debout tous les deux, face à face, le garçon se rendait compte que le crâne rasé du lutteur lui arrivait à peine à l'épaule. Il constatait cela et, en même temps, il pensait à son bras où la douleur était comme une bête à demi endormie.

— Moi, reprit Kid, je fais mon métier, les flics n'ont qu'à faire le leur. Quand on n'est pas en règle, c'est des gens qui ne nous font pas de cadeau. Je vois pas pourquoi je leur en ferais un. Et puis, je te l'ai dit : je suis pas un donneur. Je pense que ton pote doit t'attendre quelque part ?

Pierre eut un geste qui voulait dire : celui-là, je le connais, il est sûrement loin.

— Bien sûr, observa Kid, il a eu peur que je t'emmène au commissariat et que tu te mettes à table.

Pierre ne répondit pas. Kid parut réfléchir quelques instants puis, faisant pivoter Pierre dans l'allée, il le poussa vers la sortie en disant :

— Ça vaut peut-être mieux pour toi. T'as pas l'air d'un mauvais cheval. Tout seul, tu feras sans doute moins de conneries.

Pierre atteignait le rideau lorsque le lutteur ajouta :

— Ah dis donc, pour la roulotte où vous vouliez piquer,

je te signale que c'était mal choisi. Ces gens-là sont sûrement aussi fauchés que vous.

La phrase demeura en suspens. Comme si l'homme eût renoncé à aller jusqu'au bout de son idée.

Pierre souleva le rideau que Kid maintint écarté afin qu'il eût assez de lumière pour faire les quelques pas qui le séparaient de l'auvent.

— Pour sortir, dit Kid, pousse au coin.

Pierre poussa le cadre de bois où la lourde bâche était tendue. Les lumières de la place apparurent, toutes noyées de pluie. Le garçon hésita, puis, avant de s'engager sous l'averse, il se retourna pour dire :

— Vous êtes un bon type.

— Tu n'as pas à me remercier.

Kid laissa retomber le rideau et s'avança jusqu'à lui. Le prenant par le bras, il le serra en demandant très vite :

— Qu'est-ce que tu vas faire ? Où tu vas crécher, par un temps pareil ? Qu'est-ce que tu vas bouffer ?

Pierre soupira en haussant les épaules. Par l'entrebâillement de l'auvent, les gifles du vent mouillé entraient.

— Tu vas encore faire des blagues, dit Kid.

Il y eut un temps. La fête semblait s'éteindre peu à peu. Seul le haut-parleur du manège d'autos tamponneuses fonctionnait encore, lançant par-dessus les bourrasques *Étoile des Neiges*. Kid secoua le bras de Pierre et se remit à parler très vite, à voix presque basse :

— Écoute-moi. Je peux te faire manger, et tu peux passer la nuit ici. Mais... mais faut pas te tromper, c'est pas pour te faire plaisir que je fais ça... Seulement, t'as pas l'air d'un mauvais cheval... Et puis, si tu faisais une connerie dans le coin et que tu sois pris, ça pourrait revenir jusqu'à moi. On se demanderait pourquoi je t'ai pas fait coffrer. Et moi, les histoires, j'aime pas ça.

Sa voix était devenue très dure. Sa main serra plus fort, et, sans ménagement, il tira le garçon vers l'intérieur en ajoutant :

— Allez, amène tes os, on va arranger ça.

5

Kid poussa la porte vitrée de la roulotte et entra. Pardessus son épaule, Pierre vit la femme qu'il avait remarquée à la caisse de la baraque des lutteurs. Elle était penchée sur une cuisinière à gaz. Sans même se tourner vers eux, elle cria :

— Serpillière !

Kid se baissa et tira sur le lino à fleurs une serpillière grise qu'il étala devant l'entrée. Il la piétina un moment puis, avançant d'un pas, il dit à Pierre de faire comme lui. La femme les regarda.

— C'est un copain, dit Kid. Il va coucher près de moi, est-ce que tu peux le faire bouffer avec nous ?

— Ma foi...

La femme montrait un visage fermé, presque crispé, avec des lèvres minces, des joues creuses et des yeux noirs très durs.

— On s'arrangera, dit Kid... Seulement...

— Y a pas à s'arranger. Tu sais bien que je suis pas à ça près.

Lorsqu'ils avancèrent vers le centre de la pièce, Pierre remarqua un homme immobile, dans la pénombre, tout au fond de la roulotte. L'homme grogna en remuant la main. La femme cria :

— Taisez-vous, Pat. Taisez-vous. C'est un copain à Kid.

— Viens, dit Kid. C'est le grand-père, faut lui dire bonjour.

Ils s'approchèrent de l'homme qui était assis dans un fauteuil d'osier, les jambes enveloppées d'une couverture de laine écossaise.

— Donne-lui la main, dit Kid à voix basse.

Pierre tendit sa main à l'homme qui la serra très fort. Criant presque, Kid expliqua :

— C'est un ami à moi. Je l'ai connu, il était tout môme. Ses vieux habitaient Montreuil, pas loin de chez moi. C'était le bon temps, Pat. C'était le bon temps.

Le visage du vieillard s'éclaira d'un sourire qui creusait ses rides. Son œil gauche semblait plus fixe que le droit, sous une paupière lourde qui retombait sans cesse. Il grogna doucement. Il tenait toujours la main de Pierre dans la sienne qui était large et serrait convulsivement. Il lâcha enfin au moment où la fille que Pierre avait remarquée à l'entrée de la baraque ouvrait la porte. Elle essuya ses pieds sur la serpillière et posa quatre gros pains sur la table.

— Tu mettras un couvert de plus, dit la mère. Kid a une visite.

La fille s'approcha et s'arrêta à deux pas des hommes. Il y eut un instant de silence.

— C'est Pierre, un copain à moi, dit Kid.

Pierre tendit la main à la fille tandis que Kid ajoutait :

— Elle s'appelle Diane. C'est la fille des patrons.

— Vous étiez à la séance, dit-elle, dans les témoins, je vous reconnais.

Kid s'empressa d'intervenir.

— Oui, il a pas osé me parler à ce moment-là. Et moi, depuis plus de cinq ans que je l'avais pas vu, je l'ai pas remis tout de suite. A son âge, on change.

La porte s'ouvrit à nouveau, et le gros homme à pull-over rouge entra.

— Tes pieds ! glapit la femme.

— Merde, grogna-t-il.

Il prit pourtant la serpillière et sécha soigneusement ses chaussures. Kid recommença la présentation de Pierre, puis le patron leur dit de s'asseoir.

— Faut que je fasse un saut chez Gégène, dit Kid. J'en ai pour une minute.

Le patron s'était assis lourdement sur un tabouret.

— Mets-toi là, fit-il.

Pierre se glissa entre la table et le banc de bois fixé à la cloison de la roulotte et s'assit en face de l'homme qui réclama à boire. La fille apporta un litre de vin rouge et deux verres que l'homme emplit aussitôt.

— A la tienne, dit-il.

Il vida son verre d'un long trait, puis il souffla très fort, du fond de la gorge. Il sortit ensuite un paquet de tabac et se mit à bourrer une grosse pipe courte. Pierre avait bu la moitié de son verre. Le vin était âpre et glacé. Il le sentit descendre jusqu'à son estomac vide.

— Alors, demanda l'homme en soufflant sa fumée sur la table étroite où il s'était accoudé, t'es un copain à Kid ?

— Oui.

Il fixait Pierre d'un regard trouble. Son haleine était forte : tabac, vin, et une espèce d'aigreur qui soulevait le cœur. Comme il empoignait le litre, sa femme le lui retira en disant :

— Ça suffit comme ça, tu boiras en mangeant.

Le gros homme eut un rire gras qui fit trembler la table.

— C'est chiant, les femmes, dit-il.

Diane avait commencé de disposer les assiettes et les couverts. Il y eut un long moment avec seulement le bruit qu'elle faisait, mêlé au crépitement irrégulier de la pluie qui courait sur le toit de métal.

— T'as quel âge ? demanda l'homme.

— Dix-huit ans.

— J'ai un garçon qui a un an de plus que toi.

— Ah !

— Parfaitement, dit l'homme.

Pierre se sentait gêné. Il osait à peine parler. Ce demi-verre de vin lui montait un peu à la tête à cause du manque de nourriture. Il suivait des yeux les gestes de la femme préparant le repas. Une bonne odeur de soupe s'échappait d'un grand fait-tout d'aluminium dont le couvercle se soulevait pour laisser filer des bouffées de buée blanche.

— Et mon garçon, reprit l'homme, c'est quelqu'un ; intelligent et tout. Avec ce qu'il a dans le cerveau, celui-là, s'il avait voulu m'écouter...

Sa femme l'interrompit en criant :

— Tais-toi donc ! Il veut se sortir de ce merdier, et il a bien raison.

Le gros homme frappa la table du poing, faisant tressauter les assiettes et les verres.

— Ce merdier te nourrit ! rugit-il.

Il s'arrêta, comme illuminé soudain. Son visage se détendit et il partit d'un gros rire en ajoutant :

— Je n'irai pas jusqu'à dire qu'il t'engraisse, mais c'est ta nature d'être grasse comme un trousseau de clefs.

Le vieillard assis au fond de la roulotte agita la main en grognant. Le patron se tourna dans sa direction pour crier :

— Tu as raison, Pat ! Le merdier les nourrit. Et il t'a nourri toute ta vie. Mais tais-toi, je cause avec un ami.

Reprenant sa position face à Pierre, le patron expliqua :

— C'est mon père, il va sur ses quatre-vingts. Il a eu une attaque voilà bientôt cinq ans. Un truc épouvantable. On était en route. Cent vingt kilos, qu'il pesait. Il a fallu le traîner, on s'en souviendra.

Tandis qu'il parlait, sa femme s'était dirigée vers le fond, emportant un bol qu'elle avait empli d'une tisane qui sentait bon les fleurs des champs. Le dos tourné aux hommes, inclinée en avant, elle devait faire boire le malade.

— Il a toute sa connaissance, expliqua le patron, seulement il n'a que le bras droit de valide. Mais tu sais qu'avec ce bras, il pourrait encore assommer un bœuf. Ce qui lui manque, c'est l'adresse. Il renverse tout ce qu'il essaye de toucher.

L'homme expliqua que son père avait été un hercule comme on n'en rencontre plus. Il parlait avec admiration et une sorte de respect qui l'obligeait à baisser la voix. A un certain moment, Pierre eut même l'impression que ses yeux injectés de sang commençaient à s'embuer de larmes. Brusquement, l'homme cessa de parler de son père pour revenir à son fils.

— Quand il était petit, dit-il, il était toujours fourré avec les lutteurs. Moi j'espérais. Et le vieux aussi. Mais c'était un garçon qui lisait. Toujours la tête à fermenter.

Le mère revint à eux et posa son bol vide sur la table.

— Il n'était pas fait pour la vie que nous menons, soupira-t-elle.

— Est-ce que tu peux dire pour quelle vie il est fait ? demanda le père.

Il avait parlé sans colère, mais la mère se détourna de lui en grognant :

— Tu dis qu'il est intelligent, mais tu n'as jamais voulu l'écouter.

— Si je l'avais écouté, j'aurais bazardé la baraque...

Il se tut soudain, parut hésiter entre la colère et le silence. Son regard descendit jusqu'à la table où il se fixa sur le verre que Pierre avait laissé à moitié plein. Il l'observa un moment puis, lentement, il avança la main. Arrêtant son geste, il demanda :

— Tu bois pas ?

— Non, ça va comme ça.

— Pourquoi tu bois pas ?

Pierre n'osa pas dire qu'il n'avait rien mangé depuis la veille, et que le demi-verre absorbé lui brûlait l'estomac. Pris de court, il bredouilla :

— Parce que je... je fais du sport.

Le patron saisit le verre qu'il vida goulûment, puis, le reposant, il éclata de rire en disant :

— Nous aussi, on en fait. C'est même notre métier. Mais ça nous empêche pas de boire, bon Dieu ! Au contraire, ça nous donnerait plutôt soif... Et puis, faut pas dire, mais le vin, ça nourrit.

La femme dit quelques mots que Pierre ne put saisir et que l'homme n'entendit probablement pas. La tête dans les mains, il se tut soudain, plissa son front bas et fronça ses sourcils épais au-dessus de son regard trouble. Il semblait, en même temps, soupeser Pierre et réfléchir à une chose très compliquée. Enfin, se penchant davantage par-dessus la table, il demanda :

— Tu fais du sport, dis-tu ? Mais quoi donc comme sport ?

Pierre ne se donna même pas quelques instants de réflexion.

— J'ai joué au foot, dit-il. Et puis, j'ai fait surtout de la boxe et un peu de lutte.

L'homme se redressa soudain. Gonflant sa poitrine et levant les mains, il regarda tour à tour sa femme et sa fille en répétant :

— Vous entendez ! Vous entendez ce qu'il dit ? Mais nom de Dieu, un copain à Kid, j'aurais dû m'en douter !

Se penchant vers Pierre, il lui souffla très fort à la figure son haleine insupportable et demanda :

— Où tu bosses ?

— Pour le moment, j'ai rien.

L'homme eut une nouvelle exclamation de triomphe.

— Des coups comme ça, ça vous ferait presque croire au bon Dieu !

Il criait très fort, riait, postillonnait abondamment.

— Et cet imbécile de Kid qui n'avait rien dit ! Tu vas travailler avec nous, petit. Tu vas travailler avec nous !

— Mais... protesta Pierre.

L'homme lui assena sur l'épaule une claque qui faillit le faire hurler de douleur.

— Tais-toi, dit-il. Je te dis qu'on va travailler ensemble. Tu verras.

Il se tourna vers sa femme et cria :

— Tu te rends compte, Tine, la veine qu'on a ? On va pouvoir liquider l'autre tordu de la fonderie. Tu verras, petit...

Kid venait d'entrer. Aussitôt, le patron se mit à l'insulter en riant. Le petit hercule paraissait éberlué. Il commença à comprendre quand l'autre lui lança :

— Bougre de salopard, tu m'avais pas dit que ton copain était du métier et qu'il cherchait du boulot.

Kid vint s'asseoir à côté de Pierre qu'il regarda en clignant de l'œil. Pierre se sentait la gorge serrée et le visage brûlant.

— Moi, observa Kid très calmement, ça fait cinq ans que je l'avais pas vu. Je pouvais pas savoir qu'il avait continué l'entraînement.

— Tu sais jamais rien, toi, dit le patron. T'es une gaufre. Mais tu vas tout de même nous sortir de la merde. Même si tu l'as pas fait exprès.

Pierre voulut encore protester, mais il reçut un coup de pied et comprit qu'il devait se taire. Déjà le patron s'était tourné vers sa fille pour lui dire :

— Diane, tu peux appeler les autres, faut qu'on leur annonce ça !

6

Diane ouvrit une petite fenêtre, prit un balai, et frappa du manche contre la roulotte voisine. Une vague d'air froid coula dans la pièce et modela sous la table un large remous. Le patron parlait toujours.

— Ça fait trois jours qu'on a ce temps sauvage. C'est une catastrophe. Et avec un tocasson dans l'équipe, faut se crever au baratin pour gagner tout juste de quoi bouffer. Les poids, ça n'attire plus les gens... Et puis, pour la lutte et la boxe, la télévision nous fait du tort.

La porte s'ouvrit. L'homme qui entra le premier était le vieux Portugais qui avait demandé à lutter avec le Noir. Il frotta ses semelles sur la serpillière en disant :

— Le temps n'a pas l'air de s'arranger.

Il avait un accent assez prononcé, mais semblait parler le français sans difficulté.

— C'est justement ce que j'étais en train de dire, fit le patron.

Le vieux leva ses yeux tristes vers le plafond noir, et soupira :

— Le bon Dieu n'est plus avec nous.

Pierre serra la main que lui tendait le Portugais, elle était froide et mouillée. Le nègre qui était entré derrière le vieux s'approcha également. Sa main était douce et tiède. Le patron, qui s'était remis à rire, fut pris d'une quinte de toux. Dès qu'elle fut calmée, il dit au vieux :

— Détrompe-toi, Tiennot. Je sais pas si c'est ton bon Dieu ou saint Kid Léon, mais il vient de nous tomber du ciel, celui-là.

Il frappait de nouveau l'épaule meurtrie de Pierre qui serra les dents.

— Quoi, y va travailler avec nous ?

— C'est sûr. Il va remplacer le mec de la fonderie. C'est un copain à Kid.

Le Portugais s'adressa au petit hercule pour demander :

— Vous avez déjà travaillé ensemble ?

Kid ne parut ni surpris ni embarrassé.

— Non, dit-il. Quand je l'ai connu, il était trop jeune. Mais il s'entraînait déjà. Je m'occuperai de lui. Il aura vite pigé.

Pierre voulut encore protester, mais plus personne ne pouvait l'entendre. Le patron s'était remis à parler et à gesticuler. Il était difficile de suivre ce qu'il disait. Il parlait de la pluie, du travail, de la guigne et de la chance, et finissait toujours par en revenir à son fils qui s'appelait Félix. Pierre crut comprendre que, parmi les lutteurs, le nègre était le seul qui eût connu Félix. Lui aussi en parlait, d'une voix douce et grave, avec un regard qui exprimait une grande admiration.

La mère avait posé au milieu de la table une énorme soupière blanche à fleurettes roses et bleues. Pierre n'écoutait plus personne. Il regardait cette soupière et respirait la buée odorante qui filait sous le couvercle.

A présent, tout le monde parlait, sauf la fille et le Portugais. A plusieurs reprises, le regard de Pierre croisa celui de Diane qui lui souriait. Dans le fond de la roulotte, le vieux semblait s'être assoupi, sa casquette rabattue sur les yeux. Il se redressa soudain et se mit à gesticuler de sa main valide en poussant des grognements.

— Il a senti la soupe, dit le patron. C'est recta, ça le réveille chaque fois. Faudrait pas qu'il mange le soir, mais si on lui donnait pas sa soupe, il ferait la comédie toute la nuit.

En disant cela, il s'était levé. Le Noir le suivit. Ils empoignèrent le fauteuil chacun d'un côté et apportèrent le vieillard au bout de la table. Tout en le portant, le nègre lui parlait doucement, comme il eût fait avec un enfant :

— Voilà Pat... Ah, la bonne soupe pour Pat... Là, doucement... Voilà... La bonne soupe.

Pierre n'était séparé du vieillard que par Kid Léon assis à l'extrémité du banc. Diane s'assit en face de Kid, entre son grand-père et son père qui avait repris sa place face à Pierre. Le Portugais se trouvait à gauche de Pierre, avec, en face de lui, la femme qui commençait de servir la soupe. Le nègre occupait l'autre extrémité de la table. La femme donna deux grandes louches de soupe par personne, puis elle emporta la soupière. La soupe était épaisse, avec beaucoup de pain et de légumes en gros morceaux. Diane mit une cuillerée de soupe dans sa bouche puis, tout en mâchant le pain et les légumes, elle commença de faire manger le grand-père. Dès qu'elle lui avait mis la soupe dans la bouche, elle tenait la cuillère appliquée sous sa lèvre pour récupérer le bouillon qui coulait. Elle semblait avoir beaucoup de patience. De temps en temps, avec une serviette posée sur le coin de la table, elle essuyait le menton du grand-père. Pour mâcher, le vieux fermait les yeux. Il semblait souffrir. Il s'arrêtait parfois, la bouche encore pleine. Les muscles de sa large face piquetée de poils gris étaient pareils à des bêtes toutes secouées de convulsions. Quand ses paupières se levaient, son regard se posait sur Pierre. Un regard douloureux, tellement chargé de détresse que le garçon en éprouvait une sorte de malaise. Il avait envie de ne plus regarder le vieux, et pourtant, chaque fois qu'il relevait la tête, malgré lui, c'était de son côté qu'il se tournait.

Après la soupe, ils mangèrent des pommes de terre sur lesquelles avaient cuit une grosse saucisse fumée et un morceau de lard. A mesure qu'il mangeait et buvait le vin âpre, Pierre sentait une espèce de torpeur le gagner. Il écoutait de moins en moins ce que disaient les autres.

Ils avaient presque terminé leur repas, lorsque la porte s'ouvrit. L'homme qui avait tiré les poids avec Kid Léon entra. Il portait un imperméable noir ruisselant.

— Serpillière ! cria la femme.

L'homme essuya minutieusement ses chaussures et quitta son imperméable qu'il suspendit derrière la porte, au-dessus de la serpillière. Ensuite, il prit un tabouret pour s'asseoir en retrait, au coin de la table, entre le Noir et la femme. Il regardait Pierre. Tandis que le patron lui versait un verre de vin, il dit :

— Je suis passé à tout hasard, mais avec ce temps...

Il n'acheva pas. Le patron regarda Pierre, puis, se tournant vers l'homme, il dit lentement, comme s'il eût cherché chaque mot :

— C'est sûr... C'était prévu... pour ce soir, c'est foutu.

Il eut un geste las vers le toit où la pluie menait toujours sa course qu'on finissait par ne plus entendre.

— De toute façon, reprit-il après une pause, pour toi, ça va être cuit.

L'homme eut un bon sourire en direction de Pierre.

— Je m'en suis douté en entrant, dit-il.

— C'est emmerdant, dit le patron, mais tu comprends, avec le temps qu'il fait.

— Ça n'a pas d'importance. Moi, vous savez, j'ai la fonderie. Ce que je fais avec vous, c'est du supplément. Mais je sais bien qu'il faut faire travailler les jeunes.

— Mon garçon parlerait comme toi, dit le patron. Et tu sais, mon garçon, c'est une tête.

— Je sais.

— Tu sais rien du tout, puisque tu le connais pas.

— Joë m'en a parlé souvent.

— Félix, dit le Noir, c'est vrai, c'est une tête.

— Et je dis qu'il aurait parlé comme lui, parce qu'il a le sens de la société, cria le patron.

Il s'énervait. Il se reprit à parler de son fils, du temps, du travail. Comme le nouveau venu cherchait à placer un mot, le patron se fâcha.

— Tais-toi, lança-t-il. Je sais ce que je dis. Et moi aussi j'ai le sens de ce qui fait la société. Aussi je te dis : c'est cuit pour toi, mais tu viendras tout de même demain et dimanche. Et quand on sera à Lyon, tu pourras aussi venir le dimanche et le samedi.

L'homme fit un signe d'assentiment et le patron continua, après avoir vidé son verre :

— Tu as quatre gosses, je sais ce que c'est, et c'est pourquoi je te dis que tu viendras le dimanche et le samedi.

Le patron vida coup sur coup deux verres de vin. Tandis qu'il avalait le deuxième, sa femme prit le litre et l'emporta dans le placard, sous l'évier triangulaire qui se trouvait dans l'angle, à gauche de la porte. Le gros homme eut un geste de désespoir, regarda tous les verres vides, puis les convives comme pour les prier de l'excuser. Le grand-père poussa un vagissement, et le patron se tourna vers lui pour crier :

— Tu es d'accord, Pat. Toi aussi tu sais ce que c'est, la société.

7

Lorsque les hommes quittèrent la roulotte de Patron Carminetti, la pluie n'avait pas cessé. Le vent poussait toujours sur la place de longues vagues qui changeaient de couleur en passant devant les baraques et les manèges. Il n'y avait que quelques clients autour des tirs et des loteries.

Le père Tiennot et Joë gagnèrent la roulotte installée à côté de celle d'où ils sortaient, tandis que l'ouvrier fondeur accompagnait Kid et Pierre jusque devant la baraque. Kid maintint l'auvent soulevé pendant que l'homme sortait sa moto. Il leur serra la main, puis s'éloigna lentement en poussant sa machine, le dos courbé sous l'averse. Lorsqu'il eut disparu entre deux baraques, Kid laissa retomber l'auvent. Dans l'obscurité, Pierre l'entendit remuer une barre de fer. Dehors, la moto du fondeur pétarada et s'éloigna. Le haut-parleur des autos tamponneuses lançait toujours les mêmes chansons, dans un ordre immuable.

— C'est un brave mec, dit Kid. Mais l'autre ivrogne a raison : les poids, ça n'attire plus le public. Et c'est vrai que la télé nous fait du tort. Elle donne de vrais combats de boxe, et les catcheurs qu'on y voit font souvent du beau travail. Beaucoup de gens savent bien que c'est du spectacle, mais il faut reconnaître que le nôtre n'est pas de taille.

Ils gagnèrent la tente où était le ring. Kid donna de la lumière puis, regardant Pierre, il se mit à rire.

— Qu'est-ce que vous avez à vous marrer ? demanda le garçon.

— D'abord, je t'ai dit de me tutoyer. Faut le faire même quand on est tout seuls. (Il se remit à rire.) Je me marre, à cause de l'autre qui t'a embauché. Qu'est-ce qui s'est passé, au juste ?

— Y m'a demandé si je faisais du sport. J'ai dit oui, de la boxe et de la lutte.

— Et c'est pas vrai ?

— Si, j'en ai fait.

Pierre avait parlé durement. Kid fit un bond en arrière, comme s'il eût été terrorisé et, portant son coude devant son visage à la manière des enfants qui veulent se protéger d'une gifle, il pleurnicha :

— Faut pas me battre, m'sieur, je savais pas.

— C'est pas la peine de te foutre de moi. Je sais bien que...

Pierre se tut. Il alla jusqu'au ring et balança sur la corde la couverture que la patronne lui avait prêtée.

— Alors, lança Kid, continue !

— C'est pas la peine. De toute façon, demain matin, avant que les autres se réveillent, j'aurai mis les cannes.

Kid fit un geste qui voulait dire que ce problème ne le regardait pas. Il prit son énorme valise qu'il posa sur le bord du ring où il grimpa ensuite, pour commencer à se déchausser.

— Tu peux te coucher, dit-il.

Pierre monta et s'assit sur l'un des tabourets pour délacer ses chaussures.

— Attention à la terre, dit le petit hercule, faut pas en mettre trop sur le tapis. Balance tes pompes en bas.

Il se remit soudain à rire et se redressa pour expliquer :

— Je rigole en pensant à l'autre ivrogne. C'est bien des coups à lui. Quand il est rond, il embaucherait aussi bien une bonne sœur ou un cul-de-jatte. C'est une vraie tribu de maboules. Enfin, faut bien gagner sa croûte.

Tout en parlant, il avait sorti de sa valise un petit oreiller, un sac de couchage en toile blanche et un autre en duvet. Il installa le tout sur le tapis et se déshabilla.

— Tu peux te mettre où tu veux, dit-il. Le lit est large, on se battra pas.

Complètement nu, il se glissa dans son sac et tira la fermeture Éclair. Pierre se déshabillait lentement.

— Tu as un slip qui est rudement dégueulasse, observa Kid. Tu dois pas te laver souvent.

— Faut pouvoir.

— Ça, c'est comme gagner sa vie. Quand on veut, on peut toujours... Enfin moi, ce que je t'en dis... Ici, c'est pas l'air qui manque, même si tu pues un peu, ça peut pas m'empêcher de roupiller.

Pierre s'allongea sur la couverture qu'il enroula autour de lui.

— Tu auras assez chaud ? demanda Kid.

— Oui.

— Si tu as froid, j'ai une canadienne dans une autre valise. Je peux te la passer.

— Non, ça va.

— Pourquoi tu dis jamais merci ?

Pierre ne répondit pas. Il regardait le plafond de toile qu'éclairait l'ampoule jamais immobile au bout de son fil. Après un long silence, Kid expliqua :

— Je vais te le dire, moi. C'est pas parce que tu n'y penses pas. C'est pas non plus parce que personne ne t'a appris la politesse, mais c'est pour être à la mode. Pour avoir l'air d'un dur. Ça te ferait mal de dire merci. Tu aurais l'impression d'être un minable.

Il laissa passer quelques instants puis, comme Pierre ne répondait pas, il ajouta :

— Tu t'es couché le dernier, mais tu t'es même pas demandé qui allait éteindre.

Pierre rejeta sa couverture et se dirigea vers le bord du ring. Kid l'arrêta.

— Non, fit-il. Je suis pas si vache. Retourne pas à la porte. Tu montes sur le tabouret, et tu enlèves la douille...

Prends ta chaussette, tu vas te brûler. Tu la poseras dans ma valise, qu'on n'aille pas la casser.

Lorsqu'il se fut recouché, Pierre s'aperçut qu'il ne faisait pas vraiment nuit sous la tente. Seul le côté où se dressait l'estrade était noir, mais les trois autres laissaient filtrer des lueurs sans cesse en mouvement. Le vent agitait les lampes, gonflait et dégonflait les bâches, peuplant d'ombres fluides et de clarté les trois écrans verdâtres d'où arrivaient des vents coulis tout chargés d'humidité. Pierre les sentait courir sur son visage comme des bêtes souples. Le haut-parleur du grand manège ne fonctionnait plus et seules quelques détonations de carabines perçaient encore le bruit de l'averse. Au-dessus d'eux, une large poche d'eau se balançait, zébrée çà et là de reflets vifs. Kid devait la regarder aussi.

— Si ça continue, dit-il, on pourra élever des poissons, ça rapporterait plus que les poids.

— Vous gagnez gros ? demanda Pierre.

— Tiens, ça t'intéresse ?

— Non, c'est pour savoir.

— Qu'est-ce qu'il t'a offert, Pat ?

— Rien. Il m'a dit : on verra ce que tu peux faire.

Pierre sentit que Kid remuait. Il le voyait mal dans la pénombre, mais il comprit tout de même que le petit hercule s'était soulevé sur un coude et tourné dans sa direction.

— Écoute, dit Kid. Ce que tu veux faire, ça ne me regarde pas. Mais si tu es sans boulot, pourquoi t'essaierais pas de rester avec nous ?

— Tu rigoles, je pourrais jamais.

— Si vraiment tu as déjà fait un peu de lutte et de boxe, tu seras toujours moins tocard que le gars de la fonderie. Et si t'es pas feignant, le métier, tu l'apprendras vite.

Pierre soupira. Il pensait à Guy qui n'était même pas revenu vers lui pour tenter de l'aider. Il avait peut-être réussi à voler une voiture ou une mobylette. A présent, il était à Lyon. Est-ce qu'il avait mangé ? Peut-être pas. La soupe des Carminetti, c'était quelque chose. Et les pommes de terre avec le lard et la saucisse ! La veille au soir, ils avaient essayé de dormir dans un pré, de peur d'être pris s'ils se réfugiaient dans une salle d'attente. Il ne pleuvait pas, dans le Midi, mais le mistral les avait fait grelotter toute la nuit. Ce soir, c'était tout de même mieux, cette baraque avec ce tapis. A côté, il y avait le petit hercule. Un sacré type, tout de même ! Guy pouvait toujours répéter que tout était du chiqué, s'il s'était fait prendre, il aurait compris... Saloperie de câble. Après tout, une prise de bras, ça n'était pas terrible. La soupe, les patates, le tapis pour dormir...

— Qu'est-ce que tu faisais comme travail, avant ton histoire de camion ? demanda Kid.

— On bricolait sur le port. Moi, ça pouvait aller mais mon pote, il est pas costaud.

— Et vous avez bricolé longtemps ?

— Deux mois, à peu près.

— Et avant ?

— Avant, on était à Paris. Moi, j'étais dans une boîte qui fabrique des verres de lunettes. Un sale filon. Dans la flotte tout le temps. Les trois-huit. Quarante-huit heures par semaine.

A mots hachés d'abord, comme à regret, Pierre se mit à raconter. Dès qu'il s'arrêtait, le petit hercule trouvait le mot à dire pour l'obliger à poursuivre. Il parla de sa mère morte, d'un père qu'il n'avait jamais connu autrement que par ouï-dire, d'un oncle qui l'avait logé dans un taudis et lui volait les trois quarts de son salaire pour le nourrir de ce que ne voulaient pas les clients de sa gargote. Pierre avait décidé de quitter Paris en compagnie de Guy à la suite d'un vol de mobylette suivi d'une bagarre dont la police s'était mêlée.

— Ça devenait impossible, dit-il. Les flics étaient sur notre dos tous les soirs. C'était plus une vie.

— C'est vrai, soupira Kid, on peut pas vivre avec des flics sur le dos. C'est pourquoi il vaut mieux essayer de jamais se les foutre à dos.

— Tu peux y aller, une fois que tu es repéré, c'est fini. Tu sais même plus ce que t'as le droit de faire.

Pierre eut l'impression que Kid était sur le point de parler ; pourtant, il se contenta de soupirer en se recouchant. Pierre n'avait plus rien à dire. Il avait étalé toute sa vie, comme ça, en un petit quart d'heure. Il éprouvait le sentiment de s'être mal fait comprendre. Il n'avait pas l'habitude de raconter, de décrire. Avec les copains du quartier, c'était facile. On se comprenait à demi-mot. Mais si le petit hercule ignorait tout de cette existence-là, rien ne pouvait lui en donner une idée précise.

— Tu es resté combien de temps, dans ton usine, à laver des blocs toute la journée ? demanda Kid.

— Deux ans et des poussières. C'est déjà un bail, tu sais.

— Et tu gagnais combien ?

— Trente-cinq, quarante sacs, suivant les heures.

— Le père Tiennot, Pat lui donne mille balles par séance, et autant pour les jours où on démonte la baraque. L'un dans l'autre, il doit se faire ses cinquante sacs par mois. En plus de ça, il est nourri logé.

Il se tut. Pierre comprit qu'il attendait une question.

— Tu crois qu'il m'en donnerait autant ?

— Au début, ça m'étonnerait. Le vieux est usé, mais il connaît son métier. Et puis les vieux, ça fait pitié. Les gens veulent voir. Mais tu pourrais gagner presque autant que dans ta boîte, et sans te crever, encore. Et puis tu aurais la nourriture. La Tine, c'est pas une marrante, mais pour ce qui est de la cuisine, y a rien à dire.

Le tir ne fonctionnait plus. La place devait être déserte et plusieurs lampes étaient éteintes, seul un côté de la tente vivait encore.

— Allez, dit Kid, faut roupiller. Demain matin, si tu veux te tirer en douce, passe pas devant la roulotte, la Tine est toujours levée avant les poules.

8

Pierre fut réveillé par un choc sourd. Il ouvrit les yeux. Le patron, toujours vêtu de son pull-over rouge, était debout devant lui. Il tenait un balai, les crins en l'air.

— Alors, vous avez bien roupillé ? demanda-t-il.

— Ça va, répondit Kid toujours couché dans son sac.

A l'aide du balai, le patron souleva la tente. Il y eut, à l'extérieur, un grand bruit d'eau.

— Ça sert à rien, dit Kid, d'ici midi il y en aura autant.

— Non. Ça tombe plus et le vent a tourné.

Il fit couler ce qui restait d'eau, puis quitta la tente. Dès qu'il fut sorti, Kid se mit à rire en disant :

— Si tu voulais les mettre avant l'aube, c'est raté.

Pierre était encore tout engourdi de sommeil. Il se tourna sur le côté pour regarder Kid et la douleur de son épaule se réveilla.

— Pourquoi tu m'as pas appelé ? grogna-t-il.

— Moi ? Mais tu me l'as pas demandé.

Pierre se laissa retomber sur le dos avec un gémissement. En se couchant, il avait eu l'impression que le sol du ring était assez souple, mais la sciure qui se trouvait sous la bâche, une fois tassée par le poids du corps, devenait aussi dure qu'une planche.

— Ton épaule te fait mal ? demanda Kid.

— Un peu, oui.

— J'ai de l'embrocation siamoise, je te ferai un petit massage tout à l'heure.

Il fit coulisser la fermeture de son sac, se leva, s'étira et enfila son pantalon. Il étendit ensuite ses deux sacs sur les cordes du ring. Il faisait tout avec des gestes brefs, précis, presque secs. Lorsqu'il se déplaçait, il avait une façon de ployer les genoux qui rappelait un peu celle des gorilles. On le sentait constamment prêt à la détente. Toujours allongé, Pierre le regardait aller et venir dans la lueur pâle et incertaine qui suintait de la toile encore mouillée.

— Si tu veux profiter de la serviette et du savon, faut venir te laver tout de suite, dit-il.

Pierre sortit de sa couverture et étendit la main pour prendre son slip qu'il avait laissé sur le tapis. Il allait l'atteindre lorsque Kid le repoussa du pied en disant :

— Tu voudrais tout de même pas enfiler cette pourriture ? C'est comme tes chaussettes, y a que les trous qui sont propres. Tiens, enfile ça pour le moment.

Pierre resta immobile, regardant tour à tour son slip dans l'angle du ring et la culotte bleue que Kid venait de lui lancer.

— Enfile ça, je te dis.

Kid n'avait pas crié, même pas élevé la voix. Le ton était à peine plus ferme, mais sans aucune colère. Pierre obéit. Il passa la culotte de sport sans rien dire, et pourtant, il ne voulait pas le faire. Il ne cessait de se répéter : « Qu'est-ce qu'il a ? Qu'est-ce qu'il me veut ? Je lui ai rien demandé. J'ai pas à lui obéir. D'abord, je vais me tirer. J'ai pas besoin de me laver. »

— Pas la peine de mettre tes pompes, dit Kid ; prends-les à la main, c'est à deux pas.

Pierre soupira, mais il suivit le petit hercule. Au sortir de la tente, le froid le saisit. Pierre hésita.

— Ça caille, dit-il.

— T'inquiète pas, la flotte va te réchauffer pour la journée. D'ailleurs, Pat avait raison, y va faire beau.

Le ciel était encore tout barbouillé de longues grisailles,

mais, par-delà les maisons et la colline barrant l'horizon, une lueur jaune indiquait déjà la présence du soleil. Ils contournèrent la baraque pour atteindre l'extrémité de la roulotte. Deux piquets de fer maintenaient en carré une bâche déchirée en plusieurs endroits et accrochée derrière la roulotte.

— C'est moi qui l'ai installée, dit Kid. C'est le cabinet de toilette. Comme ça, on peut se foutre à poil, personne a rien à redire.

Il enleva son pantalon qu'il posa à cheval sur le haut de la bâche, en ordonnant à Pierre de quitter sa culotte.

— T'es fou, je vais me laver comme ça.

Kid planta son regard clair dans les yeux du garçon.

— Écoute-moi, petit. Tu vas pas dire non chaque fois que je te propose quelque chose. C'est inutile puisque tu finis toujours par le faire.

Pierre avait envie de crier qu'il voulait partir. Comme s'il l'eût deviné, Kid poursuivit.

— Si tu veux t'en aller, faut partir tout de suite. Si tu restes, tu m'écoutes.

Immobile, Pierre grelottait. Kid semblait très à son aise, complètement nu dans l'aube glaciale. Il laissa passer quelques instants puis, découvrant dans un sourire tout un côté de sa denture bien blanche, il tapa sur l'épaule du garçon en disant :

— Tu verras, tu le regretteras pas.

Pierre pensa : « Je reste aujourd'hui, parce que je veux encore bouffer, mais ce soir... »

Kid avait ouvert un robinet qui terminait un tuyau en matière plastique qu'un piton retenait au bas de la roulotte. L'eau coula dans une bassine posée à terre. Kid avait sorti d'un sac de toile kaki tout un matériel de toilette. Lançant une grosse éponge dans la bassine, il tendit un pain de savon.

— Allez, commence, dit-il, tu as plus froid que moi et je te frotterai le dos.

Pierre prit l'éponge du bout des doigts, la laissa s'égoutter un peu avant de se décider à la serrer entre ses mains. Lorsqu'elle eut rendu toute son eau, il se frotta le visage.

— Oh, oh, fit Kid. Tu te laves, ou tu te mets de la poudre ? Allez, je vais pas attendre deux heures.

Lui arrachant l'éponge, il la trempa dans la bassine et lui aspergea le torse. Pierre suffoqua.

— T'es fou... t'es fou... cria-t-il.

— Tais-toi. Tu vas attirer la Tine et sa fille. Elles vont se marrer si elles te voient comme ça.

Pierre perdait le souffle. Lorsque l'eau glacée coula sur son bas-ventre, il crut qu'il allait tomber. Mais Kid, le maintenant par un bras, continuait de le frotter avec l'éponge. Dès qu'il l'eut complètement mouillé, le petit homme le savonna. Il frottait très fort en disant :

— Allez, frotte le devant, je m'occupe du reste. Et n'oublie pas les joyeuses, ça doit faire un bout de temps qu'elles en ont pas vu autant.

Pierre se frotta des deux mains, lentement d'abord, puis plus vite et plus fort pour se réchauffer. Quand son camarade commença de le rincer, il lui parut que l'eau était déjà moins froide. De lui-même il se lava les pieds dans la bassine.

— T'as changé de couleur, observa Kid, mais la flotte aussi.

Il contraignit encore le garçon à se laver les cheveux sous le robinet.

— Ça coule noir comme si ta tignasse allait déteindre, remarqua-t-il.

A présent, il riait. Pierre regarda sa poitrine et son ventre tout zébrés de rouge. Malgré lui, il se mit à rire aussi. Tandis qu'il se frictionnait avec une serviette, il regarda Kid se laver. Le petit homme semblait jouir vraiment sous la caresse de l'eau froide. Il pressait l'éponge sur sa tête, sur ses épaules et sa poitrine. L'eau ruisselait sur tout son corps dont chaque muscle saillait. Il se lava les dents avec du bicarbonate de soude, expliquant que c'était le seul dentifrice naturel.

— On t'achètera une brosse, dit-il. En attendant, rince-toi la bouche.

A présent, Pierre se sentait le corps brûlant. Même la douleur de son épaule s'en trouvait apaisée. Une espèce de force était en lui qui lui donnait envie de remuer, de se détendre, de se servir de ses muscles. Il fut sur le point de le dire. Mais il se retint. Ce n'était pas facile. Il fallait trouver les mots, d'ailleurs, cet homme qui devinait tout devait certainement le sentir. C'était déjà assez gênant de ne même plus pouvoir penser à quelque chose sans qu'aussitôt cet animal se mette à en parler.

Kid avait rassemblé son matériel.

— Allez, dit-il, en route, on se rasera plus tard. A présent, tu dois déjà te sentir un autre homme.

Pendant que Kid se lavait, Pierre avait remarqué qu'il portait au côté droit une longue cicatrice partant de son aisselle pour descendre jusqu'à sa hanche. De retour dans la tente, il demanda :

— Qu'est-ce que tu as au côté ?

Kid était en train de lacer ses chaussures, assis sur un banc, les pieds sur un autre. Il s'arrêta, et regarda Pierre. Son visage se transforma. Une ombre passa tout d'abord sur son regard clair, puis il parut se perdre dans un rêve qui le fit ébaucher un sourire douloureux.

— Ça, dit-il, c'est le cirque. J'étais champion du monde des extenseurs. J'ai tourné avec Bureau et Pinder. Je faisais mon numéro pendu par les dents, tout en haut de la coupole. Sans filet, évidemment. Trente-deux branches d'extenseurs et des baïonnettes attachées aux avant-bras. Un jour, l'attache a lâché. J'ai fait le saut. Une guibolle en deux et une lame qui m'a labouré la bidoche. On m'a collé vingt et une agrafes. J'ai eu de la veine. Je pouvais me tuer en tombant, et la baïonnette pouvait toucher le cœur. Autrement dit, je pouvais me tuer deux fois.

Pierre ne savait plus quoi dire. Il regardait Kid. C'était tout ce qu'il pouvait faire.

— Quand ça m'est arrivé, reprit Kid, j'étais plus chez

Pinder, mais dans un petit cirque qui s'est écroulé depuis. Ils étaient mal assurés, je me suis retrouvé à l'hôpital, sans un rond. Rien quoi... La merde complète.

— Et alors ?

Kid termina la boucle commencée, se leva lentement, comme embarrassé de son corps, comme gêné par ce qu'il voulait dire. Il vint jusqu'à Pierre qui achevait de s'habiller. L'œil triste, il dit :

— Dans le même cirque, j'avais trois potes. Des vrais... Des trapézistes. C'est eux qui ont tout payé pour moi. Après, c'est encore eux qui m'ont aidé à me remettre à flot.

Il s'arrêta. Il semblait attendre une question, mais Pierre ne pouvait parler. Il n'avait jamais encore éprouvé cette impression curieuse qui le tenait depuis quelques minutes, qui l'empêchait de respirer. D'une voix presque éteinte, Kid ajouta très vite.

— Ces trois-là, le voltigeur s'est tué un an plus tard... Les deux qui restaient ont essayé de remonter un numéro, mais ça marchait mal. Alors, il y en a un qui est venu avec moi. On faisait du main à main, mais j'étais pas encore en pleine forme. Fallait qu'on trouve quelque chose de moins pénible pour quelques temps. On connaissait la moto, tous les deux. On a fait la sphère de la mort. Pas leur connerie de mur, ça c'est rien du tout. La sphère en acier où les deux motards se croisent.

— Je sais, j'ai vu ça.

Kid soupira.

— Oui, dit-il, quand on regarde, on croit que c'est du sucre... On s'entendait bien. C'était champion. Et puis un jour...

Il eut un geste bref de son poing droit frappant l'intérieur de sa main gauche, avant d'ajouter :

— Encore une fois, j'ai eu de la veine... mais pas lui.

Il baissa la tête, et pivota rapidement sur lui-même. Pierre l'entendit encore murmurer :

— Lulu, c'était un pote.

Lorsqu'il revint près de Pierre après avoir glissé sa valise sous le ring, son visage était de nouveau détendu. Il accrocha la fermeture de son blouson.

— Et l'autre ? demanda Pierre.

Kid eut un hochement de tête, passa plusieurs fois sa main sur son crâne et finit par dire :

— Le troisième, tu le connais déjà un peu. C'est Gégène. C'est lui qui t'a balancé le tabouret sur les reins, hier au soir.

Instinctivement Pierre recula d'un pas. Kid s'avança d'autant et eut un ricanement pour ajouter :

— Il est bien mal en point lui aussi : l'estomac. Mais il est solide. Il s'en sortira. En tout cas, je peux te dire une chose, tu serais allé piquer dans sa roulotte il y a seulement deux ans, il aurait pas eu besoin de moi pour t'étendre pour le compte.

9

Ils allaient sortir de la tente lorsque le patron arriva. Il avait le visage fermé et l'œil dur.

— Tu vas le faire bosser un peu, dit-il à Kid en désignant Pierre d'un geste du menton. Un petit quart d'heure, vous irez casser la croûte ensuite.

— Tu veux déjà le mettre en piste après midi ?

— Oui, avec ce temps, les gens vont sortir. On fera deux ou trois séances tantôt et deux ce soir. A la première, il tirera Joë à la boxe.

— Pour ça, observa Kid, c'est pas la peine de l'essayer.

— Non, mais ensuite, faudrait qu'il puisse tirer avec toi.

Kid se dirigea vers le ring.

— Je vais te laisser faire, dit Pat. On discutera à midi pour la façon de le présenter... Je reviens dans un petit quart d'heure, si la vieille s'amène, je viens juste de partir.

Il enjamba les bancs, souleva la bâche sur le côté opposé à l'entrée, et se mit à quatre pattes dans la boue pour sortir. Dès que la bâche fut retombée, Kid expliqua :

— Il a picolé hier, faut qu'il remette ça ce matin. Si c'est une neuvaine qui commence, on n'a pas fini d'être emmerdé. Comme tu le vois parti, il a sûrement pas un rond sur lui, alors, il va traîner jusqu'à ce qu'il trouve un mec qui lui paye à boire.

Tout en parlant, Kid s'était déshabillé. Pierre aussi était prêt, dans l'autre coin du ring. Il regardait s'avancer vers lui cette boule de muscles et de tendons. Pierre se sentit soudain ridicule. Trop grand pour ce petit homme, trop frêle à côté de cet hercule.

— Allons, viens, dit Kid.

— Tu feras attention à mon épaule.

Kid sourit. Il avait fait un long massage à Pierre qui n'éprouvait plus qu'une douleur vague.

— Allons, en garde, ordonna Kid. Tu vas essayer de me porter quelques prises.

Il avait lui-même une garde curieuse : un pied très en avant, il semblait se fendre à la manière d'un escrimeur. Ses poings noueux se levaient à la hauteur de son visage comme s'il se fût apprêté à boxer. Voyant que Pierre tournait autour de lui sans oser attaquer, il expliqua :

— J'ai toujours lutté comme ça. Surtout avec les grands, de me voir au ras du sol, ça leur enlève tous leurs moyens. Mais t'inquiète pas, ici, ça fait partie du spectacle. Je crois qu'on peut faire un numéro très chouette, justement parce que tu es grand et moi petit.

En l'écoutant, Pierre s'était immobilisé. Kid se mit alors à se déplacer, souple, félin, extrêmement rapide en répétant :

— Allez, attaque, que je voie ce que tu peux faire.

Pierre ne savait comment saisir le petit homme. Il tenta des prises de bras, Kid feintait, rusait, bondissait en riant, découvrant d'un côté ses dents bien blanches. Pierre s'énervait. Le manège dura plusieurs minutes interminables, puis, excédé et certain qu'il ne parviendrait jamais à porter une prise convenable à ce feu follet grimaçant et moqueur, Pierre plongea désespérément. La tête en avant, les bras aux trois quarts écartés, il tenta de saisir au moins cette jambe toujours en avant et qui le déconcertait. Il ne saisit absolument rien, mais s'étala de tout son long sur le tapis. Lorsqu'il se releva, ce fut pour voir Kid plié en deux par un fou rire. Pierre sentit des larmes de rage lui brûler les yeux.

— Tu peux te marrer, grogna-t-il.

Kid le regarda, l'air surpris.

— Tu vas pas te mettre à chialer, des fois ?

— Non, je vais me tirer. C'est tout.

Il allait enjamber les cordes, mais Kid bondit et lui saisit le bras.

— Fous-moi la paix ! cria Pierre.

Il se débattit pour obliger Kid à lâcher prise, mais il eut soudain l'impression que le petit homme s'enfonçait littéralement dans le tapis. Il n'eut que le temps de voir disparaître sa tête rasée, et toute la baraque chavira. Pierre se dit très vite qu'il allait aller s'écraser au milieu des bancs, mais il fit une bonne chute, au centre du tapis.

— Alors, lança Kid, c'est pas au poil ?

Pierre respira profondément. Il n'eut que quelques fractions de seconde d'hésitation, puis il se mit à rire en se relevant.

— Ça fait plaisir, dit Kid. J'aime ça. Dis-toi une chose : j'ai quarante-sept ans, à douze ans je luttais déjà, tu n'as qu'à faire le compte. C'est pas déshonorant de pas pouvoir me prendre. En tout cas, tu chutes bien, c'est déjà une bonne chose.

— Tu m'as retenu.

Kid dissimula un sourire.

— A peine, dit-il. Mais dis-toi bien qu'avec moi, si tu m'écoutes, tu te feras jamais mal.

Pierre se sentait beaucoup moins contracté, comme si cette chute l'eût débarrassé de sa crainte.

— Allez, dit Kid, assez rigolé, on va bosser un peu.

Pendant près d'une heure, patiemment, le petit hercule fit travailler Pierre. Vingt fois, trente fois, ils recommencèrent les mêmes prises et les enchaînements qui devaient leur permettre de donner vraiment l'impression qu'ils se battaient sérieusement.

— Ceux qui critiquent se figurent que c'est de la sucrette, dit Kid. Mais si on veut donner un spectacle honnête, tu vois que c'est pas un petit travail.

Ils s'arrêtèrent un moment pour reprendre leur souffle et éponger la sueur qui couvrait leur corps. Pierre en profita pour demander :

— Y vient jamais des gars vachement fortiches qui veulent vraiment se farcir la prime ?

— C'est impossible. Ou bien le type est un professionnel et y fera jamais ça, ou bien c'est un amateur et il veut pas perdre sa licence en se montrant dans une exhibition payante. Des fois, on peut tomber sur un mec qui veut faire le mariole pour épater les copains, mais tu sais, avec du métier, on s'en tire toujours. En tout cas, je te signale une chose, quand tu feras le baron, si jamais tu vois un type qui réclame le gant, gueule comme un veau en disant que t'avais levé la main avant lui... Mais ça, Pat te l'expliquera.

— Dis donc, demanda Pierre, pourquoi on les appelle Pat tous les deux, le vieux et l'autre ?

— Pat, c'est patron quoi. Le gros sac a repris ça en même temps que la taule, c'est normal. Tout le monde connaît Pat. C'est un peu, comme on dit dans le commerce, un label.

— Il ne lutte pas, lui ?

— Il l'a fait un peu, mais c'est pas son vrai métier. Il avait le nougat. Il a pris la baraque quand le vieux a eu son attaque. Il a le poids pour lui, mais c'est un minable. Et puis, c'est pas le courage qui le tuera, celui-là.

Une lueur d'admiration passa dans le regard du petit hercule, tandis qu'il ajoutait :

— Le vieux, c'était un homme. Sur le tapis, et sur l'estrade aussi. Il savait parler, et jauger son public. Le gros, c'est une patate.

Kid rejeta la serviette sur les cordes, s'avança pour recommencer le travail, mais se mettant soudain à rire, il lança :

— Tiens, si tu veux, je te fais un pari.

— Quoi ?

— Si tu restes avec nous, je parie qu'avant une semaine, le gros aura essayé de te refiler sa fille.

— Diane ? Mais c'est une merdeuse.

— Des nèfles. Elle a vingt berges et des poussières.

— Bon Dieu, on lui en donne douze. Elle est galbée comme une pompe à vélo, cette fille !

— Tu l'as dit, elle est plutôt concave. Pauvre gosse, autant de fesses et de nichons qu'une assiette creuse, mais tu sais, c'est une bonne môme.

Ils répétèrent encore quelques prises. Pierre se sentait bien. Il n'avait lutté que dans une maison de jeunes, avec un entraîneur qui n'était pas un professionnel, et surtout avec des camarades qui n'avaient d'autre idée que la victoire à tout prix. Mais Kid possédait une science parfaite du combat, une grande maîtrise de soi et l'art de se faire comprendre en quelques mots. Pas une seule fois Pierre ne ressentit la moindre douleur. Son partenaire le faisait voltiger, retenant ses chutes et veillant à ce qu'il tombât toujours de façon à claquer du bras le tapis tendu sur un plancher qui résonnait.

— Tape, tape, disait-il. C'est le seul moyen de jamais te faire mal, et c'est ce qui épate le plus le public. Il croit toujours qu'on va se tuer. Et puis, faut que tu te relèves moins vite, faut que tu fasses le gars sonné. Et quand tu encaisses une manchette, c'est pareil.

Kid achevait de lui enseigner la manière de porter des manchettes spectaculaires sans risquer de faire mal, lorsque Diane entra.

— Où est mon père ? demanda-t-elle.

— Vient juste de sortir, dit Kid.

— Évidemment, il est parti pour la semaine.

Elle faisait la grimace. Elle s'était approchée du ring et tenait à deux mains la corde du bas où elle appuya son menton.

— Vous avez bientôt fini ? demanda-t-elle en souriant.

— Oui, on va aller casser la croûte.

— En même temps, je vous demanderai de lever Pat. Je suis toute seule, et il commence à s'agiter.

Elle sourit encore et s'éloigna. Ses longs cheveux noirs défaits flottaient sur sa blouse claire très serrée à la taille. Kid avait dû suivre le regard du garçon.

— On sait pas, fit-il. Des fois, ces planches à pain, ça n'a l'air de rien, mais ça se défend, dans un plume.

Pierre fit un geste de la main par-dessus son épaule, mais Kid insista :

— Remarque bien, pour un mec qui voudrait bosser, ce serait pas une mauvaise affaire. Une baraque de lutte bien menée, ça laisse de la monnaie.

Ils gagnèrent un coin de la tente où Kid avait apporté un seau d'eau et son éponge. Pierre fut heureux de goûter la fraîcheur sur son visage, son torse et ses membres. Tout en s'essuyant, Kid, qui avait suivi son idée, expliqua :

— Ça fait un bout de temps qu'il voudrait la caser. Quand il avait le nougat, il cherchait un confiseur, à présent, c'est un lutteur. Tu verras qu'il finira par la coller à Joseph. Si ce foutu moricaud était pas si bille, y a belle lurette que ça serait fait. Seulement Pat se dit que cet ahuri pourra jamais faire marcher la turne. Et il a raison. Le Joseph, c'est un bon mec, mais il a pas cassé trois pattes à un canard.

Ils s'étaient habillés et s'apprêtaient à sortir, lorsque Kid, s'arrêtant près du rideau, dit à mi-voix :

— En tout cas, le Joseph il en est maboule, de la gosse. Et je crois qu'il serait capable de crever la paillasse à celui qui essaierait d'y toucher.

10

Quand ils quittèrent la tente, le soleil était déjà loin au-dessus de la colline. De longs nuages s'étiraient encore, gris et blancs, mais un large pan de ciel pur montait du levant. En bas de la place, du côté du fleuve, tout était noyé dans un bain de vapeur lumineuse. Kid se frotta les mains en disant :

— Ça va être une bonne journée, mon petit gars.

Dans la roulotte, Diane avait préparé le pain, le lard et un litre de vin.

— Joseph est pas levé ? demanda Kid.

Diane fit non de la tête, et le lutteur ajouta pour le garçon :

— Et le père Tiennot, tu peux être tranquille, il est à l'église.

Au fond de la roulotte le rideau que Pierre avait remarqué la veille était ouvert. Il y avait là deux couchettes superposées. Dans celle du bas, le vieux Pat était allongé, la tête enfouie au creux de ses oreillers et le crâne couvert d'un bonnet blanc qui lui descendait jusqu'aux sourcils. En les voyant, il agita la main et se mit à grogner. Kid s'approcha.

— Voilà, Pat, on va vous lever.

Diane s'approcha également, invitant Pierre à la suivre. Montrant la couchette du haut, elle dit :

— C'est là que je couche. La photo, c'est mon frère.

Un portrait de garçon était punaisé contre une planche

où se trouvaient aussi des images de chanteurs et de vedettes de cinéma. Mais la photographie de Félix était au centre, isolée des autres.

Le lit du vieillard sentait la transpiration et l'urine, mais la taie d'oreiller et les draps étaient blancs.

— La nuit, expliqua Kid, il lui arrive de faire sous lui. Il s'en rend compte, et ça le rend malheureux.

Le petit lutteur se baissa comme pour une prise de hanche, passa le bras du vieux par-derrière sa tête et le tira en avant, prenant soin de lui soutenir le buste.

— Prends-le de l'autre côté, dit-il.

Pierre s'exécuta.

— Empoigne ma main, dit Kid. On fait la chaise.

Lorsqu'il passa le bras sous les cuisses du vieillard, Pierre sentit l'humidité tiède de la chemise de nuit. Le vieux Pat était lourd, il se raidissait, s'agrippant à eux de toutes ses forces.

— Ayez pas peur, Pat, cria Kid, il est jeune, mais il est costaud, le gaillard... C'est un bon petit lutteur, vous savez... On vient de travailler... Il m'a fait penser au petit Breton que vous aviez tout de suite après la guerre.

Entre chaque phrase, Kid marquait une pause. Pat grognait, sans doute pour montrer qu'il avait compris. Dès que le vieillard fut dégagé de sa couchette, Diane passa derrière lui et lui retira sa longue chemise qui était ouverte de bas en haut sur le devant. Elle lui passa une robe de chambre élimée en criant :

— On vous lavera tout à l'heure, quand la mère sera là.

Les deux hommes posèrent le vieux dans son fauteuil. Pierre allait s'écarter, mais le vieux Pat lui saisit la main dans son énorme poigne qui tremblait. Il se mit à grogner en secouant la tête.

— Il vous dit merci, expliqua Diane. Je crois qu'il vous aime bien.

Le vieux lâcha prise, et Pierre s'éloigna. Son front était couvert de sueur, et il comprit que cette tâche l'avait davantage fatigué que son heure d'entraînement avec Kid.

Les deux hommes se lavèrent les mains sur le petit évier d'angle, puis ils déjeunèrent tandis que Diane faisait manger au grand-père une bouillie épaisse et gluante.

Le reste de la matinée passa très vite. Kid avait demandé à la patronne d'avancer un peu d'argent à Pierre qu'il entraîna sur le marché. Il l'obligea à s'acheter des chaussettes, un slip, un maillot de corps, une chemise et une brosse à dents. Quand ce fut fait, Kid parla de coiffeur.

— Tu peux pas lutter avec des cheveux comme une gonzesse, dit-il, ça s'est jamais vu.

Mais Pierre refusa d'entrer. Obstiné, il tint bon.

— Si tu restes comme ça, on va te baptiser Samson, observa Kid.

— Quoi ?

— Samson. T'es trop jeune, tu l'as pas connu. C'était un lutteur qui avait des douilles comme toi. Il disait que toute sa force était dans sa tignasse.

— Et alors ?

Kid se mit à rire.

— Alors ? Mais lui, c'était vrai, c'était un mec vraiment baraqué, et un lutteur.

Ils louvoyaient sur le trottoir entre les groupes de ménagères chargées de sacs et de filets.

— Un lutteur, grogna Pierre. Ça veut rien dire. C'est dans la rue, qu'on voit les mecs qui savent se battre.

Kid le regarda et se faufila entre les passants. Lorsqu'il se trouva de nouveau à côté du garçon, de sa voix toujours calme, il dit, comme se parlant à soi-même :

— Dans les rues... même quand il pleut.

Ils allèrent en silence jusqu'à la place où toutes les baraques étaient fermées, excepté celle d'un marchand de gaufres, un tir et deux bancs de nougat. Près des autres stands, des femmes lavaient leur linge ou épluchaient des légumes sur de petites tables pliantes, des enfants jouaient. Tous saluaient Kid avec des gestes d'amitié et des sourires. Les gens parlaient du temps et montraient le ciel où seuls demeuraient quelques nuages blancs que le vent poussait vers l'ouest. Kid paraissait jouir d'une grande considération. Plusieurs hommes lui parlèrent de Pat en l'appelant le maboule ou le sac à vin.

Lorsque Kid avait fait allusion à la bagarre devant la roulotte, Pierre avait senti monter en lui un désir violent d'être assez fort pour corriger le petit hercule ; à présent, il n'y pensait plus. Il éprouvait une certaine fierté à se promener avec lui, à se voir présenter partout comme le nouveau baron de la baraque à Pat Carminetti.

Lorsqu'ils arrivèrent à la roulotte de la voyante, Kid frappa, poussa la porte et passa la tête à l'intérieur sans même grimper l'escalier. Une voix aigre lança :

— C'est toi, moustique, qu'est-ce que tu veux ?

— Tu devrais le savoir, dit Kid.

— Pauvre con !

Kid recula, et une vieille femme vêtue de noir parut sur le pas de la porte. Regardant Pierre, elle dit :

— Je me doutais qu'il était pas tout seul. Chaque fois qu'il amène un gars, il faut qu'il dise ça. C'est sa grosse plaisanterie. Et il se croit malin. Pauvre con, va !

Kid s'était mis à rire.

— Je te présente miss fête foraine, dit-il. La reine de la vogue... Le sourire de la vogue.

— Pauvre con, répéta la vieille, t'as pas toujours dit ça !

Elle parlait sans colère. Du haut de son escalier, elle les dominait tous les deux. Son visage était maigre et ridé, mais son regard extrêmement vif n'était pas vieux. Un foulard à fleurs cachait ses cheveux. Un chat jaune fila entre ses jambes et se coula sous la roulotte.

— Je voudrais que tu me dises si ce garçon va épouser Diane ? demanda Kid.

— Pauvre con, fit-elle. (Puis à Pierre.) Tu es chez l'autre dingue, et avec ce moustique, à la tienne, mon petit gars.

Elle traita encore Kid de « pauvre con » puis rentra et claqua la porte. Sur une petite table, au pied de l'escalier, il y avait un grand carton renversé. Kid le souleva et découvrit un bocal plein d'eau où flottait un minuscule diable noir et rouge en celluloïd.

— Tu vois, expliqua-t-il, c'est ça son gratin. En regardant ce guignol, elle te dit toute ta vie. Et comme tu as pu voir, pour ce qui est de l'avenir, elle en connaît un rayon.

Ils s'éloignèrent. Kid parla encore de la voyante et finit par dire :

— Quand je pense que cette greluche a tout juste trois ans de plus que moi, tout de même, y a des gens qui savent pas vieillir !

Il frappa sur l'épaule de Pierre, eut un geste circulaire pour désigner toute la place et ajouta :

— T'en fais pas, va. Tu seras pas le plus toc de la vogue. Et pour ce qui est du métier, fais-moi confiance, tu l'apprendras. Je suis pas voyante, moi, mais je peux te le dire tout de même.

11

Pat n'avait pas dû trouver beaucoup d'occasions de boire, car il semblait assoiffé et de mauvaise humeur. Dès le début du repas, il vida deux verres de vin et parut tout de suite mieux. Il parla de la façon dont il conviendrait de faire travailler Pierre, et Kid en profita pour dire :

— Faudrait qu'il se fasse couper les tifs...

Tine l'interrompit.

— Non, non, dit-elle, au contraire. J'ai réfléchi, tant qu'il ne s'habille pas autrement, faut qu'il garde ses cheveux. D'ailleurs, la semaine prochaine on va à Lyon, ce sera très utile. Là-bas, il y a beaucoup de blousons noirs, ça les attirera.

Kid fit la grimace, mais il se garda d'intervenir.

— Pour une fois, approuva Pat, je crois qu'elle a raison. Y peut pas jouer les mecs de la haute, ni les étudiants fauchés ; à l'âge qu'il a, le seul moyen c'est de jouer les durs.

— Si vous voulez jouer cette carte, observa le père Tiennot, il faut la jouer à fond. Que le garçon vienne et le prenne de très haut.

Kid intervint.

— Il arrive. Il roule les mécaniques ; toi, Pat, tu lui dis qu'il est pas majeur et il t'engueule.

Ils discutèrent ainsi pendant toute la durée du repas. Chaque proposition amenait une anecdote, un exemple, le souvenir d'un lutteur qui avait travaillé avec l'équipe ou avec l'un des hommes. Chacun avait sa manière de se présenter, son rôle bien au point, avec les variantes pour les journées où plusieurs séances se suivaient. Pat s'énervait. Sa femme l'empêcha plusieurs fois de se verser à boire et, dès que les hommes eurent fini de manger, elle emporta ce qui restait de vin. Il l'insulta sans conviction, probablement par habitude, puis expliqua encore une fois à Pierre comment il devrait s'y prendre.

Tandis que tous les hommes quittaient la roulotte, Diane s'approcha de Pierre et désigna son père en disant :

— Vous savez, quand Félix est ici, il n'ose pas boire comme ça, il se tient.

Suivant les instructions du patron, Pierre s'éloigna en flânant le long des baraques. Les mains dans les poches, le vieux Portugais regardait tourner le manège des tout-petits. Il semblait très intéressé, et son visage était celui d'un bon vieil ouvrier de grand-père surveillant ses petits-enfants. Lorsque Pierre arriva tout en haut de la place, il s'arrêta. La gare était là, à vingt mètres de lui. Sur l'argent avancé par la patronne, il lui restait largement de quoi prendre un billet pour Lyon et vivre une journée. En une journée, dans une ville qu'il ne connaissait pas, aurait-il le temps de retrouver Guy ? Il se retourna. Sur la place, les curieux étaient plus nombreux et les haut-parleurs menaient grand tapage.

Là-bas, tout au fond de l'esplanade, il put apercevoir Pat qui gesticulait sur l'estrade. Partout, il y avait des groupes de filles, de garçons comme lui. Pierre les regarda avec un certain mépris. Dans un moment, ils allaient tous se trouver devant la baraque de Pat, et pas un n'oserait lever la main pour prendre le gant. Surveillant toujours le fond de la place, Pierre marcha lentement jusqu'au long manège d'autos tamponneuses. Il venait de s'arrêter pour observer l'homme à qui son camarade s'était adressé la veille au soir, lorsqu'on le bouscula légèrement. Il se retourna, l'œil mauvais, pour voir la bonne tête du père Tiennot qui lui glissa :

— C'est le moment, fils.

Pierre laissa le vieux s'éloigner sur la droite et gagna lui-même la partie gauche de l'esplanade. Plus il approchait de l'estrade, plus les groupes étaient denses. Il se faufila entre eux. Il eut soudain envie de leur crier : « Alors, bande de dégonflés, y en a pas un qui oserait y aller ! Eh bien moi, je vais y aller ! » Ils étaient tous là, minables, à regarder tantôt Pat, tantôt les filles. Comme si une fille pouvait s'intéresser à des pauvres types alors qu'il y a des lutteurs sur une estrade ! Ils buvaient les paroles de Pat. Ils riaient quand il fallait rire. Ils marchaient comme des naïfs. Ils faisaient « Oh ! » ou « Ah ! » quand il fallait faire « Oh ! » ou « Ah ! »... En les observant, Pierre remuait ses épaules. Il sentait ses muscles souples sous le tissu frais de sa chemise neuve.

Pat parlait toujours. A cause de la foule plus dense et du surcroît de bruit, il avait branché le haut-parleur et tenait un micro. Par moment, il y avait un grésillement qui couvrait sa voix, mais Pierre suivait tout de même ce qu'il disait. Il avait commencé par présenter Joë Nelson. Il se lamenta un moment en déplorant qu'il n'y eût plus d'hommes courageux, puis il s'en prit à la jeunesse qui ne pensait qu'à courir les filles et se laisser pousser les cheveux.

Les gens riaient un peu, quelques jeunes murmurèrent.

— Parfaitement, cria Pat. Je sais ce que je dis. Il y a encore dix ans, à chaque séance on était obligé de refuser des gars qui étaient à peine sevrés et qui voulaient déjà boulotter du champion. Au moins ils avaient quelque chose dans la culotte, ceux-là !... De nos jours, c'est fini... Je propose la prime la plus grosse qu'on ait jamais vu offrir, pas un homme pour relever le gant. Je vous le dis : la jeunesse est ratatinée. Si ça continue, on va être obligé de fermer boutique...

— Ici ! cria Pierre.

Toutes les têtes se tournèrent vers lui et il sentit son visage soudain brûlant. Il n'avait pas eu à réfléchir. Pat lui avait tant et tant rabâché cette phrase au cours du repas, qu'elle avait déclenché en lui une espèce de mécanisme qui avait provoqué son appel et commandé son geste du bras. Pat feignit la surprise. Il imita l'homme qui cherche au loin à l'aide d'une longue-vue.

— Quoi ? dit-il. C'est pas possible ! Ça fait six mois qu'on n'avait pas vu ça... Ohé, madame, là-bas, regardez voir s'il n'y a pas un farceur derrière lui qui lui tient le bras en l'air.

Un long rire gagna la foule. Pierre le laissa mourir avant de crier :

— Envoyez donc votre poupée, et vous verrez bien !

La foule s'écarta et Pierre put avancer lentement. Pat brandissait toujours sa chaussette bourrée de crin. La réponse de Pierre l'avait mis en fureur.

— Quoi ? hurlait-il. Il va m'engueuler à présent. Ma parole, qu'est-ce qu'il se figure celui-là !

Lorsque Pierre fut à quelques mètres de l'estrade, Pat demanda :

— Et d'abord, quel âge as-tu ?

— Dix-huit ans passés.

— J'aimerais voir tes papiers.

— C'est pas difficile.

Suivant toujours à la lettre les instructions reçues, Pierre sortit son porte-cartes et avança lentement en disant :

— Il voudrait bien que j'aie moins de dix-huit ans. Ça ferait une bonne excuse pour refuser le combat. Ils en ont peur, de perdre leur prime.

Il y eut un remous et une rumeur qui s'élargit en demi-cercle à mesure que les gens se transmettaient les propos du garçon.

— Qu'est-ce qu'il a dit ? demanda Pat dans son micro, qu'on a peur de risquer la prime ? Mais c'est qu'il a l'air d'un monsieur, celui-là !

Parvenu au pied de l'estrade, Pierre tendit ses papiers que Pat examina.

— Né en janvier 1947, dit-il. C'est exact, il a l'âge... Mais attention, petit, tu sais ce que tu risques.

Il plaça là tout son boniment sur les responsabilités.

Pierre en profita pour se retourner. La foule avait considérablement augmenté. Tous ces gens le regardaient. Ils étaient tous venus là pour le voir. Tous devaient l'admirer déjà. Les filles surtout. Et les garçons devaient l'envier, lui en vouloir un peu d'attirer sur lui les regards de toutes les filles. Il entendait à peine les paroles de Pat qui se réjouissait d'avoir enfin rencontré un gaillard prêt à se faire casser toutes les dents pour sauver l'honneur de la jeunesse française.

— Faut pas rougir, mon garçon, cria-t-il. Tu peux être fier de toi... Tu entends, tu peux être fier de toi !

Pierre sursauta. Il était tellement occupé à scruter le public qu'il avait oublié de réagir. Pourtant la réplique préparée lui revint rapidement.

— Pas tant de discours, cria-t-il. J'ai pas de temps à perdre.

Pat lui lança la chaussette en disant :

— Tu en veux, mon petit gars. On va t'en donner, n'est-ce pas, monsieur Joë ?

Le nègre gonflait ses muscles et lançait à Pierre des regards terribles. Mais Pierre n'avait pas peur. Joseph lui avait expliqué ce qu'il fallait faire. Seule l'inquiétait un peu cette question que Pat lui avait posée : « Est-ce que tu saignes facilement du nez ? » Pierre avait répondu que non, et Pat lui avait dit : « T'inquiète pas, on se débrouillera. Faut saigner un peu, ça fait impression. »

Pierre s'était avancé jusqu'à la caisse où il remit la chaussette à la patronne. Là, il fixait toujours la foule, n'écoutant plus que d'une oreille distraite les paroles de Pat qui présentait Kid et accueillait le père Tiennot.

— Les deux extrêmes, criait-il. Faut venir ici pour voir ça ! Dommage que le vieux parle pas français, on lui demanderait ce qu'il pense de la jeunesse.

Pierre entra, suivi du père Tiennot et des premiers spectateurs. Au moment où il franchissait la porte, Diane lui sourit en soufflant :

— Ça colle !

Il répondit par un clin d'œil, et se dirigea vers le fond de la tente où il commença de se déshabiller.

12

Joseph était certainement capable de cogner très fort, mais il connaissait bien son métier. Il savait à merveille placer des coups qui faisaient, sur le public, une impression considérable, sans que son adversaire eût à en souffrir. Pierre s'appliquait à suivre les instructions que les autres lui avaient données. Il boxait avec fougue, mais n'appuyait que quelques coups sur les épaules et les bras. Il s'efforçait surtout de prendre le Noir de vitesse. Il y parvint à plusieurs reprises, et Joseph lui adressa des clins d'yeux pour l'inciter à continuer ainsi.

Kid arbitrait. Demeuré près de la porte avec son micro, Pat s'égosillait à commenter le match à l'intention des gens qui n'étaient pas entrés. Il faisait tout pour leur donner des regrets. A l'écouter, on avait le sentiment de vivre des minutes qui marqueraient l'histoire du noble art. Un combat de classe mondiale mené par un amateur inconnu ; une révélation, contre un champion.

Il avait été prévu que Joë ne parviendrait pas à mettre Pierre K.O. mais qu'il le battrait aux points. Lorsque Pat annonça la décision tandis que Kid levait en l'air le poing ganté du Noir en signe de victoire, il y eut quelques protestations timides dans les rangs du public qui, manifestement, ne connaissait rien à la boxe.

— L'amateur s'est battu comme un lion, cria Pat. Mais

je crois bien que Joë Nelson n'est pas en grande forme. Qu'en dis-tu Joë ?

— Ce garçon est très fort, cria le nègre.

— Il a un beau jeu de jambes, reprit Pat, mais tu aurais dû en faire deux bouchées, Joë. Je ne te reconnais plus... L'amateur s'est si bien battu que la direction va lui remettre une prime exceptionnelle d'encouragement. Allons, madame Carminetti, vous donnerez deux mille francs à l'amateur... Ici, on aime le beau sport et le courage.

Il se remit à parler de la jeunesse, tandis que Kid et le Portugais enjambaient les cordes du ring. Tout en se rhabillant, dans un coin de la grande tente, Pierre les regardait en se disant que Kid avait raison : le vieux connaissait son affaire.

La salle était presque pleine. Il y avait de nombreux garçons et des filles à peu près du même âge que Pierre. Plusieurs filles se retournaient pour regarder dans sa direction. Pas très loin de lui, il y avait une grande blonde, très belle, qui lui souriait en mâchant du chewing-gum.

Après la séance, lorsque Pierre passa devant la caisse, la patronne lui dit :

— Ça a marché au poil. N'oubliez pas, pour la deuxième séance, vous demandez votre revanche à la lutte, et vous râlez quand on donne le gant à Tiennot et au fondeur.

Le ciel s'était obscurci, et le vent fraîchissait. Mais Pierre ne remarquait ni le ciel ni les quelques gouttes qui tombaient. Il marchait entre les groupes, roulant les épaules, blouson et chemise largement ouverts sur sa poitrine. Il avait le sentiment que tous les regards se portaient sur lui. Il était le centre d'admiration de la fête.

Arrivé à hauteur de la loterie où Guy avait tenté de voler, il fit un détour. La femme était à son banc, lançant la grande roue qui cliquetait. Peut-être l'avait-elle vu passer, mais il n'eut pas le sentiment qu'elle l'avait remarqué. A côté d'elle, se tenait une fille d'une quinzaine d'années qui proposait aux joueurs des planchettes qu'elle tenait comme un long éventail.

A la deuxième séance, Pierre réclama le gant pour sa revanche à la lutte, mais ce fut Tiennot qui le reçut pour rencontrer Joseph, et l'ouvrier de la fonderie pour un match de poids et haltères avec Kid. C'était une idée de Pat qui estimait ainsi que certaines personnes voudraient assister aux trois séances. Il avait raison, tout au moins pour la fille blonde que Pierre vit entrer à la deuxième et qu'il retrouva, pour la troisième, au premier rang du ring. Elle mâchait toujours et semblait n'avoir d'yeux que pour lui.

Le boniment de Pat avait été parfait. Il était l'homme attaché à la justice, et voulait absolument donner au père Tiennot la chance de battre Joë qui l'avait tenu en échec à la deuxième séance. Tout cela pour permettre un match Kid contre Pierre, et pour tenir en haleine les spectateurs assidus.

Pierre baignait dans une espèce de brume d'orgueil. Son combat avec Kid lui parut trop court. Il sentait sur lui tous ces regards et, en particulier, celui de la fille blonde dont la voix perçante dominait les autres. Il finissait par ne plus entendre que ses :

— Vas-y Pierrot... Vas-y Pierrot !...

Lorsque Kid avait le dessus, la fille se levait sur son banc, la bouche ouverte, haletante d'émotion. Dès que Pierre se dégageait, elle recommençait de mâcher plus nerveusement et de hurler.

Quand ce fut terminé, tandis que le public s'écoulait, Kid rejoignit Pierre dans le coin où il se rhabillait.

— Faut te foutre un coup de flotte, lui dit-il. Si tu gardes la transpiration, tu vas bicher la crève.

— J'ai pas le temps.

— Qu'est-ce qu'il y a ? T'as repéré une nana ?

— Oui, une blonde vachement roulée.

Kid se mit à rire.

— T'inquiète pas. T'en verras dix à chaque séance.

Pierre enfilait son blouson lorsque l'averse creva. Ce fut un roulement sur la tente secouée par le vent.

— Ta blonde, elle va fondre, observa Kid, faut la faire entrer.

Joë et Tiennot avaient déjà regagné la roulotte où ils couchaient, Pat était en train de baisser l'auvent et les femmes devaient préparer le repas. Pierre bondit, mais la pluie, en quelques instants, avait vidé la place et empli les cafés voisins. Il rentra. Kid le consola en riant et ajouta :

— T'as la classe, tu sais. Tu te défendras.

— Tu crois ?

Pierre posa cette question, mais il ne doutait pas de lui.

— T'as la classe, répéta Kid, mais t'en fais trop. Tu te crèves pour rien. Et puis, entre nous, quand tu tireras à la lutte avec Joseph, lui balance pas des manchettes comme celle que j'ai ramassée derrière la cafetière. C'est un bon mec, mais il a pas la carapace aussi coriace que moi. Tape comme je t'ai montré, pour que ta main ripe sur la peau. Et vise le rembourré, autant que possible.

— Excuse-moi, dit Pierre, je t'ai fait mal ?

Kid éclata de rire.

— Non, dit-il. Tout de même pas. Mais ça sert à rien. Et puis un jour, c'est toi qui t'abîmeras les paluches.

13

Malgré la pluie torrentielle, Pat disparut et resta absent pendant près d'une heure. Il revint au moment où les autres se mettaient à table. Il avait dû boire beaucoup. Durant tout le repas, il ne cessa guère de crier et d'insulter sa femme. Il voulait à tout prix faire une séance le soir, mais la patronne s'y refusait en raison du temps. A la fin, il cessa subitement de crier, repoussa son assiette et s'endormit sur la table.

Les hommes sortirent. Dehors Kid dit :

— C'est une vraie peau de vache, la Tine.

Joseph haussa les épaules et s'éloigna. Le père Tiennot semblait hésiter. Il eut un geste vague et finit par dire :

— Qu'est-ce que tu veux, le bon Dieu n'est pas avec nous.

Lorsqu'il eut regagné sa roulotte, Kid expliqua que la patronne avait peur de travailler pour rien. Comme les hommes étaient payés à la séance, si le public n'était pas assez nombreux, elle risquait de ne pas couvrir ses frais. Le petit lutteur ajouta :

— Si Pat n'avait pas été rond, il aurait dit comme elle, mais quand il est saoul, il est généreux. Et il pense au litre qu'on boit après la séance. Là, elle va le foutre au lit.

Il eut un soupir, regarda le ciel et conclut en imitant le Portugais :

— Même le Dieu des ivrognes qui nous laisse tomber.

Courbant le dos sous l'averse, ils longèrent les baraques jusqu'au bout de la place. Pierre cherchait la fille blonde, mais les promeneurs étaient si rares qu'il fut vite convaincu qu'elle n'était pas là.

— A présent, t'es renseigné, dit Kid. Eh bien, tu vas venir avec moi.

— Où ?

— Tu verras. (Il eut un rire et un clin d'œil.) Une surprise-partie.

Ils se dirigèrent vers une rue qui débouchait sur la place, et Kid entra dans une épicerie. Il acheta quatre paquets de biscuits, des bonbons, deux gros saucissons, un litre de vin rouge et une livre de café.

— Tu as encore du fric ? demanda-t-il.

— Oui, il me reste presque mille balles.

— Alors, prends deux paquets de biscottes de régime, et avec le reste, tu achètes des fruits.

— Mais qu'est-ce que tu veux que...

— Tais-toi, dit Kid, fais ce que je te dis.

Pierre obéit, et ils sortirent en portant chacun ses provisions. Ils regardèrent la place où le petit hercule marcha droit sur la loterie de ses amis. La fille que Pierre avait remarquée l'après-midi était seule dans le stand, actionnant sa roue d'un geste las, et souriant aux rares passants.

— T'as pas froid ? lui demanda Kid.

— Non, ça va, dit-elle en ramenant sur ses épaules un long châle de laine grise.

Arrivé à proximité de la roulotte où Guy avait voulu pénétrer, Pierre s'arrêta.

— Qu'est-ce que tu as ? demanda Kid.

— Tu veux pas m'emmener là, tout de même.

— Si, justement, ils nous attendent.

Pierre eut envie de lâcher son sac et de se sauver. Kid dut deviner sa pensée.

— Fais pas ça, dit-il. Ça casse, les biscottes, et puis, t'as plus un radis à présent.

— Salaud, grogna Pierre.

— Si tu veux, mais viens tout de même.

La roulotte était éclairée. Kid frappa depuis le bas et obligea Pierre à passer le premier. Le garçon sentit sa gorge se contracter, mais il monta tout de même les quatre marches de bois. La porte s'ouvrit.

La roulotte était à peu près aussi grande que celle des Carminetti, mais beaucoup plus encombrée. Il y avait également deux lits superposés dans le fond, mais dans le sens de la longueur, avec deux autres en face et un passage très étroit au milieu. La femme et trois enfants étaient là. Pierre s'arrêta sur le seuil, mais Kid le poussa pour le faire avancer. La femme sourit. Elle était petite et ronde, avec de gros seins lourds qui tendaient un corsage bleu à fleurs.

— Je vous présente pas, dit Kid. Vous vous connaissez déjà.

Le sourire de la femme s'accentua. Les enfants s'étaient précipités sur Kid qui distribua ses bonbons en disant au plus grand des garçons :

— Gardes-en un paquet pour ta sœur, hein !

Puis, s'adressant à la femme, il demanda :

— Comment ça va ?

— Toujours pareil, fit-elle.

Une tête se pencha hors du lit, et Kid alla jusqu'au fond de la roulotte.

— Voilà Gégène, dit-il à Pierre. C'est mon pote.

L'homme avait la main ferme, mais moite de transpiration. Pierre était incapable de prononcer un mot.

— Quand j'ai entendu la pluie, dit Gégène, j'ai bien pensé que vous viendriez.

— Je te l'avais dit, répondit Kid. Et puis, le garçon savait que tu as l'estomac fragile, il tenait absolument à t'apporter des biscottes et des fruits pour les gosses. Depuis ce matin il me casse les pieds avec ça.

— Fallait pas, dit Gégène. Fallait pas.

Sa voix était douce et faible, comme s'il avait parlé derrière un rideau. Ses yeux noirs luisaient dans son visage maigre et pâle que la lampe éclairait mal.

Kid l'interrogea sur sa santé, et l'homme sourit avec un geste vague qui semblait vouloir dire que les choses étaient ainsi et que rien ne pouvait laisser espérer un changement.

— Dans une semaine on sera à Lyon, dit Kid. C'est une ville où il y a un bon hôpital, avec des bons toubibs, tu iras passer une visite.

— A quoi ça servira ?

— Il ira, dit la femme. C'est pas la peine de discuter encore. Il ira, c'est décidé.

Le malade soupira et parut se résigner. Un long moment passa. La pluie martelait le toit, tantôt rageuse, tantôt moins forte.

— Pas de séance, ce soir, dit l'homme.

Kid raconta ce qui s'était passé, puis il dit :

— J'en ai marre, de ce sac à vin. Je suis pas marié avec lui. Faut pas croire... Que je trouve seulement un bon pote pour remonter un numéro, et je reprends la route.

— C'est pas toujours facile non plus, observa Gégène.

— Non, dit Kid. Mais je gagnerais autant. Et puis, la liberté, c'est tout de même quelque chose.

Gégène hocha la tête et son regard qui s'était soudain troublé se perdit dans l'ombre, au fond du petit couloir qui séparait les couchettes. Kid regardait par terre. De temps en temps, ses épaules et ses bras avaient des soubresauts. Son blouson se tendait sur son dos et les muscles se devinaient à travers l'étoffe mouillée.

— Moi, finit-il par avouer, je peux pas vivre comme ça, avec des autres. Bosser quand on me le dit. Rien foutre quand les autres veulent rien foutre. Aller dans un bled quand j'aurais envie d'aller dans un autre.

— Pourtant, dit la femme, le cirque, c'était la même chose.

— Ben oui, reconnut-il. Mais de ce temps-là, je n'avais jamais fait la route tout seul, je savais pas ce que c'était. Quand on en a goûté...

Et le petit hercule se mit à parler du travail sur les places publiques, avec la liberté d'aller n'importe où. Il parla longtemps, et, peu à peu, son regard s'animait, son visage s'éclairait. Il se dandinait d'un pied sur l'autre, balançait son buste et ses bras courts, ébauchait chacun des gestes dont il parlait. Les autres l'écoutaient. Les enfants mangeaient leurs bonbons, et, lorsque Kid marquait une pause, le bruit de leurs doigts décollant les papiers et de leurs dents croquant le sucre rouge ou vert se mêlait au roulement de la pluie.

— Faut pas croire, disait Kid, mais mon numéro d'extenseur, je peux encore le faire, à condition d'être par terre. Ce qui tiendrait plus, c'est la mâchoire. Mais les bras sont bons. Et un numéro comme ça, je suis encore le seul à le faire.

Gégène approuva, mais le ton de sa voix était triste.

— Si je reprends la route, ajouta Kid, faut pas vous figurer que je vous laisserai tomber.

La femme se détourna pour aller remuer des casseroles sur son évier. Gégène souleva sa main, puis la laissa retomber sur la planche du lit en soupirant :

— Oh ! nous autres, on s'en sortira toujours. Dans quelques années, les gosses seront grands.

14

Le lendemain matin, Pierre s'éveilla longtemps avant l'aube. Il n'y avait aucun bruit que la respiration régulière de Kid et, assez loin, le passage des voitures sur la route. Pierre avait mal. Tout son corps était douloureux et le sol du ring lui semblait plus dur que le macadam d'un trottoir. Il resta un long moment sans oser faire le moindre mouvement. Il se disait que le seul fait de remuer un doigt allait lui arracher un hurlement de douleur. Il avait dû se retourner en dormant, et c'était sans doute ce qui l'avait réveillé. Il commença par plier lentement ses genoux, remontant ses pieds sans les soulever du tapis. Ce mouvement accentua la douleur de ses abdominaux et poussa des aiguilles dans les muscles de ses cuisses. Ensuite, il se pencha sur le côté pour se lever sur un coude, mais l'élancement fut si vif qu'il se laissa retomber lourdement. Kid remua et demanda :

— Tu veux te lever ?... Qu'est-ce que tu as, tu veux pisser un coup ?

— Bon Dieu, gémit Pierre, j'ai mal partout.

— Mal ?

— Oui quoi... Je suis tout talé.

Kid se mit à rire.

— C'est rien, t'en verras d'autres.

Silence.

Pierre, allongé de nouveau, suivait la courbe de la douleur qui s'engourdissait peu à peu. Au bout d'un moment, il éprouva presque une sensation de bien-être, comme si la douleur eût été elle-même un baume pour ses membres.

— Tu crois qu'il est quelle heure ? demanda-t-il.

— 5 heures et quart.

— Comment tu le sais ?

— J'ai entendu sonner.

— Tu dormais pas ?

— Non, je me réveille toujours vers 4 heures.

Pierre se tut. Il écoutait la nuit qui, peu à peu, se mettait à vivre. Plusieurs motos passèrent, puis des hommes à pied dont le pas sonnait sur le goudron de la rue. Pierre pensa à l'usine de verres de lunettes, quand il devait se lever pour prendre son travail à 4 heures. Les gens qui passaient allaient sans doute à l'usine. Il resta longtemps avec l'idée des machines qu'il avait surveillées et alimentées en blocs durant des journées interminables.

— La route, dit Kid, c'est quelque chose, tu sais.

Et ce fut tout. Ils étaient là, sur un ring, à un mètre l'un de l'autre, chacun avec son idée, son petit film qui se déroulait sans trêve. Kid devait voir la route et cette vie qu'il regrettait ; Pierre regardait l'usine toute luisante d'eau, toute rouge de poudre à polir dans un atelier, toute grise d'émeri à ébaucher dans l'autre. La machine, la solitude devant une machine durant huit heures d'affilée. La solitude égayée seulement par le passage du contremaître qui venait vérifier le galbe des verres, par la tournée du pousseur de chariot apportant de nouveaux blocs. C'était la vie. Huit heures là, le reste à traîner les rues, à dépenser son argent de poche au Palais des Jeux. Ça, un Palais des Jeux, c'était quelque chose !

— Dis donc, demanda-t-il. A Paris, sur les foires, y a toujours un Palais des Jeux.

— Quoi, des appareils à sous ?

— Oui.

— Connerie, grogna Kid.

— Connerie ? Le flipper, tiens, vachement bath !

— T'es bien un pilon.

Pierre se mit à parler du flipper et des autres jeux de la même famille, mais, très vite, Kid l'arrêta :

— Moule, fit-il, c'est comme si tu me causais du catéchisme.

Pierre n'insista pas. Il resta sur le dos, incapable de se rendormir, redoutant le moment où il serait contraint de se lever. Quand le jour fut venu et que la place se mit réellement à vivre, Kid dut le bousculer un peu pour le faire quitter le ring.

— On aura une dure journée, annonça-t-il. Faut te secouer. L'eau froide va te remettre en marche.

Après leur toilette, Kid obligea Pierre à faire quelques exercices d'assouplissement, puis il prit sa bouteille d'embrocation siamoise et lui fit un long massage. Ses mains si dures dans le travail savaient se faire douces et souples pour trouver les muscles, les suivre, les malaxer comme une pâte qui s'amolissait à mesure qu'il la pétrissait. Tout en besognant, d'une voix presque monotone, il parlait de la route, de cette idée qu'il avait de repartir, de s'évader de cette famille qui subissait les caprices d'un ivrogne.

Il parlait aussi de Gégène et comparait leurs deux vies.

— Lui, disait-il, il ne peut pas penser comme moi, il est tenu par ses gosses. Si j'ai jamais voulu me marier, moi, c'est à cause de ça. Je veux être libre. Si j'avais des gosses, ce serait le bagne. Les travaux forcés à perpète.

Dès ce soir-là, Pierre eut à connaître la colère de Pat. Entre 3 heures de l'après-midi et minuit, ils firent cinq séances et Pierre participa à quatre d'entre elles. Au dernier combat, Joseph avec qui il luttait devait presque l'aider à se relever. Le public protestait. Pat ne pouvait pas quitter son micro, mais Kid, qui arbitrait, devait sentir monter sa rage. Pierre l'entendit répéter plusieurs fois :

— Force, bon Dieu. Force-toi un peu.

A la fin, Kid profita d'un moment où le Noir se trouvait près de lui pour lui dire :

— Sonne-le, Joseph...

Le Noir hésita.

— Sonne-le, bon Dieu, répéta Kid.

Le ton était autoritaire bien qu'il parlât très bas, Pierre ne sentit pas la manchette qu'il reçut sur la tempe, mais, quand il revint à lui, Kid et Joë lui versaient de l'eau sur le visage et la poitrine. Comme si le vent avait apporté de très loin tous les bruits, il commença par percevoir une rumeur vague dominée par le haut-parleur de Pat.

— Bien battu... trop jeune... courage... une prime exceptionnelle.

La salle se vidait lentement. Dès que le dernier spectateur eut passé la porte, le rideau retomba et Pat lâcha son micro pour bondir sur le ring.

— Nom de Dieu ! hurla-t-il, c'est pas possible. Mais j'ai jamais vu un feignant pareil. Toute la journée il a tiré au cul et le soir il s'effondre comme une merde.

— N'exagère pas, dit Kid.

— Comme une merde ! répéta Pat. Je sais ce que je dis. Et c'est moi le patron, ici.

— Je vais m'en aller, dit Pierre.

— Tu peux foutre le camp. C'est pas moi qui te retiendrai.

Diane arrivait avec un litre de vin et un verre. Pat but le premier, puis, tandis que les autres se passaient le verre, il se remit à injurier Pierre. Pierre restait immobile, assis sur le tapis mouillé, le dos aux cordes. Il écoutait sans comprendre la moitié des mots. Joseph et Kid se tenaient à côté de lui.

— Faut pas m'en vouloir, disait Joseph... C'était le seul moyen de pas finir trop moche.

— Tu aurais dû le faire beaucoup plus tôt, dit Pat. Faut pas prendre les gens pour des cons.

Il parla encore longtemps puis, ayant vidé le litre, il le lança à Diane et sortit en gesticulant. Sa femme et sa fille le suivirent et il y eut des éclats de voix de l'autre côté de la toile.

— Si elle compte l'empêcher de picoler ce soir, dit Kid, elle peut se bomber.

— Moi, dit Joseph, je serais elle, je lui donnerais à boire jusqu'à ce qu'il en crève.

— Vous n'êtes pas charitables, observa le Portugais. Pat est sur une pente dangereuse. Il ne faut pas l'accabler. Il faut l'aider.

— L'aider à boire ! lança Kid. Mais tu parles de charité, est-ce qu'il sait ce que c'est ? Il n'a même pas le bon sens de comprendre que ce gosse est crevé.

— Fallait lui dire.

— Surtout pas.

— Pourquoi ?

Kid les regarda tous les deux avant de dire :

— Rien...

Le vieux s'approcha de Pierre et dit doucement :

— Faut pas t'en faire. Demain il aura tout oublié. Tu vas roupiller. Ça te fera du bien.

Le nègre approuva et ils sortirent tous les deux. Quelques minutes s'écoulèrent, puis le Portugais revint seul.

— J'ai oublié ma serviette, dit-il.

Il la prit et la jeta autour de son cou comme il eût fait d'un gros cache-nez. Il se dandina un instant d'un pied sur l'autre, le regard allant de Pierre à Kid puis à la porte. Finalement, se rapprochant de Kid, il dit :

— Je sais bien pourquoi tu n'as pas dit que le petit est fatigué.

Il se tut, Kid ne répondit pas. Il avait déjà sorti sa grosse valise et commençait de préparer son lit.

— Je le sais depuis le premier jour. Pierre n'était pas ton copain. Il a volé chez Gégène. Tu l'as pris et tu l'as amené ici.

Kid se redressa.

— Tu écoutes aux portes, à présent, lança-t-il.

— Oui, j'ai écouté.

Le vieux était très calme. Il s'approcha encore de Kid et reprit :

— Je sais que la curiosité est un péché, mais je t'ai vu au moment où tu l'amenais ici. Je suis entré derrière vous et je suis resté de l'autre côté du rideau. Je ne savais pas ce qui s'était passé. Je ne voulais pas que tu aies des histoires. Je croyais que tu t'étais battu avec un mec, comme ça, parce que tu n'aimes pas les jeunes qui sont...

Il se tut, cherchant un mot.

— Des jeunes voyous, dit Kid. Mais ce que je fais ne te regarde pas.

Il avait crié. Le Portugais hocha la tête.

— Ne te fâche pas, Kid, dit-il. Ce que tu as fait, c'est très bien, le bon Dieu t'en tiendra compte.

— Tu m'emmerdes avec tes bondieuseries, lança Kid. Fous-moi la paix.

Le Portugais eut un geste de lassitude, fit quelques pas en direction de la sortie puis, revenant près de Kid, d'un air embarrassé, il bredouilla :

— Vous me prenez tous pour une vieille bête, dit-il. Ça n'a pas d'importance...

Kid allait parler, mais le vieux leva la main pour lui imposer silence et continua très vite :

— Je voulais seulement te dire : si Pat renvoie le gosse, on devrait tous partir. Mais tu sais que Joseph ne le fera pas. A cause...

Il eut une hésitation et ce fut Kid qui dit :

— A cause de la gosse, je sais.

— Moi, je suis prêt à le faire, mais à mon âge, vous comprenez...

— T'inquiète pas, trancha Kid. Il ne le renverra pas. Dans deux jours on va à Lyon. Il sait bien qu'il en aura besoin.

Cette fois, le vieux s'éloigna sans se retourner. Kid le suivit des yeux puis, lorsqu'il fut sorti, revenant à sa valise il en tira son sac de couchage en disant :

— Il est sonné, celui-là, avec son bon Dieu, mais tout de même, c'est pas un mauvais cheval.

15

Le lundi était la dernière journée de la vogue à Vienne. Et ce fut une belle journée avec un temps splendide et une foule nombreuse qui emplit la tente des Carminetti pour chaque séance. Pierre sentait encore sa fatigue, mais il serra les dents et réussit à tenir. Pat se donna beaucoup de mal avec son micro, et ne commença de boire qu'après le repas du soir. Mais il était encore très lucide, à peine énervé. Kid était le premier à reconnaître que c'était dans ces moments-là, lorsqu'il avait un « bon petit début », que Pat accomplissait la meilleure besogne. Il trouvait alors, pour s'adresser au public, un accent de sincérité qui portait.

Pour la dernière séance, la salle était pleine, et il y avait même des gens debout derrière les bancs les plus éloignés du ring. Kid donna son petit spectacle de poids, Joseph boxa contre Pierre, puis vint le combat de lutte entre Kid et le père Tiennot. Le vieux Portugais paraissait un peu fatigué par cette longue journée, mais il travaillait avec une soif de satisfaire Pat et le public qui devait lui redonner des forces. Pour celui qui suivait tous ses combats, ce vieil homme faisait penser à un bel ouvrier sérieux, possédant parfaitement son métier, et soucieux de rendre toujours de la belle ouvrage. Kid était égal à lui-même, infatigable, tour à tour féroce et moqueur, sachant aussi bien amuser que faire trembler, ou vibrer d'admiration les spectateurs les moins sensibles.

La première manche se déroula fort bien. Pierre la suivait tout en se rhabillant dans un angle de la tente. Au début de la deuxième, Kid plaçait toujours un saut chassé spectaculaire. Ses deux pieds venaient frapper la poitrine du Portugais qui se trouvait projeté dans les cordes. Renvoyé comme par un ressort, il revenait sur Kid au moment où celui-ci se relevait, et lui portait une prise de hanche. C'était une des parties les plus agréables à suivre de leur numéro, car le petit hercule surpassait la prise du Portugais, et réussissait lui-même une clef au bras.

C'était toujours le moment où Pat criait le plus fort dans son micro ; le moment où le public resté à l'extérieur pouvait le mieux suivre le combat et éprouver le plus de regrets.

Pierre avait fini de s'habiller, et s'approcha des derniers bancs pour mieux suivre cette phase du combat.

Les deux hommes quittèrent leur coin, s'observèrent quelques instants, puis, se détendant soudain comme une lanière de fouet, Kid s'enleva. Ses deux pieds claquèrent contre la poitrine du Portugais qui, forçant l'effet, partit le dos dans les cordes. Pat hurlait dans son micro, mais un grand cri du public couvrit sa voix. La corde supérieure venait de casser, et le père Tiennot, basculant par-dessus l'autre corde, avait battu l'air de ses bras, cherchant vainement à se raccrocher. Kid se précipita, mais déjà le vieux était par terre, entre les pieds des premiers spectateurs qui s'écartaient en se bousculant. Pierre essaya de se frayer un chemin tandis que Kid se laissait glisser au bas du ring. Pat parla encore sans que personne ne prêtât attention à ce qu'il disait, mais, voyant que le vieux ne se relevait pas, il s'approcha. Pierre arriva près du vieux en même temps que lui.

— Écartez-vous, criait Kid, en repoussant les curieux.

— Laissez la place ! Laissez la place ! hurlait Pat.

Dès que Pierre arriva, Kid dit :

— Fais reculer les gens, petit, il est sonné.

Joseph, qui était déjà sorti, arriva à son tour et, sans trop de peine, ils parvinrent à faire refluer le public.

Kid était à genoux près du vieux qui demeurait inerte, les bras en croix, le visage encore plus pâle que d'habitude.

— Faut le monter sur le ring, dit Pat.

— Non, surtout pas, lança Kid. S'il a quelque chose à la colonne vertébrale, faut surtout pas le bouger.

— Il est simplement sonné, qu'est-ce que tu veux qu'il ait ?

Pat se penchait pour soulever le Portugais, mais Kid l'empoigna par son pull-over et l'obligea à se relever.

— Je t'interdis de le toucher, cria-t-il. Fonce téléphoner à un toubib.

La patronne arriva et demanda :

— Qu'est-ce qu'il y a ?

— Va appeler un toubib, ordonna Kid. Et dépêche-toi, nom de Dieu !

Elle regarda Pat, puis de nouveau Kid. Le petit hercule la prit par le bras et la fit pivoter sur elle-même en répétant :

— Dépêche-toi, nom de Dieu !

Joseph avait apporté la cuvette et l'éponge. Kid baigna doucement le visage du vieux qui ouvrit les yeux et dit quelques mots en portugais.

— Bouge pas, dit Kid... Bouge surtout pas.

Quelques personnes étaient encore là. Pat se pencha.

— Faut pas qu'il parle en français, fit-il. On passerait pour des cons.

Kid lui lança un regard terrible.

— Tu es la pire des salopes, lança-t-il.

— Bon Dieu, toi, grogna Pat.

— Quoi, moi ?

Pat recula. Il obligea le public à sortir en disant :

— C'est un accident... Mais je l'avais prévenu.

— Moi, j'étais témoin, dit une femme. Si vous avez besoin de moi.

— Oui, oui, c'est ça. Donnez votre adresse à la jeune fille qui est dehors.

Kid regarda Pierre et Joseph. Surtout Joseph à qui il demanda :

— C'est pas une ordure, ce sac de tripes ? Faut qu'il continue son baratin. Et pourtant, Vienne, c'est fini, on n'y reviendra pas avant un an.

Le nègre avait un regard navré.

— Qu'est-ce que tu veux ? qu'est-ce que tu veux ? bredouilla-t-il.

Le père Tiennot ne remuait toujours pas. Il essaya plusieurs fois de soulever sa tête, mais elle retomba aussitôt. Il ne gémissait pas, n'ouvrait les yeux que de loin en loin pour les refermer presque aussitôt. Il avait ramené lentement ses bras le long de son corps, et, à présent, ses mains tremblaient.

— Qu'est-ce qu'elle fout, grognait Kid. Mais qu'est-ce qu'elle fout ? Pat, tu devrais demander au micro s'il n'y a pas un médecin sur la place.

— Ça la fout mal, dit Pat.

— Alors, téléphone aux flics ou aux pompiers.

Pat disparut.

— Faudrait lui mettre quelque chose sous la tête, et le couvrir, dit Kid.

Pierre sortit la grosse valise, en tira l'oreiller de Kid, la couverture et le duvet. Ils couvrirent le vieux qui murmura :

— Je vous fais des emmerdements, hein ?... J'ai pas compris... Je ne sais pas ce qui s'est passé.

— Tais-toi, dit Kid. Parle pas trop... C'est pas de ta faute... Tu y es pour rien.

S'éloignant de quelques pas, il dit à Joseph :

— Et les cordes, ça fait combien de temps que je lui dis de les changer ?... Je l'ai dit, oui ou non ?

Le nègre fit oui de la tête, et il eut un geste de désespoir tout en regardant du côté de la porte.

Un long moment passa encore, Kid s'énervait.

— Si j'étais sûr qu'ils ne touchent pas le vieux, dit-il, j'irais téléphoner, moi.

— Tu veux que je téléphone ? proposa Pierre.

Ils étaient là, tous les trois, debout à côté du Portugais dont seul le visage très pâle était visible. Ils se regardaient, embarrassés de leurs mains, de leur corps, ne sachant que faire.

— Tu crois vraiment que c'est grave ? demanda le nègre.

— J'en suis certain, murmura Kid... J'ai vu trop d'accidents... Je sais à quoi m'en tenir.

La corne d'une ambulance perça bientôt le vacarme de la fête, où les manèges et les tirs continuaient de mêler l'éternel refrain des chansons sans cesse répétées au crépitement grêle des carabines et des pistolets. Un moteur ronfla tout près de la tente et un agent de police entra, suivi de deux infirmiers qui portaient une civière.

Les lutteurs écartèrent les bancs pour faire place à la civière où les infirmiers chargèrent le Portugais toujours silencieux.

— Qu'est-ce qui s'est passé ? demanda l'agent.

La patronne se précipita.

— C'est un accident, dit-elle. Mais nous sommes assurés.

— C'était un amateur ? demanda l'agent.

La patronne regarda vers la porte. Elle devait chercher Pat. Comme elle ne le voyait pas, elle lança vers Kid un regard implorant. Le petit hercule s'approcha de l'agent.

— Non, dit-il. C'est pas un amateur, c'est un employé de la maison. Tout est en règle. C'est seulement un accident.

— Après tout, dit l'agent en regardant la toile de tente, du moment que vous payez la place, ce n'est plus la voie publique.

— C'est ça, dit Kid. Ce qui compte, c'est d'emmener tout de suite le père Tiennot à l'hôpital. Moi, je vais avec vous.

Il avait déjà enfilé son pantalon de survêtement, il passa son blouson et suivit le brancard en disant :

— Allez, Tine, faut que tu viennes aussi. Il y aura sûrement des papiers à remplir.

16

Avant de partir, la patronne avait demandé à Joseph de fermer la baraque, et à Pierre d'aider sa fille à rechercher Pat. Pierre et Diane s'éloignèrent chacun dans une direction, pour faire le tour des cafés. Pierre était à peine au bout de la place que Diane le rejoignait déjà.

— On ne le trouvera pas, dit-elle, c'est pas la peine de chercher. Quand il est parti de cette façon, autant le laisser se finir.

— Alors, faut rentrer.

Elle le regarda un temps et se tourna vers le quai désert pour répondre :

— Ça presse pas. Ils en ont pour un bon moment.

— Tu veux qu'on fasse un tour ? proposa Pierre.

Elle fit oui de la tête. Il l'avait tutoyée comme ça, sans y penser, parce que c'était la première fois qu'ils se trouvaient seuls. Ils marchèrent vers le quai, traversèrent la route et longèrent la murette jusqu'au premier escalier qu'ils prirent pour gagner le bas-port. Le bruit de la fête devenait confus, avec seulement le haut-parleur des autos tamponneuses qui dominait par moments. Sur le bas-port, la nuit était épaisse, seul le fleuve était parcouru de loin en loin par le reflet des maisons étagées sur la rive droite. Ils firent quelques pas en silence, puis Pierre passa son bras autour de la taille de Diane et l'embrassa. Quand leurs lèvres se séparèrent, il dit simplement :

— Viens plus loin.

Ils marchèrent encore un peu avant de s'arrêter contre le mur de soutènement du quai où Diane s'adossa d'elle-même. Pierre l'embrassa encore, et la prit debout, sans qu'elle opposât la moindre résistance. Quand il se retira, elle dit :

— Faut rentrer, ils vont se demander ce qu'on fait.

— On devrait pas rentrer ensemble.

— T'as peur de quoi ?

— J'ai pas peur, mais c'est pas la peine de faire des histoires.

Arrivée au pied de l'escalier, elle demanda :

— On se reverra, hein ?

— Oui, bien sûr.

— Tu vas me prendre pour une putain.

— Non.

— C'est sûr ?

— Puisque je te le dis.

— Pourtant, soupira-t-elle, tu pourrais.

— On va pas discuter.

Il monta quelques marches et s'arrêta pour l'embrasser encore. Ensuite, il dit :

— Tout de même, le père Tiennot est à l'hôpital. Et c'est peut-être grave.

— Tu crois ?

— Kid l'a dit.

Elle ne répondit pas. Il la voyait très mal dans la pénombre. Seuls ses yeux brillaient, un peu comme les reflets qui permettaient de deviner la présence du fleuve.

— Je file devant, dit-il... Je suis allé vers le haut de la ville, et toi vers le bas. On l'a pas trouvé.

— Oui.

Tandis qu'il remontait, il l'entendit encore qui disait :

— On se reverra, hein ? Tu m'as promis.

Il courut jusqu'aux premières baraques, remonta la moitié de la place et fit un léger détour pour arriver par le haut. Le nègre attendait, adossé à la baraque fermée. Dès qu'il vit Pierre il demanda :

— Tu l'as pas trouvé ?
— Non.
— Et t'as pas vu Diane ?
— Non, elle est pas rentrée ?
— Elle doit le chercher, mais s'il la voit le premier et qu'il ait déjà bu, il se sauvera.

Diane revint quelques minutes plus tard. Elle demanda si les autres étaient rentrés, puis dit qu'elle voulait prendre une veste de laine et courut jusqu'à la roulotte où elle resta un bon moment. Quand elle reparut, les autres venaient d'arriver. En rentrant de l'hôpital, Kid et la patronne avaient trouvé Pat dans un café. Il était saoul. Il jurait qu'il n'avait rien bu, mais que pas un médecin ne voulait répondre au téléphone. Il les insultait tous.

— Au lieu de gueuler, dit Kid, tu ferais mieux d'aller te coucher, demain, on causera.
— Causer de quoi ? Si tu as quelque chose à dire, faut le dire tout de suite.
— Non, tu n'es pas en état.
— Qu'est-ce que tu as l'air de dire ?
— Je n'ai pas l'air. Je dis que tu es rond, et que je te parlerai demain.

Pat était furieux, il marcha sur Kid qui se contenta de reculer de quelques pas en disant :

— Tine, fais-le coucher, y va morfler.

La patronne s'était déjà précipitée. Elle se mit devant Pat et cria :

— Tu vas te coucher, oui, espèce de dégueulasse !
— Vous êtes tous des cons ! hurla Pat, en se dirigeant vers sa roulotte.

Sa femme et sa fille le suivirent. Joseph eut un geste las et demanda :

— Alors, qu'est-ce qu'ils ont dit pour Tiennot ?
— Il a quelque chose à la colonne vertébrale. C'est certain, mais on ne saura rien de précis avant demain midi... Je monterai voir.

Le nègre hocha la tête, les salua et se dirigea vers la roulotte où il allait se retrouver seul. Kid et Pierre rentrèrent sous la tente.

Les bancs étaient encore renversés, et la place où le vieux était resté étendu faisait un grand vide à côté du ring. Kid s'y arrêta un moment, regardant tour à tour le sol et la corde cassée dont les deux tronçons pendaient.

— C'est un sale coup, dit-il. Un sacré sale coup.

— Tu crois vraiment que c'est grave ?

Kid se retourna. Ses yeux clairs brillaient étrangement et Pierre pensa un instant aux yeux de Diane lorsqu'elle l'avait regardé, dans la pénombre de l'escalier. Malgré lui, Pierre baissa la tête. Kid dut se méprendre sur son geste, car il dit :

— Faut pas désespérer, mais enfin...

Il se tut. Pierre leva les yeux. Le petit hercule semblait grave, hésitant à parler, embarrassé comme il ne l'était jamais. Enfin, très bas, et d'une voix qui tremblait un peu, il finit par dire :

— Tu vois, petit, les bondieuseries, moi, j'y crois pas du tout, mais dans l'ambulance, le vieux m'a dit qu'il était puni... Il m'a dit : « Je savais que ça m'arriverait, parce que je mentais tous les jours. Je trompais les gens. Ils payaient pour voir un combat, et moi je me prêtais au mensonge. Je jouais les pauvres vieux pour les attirer, pour inciter leur pitié. » Je lui ai dit que c'était le métier, mais il est resté sur son idée. Il avait certainement très mal, mais il ne se plaignait pas. Pour lui, c'était une punition qu'il avait méritée, et qui lui venait du ciel.

Kid s'arrêta de nouveau, mais Pierre comprit qu'il n'avait pas terminé. Quelques minutes passèrent. Kid tournait lentement dans cet espace laissé libre par les bancs écartés pour faire place à la civière. Enfin, revenant devant le garçon, il ajouta :

— On a beau dire... On avait beau le mettre en boîte avec son bon Dieu, tout de même, ça fait quelque chose.

Il soupira profondément, passa la main sur son crâne et répéta :

— C'est sûr, ça fait quelque chose.

Adieu la vogue

17

Le lendemain, ils se levèrent à l'aube pour plier la tente, démonter l'estrade et charger le camion. Les bâches et une partie des bancs trouvaient place dans la remorque couverte où couchaient le père Tiennot et Joseph. En débarrassant les couchettes, ils découvrirent une petite mallette de bois fermée par un cadenas, et que le vieux avait glissée sous son lit, derrière sa valise.

— C'est sûrement ce qu'il m'a réclamé hier au soir, dit Kid. Je lui porterai à midi.

— C'est là qu'il met ses sous, dit Joseph. Et il doit y avoir aussi des machins d'église ; des livres de messe et des trucs comme ça.

Kid transporta la petite caisse avec beaucoup de précautions jusqu'à la cabine du camion. Dès qu'on parlait du Portugais, dès que l'on touchait aux objets qui lui appartenaient, Kid devenait grave.

Le patron travaillait avec les hommes, sans desserrer les dents. Pierre remarqua même qu'il évitait de regarder Kid et de se trouver à côté de lui.

A 9 heures, il ne restait plus que la charpente et le plancher de l'estrade à démonter. Le soleil déjà haut cuisait la place où tous les forains se hâtaient. Les manèges ne tournaient plus, les petites autos quittaient leurs pistes pour les plates-formes des camions ; le bruit des marteaux et les cris des hommes avaient remplacé la musique et le crépitement des tirs. Seule la petite loterie de Gégène restait intacte, avec sa bâche rouge et vert à peine entrouverte. Diane vint appeler les hommes qui se dirigèrent vers la roulotte. Pat resta seul en arrière. Quand les autres furent attablés, la patronne sortit pour l'appeler.

— J'ai pas faim, cria-t-il.

— Viens tout de même. Tout seul, tu ne peux rien faire. Viens !

Pat obéit et vint s'asseoir à sa place, en face de Pierre. Les deux coudes sur la table, il mit son front dans ses mains et demeura immobile. Les autres mangèrent un moment en silence, puis, d'une voix calme, Kid demanda :

— Qu'est-ce qui te tracasse, Pat, c'est l'accident ou bien le fait qu'il te manque un homme ?

Les épaules de Pat se soulevèrent lentement, il soupira, hésita longtemps, mais finit par croiser ses bras sur la table. Ses yeux étaient ternes, le blanc tout injecté de sang. Il regarda Kid.

— Ne gueule pas, dit-il. Je sais, je sais. J'aurais dû changer ces cordes. Je voulais le faire en arrivant à Lyon. On trouve plus facilement.

— C'est vrai, dit Joseph. Pat me l'avait dit : « Faudra changer les cordes, elles sont foutues. »

Kid les observa un instant en silence avant de dire, presque à voix basse :

— Et à présent, c'est le vieux qui est foutu.

Pat serra ses gros poings et se martela la poitrine en larmoyant :

— Je sais, Kid. M'accable pas, bon Dieu ! Je suis déjà assez emmerdé. J'ai pas fermé l'œil de la nuit. Et tu vois, ce matin, je pourrais pas absorber une bouchée.

— Comme toujours, tes lendemains de cuite.

— J'avais presque rien bu. C'est l'émotion.

— Discutons pas, trancha Kid. Que tu te saoules la gueule, c'est ton affaire. Moi, je voudrais seulement savoir ce que tu vas faire pour le vieux.

— Il y a l'assurance, dit Pat.

— L'assurance paie une partie. Et le reste ?

Pat lança vers sa femme un regard qui était comme un regard de détresse.

— Nous verrons, dit-elle. Vous pensez bien qu'on ne le laissera pas dans la misère.

— J'espère, dit simplement Kid.

— Ça ne s'est jamais vu, dans notre monde.

Kid eut un ricanement et un geste de la main qui voulait dire que rien jamais ne pouvait être sûr en ce domaine. Quelques minutes passèrent, avec seulement les bruits de la place qui entraient par la porte restée ouverte sur le soleil. Pat regardait le litre mais, comme il ne mangeait pas, sa femme ne lui avait pas donné de verre.

— Donne-moi donc un cachet d'aspirine, dit-il.

Diane lui apporta un verre d'eau et un comprimé. Il vida son verre d'un trait, fit la grimace et se versa un verre de vin qu'il but encore plus vite.

— Mange un bout, dit la patronne.

Il se leva, marcha jusqu'à la porte et se retourna pour dire très vite, avant de sortir :

— Quand ce sera fini, faudra penser à Gégène.

Kid eut un hochement de tête et murmura :

— Il a tout de même du culot, celui-là. Pour la comédie, il en connaît un bout. Penser à Gégène, ah ! merde alors !

La patronne regarda le petit hercule. Il sembla un moment qu'elle allait répondre, mais, tandis que les hommes se levaient, elle commença à débarrasser la table avec Diane qui n'avait pas cessé d'observer Pierre.

L'estrade fut rapidement démontée. Tout en travaillant, Kid avait expliqué à Pierre que le père Tiennot, Joseph et lui avaient l'habitude de démonter et de remonter la loterie, car la femme à Gégène ne pouvait le faire seule avec ses enfants. Mais jamais Pat ne s'en était occupé. Au contraire, à plusieurs reprises, il avait reproché à ses hommes de perdre du temps. Ce matin-là, Pat vint avec eux, et la petite baraque fut très vite démontée. Tout le matériel qui la composait tenait sur le toit de la roulotte, sauf les longerons et les plus lourdes planches qui se glissaient dessous, entre les essieux et le plancher. En chemise de nuit, Gégène était venu sur le pas de sa porte et, chaque fois qu'un homme passait près de lui, il se lamentait :

— Mes pauvres gars, je sais pas comment je pourrai jamais vous payer tout ça.

— Retourne te coucher, disait Kid. Tu vas prendre mal.

Lorsque tout fut chargé tandis que les autres achevaient l'arrimage, Kid prit la petite caisse du père Tiennot et partit pour l'hôpital.

18

La première journée à Lyon fut très pénible. Pat laissa les hommes monter la baraque et partit à la recherche d'un baron susceptible de remplacer le Portugais. Tine savait bien que lui seul pouvait trouver un homme, elle le laissa partir, mais exigea que Diane l'accompagne pour l'empêcher de boire. Il faisait très chaud sur le cours de Verdun où le vent qui soufflait du sud soulevait d'épais tourbillons de poussière. Les hommes avaient la gorge sèche et les yeux rouges. Diane revint seule, un peu avant midi. Son père était entré dans une maison où il prétendait connaître quelqu'un. Elle l'avait attendu sur le trottoir, puis, ne le voyant pas sortir, elle était entrée à son tour. Le couloir était une traboule qui communiquait avec une autre rue. Elle avait cherché dans les cafés du quartier, mais n'avait rien trouvé.

— Il faudrait que Pierre vienne avec moi, dit-elle. A deux on aurait plus de chances de le récupérer.

— Non, trancha la mère, vous ne le trouverez pas. Il n'avait pas beaucoup de sous sur lui. Il rentrera.

Joseph avait regardé Diane et Pierre d'un œil terrible. Kid dit à la patronne :

— J'aime mieux te prévenir, si ton homme continue de faire le con, moi je me tire. Ici, on peut faire des bonnes journées, mais faut avoir du monde. Et des hommes sérieux, pas des toquards. Si Pat revient sans personne, je vous laisse tomber.

Elle essaya de parler, mais Kid s'éloignait déjà. Pierre, qui l'avait suivi, lui demanda s'il voulait réellement s'en aller.

— Oui, dit Kid. J'en ai ma claque de cet ivrogne. Et si tu veux pas être emmerdé, tu feras bien de venir avec moi.

— Tu m'emmènerais ?

— Pourquoi pas ?

Ils firent quelques pas. Tout le long de l'esplanade, du Rhône à la Saône, les baraques se montaient. Il y en avait beaucoup plus qu'à Vienne et Pierre remarqua un Palais des Jeux où l'on installait de nombreux appareils à sous.

— Pourquoi tu dis que je serai emmerdé, avec Pat ? Jusqu'à présent, il est correct avec moi.

Kid se mit à rire.

— T'es bien un pilon, fit-il. T'as des grandes châsses, mais tu vois pas grand-chose. Tu seras emmerdé comme tous les jeunes qui sont passés par là avant toi. Pat voudra te refiler sa fille. Tu voudras pas, et ça fera des histoires.

Ils allèrent jusqu'à la loterie de Gégène qu'ils avaient montée à une centaine de mètres de leur propre baraque.

— L'Angèle aura du mal à se défendre, remarqua Kid. Il y a une tapée de loteries, et pas des minces.

Les enfants étaient devant la porte. Kid s'approcha de l'aînée et demanda :

— Alors ?

— Le docteur est là.

Ils attendirent. Kid s'était assis sur une marche de l'escalier et avait pris le plus jeune des garçons sur son genou. Le petit passait son bras autour du crâne rasé de Kid, empoignait sa main et tirait de toutes ses forces.

— Je te fais une clef à la tête, disait-il.

Kid gémissait :

— Aïe... Aïe, tu me fais mal... Bonsoir, t'es une vraie brute. Tu me ferais péter la tronche comme une vieille noix.

Le gosse riait. Celui qui avait neuf ans s'était approché de Pierre.

— T'as pas du chumegomme ? demanda-t-il.

— Quand la boutique de nougats sera ouverte, promit Pierre, on ira en acheter.

— Achète-lui plutôt des bonbons, observa Kid. C'est au moins du sucre, tandis que ces saloperies de machins à l'américaine, c'est tout juste bon à détraquer l'estomac.

— Toi, dit Pierre, tu peux pas blairer ça parce que les jeunes en bouffent. Tu peux pas blairer les jeunes, voilà tout.

Kid le regarda, sourit et dit avec un mouvement du menton dans sa direction :

— La preuve.

La porte de la roulotte s'ouvrit. Le médecin sortit suivi d'Angèle. Kid se leva, le petit sur son bras. Angèle avait refermé la porte. Ils s'éloignèrent un peu de l'escalier et restèrent un moment à se regarder. Le médecin était un homme d'une quarantaine d'années, long, sec et légèrement voûté. Il portait une petite sacoche de cuir noir. Le vent faisait voler ses cheveux clairsemés et les ramenait sur son front dégarni. Angèle dit :

— M. Kid et M. Pierre sont des amis de mon mari.

Le médecin leur serra la main.

— Alors, demanda Kid, qu'est-ce que c'est ?

— Paraît qu'il faut l'emmener à l'hôpital, dit Angèle.

— C'est ce que j'ai toujours essayé de lui faire entendre, dit Kid. Mais avec lui, c'est pas facile. Il se sent fort. Il ne veut pas croire à son mal.

Le médecin releva ses cheveux.

— Il a une forte constitution, expliqua-t-il. Mais moi, je ne peux rien faire ici. Il faut des radios et des examens. On ne peut pas se prononcer simplement après l'avoir ausculté.

— Vous pensez que c'est grave ?

— Je ne peux rien dire, madame. Mais si c'est vraiment un ulcère, l'opération le guérira.

Il y eut un temps. Angèle regardait tour à tour ses enfants, Kid et le médecin. Elle finit par demander :

— Ça pourrait être plus grave qu'un ulcère ?

Le médecin leva une main longue et blanche qui dessina quelques gestes lents tandis qu'il parlait.

— On ne peut rien dire, répéta-t-il, mais il me paraît indispensable de l'hospitaliser le plus rapidement possible. Avec le mot que je vous ai fait, vous pouvez vous présenter dès aujourd'hui.

Angèle remercia encore le médecin qui s'éloigna d'un pas mal assuré, comme si le vent eût menacé l'équilibre de son grand corps osseux. Ils le regardèrent s'éloigner. Sa place restait vide dans le petit cercle qu'ils avaient formé pour parler. Même les enfants se taisaient, et Pierre sentait une petite main qui serrait très fort ses doigts. La gêne qui était entre eux dura longtemps. Kid toussota plusieurs fois. Sa grosse main tapotait la cuisse du garçon qu'il tenait toujours sur son bras.

— Alors, demanda-t-il, tu vas l'emmener aujourd'hui ?

— Je ne sais pas. Qu'est-ce que tu en penses ?

— Ce serait préférable. Demain, tu vas ouvrir, tu seras tenue une partie de la journée. Vaut mieux que tu sois tranquille.

La femme approuva d'un signe de tête. Elle paraissait résignée, et pourtant elle ne se décidait pas à agir. Elle regardait ses petits, elle regardait la place où la vogue s'installait, dans le vent qui continuait de soulever vers le soleil d'épais tourbillons de poussière.

19

Gégène monta dans la vieille Citroën que sa femme conduisait. Il s'était installé derrière, à côté de Kid qui plaisantait :

— En taxi, mon gars. Et c'est l'Angèle qui pilote. Va y avoir du sport. Cette bagnole, quand elle a plus sa remorque aux trousses, c'est un vrai bolide.

Gégène souriait. Tine, Diane, Pierre et Joseph étaient à côté de la voiture, tenant les petits qu'ils devaient garder jusqu'au retour de la mère. L'aînée pleurait.

— T'inquiète pas, lança Kid. Quand on ira le chercher, c'est lui qui conduira pour rentrer. Et ça roulera encore bien plus vite.

Au moment où la voiture démarrait, Pierre crut remarquer que Gégène pleurait aussi. La voiture tourna l'angle de la place.

— Allez, les garçons, dit Joseph. Pendant que Kid est parti, vous allez venir vous entraîner sur le ring. Et quand il reviendra, vous serez plus forts que lui.

— Faites attention, recommanda la patronne, qu'il ne leur arrive rien. Il ne manquerait plus que ça.

— J'y vais aussi, dit Diane. Je surveillerai.

Elle s'installa sur un banc avec la fille qui pleurait toujours, tandis que les trois garçons se déchaussaient pour grimper sur le ring aux cordes toutes neuves. Joseph grimaçait, se contorsionnait pour les amuser. Pierre s'en mêla bientôt et ils se mirent tous deux contre les trois garçons qui riaient de les voir tomber, de les entendre gémir quand ils se roulaient sur eux. Jamais Pierre n'avait vu le nègre rire d'aussi bon cœur. Diane les observait, mais Joseph semblait avoir oublié sa présence.

Kid était de retour depuis longtemps lorsque Pat revint, accompagné d'un homme aussi saoul que lui. Ils se soutenaient mutuellement, et Pat commença par insulter Diane en lui reprochant de ne l'avoir pas attendu. A l'entendre, il avait peiné comme un malheureux toute la journée pour trouver enfin un lutteur qu'il présenta comme une perle rare. L'homme était à peu près de sa taille et de son âge. Il était sale et sentait le vin.

— Faudra que tu en cherches également un autre, dit Kid.

— Je sais, pour ici, faudrait toute une équipe, bégaya Pat. Mais, si tu crois que c'est facile.

— Ce n'est pas d'un autre baron, que je parle, répondit Kid, mais d'un autre lutteur à mettre à ma place.

Pat demeura bouche bée. L'autre regardait et écoutait, le dos à la roulotte, soucieux surtout de son équilibre.

— Tu ne penses tout de même pas que je vais travailler avec ça, lança Kid en désignant le nouveau venu. Quant à toi, je t'ai prévenu : ou bien tu bosses sérieusement, ou bien je te laisse tomber.

Le nouveau s'était approché lourdement. Entre deux hoquets il parvint à dire :

— Qu'est-ce que t'as... petit... J'ai une gueule qui te revient pas ?

Kid le repoussa sans brutalité et reprit :

— Toi, je n'ai rien à faire de ta cuite. Mais lui, je l'ai prévenu.

Il se tourna vers la patronne, comme s'il eût refusé de s'entretenir avec Pat, et il dit :

— Si demain on ne fait pas une journée normale, je boucle ma valise. A toi de jouer, Tine. Ça m'embêtera beaucoup de te laisser dans la merde, mais tu ne pourras pas dire que je suis responsable.

Il s'éloigna et Pierre le suivit. Ils avaient à peine fait vingt pas qu'ils se retournaient. Tine était en train de chasser le nouveau venu en le menaçant de son balai, tandis que Diane et Joseph aidaient Pat à monter l'escalier de la roulotte.

Au repas du soir, Pat ne prononça pas un mot. Il mangea peu, mais réussit à boire encore deux ou trois verres de vin malgré la surveillance de sa femme. Le grand-père le fixait sans cesse d'un œil douloureux, tout plein d'une rage qu'il ne pouvait exprimer que par des grognements et des gestes désordonnés de sa main valide. Diane lui parlait doucement, tout en le faisant manger. Pat évitait de regarder son père.

Avant de quitter la roulotte, Joseph et Kid aidèrent les femmes à coucher le vieillard qui semblait très énervé. En partant, les hommes laissèrent Pat accoudé à la table, la tête dans ses mains. Kid et Pierre avaient regagné leur tente depuis un moment, lorsqu'ils entendirent une dispute venue de la roulotte.

— Ça n'a l'air de rien, observa Kid, mais il a encore peur de son vieux. A présent que le vieux est couché, il doit chercher des noises aux femmes.

La dispute s'arrêta soudain, il y eut un silence puis, de l'extérieur, Pat cria :

— Pierre... Pierre... Viens ici, mon petit gars.

Pierre regarda Kid qui eut un sourire triste en disant :

— Vas-y... Je sais ce que c'est... Je m'en doutais.

— Quoi ?

— Va toujours.

Pierre sortit. Pat était sur le pas de la porte, appuyé au chambranle.

— Viens un peu, dit-il doucement. Faut que je te cause.

Pierre monta. Le patron regagna sa place à la table qui avait été débarrassée et lavée. La toile cirée portait encore les traces humides des coups de torchon qui luisaient sous la lampe.

— Viens t'asseoir, dit Pat.

— Tu es saoul, lança la patronne, va te coucher, tu lui parleras demain.

— Je suis pas saoul. Et toi, tu es d'accord avec moi pour ce que j'ai à lui dire.

— Oui, mais pas ce soir.

— Je ne suis pas saoul, répéta-t-il.

Il s'obstinait, le front barré de rides presque douloureuses. Sa femme se tut et vint s'asseoir à côté de lui. Pierre était sur le banc, en face d'eux. Ils se regardèrent un moment, comme pour un jeu silencieux. Enfin, le gros homme dit :

— Donne-nous un verre, ma petite Tine... Juste un petit verre.

— Il n'y a plus rien.

Les yeux de Pat se fermaient à demi, sa langue passait et repassait entre ses grosses lèvres violacées. De loin en loin, il retenait un hoquet. Son haleine empestait un mélange d'absinthe et de vin.

— Misère de misère, fit-il... Alors cause, quoi !

— Non, dit-elle, c'est toi qui l'as appelé.

— Alors, si tu me dis de causer, c'est que je suis pas saoul.

Il eut un rire gras qui le fit tousser. A chaque instant, Pierre redoutait de le voir vomir sur la table. Soudain, ayant respiré profondément, il commença :

— Voilà, t'es un bon petit gars. Moi et la Tine, on t'a à la bonne... Et la petite, elle t'aime bien... Et le vieux Pat aussi, remarque... le vieux Pat y cause pas, mais ça se voit dans ses yeux, qu'il t'aime bien... Alors, on aimerait que tu sois vraiment dans le coup avec nous autres, quoi.

Pierre comprit ce que Kid avait voulu dire.

— C'est vrai, vous savez, qu'on vous aime bien, approuva la patronne. Et puis, notre fils, Félix, je suis sûre qu'il vous aimerait bien aussi.

D'une voix qui tremblait, Pat se mit à dire :

— Ah, bon Dieu, c'est vrai, Félix, c'est lui qui serait heureux, tiens... Je suis sûr que vous seriez comme des frères toi et lui... tu comprends, on aimerait que tu épouses la petite... On aimerait...

Il se tut, à court de mots. Pierre les regardait tour à tour. Il pensait à Diane, aux quais de Vienne, avait-elle parlé ? Est-ce que les vieux se doutaient de quelque chose ?

— Alors, demanda Pat, ça te plairait pas d'être avec nous ? D'ici quelques années, moi je pourrais reprendre le nougat, et Pat ce serait toi.

Il eut de nouveau un rire glaireux qui donnait à Pierre envie de cracher.

— Ce serait bien, vous savez, dit la femme. En ce moment, on a de la misère ; mais quand ça marche, c'est autre chose.

Pierre crut vraiment que l'ivrogne allait vomir sur la table, mais ce n'était pas un hoquet qui venait de soulever son énorme poitrine, c'était un sanglot.

— Bon Dieu de bon Dieu, gémit-il, tu vois d'ici, ce pauvre Félix, s'il serait heureux... Bon Dieu de bon Dieu, ce qu'on serait heureux, tranquilles en famille.

— Pleure pas comme un imbécile, lança-t-elle.

— Mais je pleure pas. C'est l'émotion. C'est la joie.

— Attends au moins qu'il te réponde.

— Mais il veut bien... Hein, petit, que tu veux bien ?

Il se couchait à moitié sur la table pour tenter d'empoigner le bras du garçon qui se déroba en glissant sur le banc. Le patron sanglotait, lamentable. La bave coulait de sa bouche et ses yeux étaient mi-clos.

— Bon Dieu, mais réponds-moi, petit, faut pas être timide... Diane, elle t'aime, tu sais...

Au balancement de la roulotte, Pierre comprit que Diane venait de sauter de sa couchette. La mère regarda aussi en direction du fond. Elle ébauchait un geste pour se lever, lorsque le rideau s'ouvrit. Diane fit un pas, referma le rideau et s'immobilisa. Raide, le visage dur, elle regardait fixement Pierre. Son père ne l'avait pas encore vue. Sa mère lui fit signe de se retirer, mais, de la tête, elle refusa. Elle laissa passer encore quelques secondes, puis elle dit :

— Vous êtes dégueulasses !

Le père sursauta. Il se tourna vers elle, parut faire un effort pour la regarder, et, frappant la table du poing, il hurla :

— Vas-tu foutre le camp... Vermine... Petite peau !

— Tais-toi Pat, cria la mère.

— Vous me dégoûtez, lança la petite. Vous me dégoûtez. Les écoutez pas, Pierre. Ils sont fous... Complètement fous !

Écumant, Pat se déplia lentement, une main sur la table, cherchant son équilibre. Il parvint à se lever, mais ne put avancer à cause de sa femme qui se cramponnait à la table et lui barrait le passage. D'un mouvement de tête, elle désigna la porte à Pierre en lui disant :

— Appelez Kid.

Pat n'entendit même pas ce que disait sa femme tant il hurlait pour insulter sa fille. Pierre n'eut pas à appeler. Kid, qui se tenait au pied de l'escalier, entra dans la roulotte. Il refermait la porte lorsque la petite lança à son père :

— Tu peux parler de Félix. S'il te voyait me proposer comme ça, il te cracherait sur la gueule, Félix.

Pat tentait encore de déplacer sa femme qui se cramponnait à la table, nerveuse, tout son corps maigre bandé par l'effort. Renonçant à la pousser, Pat se reculait d'un pas et empoignait un tabouret, lorsque Kid lui saisit le bras. Pierre s'était approché d'un autre tabouret, décidé à assommer l'ivrogne s'il tentait de frapper Kid. Mais ce fut inutile. Le géant se retourna, et son regard tomba sur le petit hercule dont la tête ne lui arrivait même pas à l'épaule. Il lâcha le tabouret, eut un instant d'hésitation et s'assit lourdement.

— Bon Dieu, Kid, sanglota-t-il. T'as de la chance de pas être marié... de pas avoir de gosses. Saloperie de saloperie, quelle engeance !

Kid lui tapota la nuque en disant :

— T'es fatigué, Pat. Tu tiens une bonne biture et tu vas vite te mettre au lit pour ne pas qu'elle prenne froid, ta biture, hein ? Tu vas te coucher avec ta cuite et laisser tout le monde dormir tranquille.

— T'as raison, fit Pat. Je suis fatigué. C'est pas une vie qu'on a... On a tous les malheurs... Tous les malheurs... On a beau se crever à la besogne...

Il se remit à pleurer.

— Ça va Kid, dit la patronne, à présent, il va se coucher.

Pierre regarda vers le rideau. Diane était figée à sa place. Elle avait un sourire écœuré. Lorsque leurs regards se croisèrent, elle eut un gros soupir qui souleva ses épaules étroites. Elle portait une blouse légère qu'elle n'avait pas eu le temps de boutonner entièrement. Dessous, elle devait être nue. Comme Pierre regardait à hauteur de sa poitrine, elle tira nerveusement les deux revers de son col, fit demi-tour et disparut.

Dans le silence, il n'y avait que les sanglots de Pat, et les grognements du grand-père qui devait s'agiter derrière le rideau.

20

La vogue commença de vivre dès le lendemain après-midi. Le vent s'était calmé et le public fut assez nombreux. A la fin de la matinée, Pat avait réussi à découvrir un garçon de vingt-cinq ans qui acceptait de boxer. Avec Pierre et l'ouvrier de la fonderie qui venait participer à quelques séances, le spectacle de la baraque des Carminetti était à peu près convenable.

Kid était de mauvaise humeur, mais il travaillait toujours avec la même conscience et le même sérieux. Joseph semblait triste. Pierre avait le sentiment que, lorsqu'il le regardait, ses yeux n'étaient pas comme d'habitude.

Après la dernière séance de l'après-midi, le nègre vint trouver Pierre et lui demanda s'il voulait boire une bière avec lui. Pierre le suivit jusqu'à un petit café derrière les voûtes de la gare de Perrache. Il y avait peu de monde dans la salle, et ils s'installèrent à une table située tout au fond, dans un angle. Ils restèrent un moment immobiles, les coudes sur le marbre blanc marqué de cercles gris, immobiles et silencieux. Du bout de son index, le nègre dessinait sur la table avec la bière qui avait coulé de son verre.

Soudain, levant la tête, il demanda :

— Pourquoi il t'a appelé, Pat, hier au soir ?

— Rien, dit Pierre, des conneries de mec bourré.

— Tu ne veux rien me dire, mais je sais, va. Je sais tout ce qui se passe.

— Il était saoul, tu l'as bien vu.

— Oui, mais c'est toujours quand il est saoul qu'il dit certaines choses.

— Faut le laisser dire.

Joseph parut réfléchir. Son doigt était toujours planté sur la table.

— Et la patronne, dit-il, elle était pas saoule ?

— Non, mais elle voulait pas qu'il parle.

— Qu'il parle de quoi ?

Pierre but un peu de bière, essuya ses lèvres avec sa main puis, d'un coup, haussant la voix, il se libéra.

— Ah ! puis merde, fit-il. Tu le sais, alors, pourquoi tu me questionnes comme un flic ? Cet abruti m'a parlé de Diane... Bon, ben oui, quoi. Diane, elle est pas mal, cette petite mais moi, j'ai pas envie de me marier. Il est dingue, ce gros mec. On se marie pas comme ça, sans, sans...

Il se tut. Il ne trouvait plus ses mots, mais ce qu'il venait de dire avait dû soulager Joseph qui demanda :

— Qu'est-ce que t'as dit ?

— Je l'ai envoyé aux prunes. Et puis Kid est arrivé. Et puis Diane l'a engueulé aussi.

Le Noir se pencha par-dessus la table et demanda d'une voix toute tremblante :

— Qu'est-ce qu'elle a dit, la petite ?

— Elle a dit... Elle a dit qu'elle voulait pas se marier avec moi.

Le visage de Joseph acheva de s'éclairer. Il resta un long moment à regarder Pierre qui vit peu à peu la tristesse revenir dans ses yeux.

— Tu l'as rudement dans la peau, cette môme, dit Pierre.

— C'est sûr... Ça fait trois ans que j'attends... Plus de trois ans... Mais je sais que même si la petite voulait, ce serait pas possible.

— Pourquoi ?

Joseph baissa la tête. Ses épaules se soulevèrent pour un long soupir. Il dit lentement.

— Je suis trop con.

— T'as peur de lui parler ?

— Non. Mais Pat dit que je suis trop con... C'est vrai. Je saurais sûrement pas parler aux gens aussi bien que lui.

— Mais la baraque, tu t'en balances. Tu n'as qu'à foutre le camp avec Diane.

Le nègre eut un sourire triste qui découvrit à peine ses larges dents blanches.

— C'est pas possible, dit-il. La petite, faut qu'elle soit heureuse. Moi, qu'est-ce que je peux faire ? Qu'est-ce que je sais faire ?

En disant cela, il tendait ses mains presque roses à l'intérieur, comme pour montrer qu'elles étaient impuissantes, qu'elles ne pouvaient lui servir qu'à boxer et lutter pour gagner sa vie. Il attendit encore un moment sans parler, et ajouta :

— Peut-être que si Félix était là, ce serait pas pareil. Je crois qu'il m'aimait bien, Félix. Et il m'aurait aidé. Je peux travailler, moi. Je suis pas faincant, tu sais. Seulement, je sais pas parler...

Il marqua encore un temps, regarda autour d'eux et, se penchant vers Pierre, il murmura :

— Et puis, les nègres, y a des gens qui aiment pas. Tant que c'est pour recevoir des pains, ça leur plaît. Mais si c'est le nègre qui commande, ils foutent le camp. Et ça aussi, Pat le sait bien.

Ils demeurèrent encore un moment sans parler, à boire lentement un autre verre. De loin en loin, le Noir levait sur Pierre un regard qui essayait de sourire.

Lorsqu'ils rentrèrent, Kid dit à Pierre :

— Alors, il a chialé dans ton giron. Je sais, je t'ai vu partir avec lui.

— C'est un pauvre type, dit Pierre.

— Un jour, il arrivera un malheur. Pat calottera la gosse devant lui, et ça le mettra en rogne. Il lui piquera sa grosse panse. Et ce sera pas beau à voir. Qu'est-ce qu'il doit avoir comme tripailles rongées par l'alcool, ce gros sac !

21

Ce soir-là, le nouveau baron ne vint pas et ils ne purent faire que deux séances. Kid, furieux, alla se coucher dès que la baraque fut fermée et Pierre en profita pour sortir. Depuis leur arrivée à Lyon, il avait envie de se rendre à ce Palais des Jeux toujours envahi par les jeunes. Il dut attendre un bon moment avant de trouver place devant un flipper où il se mit aussitôt à jouer, gagnant coup sur coup trois parties gratuites.

Un garçon qui attendait son tour lui dit :

— T'es aussi fortiche au flipper qu'à la boxe. On t'a vu tout à l'heure, avec le nègre. T'aurais presque pu l'avoir.

— T'es de Perrache ? demanda un autre.

— Non, je suis pas de Lyon, dit Pierre.

— Tu vas y retourner, contre le nègre ?

Il y avait, à présent, une dizaine de garçons et quatre filles autour de Pierre. Tous avaient des cheveux longs, comme lui, et beaucoup portaient des vestes à carreaux ou des blousons noirs. Ils firent encore quelques parties, puis ils l'entraînèrent dans un café voisin. Ils lui posaient des questions auxquelles il essayait de répondre sans trahir le secret de l'équipe. Les autres semblaient heureux de lui offrir à boire. Ils insistaient pour que Pierre revienne se battre contre le nègre. A plusieurs reprises, des jeunes arrivèrent, qui faisaient partie de la bande. Il y avait aussi deux billards électriques dans le café, et ils jouèrent encore. Les garçons payèrent les consommations et toutes les parties de billard.

Au moment où ils sortaient du café pour regagner le Palais des Jeux, un garçon et une fille arrivèrent. Pierre, qui se trouvait au centre du groupe, ne put comprendre ce qu'ils disaient, mais, bientôt, le groupe s'ouvrit et les nouveaux venus s'approchèrent de lui. Toute la bande semblait soudain hostile.

— C'est vrai que c'était pas du bidon, ton match avec le nègre ? demanda la fille.

— Ben oui.

— Et pourquoi tu bouffes avec les mecs de la baraque, alors ?

— Moi ? J'ai pas bouffé avec eux.

Pierre sentait la peur le gagner. La fille était une petite blonde qui portait un pull-over marron très collant et un pantalon bleu à paillettes d'argent. Son visage était dur, avec un regard froid qui faisait presque mal.

— T'es un menteur, dit-elle. Moi et Bob on t'a vu sortir de la roulotte, à 2 heures.

— C'est pas vrai.

Pierre avait dit cela sans conviction. Très vite, il ajouta :

— D'abord, j'ai rien à faire avec vous. Foutez-moi la paix !

Il y eut aussitôt un grand cri, et le groupe se serra autour de lui. Pierre s'affola et tenta de se libérer, mais il ne put même pas se débattre. Vingt mains s'accrochaient à lui, et ce fut toute la bande serrée qui s'ébranla sur le trottoir en hurlant. Les gens s'écartaient devant eux, et Pierre avait beau appeler, personne ne l'écoutait. Malgré sa résistance, ils atteignirent bientôt le quai de Saône où les promeneurs se faisaient plus rares. Les garçons le traitaient de voleur, et réclamaient l'argent des consommations et des parties qu'ils avaient payées pour lui. Dès qu'ils eurent atteint la zone d'ombre, derrière les voûtes du chemin de fer, la danse commença. Pierre essayait de riposter, mais il ne parvenait même pas à se couvrir des coups. A présent, les garçons ne criaient presque plus. Tous cognaient en silence. Les filles aussi frappaient, et lorsque Pierre s'écroula sur le trottoir, la petite blonde se laissa tomber sur lui et, l'empoignant à deux mains par les cheveux, elle se mit à lui cogner la tête contre le sol. Il sentit qu'on lui prenait son portefeuille, puis ce fut le vide. Sa tête avait dû porter sur une pierre saillante.

Lorsqu'il revint à lui, il entendit d'abord le bruit assourdi de la fête et le roulement plus proche d'un train passant le pont. La nuit était épaisse, trouée seulement par l'éclat lointain de lampes dont la clarté n'arrivait pas jusqu'à lui. Pierre tenta de se relever et poussa un gémissement.

— T'as mal ?

C'était la voix de Diane. Il sentit sa main fraîche sur son front.

— T'étais là ? demanda-t-il.

— Kid est là. Il en a sonné un, mais les autres se sont tirés.

Pierre parvint à se dresser sur un coude. Sa tête douloureuse résonnait. Tout son corps lui faisait mal.

— Ça va aller, dit-il en se raidissant.

Diane l'aida à se relever et l'entraîna vers les voûtes. Kid s'y trouvait, accroupi à côté d'un garçon assis sur le trottoir, jambes étendues et le dos au mur, qui reprenait lentement ses esprits. La lumière était encore faible, en cet endroit, mais Pierre reconnut l'un des garçons avec qui il avait engagé la conversation dans le Palais des Jeux.

— Fumier, lança-t-il, en s'avançant, prêt à frapper du pied.

Kid l'arrêta.

— Laisse, il a son compte. Et ce serait dégueulasse de le tabasser à présent. Faut seulement qu'il comprenne bien qu'on veut pas d'histoires. Que sa bande s'amuse pas à venir faire du chahut quand on bossera, sinon, ils vont dérouiller.

— Ils m'ont piqué mon fric, dit Pierre.

— Combien t'avais ? demanda Kid.

— Tout mon pognon. Pas loin de dix sacs.

— Et tes papiers ?

— Non, y sont dans mon futal.

S'adressant au garçon qui venait de se relever péniblement, Kid demanda :

— Tu as de l'argent ?

— Cinq cents balles, pouvez me fouiller.

— On te croit. Mais alors, tu vas venir avec nous au commissariat. Tu donneras le nom de tes copains. Faut rendre son pognon à mon pote.

— Je les connais pas tous, larmoya l'autre. Et si je les donne, ils me tueront.

Kid lui demanda son portefeuille que le garçon tendit d'une main qui tremblait terriblement. Kid se pencha vers la lumière, sortit l'argent que contenait le portefeuille et le tendit au garçon en disant :

— Garde ton fric. Je suis pas comme vous. Mais moi je conserve le reste avec tes papiers d'identité. Si demain soir tu m'as pas rapporté les dix sacs, je te fais coffrer pour agression et vol... T'as compris ?

Le garçon fit un signe affirmatif. Ses longs cheveux ébouriffés cachaient la moitié de son visage.

— Ça va, fit Kid, tu peux t'en aller.

Il le laissa faire quelques pas, puis, le rappelant, il ajouta :

— Et avant de t'emmener au bloc, je te rase la boule à zéro. Tu m'as compris ?

— Oui, monsieur, murmura le garçon qui fit quelques pas lentement, avant de se mettre à courir.

Kid, Diane et Pierre reprirent le chemin de la baraque. Ils marchèrent un moment en silence, puis Pierre demanda :

— Comment ça se fait, que vous soyez arrivés ?

— C'est Diane qui est venue me chercher, dit Kid. Tu peux dire que tu lui dois une belle chandelle. J'ai l'impression qu'ils allaient t'arranger.

Ils avaient atteint les premières lampes, et Kid examina Pierre avant de reprendre :

— T'es déjà dans un bel état. Tu veux boire quelque chose ?

— Non, c'est pas la peine.

— En tout cas, faudra t'acheter une veste.

Kid s'arrêta, se planta devant eux et demanda :

— Vous étiez sortis tous les deux ?

Ils répondirent non d'une seule voix. Kid fixa Diane.

— Alors, c'est par hasard, que tu les as vus l'emmener ?

Diane les regarda tour à tour et laissa passer quelques instants. Son visage s'était durci. Sa voix avait quelque chose de tranchant lorsqu'elle répondit :

— Parfaitement. Je me trouvais là, comme ça. Et c'est tout.

Kid eut un geste bref par-dessus son épaule, fit rapidement demi-tour et s'éloigna vers les baraques en disant :

— Après tout, vous êtes assez grands pour savoir ce que vous avez à faire.

Dès qu'il se fut éloigné de quelques pas, Diane empoigna le bras de Pierre et demanda :

— Viens... Viens, tu m'avais promis.

— Non, pas ce soir. Tu vois bien comme je suis.

Il allongea le pas pour suivre Kid. Diane l'accompagna sans mot dire. Simplement, lorsqu'ils arrivèrent à proximité des roulottes, elle partit sur la droite en disant :

— J'aime mieux te laisser aller. Je sais que t'as peur de Joseph... Bonne nuit.

Pierre ne se retourna même pas pour répondre. Il se hâta davantage, et rejoignit Kid au moment où il entrait sous la tente. Le petit hercule gagna le ring et remit en ordre son sac de couchage d'où il avait dû sortir très vite.

— Alors, demanda-t-il, où en es-tu avec elle ?

— Rien.

— Comme tu veux.

Pierre était bien décidé à ne rien confier à Kid, mais quand le regard du petit hercule fouilla le sien, il baissa la tête en murmurant :

— Je me la suis envoyée à Vienne. Juste une fois.

— Le soir où le vieux s'est cassé les reins.

Pierre soupira.

— Je sais. C'est un peu vache.

— Non, fit-il. C'est la vie... Et c'est de ton âge.

— Depuis, j'ai plus voulu, mais ce soir, elle avait dû me suivre.

Kid se coucha tandis que Pierre déroulait sa couverture sur le ring.

— Demain matin, dit le petit hercule, je vais prendre le car pour aller à Vienne, voir le père Tiennot. Si tu arrives à te lever, tu pourrais venir avec moi, tu lui dois bien ça.

22

A l'hôpital de Vienne, le vieux Portugais occupait un lit tout au fond d'une longue salle que Pierre et Kid traversèrent lentement, regardant les malades allongés ou assis dans leurs lits. Tous étaient des vieillards pâles, aux joues creuses, que la barbe mal rasée piquetait de poils gris. Le père Tiennot les vit venir et sourit en soulevant lentement la main.

— Bonjour, dit-il. Vous êtes gentils... Vous êtes gentils d'être venus de si loin.

— C'est rien, dit Kid. Trois sabotées.

Ils posèrent un grand sac d'oranges, deux bouteilles de bordeaux rouge et des biscuits sur la petite table de fer.

— C'est trop, disait le vieux. Je ne manque de rien, vous savez, et les sœurs sont gentilles.

Il y avait, sur sa table de chevet, une statuette de la Vierge, un journal et un bol vide.

Le vieux se découvrit pour montrer un plâtre qui enveloppait son bassin. Il expliqua qu'il était là pour trois mois.

— C'est rien, dit Kid. Ça te fait des petites vacances. Après, tu iras te reposer dans une maison à la montagne.

Le père Tiennot baissa les yeux. Un sanglot souleva sa poitrine et deux grosses larmes coulèrent sur ses pommettes, tremblotant un instant avant de rouler le long des rides qui encerclaient sa bouche aux lèvres pincées. Il les écrasa du dos de la main, rouvrit les yeux et s'efforça de sourire. Kid et Pierre se tenaient debout, chacun d'un côté du lit, sans savoir que dire ni que faire.

Le vieux accentua son sourire. Son menton se plissa comme s'il allait se remettre à pleurer, mais il dit, d'une voix cassée, et très lentement :

— Tu avais raison Kid, quand tu me disais que je mentais en faisant mon numéro de vieux maboul qui ne parle pas le français...

— Mais je disais ça pour rigoler...

— Non, non, toi tu plaisantais, mais c'était vrai. Je trompais le monde. Vous qui n'avez pas de foi, vous pouvez peut-être le faire. Moi je n'avais pas le droit. Je suis puni, et je n'ai pas à me plaindre.

— Mais c'était le travail, Tiennot... C'était le travail.

Le vieux les regarda tour à tour, il souleva ses mains tendues un peu comme avait fait Joseph la veille, dans le café, et il dit :

— Je sais, il fallait vivre.

Ses mains retombèrent. Elles étaient plus maigres qu'avant, avec de grosses veines bleues qui couraient jusqu'aux poignets couverts par les manches blanches d'une chemise sans col. Il y eut un long silence. Le vieux avait baissé les paupières et, lorsqu'il les releva, son regard fit lentement le tour de la salle.

— Vous voyez, dit-il. Je suis avec des vieux... Des vieux comme moi, qui ne seront plus jamais bons à rien.

Ensuite, il posa quelques questions sur Pat et les autres. Il demanda des nouvelles de Gégène, et Kid expliqua qu'on l'avait transporté à l'hôpital de Lyon.

— Tout à l'heure, dit le petit hercule, en arrivant, on saura si on l'opère. Sa femme y est en ce moment. Nous, on ira le voir demain.

— Si on l'opère, dit le vieux, ça va sûrement coûter très cher, et je crois qu'il n'est pas assuré ?

— Non. Mais le principal, c'est qu'on le soigne.

— Je sais, seulement, je voulais te dire : moi, je n'ai pas besoin d'argent, ce que l'assurance donne suffira. Alors, tu vas prendre ma caisse. Elle est sous mon lit...

Kid l'interrompit. Lui prenant la main dans les siennes, il dit :

— Non, Tiennot, tu peux en avoir besoin le jour où tu sortiras.

Le vieux essaya encore de parler, mais Kid l'en empêcha :

— Tais-toi, dit-il. Tu te fatigues. Je te promets que si Gégène en a besoin, je viendrai te trouver. C'est promis, Tiennot. Mais pas aujourd'hui.

Le vieux lui fit répéter sa promesse, puis il ferma les yeux. Il dit encore qu'il prierait pour Gégène. Il semblait très calme. Un long moment passa ainsi, puis, après avoir plusieurs fois ébauché un mouvement qu'il n'acheva pas, Kid se pencha vers lui et l'embrassa deux fois en disant :

— Au revoir, vieux frère. On reviendra. Et pense qu'on est là... Si tu avais besoin...

— C'est ça... C'est ça, fit le vieux dont la voix se brisa soudain.

Pierre hésita un instant lui aussi, puis il se pencha à son tour et embrassa le vieux dont les larmes recommençaient à couler. Kid était déjà dans l'allée. Pierre le rejoignit et ils sortirent très vite, sans oser se retourner.

Ils quittèrent l'hôpital sans échanger ni un mot ni même un regard. Dehors, ils marchèrent longtemps sans parler dans les rues où tout vivait sous le soleil. Enfin, lorsqu'ils atteignirent la place vide de toutes ses baraques et dont le sol avait été balayé, avant de monter dans l'autocar, Kid dit simplement :

— Bon Dieu, ça remue les tripes, des trucs comme ça.

23

Ils arrivèrent à Lyon par l'autocar de 14 heures et se rendirent directement chez Gégène. En passant devant la roulotte de la voyante, Kid poussa la porte et demanda sans entrer :

— Quel temps tu prévois, pour demain et dimanche ?

Comme d'habitude, la femme commença par l'insulter.

— Pauvre con, grogna-t-elle, il va tomber de la merde.

— Même pas foutue de prévoir le temps, lança Kid. Quand t'auras avalé ton bulletin de naissance, je prendrai ta gâche. Et j'en dirai plus que toi aux pigeons qui gobent tes boniments et larguent leur fric pour du vent.

Toujours sur le même ton, la femme continua de l'injurier tandis qu'il s'éloignait.

— Quelle panosse, dit le petit hercule. Je te jure qu'il y en a qui gagnent leur croûte à bon compte !

Dans la roulotte de Gégène, ils trouvèrent seulement l'aînée des enfants et la jeune fille qui tenait le stand de tir voisin.

— Angèle est toujours à l'hôpital, dit la jeune fille. Mais elle ne va pas tarder. Les petits sont dehors. Moi je suis venue aider la gosse à préparer le repas.

Elle sortit un litre de bière et leur versa un verre. Ils étaient là depuis quelques minutes, lorsque la roulotte se mit à osciller de droite à gauche.

— Merde, quel est l'abruti... fit Kid en empoignant son verre qui menaçait de se renverser sur la table.

Il n'eut pas le temps d'en dire davantage. La fille du tir, qui s'était précipitée pour ouvrir la porte, fut accueillie par une bordée d'injures.

— Salope ! Pourriture ! T'as pas honte de profiter que Gégène est malade et sa femme à l'hosto pour venir faire la morue ici... Tu débauches le Pierre, et ma pauvre gosse, elle a plus qu'à chialer !

Pat, écumant de rage, hurlait en martelant du poing les tôles de la remorque. Pierre et Kid se levèrent, mais le petit hercule passa le premier en disant :

— Bouge pas. Il a dû boire du blanc. Ça le rend furieux. Il ne sait plus ce qu'il fait.

La jeune fille s'effaça, et Kid sortit sur le petit palier de fer. Il s'arrêta en haut de l'escalier, mais Pierre put voir, par-dessus son épaule, la face cramoisie de Pat. La colère le rendait hideux. Il n'avait plus ses yeux vitreux et battus de la veille, mais un regard de bête. Les voyant, il se tut un instant, et Kid en profita.

— Pat, dit-il très calme, fais pas le con. Tu vas morfler.

— Taille-toi de là, hurla Pat, je veux calotter cette petite traînée... Taille-toi Kid. Taille-toi !

Il fit un pas en avant. Kid ne bougea pas, mais Pierre put voir son cou se gonfler et ses jambes fléchir légèrement. Toujours d'une voix calme, le petit hercule répéta :

— Pat, tiens-toi tranquille, tu sais que tu vas recevoir.

Le gros homme parut chercher des yeux quelque chose autour de lui. Déjà des passants et d'autres forains s'étaient rassemblés et formaient un cercle à une dizaine de mètres de la roulotte. Plusieurs voix crièrent en même temps :

— La masse !

— Attention !

— Fais gaffe, Kid !

Les outils qui avaient servi à monter la loterie étaient encore au pied de la baraque. Pat fit un pas, étendit son grand bras et empoigna le manche de la masse. Déjà il allait la lever, mais il eut à peine le temps de la décoller du sol. Kid s'était détendu. Quittant le haut de l'escalier, ses deux pieds joints arrivèrent sur la face du colosse qui poussa un rugissement et s'effondra sur le sol. Kid atterrit debout à côté de lui et, comme le gros homme se relevait en hurlant, de la bave rougeâtre à la bouche, Kid le saisit pas le col de son pull-over et l'aida un peu. Pat rugit encore, et porta tout son poids en avant pour tenter d'écraser Kid. Mais, toujours aussi rapide, le petit hercule s'était effacé. Comme Pat battait l'air de ses deux bras fous, il lui assena une terrible manchette sur la nuque. Cette fois, le gros homme s'allongea sur le ventre et ne broncha plus. Kid regarda du côté de la roulotte et lança un clin d'œil à Pierre. Ensuite, tandis que le cercle des curieux se rapprochait, il se baissa, saisit la main de Pat qu'il leva très haut avant d'exécuter une espèce d'enroulement sous cette masse de chair inerte. Le grand corps cassé en deux monta sur les épaules de Kid qui l'emporta. La patronne et le nègre qui avaient eu peine à se frayer chemin à travers les curieux le suivirent. Pierre les rattrapa.

— Tu l'as sonné, Kid, disait la patronne, tu l'as salement sonné. Qu'est-ce qu'il avait donc fait ?

La voix un peu cassée par l'effort, sans s'arrêter, Kid dit seulement :

— Le con, pour pas changer.

24

Lorsque Kid et Pierre quittèrent la roulotte des Carminetti où Pat était allongé sur le lino, une serviette trempée sur la tête, deux agents de police interrogeaient les badauds. L'un d'eux aborda Kid.

— Qu'est-ce qui s'est passé ? demanda-t-il.

— Rien, fit Kid, l'air étonné. Qu'est-ce qu'ils foutent là, tous ces mecs ? Je vais faire la quête, moi !

L'agent éleva le ton.

— Ne vous moquez pas de moi. Qu'est-ce que vous avez fait ? Quand je suis arrivé, vous emportiez un homme sur votre dos. Il est dans cette roulotte. Je vous ai vu.

Kid eut l'air de tomber des nues.

— Ah ! dit-il, vous voulez parler du gros Pat ? C'est mon pote. On est lutteurs, tous les deux. On s'est entraînés. On a dû forcer un peu, et avec le soleil, il a pris un petit malaise. Sa femme le soigne. Vous pouvez aller le voir, ça lui fera sûrement plaisir d'avoir de la visite.

Les gens s'étaient mis à rire. L'agent était furieux. Il monta trois marches et frappa. Tine ouvrit la porte et Pierre put apercevoir Pat adossé au pied de la table, les coudes sur ses genoux fléchis et la tête dans ses mains.

— Qu'est-ce qui se passe ? demanda l'agent.

— Rien, dit la patronne.

— Qu'est-ce qu'il a ?

— Il a pris une cuite. Et... Et pour le moment, il réfléchit.

Du bas de l'escalier, Kid ajouta :

— Il essaie de se rappeler pourquoi il a bu.

Les curieux des premiers rangs se mirent à rire, et le mot de Kid fit très vite le tour du groupe. A mesure qu'on le répétait, le rire courait en s'amplifiant.

— C'est bon, lança l'agent, on réglera cette affaire avec le commissaire.

Il rejoignit son collègue et tous deux reprirent leurs bicyclettes appuyées contre la roulotte. Sans ménagement, ils fendirent la foule et s'en allèrent.

— Qu'est-ce qu'ils vont faire ? demanda Pierre.

— Rien, dit Kid sans s'émouvoir. Qu'est-ce que tu veux qu'ils fassent ?

Il entraîna Pierre dans la grande tente pour échapper aux questions que commençaient de lui poser les autres forains. A une inconnue qui lui demandait si l'homme qu'il avait assommé était mort, il cria :

— Allez demander à la voyante, elle vous dira l'heure des obsèques.

Dès que les deux hommes furent seuls sous la tente, Kid s'assit à califourchon sur un banc et fit signe à Pierre de prendre place en face de lui. Ils n'avaient pas allumé la lampe, mais le soleil qui éclairait le haut et le flanc droit de la bâche verte inondait l'intérieur d'une clarté où les ombres étaient floues.

— Faut qu'on parle sérieusement, dit Kid.

— Moi, fit Pierre, je vais m'en aller. Ça va devenir intenable, la vie avec eux.

— Justement. On va foutre le camp tous les deux. On passe récupérer mon matériel et celui de mon pote, et on se tire. J'ai le calendrier des foires. Il y en a une à Bourg-en-Bresse la semaine prochaine, après on fera Mâcon, Chalon-sur-Saône, mais, entre-temps, on travaillera le soir dans les petits bleds. Je t'assure qu'il y a du pognon à prendre. Je te l'ai déjà dit : depuis que j'ai quitté le cirque, j'ai jamais pu travailler longtemps chez les autres. J'ai l'impression d'être en prison.

Kid se remit à parler de la route, des places publiques, de cette vie libre qu'il regrettait. Son visage n'était plus le même. Ses mains s'animaient, toutes prêtes déjà au travail des poids, du bilboquet, des extenseurs. Pierre l'écoutait. Depuis qu'il vivait avec lui et les Carminetti, il n'avait guère réfléchi. Il pensait parfois aux copains, à la bande, à son ami Guy, mais le temps lui manquait pour s'inquiéter vraiment de ce qu'était la vie en dehors de la vogue. Et puis il se sentait à l'aise avec Kid. Il lui semblait que le petit hercule réfléchissait pour lui. Depuis quelques jours, il était moins gêné de le sentir toujours qui devinait ses pensées. Il demanda pourtant :

— Mais qu'est-ce que je vais faire, moi, sur les places ?

Kid sourit. Il eut un geste de la main pour montrer le plafond de toile, et il dit :

— Le roi de l'évasion aérienne.

— Quoi ?

— Oui, j'ai tout le matériel. C'est l'héritage de mon pote qui s'est fait dessouder.

— Mais je pourrai pas. J'ai jamais fait ça.

— Tu peux. Tout le monde pourrait. La seule chose, c'est d'être capable de rester la tête en bas un petit quart d'heure. Tu verras, c'est du gâteau.

Kid ne voulut pas en dire davantage. Il expliqua seulement que, pour son propre numéro, il avait besoin d'un partenaire pour lui attacher ses sabres aux poignets.

— Tu verras, dit-il pour conclure, c'est une autre vie que celle qu'on mène avec cet ivrogne.

Son visage, qui reflétait un grand espoir, s'assombrit soudain.

— La seule chose qui me chagrine, reprit-il, c'est Gégène. Mais avec un abruti comme Pat, on peut pas gagner beaucoup de pognon. Sur les places, ce sera autre chose. Et je pourrai envoyer du fric à Angèle pour que les gosses bouffent à leur faim et qu'elle puisse payer l'hôpital. Pour monter sa baraque, il y aura toujours des gars pour lui donner la main. Et puis, nous autres, on sera dans la région. On peut venir le faire.

Ils quittèrent la tente pour gagner la roulotte de la loterie. Angèle était à table avec les enfants. Elle ajouta deux couverts et leur servit la soupe en expliquant qu'elle n'avait pas pu voir le médecin, mais que Gégène devait être opéré.

— Et qu'est-ce qu'il a au juste ? demanda Kid.

— Je me demande s'ils ont dit la vérité. Ils lui ont dit que c'était une chaîne de ganglions et un petit ulcère. Il a bon moral. Il se figure que dans trois semaines il sera sur pied, et prêt à travailler.

— Et qu'est-ce qui te fait croire que ce n'est pas vrai ?

Angèle regarda ses enfants. Les trois garçons étaient heureux de la présence de Pierre et de Kid. La fille était grave. Suspendue à ce que sa mère allait dire. Angèle soupira.

— La sœur m'a dit que c'était une opération très délicate... C'est tout. Elle ne pouvait rien dire de plus.

Par la porte ouverte sur la place, le soleil entrait avec des bouffées d'air chaud. Au cours du repas, plusieurs forains vinrent demander des nouvelles de Gégène. Chaque fois, Angèle se levait, allait jusqu'à la porte et répétait les mêmes paroles aux gens qui se tenaient debout, au pied de l'escalier. Tous avaient le même hochement de tête, les mêmes gestes impuissants, les mêmes mots d'encouragement. Tous disaient en conclusion :

— Tu verras, ça s'arrangera. Il est robuste... Et si tu as besoin de quelque chose, tu sais qu'on est là.

Angèle offrait un verre, mais les gens s'en allaient, prétextant le travail, pressés, semblait-il, de s'éloigner de cette roulotte où l'on parlait de mal et d'hôpital.

Seule, la voyante accepta de boire une tasse de café. Elle s'assit à côté d'Angèle, écouta sans mot dire le récit de sa visite à l'hôpital, et demanda également des nouvelles du Portugais. Kid répondit. Et cette fois, il ne plaisanta pas. Et la voyante se contenta de dire :

— Il y a bien de la misère sur cette terre.

25

En quittant Angèle et ses enfants, ils se rendirent chez les Carminetti. Pat dormait, les bras repliés sur la table, la tête au creux de son coude. Joseph lisait le journal, la patronne et Diane achevaient la vaisselle. Le grand-père était dans son fauteuil. La casquette sur les yeux, il dormait.

— Vous n'êtes pas venus manger, dit la patronne.

— On a mangé avec l'Angèle. Je voulais avoir des nouvelles de Gégène.

En disant cela, Kid s'était assis sur le banc, à côté du nègre. Pat souleva la tête. Sa lèvre supérieure était enflée et fendue ; son nez était enflé et sa joue droite tuméfiée. Kid le regarda et dit :

— On voudrait te parler.

Joseph laissa son journal sur la table et se leva sans un mot.

— Tu peux rester, dit Kid.

Le nègre sortit comme s'il n'avait rien entendu. Pat restait immobile, la tête rentrée entre les épaules, le souffle bruyant. La patronne posa son torchon, demanda à Diane d'aller chercher du pain, et vint s'asseoir à côté de son homme. Diane prit lentement un porte-monnaie dans un tiroir, décrocha un filet à provisions et sortit après avoir plusieurs fois regardé Pierre avec insistance. Ce fut la patronne qui rompit le silence. Un silence lourd, qui semblait repousser les bruits même de la place.

— Alors, fit-elle, vous allez nous laisser tomber.

— Tu m'évites de le dire, répondit Kid. Mais laisser tomber, ce n'est pas le mot. On partira mercredi prochain.

— C'était à prévoir, dit-elle avec un regard mauvais en direction de Pat.

Pat souleva ses épaules, émit un grognement curieux et dit :

— Kid, tu m'as fait manquer.

— Tu l'as bien cherché, dit le petit hercule, reconnais-le.

— Tu m'as fait manquer, insista Pat. Et devant tout le monde.

— Si je t'avais laissé faire, tu cassais la baraque à Gégène, tu foutais sur la gueule à une gamine qui savait même pas de quoi il retournait, et à l'heure qu'il est, tu serais encagé : tu as vu, les flics étaient pas loin.

— Kid a raison, observa la patronne, tu devrais le remercier.

— Je n'en demande pas tant, dit Kid. Je ne demande rien du tout. D'ailleurs c'est pas seulement pour ça qu'on s'en va. On veut bosser seuls. Faire les petits bleds. Enfin quoi, vous me connaissez, je suis pas fait pour mener cette vie.

— Kid, tu me fous dans un sale pétrin. Un sacré sale pétrin, tu sais. Et j'ai le vieux sur les bras...

La voix de Pat montait peu à peu. Les sanglots n'étaient pas loin. Sa femme l'interrompit.

— Tais-toi, trancha-t-elle, c'est toi qui nous a foutus dans le pétrin. Toi avec tes cuites et toutes tes âneries.

— Je vous laisse le temps de vous retourner, répéta Kid. Et si je peux vous aider à trouver des hommes, je le ferai.

Personne ne répondit. Pat avait tiré de sa poche sa pipe courte qu'il bourrait d'un pouce maladroit. La patronne alluma une cigarette sur laquelle elle se mit à tirer nerveusement. Elle en avait offert une à Pierre. Kid ne fumait jamais.

— La baraque des Carminetti n'ira pas loin, soupira-t-elle.

En disant cela, elle avait eu un regard triste en direction du vieux qui dormait toujours et qu'on entendait à peine respirer.

— Et il doit s'en rendre compte, reprit-elle. Depuis quelques jours, il a bien baissé. Il ne mange presque plus.

Pierre et Kid avaient remarqué que le vieux n'était plus le même. La vie semblait le quitter peu à peu, sans qu'il fît rien pour s'y raccrocher. Durant les repas, il fixait soit son fils, soit la place vide lorsqu'il n'était pas rentré du café. Pourtant, Kid dit :

— C'est peut-être les premières chaleurs qui le fatiguent. A son âge, c'est normal.

Ils parlèrent un moment de Tiennot que Pat promit d'aller voir dès qu'il en trouverait le temps.

— Tu iras quand je pourrai aller avec toi, dit durement la patronne.

Alors, comme implorant secours, il se tourna vers Kid. Il eut encore une espèce de râle mi-hoquet, mi-sanglot étranglé, puis il demanda.

— Kid, me laisse pas tomber. Et toi non plus, petit. Je ferai des sacrifices, je vous augmenterai. J'ai fait le con, je le reconnais. Un mauvais vin qui m'avait rendu malade. Une saloperie qu'un mec m'a fait boire. Nous laissez pas tomber, bon Dieu. Nous laissez pas.

Il avait baissé les bras et posé sur la table ses grosses mains rouges qui ressemblaient à deux bêtes malades. Tout son visage suppliait. Les larmes étaient au bord de ses paupières. Durant un long moment il s'insulta, s'accusant du pire, se noircissant à l'excès.

— Je devrais me foutre une balle dans la peau et vous laisser vivre heureux, finit-il par dire.

Quand il se tut, sa femme l'observa un instant en silence avant de lancer :

— Tu es complètement ridicule !

Pierre avait baissé la tête. Il ne pouvait plus regarder cet homme. Il sentit que Kid se levait pour sortir et glissa sur le banc pour le suivre. Pat eut un sursaut. Il saisit la main du garçon en disant :

— Vous êtes fous de partir comme ça, à l'aventure. Vous allez crever de faim en vous tuant au travail. Kid, regarde ton copain Paturel...

Le petit hercule l'interrompit.

— Paturel, ricana-t-il. Il est pas mort de faim. Il est mort d'avoir trop bu. Et tu le sais mieux que moi, tu as vidé assez de litres avec lui.

Pat et sa femme les regardèrent sortir. Dès que la porte fut refermée, ils entendirent la patronne qui commençait d'insulter son homme.

— Cette fois, dit Kid, j'ai l'impression qu'il va en prendre pour son poids.

Ils firent quelques pas sous le soleil, parmi les curieux encore assez rares.

— Pourquoi tu lui as dit que ce Paturel est mort d'avoir trop bu ? demanda Pierre.

— Parce que c'est vrai.

— Qui c'était ?

Kid se mit à rire en expliquant :

— C'était un avaleur de sabres. Un mec qui bossait sur les places, comme moi. Eh bien, tu vois, c'est pas les sabres qui l'ont tué, c'est les litres. Il buvait tellement que tout le monde croyait qu'il s'était percé l'estomac en faisant son numéro. Mais non, ça se retrouvait tout dans le foie, et un beau jour, il s'en est pas relevé.

Comme ils passaient devant la baraque de la voyante, Kid désigna du doigt le bocal où flottait le petit diable noir.

— Tiens, fit-il, moi j'ai pas besoin de guignol pour te dire que Pat finira de la même façon.

Son rire devint plus clair. Il s'arrêta soudain, regarda Pierre et ajouta :

— En tout cas, pour aujourd'hui, il a eu de la chance que le temps soit au beau.

Pierre ne comprit pas. Kid rit de plus belle en expliquant :

— Eh oui, t'as bien vu sa tronche. S'il avait plu, j'aurais eu mes grosses pompes, pas mes espadrilles. Et en ce moment, il serait pas beau à voir, M. Carminetti.

26

Il n'y avait pas de séance avant 17 heures, et Kid proposa d'aller boire une bière à la terrasse d'un café assez éloigné du cours de Verdun.

— Si on reste par là, dit-il, on va être accroché sans arrêt par des mecs qui vont nous parler de la séance de ce matin.

En effet, plusieurs forains les avaient déjà hélés au passage. Kid s'en tirait par une plaisanterie :

— Quand je pense qu'on fait payer les pékins pour leur montrer du flan, et pour une fois que c'est sérieux, on touche pas un rond !

Les autres riaient. Tous considéraient Kid avec une lueur d'admiration dans les yeux. L'un d'eux lui suggéra de demander une prime exceptionnelle à Pat pour cette séance supplémentaire.

Mais Kid n'avait pas envie de rire. Il revenait toujours à cette opération de Gégène qui l'inquiétait. Elle devait gâcher toute la joie que lui procurait la perspective de ce qu'il appelait « leur libération de la maison de fous ». Pierre pensait à Pat et à sa femme. Il les revoyait assis en face de lui. Il revoyait aussi le regard de Diane lorsqu'elle avait quitté la roulotte. Et ce regard le gênait.

Tandis qu'ils marchaient vers la rue Victor-Hugo, Kid s'était remis à parler de la route, du travail sur les places et de la façon dont ils devraient s'organiser. Pierre l'écoutait, mais il continuait de penser aux Carminetti. Il y avait aussi en lui autre chose. Lorsqu'ils étaient entrés dans la roulotte, il s'était assis à la place que Joseph venait de quitter, laissant son journal plié en deux sur la table. Le regard de Pierre était tombé sur un titre de la première page : « Trois jeunes voyous arrêtés à Villefranche-sur-Saône alors qu'ils tentaient de gagner Paris à bord d'une voiture volée. » Le sous-titre indiquait seulement que les garçons arrêtés avaient à leur actif de nombreux vols. En dessous, Pierre avait pu lire : « Notre article en troisième page. » Il avait beau se répéter que c'était un fait divers presque quotidien, quelque chose lui disait que Guy n'y était pas étranger. Ils passèrent devant plusieurs kiosques sans qu'il osât entrer. Enfin, comme ils allaient atteindre la place Bellecour, il s'arrêta devant un magasin, et dit qu'il voulait acheter un journal. Kid parut surpris, mais ne dit rien. Pierre acheta le journal, et ils traversèrent la place. Il tenait son journal à la main, et sa gorge était serrée.

A la terrasse du café, il s'imposa d'attendre que la bière fût servie avant de commencer à lire. Il se rendit compte que ses mains tremblaient un peu tandis qu'il ouvrit le journal à la troisième page. Son regard tomba immédiatement sur trois photographies. Trois têtes côte à côte, trois photos qui portaient, dans l'angle, un quart du tampon des cartes d'identité. Guy était là, à l'extrême droite. Pierre fut soudain plus calme. Comme si la preuve de ce qu'il redoutait l'eût apaisé. Il se rendit compte que Kid, qui était à côté de lui, lisait aussi. Lisait-il le même article ? Allait-il, une fois de plus, deviner ce qui se passait en lui ?

Lorsqu'il eut terminé, Pierre tourna la page et fit semblant de s'intéresser à des commentaires sportifs. Kid garda le silence un bon moment puis, comme s'il eût parlé des rugbymen dont il était question dans le journal, d'un ton détaché, il demanda :

— Tu les connais ?

Pierre le regarda.

— Qui donc ? Ces mecs-là ? fit-il en montrant la photographie de l'équipe de France.

— Non, dit Kid. Joue pas au gland. Les trois champions du volant de l'autre page.

Pierre voulut jouer l'étonnement, mais Kid l'arrêta.

— T'es peut-être doué pour la lutte, dit-il, mais pas pour le cinéma. Tu avais vu le gros titre chez Pat. C'est pour ça que tu voulais lire le reste.

Pierre eut un soupir. Il revint à la troisième page, désigna Guy du doigt, et dit simplement :

— C'est lui qui était avec moi.

Kid lui prit le journal, le plia soigneusement et le glissa dans sa ceinture en disant :

— Et voilà comment ça finit. Mais crois-moi, coincé pour coincé, vaut encore mieux que ce soit par cette tête de lard de Kid Léon. Ça coûte moins cher.

Ils restèrent un moment à regarder la place d'où montait un voile de poussière. Des gens passaient, des enfants jouaient, les voitures qu'un feu rouge arrêtait dégageaient une fumée bleutée que le soleil semblait maintenir au sol.

— Ça pue et on s'entend tout juste parler, dit Kid. Tu verras, on est mieux dans des petits bleds, et on se tape des gueuletons pour trois fois rien.

Il parla encore de la vie qu'ils allaient avoir et de la liberté, puis il revint aux trois garçons dont le journal annonçait l'arrestation. Guy avait dû rencontrer les deux autres à Lyon, et vivre de vols en leur compagnie durant ces quelques jours. Pierre l'écoutait sans mot dire. Kid les insultait sans colère. Il les considérait avec un mélange de mépris et de pitié. Soudain, il demanda :

— Depuis qu'on est ensemble, est-ce qu'il t'est venu à l'idée de voler ?

Pierre fit non de la tête, mais Kid insista :

— Même quand tu as vu où la Tine range son argent ? Même quand on était près de la voyante qui doit roupiller dans sa crasse sur un joli magot ?

Le garçon baissa la tête. Il avait pensé à cela, et Kid le devinait.

— Bien sûr, poursuivit le petit hercule, c'est pas très joli non plus, ce fric qui sert à rien ou ce pognon que Pat liquide.

Il s'arrêta, laissant sa phrase en suspens et, se tournant vers Pierre, il lui prit le bras et le tira en arrière pour l'obliger à le regarder.

— Et le vieux Tiennot, fit-il. On s'est bien payé sa tête, avec ses bondieuseries. Et pourtant, tu as entendu, ce qu'il a dit, pour Gégène ?

Pierre fit un signe de tête affirmatif. Il allait détourner les yeux, mais Kid ajouta :

— On va partir tous les deux. Mais avant, faut qu'on soit bien d'accord. On va peut-être coucher dans des fermes. Chez les gens, il y a toujours moyen de barboter. Pense bien à une chose : si ça t'arrivait, je te promets que c'est à moi que tu aurais affaire. Mais cette fois, ce serait sérieux.

Pierre se contenta de le regarder. Les yeux clairs du petit hercule étaient durs, mais peu à peu, ils se mirent à sourire et son visage se détendit. Fouillant la poche intérieure de son blouson, il en tira le porte-cartes pris au garçon qui avait rossé Pierre.

— Tiens, dit-il, tu le garderas en souvenir.

— Mais, fit Pierre, il va sûrement te rapporter mon fric.

Kid se mit à rire en disant :

— Tu es plus bille que lui. Moi je suis certain qu'il ne viendra pas. Il a bien vu que j'ai pas une tête à donner des gens aux flics. Réfléchis cinq minutes. Un homme qui aurait voulu le faire coffrer n'aurait pas attendu. Qu'est-ce que j'irais dire au commissaire, à présent ? Que j'ai voulu récupérer l'argent tout seul ? Et toi, tu irais témoigner ?

— Mais, mon pognon ? bredouilla Pierre.

Kid eut un geste de la main et un petit accent de triomphe pour conclure :

— Ah ! ça fait mal, hein, quand on a bossé pour gagner du pèze et qu'on se le fait barboter par des fainéants.

Pierre serra les poings. Une rage sourde était en lui. Le sourire même de Kid l'agaçait. Il était plus furieux à présent que tout de suite après la bataille. Et c'était vrai qu'il pensait beaucoup plus à son argent qu'aux coups qu'il avait reçus de toute cette bande. Il y avait pensé toute la journée, mais avec l'espoir de voir revenir cette petite ordure, l'oreille basse. Il l'avait imaginé, pleurant auprès des autres pour récupérer la somme qu'ils avaient dû se partager. Ce qui faisait le plus mal, c'était le rire des filles. Surtout cette blonde qui l'avait frappé lorsqu'il était par terre. Et Kid se taisait. Il paraissait satisfait. Pierre lui lança un regard hargneux et grogna :

— Que j'en biche un ou deux... Ils vont comprendre, tiens.

Le petit hercule se remit à rire, puis, se levant, il tapa sur l'épaule de Pierre en disant :

— Tu bicheras rien du tout. Ils sont pas si naïfs. Pour eux, c'est fini aussi, la vogue de Perrache. Ils iront boire à ta santé dans un autre quartier.

27

Les jours passèrent. Pat s'était arrêté de boire. On sentait qu'il voulait se montrer sous un jour nouveau pour tenter de retenir Kid et Pierre, mais il s'efforçait aussi de conserver un ton bourru. Il embaucha plusieurs barons, mais aucun ne donnait vraiment satisfaction. Après deux ou trois séances, ils disparaissaient pour ne plus revenir. Kid, qui connaissait bien la ville, avait trouvé à Vaise un haltérophile de trente-cinq ans qui venait d'abandonner sa licence d'amateur et acceptait de le remplacer. C'était un homme qui pesait près de cent kilos, un peu empâté, mais qui savait lutter.

— Tu vois, plaisanta Kid, au poids, tu es gagnant.

Pat multipliait les compliments sur Kid et les promesses de ne plus boire. La patronne était constamment aimable, les repas plus soignés et plus copieux, mais le petit hercule demeurait sur sa décision. Dès qu'il se trouvait seul avec Pierre, il se remettait à parler de la route et de la liberté.

Un soir, tandis qu'ils étaient à table, la patronne annonça qu'elle avait reçu une longue lettre de son fils. Elle ne la lut pas devant eux, mais elle prétendit qu'il parlait de revenir.

— Il s'occuperait de la lutte, dit Pat. Moi j'en ai assez, je reprendrais ma baraque de nougat.

Il regardait Pierre et Diane. Mais Pierre ne dit rien.

La veille de leur départ, le mercredi, Kid et Pierre

accompagnèrent Angèle à l'hôpital. Gégène avait été opéré le lundi matin. Il était encore très faible. De son visage extrêmement pâle, on voyait surtout les yeux luisants et noyés de fièvre. Il essayait de sourire. Il dit qu'il ne souffrait pas et, ouvrant sa chemise, il montra une large plaque de tissu rose à petits trous, collée sur le bas de sa poitrine.

— Vous voyez, murmura-t-il, c'est pas grand-chose. Ils disent que dans un mois je serai en forme.

Quand ils l'eurent quitté, les deux hommes attendirent dans le couloir de l'hôpital. Angèle, qui était partie voir le médecin, revint au bout de quelques minutes et se mit à pleurer.

— J'ai pas encore pu voir le professeur, fit-elle. C'est malheureux, on peut pas les approcher, ces gens-là... Mais l'interne vient de me dire qu'il y avait des adhérences.

Elle marqua une pause, laissa aller un gros sanglot qui gonflait sa poitrine, puis elle ajouta :

— Il m'a dit qu'ils n'avaient pas pu enlever grand-chose... C'est tout... Le professeur ne peut pas se prononcer avant trois ou quatre jours.

Kid essaya de la rassurer, mais il cherchait ses mots. Il était maladroit. Lorsqu'elle les eut quittés, il dit à Pierre :

— Je crois bien que Gégène est foutu.

Ce fut tout. Ils rentrèrent. Kid se prépara pour monter sur l'estrade et Pierre s'éloigna dans la foule. C'était leur dernière soirée. Lorsqu'elle fut terminée, Pierre sortit seul et rejoignit Diane qui l'attendait à l'angle de la place Carnot.

— Pourquoi tu m'as dit de venir là ? demanda-t-il.

Elle le regarda. Son visage mince était grave. Elle s'était maquillée un peu plus que de coutume.

— Je voulais pas que tu partes comme ça, dit-elle, sans qu'on se revoie.

Il l'embrassa et proposa :

— On pourrait aller dans un hôtel.

Les yeux de Diane s'illuminèrent. Ils prirent tous deux la rue Auguste-Comte et marchèrent un moment sans parler, serrés l'un contre l'autre, Pierre tenant dans son bras la taille frêle de Diane.

— Pourquoi tu as tout fait pour m'éviter, ces jours derniers ? demanda-t-elle.

— Mais non. Seulement Kid était toujours avec moi.

Elle ne répondit pas, mais Pierre comprit qu'elle n'était pas convaincue.

Ils trouvèrent un hôtel dans le centre de la ville, et ils y restèrent plus de deux heures. Quand ils sortirent, Pierre demanda :

— Et tes vieux, qu'est-ce qu'ils vont dire ?

— Je m'en fous. Et puis, tu sais, Pat doit en tenir une bonne, à l'heure qu'il est.

— Tu crois ? Il ne buvait plus.

— Bien sûr, mais ce soir qu'il sait que vous partez...

Elle se tut, s'arrêta de marcher pour obliger Pierre à la regarder, puis, d'une voix à peine perceptible, approchant son visage tout près du sien, elle ajouta :

— A présent, il sait que c'est foutu... Alors, ça va recommencer... Et ça va être terrible... Mais toi, tu t'en fous. Tu vas avoir la belle vie.

Pierre ne trouva rien à répondre. Il se pencha pour l'embrasser mais, se dégageant presque brutalement, elle dit très vite qu'elle préférait rentrer seule, et s'éloigna en courant.

La belle vie

28

Kid Léon était vraiment talonné par l'idée de la route. D'une route libre. D'un voyage sans itinéraire précis ni obligatoire. A l'aide d'une carte Michelin et d'un petit calendrier des foires et marchés qu'il avait soigneusement relevé sur son calepin, il avait établi un plan de travail. Dans le train qui les emmenait de Lyon à Bourg-en-Bresse, il tira le carnet de sa poche, se pencha vers Pierre et se mit à expliquer pour la centième fois :

— Tu comprends, ça, c'est ce qu'on doit faire, en principe. Je dis bien en principe, parce que nous, à présent, on est libre. Le tout, c'est de faire assez de fric pour becqueter tous les jours.

Il remit le carnet dans la poche de son blouson, posa ses mains sur ses cuisses, et resta un moment à fixer une photographie des gorges du Tarn placée en face de lui, dans le compartiment où il n'y avait qu'un autre voyageur. Pierre regardait par la portière un paysage de plaine, d'arbres et d'étangs.

— A quoi tu penses ? demanda soudain le petit hercule.

— A rien.

— Eh bien, moi, je pense à Gégène. A Gégène et à ses mômes qui nous ont regardés partir. Du pognon, du pognon pour nous, c'est pas tout. Faudra que je leur en envoie tout de même.

Il se tut encore un moment avant de se tourner vers Pierre pour ajouter :

— Et toi, c'est pas la peine de me dire que tu penses à rien. Ou alors...

Il n'acheva pas sa phrase, mais son visage soudain tendu exprimait une inquiétude, une espèce de douleur qui assombrissait même son œil clair.

— Bien sûr, dit Pierre. Ils nous ont tous regardés nous en aller.

Le visage de Kid se détendit un peu.

— Tu vois, dit-il, Pat, Joseph et même la Tine, c'est rien. La merde, ils la cherchent. Mais le vieux et la gosse, tout de même...

C'était à Diane que Pierre pensait. Kid avait dû le comprendre. Pierre eut un geste vague. Il y pensait, et puis après ? Que pouvait-il faire ? C'était une môme. Il avait couché avec elle. Mais ça n'allait pas plus loin. Ce n'était même pas lui qui avait cherché. Personne ne pouvait l'accuser d'avoir fait le premier pas. Et Diane n'avait rien demandé. Rien de plus qu'un moment à l'hôtel, avant de le laisser s'en aller.

Le matin, lorsqu'ils avaient quitté la baraque, Joseph les avait accompagnés jusque sur le quai de la gare pour les aider à porter les énormes valises de Kid. La patronne et Pat leur avaient dit au revoir dans la roulotte où le vieux dormait encore. Seule Diane était sortie. Avant de tourner l'angle de la grosse loterie qui se trouvait à hauteur de la gare, Pierre s'était retourné. Diane était debout à côté d'Angèle qui tenait son plus petit sur son bras. Les autres gosses étaient devant. Ils avaient tous levé la main en signe d'adieu, mais sans s'expliquer pourquoi, c'était Diane que le garçon revoyait. Toute mince dans sa blouse claire. Un visage pâle. Des cheveux noirs. C'était tout. Il la revoyait également sur le bas-port du Rhône et dans la chambre d'hôtel, mais, en fin de compte, c'était toujours cette image de départ qui finissait par s'imposer à lui.

Lorsqu'ils furent sur le trottoir extérieur de la gare de Bourg-en-Bresse, Kid se mit à rire.

— Voilà, dit-il. On est sur le tas.

Ce rire soudain du petit hercule paraissait un peu forcé, mais le garçon aussi avait besoin de se détendre.

— On va se chercher un hôtel, annonça Kid. On pourrait rester à la salle d'attente, mais on risque toujours de tomber sur des cons qui nous lourdent au milieu de la nuit. Et puis, on peut bien se payer ça.

Ils trouvèrent une chambre à deux lits dans un hôtel proche de la gare. Ils y posèrent les valises et descendirent en ville. Il faisait beau, et Kid répétait sans cesse qu'ils allaient avoir, le lendemain, une journée de foire à gagner une fortune.

— Quand je pense à Gégène et aux autres, dit-il. Ça me fait mal, bien sûr, mais ça me donne aussi envie de rigoler. Rigoler, ça m'empêchera pas de leur donner la main. Et puis, ce qui leur arrive, ça peut nous tomber dessus du jour au lendemain. Alors, faut profiter de la vie.

Il se remit à parler du cirque et de l'existence qu'il avait menée durant tant d'années.

— Après mon accident, dit-il, le patron d'un autre cirque voulait me prendre comme chef monteur. Des gâches comme ça, y a des mecs qui mangeraient la merde de leur singe pour en décrocher une. Moi, j'ai pas pu accepter... Je l'aurais prise, j'y serais peut-être encore. Avec une chouette caravane et de l'oseille à gauche. Mais j'aurais jamais été libre.

Il répétait souvent que s'il ne s'était jamais marié, c'était uniquement pour préserver sa liberté. Ce jour-là, parce que Gégène occupait encore sa pensée, il ajouta :

— Ou alors, si j'avais eu des lardons, comme Gégène, j'aurais monté un petit cirque de famille... Il y a pensé, Gégène, mais à présent, pour lui, c'est foutu, tout ça.

Lorsqu'il se taisait, c'était pour s'arrêter et regarder Pierre dans les yeux. Et son regard semblait dire : « Est-ce que tu me comprends ? Est-ce qu'un autre homme peut me comprendre, s'il n'a pas vécu la même vie que moi ? »

Pierre essayait de comprendre. Lorsque Kid parlait du

cirque ou de la baraque des Carminetti comme d'une prison, il pensait à l'usine de lunettes, aux trois-huit, à l'arrière-cuisine infecte de l'oncle qui le nourrissait avec de la soupe dont il était permis de se demander si elle n'était pas seulement de l'eau de plonge. Pour lui, le temps de vie chez les Carminetti était peut-être le plus beau qu'il eût jamais connu. Bien sûr, il y avait eu Marseille et les virées en compagnie de Guy et quelques autres, ça aussi c'était la vie ! Mais la peur des flics lui revenait souvent, serrant sa gorge et pesant sur son estomac. Guy était en prison. De toute façon, ce n'était pas un pote. Il n'avait rien tenté pour l'aider, quand ils étaient à Vienne, il n'avait même pas à se soucier de lui. S'il se demandait combien de mois de prison son camarade allait récolter, c'était par curiosité, seulement pour savoir à quoi il avait échappé.

Ce diable de Kid qui continuait à lire en lui à longueur de journée demanda :

— Et ton pote, tu y penses toujours ?

Pierre haussa les épaules et lança :

— C'était pas un vrai pote. Il s'est toujours servi de moi pour les coups durs, parce que je savais me battre et que j'étais plus balèze que lui. Autrement, c'était pas mon pote.

Il regarda Kid, cracha sur le trottoir et ajouta :

— Parole. Tu m'aurais mené aux flics, je l'aurais jamais donné. C'est comme ça. Mais pas parce que c'était mon pote.

29

Ils passèrent leur après-midi à flâner dans la ville, et dînèrent dans un petit restaurant où Kid but beaucoup de vin.

— On est libre, disait-il, ça s'arrose.

Lorsqu'ils regagnèrent leur hôtel, le petit hercule était très gai. Il parlait de la foire et des paysans qu'il imaginait avec des portefeuilles bien bourrés de gros billets. Il s'était assis sur son lit qu'il martelait de ses poings en disant :

— Il nous manque juste des bergères.

— Tu en auras quand on ira dans les fermes.

— Non, je suis trop vieux. Elles seraient foutues de me faire sortir le fumier de l'écurie. Mais toi, petit môme, tu pourras te payer les fermières. Tu verras, elles ont des fesses comme leurs juments, avec du poil partout.

Pierre riait. Lui aussi avait bu beaucoup. Kid s'allongea sur son lit en demandant :

— Tu as vu la bonniche, en bas. Un peu gironde, hein ? En disant cela, il avait appuyé sur la sonnerie qui se trouvait à la tête du lit.

— On va la faire monter, fit-il.

— Et qu'est-ce que tu lui demanderas ?

— A boire... On va boire... Boire comme Pat. Pour être rond. C'est la liberté qui me fait cet effet. Tiens, quand j'étais au cirque, il y avait un vieux monteur qui disait toujours : « L'homme heureux, c'est celui qui peut, toute sa vie durant, laver les voitures des autres sans jamais avoir envie d'en acheter une pour lui. » Tu vois, c'était sa façon de voir la vie. Moi, c'est la route. J'ai pas besoin d'en avoir un mètre à moi, elle est toute à moi. Toute à moi, petit môme.

Il s'excitait en parlant. Tantôt il voyait la liberté, leur travail ; tantôt il pensait à Gégène, à Tiennot et aux autres.

— Demain, on sera peut-être morts, disait-il.

— T'es malade, oui ?

Il éclatait de rire, regardait Pierre et criait :

— Le roi de l'évasion aérienne, mesdames et messieurs, Pierrot l'escampette. Le mec qui passe à travers les mailles...

Il se tut. On venait de frapper. Toujours allongé sur son lit, il cria :

— Entrez mignonne, on vous attend... On vous...

Il resta bouche bée. Ce n'était pas la serveuse, mais la propriétaire, une femme d'une soixantaine d'années, à l'air renfrogné, et qui inspecta toute la chambre d'un œil soupçonneux.

— Nous voudrions à boire, dit Kid.

— Et vous ne pouvez pas descendre boire en bas ?

— Non. Monsieur et moi nous sommes fatigués. Nous voulons être servis ici.

La femme était toujours sur le pas de la porte, et Pierre crut un instant qu'elle allait s'en aller sans répondre. Pourtant, d'une voix qui grinçait un peu, elle remarqua :

— A cette heure-ci, la petite est partie...

Kid lui coupa la parole :

— C'est bien dommage. Mais j'ai très soif. Il est très important que je boive.

La femme était visiblement furieuse, mais elle ne dit rien et Kid commanda une bouteille de vieux vin rouge, en précisant :

— Je me fous de la marque, mais qu'il soit bon.

Le regard de la femme était tellement dur que, sans réfléchir, Pierre proposa de descendre chercher le vin.

— Non, ordonna Kid, reste ici. J'ai besoin de toi.

— Pourquoi ?

Kid qui s'était à nouveau étendu sur son lit, lui tendit un journal plié en quatre et dit gravement :

— Pour me faire de l'air. J'ai chaud.

La porte claqua derrière la femme qui s'éloigna dans le couloir en disant quelques mots qu'ils ne purent saisir. Ils éclatèrent de rire. Pierre se sentait très heureux.

— J'aime pas les imbéciles, et j'aime pas les hôteliers, dit Kid. Ça fait deux raisons d'emmerder cette vieille tordue. Et puis je paye, je veux être servi.

Un long moment s'écoula, puis du couloir, la femme cria :

— Je pose le plateau devant la porte.

— Poufiasse ! hurla Kid.

— Tu finiras par nous faire lourder, remarqua Pierre en allant chercher le plateau.

— Nous faire vider ! Je voudrais voir. C'est pas normal qu'on se fasse servir par cette tordue qui doit se faire servir elle-même à longueur de journée ? Si Pat était là, il dirait que j'ai le sens de ce qui fait la société.

Il éclata de rire et versa à boire. Le vin était du bourgogne. Il était fort et bon. Après le deuxième verre, Kid parla de monter dans la chambre le trépied du roi de l'évasion aérienne, pour que Pierre puisse faire une séance d'entraînement. Pierre refusa, mais il ne put empêcher Kid de répéter son numéro de jonglerie. Kid avait sorti son poids de la valise, et travaillait au milieu de la chambre, vêtu seulement de son slip. A cause du vin qui semblait l'échauffer dangereusement, Pierre redoutait à chaque instant de le voir manquer son coup et casser quelque chose. Mais Kid avait une telle habitude, qu'il ne pouvait pas laisser échapper son poids. Simplement, lorsqu'il le posait sur le plancher, il opérait comme s'il se fût trouvé sur l'estrade des Carminetti ou le bitume d'une place publique. Les vingt kilos de fonte ébranlaient le plancher, faisant vibrer les vitres et trembler les verres sur la tablette du lavabo.

— Si c'est la vieille qui crèche en dessous, dit Pierre, elle va pas tarder de radiner.

— Laisse venir. Je dirai : « Mais on n'a pas sonné, on voulait pas vous déranger. »

Lorsque la bouteille fut vide, Kid rangea son poids et dit qu'il fallait se coucher pour être en forme le lendemain. Il ôta son slip, se dirigea près de son lit, puis s'arrêta en lançant :

— Merde, faut que j'aille aux W.-C.

Il fit des yeux le tour de la pièce et, au lieu de s'habiller, il se dirigea vers le lavabo où se trouvait un petit paravent. Il le plia de façon à s'enfermer au milieu, le souleva et se mit à marcher. Le paravent n'était pas haut, mais encore trop pour permettre à Kid de regarder par-dessus ; il devait donc entrouvrir le cercle devant lui pour se diriger. En bas, seuls ses pieds et ses mollets musclés passaient. Arrivé devant la porte, il posa le paravent, et Pierre vit sa main sortir pour tourner la poignée.

— Déconne pas, Kid, si tu rencontres des gens...

— Qu'est-ce que tu crois, je suis poli. Si j'en rencontre, je leur souhaiterai le bonsoir. Ça fait toujours plaisir.

Il sortit. Resté seul, Pierre se mit à rire en imaginant la tête que feraient des clients de l'hôtel s'ils rencontraient ce paravent à fleurs rouges et à pieds d'hercule. Il se dirigeait vers la porte dans l'espoir de jouir du spectacle, lorsqu'il entendit un bruit de chute et de bois brisé, suivi aussitôt d'une chaîne de jurons. Il se précipita au bout du couloir et se pencha pour voir. Sur le palier du demi-étage inférieur, Kid se débattait, les quatre membres en l'air, au milieu des débris du paravent. Les bois étaient brisés et les toiles crevées. Kid continuait de jurer, et Pierre dégringola l'escalier pour lui porter secours. Plusieurs portes s'étaient ouvertes. Des gens avançaient, regardaient, puis voyant cet homme nu, s'éloignaient en poussant des cris indignés. A l'étage inférieur, la propriétaire aussi était sortie. Maintenant à deux mains sa robe de chambre qu'elle n'avait pas pris le temps de fermer, elle se mit à crier plus fort que Kid.

— Ils sont fous. Ça fait une heure qu'ils font du vacarme... Je vais appeler la police. Ce sont des voyous !

— Bien sûr, qu'on va foutre le camp de ta cambuse, hurla Kid. Le matériel est pourri.

Il s'était relevé et montrait le paravent en morceaux.

— Et il est nu, cria la femme. Complètement nu... Un fou... C'est un fou !

Pierre entraîna Kid jusque dans la chambre, et redescendit pour plier tant bien que mal les restes du paravent qu'il rapporta vers le lavabo. Cassé en deux par le rire, Kid était assis sur son lit. Son bras gauche saignait un peu, mais il ne s'en était même pas aperçu.

— C'est pas tout ça, fit-il, mais faut quand même que j'aille aux chiottes.

Il regarda le paravent d'un air apitoyé, puis, prenant son pantalon, il l'enfila en disant :

— Je vais mettre ça. On a beau dire, c'est encore plus pratique.

30

Ils quittèrent l'hôtel à 6 heures, emportant leurs bagages. Kid essayait de tout prendre en riant, mais Pierre vit qu'il était vexé de partir ainsi, en se cachant, et après avoir payé le paravent. Lorsqu'ils furent dans la rue, chargés comme deux portefaix, Kid lança :

— Tu as vu, la bobine de la taulière ?

— Oui, pour un début...

— Quoi, tu vas pas faire la gueule, non ?

— Moi, non. Mais toi, tu fais une drôle de tronche.

— Hein ? Mais je me marre, oui.

Il posa ses valises le temps de regarder autour de lui, puis, se passant la main sur le front, il avoua :

— Bon Dieu, j'ai tout de même un sacré mal de crâne. Faut qu'on boive le jus, ensuite, ça ira mieux.

En sortant du café, Kid montra le ciel qui était déjà d'un beau bleu fluide. Il cligna de l'œil et sourit en disant :

— Fera beau, petit môme. C'est bien parti. Tu vas voir ça.

Ils gagnèrent la place où le marché s'installait. De nombreux bancs étaient déjà montés, et Kid chercha un emplacement très dégagé. Lorsqu'il l'eut trouvé, il commença son numéro. Car son numéro commençait avec l'ouverture de la première valise. Bien qu'il n'y eût que très peu de monde sur la place, hormis les forains qui demeuraient vers leurs bancs, Kid se mit tout de suite au travail, joignant le geste à la parole.

— Tch ! Tch ! Tch ! Tch ! criait-il. Laissez la place ! Laissez la place !

Et il partait à petits pas, ses bras courts écartés et tendus à la manière des écoliers qui jouent à l'avion.

— Tch ! Tch ! Tch ! On vous appellera quand le spectacle commencera.

Il décrivait ainsi un cercle parfait tout autour des valises, un cercle d'une vingtaine de mètres de diamètre. Tout d'abord, il semblait tracer cette figure dans le vide, peu à peu, quelques curieux commençaient à s'aligner, respectant la limite qu'indiquaient les passages répétés du petit hercule. Entre chaque tour, il revenait au centre, ouvrait une autre valise, ou sortait du matériel, ou bien encore, le plus souvent, se bornait à fourrager dans ses affaires.

— Tu te marres, disait-il à Pierre, mais c'est le seul moyen de les attirer. Faut leur dire de se tailler, faut faire celui qui n'en veut pas. Tu vois, ça radine rapido. Suffirait que je leur crie d'approcher pour qu'ils se tirent.

Et Kid repartait, demandant sans cesse aux curieux d'élargir le cercle. Quand un enfant s'avançait, il le prenait par un bras, lui posait une main sous les fesses, et le levait très haut vers le ciel en criant :

— Si tu reviens, je te colle au plafond avec du scotch.

Peu à peu le cercle se nourrissait, les vides se comblaient, un deuxième puis un troisième rang se formaient.

— Ils en demandent, ils en auront, disait Kid. Tu vas voir, petit môme, je les sens bien à ma main, ces ventres jaunes.

Il étalait, sur une vieille carpette déroulée à même le bitume, le matériel qu'il tirait des valises. Chaque objet qu'il empoignait était prétexte à une pitrerie. Il faisait mine de lâcher son poids de vingt kilos sur les pieds d'une femme qui poussait un cri aigu en bousculant ses voisins ; il jonglait avec une épée et faisait le geste de la lancer dans la foule ; il s'empêtrait en passant dans les branches de son extenseur et se retrouvait debout, à quelques centimètres des premiers curieux, après un saut périlleux de clown. Il avait conservé son blouson et son pantalon de survêtement. Autour du cou, il portait son éternelle serviette-éponge. Il allait, tournait, gesticulait, s'affairant sans relâche et ne cessant jamais de bonimenter. A intervalles de plus en plus rapprochés, revenait cette phrase qui ne variait jamais, et qu'il lançait toujours plus fort que le reste :

— Allons, mesdames et messieurs, encore quelques pièces de monnaie sur le tapis et on commence la séance !

Quelques pièces roulaient sur le bitume et la carpette. Comme Pierre s'apprêtait à les ramasser, Kid intervint.

— Laisse tomber. Te baisse pas pour la petite ferraille, attends la grosse artillerie et les biftons.

Lui-même se précipita sur une pièce d'un franc ancien, la prit entre ses doigts et se mit à l'examiner d'un air médusé. S'adressant à Pierre, mais criant assez fort pour être entendu du public, il lança :

— Vingt ronds. Vingt ronds anciens qu'il nous a balancés, le monsieur !

Avançant lentement vers un homme d'une quarantaine d'années qui se tenait au premier rang, il se planta devant lui, les deux poings sur les hanches. Hochant la tête et se tournant de temps en temps vers le public qu'il prenait à témoin, il se mit à crier :

— Non, mais des fois ! Vingt ronds, qu'il nous refile. A nous ! Nous qui venons de faire trois cents kilomètres pour vous donner du spectacle ! Sans blague, il va fort, le papa !

La foule riait. Kid se tourna vers l'homme interloqué et lui demanda :

— Tu te serais pas gourré, des fois, papa ?

— Mais... c'est pas moi.

— Comment, c'est pas toi ? Je t'ai vu la lancer.

— C'est pas possible, j'ai rien lancé.

Triomphant, Kid se recula de quelques pas.

— Ça y est, cria-t-il. Un qui ne veut rien donner. Même pas vingt ronds. Et il avoue. Et il est au premier rang, encore. Et il n'a pas honte. C'est toujours la même chose : les radins devant, et les braves gens, ceux qui paient pour voir du beau spectacle, se dévissent le cou pour ne rien voir.

Le public riait. L'homme était rouge. Il tira son porte-monnaie de sa poche.

— Fais voir un peu, dit Kid.

L'homme tendit son porte-monnaie, Kid le prit et fit mine d'être entraîné par le poids.

— Bon Dieu, remarqua-t-il, t'en as, du pognon. Où est-ce que t'as piqué tout ça ?

Les spectateurs riaient tellement qu'on n'entendait plus les réponses de l'homme.

— Faut pas avoir peur, cria Kid. Je vais pas te le barboter ton morlingue.

Il sortit seulement du porte-monnaie une autre pièce de un franc ancien, l'engagea entre ses dents et, d'une torsion de la main, il la déchira en deux. Un murmure courut dans le public qui avait cessé de rire. Remettant les deux morceaux de la pièce dans le porte-monnaie, il dit simplement :

— Tu vois, celles-là, c'est pas la peine de m'en envoyer, voilà ce que j'en fais. C'est terrible, mais je ne peux pas les digérer ces pièces-là, elles sont trop tendres.

Il se pencha vers le porte-monnaie comme s'il voulait réellement y plonger un œil, puis, retirant délicatement une pièce de cinq francs nouveaux, il la mit aussi entre ses dents. La foule murmura, mais Kid leva la main pour réclamer le silence. Comme par magie, le silence se fit. Kid rendit à l'homme son porte-monnaie délesté de cinq francs, et regagna le centre du cercle. Montrant alors au public la pièce qui brillait au soleil, il cria :

— Ça, vous pouvez y aller, c'est pas du toc. Je donne tout mon matériel au gaillard qui la déchire entre ses dents. Voilà ce qu'on veut. Des pièces comme celle-là et quelques billets et la séance va commencer.

Le temps passait. Les pièces tombaient plus nombreuses et, tout en parlant, Kid ramassait les plus grosses pour les lancer dans une des valises. Il déchira encore quelques pièces de trop petite valeur, puis se mit en devoir d'expliquer ce qu'était son numéro d'extenseur :

— Trente-deux branches. Trente-deux branches d'extenseur avec des sabres sous les bras. Je risque ma peau à tous les coups...

Personne ne l'avait interpellé, mais il s'interrompit soudain, scrutant le public d'un œil sévère.

— Quoi ? fit-il. Je risque rien ?

Il quitta son blouson et apparut vêtu de son étroit maillot d'haltérophile. Levant les bras, il fit lentement le tour du cercle en expliquant :

— Ces cicatrices, c'est de la frime, peut-être ? Du maquillage ? Vous pouvez toucher, c'est pas défendu.

Il s'arrêtait, obligeant les gens à passer les doigts sur la longue balafre qu'il portait au côté.

— Chatouillez pas, bon Dieu, et pelotez pas, on n'est pas là pour rigoler.

Il laissa s'éteindre les rires et les murmures, puis demanda :

— Alors, c'est du cinéma ? Est-ce qu'il y en a, ici, qui voudraient risquer leur peau pour mille balles ?

Il entreprit un nouveau tour de cercle en répétant :

— Allons, mesdames, messieurs, encore quelques pièces de monnaie sur le tapis et on commence la séance.

Kid fit alors venir au centre du cercle quatre hommes qu'il avait choisis de grande taille. Il leur demanda de tirer sur son extenseur, deux de chaque côté. Les hommes tiraient de toute leur force, mais sans entente, se déplaçant beaucoup et ne parvenant pas à allonger d'un pouce les trente-deux boudins de caoutchouc.

— Alors, demanda le petit hercule, c'est du bidon ?

Les hommes regagnèrent leur place. Kid fila comme une flèche vers un point du cercle.

— J'ai entendu dire par là que tout est du bidon. D'accord, c'est du flan. C'est toi, mon gros, qui as dit ça ?

Il interpellait cette fois un homme d'une trentaine d'années, beaucoup plus grand que lui, et dont Pierre estima qu'il devait bien peser quatre-vingt-dix kilos. L'homme était avec des camarades qui riaient. Kid leur demanda :

— C'est bien lui, qui a parlé de bidon ?

— Oui, oui ! c'est lui, crièrent les autres.

L'homme tenta de protester et de s'éloigner, mais déjà Kid l'avait empoigné par la main et le tirait gentiment vers le centre du cercle en disant :

— Allons, avance, tu vas pas me dire qu'un gaillard de ta trempe a peur d'un petit homme comme moi !

A regret, l'autre avança, lançant des regards implorants à ses amis.

— Vingt kilos, dit Kid. Vingt kilos à deux mains, tu peux les lever, oui ?

Kid posa son poids au pied de l'homme qui se baissa aussitôt pour l'empoigner. Kid l'arrêta.

— Pas comme ça. Regarde.

Il s'accroupit devant le poids qu'il prit entre ses deux poings fermés. Il bascula un peu en arrière, et le poids quitta le sol, s'élevant d'une dizaine de centimètres. Le petit hercule posa son poids, se releva et dit :

— Facile, hein ? Allez, à toi de jouer.

Le grand gaillard s'accroupit à son tour, ferma ses poings et les plaça de chaque côté du poids.

— Allez, cria Kid, lève fort !

L'homme mit toute sa force pour soulever le poids, mais ses poings glissèrent sur le métal poli et vinrent frapper son visage penché. Déséquilibré, il tomba en arrière, les jambes en l'air.

Il y eut un énorme éclat de rire et quelques huées. Avec mille précautions, Kid l'aida à se relever, tapotant de la main son dos poussiéreux, se confondant en excuses que Pierre devinait plus qu'il ne les entendait, à cause des rires et des exclamations.

Le garçon regagna sa place et disparut au milieu de ses camarades.

— C'est du bidon, répétait Kid. Ah ! c'est du bidon ! Eh bien, regardez un peu.

Il avait fait signe à Pierre de se coucher sur la carpette. Après avoir frotté ses doigts sur le bitume râpeux, il prit le poids entre son pouce et son index, par le petit rebord supérieur, le souleva et le promena au-dessus du visage de Pierre. Pierre ne bougeait plus. Il n'avait jamais encore fait cela, Kid ne l'avait pas averti, mais il était sans crainte aucune, regardant calmement cette masse de fonte qui se détachait sur le ciel. Le visage de Kid était crispé par l'effort, les muscles de son avant-bras saillaient à faire craquer la peau tendue, mais Pierre n'imagina pas un instant qu'il pût lâcher ce poids que seuls tenaient son pouce et son index, comme soudés à ce rebord qui n'offrait pourtant qu'une prise de quelques millimètres.

— Si une personne veut venir prendre la place de mon partenaire, cria Kid, pas la peine qu'elle soit assurée sur la vie. Ça ne risque rien.

Il y eut une pluie de pièces tout autour de Pierre qui souffla en se relevant :

— Y a des gens qui se tirent, tu devrais faire ton numéro d'extenseurs.

— Pour faire tailler les autres, ricana Kid. Pas si con !

Et il repartit faire un tour. Il réclamait toujours des billets et, à chaque passage, il en récoltait un ou deux qu'il allait mettre dans la valise. Entre-temps, il jonglait avec un haltère, ou son poids. De loin en loin, il s'arrêtait pour expliquer que ce poids ne pesait pas vingt kilos, mais vingt-trois à cause de l'anneau plus gros, d'une attache renforcée et d'une plaque d'acier qu'il avait fait souder en dessous.

— Si j'avais pas cette sécurité, expliqua-t-il, je risquerais l'accident à tout coup. La police me laisserait pas travailler. Le danger inutile, c'est pas ce qui fait la valeur du travail.

Il délaissait parfois le poids pour empoigner un bilboquet dont l'énorme boule pesait également une vingtaine de kilos. Et, entre ces petits numéros qu'il appelait des amuse-gueule, il recommençait ses explications sur son travail à l'extenseur, sur le risque qu'il courait avec ses épées sous les bras et dont la pointe venait se placer sous ses aisselles, prête à lui transpercer le cœur à la moindre défaillance. Et il finissait toujours par des phrases sur la mort et sur le salaire que pouvait mériter un tel exercice.

Par moments, le cercle s'éclaircissait. Pierre le regardait avec inquiétude, persuadé que les badauds, lassés d'attendre éternellement ce fameux numéro, finiraient tous par s'en aller sans l'avoir vu. Pourtant, il en revenait toujours de nouveaux, et Kid se remettait à réclamer de l'argent. Vers le milieu de la matinée, Pierre lui attacha ses épées aux poignets à l'aide de deux lanières de cuir. Le garçon pensait que le fameux numéro approchait, mais Kid proclama qu'il lui manquait encore deux mille francs, et recommença ses va-et-vient. Il estimait que ce qu'il allait faire méritait cette somme ; il ne commencerait qu'après l'avoir touchée. Deux mille francs anciens, ce n'était pas le diable ! Il l'expliquait avec preuves à l'appui, parlant des salaires, des prix, du S.M.I.G. et de l'échelle mobile. Les pièces tombèrent, Kid compta, recompta, et annonça que la somme y était.

— Y a même une thune en rab ! cria-t-il. J'accepte pas les pourboires.

Et il lança la pièce par-dessus les curieux. Il prit alors son énorme extenseur, alla se placer au centre du cercle, parla une dernière fois de la mort et réclama le silence. Lorsque la foule se fut apaisée, Kid se concentra, respira longuement. Il allait enfin se livrer à cet exercice qu'il annonçait depuis plus de trois heures, lorsqu'il se redressa soudain, fixa un point précis dans la foule et partit dans sa direction, l'oreille tendue.

— Quoi ? rugit-il. Qu'est-ce que j'ai entendu par là ? Des épées en carton ? Des poids en carton ? Qui a dit ça ?

Personne ne broncha. Personne, d'ailleurs, n'avait soufflé mot. Mais la colère de Kid en imposait. On le sentait atteint dans son amour-propre de travailleur honnête. Il revint au centre du tapis et appela Pierre.

— Enlève-moi les épées, petit.

— Tu déconnes, souffla Pierre, ils vont se tirer.

— Au contraire, dit Kid avec un clin d'œil, ça donne à bloc.

Il tira un journal d'une valise, et se mit à couper des bandes pour montrer que ses lames étaient d'excellent acier et fort bien affilées. Revenant ensuite à ses poids, il les fit soupeser par plusieurs personnes et recommença de jongler.

— Tenez, dit-il. Pour bien montrer que je ne suis pas fainéant, je vous offre un petit supplément.

S'étant fait bander les yeux, il jongla encore, avec la même habileté, faisant voltiger ce bloc de métal qui frôlait sa nuque d'aussi près.

Et tout semblait toujours à recommencer. Au moment où tout le monde croyait voir enfin ce fameux numéro, il y avait une bonne raison pour tout remettre en question, reprendre le boniment et la récolte de pièces.

Enfin, comme midi sonnait, profitant d'un moment où la foule était particulièrement dense, il présenta le clou de son numéro. Des pièces tombèrent encore tandis qu'il accomplissait très vite le tour du cercle. Il allait à petits pas saccadés, les muscles bandés, le cou et les épaules déformés par l'effort ; tandis que les deux épées luisantes tremblaient légèrement sous ses bras en croix, la pointe au ras de sa peau.

Lorsqu'il eut regagné le centre, son visage était presque violet, son crâne tout luisant de sueur. Il fit encore un tour sur lui-même, sans un mot, la bouche crispée, ne demandant plus qu'avec son regard clair, les dernières pièces qui roulèrent à ses pieds.

Pierre ne bougeait pas. Les poings serrés, il retenait son souffle. Quand leurs regards se croisèrent, Kid lui adressa un clin d'œil puis, levant d'un seul coup ses deux bras tendus, il lâcha son extenseur qui retomba sur le bitume avec un bruit de vieille ferraille. La foule parut se détendre en même temps que les trente-deux branches de l'engin, et les applaudissements crépitèrent.

Kid salua plusieurs fois, tandis que d'autres pièces pleuvaient encore.

31

La recette était bonne, et Kid affirma qu'elle dépassait ce qu'il avait espéré. Bourg était une bonne ville, et il se promit d'y revenir souvent.

— Pourtant, ajouta-t-il, faut pas s'endormir. La journée est pas finie, faut penser à compléter notre calendrier.

Ils bouclèrent les valises et se rendirent dans un restaurant proche de ce marché où les camelots démontaient leurs bancs. Lorsqu'ils entrèrent dans la salle de café où toutes les tables étaient occupées, plusieurs personnes les reconnurent et les désignèrent aux consommateurs qui n'avaient pas vu le travail de Kid.

— L'homme qui bouffe du pognon, lança une voix.

Kid se frotta les mains, fit un salut à la ronde et répondit :

— Oui, mais à présent, on boufferait bien autre chose.

Ils posèrent les valises dans un recoin, derrière la porte conduisant aux toilettes, puis, revenant vers le bar, Kid demanda s'il était possible de déjeuner.

— C'est au premier, dit le patron. Doit y avoir de la place. Mais dites donc, il paraît que vous déchirez les pièces avec vos dents ? Montrez voir un peu.

— Je fais pas d'heures supplémentaires, déclara le lutteur.

— Allez, juste pour voir. Je paie l'apéro.

Kid prit la pièce que l'homme lui tendait par-dessus le

comptoir, la plia deux fois en l'appuyant au creux de sa main, et la déchira en la tordant dans ses doigts.

— Tiens, fit-il, elle vaut pas cher, ta vaisselle de poche, j'ai même pas besoin d'y mettre les chailles.

Ils vidèrent leurs verres que le patron remplit aussitôt. Déjà un groupe de curieux se formait autour d'eux. Des gens criaient :

— J'ai pas vu... Recommencez !

Kid semblait les ignorer. Se haussant sur la pointe des pieds, il s'adressa au patron :

— Si tu nous files un petit supplément au menu, proposa-t-il, je te montre un truc. Un chouette truc qui te sera utile dans ton métier.

— J'ai du poulet froid, dit l'homme, ça vous ira ?

Kid fit oui de la tête et prit le bouchon d'un pot de vin. Obligeant les curieux qui se bousculaient à s'écarter un peu, il engagea le bouchon à moitié entre le majeur et l'index de sa main gauche, le montra d'un geste circulaire puis, fermant le poing, il expliqua :

— Voilà, c'est pas truqué. Vous pouvez tous voir. Tu tapes un bon coup, et le tour est joué.

De son index droit bien tendu, il frappa un coup sec. Il y eut à peine un petit craquement, et la moitié du bouchon roula par terre. L'autre moitié, avec une cassure franche comme une coupe de tranchet, était restée dans sa main gauche. Plusieurs hommes forts réclamèrent des bouchons, tous tentèrent l'expérience, mais tous reposèrent les bouchons intacts après s'être tordu le doigt.

— Si ce gars-là voulait venir me couper mon bois, dit un vieux moustachu qui roulait les *r*, sûr que ça gagnerait du temps.

Kid s'approcha de lui.

— D'où vous êtes, grand-père ? demanda-t-il.

— De Cousance.

— Combien d'habitants ?

— Un peu plus de mille.

Un autre homme prétendit qu'il y en avait à peine huit

cents, et une dispute éclata aussitôt. Kid intervint et calma tout le monde en déclarant :

— Si vous voulez vous battre, je fais l'arbitre. Mais avant, laissez-moi le temps de faire la quête.

Les gens riaient. Kid avait tiré son petit calepin où il inscrivit le nom de l'homme. En moins d'un quart d'heure, il avait noté le nom d'une dizaine de paysans de villages différents. Quand ce fut terminé, ils montèrent tous deux au premier étage et se mirent à table. Ils mangèrent du jambon cru avec du beurre, des escalopes énormes accompagnées d'un gros plat de haricots baignant dans le jus, du poulet, du fromage et une portion de tarte épaisse et moelleuse.

Tout en mangeant, Kid expliquait à Pierre pourquoi il opérait de cette façon lorsqu'il travaillait sur une place.

— Le numéro d'extenseur, dit-il, je l'ai fait ce matin surtout à cause de toi. Pour que tu le voies, mais dans des gros bleds comme ici, tu peux très bien tenir toute la matinée avec des bricoles.

— Mais les gens qui ont payé et qui s'en vont...

— Justement, tout est là. Pour faire du pognon sur le pavé, c'est pas la valeur du travail qui compte. C'est le baratin. Tout dans le vocabulaire. J'en connais qui se crèvent à faire dix fois leur numéro dans la matinée, résultat : ils gagnent moins que moi. Quand les gens ont tout vu, ils se tirent. Faut gueuler une demi-heure pour en faire arriver d'autres.

— Mais quand tu recommences dix fois le même truc, il n'y en a jamais qui râlent ?

Kid vida son verre, essuya ses lèvres avec un coin de la serviette qu'il avait nouée autour de son cou, et eut un hochement de tête désespéré. Il semblait atterré devant tant d'innocence. Pierre sentait bien que Kid avait raison, mais il ne parvenait pas à comprendre.

— Écoute-moi, fit le petit hercule. Les râleurs, tu as toujours un moyen de les couillonner. Je t'en apprendrai mille... Mais le fin du fin, c'est de t'arranger pour qu'il n'y en ait pas. Et pour ça, faut être physionomiste. Tu sais ce que c'est, physionomiste ?... C'est le gars qui voit la gueule d'un gazier une fois et qui l'oublie plus jamais.

Il se mit à rire, la joue fendue jusqu'à l'oreille.

— Tiens, reprit-il, la bouille du voyou qui t'a piqué ton fric à Lyon, je suis certain que tu l'as pas oubliée.

Pierre serra les poings. Toute sa rage lui revint d'un coup.

— Non, grogna-t-il, dans dix ans je le reconnaîtrai, celui-là.

Et, en disant cela, ce n'était pas tellement au garçon qu'il pensait, mais à cette petite blonde qui l'avait assommé en lui cognant la tête sur le trottoir. Il la revoyait souvent, et chaque fois la colère grondait en lui. Chaque fois il imaginait une rencontre avec cette fille en un lieu désert comme le terrain vague de son enfance. Un de ces endroits faits tout exprès pour les règlements de compte. C'était sur elle qu'il eût aimé se venger de toute la bande. Kid, qui devait sentir ce qui se passait en lui, laissa couler quelques instants avant de reprendre :

— Tu vois, ce que tu peux faire avec ceux-là,; moi je le fais tous les jours avec des centaines de têtes. Sur une place, je voix ceux qui restent et ceux qui se tirent. Quand le public s'est à peu près renouvelé, je recommence tout à zéro.

Faisant des yeux le tour de la salle, il ajouta :

— C'est un peu comme un patron de restaurant qui servirait que des hors-d'œuvre. Le tout, c'est d'en avoir suffisamment pour qu'ils durent longtemps. Faut te dire une chose : les paysans qui viennent à la foire, ils ont des tas de commissions à faire. Ils peuvent pas rester toute la matinée à nous admirer.

— Ça fait rien, il doit y en avoir qui trouvent que tu fais plus de baratin que de spectacle.

Kid eut un geste de la main par-dessus son épaule et lança :

— Ceux-là, je leur pisse sur la nuque. Le principal, c'est qu'ils crachent leur pognon...

Il se tut brusquement. De rieur, son visage était devenu grave. Il réfléchit un moment, les yeux fixés sur ceux de Pierre, puis il dit :

— Mais faut tout de même pas te figurer que je vole (il se reprit), qu'on vole notre argent. Le bilboquet, le poids avec les yeux bandés, c'est déjà du travail. Tu vas t'y mettre, dans quelque temps. Tu verras ce que ça représente. Même quand je donne que ces petites choses, c'est déjà du travail.

Il s'arrêta encore, comme s'il eût hésité à dire une chose plus grave, puis il demanda :

— Quand je t'ai fait le truc du poids au-dessus de la figure, tu n'as pas eu peur ?

Pierre n'eut pas à réfléchir.

— Non, fit-il. Pas du tout.

Le visage de Kid s'illumina. Ses yeux clairs se mirent à briller et son menton se plissa légèrement tandis qu'il disait :

— C'est bien, petit... C'est bien. Tu as confiance en ton vieux Kid. Et pourtant, tu sais, un accident, ça peut toujours arriver. Il y a longtemps que je l'avais pas fait.

Pierre regardait la main droite de Kid. Elle était là, immobile sur la nappe de papier blanc. Elle était bronzée, courte, trapue avec ses doigts à demi fléchis qui faisaient penser à de petits bras d'homme fort, avec chacun son petit biceps gonflé de vie. Est-ce que vraiment Kid pouvait un jour lâcher son poids ?

— Pourquoi tu m'avais pas prévenu ?

Kid parut embarrassé par cette question.

— Je sais pas, finit-il pas avouer. Quand j'étais seul, je le faisais pas. Ça m'est revenu d'un coup, comme ça, au moment où ça devait venir.

Il hésita encore, reprit son sourire et ajouta :

— Même si j'y avais pensé, je crois que je t'aurais pas prévenu. Tu m'aurais demandé d'essayer avant. Seul avec moi, tu risquais d'avoir peur... Avec le public, on peut pas se dégonfler.

Il resta longtemps sur ces mots. Pierre le regardait, et il lui semblait que son vieux Kid venait de s'absenter. Il était là, en face de lui, et pourtant il n'était plus là. C'était pour le garçon une impression curieuse. Une de ces sensations neuves, assez comparables, somme toute, à celles qu'il avait déjà éprouvées depuis qu'il vivait avec le petite hercule.

32

Avant de quitter le restaurant, Kid avait étalé sur la table la carte de la région et pointé d'un coup de crayon les villages inscrits avant midi sur son carnet. Ensuite, il avait dressé un itinéraire. Puis, ayant échangé toute sa monnaie contre des billets, il avait demandé au patron de lui garder ses valises un moment. Une fois dans la rue, il dit :

— On n'a pas payé trop cher, et tu verras que dans les petits bleds on se nourrira encore à meilleur compte. (Après un soupir.) Les gosses à Gégène, c'est pas souvent qu'ils doivent manger comme ça.

Pierre non plus ne se souvenait pas de repas semblables. Il n'avait connu que des cantines d'usine, des restaurants plus ou moins misérables et la gargote de son oncle.

— Tu verras, promit Kid, quand on aura un peu d'avance et que j'aurai pu envoyer un ou deux mandats à l'Angèle, on se payera un grand palace. Rien que pour te faire voir ce que c'est. Un vache de machin avec des larbins tout en noir et blanc comme des pingouins, et qui te préparent ton poisson à côté de toi, sur une petite table. Ils ont des gestes comme des femmes... C'est con, mais faut l'avoir vu une fois dans sa vie.

Ils se promenèrent plus d'une heure dans les rues, regardant à l'intérieur des cafés, des magasins de graines, des épiceries et des quincailleries. Kid répétait sans cesse que, là aussi, il fallait être physionomiste, et il finit par retrouver celui qu'il cherchait. C'était l'un des cultivateurs dont il avait inscrit le nom sur son calepin. L'homme se trouvait à présent en tête de son itinéraire, parce qu'il habitait le village le plus proche de Bourg-en-Bresse. Il paraissait tout fier de les emmener sur sa carriole et, lorsqu'ils eurent vidé deux pots ensemble, il leur donna la main pour charger les valises.

Pierre s'était assis derrière, sur un sac d'engrais, tandis que Kid prenait place sur le banc, à côté de l'homme. Il faisait un beau soleil. Le cheval allait bon train sur la route goudronnée où son trot sonnait clair. La carriole roulait en silence, sur ses quatre gros pneus. A droite et à gauche, dans la campagne verte et grasse, des étangs scintillaient. Kid et le paysan — qui était un homme long et sec d'une cinquantaine d'années — bavardaient comme de vieux camarades. De temps à autre, le petit hercule se retournait pour adresser à Pierre un clin d'œil qui signifiait que tout se passait selon son désir.

Le soir, ils prirent place à la longue table de ferme, dans la cuisine où l'air qu'on respirait était déjà nourrissant. La fermière leur servit une soupe grasse et épaisse, avec beaucoup de pommes de terre, de carottes, de navets, de poireaux et de pain. Seul le fermier parlait, racontant tout ce que Kid pouvait faire. La femme, un journalier et deux petites filles écoutaient sans quitter des yeux le petit hercule qui mangeait en silence. Une fois le repas terminé, l'homme invita Kid à donner un aperçu de son talent. Kid se fit un peu prier. Se levant avec ennui, il alla jusqu'à la cuisinière, prit le tisonnier, fit un nœud avec et le posa sur la table en disant :

— Quand vous aurez trouvé un homme capable de le détordre avec ses mains, vous me l'enverrez, je lui paierai des prunes.

Les paysans hochaient la tête gravement, se passant de main en main le tisonnier qu'ils examinaient longuement, avec une lueur de crainte dans les yeux. Le tisonnier était là, témoin de la force de Kid, mais ils semblaient douter encore, se demandant sans doute s'il ne s'agissait pas d'un pouvoir surnaturel.

Dans la grange où la paille offrait un lit plus doux que le ring des Carminetti, Pierre pensa longtemps à cette nouvelle vie. C'était la liberté. La table. Des gens qui admiraient leur force et lançaient de l'argent. Avec Kid, tout était facile. Pierre pensa aussi à la place, aux baraques de la fête, à Diane qui les avait regardés s'en aller. Diane, c'était tout de même une fille qui acceptait de faire l'amour avec lui et qui ne demandait rien d'autre. Il pensait à cela, et pourtant, il finissait toujours par se dire que c'était sans doute une bonne chose de l'avoir quittée. Il y avait Joseph. Il y avait les vieux Carminetti avec leur sale idée de mariage. Il était parti avec Kid. Avec Kid, il était bien, et, sur la route, il y aurait forcément d'autres filles. Bientôt, il allait travailler lui aussi, montrer ses muscles et sa force sur les places garnies de spectateurs ; il aurait plus de temps et plus de liberté qu'à Lyon pour trouver des filles.

Dès le lendemain matin, Kid sortit d'une valise le matériel que lui avait légué son ancien partenaire. Il s'agissait de tubes d'acier qui s'emboîtaient l'un dans l'autre et formaient un trépied haut de trois mètres. Au sommet, s'accrochait une poulie semblable à celle d'un puits. Les valises contenaient en outre une bonne dizaine de mètres de chaîne et trois gros cadenas.

— Voilà, dit Kid lorsque tout fut prêt, on va voir ce que tu peux faire.

— Ici, à présent ?

— Pourquoi pas ? Faut bien essayer. Tu penses pas que je vais continuer à bosser tout seul pour te payer des escalopes ? D'ailleurs, dans les petits bleds, le public se renouvelle pas comme en ville, faut donner un spectacle qui se tienne.

Pierre écouta les conseils de Kid et se laissa enchaîner ; debout, puis assis par terre, puis culbuté sur le côté, il finit par être enroulé, saucissonné, et complètement immobilisé par les chaînes que Kid serrait autour de lui en précisant :

— Je force pas. C'est la première fois. Mais sur les places, je ferai ça avec l'aide des spectateurs.

Pierre se plaignait sans cesse. Les chaînes lui écrasaient le dos et les bras, meurtrissaient ses jambes et pinçaient parfois sa peau.

— Ça fait mal, Kid. T'aurais dû me laisser garder ma chemise.

— T'es fou. D'abord ça l'abîmerait, et il faut que tu sois marqué. Faut que les gens te voient devenir violet. Faut que tu forces. C'est ça qui te fait changer de couleur, et c'est là que j'explique au public que tu risques de claquer d'une congestion cérébrale.

Pierre prit peur. Avec Kid, on ne pouvait jamais savoir s'il plaisantait ou s'il était sérieux.

— Tu déconnes, dis. C'est pas vrai ?

— Moi, fit Kid, je me souviens pas d'en avoir vu mourir beaucoup, mais j'ai un pote qui est resté idiot.

Pierre se contraignit à ne plus parler. Kid plaisantait sans doute. Il allait d'ailleurs le détacher tout de suite et ce serait fini. Pourtant, lorsqu'il ne resta plus qu'une seule chaîne, Kid l'attacha sur la poulie et se mit à tirer. Pierre sentit ses pieds monter, tandis que son dos frottait le sol rêche de la grange.

— Arrête, Kid ! cria-t-il. Ça fait mal.

Mais le petit hercule resta sourd. Il continua de tirer, et, lorsque Pierre se trouva suspendu, la tête en bas à un bon mètre du sol, il fixa la chaîne à un crochet soudé sur l'un des tubes du trépied. Il donna une petite tape amicale sur les fesses du garçon avec un sifflement admiratif.

— Il a de bonnes joues, ce petit gars, fit-il en l'examinant des pieds à la tête.

— Arrête, Kid... Détache-moi.

Pierre essayait de se dégager, mais chaque mouvement qu'il tentait provoquait de multiples douleurs.

— Remue pas, dit Kid ; sinon je te laisse sécher là jusqu'à midi.

Pierre se mit à l'insulter, mais Kid était allé s'asseoir sur un plot à fendre le bois. Il avait tiré de sa valise un journal qu'il déplia tranquillement. Lorsque Pierre se tut, à bout de forces, Kid se mit à lire à haute voix :

— Hier, en fin d'après-midi, les gendarmes de Villefranche-sur-Saône qui avaient été alertés dans la matinée par leurs collègues de Lyon...

— Tais-toi ! cria Pierre.

Kid le regarda par-dessus son journal et demanda :

— Si tu es décidé à la fermer, à écouter ce que je vais t'expliquer pour le travail, je balance ce canard et t'en entendras plus jamais parler. Sinon, je te lis non seulement l'article sur ton arsouille de copain, mais tout le reste. Et il y a deux pages de petites annonces, c'est pas marrant.

Pierre promit d'écouter, suppliant Kid de se hâter. Non seulement il souffrait, non seulement il était gêné de voir tout à l'envers, mais, depuis un moment, des points noirs s'étaient mis à danser devant ses yeux. Sa tête était lourde, il avait l'impression qu'elle enflait. Il remua de nouveau, mais Kid intervint aussitôt.

— Non, non, pas encore. Tu dois me laisser le temps d'attirer les gens et de faire tomber du fric.

— Tu vas pas attirer des gens ici.

— Bien sûr que non, mais faut t'entraîner. Faut que tu puisses tenir une demi-heure. Mais les premiers jours, on se démerdera avec un quart d'heure. Dans les petits bleds, ça doit aller.

Kid parlait calmement, tournant autour du trépied, se penchant de temps à autre pour regarder de plus près le visage du garçon.

— T'as à peine les yeux aussi rouges que Pat les jours de cuite, qu'est-ce que tu râles ?

— Kid, bon Dieu, pour aujourd'hui, ça suffit !

— Non, non, ça fait même pas cinq minutes, je te dirai.

Il regarda sa montre. Pierre pouvait à peine parler. Un flot de salive emplissait sa bouche, sa gorge se serrait. Les points noirs dansaient comme affolés.

— Kid, je vais dégueuler.

— C'est pas possible, t'as pas déjeuné.
— J'ai mal... Descends-moi.
Kid se mit à rire.
— Que je te descende, fit-il, tu débloques ! Le roi de l'évasion, c'est pas moi, c'est toi... Si tu étais en taule...
Pierre n'écoutait plus. Dès qu'un peu de forces lui venait, il essayait de se libérer, remuait un moment, tirait sur ses jambes, puis retombait épuisé en insultant le petit homme qui se bornait à dire :
— Tu as tort de m'engueuler. Je t'apprends à travailler, tu devrais m'en être reconnaissant... De toute façon, tu peux pas t'en sortir tout seul. Faut que je t'explique la manœuvre. Et si tu remues trop, tu risques le flot de sang au cerveau.
Pierre se fit implorant, mais Kid restait intraitable. Ayant de nouveau regardé sa montre, il prit sa serviette et son sac de toilette, puis il se dirigea vers la porte en disant :
— Tiens, j'ai le temps d'aller me laver la gueule.
Pierre essaya encore de l'appeler, mais il ne se retourna même pas. La porte claqua et Pierre sentit la peur le gagner. La peur et la haine. Alors Kid, c'était ça ! C'était cette ordure qui lui avait joué le jeu de l'amitié pour l'attirer ici et se venger de lui. Et il n'avait même pas eu le courage de l'attaquer franchement. Il l'avait attaché. Est-ce qu'il allait le laisser crever là... Simuler un accident ? Des larmes lui brûlaient les yeux. La sueur et la bave inondaient son visage. Tout se troublait. Il allait perdre connaissance. Il allait crever tout seul, sans même s'en rendre compte, sans rien pouvoir faire pour s'en sortir... S'il en réchappait, il saurait se venger... Avec un couteau, il n'y a pas d'homme fort qui tienne, surtout si l'homme fort est endormi. Faudrait attendre... Attendre que Kid ait beaucoup de fric... Faudrait...
La porte vient de s'ouvrir... Pierre se contorsionne. Il a mal à hurler... Il regarde, mais ce n'est pas la silhouette de Kid qui se détache dans l'encadrement de la porte... C'est une fille. Pierre cligne des paupières plusieurs fois. La

sueur le brûle. C'est la plus petite des filles de la ferme. Elle s'est arrêtée. Elle le regarde, elle paraît figée d'horreur...

Silence !... La fillette ouvre la bouche, mais c'est seulement après quelques secondes qu'elle fait :

— Oh !

Et, aussitôt, elle se sauve en courant, laissant la porte grand ouverte. Pierre ne voit plus que ce rectangle de ciel bleu où passe un petit nuage blanc ; il voit un arbre, un bout de pré, tout cela à l'envers, comme secoué par une houle mauvaise, et brouillé par ces papilons noirs et rouges de plus en plus fous... Pierre essaie de crier, mais il se rend compte que sa voix ne porte plus très loin... La fillette va appeler... Le fermier va venir... Les gendarmes. Faudrait qu'il vienne avec des cognes et qu'on embarque Kid... Kid en taule... Bon Dieu si seulement...

Pierre entend parler. Il y a plusieurs personnes qui parlent en même temps, et il ne peut même pas reconnaître les voix qui approchent... Kid paraît le premier. Il tient la fillette par la main, la mère et l'autre fille sont derrière.

— Tu vois, explique gentiment le petit hercule, c'est le garçon. Il s'amuse. Faut pas avoir peur. Il est pas méchant, tu sais. Et puis, de toute façon, il est attaché.

Kid explique à la fermière que Pierre s'entraîne pour un travail difficile. La femme hoche la tête et disparaît avec ses deux filles. Pierre ne voit presque plus rien. Tout sonne en lui. Les voix sont répercutées à l'infini, et le pas de Kid qui s'approche après avoir refermé la porte fait un bruit énorme... Pierre essaie encore de parler, mais les forces lui manquent, et c'est à peine s'il peut entendre Kid qui lui dit :

— C'est pas malin, de faire peur à cette gamine. Tu vas nous faire mal voir par ces braves gens.

33

Kid avait refusé de détacher Pierre. Il avait seulement consenti à déplacer de quelques maillons le cadenas qui fermait la chaîne nouée autour des poignets. Comme toujours il était resté calme, sûr de lui, et cherchant à tout expliquer clairement. Le garçon avait encore supplié, mais, comprenant que Kid ne céderait pas, il s'était mis à suivre ses conseils, rassemblant ses dernières forces pour se libérer, et s'accrochant à l'idée de vengeance. Alors qu'il se trouvait encore à moitié ligoté et toujours pendu par les pieds, Kid se mit à rire en disant :

— Tiens, j'y ai pas pensé, j'aurais dû en profiter pour te couper les cheveux.

Pierre eut un sursaut de colère.

— Salaud ! ragea-t-il. Si tu faisais ça je te...

Il se tut. Le rire de Kid lui parut un terrible grincement.

— Tu quoi ? Tu me casses la gueule ? Tu sais bien que c'est impossible. Et puis, même si tu pouvais, tu ne voudrais pas faire de mal à ton vieux Kid Léon. D'ailleurs, même si tu étais le plus fort, en ce moment, tu sais...

La colère de Pierre se mua soudain en un mal étrange qui lui serra la poitrine bien plus fort que les chaînes. Il essaya de lutter, mais un sanglot le secoua et les larmes brouillèrent la silhouette de Kid et le fond de poutres de la grange.

— Allez, allez, c'est presque fini, dit Kid en secouant un

peu une des chaînes qu'il fit glisser vers le bas... A présent tu rentres l'épaule gauche, et ça va tomber tout seul. Là, comme ça... Et maintenant tu te reposes un petit moment... Allons, voyons, faut pas t'énerver. Tu sais bien que je t'aurais pas coupé les cheveux... A quoi ça servirait, puisque tu vas venir chez le coiffeur avec moi cet après-midi... Tu vas venir, hein ?

— Oui, gémit le garçon... dépêche-toi.

Le petit hercule lui expliqua ensuite comment il devait faire pour se libérer les genoux, puis les chevilles et l'aida même un peu dans son rétablissement. Enfin, les pieds détachés, Pierre se suspendit par les mains au trépied, mais il n'eut pas la force de s'y maintenir et se laissa tomber lourdement. Quand ses pieds touchèrent le sol il tenta de maintenir son équilibre, mais tout ce qui était autour de lui se mit à chavirer, et il lui sembla un instant que c'était Kid qui se trouvait la tête en bas. Ses jambes se dérobèrent sous lui, et il sentit que Kid l'emportait sur la paille. Il ne perdit pas connaissance, mais il resta un long moment engourdi, sans éprouver aucune douleur, sans penser à rien... Le vide. C'était le vide en lui et autour de lui. Il était bien. Il était vivant, c'était tout ce qu'il pouvait se répéter.

— Eh bien, mon petit môme, je te croyais plus doué que ça. Mais t'inquiète pas, ça viendra vite.

Pierre le regarda. Peu à peu, sa rancœur lui revenait. Elle montait en lui à mesure qu'augmentait la brûlure des chaînes. Il commença par regarder ses poignets, puis ses bras où chaque maillon avait marqué sa place. Les traces étaient d'un vilain rouge brunâtre avec, entre elles, de longues zébrures sinueuses et blanches. Aux endroits où la chair s'était trouvée prise entre deux tours de chaîne, elle semblait morte. Lorsqu'il se toucha, la douleur se transforma en une myriade de petites piqûres insupportables.

— Ça te fait mal ? demanda Kid en avançant la main.

Pierre le repoussa.

— Me touche pas, cria-t-il. Me touche pas, je te crache sur la gueule.

Kid ne répondit pas. Il s'éloigna lentement, alla jusque sous le trépied et se mit à dénouer les chaînes qui avaient glissé le long du corps et des membres de Pierre et se trouvaient encore par terre. Le garçon suivait chacun de ses gestes. Il le regardait intensément sans cesser de répéter : « Je t'aurai, fumier. Je t'aurai. » Il ne savait pas ce qu'il ferait pour se venger, mais il voulait nourrir sa colère, entretenir sa haine.

Lorsque le petit hercule eut terminé, il revint vers lui et dit calmement :

— Pour le moment, tu dois avoir une envie folle de me casser la gueule. Tu trouverais une masse et la force de la soulever, tu serais capable de faire comme le gros Pat. C'est parce que tu es saoul. Mais toi, c'est pas d'avoir bu.

Pierre ne pouvait soutenir le regard clair du petit homme. Il tourna la tête sans répondre.

— C'est pas vrai ? demanda Kid.

— Pourquoi tu as fait ça ?

— Pour t'apprendre un travail que tu peux faire. C'est tout.

Pierre se tourna vers lui. Il se redressa à moitié, d'un coup de tête il rejeta ses cheveux en arrière et cria :

— Jamais, tu entends. Je le ferai jamais... J'ai pas envie d'en crever !

Kid réfléchit un instant, laissa passer cet accès de rage et demanda :

— Tu sais à quoi tu me fais penser ?

Pierre garda un silence obstiné, le fixant d'un œil dur. Son front bas tout plissé par la colère.

— Eh bien, reprit Kid, tu me fais penser au premier jour. Tu sais, tu ne voulais pas te laver. L'eau froide aussi, tu avais peur d'en crever. A présent, tu l'aimes bien... Tiens, au fait, viens donc te foutre sous le robinet, ça te fera du bien.

Tout en achevant sa phrase, il s'était approché. Quand il se baissa pour empoigner Pierre par le bras, celui-ci tenta de se dérober en roulant sur le côté, mais, plus rapide, Kid le tenait déjà. Il le tira sans rudesse, mais d'une poigne à laquelle il n'était pas question d'échapper. Sa voix aussi était plus ferme.

— Allons, dit-il, assez déconné comme ça. Tu vas venir te laver et, si c'est nécessaire, je te ferai un petit massage.

Pierre céda à la fatigue autant qu'à l'autorité de Kid. Sa colère grondait toujours. Il refusa d'admettre que l'eau fraîche lui faisait du bien et pourtant, c'était vrai. Les brûlures et les élancements s'apaisaient. Son mal de tête s'était calmé.

— C'est bien, dit Kid en regagnant la grange, si tu veux pas faire l'évasion, je la ferai, moi. Je la ferai en plus de tout le reste. Seulement, si tu es avec moi uniquement pour aider les mecs à m'enchaîner et pour m'attacher les épées quand je fais l'extenseur, je peux pas te donner la moitié du fric. Faudra qu'on s'entende là-dessus.

Pierre ne répondit pas. A quoi bon répondre, puisqu'il était décidé à partir ? Quant au partage des recettes, il eut un ricanement et un regard en direction du blouson où se trouvait le portefeuille du petit hercule.

34

Ils mangèrent avec les fermiers. Durant tout le repas, Kid raconta des histoires de cirque, parla de la sphère de la mort et de ses partenaires. Chaque fois que son regard croisait celui de Pierre, il souriait, clignant de l'œil avec un air de dire : « Travailler avec un copain, c'est quelque chose ! » Il parla aussi de Pierre en affirmant que, de tous les jeunes lutteurs qu'il avait formés, c'était lui le plus doué. Tout en l'écoutant, Pierre ne cessait de se répéter : « Tu peux causer. Tu peux essayer de m'avoir au baratin, tu vois que tu as fait une connerie, mais avec moi, ça prend pas. »

Le repas terminé, Kid offrit au fermier de l'aider s'il avait un travail pénible à lui proposer. L'homme parla d'un petit pavillon qu'il construisait au bord d'un étang, pour le louer à des chasseurs. Il avait, là-bas, une bétonnière à déplacer.

— Je vais aller avec vous, dit Kid. A trois, on fera, puisque votre commis est déjà sur place. Mon copain est un peu fatigué parce qu'il s'est entraîné dur ce matin, j'aime mieux qu'il se repose.

Pierre ne broncha pas. Ils sortirent, et Kid l'accompagna jusqu'à la grange où il prit son blouson. Tirant son portefeuille de sa poche, il le tendit à Pierre en disant :

— Tiens, c'est pas la peine que je traîne ça au risque de le semer en route, puisque tu restes là, garde-le donc.

Le garçon sentit son visage devenir brûlant. Il prit le portefeuille. Kid le regardait en souriant. Lorsque Pierre eut empoché le portefeuille, Kid ajouta :

— Et le paume pas. Tout mon fric est là-dedans. Il y a plus de cent sacs.

— Je vais me coucher, dit Pierre. Ça risque rien.

Sa voix tremblait un peu. Il laissa partir Kid et prêta l'oreille. Lorsqu'il eut entendu passer la voiture, il sortit à son tour et marcha jusqu'à l'angle de la ferme. La carriole s'éloignait dans un chemin de terre qui devait aboutir à la corne d'un bois. Le bois était à deux bons kilomètres et, d'après ce que le fermier avait dit, l'étang se trouvait de l'autre côté. Pierre se tenait dans l'ombre de la maison, tout près de l'angle, mais Kid ne se retourna même pas pour regarder. Il était assis comme la veille, à côté de l'homme, et, aux gestes qu'il faisait, le garçon comprit qu'il était très occupé à raconter des histoires ou à parler de ses projets. La voiture n'était plus qu'une tache noire déjà proche du bois lorsque Pierre entendit s'ouvrir la porte de la cuisine. Il se retourna. La fermière venait vers lui, portant deux gros chaudrons fumants. C'était une femme d'une quarantaine d'années, large et puissamment charpentée.

— Vous n'allez pas vous reposer ? demanda-t-elle.

Pierre hésita, cherchant quelque chose à dire, puis une idée lui vint.

— Est-ce qu'il y a un coiffeur, dans le pays ? demanda-t-il.

— Oui, à la sortie du village en direction de Bourg. Vous avez dû passer devant en arrivant.

— Je vais y aller, dit-il. Si mon copain rentrait avant moi, vous lui direz où je suis.

La femme sourit, découvrant deux dents en acier.

— Ça risque pas, fit-elle. Ils ne seront pas rentrés avant 4 heures.

Pierre se sentit soudain plus à l'aise. Il retourna dans la grange, fouilla rapidement les quatre valises, mais n'y trouva rien qui lui parût bon à emporter. L'idée lui vint de prendre le poids et l'extenseur de Kid pour les jeter dans un étang, mais, si la femme le voyait partir avec, elle s'étonnerait. Et puis, c'était perdre son temps inutilement. Il lança seulement les deux épées par-dessus le tas de paille en se disant que Kid risquait de les chercher un bon moment. Il mit seulement dans sa poche son rasoir, sa brosse à dents et les plus petits objets de toilette de Kid, puis il prit la direction du village. C'était un village étiré le long de la route départementale. Il le traversa d'un pas qu'il évitait d'allonger un peu trop, mais, passé la première maison, il se mit à courir. D'après ce qu'il avait pu voir la veille, il devait lui rester une petite heure de marche pour atteindre la route nationale. Là, il se trouverait à quatre ou cinq kilomètres de Bourg et aurait beaucoup de chances d'arrêter une voiture. En courant, il pouvait être à la route nationale en une demi-heure. Même si les hommes rentraient plus tôt que ne le prévoyait la fermière, Kid n'aurait aucune chance de le rejoindre.

Il courut ainsi pendant une dizaine de minutes, puis il reprit le pas. Il croisa deux automobiles, mais n'en vit aucune qui allait dans le même sens que lui. De temps en temps, il portait la main à sa poche, tâtant le gros portefeuille de Kid. Plus de cent mille francs ! Avec ça, il pouvait rentrer à Paris et y vivre un mois tranquille. Ensuite, il aviserait.

Est-ce que Kid tenterait de le retrouver ? Est-ce qu'il irait à la gendarmerie ? La gendarmerie, certainement pas. Ce n'était pas son tempérament. Il fallait au moins le reconnaître : Kid n'était pas un donneur. Il l'avait prouvé. Et puis, il n'aimait pas les flics, lui non plus. Les flics ! Il en avait encore parlé tout à l'heure, à propos du coiffeur :

— Sur les routes et sur les places, on a souvent l'occasion d'en rencontrer. C'est pas seulement parce que ça la fout mal, que je te dis de te faire couper les douilles, mais admettons que ton pote ait raconté votre histoire de Marseille. Tu vois un peu, qu'ils aient ton signalement ?

Sans s'en rendre compte, Pierre avait ralenti son allure. Il reprit un rythme plus rapide, mais ne le soutint pas longtemps. Il marchait. Il s'en allait avec de l'argent plein sa poche. Il était libre. Kid, c'était du passé. Un copain ? Surtout pas ! Pas plus que Guy qui l'avait laissé tomber. A présent, il saurait se débrouiller seul. Les copains étaient tout juste bons à vous pousser dans le pétrin ou à vous faire tirer les marrons du feu. Il en avait sa claque, de copains pareils. Désormais, il n'avait plus à se soucier de personne. Il fallait marcher et s'éloigner le plus vite possible.

Il n'avait jamais eu l'habitude de beaucoup réfléchir, pourtant, à mesure qu'il avançait vers la route, il lui semblait que quelque chose l'obligeait à penser à Kid. C'était un peu comme si ce diable d'homme l'avait accompagné. Il était là, à côté de lui, derrière lui. Devant lui, surtout devant lui, avec son regard clair planté bien droit dans le sien. Il se retourna plusieurs fois. Rien. La route étroite. Les talus. Quelques peupliers. Le village de plus en plus enterré, de plus en plus écrasé par un grand ciel tout bleu.

Sans s'arrêter, il tâtait de temps à autre ses poignets et ses bras douloureux. Rien que pour ça, Kid méritait d'être détesté. L'évasion ! Il allait savoir ce que c'était, le roi de l'évasion.

— Si un jour l'idée te venait de voler, pense que c'est pas aux cognes que tu aurais à rendre des comptes, mais à moi. J'y mettrais le temps qu'il faudrait, mais je te retrouverais.

Le retrouver, à Paris ? Ça, c'était une autre affaire. Faudrait d'abord qu'il gagne de quoi se payer le voyage. Pièce par pièce. « Allons mesdames, messieurs, encore quelques pièces de monnaie sur le tapis et on commence la séance ! » Pierre eut un ricanement. Il entendait Kid comme s'il se fût trouvé à côté de lui. « Le paume pas... Tout mon fric est là-dedans. » Cent mille francs? Ça en représentait, des parties de flipper !

Cette idée lui rappela le Palais des Jeux, à la vogue de Perrache. Les salauds lui avaient volé son argent... tout son argent. Tout ce qu'il avait gagné chez Pat... Ce qu'il venait de faire, c'était une façon de le récupérer. Récupérer dix fois plus, à peu près. A présent, ce n'était plus seulement Kid qu'il voyait, mais aussi la fille blonde. Elle et les autres. Jamais de sa vie il n'avait éprouvé une pareille envie de tuer. Les tenir ! Bon Dieu, les tenir l'un après l'autre ! Kid en avait sonné un. Et rudement sonné. Ça ne devait pas être drôle de tomber entre les mains de Kid et d'être sonné de la sorte. En constatant la disparition de son argent, Kid allait savoir ce que c'était ! Il n'avait peut-être pas bien compris.

« L'argent, faudra que j'en envoie à l'Angèle, pour les gosses et l'opération de Gégène. »

Gégène. Est-ce qu'il allait mourir, Gégène ? Et le vieux Tiennot ? Il leur avait proposé son argent pour aider Gégène. Et Kid avait dit : « Ça vous remue les tripes, ces choses-là. » C'était vrai. Pierre aussi avait été ému par le geste de ce vieux, malade et seul. Un jour, Kid avait dit encore : « Le père Tiennot, il a de la chance de croire en son bon Dieu, au moins, il ne sera jamais tout seul. »

Pierre s'était arrêté sur le bord du talus. D'où il était, il pouvait voir la ligne des gros arbres tout ronds qui bordaient la route nationale. En prêtant l'oreille, il entendait ronfler les voitures dont les vitres accrochaient parfois des éclats de soleil.

— Je vais tout de même pas me dégonfler à présent, non ?

Il se leva et repartit. Il essaya de hâter le pas, mais quelque chose semblait entraver sa marche. Kid était là. Toujours là. Droit devant lui, son sourire en biais sur ses dents bien blanches, la main tendue avec son portefeuillle bourré de sa fortune. « Tiens, puisque tu restes là... » Il n'avait pas volé le portefeuille. C'était Kid qui le lui avait donné. Il n'avait même rien demandé. Et le matin, lorsqu'il avait refusé de continuer cette sale besogne de l'évasion, Kid avait dit : « Si tu veux te tirer, rien ne t'empêche de partir. Tu n'as même pas à me prévenir. » Alors, quoi ? Il partait ! C'était tout !

Une fois encore il s'était arrêté malgré lui. Il n'avait pas approché beaucoup de la route. C'était un peu comme s'il eût redouté de l'aborder, cette grand-route. La route. La liberté. Avait-il jamais entendu quelqu'un en parler comme le faisait Kid ? La route, il allait donc la prendre seul... Et Kid aussi, de son côté... Kid, il se défendait. Il avait l'habitude. Il avait du métier comme il disait si bien... Et même un sacré métier ! Il savait se battre avec la vie et les hommes... Avec lui, on pouvait tout essayer...

Pierre tira de sa poche le portefeuille de Kid, avec l'intention de se débarrasser des papiers trop compromettants. C'était un vieux portefeuille de cuir roux, usé sur le ventre et dont les coutures avaient été rafistolées avec du gros fil noir. Il l'ouvrit. La carte d'identité du petit lutteur était déchirée en deux volets recollés avec du scotch. La photographie devait être ancienne, Kid paraissait très jeune. Il y avait aussi des photographies écornées : Kid en maillot d'haltérophile devant une barre à disques. Kid très jeune avec une fille. Un groupe de femmes et d'hommes vêtus curieusement. Pierre trouva encore une feuille à en-tête de la préfecture de Paris, une de la préfecture de Lyon. C'étaient des autorisations, pour Kid, de travailler sur les places publiques. Ses condés, comme il disait. Pierre allait jeter tout cela dans un fossé. Et pour Kid, ce serait un sale coup. Plus de papiers, plus rien. Même plus le droit de gagner sa croûte. « Mes condés, avait-il dit, je les ai dégotés au bon moment. A présent, c'est râpé. Ils ne veulent plus en donner. » Il y en avait sept, pour des départements différents. Kid n'aurait plus qu'à retourner se traîner à plat ventre devant Pat pour qu'il le reprenne.

Pierre examina encore deux vieilles licences, une de lutte, l'autre de poids et haltères. Un permis de conduire pour les motos, les voitures de tourisme et les poids lourds. « Des papiers, pensa-t-il. Ça peut se maquiller et se vendre. »

C'était toute une vie, qu'il tenait là, toute une existence d'un petit lutteur qui avait couru sans trêve les cirques, les places, les routes et les villages.

Et tout cela, c'était Kid lui-même qui le lui avait donné. Tous ses papiers et tout son argent.

Pierre respira profondément. Allait-il repartir ? Se mettre à courir jusqu'à la route ? C'était pourtant facile... Facile ? Et Kid, alors ? Kid qui était là, là devant lui, avec ce portefeuille qu'il lui tendait. Une fois de plus, Pierre revit les voyous de Lyon qui l'avaient rossé. Il se revit après la bagarre. « Si je tenais le salaud qui m'a piqué mon fric ! »

Le salaud, oui !

Il tâta de nouveau ses poignets meurtris. Il releva même ses manches pour regarder. Les traces des chaînes étaient toujours visibles, mais déjà beaucoup moins rouges et moins douloureuses. En pensant au rouge, il eut un ricanement...

— Rouge, rouge, grogna-t-il. C'était toujours moins rouge et moins con que la poudre à polir de l'usine de lunettes !

Il eut encore un regard en direction de la grand-route puis, comme à regret, il reprit la direction de la ferme.

35

Au retour, Pierre avait commencé par marcher lentement, s'arrêtant souvent pour regarder la ligne d'arbres de cette route jusqu'à laquelle il n'avait pas osé poursuivre. Entre elle et lui, il y avait toujours Kid et son sourire. Kid et son portefeuille qu'il lui tendait. Peu à peu, il avait accéléré sa marche, se retournant de moins en moins.

A moitié chemin du village, dans une petite dépression de terrain, un bois tout en longueur séparait deux champs. La route tournait. Passé ce bois, on ne voyait plus les arbres de la nationale. Pierre se mit alors à penser que Kid devait être rentré. Il avait sans doute constaté le désordre des valises, la disparition des épées et des objets de toilette. Il eut un instant envie de s'enfuir, mais un instant seulement. Il porta la main à sa poche. Le portefeuille était là, c'était ce qui comptait le plus. Il se mit pourtant à courir, ne reprenant une marche normale qu'en atteignant les premières maisons.

Il s'engagea dans la rue. Il y avait fait une vingtaine de pas lorsqu'il entendit une porte s'ouvrir derrière lui.

— Héo !

Pierre se retourna. Kid était sur le pas d'une porte, il portait une large blouse blanche serrée autour du cou. Il riait.

— Alors, tu t'amènes ! lança-t-il.

Pierre le rejoignit et entra dans la boutique qui sentait l'eau de Cologne. Déjà Kid avait repris sa place sur le fauteuil, devant la glace où Pierre pouvait voir son visage. Un vieil homme cassé en deux maniait la tondeuse.

— C'est mon copain, fit Kid. Je vous avais dit qu'il allait venir. (Il se mit à rire.) Heureusement, d'ailleurs, qu'il est venu, c'est lui qui a mon portefeuille.

Pierre s'était assis derrière Kid qui profita d'un moment où le coiffeur soufflait sur sa tondeuse pour se retourner en demandant :

— Tu l'as pas paumé, au moins ?

— Non non, il est là.

Pierre tapa sur sa poitrine, à hauteur de la poche.

— La fermière me dit : « Il est chez le coiffeur. » Je viens ici : personne. Je me dis : « Ça y est, il est parti faire la bringue avec mon fric. » Et puis, j'ai calculé, et j'ai pensé que même si tu t'offrais du beau linge, il resterait toujours de quoi payer une coupe de cheveux.

Kid se mit à rire, et le vieil homme commença de leur poser des questions. Quand ce fut le tour de Pierre, le coiffeur souleva ses cheveux épais qui tombaient sur le col de sa veste.

— Je pense qu'il faut en enlever pas mal, dit-il.

Dans la glace, Pierre voyait le sourire de Kid dont le crâne ne portait plus qu'une brosse d'un demi-centimètre.

— Comme moi, dit Kid.

Le vieil homme les observa tour à tour. Pierre aurait voulu crier : « Non, non, juste un peu. » Mais, peut-être parce qu'il continuait de fixer Kid, il murmura seulement :

— Enfin... c'est-à-dire...

— Il a été malade, c'est pour ça qu'ils sont si longs. Comme il n'est pas encore bien remis, faut pas le dégager trop. Faites-lui une bonne coupe... (il cherchait un mot). Enfin quoi, une coupe de cheveux pour homme.

Kid alla s'asseoir. Pierre baissa la tête tandis que la tondeuse glacée et dure comme un fer de torture courait sur sa nuque. Il lui semblait qu'on le dépouillait de tout. Qu'on était en train de le rendre ridicule. Il demeurait le front baissé, n'osant plus lever les yeux vers la glace. Chaque fois que la tondeuse montait derrière son crâne, il avait envie de crier : « Assez, assez ! Arrêtez-vous ! » Et pourtant, il ne disait rien. Ce fut Kid qui intervint.

— Ça va comme ça. Arrangez le dessus et ce sera bon... pour cette fois.

Pierre soupira. Lorsqu'il se regarda, il faillit crier. Ses oreilles semblaient se décoller de son crâne. Il n'avait plus de cheveux sur les tempes, et, sur le sommet de sa tête, des mèches raides partaient en tous sens, que les coups de brosse du vieux n'arrivaient pas à aplatir.

— Ils sont un peu rétifs, observa le bourreau. Faudra les mouiller pour les faire tenir.

C'était horrible. Pierre sentit qu'il n'oserait jamais se montrer en public avec cette tête de loup. Il dut se retenir pour ne pas insulter ce vieux. Et une fraction de seconde, il vit la route qu'il n'avait pas atteinte. Kid... Kid qui souriait, l'air un peu embarrassé.

Le coiffeur le brossait pour enlever les mèches tombées sur son front et ses épaules. Il avait déjà décroché l'épingle de sûreté qui fermait la blouse, lorsque Pierre arrêta son geste. Quelque chose venait de craquer en lui. Une envie de pleurer l'avait soudain empoigné, lui serrant la gorge. Il se raidit. Il se regardait comme s'il se fût trouvé face à face avec un inconnu.

— Non, grogna-t-il. Ça va pas. Coupez. Coupez encore... Faites... Faites-moi une brosse courte... Comme à lui.

Il eut un pauvre geste timide par-dessus son épaule, pour désigner Kid toujours assis derrière lui, et qui venait de plonger le nez dans un journal grand ouvert. Il eut ce geste, puis il ferma les yeux et retomba, épuisé, recroquevillé dans ce fauteuil où il eût aimé disparaître.

36

Lorsqu'ils furent de retour à la ferme, Pierre lut un tel étonnement sur le visage de la femme et des enfants, qu'il eut envie de s'enfuir vers la grange et de s'y enfermer jusqu'à l'heure du départ. Mais le fermier rentra, le regarda en riant et lança :

— Bonsoir ! A l'ordonnance ! Comme ça, voilà qu'il paraît deux fois plus costaud.

Kid souriait toujours. Ils mangèrent, puis ils regagnèrent la grange. Chez le coiffeur, Pierre avait rendu le portefeuille à Kid qui le sortit de nouveau, compta la moitié de l'argent et dit :

— Faut jamais laisser tous ses œufs dans le même panier. Puisqu'on est ensemble, tu en porteras la moitié. C'est plus sûr.

Pierre prit l'argent. Il était debout au milieu de la grange, regardant les valises, ne sachant ce qu'il devait dire. Kid l'observa un moment, puis, d'un air détaché, il dit :

— Tu vois, les gosses sont venus là, ils ont foutu le bordel dans les valises.

Il se mit en devoir de tout ranger. Pierre s'avança pour l'aider et en profita pour remettre discrètement les objets de toilette qu'il avait toujours dans sa poche. Il pensait aux épées qui se trouvaient de l'autre côté du tas de paille. Kid constata leur disparition et les chercha un moment.

— C'est une chance que ces gosses ne se soient pas blessés avec, j'aurais dû les planquer.

Il se redressa, regarda Pierre en fronçant les sourcils et ajouta :

— C'est un peu de ta faute. Tu avais dit que tu restais là. Quand tu as changé d'idée, tu aurais dû les cacher.

Pierre pensa qu'il avait mal réagi. Il n'aurait pas dû laisser à Kid le temps de chercher. Il fallait dire : « J'ai caché les épées, à cause des gosses. » Pourtant, plus il regardait Kid, plus se confirmait sa conviction que le petit hercule avait tout deviné depuis longtemps.

— Enfin, dit Kid, on va pas passer la nuit à les chercher. S'ils les ont traînées dehors ou enfouies dans la paille, on les trouvera demain.

Lentement, après avoir pris du papier, il se dirigea vers la porte et sortit. Pierre lui laissa le temps de s'éloigner de quelques pas, puis, bondissant dans la paille où il enfonçait jusqu'aux genoux, il alla chercher les épées. Lorsque Kid revint, il était déjà couché, le dos tourné à la porte. Sans bouger, d'une voix plus forte qu'il ne l'eût souhaité, il dit simplement :

— Je les ai trouvées. Elles étaient dans la paille.

Il entendit tinter le métal. Un long moment passa, et Kid finit par dire :

— Tu as plus de flair que moi... Enfin, c'est très bien. Ça m'aurait emmerdé qu'elles soient perdues, parce que demain soir, on va donner notre petit spectacle complet sur la place. J'ai vu le garde champêtre. Il va nous annoncer trois fois dans la journée, avec son tambour.

Pierre l'entendit préparer son sac. Son pas s'éloigna, la lumière s'éteignit, le pas revint plus lentement, la paille crissa un moment, et ce fut le silence. Un silence tout habité de craquements et de froissement venus des quatre coins de cette immense grange. Pierre écouta un moment. Tout commençait à se brouiller en lui quand la voix de Kid lança :

— Allez, bonne nuit, petit môme... Tu vois, tout est bien qui finit bien.

37

Durant plus de quinze jours, ils parcoururent la région. Pierre s'était rapidement habitué à l'évasion aérienne. Le premier soir, au moment d'annoncer ce numéro, Kid l'avait seulement regardé. Pierre avait levé les yeux vers le trépied monté au centre de la place, et il avait souri. Kid avait compris, il avait présenté Pierre comme le roi de l'évasion et il n'avait plus jamais été question entre eux de leur dispute. Sur des esplanades, des champs de foire, dans de petites salles des fêtes, dans des cours d'hôtel ou des granges, ils donnaient à eux deux de véritables spectacles. Kid parlait beaucoup moins que dans les grandes villes où le public se renouvelait constamment. Il invitait les hommes forts à venir enchaîner le roi de l'évasion. Pierre, qui travaillait torse nu, avait le dos et les bras couverts de bleus et semés d'écorchures qui se rouvraient à chaque séance. Mais cela aussi faisait partie du spectacle. La plupart du temps, les gens étaient brutaux. Ils faisaient l'impossible pour serrer les chaînes très fort. A une séance, une femme se présenta et ce fut ce jour-là que Pierre souffrit le plus. On l'attachait, on bouclait les cadenas, on le pendait par les pieds, et, dès que Kid avait terminé son boniment, il devait se démener, faire glisser ses chaînes (pas trop rapidement), libérer ses poignets, remonter ensuite à la manière des chats que l'on tient par les pattes de derrière pour dégager ses pieds et se dépendre. Kid avait eu raison de lui dire qu'on s'habitue très vite à rester la tête en bas ; à présent, il ne voyait plus de papillons noirs et n'éprouvait jamais aucun malaise. Les chaînes le meurtrissaient toujours, mais seules ses chevilles restaient douloureuses. Au début, il avait été souvent réveillé dans la nuit par des brûlures qui traversaient ses muscles et semblaient se prolonger à l'intérieur même de ses os. Peu à peu, il s'était accoutumé à cela et, quand il lui arrivait d'être encore réveillé par une douleur, il évoquait l'usine. Il se contraignait à l'imaginer, à refaire par la pensée l'éternel geste que certains vieux manœuvres répétaient depuis quarante ans. Alors, essayant de calculer le nombre de mouvements identiques qu'un homme pouvait accomplir dans une vie, il se rendormait avec l'idée qu'il était heureux en compagnie de Kid.

Le temps passait très vite, de ferme en hôtel, de café en place publique, avec, de loin en loin, la rencontre d'une fille très fière de se donner à un artiste.

— C'est la belle vie, répétait Kid. Je te l'avais dit. Quand je pense au pognon qu'on se fait, sans se crever, alors qu'on pourrait être chez ce gros sac de Pat. Dans quelque temps, si tout marche bien, on prend le train et on fout le camp sur la Côte d'Azur. Ça fait des années que j'y suis pas allé, et j'en ai bigrement envie. On pourra se payer des bains de mer entre les séances.

Il en parlait de plus en plus souvent, mais il parlait aussi des Carminetti, et, plus fréquemment encore, de Gégène et des siens. Kid avait expédié plusieurs cartes et plusieurs mandats, et ils avaient trouvé une lettre à la poste restante lors d'un passage à Poligny. Gégène ne se remettait pas. Son séjour à l'hôpital n'était pas terminé et Kid parlait souvent d'aller le voir. Mais les jours et les pays se tenaient de près.

— A Louhans, dit Kid, nous aurons des nouvelles. J'ai écrit à l'Angèle qu'on y sera pour la foire. C'est un bon bled. On doit y faire une sacrée journée. Et on y trouvera d'autres péquenots qui nous inviteront dans leur patelin.

Le matin de la foire, lorsqu'ils descendirent de l'autocar

qui les avait amenés, il faisait un temps maussade et lourd. Le vent du Midi qui avait couru toute la nuit s'était cassé le cou à l'aube, laissant le ciel barbouillé de grisailles immobiles.

— Ça risque d'être la flotte avant midi, déclara Kid, faut se magner de ramasser du pognon, si on veut pas prendre la rincée.

Ils installèrent leur matériel, montèrent le trépied, et le petit hercule entama son intarissable boniment. Dès le début, Pierre remarqua un groupe d'hommes qui semblaient décidés à s'amuser à leurs dépens.

— Ceux-là, grogna Kid, je les ai repérés, faut s'en débarrasser tout de suite, sinon, c'est foutu.

Il y avait parmi ces gens, une espèce de colosse un peu gras, mais puissamment charpenté et qui riait très fort. Kid s'approcha de lui avec une mimique d'admiration.

— Bonsoir ! lança-t-il, tu dois être fort comme un bœuf, toi... Vingt kilos à deux mains, tu peux les lever ?

Le grand gaillard répondit, mais sa voix fut couverte, car les autres criaient tous en même temps :

— La lutte ! La lutte !

— Non, dit Kid, on peut pas lutter sur du macadam.

— On peut lutter n'importe où, dit l'homme, seulement, faut pas être un dégonflé.

Kid fit rapidement des yeux le tour du cercle de curieux d'où s'élevaient déjà quelques coups de sifflet.

— C'est bon, cria-t-il. C'est toi qui l'auras voulu.

L'homme avança, mais, au moment où Kid allait enlever son blouson, il l'arrêta en disant :

— Non, non, je ne veux pas lutter avec un homme de votre âge ; avec le grand.

Il désignait Pierre qui se tenait immobile, torse nu, à côté des valises. Comme l'homme approchait, Pierre recula vers le trépied.

— Non, dit-il. On lutte pas là-dessus.

Le public commençait à manifester son mécontentement, et Kid tenta d'obtenir le silence pour expliquer que son partenaire était un junior et que l'homme de trente ans qui le provoquait devait peser au moins trente kilos de plus que lui. Il s'époumona en vain, personne ne voulait rien entendre et les huées redoublaient. Kid s'approcha de Pierre et dit très vite :

— Faut y aller, petit, sinon, c'est foutu.

— T'es dingue. Avec cette masse, et sur le bitume !

Kid tenta encore de décider l'amateur à lutter avec lui, mais l'homme s'obstinait à désigner Pierre. Alors Kid revint. Son regard avait une curieuse intensité. Il n'ordonnait pas, il ne suppliait pas non plus, mais il demandait de telle façon que Pierre cessa de réfléchir. Pour un instant, il n'y eut plus rien d'autre sur la place que ce regard de Kid fixé sur lui, qui plongeait au fond de lui, commandant directement à ses membres. Il fit deux pas en direction de l'amateur. Au passage, Kid souffla :

— En souplesse... C'est une montagne. Te laisse pas bicher un aileron.

Le public s'était apaisé et Kid improvisa un nouveau boniment pour récolter un peu d'argent. Mais Pierre l'entendait à peine. Il regardait l'homme qui venait de quitter sa veste et sa chemise. Sous une enveloppe de graisse, une musculature solide se devinait. Ses mains étaient larges et épaisses, toutes jaspées de points noirs. Seuls ses avant-bras étaient bronzés. Pierre ne pensait pas. Il ne cessait de se répéter que sa seule chance était la vitesse. Faire plus vite que ce colosse, et surtout éviter ses prises en souplesse. Il se répétait cela, cherchant le regard de Kid pour y puiser un peu de courage.

Lorsque les pièces cessèrent de tomber, Kid fit encore un tour et donna l'ordre aux deux hommes de commencer. L'amateur se mit en garde, et Pierre comprit qu'il n'avait pas seulement affaire à un colosse, mais aussi à un lutteur. Ils s'observèrent quelques secondes. Pierre se sentait paralysé. L'homme se déplaça latéralement, puis fit un pas en avant.

— Chasse ! lança Kid.

Pierre n'hésita pas. Comme si l'ordre de Kid eut soulevé ses pieds, ils quittèrent le sol et frappèrent la poitrine de l'homme en un saut chassé fulgurant. Surpris, son adversaire chancela, recula d'un pas, mais ne tomba pas. Les gens applaudirent, et Kid en profita pour crier que l'amateur était une masse qu'un gamin ne pouvait pas ébranler.

A présent, l'homme se méfiait. Bien en ligne, solide sur ses jambes fléchies, il avançait, encouragé sans cesse par les cris de ses camarades. Pierre sentit la partie perdue. Il ne pouvait qu'esquiver les attaques, et le public recommençait déjà à crier. Sur une feinte, le garçon réussit encore à placer une prise de jambes qui fit basculer l'homme sur le pavé où son dos claqua très fort. Une fraction de seconde, Pierre crut que la tête aussi avait porté, et se sentit envahi par une bouffée d'espoir. Mais il redoutait trop le corps à corps au sol, pour oser se laisser tomber sur l'homme qui déjà se relevait, toujours très maître de soi. Lui aussi avait compris qu'il tiendrait la victoire lorsqu'il pourrait empoigner son adversaire. Il y parvint rapidement. Alors que Pierre cherchait à placer une autre prise de jambes, l'homme lui porta une ceinture avant, simple, classique, mais qui lui fit croire un instant qu'une machine allait lui broyer la cage thoracique. Le souffle coupé, sur le point d'abandonner, il réussit pourtant à crocheter une jambe de son adversaire qui perdit l'équilibre mais ne desserra pas son étreinte. Ils roulèrent sur le bitume où la lutte se poursuivit. Pendant longtemps, grâce à sa souplesse, à sa rapidité et à tout ce que Kid lui avait enseigné, Pierre résista. Il arriva même à placer une clef au bras mais, en force pure, cet homme qui travaillait comme un cric réussit aisément à se dégager. Pierre s'épuisait à vouloir remuer une telle masse. Le sol râpeux arrachait la peau de son dos et de ses bras, ravivant la douleur des cicatrices laissées par les chaînes. Enfin, la tête bourdonnante, le souffle coupé, aveuglé par la sueur et la poussière, il fut contraint de se laisser aller sur le dos. Il voulut encore ramener ses pieds en arrière pour tenter de se dégager en pont, la tête appuyée au sol, mais il ne commandait plus ses gestes, seul l'instinct de la lutte le guidait encore. Kid intervint et donna la victoire à l'amateur.

Ils se relevèrent. Pierre regarda Kid qui sourit et cligna de l'œil. Pierre voulut protester.

— Je pouvais encore...

— Non, souffla Kid. Tu te serais pété une vertèbre.

Le gros homme était écarlate et ruisselant, mais il riait. La foule et surtout ses amis lui firent une ovation. Pourtant, il y eut quelques coups de sifflet hostiles, et, lorsque l'homme quitta le cercle, de nombreux spectateurs applaudirent Pierre. Kid saisit l'occasion, imposa silence et fit rapidement un tour en bonimentant pour retenir le public. Il retourna chercher l'homme dont il leva la main en signe de victoire.

— C'est la lutte, cria-t-il. L'amateur a battu le garçon plus jeune et plus léger que lui. Mais ça n'est pas fini, mesdames et messieurs. L'amateur a une demi-heure pour récupérer, et il prendra le vieux.

En disant cela, Kid se frappait la poitrine. Se voûtant le plus qu'il pouvait, toujours vêtu de son blouson, il avait l'air d'un moucheron vétuste que l'autre pouvait écraser d'une chiquenaude. Le grand gaillard voulait refuser, mais la foule, qui souhaitait du spectacle, vint au secours de Kid. Même les camarades de l'amateur s'étaient mis de la partie.

— Vas-y Sébastien ! criaient-ils. Tu l'auras. Te dégonfle pas... Pas de pitié... C'est lui qui l'aura voulu !

Pendant plus d'une demi-heure Kid jongla son poids et fit des discours. Il tenait le public et s'efforçait de faire pleuvoir l'argent. Il y avait d'ailleurs beaucoup de monde. Le cercle s'épaississait sans cesse de nouveaux venus qui se haussaient sur la pointe des pieds pour regarder l'homme assis sur une valise et qui reprenait haleine. Pierre vint s'asseoir près de lui. D'une voix un peu rauque, l'homme demanda :

— Je t'ai fait mal ?

— Non, c'est le métier.

— Tu luttes souvent ?

— Plus depuis quelque temps.

— Tu te défends bien, reconnut-il. A poids égal, j'étais foutu.

— Où avez-vous lutté ? demanda Pierre.

— A l'armée. J'étais avec des vrais lutteurs. Et puis, je suis forgeron, ça entretient les forces.

L'homme qui avait jeté sa veste sur ses épaules s'épongeait le visage avec un grand mouchoir à carreaux. Son regard trahissait une certaine crainte, tandis qu'il suivait le travail et les évolutions de Kid. Pierre l'observait. Cet homme l'avait fait souffrir. Il l'avait battu devant tout un public et, pourtant, il lui trouvait le visage d'un brave type. Ses yeux faisaient penser à ceux des chiens craintifs. Il se tourna vers Pierre pour demander :

— Et ton copain, il est fort ?

Pierre hésita. Pour lui, l'issue du combat ne faisait aucun doute. Il devinait même que Kid devait être heureux d'avoir affaire à un gaillard de cette taille. Pierre l'entendait lui dire : « Les grands y savent jamais comment s'y prendre. » L'homme attendait sa réponse. Il avait envie de lui dire : « Tu es foutu », mais il se contenta de faire la moue.

— Oh, fit-il. Il est fort pour jongler ses poids. Mais ça fait des années qu'il a pas lutté. Ce qu'il veut, c'est retenir les gens, pour qu'on fasse notre journée.

L'autre parut rassuré. Son visage était moins tendu, et il commençait de sourire en direction de ses amis.

— C'est sûr que vous l'aurez facilement, reprit Pierre. Mais ce qu'il faudrait, c'est que ça dure un moment, pour qu'on ait pas l'air trop con.

L'homme n'eut pas le temps de répondre. Kid venait de s'approcher.

— Alors, lança-t-il. T'es prêt, Rigoulot ?

La foule se taisait, tendue. Au moment où Kid quitta son blouson, il y eut un murmure qui courut comme une vague pour aller mourir très loin, à l'extérieur du cercle. Jamais Pierre n'avait vu autant de monde autour d'eux.

Les lutteurs se serrèrent la main. Aussitôt, Kid s'écrasa d'une détente, comme il avait coutume de le faire, se fendant une jambe en avant et l'autre en arrière. Décontenancé, le grand recula d'un pas.

Silence.

La place du marché tout entière semble écouter et regarder. Pierre s'est levé. Sa gorge est un peu serrée, mais il a cessé de penser.

Kid tourne autour de cette montagne de muscles qui se déplace lentement. La peur est visible sur le visage du grand forgeron. Il voudrait fuir. Ça se voit. A présent, il donnerait tout pour se trouver dans sa forge. Pierre se répète très vite.

— Tu vas payer... Tu vas payer, fumier!

Et pourtant, il n'a pas de véritable colère contre cet homme.

Quelques cris partent de la foule.

— Allez! Vas-y Sébastien!

Sébastien essaie d'attaquer. Ses grands bras se déplient plusieurs fois dans le vide. Kid esquive, souple, rapide, paraissant parfois s'enfoncer dans le sol. L'homme a perdu son calme. Son bras droit vient de partir une fois de plus, mais sans aucune précision, seulement parce qu'il voulait empoigner son adversaire n'importe comment. L'empoigner et l'écraser. Mais Kid fait un bond. Il se porte légèrement sur la gauche de l'homme qui déplace sa main pour suivre le mouvement. Alors, avec une rapidité incroyable, Kid saisit ce bras des deux mains, s'accroupit comme s'il tombait aux genoux de l'homme dont les pieds ont déjà quitté le sol. Kid se relève, le dos ployé, et le grand corps décrit un cercle en l'air avant d'aller claquer sur la carpette.

— Je suis pas vache, lance Kid. J'ai choisi l'endroit.

Mais l'autre ne peut rien entendre. Il se relève. Son visage n'est plus le même. Est-ce la douleur? Est-ce la peur? Est-ce la colère? Le forgeron grimace, soudain hideux. Trois fois de suite Kid l'évite d'un bond rapide. L'homme revient encore mais Kid n'esquive qu'à moitié.

Tirant le forgeron par le bras, il l'aide dans son mouvement. Emporté par cette force ajoutée à son propre élan, l'homme passe devant Kid en lui offrant son dos. Le petit hercule penche le buste à gauche, porte une ceinture à rebours et se redresse soudain. Les pieds en l'air, l'homme a la tête à quelques centimètres du sol.

— T'abandonnes ? demande Kid.

— Non, rugit l'homme.

Alors, comme un ouvrier qui voudrait enfoncer dans la terre un énorme piquet, Kid frappe deux fois le bitume avec le crâne du forgeron qui essaie en vain de se protéger avec ses mains. Tout le monde a pu entendre sonner les coups. Kid ouvre les bras, et le grand corps se plie, se casse comme une poupée désarticulée pour tomber sur le sol, les bras en croix et les jambes écartées.

La foule, un instant silencieuse, se met soudain à bouillir. Des gens applaudissent, d'autres sifflent, d'autres encore crient à l'assassin et Pierre pense un instant que tous les spectateurs vont se battre. Le cercle se déforme. Craignant de le voir se disloquer, Kid se remet à gesticuler et à tourner en réclamant le silence. Dès que les cris diminuent, il recommence son boniment.

— C'est la lutte, mesdames, messieurs. C'est les risques du métier. Il n'a pas de mal. Il est fort comme un bœuf.

Le cercle se rompt du côté où se tiennent les amis du forgeron, et un garçon arrive portant un arrosoir plein d'eau. Pierre, qui s'était penché sur l'homme, s'écarte d'un pas. Kid s'est emparé de l'arrosoir et verse de l'eau en douche sur la tête de l'homme qui remue, s'ébroue et se frotte le crâne. Assis au centre d'une large flaque, il reste un instant à se demander où il est. Il grimace. Les gens commencent à rire.

— Vingt dieux, grogne le forgeron, tu m'as eu !

— Excuse-moi, dit Kid, mais t'es trop fort pour qu'on puisse te faire des cadeaux.

Une ombre passe sur le visage de l'homme, puis son sourire revient.

— J'ai été con, dit-il. Mais aussi, c'est les copains...

— Faut jamais écouter les copains, dit Kid. A présent, fous-moi la paix, faut pas que je laisse partir les mecs.

Il reprend son boniment, mais déjà une partie de la foule s'est dispersée. Quelques pièces tombent encore pendant que Kid jongle avec son bilboquet, mais un grand souffle de vent s'est levé, tout au fond de la plaine bressane. Il court sur la place. Le ciel s'assombrit. Les bâches des forains claquent et les premières gouttes tombent, larges et tièdes.

— Bon Dieu, rage Kid, grosses comme des thunes.

Et ils n'ont que le temps de boucler les valises avant le fort de l'averse.

38

Le forgeron et deux de ses camarades les aidèrent à démonter le trépied et à porter le matériel jusqu'au café le plus proche. Ils s'engouffrèrent dans la salle que l'averse venait d'emplir de gens bruyants.

— Je suis un con, dit le forgeron. Je vous ai fait perdre du pognon.

— Tu ne nous as rien fait perdre, dit Kid, mais tu es un con tout de même. Tu as fait tout ça pour rien et, à présent, tu as une grosse bosse sur le citron.

L'homme toucha son crâne.

— C'est rien, fit-il.

— Peut-être, mais dans trois jours tu auras encore mal.

Le forgeron avait retrouvé son sourire et son regard de brave homme.

— Je suis habitué, dit-il. Je ferre aussi les chevaux. Et pour ça, faut pas craindre les coups.

Les camarades de l'homme avaient trouvé une table libre tout au fond de la salle, derrière un billard. Ils crièrent pour les appeler. Devant eux, le forgeron répéta qu'il avait été ridicule, et ajouta qu'il n'avait encore jamais rencontré un homme aussi fort que Kid.

Ils se mirent à boire et à parler. Kid, qui s'était assis à côté du forgeron, l'appelait « mon petit ». Ils se racontaient des histoires d'hommes forts et ne cessaient de s'adresser des compliments. Un des camarades du forgeron lui demanda où il avait laissé sa voiture.

— Qu'est-ce que tu veux faire ?

— Dis-moi où elle est.

Le forgeron expliqua et l'autre disparut. Quand il revint, il posa sur la table de marbre deux fers à cheval tout neufs en disant :

— Fais-nous voir comment tu les arranges.

En parlant, l'homme observait Kid qui regarda les fers en écarquillant les yeux, l'air effrayé.

— Quoi, fit-il, tu arrives à tordre ça ?

— Oui.

— Ça alors, c'est formidable... Montre un peu ?

L'homme se leva, prit les deux branches du fer dans ses mains énormes et toutes marquées par les étincelles de la forge. S'arc-boutant, se cassant en deux, il les écarta jusqu'à les amener à l'opposé l'une de l'autre. Les consommateurs applaudirent. L'un d'eux tendit l'autre fer à Kid qui refusa de le prendre en disant :

— Moi, je travaille pas à l'œil.

Des gens riaient ; d'autres lui criaient d'essayer ; quelques pièces tombèrent sur la table.

— On vous paye à bouffer à tous les deux, si tu arrives à tordre ce fer, dit un homme.

Kid parut hésiter. Il regarda le forgeron et lui montra le fer qu'il avait tordu en demandant ;

— Est-ce que tu arrives à le redresser ?

— Non, c'est impossible. J'ai essayé, mais ça tourne dans les mains. On peut pas.

— Allez, cria une voix, te dégonfle pas, Kid Léon !

Kid prit le fer qu'on lui tendait, l'examina quelques instants puis, le reposant sur la table, il déclara :

— A quoi ça sert d'abîmer deux fers. Qu'est-ce que vous payez, si je redresse celui-là ?

Le forgeron se leva.

— Bon Dieu, cria-t-il, c'est pas possible. J'ai essayé vingt fois, je vous dis. Si tu le fais, c'est moi qui paye à bouffer. Et une cuite par-dessus le marché.

Tout le monde parlait, criait, engageait des paris. Kid demanda au forgeron dans quel pays il habitait.

— Cuiseau, dit l'homme.

— Ça m'intéresse. Mais la cuite, j'y tiens pas. Alors tes copains payent à bouffer à midi et, ce soir, tu nous invites chez toi.

L'homme accepta. Kid réclama le silence. Il leva le bras et dit :

— Avec les mains. Rien que les paluches.

Il tourna sur place pour montrer ses mains ouvertes, courtes, aux paumes saillantes.

— Impossible, répétait le forgeron. Je dis que c'est impossible.

Les consommateurs s'écartèrent. Kid enleva son blouson et reprit le fer. Il le regarda un instant. Le silence s'était fait. Kid faisait rouler les muscles de ses épaules et de ses bras. Il respirait, gonflant sa poitrine. Du fond de la salle, une voix lança :

— Chiqué !

Kid ne broncha pas. Il paraissait se concentrer. Enfin, ayant aspiré une ample bouffée d'air, il se fendit soudain des jambes avec un « Han ! » venu du fond de sa poitrine. Le plancher sonna. Cassé en deux, Kid ne montrait plus que sa nuque rasée, ses oreilles toutes déformées, comme grignotées par des rats, son dos et ses épaules où les muscles en boule paraissaient sur le point de faire éclater sa peau. Cela dura peut-être dix à vingt secondes, puis, le visage rouge et la sueur au front, le petit hercule se redressa. Il dissimulait le fer le long de sa jambe. Son visage consterné laissait à penser qu'il n'avait pas réussi. Des murmures de désapprobation s'élevèrent aussitôt. Alors, souriant, Kid leva lentement le bras pour montrer le fer dont les deux branches avaient repris leur place.

Quand les cris et les applaudissements se furent arrêtés, Kid prit l'autre fer et cria :

— Celui-là, on le garde pour ceux qui pensent que c'est du chiqué.

Un grand rire emplit la salle où les bruits des verres et des bouteilles se mêlaient au brouhaha des conversations.

Le forgeron était médusé. Tournant et retournant le fer dans ses grosses mains, il hochait la tête en répétant :

— Ça alors... Ça alors !

Et il observait à la dérobée les mains musculeuses de Kid, que l'effort fourni faisait trembler un peu.

39

Durant tout le repas, ils parlèrent de la vie qu'ils avaient. La recette du matin avait été bonne, et le vin acheva de mettre Kid en verve. Les autres s'extasiaient ou riaient pour peu de chose, et le petit lutteur se montrait intarissable. Quand le forgeron portait la main à sa tête, son geste et sa grimace suffisaient à déclencher les rires. Il avait à présent une bosse grosse comme un œuf. Mais il la faisait voir et palper, l'exhibant déjà comme un trophée.

Kid fit part de leurs projets. Ces hommes étaient presque tous de villages différents, et chacun prétendit que son pays était celui où les gens comme Kid et Pierre seraient le mieux reçus.

— Vous faites pas de mouron, disait Kid, on n'est pas pressés, on ira partout. Nous autres, la route ne nous fait pas peur. Après cette région, on va filer sur la Côte d'Azur, comme des millionnaires, en pères peinards.

Et chaque fois qu'il parlait de la route et de ses projets, il adressait à Pierre un coup d'œil complice. Il était heureux.

Le repas terminé, le forgeron amena sa voiture devant le café. C'était une 403 fourgonnette où ils chargèrent les valises à côté des piles de fers à cheval retenus en paquets par des liens de métal.

— Faut que je passe à la poste, dit Kid. J'ai une lettre à prendre.

Le forgeron les conduisit et ils entrèrent tous trois dans

un petit bureau. Kid y trouva deux lettres. Il ouvrit tout de suite la plus récente. Pierre, qui le regardait lire, comprit que les nouvelles n'étaient pas bonnes. Le visage de Kid était contracté. Son front était plissé et, lorsqu'il leva les yeux, ses lèvres étaient serrées.

— Faut que je téléphone à l'Angèle, dit-il. Elle me donne le numéro d'un café. La serveuse ira l'appeler.

Tandis qu'il attendait sa communication, il expliqua au forgeron que son meilleur ami était très mal. Le colosse hochait la tête, les mains pendantes, attristé comme si cette nouvelle l'eût réellement concerné. Kid s'enferma dans la cabine à porte vitrée. Pierre et le forgeron le regardaient sans mot dire, suivant les mouvements de son dos brun et de sa tête. La communication fut brève, et lorsque Kid revint vers eux, son visage était plus tendu encore, mais avec, dans le regard, quelque chose de dur. Pierre pensa qu'il avait les mêmes yeux que lorsqu'il s'apprêtait à lutter.

— Ça va pas du tout, dit-il. C'est pas l'Angèle qui m'a répondu, c'est la fille du café. L'Angèle est à l'hôpital... Elle ne le quitte presque plus.

Sa gorge devait être serrée. Il s'arrêta un instant, et le mouvement de son cou montra qu'il avait du mal à avaler sa salive. Les autres restèrent muets.

— Faut qu'on parte tout de suite, dit-il. Ça doit être la merde pour eux tous.

Il avait prononcé cette dernière phrase avec une espèce de rage mal contenue. Il demanda ensuite comment on pouvait regagner Lyon rapidement, et le forgeron dit que le plus simple était encore d'aller prendre le train à Bourg.

— Bourg, bonsoir, fit Kid, faudrait trouver un taxi, ça fait une tirée.

Le forgeron regarda la pendule de la poste. Il était 4 heures moins le quart.

— Doit y avoir un train le soir, dit-il. Je vais vous emmener.

Kid remercia en s'excusant, mais l'homme souleva ses grands bras et murmura :

— Quarante kilomètres, c'est rien. Et quand les gens sont dans l'embarras...

Il n'acheva pas sa phrase, mais on sentait qu'il eût aimé faire davantage.

Ils s'installèrent tous trois sur la banquette où ils étaient un peu serrés. La pluie d'orage du matin avait cédé le ciel à une bruine froide et dense. Ils roulèrent un long moment sans parler sur la route couleur de nuages où les voitures soulevaient des gerbes d'eau.

— On aurait pourtant bien aimé aller dans ton bled, remarqua Kid. Mais c'est pas perdu. On reviendra.

— Vous n'avez qu'à me prévenir. J'irai vous chercher à la gare. Tu ne sais pas dans combien de temps ?

Il y eut un silence. L'homme fixait la route. Kid finit par dire :

— Je sais pas... Ces choses-là, ça peut aller vite comme ça peut traîner des semaines.

Il avait parlé d'une voix à peine perceptible, mais qui redevint normale lorsqu'il ajouta :

— La vogue n'est plus à Lyon que pour dix jours. Faudra qu'on y soit pour s'occuper de tout. Une femme toute seule... et avec des gosses.

Le forgeron hochait toujours la tête, l'air accablé. Sa lèvre inférieure s'avançait légèrement en une moue qui trahissait son embarras. Un long moment passa encore avant qu'il ne se décide à dire :

— Tu sais que tu m'en as bouché une tartine, avec ton truc de redresser le fer à cheval. Bon Dieu de bon Dieu, et dire que je voulais lutter avec toi. Ce qu'il faut être con !

— Ce qui compte, dans ce genre de travail, expliqua Kid, c'est la pince. La force de serre. Tout est dans les paluches.

Et Kid avançait sa main ouverte vers le volant, fermant et refermant ses doigts, faisant jouer ses muscles.

— C'est une spécialité, poursuivit-il. Moi, je pourrais faire un numéro uniquement avec ça. Le poids de vingt kilos par le petit rebord, le jeu de cartes déchiré en huit, le tarot en quatre, j'ai un tas de petits trucs comme ça, pas fatigants et qui rendent bien.

Il s'exprimait comme un bon ouvrier, très instruit de son métier et qui transmet quelques secrets à un débutant. Et son métier était banal. Il était comme ces travaux que l'on voit accomplir chaque jour dans les villes et les villages : pétrir le pain, conduire un taxi ou débiter de la viande.

Il parla ainsi jusqu'à l'arrivée. La voiture s'arrêta devant la gare. Il bruinait toujours. Avant de décharger les valises, ils entrèrent dans le buffet pour boire un verre. Debout devant le comptoir, ils burent lentement de la bière trop froide, sans échanger un mot. Il y avait entre eux quelque chose qui leur imposait silence. Mais cette chose sans nom, impalpable, les unissait plus qu'elle ne les séparait. Ils étaient comme soudés par ce silence.

— Bon, finit par dire le forgeron, il vous reste une petite heure à tuer. Mais moi, faut que je me rentre.

Il y eut une brève dispute quand il fut question de payer les bières, mais Kid s'imposa. Ils sortirent, descendirent les valises, puis ils se regardèrent un moment. Enfin, le forgeron tendit sa grosse main en disant :

— Ben ma foi, je sais pas trop quoi vous dire... De toute façon, vous avez mon adresse.

Kid remercia encore, et l'homme remonta dans sa voiture qui démarra aussitôt. Ils la regardèrent s'éloigner. Quand elle eut tourné l'angle de la rue, Kid soupira.

— C'est un bon mec, fit-il.

— Oui, c'est un bon mec.

— Et costaud.

— Vachement, oui.

Kid empoigna deux valises qu'il souleva en disant :

— Bon Dieu, quand on est arrivé là, celui qui m'aurait dit...

Avant de se charger à son tour, Pierre le regarda faire quelques pas en direction de l'entrée des voyageurs. Les valises tiraient fort sur ses bras, mais le petit homme semblait ployer sous un autre poids qui lui voûtait le dos et l'obligeait à baisser la tête.

Le diable dans le bocal

40

C'était la première fois que Pierre demeurait si longtemps seul avec Kid sans l'entendre raconter des histoires. Le petit hercule s'était assis dans l'angle du compartiment ; les bras croisés, les épaules ramenées en avant, la tête tournée vers l'extérieur, il regardait la campagne mouillée que la nuit éloignait peu à peu. Dans les gares, la lueur des lampes faisait scintiller les gouttes tremblotantes sur les vitres. La nuit s'épaississait. Kid, qui semblait s'être assoupi depuis un moment, ouvrit les yeux et dit :

— Au fond, j'aurais pu demander au forgeron de garder nos valises. Et tu aurais même pu rester chez lui en attendant.

Pierre eut envie de répondre : « En attendant quoi ? » Mais il n'osa pas. Il dit simplement :

— J'aime mieux être avec toi.

Kid décroisa ses bras, passa la main sur son crâne et soupira :

— Je suis fatigué.

Il ne le disait pas comme une plainte. Il constatait seulement qu'il était fatigué.

— C'est à cause de Gégène, dit Pierre.

— Non. Mais tu sais, on fait le malin. Seulement moi, je ne suis plus jeune. Ce fer à cheval, j'ai cru un moment que je n'arriverais pas à le redresser. Ça fait des années que je n'avais plus essayé (il marqua un temps), je crois bien que mes forces s'en vont.

C'était surprenant de l'entendre parler ainsi. Pierre ne s'était jamais imaginé que Kid pût perdre un jour un peu de sa force ; qu'il pût vieillir. Le matin, lorsqu'il l'avait vu tout petit en présence de l'énorme forgeron, il n'avait pas eu peur du tout. Lorsqu'il l'avait vu empoigner ce fer à cheval pour le redresser, il avait même pensé qu'il y avait, dans sa façon de se plier en deux et de faire rouler les muscles de son dos, une part de comédie. Et à présent, Kid avouait sa fatigue. Il avouait même qu'il avait failli échouer.

— Le fer, demanda Pierre, c'est vraiment beaucoup plus dur de le redresser que de le tordre ?

Kid expliqua de nouveau pourquoi c'était si difficile, comment il était nécessaire d'employer une grande partie de sa force uniquement pour l'empêcher de tourner.

— La force, conclut-il, tu en as jusqu'à une certaine limite. Tout ce que tu déploies à le serrer, tu ne l'as pas pour le plier.

— Alors, si tu n'étais pas certain d'y arriver, pourquoi tu ne t'es pas contenté de tordre l'autre ? C'est tout ce que les mecs demandaient.

Kid fit la moue et hocha la tête. Il réfléchit quelques instants avant de répondre :

— Ça, mon petit gars, c'est justement ce qui est difficile à comprendre. Quand je l'ai pris, j'ai pensé à rien. Seulement à faire plus fort que l'autre. Je l'avais déjà fait, je pensais...

Il baissa la tête. Son front était plissé comme au moment où il avait quitté la cabine du téléphone. Il se redressa enfin, souleva ses mains qui retombèrent à plat sur ses genoux, et il dit :

— Je pensais pas que j'avais tant perdu.

Puis, presque aussitôt, son visage s'éclaira. Quittant son coin, il se pencha vers Pierre et reprit :

— Tu vois petit, toi, c'est le contraire. Il y a des choses que tu ne peux pas faire. Mais tu travailles. Tu t'entraînes.

Tu prends de la force sans même t'en rendre compte et un jour, comme ça, tu seras tout étonné de voir que tu peux arriver par exemple à tordre un fer... Ça va de la sorte pendant des années. Ensuite, on plafonne, et puis... et puis on commence à redescendre, et alors...

Il n'acheva pas sa phrase. Il avait prononcé ces derniers mots plus lentement que le reste, et, de nouveau, son visage s'était assombri. Pierre avait un peu le sentiment que sa présence était utile à Kid. Il revit soudain la route où il avait marché seul lorsqu'il voulait s'enfuir avec le portefeuille. L'envie lui vint de tout raconter à Kid, et de lui dire qu'il n'avait plus du tout envie de s'en aller. Il n'avait pas peur. Il savait que Kid ne se fâcherait pas. D'ailleurs, n'avait-il pas tout deviné ? Pourtant, Pierre ne dit rien. Il avait envie de parler, mais il ne parlait pas. C'était trop difficile. Il fallait trouver le premier mot. Dire ce premier mot. Et c'était ce qu'il ne parvenait pas à faire. Il essayait de le dire en lui : « Kid, faut que je t'explique. Je voulais partir, alors, ton portefeuille... » Il se répétait cela et il recommençait. Trouver les mots, c'était déjà difficile, mais la force pour les dire c'était bien autre chose. Il se sentait capable de raconter cela sans aucune gêne, à n'importe qui, mais pas à Kid. Il ne comprenait pas pourquoi. C'était ainsi. Kid, c'était Kid. Ce n'était pas un homme comme les autres. Mais ce soir, Kid n'était plus le même.

— Dis-donc, demanda Pierre, où on va coucher ?

— Dans la turne à Pat.

Le petit hercule avait eu un léger haussement d'épaules, en disant cela. Ils se regardèrent. Pierre allait parler, mais Kid le devança :

— Quoi, fit-il, on lui a rien fait, à Pat. On est partis, mais c'était régulier. Il était prévenu.

Au moment où ils avaient quitté la vogue de Perrache, Kid avait dit : « Cette turne, j'y remettrai jamais les pieds. » À présent voilà qu'il voulait aller y passer la nuit. Pierre ne trouvait rien à dire. Ils se regardaient. Les yeux clairs de Kid semblaient fixer quelque chose d'insaisissable, très loin derrière le garçon.

— Qu'est-ce que tu veux, dit Kid d'une voix à peine perceptible, si ce pauvre Gégène est foutu, c'est pas le moment de foutre du fric en l'air.

Jusqu'à présent, il avait toujours parlé de la maladie de Gégène en disant qu'il était fort et qu'il s'en sortirait. Et ce soir, il parlait de sa mort. Il venait d'en parler pour la première fois, et ses yeux demeuraient perdus dans ce lointain que Pierre devinait sans comprendre vraiment ce qu'il pouvait représenter pour Kid.

Un long moment passa encore, avec le roulement du train et les propos échangés par d'autres voyageurs. De temps en temps, le visage de Kid s'animait un peu, une lueur traversait son regard, sa bouche s'entrouvrait, son front se plissait. Il avait aussi des hochements de tête à peine ébauchés et Pierre pensa que, ce soir, Kid devait raconter comme d'habitude, mais pour lui seul.

Le train commençait de tanguer sur les aiguillages, la ville était déjà autour d'eux, avec ses milliers de fenêtres éclairées et qui semblaient toutes regarder vers la voie de chemin de fer. Kid s'étira un peu, puis, avant de se lever, il dit lentement :

— Tout de même, Gégène, c'était un pote.

41

Lorsqu'ils arrivèrent à Lyon, la pluie avait cessé. La fête foraine était mouillée et luisante de mille flaques où les promeneurs piétinaient le reflet des lampes. Ils se dirigèrent directement vers la petite loterie, mais, en débouchant sur l'esplanade, ils regardèrent vers le fond où se dressait la baraque des lutteurs. Une séance était en cours. La voix de Pat hurlait dans le haut-parleur pour les badauds restés à l'extérieur.

Dans la petite loterie, Angèle était seule. Elle actionnait la grande roue qui tournait en cliquetant. Elle regardait tour à tour ses clients et sa roue. Elle avait une voix monotone pour annoncer le numéro gagnant et la valeur des lots. Kid et Pierre attendirent la fin d'une partie pour s'avancer. Dès qu'elle aperçut Kid, Angèle se tut. Ils demeurèrent tous les trois immobiles durant quelques secondes, sans oser parler. La roue s'était arrêtée. La musique des manèges et le bruit des tirs semblaient s'être soudain absentés de la soirée. Les deux hommes étaient séparés de la femme par la petite banque recouverte de linoléum usé, où les planchettes numérotées s'étalaient en larges éventails.

— La gosse doit avoir fini de coucher les petits, dit Angèle. Va l'appeler, Kid. Elle viendra me remplacer.

Kid partit vers la roulotte. Angèle se remit à appeler les passants, faisant claquer ses planchettes sur la banque.

Pierre se tenait immobile près des valises posées à l'angle de la baraque. Angèle distribua quelques planchettes, actionna la roue et le regarda. Elle essaya de sourire puis, s'approchant de lui, elle eut l'air de s'excuser en disant :

— Vous comprenez, je peux pas fermer; on ne fait déjà pas de grosses journées.

— Bien sûr, bien sûr.

La petite arriva et prit la place de sa mère. Kid et Pierre portèrent les valises sous la roulotte où ils montèrent ensuite derrière Angèle. Dès que la porte fut fermée, Angèle regarda Kid, baissa la tête et se mit à sangloter. Kid parut hésiter, mais, s'avançant d'un pas, il la prit par les épaules et dit d'une voix douce et qui tremblait un peu.

— Angèle... tu vas pas pleurer... Ça peut s'arranger.

Elle secoua la tête et fit entre deux sanglots :

— Non... c'est fini... C'est une question d'heures... La sœur me l'a dit cet après-midi.

Comme si elle eût été soulagée par ces quelques mots, elle s'arrêta de pleurer et regarda Kid dont les mains retombèrent lentement. Elle répéta encore :

— Une question d'heures... Un jour ou deux, peut-être.

Puis elle alla s'asseoir sur une chaise, un coude sur la table, l'autre main posée sur sa cuisse large et courte qui tirait le tissu bleu de sa jupe. Kid alla s'asseoir sur le banc en face d'elle, et Pierre prit place sur un tabouret, au bout de la table.

— Bon Dieu, dit Kid, c'est pas possible... C'est pas possible !

L'Angèle eut un soupir saccadé qui fit trembloter sa poitrine. Elle les regardait tour à tour. Ses yeux étaient rouges et cernés. En quelques jours, son visage était devenu un visage de vieille femme.

— C'est comme ça, dit-elle. Ils ont pourtant bien dû le voir tout de suite, que c'était un cancer. Ils n'ont rien dit... Ils l'ont opéré. Et puis ils n'ont rien fait... Alors voilà... C'est une question d'heures... C'est la sœur qui me l'a dit.

Elle parlait, s'arrêtant entre les mots qui ne finissaient

jamais vraiment les phrases. Elle répétait sans cesse la même chose, comme si elle avait espéré que les mots emporteraient sa peine.

Un enfant remua dans l'une des couchettes qui se trouvaient au fond de la voiture. Une petite main empoigna le montant de bois et une tête parut, au ras du plafond.

— Kid... tu vas venir demain ?

Le lutteur se leva et glissa le long du banc, se cassant à demi sur la table pour se dégager.

— Laissez-nous tranquilles, dit la mère. Dormez.

Elle n'avait pas élevé la voix, et ces quelques mots étaient comme liés aux autres par deux silences pareils à ceux qui les unissaient tous au lieu de les séparer.

— Laisse, dit Kid, ils vont dormir, va.

Il alla jusqu'aux couchettes et parla un moment avec les petits. Quand il revint, l'Angèle s'était tue. Sans déplacer sa chaise, elle s'était tournée face à la table où elle appuyait ses deux bras dans un mouvement qui soulevait ses gros seins dont le haut se devinait, pâle à travers le tissu léger de son corsage. Sa tête inclinée en avant accusait l'épaisseur de son cou bourrelé. Ses paupières mi-closes battaient de loin en loin sous ses sourcils lourds. Une mèche échappée de son chignon se couchait sur son front. Sur plus de deux centimètres, ses cheveux étaient gris. Elle n'avait pas dû trouver le temps de les teindre depuis plusieurs semaines.

La soirée s'était immobilisée. Ils étaient là, tous les deux, à se regarder de temps à autre avec des soupirs à peine perceptibles, des gestes ébauchés et qui ne s'achevaient pas, des mouvements du visage annonçant des paroles qui ne venaient jamais. Pierre non plus n'osait pas parler. Il les regardait. Il écoutait vivre la nuit autour de la roulotte. Il y avait les musiques confondues de la fête. Les appels des haut-parleurs. Le crépitement des tirs. Le ronronnement des moteurs. Tout se mêlait pour faire un grand bruit régulier qui s'enflait par moments, comme soulevé par une énorme vague qui venait déferler tout près d'eux, enveloppant la roulotte le temps de son passage, avant d'aller mourir le long des maisons. Par moments, des pas et des voix, plus distincts, s'approchaient de la porte, puis s'éloignaient. Pierre pensa plusieurs fois aux valises. Elles étaient en dessous d'eux, dans l'ombre où personne ne pouvait deviner leur présence, mais quelqu'un avait pu les voir au moment où ils les posaient là. Il pensa au premier soir, lorsqu'il avait fait le guet tandis que Guy essayait de voler. Il eut envie de se lever pour aller voir si les valises étaient toujours là, mais il n'osa pas. Il se sentait tenu par l'immobilité et le silence des autres. Il se souvint d'une nuit où il était allé veiller la mère d'un ami. C'était un tout petit appartement de deux chambres et une cuisine. Ils étaient restés immobiles et silencieux dans la cuisine jusqu'au départ de deux membres de la famille qu'il ne connaissait pas. Son copain lui avait alors proposé une partie de cartes. Ils avaient joué une bonne heure, presque sans parler. Ensuite, le copain avait dit : « Elle va pas se sauver, va. On peut roupiller un moment. » Et ils s'étaient couchés tous les deux sur le lit du copain, après avoir allumé une bougie neuve à côté du cerceuil. Et ce soir, Pierre pensait à cela. Ce soir, Gégène n'était pas encore mort, et pourtant, c'était une nuit qui faisait penser à la mort.

Par deux fois encore, Kid demanda :

— Tu crois vraiment qu'il n'y a plus rien à faire ?

Deux fois l'Angèle répondit :

— Non... C'est une question d'heures... C'est la sœur qui me l'a dit...

Et, les deux fois, elle reprit son long monologue où les phrases ne finissaient jamais ; où les mêmes mots revenaient toujours, liés par ces silences qui éloignaient le bruit de la fête. Lorsque l'Angèle se taisait plus longtemps, le bruit revenait lentement, reprenant possession de la nuit. Mais, peu à peu, ce bruit changeait, et il n'y eut bientôt plus que quelques chansons, quelques détonations sèches et espacées, quelques cris mêlés aux bruits des pas. Enfin, la petite revint. Pierre l'entendit racler ses semelles sur les marches de bois. Il se retourna et, par la porte ouverte, une large bouffée de nuit fraîche entra qu'il aspira avec plaisir.

— C'est fini, dit la petite. Il y a eu pas mal de monde.

Elle posa sur la table une boîte à biscuits où grillotaient des pièces de monnaie.

— Je fermerai en partant, dit Kid.

— J'ai fermé, dit la petite. Il reste juste à mettre la barre de fer à la porte.

— Eh bien, fit Kid, je crois qu'on peut pas faire grand-chose ce soir.

— Où allez-vous coucher ? demanda l'Angèle.

— T'inquiète pas. On couchera chez Pat.

Elle eut un hochement de tête et un sourire triste, puis elle se leva lentement en disant :

— Mon pauvre Kid... On t'en fait...

Kid lui serra le bras, grommela quelque chose, et ce fut tout. Ils sortirent dans la nuit qu'éclairaient encore quelques lampes reflétées par des flaques où l'on voyait courir le vent.

42

Quand ils entrèrent sous la tente des Carminetti, Tine était en train de verser du vin aux hommes. Elle s'arrêta, son litre à la main, et tous se tournèrent vers la porte. Tandis que Kid et Pierre avançaient lentement, les autres les regardaient en silence. Pat passa son verre de vin de sa main droite à sa main gauche pour les saluer.

— On se doutait bien que tu allais venir, dit-il à Kid.

Il se tut, l'air embarrassé, et sa femme ajouta :

— Pauvre Gégène... Celui qui nous aurait dit ça...

Pat leur présenta trois lutteurs qu'ils ne connaissaient pas. L'un remplaçait Kid, les deux autres étaient les barons qui avaient pris la place du père Tiennot et de Pierre. Kid demanda s'ils pouvaient coucher sur le ring, et Pat lui tapota l'épaule en disant :

— Bien sûr, mon pauvre vieux, bien sûr. Ces trois-là, ils sont de Lyon, ils rentrent chez eux. Et puis même, ce n'est pas la place qui manque.

Les trois hommes vidèrent leur verre et s'en allèrent. Quand ils furent sortis, Tine proposa d'aller chercher à boire pour Kid et Pierre. Kid dit qu'ils n'avaient pas soif, mais Pat insista et Diane disparut pour revenir bientôt avec un litre à moitié plein et deux verres. Ils s'étaient tous assis sur les bancs et se regardaient. Depuis que Pierre était entré, Diane n'avait pas cessé de l'observer, avec un demi-sourire un peu inquiet qui éclairait mal son visage mince et son œil noir. Joseph aussi regardait Pierre. Il souriait avec des hochements de tête, mais un pli inquiet barrait son front. Kid demanda des nouvelles du père Tiennot. Tine était allée le voir trois fois. Il allait assez bien. Les sœurs de l'hôpital l'aimaient beaucoup et lui avaient trouvé une bonne maison de convalescence pour le jour où il sortirait. Ils parlèrent également du travail, puis ils revinrent à Gégène.

— Qu'est-ce que ça va faire, pour elle et les petits ? demanda Pat.

— Je sais pas, dit Kid... Comment veux-tu que je puisse te dire ?

— Il paraît qu'ils ont pas mal de dettes, dit la patronne...

Kid soupira.

— L'argent, tu sais, c'est pas le diable. Mais...

Il se tut. Et il y eut un long silence. Un vrai silence, cette fois, car toute la fête s'était assoupie. Seul le vent miaulait dans les cordages de la tente. Ils étaient là tous les cinq, sans oser parler, et c'était un peu comme si Gégène se fût trouvé entre eux. Pierre le sentait. Pour lui, c'était une impression neuve. Et lorsque Kid rompit le silence pour répéter que ça n'était plus qu'une question d'heures, il pensa soudain que Gégène était peut-être déjà mort.

Lorsque le litre fut vide, les Carminetti et Joseph se levèrent. Diane sortit la dernière. Elle portait les verres dans un petit panier en métal. Elle se retourna et, de sa main libre, maintint le rideau, le temps de regarder Pierre. Elle sourit, devint grave, et le garçon eut le sentiment qu'elle voulait lui faire comprendre quelque chose. Il sourit aussi et le rideau retomba.

Dès qu'il fut seul avec Kid, Pierre se remit à penser à Gégène. Et il était étonné d'y penser autant. Il avait connu cet homme si peu de temps qu'il avait du mal à évoquer son visage de façon précise. Gégène était maigre, avec la peau d'une drôle de couleur, c'était tout ce qu'il voyait. Il eut envie de demander à Kid s'il se pouvait que Gégène fût déjà mort, mais quelque chose le retint. Il regardait Kid qui avait ouvert l'une des valises et préparait son lit. Le petit lutteur avait les mêmes gestes que le premier soir, mais il ne parlait pas. Son visage était tendu, ses lèvres légèrement crispées sur une espèce de grimace qui ressemblait à un sourire mal terminé.

Pierre déroula sa couverture et son sac, puis il monta sur le tabouret pour enlever l'ampoule. Kid était étendu, les deux bras repliés et la tête dans ses mains croisées sur son petit oreiller.

— Tu peux y aller, dit-il.

L'obscurité se fit, bientôt remplacée par la lueur verte qui suintait de la toile. Comme le premier soir, sur la place de Vienne, les lampes se balançaient. Pierre lutta un long moment contre l'envie de demander si Gégène risquait de mourir dans la nuit, puis il finit par dire :

— Demain on va aller le voir, Gégène ?

— Demain, répéta Kid... Bien sûr... Mais savoir si on n'arrivera pas trop tard.

Il laissa couler un peu de cette nuit qui continuait de miauler, puis il se remit à parler de Gégène. Tout d'abord, il parla de ce mal qu'il n'avait sans doute pas fait soigner assez tôt. Ensuite il parla du temps où Gégène travaillait dans le même cirque que lui. Peu à peu, sa voix avait retrouvé son timbre normal. Saccadée et hésitante au début, elle allait à présent d'un train régulier, presque monotone. Pierre connaissait ces souvenirs pour les avoir déjà entendus plusieurs fois par bribes ; ce soir, ils revenaient tous à la filc, sans ordre apparent, l'un amenant l'autre. Il écoutait. Il s'agissait toujours de Gégène, mais d'un Gégène qu'il n'avait pas connu et qui chassait de sa tête celui qui était en train de mourir à l'hôpital.

Peu à peu, la voix de Kid s'éloigna. Une bonne tiédeur de vie s'installait sous la couverture, enveloppant le corps et les membres du garçon qui fixa encore un moment un angle de la bâche où l'ombre d'une pendille de cordage s'agitait au vent comme un petit serpent. Puis il ferma les yeux et s'endormit tandis que Kid continuait ou reprenait sa longue histoire.

43

Le lendemain, le ciel était assez clair. Un vent léger soufflait du sud et Tine leur annonça qu'il ferait sans doute très chaud. Elle leur servit à déjeuner et demanda à Kid d'aider Joseph à lever le vieux Pat. Le vieux parut heureux de les revoir, et sa main s'accrocha longtemps à eux. Il était toujours le même. Rien n'avait changé dans la roulotte. Ils commencèrent à manger dès que Diane eut apporté le pain.

— Tu n'as pas vu ton père ? lui demanda la patronne.

— Non, fit-elle d'un air dur. C'est bien parti, va !

— Il continue ? demanda Kid.

Tine eut un haussement rapide de ses épaules maigres, s'assit à table et expliqua :

— Il a eu une très mauvaise période, tout de suite après votre départ. Ensuite, ça s'est arrangé. Mais depuis deux ou trois jours, je voyais bien qu'il cherchait des occasions. Ce matin, il a filé sans même prendre une veste, pendant que je faisais ma toilette.

Sa voix se fit plus aigre, tandis qu'elle ajoutait :

— Bonsoir, je peux tout de même pas être sur ses talons même quand il va pisser un coup !

— C'est tout de même malheureux, soupira Kid.

— Faudrait que mon frère revienne, dit Diane. Faudrait... (Elle regarda Kid et Pierre.) Faudrait un homme pour le tenir, quoi.

Dès qu'elle eut terminé, elle parut regretter ce qu'elle venait de dire et baissa les yeux vers son bol de café au lait. Sa mère regarda le vieux Pat et grogna :

— Dire qu'il n'a même plus le respect de son père.

Après le petit déjeuner, Pierre accompagna Kid dans plusieurs magasins où il acheta quelques provisions pour Angèle et des friandises pour les enfants. Comme Angèle protestait en les voyant apporter leurs paquets, Kid l'interrompit.

— Tais-toi, dit-il, on s'invite. On ne peut pas manger chez Pat. Et le restaurant, on commence à en avoir notre claque.

Angèle le regardait intensément. Ses yeux brillaient. Elle se tourna vers Pierre et dit doucement :

— Des hommes comme lui, on n'en fait plus, vous savez.

Les enfants tournaient autour de Kid ou se pendaient à ses mains.

— Tu veux que je les emmène faire un tour ? proposa-t-il.

— Tu devrais bien, dit Angèle. Ils sont toujours à traînailler tout seuls, et je n'aime pas ça.

Les garçons se mirent à crier et il fallut sortir très vite. Debout en haut de son petit escalier, Angèle les regarda s'éloigner.

— Revenez avant 11 heures, dit-elle, pour qu'on puisse manger et être à midi à l'hôpital.

Ils allèrent sur le bas-port de la Saône pour jouer au ballon. Le soleil était déjà fort. Les petits étaient rouges et ils riaient. Kid riait aussi, mais Pierre sentit que son rire n'était pas naturel. Chaque fois qu'ils se trouvaient isolés des enfants, Kid redevenait grave le temps de dire :

— Ça fait mal, de les voir heureux comme ça... Pauvres gosses.

La fille aînée était restée avec sa mère pour préparer le repas. Quand ils rentrèrent, elle était seule, assise sur une chaise à côté de la table où le couvert était mis. Elle avait les yeux rouges et gonflés. Dès qu'ils entrèrent, elle se leva et éclata en sanglots. Kid s'approcha et la prit dans ses bras.

— Mon pauvre petit, dit-il. Mon pauvre petit.

Elle ne pouvait pas parler, mais les deux hommes avaient compris que Gégène était mort. Lorsqu'elle se fut calmée un peu, elle expliqua que sa mère avait été prévenue par la bonne du café. Elle était partie aussitôt pour l'hôpital.

— Je vais y aller, dit Kid.

— Non, dit la fille. Il faut manger. Elle va revenir. Elle a dit qu'il fallait l'attendre ici.

Les petits regardaient. L'aîné demanda plusieurs fois ce qu'il y avait. Kid les attira près de lui et dit doucement :

— C'est votre papa... Ça ne va pas bien. Il est très, très malade, vous savez.

Ils étaient là, tous les trois, à regarder Kid. Leur visage était encore rouge et humide de la course et des jeux. Leurs yeux brillaient d'un restant de joie qui n'arrivait pas à s'éteindre. Enfin, le plus grand demanda :

— Il va pas mourir, dis ?

— Je ne sais pas, mon petit, je ne sais pas.

L'enfant regarda encore Kid, puis sa sœur, et lorsqu'il se mit à pleurer, les deux autres l'imitèrent. Kid leur donna des bonbons et de la limonade, mais leur chagrin fut long à s'apaiser.

Quand Angèle rentra, ils avaient fini de manger depuis longtemps. Elle se laissa tomber sur une chaise, prit le plus petit des garçons sur ses genoux et le serra contre sa poitrine. Elle était très rouge, et la sueur qui perlait encore sur son visage avait tracé des sillons gris dans la poudre de ses joues. Elle ne pleurait pas. Elle ne parlait pas et personne n'osait rien dire. Elle laissa passer un long moment avant de demander à Kid s'il voulait aller avec elle pour les formalités.

— Si tu veux conduire, dit-elle, on peut prendre la voiture.

— J'aime mieux pas. Surtout en ville. Si tu n'es pas trop fatiguée, j'aime mieux qu'on prenne le trolley.

— Je ne suis pas fatiguée, fit-elle, mais je ne me sens pas de conduire. Je vais aller demander à Diane si elle peut me garder deux des petits.

— Non, dit Pierre, je resterai avec eux.

— Alors, dit Angèle, si vous pouviez les garder tous les trois.

Sa voix était calme. Pierre dit qu'il les emmènerait faire une promenade. Angèle regarda Kid, et, d'une voix moins assurée, elle demanda :

— Est-ce que tu crois que la petite peut ouvrir la loterie ?

— Bien sûr, dit Kid. Tu n'es pas assez riche pour faire des manières. Tout ce qu'on fait de ce genre ne ramène pas... ceux qui s'en vont.

Angèle fouilla dans un cartable noir qu'elle avait tiré de dessous son lit, et en sortit quelques papiers qu'elle mit dans son sac. Ensuite, elle but un grand verre d'eau.

— Tu n'as rien mangé, observa Kid.

— Je n'ai pas faim.

Elle paraissait pressée de partir. Elle embrassa les petits, prit son sac et dit :

— Allez, viens. Faudra encore qu'on repasse là-bas.

44

Pierre rentra peu de temps après le retour de Kid et d'Angèle. Il était à peine 6 heures du soir, et Pierre avait remarqué en passant que la baraque de Pat était déjà fermée. La jeune fille du tir était avec Angèle et Kid. Elle paraissait très énervée. Lorsqu'elle vit le garçon, elle se retourna vers lui et demanda tout de suite :

— Vous n'avez pas vu Pat ?

— Non.

— Ça vaut mieux.

— Qu'est-ce qu'il y a ?

Kid intervint.

— Rien, fit-il. Des conneries d'homme saoul, comme toujours.

— Tenez, dit la jeune fille, vos valises sont ici. C'est moi qui les ai rangées, il les avait foutues là, en plein milieu.

Elle montrait l'allée qui séparait la roulotte d'Angèle du stand voisin.

— Il est venu vous demander trois fois. Il était rond comme jamais je l'ai vu. Les yeux qui lui sortaient de la tête. Et il avait dû boire du blanc, il était vachement excité.

— Mais qu'est-ce qu'il me veut ?

— Ça alors... tout ce que je peux vous dire, c'est qu'il est question de Diane. Mais la pauvre gosse n'y est sûrement pour rien. Pat estime que vous les avez tous insultés en refusant d'épouser Diane.

Elle raconta encore que Pat était revenu deux fois sans rien dire, apportant à chaque voyage deux valises qu'il avait jetées par terre.

— Ensuite, ajouta-t-elle, je ne sais pas au juste ce qui s'est passé, mais il paraît qu'ils se sont battus à la fin d'une séance. Avec celui qui a remplacé Kid et aussi avec Joseph. Vous devriez demander au Félicien de la grande loterie, il est pas loin, il a vu qu'on emportait Pat dans sa verdine.

— Il s'est encore fait sonner, dit Kid. Rien ne le corrigera jamais.

— Félicien dit qu'il avait un genou en sang. Il serait tombé sur un piquet de fer. Mais moi, hein...

Kid l'interrompit. La prenant doucement par le bras, il dit :

— Tu comprends que l'Angèle s'en fout. Avec ce qui lui arrive... Tout ce qu'on va te demander, c'est de garder les petits. Faut encore qu'on retourne à l'hôpital.

— Mais moi, dit Pierre, je peux...

— Toi, tu vas venir avec nous. J'ai pas envie que tu aies des histoires avec l'autre sac à vin.

La nouvelle de la mort de Gégène était déjà connue de tous les forains. Voyant qu'Angèle était rentrée, plusieurs vinrent lui serrer la main ou l'embrasser. Chaque fois, elle se remettait à sangloter.

— Si on peut faire quelque chose pour toi...

Tous répétaient ces mêmes mots. Plusieurs femmes proposèrent de faire manger les enfants, mais la fille du tir dit qu'elle les emmènerait. Quand la voyante arriva, Kid lui demanda :

— Est-ce qu'on peut coucher chez toi tous les deux ? On a nos sacs et nos couvertures, le tout, c'est de ne pas être dehors, les flics sont tellement cons.

— Bien sûr, dit-elle, mais vous serez par terre.

— On a l'habitude. Mais chez l'Angèle, avec les gosses, c'est trop juste. Et puis, il suffirait que l'autre dingue pique encore une crise.

La vieille tendit le poing vers la baraque des Carminetti, et lança :

— Il n'a qu'à venir vous emmerder chez moi. J'ai une bonne hache pour le recevoir. C'était à prévoir, qu'il recommencerait !

Kid eut un sourire triste pour répondre :

— Même toi, tu pouvais le prévoir.

Sans conviction, la voyante murmura :

— Pauvre con.

Elle s'éloigna de quelques pas, puis, se retournant, elle ajouta, sur le même ton :

— Si vous voulez apporter vos valises tout de suite.

— C'est ce qu'on va faire, dit Kid.

Ils portèrent leurs valises dans la roulotte de la voyante qui avait repris sa place à sa table, derrière son bocal où naviguait le petit diable rouge et noir. D'une voix monotone et un peu vieillie, elle répétait inlassablement les mêmes phrases où revenaient toujours les mêmes mots, « amour, avenir, espoir », qui faisaient comme un écho maladif aux chansons des manèges.

45

L'homme qui tenait la grande baraque de nougat vint les rejoindre au moment où ils allaient partir.

— Je vais vous emmener en voiture, dit-il. Faudra qu'on s'arrête en route pour prendre des fleurs.

L'homme avait une Frégate noire où ils montèrent, l'Angèle devant, Kid et Pierre derrière. Ils roulèrent un moment sans parler, puis l'homme dit :

— On a fait une manche pour les fleurs, tout le monde a donné. (Il toussa et marqua un temps.) Je peux même dire que j'ai jamais vu donner autant. Il était rudement aimé, ton Gégène. Ça, on peut le dire.

L'Angèle sanglota deux ou trois fois et sortit son mouchoir. La voiture traversa une place très encombrée, puis emprunta une large avenue montante.

— Voilà, reprit le confiseur, je te parle comme si tu étais de ma famille, Angèle. Si j'achète des fleurs avec tout cet argent, ça va faire un machin énorme. Évidemment, ce serait bien. Mais on peut avoir une belle gerbe, et qu'il reste encore une bonne somme... J'en ai parlé aux autres, ils m'ont dit de faire comme ce serait le plus sage.

— Ma foi, soupira-t-elle.

— Il a raison, fit Kid. Faut penser aux gosses. Et puis Gégène, tu sais, les fleurs...

Il n'acheva pas. Mais c'était suffisant. On comprenait sa pensée. Le confiseur parla encore de l'argent. Il disait tout cela d'un ton presque détaché, et il répéta plusieurs fois que Gégène n'avait que des amis. A la fin, il finit par dire :

— C'est malheureux de parler comme ça, mais c'est bien vrai que ce sont toujours les bons qui partent et les mauvais qui restent. Quand je pense à cet abruti de Pat...

L'homme tenait à raconter ce qui s'était passé l'après-midi. Il n'avait rien vu, mais il donnait force détails.

— En tout cas, dit-il, ils ont bouclé la baraque. Pas de séance ce soir, et si ça se trouve, Pat va finir à l'hôpital avec une jambe dans le plâtre. Ils y arriveront, à bouffer leur fourbi.

La voiture s'arrêta devant un magasin de fleurs. Kid et le confiseur descendirent. Angèle demanda à Pierre si les enfants avaient été sages, et Pierre raconta qu'il les avait emmenés au parc, voir les animaux.

— Vous aimez bien les gosses ? demanda-t-elle.

Pierre ne répondit pas tout de suite. A vrai dire, il ne s'était jamais posé cette question. Les gosses, pour lui, ça ne voulait rien dire. Il y avait ceux de son âge, et puis les autres, les plus petits qu'on ne regardait pas, ou qu'on expédiait d'une mornifle quand ils devenaient encombrants. Les gosses de Gégène, c'était autre chose. Pierre chercha une réponse, et il trouva seulement à dire :

— Ils sont gentils, vous savez. Ils sont très gentils.

A présent, il pensait vraiment aux trois garçons. Dans l'après-midi, alors qu'ils étaient au parc, le plus petit avait eu envie d'aller aux cabinets. Pierre s'était trouvé devant un vrai problème. Il avait hésité un moment, puis, comme le gosse se mettait à pleurer, il l'avait emmené derrière un arbre. N'ayant pas de papier, il l'avait essuyé avec son mouchoir et avait jeté le mouchoir. Il revoyait cela. C'était stupide de s'attacher à ce détail, mais il lui semblait que c'était pourtant une chose importante. Il ne savait pas pourquoi, mais c'était important. Il répéta :

— Ils sont très gentils. Et ils sont costauds tous les trois.

— Mon pauvre Gégène, ce qu'il a pu m'en parler, de ses gosses, les derniers jours ! Et je ne pouvais même pas les emmener. Il n'y a que la grande qui est venue le voir deux fois.

Elle fut secouée d'un sanglot qui se mua en un long soupir. Elle dit encore :

— La vie, tout de même... Ce que c'est, la vie...

Kid et le confiseur revinrent chacun avec une petite gerbe.

— Nous avons pris ça pour qu'il ait quelques fleurs cette nuit, dit le confiseur. La grosse gerbe, ils la feront porter demain matin, directement à la chapelle.

Lorsqu'ils arrivèrent à l'hôpital, le corps était déjà dans le cercueil qui se trouvait dans la chapelle, posé sur deux tréteaux et recouvert d'un drap noir où était brodée une grande croix en fils d'argent. Il y avait deux cierges allumés de chaque côté de la bière. Il faisait sombre et frais. Trois religieuses en blanc étaient agenouillées sur des prie-Dieu, immobiles et la tête inclinée.

Devant cette longue caisse, Pierre imagina Gégène couché, tout raide, sans doute plus maigre encore que lorsqu'il l'avait vu pour la dernière fois. Gégène était là, tout près, et pourtant moins présent que la veille au soir, quand ils avaient parlé de lui. Ce drap noir, ces planches, ces cierges, ce silence glacé des murs de ciment, cette odeur indéfinissable, tout cela était si loin de Gégène tel qu'il vivait dans les récits de Kid ! Comme c'était loin du cirque et de la route ! Comme c'était étrange, cette immobilité des êtres et des choses ! Les voitures qui passaient dans la cour de l'hôpital était le seul bruit. Ici, c'était la mort, mais elle ne s'imposait pas. Elle n'avait rien d'effrayant. Kid et le confiseur se tenaient immobiles, les bras croisés. Angèle pleurait sans bruit, son mouchoir sur la bouche. Pierre pensa encore au mouchoir qu'il avait jeté dans l'herbe, l'après-midi, après avoir essuyé le petit. Et il pensa aussi à la joie des trois gosses devant la cage des singes. C'était la première fois que les petits voyaient ce parc, et c'était le jour où leur père était mort. Pierre se répétait cela, et il se disait que, peut-être, les gosses se souviendraient davantage des singes que de la mort de Gégène.

46

Durant le retour, Pierre ne pensa guère à Gégène, mais beaucoup aux enfants. Jusqu'alors, il les avait un peu ignorés. Il ne s'était jamais soucié de leurs prénoms. A présent, il se les répétait, tout surpris de s'y être attaché. C'était le plus jeune surtout qui l'amusait. Il s'appelait Gil. Il avait quatre ans et ressemblait à un petit hercule en miniature. C'était la première chose qui l'avait frappé. Il avait remarqué aussi ses yeux noirs vraiment semblables à ceux de son père. Ils avaient d'ailleurs tous les yeux de leur père, même Pierrette. Chez elle, qui sentait mieux ce que représentait la mort du père, en plus de l'identité de forme et de couleur des yeux, il y avait la tristesse du regard. Pierre n'avait qu'un souvenir imprécis du visage de Gégène, mais, en faisant un effort — et peut-être à cause des enfants — il retrouvait son regard qui restait triste même lorsque sa bouche souriait. La dernière fois qu'il avait vu Gégène, c'était à l'hôpital. Est-ce que Gégène sentait déjà que la mort était là ? Gégène avait fait du cirque durant toute sa jeunesse. Il avait vécu de cent métiers, mais le sien, le vrai, c'était le trapèze. Pierre avait vu des trapézistes dans les cirques et au cinéma. Lorsqu'il en avait parlé, Kid avait souri en disant que du temps de Gégène, on avait encore le droit de travailler sans filet. Durant des années, Gégène avait joué avec la mort, et la mort était venue le tirer de sa roulotte au moment où il ne jouait plus avec elle. Kid l'avait dit, la veille au soir. Il avait remarqué cela, puis il avait ajouté : « Si je devais crever comme ça, je regretterais de n'être pas mort le jour où je suis tombé avec mon extenseur. » Est-ce que Gégène avait regretté, lui aussi, de ne pas s'être tué en tombant d'un trapèze ?

Lorsqu'ils arrivèrent et que le confiseur arrêta sa voiture derrière son stand, Pierre pensa soudain à Pat et à Diane. Il les avait oubliés durant tout le trajet. Il en fut surpris. C'était important. Qu'est-ce que Pat pouvait bien savoir ? Est-ce que la gosse avait parlé ?

Angèle rejoignit ses enfants tandis que Kid et Pierre suivaient le confiseur dans une longue caravane moderne, très propre, où tout était blanc et luisant. L'homme sortit de la charcuterie du réfrigérateur et fit chauffer un reste de cassoulet. Pendant tout le repas il parla de Gégène, de Pat, des gens de la vogue et de tout ce qui était leur vie. Pierre écoutait, regardant parfois Kid qui demeurait silencieux, hochant la tête de loin en loin. Lorsqu'ils eurent quitté la caravane et que le confiseur eut repris place derrière sa banque chargée de nougat, Kid dit simplement :

— Il en sait plus que la voyante, celui-là. Une vraie pipelette. Mais quand je pense que Pat avait une affaire comme la sienne ! Tu as vu un peu comment qu'ils sont logés ! Le nougat, tu sais, c'est peinard, et ça laisse de l'oseille. (Il soupira.) Quand je pense que Pat n'a même pas pu vendre sa boutique ! Tout le matériel est dans une grange, du côté de Voiron. Il devrait vivre comme eux, avec un frigo et la télévision.

Ils firent encore quelques pas entre les groupes de jeunes qui s'amusaient. Tout au bout de l'esplanade, la baraque des lutteurs était fermée. Kid eut un geste dans sa direction, puis, comme ils arrivaient près de la table où la voyante était accoudée, il dit encore, suivant toujours son idée :

— Une taule bouclée ici, une autre démontée, un jour, il les boira toutes les deux, et après ils n'auront plus qu'à crever.

Quand la voyante les aperçut, elle se leva de sa chaise et demanda s'ils voulaient se coucher tout de suite.

— Moi, fit Kid, je vais y aller.

Pierre regarda autour de lui. La foule était dense et les pieds soulevaient une poussière légère qui montait vers les lampes. Il y avait beaucoup de garçons et de filles, par groupes de trois ou quatre ou par bandes plus nombreuses. Pierre resta un moment indécis. Depuis des semaines, il n'avait jamais eu de temps vraiment à lui. La vie avait coulé très vite, où tout était nouveau, où tout arrivait sans qu'il y eût jamais d'heures vides. Ce soir, il se trouvait libre, mais sans véritable envie d'user de cette liberté pour se mêler à la fête. Il se retourna. Kid était toujours immobile à côté de la table où la voyante avait repris place derrière son grand bocal. Il eut un sourire inquiet.

— Tout ce que je te conseille, dit-il, c'est de pas trop traîner du côté de chez Pat... Et si tu vois des mecs de la bande qui t'avait piqué ton fric, cherche pas la bagarre. On a assez de tuiles comme ça.

Pierre fit encore des yeux le tour de la place. Il n'était pas fatigué. Mais il éprouvait une espèce de lassitude qui le surprenait, car il en ignorait la cause.

— C'est bon, fit-il. Je vais avec toi.

— Vous n'aurez qu'à repousser la table, dit la voyante ; que j'aie la place de passer sans vous marcher dessus.

Ils entrèrent dans la roulotte et Kid alluma. La lumière était faible. Elle venait d'une petite ampoule accrochée dans un angle, au ras du plafond dont la peinture était boursouflée d'énormes cloques. Certaines, qui avaient crevé, laissaient voir la tôle rouillée. Les parois latérales étaient en petites lattes de bois assez sombre dont le vernis s'écaillait. Le sol était recouvert d'un linoléum usé et râpeux, sauf à l'endroit où se trouvait la table qu'ils poussèrent vers le fond, avant d'étaler leurs sacs de couchage.

— On laissera ouvert, dit Kid. C'est son greffier qui doit puer comme ça.

Kid inspecta la roulotte pour voir si le chat était là, mais il ne trouva rien. Ils déroulèrent leurs sacs et se couchèrent après avoir éteint, mais en laissant la porte grande ouverte.

— On aurait mieux fait d'aller sur un bas-port du Rhône, remarqua Kid, il fait pas froid, et ça puerait moins.

Comme Pierre ne répondait pas, Kid demanda :

— Tu trouves pas que ça pue ?

— Chez mon oncle, dit le garçon, c'était bien autre chose. Et en plus, il y avait la vermine.

— Chez ma mère, dit Kid, c'était propre. Ça puait aussi, mais c'était pas pareil. Elle était blanchisseuse. Alors, c'était une odeur de linge, de savon, de feu... C'est marrant, tu vois, c'est peut-être ce qui me reste le plus, l'odeur.

Il s'arrêta. Jamais encore il n'avait parlé de sa mère. Pierre attendit. Le bruit de la fête et la lumière mouvante entraient. En face, il y avait une autre roulotte et, par-dessus, le feuillage noir et rouge d'un arbre éclairé par une enseigne. Des lueurs plus claires passaient parfois.

— Ma mère, reprit Kid, je m'en rappelle, mais moins que de l'odeur de sa boutique. On couchait derrière. C'était tout petit. Et ça sentait encore plus que dans la boutique. C'était au bout de la rue Norvin, tu connais ?

— Non.

— J'ai toujours dit que je voulais y retourner, et ma foi, ça s'est pas trouvé... Peut-être que la boutique y est toujours... On sait pas.

Il parlait plus lentement que d'habitude, avec de longs silences après chaque phrase. Il devait réfléchir. Revoir tout cela. Il parla encore du quartier, puis il finit par revenir à la boutique pour insister sur l'odeur. A la fin, il répéta encore :

— Ma mère, elle était blanchisseuse.

Puis il se tut. Pierre n'avait pas sommeil. Il regardait l'arbre où la lumière changeait. Kid devait le regarder aussi. Un long moment s'écoula. Pierre pensait à Gégène, tout seul dans sa longue caisse de bois. Il pensait à la route. Aux villages. Aux foires. Au forgeron. A Pat. A Diane. Tout passait devant lui parce qu'il était sans rien faire et qu'il ne pouvait s'endormir.

Il entendit s'arrêter le grand huit. C'était toujours le premier manège qui fermait.

— Tu dors pas ? demanda Kid.

— Non.

— Tu te fais du mouron à cause de Pat ?

— Non. Qu'est-ce qu'il peut me faire ?

— Rien. C'est une patate.

Il y eut un frôlement contre la roulotte, et une ombre monta devant la porte. Son pas sur l'escalier de bois se répercutait dans le plancher.

— T'as fini ? demanda Kid.

— Oui, fit la voyante. Vous dormez pas ?

— Non.

— T'aurais dû boucler, c'est la lumière qui vous gêne.

Elle poussa la porte derrière elle.

— Ferme pas, dit Kid, à trois là-dedans, on va crever. Surtout avec ta saloperie de greffier qui pue comme un bouc.

— Pauvre con, c'est toi qui pues. Je vais ouvrir la fenêtre... Et si tu le vois rentrer, le chasse pas. Il ira pas vers toi, va.

— Il a intérêt. S'il a jamais fait du vol plané...

Elle le traita encore de pauvre con, mais ils se chamaillèrent sans colère, sur le ton de la conversation la plus normale. La voyante ouvrit une toute petite fenêtre dont elle entrebâilla les volets. Puis elle se dirigea, sans allumer, jusqu'au fond de la roulotte où Pierre l'entendit se déshabiller et se coucher.

— Dire que tu n'as même pas pu le revoir, fit-elle.

— Je sais que ça lui aurait fait plaisir, dit Kid, mais au fond, moi j'aime mieux pas.

— Pourtant, c'était ton pote.

— Sûr, que c'était mon pote. Mais justement, je l'avais connu fort... Bon Dieu, quand j'y pense.

Sa voix vibrait légèrement. Il se tut quelques instants, puis, plus bas, comme s'il parlait les dents serrées, il ajouta :

— Je l'avais vu trop vivant. J'aime mieux pas l'avoir vu à la mort.

47

Au cours de la nuit, Pierre se réveilla. Cela ne lui arrivait jamais. Il se demanda l'heure qu'il pouvait être et regarda autour de lui. Les lumières de la fête étaient éteintes, et, par la fenêtre aux volets entrebâillés, filtrait seulement une lueur trouble qui devait venir des lampes de la rue. Pierre fut intrigué par un autre point lumineux qui devait se trouver à côté de la porte. Il crut tout d'abord que la cloison de planches était percée, puis il pensa que ce pouvait être un objet luisant. C'était pourtant une lueur étrange, légèrement verte. Pierre se souleva sur le coude pour mieux voir, et la lueur se mit à vaciller.

— Qu'est-ce que tu as ? demanda Kid.

— Rien.

— Tu dors pas ?

— Je me suis réveillé.

La respiration de la vieille était régulière.

— Elle en écrase, dit Kid.

Pierre se laissa tomber sur le dos, et la lueur tremblota de nouveau.

— On a pris l'habitude de la paille et des plumards d'hôtel, dit Kid. C'est ça qui t'empêche de pioncer.

— Je sais pas. Et toi ?

— Moi, je pense à Gégène... Et les lardons... Je sais pas si tu te rends compte. L'Angèle va avoir tout à banquer.

L'hosto, l'enterrement, les toubibs, tout quoi ! Et elle m'a dit qu'elle a encore d'autres dettes à la traîne.

Pierre essaya de penser à Angèle et aux enfants, mais Kid venait de remuer en parlant, et la lueur bougeait de nouveau. Elle semblait même se déplacer très lentement vers la gauche. Il se souleva encore pour regarder et demanda :

— Qu'est-ce que c'est qui éclaire, près de la porte ?

Kid se redressa et la lueur remua davantage.

— Quoi ? Ce machin qui bouge ? Mais c'est son guignol. Le diable qui est dans le bocal. C'est son gratin, tu parles qu'elle va pas le laisser coucher dehors pour qu'on lui barbote.

Pierre eut envie de rire. Il n'avait pas eu peur, mais il avait été impressionné tout de même. Il n'avait jamais vu ce petit diable dans l'obscurité.

— A quoi ça sert, qu'il soit lumineux ? demanda-t-il.

— Je sais pas. Peut-être que c'est fait pour des gonzesses qui font leur numéro dans la nuit. Bon Dieu, quand je pense qu'elle peut tout prévoir, je voudrais bien qu'elle me dise ce qui va se passer pour les gosses à Gégène.

— On va repartir ?

— Faudra bien. Surtout si je veux pouvoir aider un peu l'Angèle.

Pierre réfléchit un moment. Depuis qu'il était avec Kid, il avait gagné de l'argent, et leurs dépenses étaient toujours assez faibles à cause des gens qui les invitaient. Jamais encore il ne s'était trouvé avec une telle somme. Il y avait pensé à plusieurs reprises en se disant qu'il pourrait rapidement acheter une moto. Il se demanda soudain ce qu'il ferait d'une moto. Un jour, Kid avait dit : « Si on pouvait se payer une bagnole d'occasion, ça serait plus facile. » Puis, aussitôt, il avait rectifié : « Pour les longs trajets, ça vaut pas le train. Pour le reste, on trouvera toujours des mecs pour nous transporter à l'œil. En fin de compte, ce serait du pognon foutu. » Une moto, qu'est-ce qu'il en ferait ? Il s'arrêta sur cette interrogation et demanda :

— Tu veux du fric, pour l'Angèle ?

— J'ai déjà pas mal, tu sais.

— Mais si tu en veux plus.

— T'es un bon gars, dit Kid... T'es un bon gars, on verra bien.

Kid se tut. Pierre fixait toujours du regard le petit diable lumineux qui s'était immobilisé. Il avait parlé de cet argent sans bien réfléchir, et pourtant, à présent, il sentait en lui quelque chose d'agréable. Quelque chose de curieux qui faisait comme une bonne tiédeur où il trouva le sommeil.

48

Lorsqu'ils se levèrent, la place était encore déserte, et ils empruntèrent une cuvette à la voyante, pour aller se laver en prenant l'eau à l'une des bouches qui servent à nettoyer les rues. Les gens qui allaient à leur travail les regardaient. L'aube était lourde comme l'avait été la nuit.

De retour à la roulotte, ils trouvèrent Tine qui les attendait en buvant du café avec la vieille. Elle les salua, et Kid, presque brutal, répondit :

— Qu'est-ce que tu veux ? Tu vas pas venir nous emmerder ici ? Tu sais que c'est pas le jour.

— Je sais, tout le monde a bien du malheur.

— Tu vas pas te plaindre, non? Il y en a qui n'ont que le malheur qu'ils cherchent.

Tine le regarda un instant. Son visage paraissait plus décharné encore que d'habitude. Ses yeux étaient cernés et sa bouche semblait une ride sans lèvres. Elle baissa la tête.

— Kid, murmura-t-elle simplement, on est foutus.

Le petit hercule s'était accroupi devant sa valise où il rangeait sa couverture et sa trousse de toilette. Il paraissait indifférent. Pierre le regardait, un peu surpris. Tine laissa Kid refermer sa valise et, au moment où il l'empoignait, elle dit très vite :

— Kid, faut que tu m'écoutes. J'ai rien fait moi. Et la petite non plus. Et le vieux Pat...

Sa voix s'étrangla. Comme elle se taisait, Kid reposa la valise et dit sans colère :

— Vous n'avez rien fait. Mais vous êtes dans le bain avec Pat. Et Pat est un salaud. Moi je ne suis pas de la famille. Je vais pas passer ma vie à bosser pour qu'un mec puisse se saouler la gueule, et emmerder le monde quand il est rond.

— Mais Kid...

Il l'interrompit. Posant les mains sur la table, il se pencha vers elle pour crier :

— Kid, vous lui avez cassé les bonbons. Ça suffit. Pendant longtemps, j'ai supporté ton gros sac parce que j'avais pitié de vous...

Il se tut un instant comme pour chercher ses mots, puis, se reprenant, il ajouta :

— C'était surtout du vieux, que j'avais pitié. C'est un homme, le vieux Pat ! Et je donnerais cher pour qu'il retrouve ses forces le temps de mettre une trempe à ton sac à vin.

Tine s'était mise à sangloter en répétant :

— On est foutus... On est tous foutus.

Kid tira un tabouret pour s'asseoir de trois quarts, à l'angle de la table où Tine s'était accoudée. Sans crier, mais d'une voix toujours dure, il reprit :

— Si j'avais manqué de réflexes le jour où il a pris la masse, c'est moi qui serais foutu. Et pour de bon... Et toi, tu t'en laverais les mains.

Tine releva la tête. Elle allait répondre, mais la voyante la devança.

— Tu es dur, moustique, fit-elle. Je ne t'aurais pas cru comme ça.

Sans quitter sa place, Kid se tourna vers elle.

— Alors quoi ? lança-t-il. Qu'est-ce que tu veux que je fasse ? Que j'aille les tirer du merdier, pour que ça marche huit jours, et que l'autre abruti me remercie avec un coup de masse derrière le citron?

Il avait crié très fort, et il y eut un silence lourd. Après un temps, Tine dit doucement :

— Ça m'étonnerait. Dans l'état où il est.

— Tu parles !...

— Il avait une bonne cuite, mais il s'est pourtant réveillé à minuit. Il souffre. Son genou a doublé. C'est tout bleu et noir, et je crois qu'il a des esquilles d'os qui pointent.

— Je suis pas toubib, trancha Kid.

Il parut hésiter. Pierre crut un instant qu'il allait faiblir, mais il se leva brusquement, porta sa valise jusque derrière la porte et sortit en disant :

— J'ai autre chose à foutre. Démerdez-vous.

Il ajouta quelques mots en dégringolant les marches, mais Pierre ne put saisir ce qu'il disait. Il le regarda s'éloigner et disparaître à l'angle de la roulotte arrêtée devant celle de la voyante. Il y eut un long silence. Lentement, comme écrasée de fatigue, Tine se leva en s'aidant de ses deux mains maigres posées sur la table.

— Qu'est-ce que tu vas faire ? demanda la voyante.

Tine eut un sourire aigre et un hochement de tête.

— Qu'est-ce que je peux faire ? Rien. Joseph est parti. Avec la tête de bois qu'il a, il ne reviendra pas, c'est sûr. L'autre qui s'est battu avec Pat, on ne le reverra pas non plus. Il reste un baron. Et toquard en plus de ça.

Elle s'était tournée vers Pierre. Son regard était pénible à supporter.

— Vous auriez pu revenir avec Kid, fit-elle. Il va avoir besoin d'argent pour aider l'Angèle.

Elle soupira et fit un pas vers la porte.

— Qu'est-ce qui s'est donc passé, avec Joseph ? demanda Pierre.

Il avait parlé sans réfléchir. Il fut presque surpris de sa propre question, et se trouva gêné quand Tine se retourna pour lui répondre :

— C'est pas compliqué. Quand Pat s'est battu avec l'autre, Joseph a voulu s'interposer. Et Pat l'a insulté en lui parlant de Diane...

Elle sembla sur le point de repartir sans en dire davantage, pourtant, elle ajouta :

— Il a parlé comme il n'aurait jamais dû faire... Non. Sûr qu'il n'aurait pas dû. Joseph, c'est un nègre, mais c'est un bon type. Et il a toujours été correct avec la petite.

Elle les regarda encore tous les deux, puis, marchant vers la porte, elle reprit :

— Quand il est saoul, il ne sait pas ce qu'il dit. C'est sûr, il ne sait pas ce qu'il dit. Il a fait beaucoup de conneries, mais cette fois on est foutus.

Ses épaules étroites eurent un drôle de mouvement qui fit pointer ses os sous sa blouse, et elle descendit l'escalier en sanglotant.

49

L'enterrement de Gégène était prévu pour 11 heures. Toute la matinée, Kid demeura près d'Angèle qui recevait encore des visites d'autres forains. Pierre était parti sur les quais avec les enfants, et Angèle avait demandé à la fille du tir de les garder pendant l'enterrement. En marchant avec les petits, Pierre pensait à la scène du matin. Avant de le laisser sortir, la voyante lui avait dit : « Kid est un imbécile. Je sais bien qu'il ne va pas laisser tomber l'Angèle. Dans ces cas-là, il n'y a que le pognon qui compte. Et si les Carminetti sont vraiment obligés de boucler, ils seraient sûrement prêts à vous donner pas mal pour vous avoir, le moustique et toi. »

Pierre avait mal compris cette colère de Kid. Le petit hercule avait toujours plaint beaucoup ceux qui devaient partager l'existence de Pat et, aujourd'hui, il s'en prenait à cette femme qui n'avait fait qu'endurer la colère de l'ivrogne.

Le nègre était parti. Il était parti à cause de Diane. Pat avait dû le traiter de sale nègre, et lui reprocher de tourner autour de sa fille. C'était vrai que Joseph était toujours très correct avec Diane. Il la regardait, c'était tout ce qu'il se permettait. Et il regardait d'un sale œil tous les hommes qui approchaient la petite. Sans se l'avouer jamais, Pierre avait toujours eu un peu peur de Joseph, et ce départ le soulageait. Kid avait souvent répété : « Le nègre serait foutu de crever la paillasse d'un mec qui toucherait à la gosse. » Tine avait expliqué que Pat était tombé seul sur un piquet de fer, n'était-ce pas Joseph qui l'avait rossé ? Est-ce que Pat était vraiment blessé sérieusement ? Ne jouait-il pas la comédie pour les attendrir et les faire revenir chez lui ? Pat mentait constamment, et Kid prétendait que la patronne était capable de faire n'importe quoi pour sauver la baraque.

Depuis son retour, Pierre n'avais pas rencontré Diane. Il l'avait seulement aperçue, mais il s'était caché. Il ne savait même pas pourquoi il s'était caché. S'il avait pu la revoir seule, un soir, ou retourner avec elle dans un hôtel, il y serait allé. Il en avait eu envie. Il y avait pensé plusieurs fois depuis quelques jours, parce qu'il gardait un bon souvenir des moments passés avec elle. Diane n'était pas une beauté, mais il avait pris du plaisir avec elle. Elle était douce et gentille. Beaucoup plus que toutes les filles un peu folles que Pierre avait rencontrées. C'était même sans doute avec elle qu'il avait découvert ce qu'était la douceur. Malgré tout, elle lui faisait un peu peur.

Jusqu'à présent, tous les contacts qu'il avait eus avec des filles avaient été rapides, parfois même un peu brutaux. Avec Diane, c'était autre chose. Elle n'avait jamais parlé beaucoup, mais elle avait toujours une façon de le regarder qui le gênait. Elle était souvent triste. Elle parlait un peu de son frère, et puis elle se taisait. Avec Pat, d'ailleurs, on ne pouvait pas parler beaucoup. Pat, c'était un sac à vin. Kid le disait depuis le premier jour : « Une patate qui n'avait pour lui que ses cent kilos de graisse et sa grande gueule. »

Pierre marcha longtemps avec les enfants qui trottaient devant lui en s'amusant. Au retour, il prit le petit Gil sur ses épaules. Lorsqu'il courait, le gamin se cramponnait en mettant ses deux mains sur son front. Quand il fallait changer de direction, il prenait Pierre par les oreilles et l'obligeait à tourner la tête. Il criait :

— A gauche... A droite...

Et souvent il se trompait. Pierre le tenait par ses mollets

ronds et fermes sous une peau douce qui sentait la savonnette.

Le petit riait. Il était 10 heures et à 11 heures on allait enterrer son papa.

Pierre n'avait pas connu son père, mais il se rappelait sa mère. Il devait avoir cinq ans, lorsqu'elle était morte. Il ne savait pas au juste. Ce qui comptait le plus, ce n'était même pas l'oncle qui l'avait si mal nourri, mais la gargote. Une sale turne noire dont il s'échappait dès la dernière bouchée avalée, pour rejoindre les copains sur le terrain vague. Au fond, son enfance, c'était surtout ce terrain. Les hautes herbes, l'étang que l'on comblait peu à peu avec les ordures où les gamins piotaient, disputant aux clochards un vieux bout de tissu ou de ferraille.

Le terrain avait disparu à mesure que Pierre grandissait. Il avait été mangé par de hauts immeubles en béton armé. Le chantier avait été une période de transition agréable, avec ses baraques de bois où logeaient les Nord-Africains et les Portugais. Puis, les immeubles terminés, des bulldozers avaient rasé palissades et baraques. Il y avait eu un grand feu pour tout débarrasser avant que l'on achève de niveler. A présent, entre les casernes de ciment et de verre, l'espace était occupé par des pelouses et des parcs à voiture. Les gosses du quartier devaient sans doute aller chercher très loin un peu de vie sauvage.

Pour les enfants de Gégène, c'était tout de même une autre existence. Ils avaient la route. Ils n'auraient pas à se cacher pour échapper à l'école. Ils iraient de l'une à l'autre, un mois ici, une semaine là.

Ce qui avait meublé l'enfance de Pierre lui paraissait pauvre, aujourd'hui, comparé à la vie des forains.

Est-ce que le petit Gil se souviendrait de son père?

Pour le moment, il riait, sur les épaules de Pierre qui le ramenait vers la fête où tout le monde devait se préparer pour l'enterrement de Gégène.

50

Quand Pierre regagna le cours de Verdun, la plupart des forains avaient déjà dégagé leurs voitures. Elles attendaient, entre les stands fermés et les manèges aux bâches baissées. Une seule loterie continuait de vivre, celle où l'on ne gagne que des oiseaux. Il fallait la laisser ouverte pour que les animaux aient de l'air et de la lumière. Le pépiement continu des oiseaux, leur remuement coloré contrastaient avec l'immobilité et le silence. Pas un souffle de vent. Rien que le soleil qui repoussait entre les baraques des ombres de plus en plus étroites. Des gerbes de fleurs, débordant de seaux en matière plastique, mettaient là des taches de couleurs plus vives que celles des confetti, des serpentins, des papiers à bonbons et des cartons de tir estompés par la poussière.

Les hommes, assemblés près de leurs voitures, transpiraient dans des costumes qui dégageaient une forte odeur de penderie.

Pierre entra chez la voyante pour enfiler son blouson. La vieille était déjà prête, toute vêtue de noir et son chignon serré par un fichu à franges. Elle tendit une cravate au garçon en disant :

— C'est le moustique qui vient de l'apporter. Elle était à ce pauvre Gégène. Tu pourras la garder.

C'était une cravate bleue à petits chevrons noirs. A l'endroit où la barbe de Gégène avait frotté, le tissu, dont le dessin s'effaçait, était si mince que la doublure blanche apparaissait en transparence. Pierre se mit à batailler, et la voyante dut l'aider à faire le nœud. Elle se tenait devant lui, le menton levé, un œil fermé et la tête inclinée sur le côté à cause de sa cigarette qui continuait à fumer, plantée au coin de la bouche.

— T'es rudement empoté, remarqua-t-elle. Je plains ta femme, mais, des niasses comme toi, ça se marie pas.

Lorsqu'ils sortirent, la jeune fille du tir emmenait les enfants en direction du fleuve. Il y en avait une dizaine, et, parmi eux, les trois fils de Gégène. La jeune fille portait le petit Gil sur son bras et tenait Denis par la main. Pierre rejoignit Kid qui parlait avec le confiseur et le propriétaire du manège d'autos tamponneuses. Le petit hercule était vêtu d'un costume bleu foncé qui le serrait aux épaules et dont il n'eût sans doute pas pu boutonner la veste. Il regarda la cravate que portait le garçon, et il dit :

— Moi, j'avais pas de chemise blanche, c'est l'Angèle qui m'a filé celle-là, mais il a fallu faire un nœud de cravate maous pour cacher le col qui ferme pas...Ça me serre rudement... C'est malheureux, on s'habille jamais, et on pense jamais qu'un jour on peut être obligé.

Il se tenait les bras décollés du corps, osant à peine remuer, les veines du cou gonflées.

— Bah, observa le confiseur, le pauvre Gégène, c'était pas un gars qui attachait de l'importance à toutes ces foutaises. Le tout, c'est d'être là et de penser à lui.

Angèle descendit de sa roulotte et tout le monde se tut. Elle était en tailleur noir et portait un chapeau tout petit et rond, d'où s'évasait un voile qui couvrait entièrement son visage. Pierrette la suivait. Elle était en noir également, mais avec une jupe d'emprunt beaucoup trop longue, et très plissée. Sur son corsage blanc, elle avait passé une veste de laine dont les épaules tombaient. Un foulard noir noué derrière la nuque cachait complètement ses cheveux, lui donnant l'air d'une petite vieille à visage de poupon.

Elles montèrent toutes les deux dans la grosse voiture du

confiseur, où deux autres femmes prirent également place. Kid et Pierre partirent avec l'homme des autos tamponneuses et sa femme. Les voitures qui suivaient étaient pleines de gens qui tenaient presque tous des fleurs sur leurs genoux. Le conducteur dit à Kid :

— Tu as rudement bien fait de ne pas mettre tout le fric de cette quête dans une gerbe. Les gens ont donné beaucoup, mais ils ont quand même tous acheté des fleurs ce matin.

— C'est bien la moindre des choses, dit sa femme qui avait posé à ses pieds une gerbe de glaïeuls.

Les vitres de la voiture étaient baissées, mais elle avait séjourné un long moment au soleil et la tôle brûlait. Il entrait de larges bouffées d'air étouffant chargé d'odeurs d'essence. Les visages rouges luisaient.

A l'hôpital, ils traversèrent une immense cour où le soleil, réverbéré par les longues façades blanches aux stores baissés, tuait toute vie. C'était un monde écrasant, fermé et désert. Dans la chapelle, l'air était frais, mais fade, épaissi par une odeur indéfinissable que combattait mal le parfum des fleurs et de l'encens. Les premiers arrivés étaient à peine entrés que le prêtre commençait déjà ses prières. La cérémonie fut très courte, et tout le monde sortit pour former le cercle autour du corbillard noir où le cercueil et les fleurs furent chargés. La lumière était plus pénible encore après la pénombre. Des crânes chauves luisaient. Des mouchoirs blancs sortaient des poches pour essuyer des yeux que brûlait la sueur. Angèle sanglotait, tenant contre elle la petite Pierrette qui pleurait. Kid était à côté, raide, les bras paralysés, le dos voûté sous sa veste prête à craquer. Il paraissait plus petit que jamais. Pierre fixait sa nuque brune où coulaient de grosses gouttes qui venaient tremper son col.

Ils remontèrent dans les voitures qui suivirent le corbillard. Personne ne soufflait mot. Pierre regardait les rues de banlieue qu'il découvrait.

A un carrefour, ils furent bloqués quelques minutes par

un embouteillage, et un automobiliste arrêté à leur droite se mit à klaxonner. Il gesticulait au volant.

— En voilà un qui est plus pressé que les autres, dit calmement l'homme des autos tamponneuses. Quand il sera dans une caisse, il aura tout son temps.

Ils longèrent une voie ferrée qui luisait en contrebas, tournèrent dans une large avenue où les voitures s'alignèrent le long d'un mur d'où émergeaient des croix. Le cimetière paraissait immense, avec de petites tombes et de gros mausolées, avec des croix et des colonnes plaquées sur le ciel bleu.

— C'est un chouette cimetière, remarqua Kid.

Ils marchèrent en rangs inégaux derrière le corbillard. Les fleurs se fanaient déjà. L'odeur du moteur semblait se coller au goudron des allées où les semelles s'enfonçaient.

La fosse s'ouvrait au fond du cimetière, en bordure d'un vaste espace sans arbres ni tombes, tout envahi d'herbes jaunes. Dès que le cercueil fut descendu, le défilé commença. Les gens se passaient de main en main un goupillon, et Pierre regarda quel geste ils faisaient. C'était un mouvement assez vague, et qui n'était pas toujours le même. Pierre fit aussi un geste vague et, intérieurement, il dit :

— Pauvre Gégène !

Angèle regardait, soutenue par la voyante et une autre vieille. Kid tenait par la main la petite Pierrette qu'accompagnait une autre fille de forain, empruntée, les yeux baissés vers le sol.

Une fois libérés, les gens s'éloignaient lentement dans l'allée où certains s'arrêtaient, attendant le passage d'un groupe pour reprendre leur marche. Diane, que Pierre avait déjà remarquée à l'église, accompagnait sa mère et deux autres femmes. Elle portait une robe bleue toute droite et un foulard gris sur ses cheveux. Elle se retourna plusieurs fois pour regarder Pierre avec insistance. Comme ils approchaient de la gille, elle resta sur place, laissa s'éloigner sa mère et s'approcha du groupe où Pierre se trouvait. Le garçon hésita un instant, puis, sans réfléchir, il partit au-devant d'elle. Ils se serrèrent la main et Diane lui dit :

— Faudrait qu'on puisse se voir.

— C'est pas facile.

— Vers 5 heures, j'irai sur le quai de Saône.

— Où ça ?

Elle parut se concentrer avant de répondre. Son visage semblait plus mince encore que d'habitude, à cause du foulard qui emprisonnait ses cheveux et dégageait toute la longueur de son cou.

— A l'endroit où les voyous t'avaient emmené pour te piquer ton fric, dit-elle.

— J'essaierai, promit-il. Mais je peux pas savoir ce que Kid va décider. Si ça se trouve, on va repartir ce soir.

Comme un groupe important arrivait à leur hauteur, Diane rejoignit sa mère sur le trottoir où tout le monde se rassemblait. Ils attendirent Angèle, sa fille et Kid, puis un homme proposa d'aller boire.

— Ça te remettra un peu, dit-il à Angèle. Il fait tellement chaud !

Ils traversèrent l'avenue et, l'un après l'autre, ils entrèrent dans la grande salle d'un café où il faisait sombre et frais. Ils se glissaient sur des banquettes ou se laissaient tomber sur des chaises. Il y eut quelques minutes avec le seul bruit des pas et des chaises, puis une espèce de demi-silence meublé de soupirs, de froissements et du roulement atténué des voitures. Comme un forain retirait sa veste, tous l'imitèrent, ôtant leur cravate pour se donner de l'air. Pierre roula la sienne qu'il glissa dans la poche de son blouson. Angèle releva son voile, les femmes dénouaient leur foulard. Il y eut encore un temps de repos, mais, dès que le garçon eut apporté de la bière glacée dans des verres tout couverts de buée, la conversation s'engagea.

51

Il était une heure de l'après-midi lorsque les voitures regagnèrent le cours de Verdun. Tine voulait emmener Kid et Pierre manger chez elle, mais la femme du confiseur dit qu'elle avait préparé le repas avant de partir et que les deux hommes viendraient avec Angèle et sa fille. Tine n'insista pas et partit avec Diane. Pierre et Kid aidèrent le confiseur à installer une longue table sur des tréteaux entre le dos du stand et la longue caravane blanche. Une bâche verte, tendue d'un toit à l'autre, protégeait du soleil cet espace ouvert des deux bouts sur les allées séparant les roulottes. Des gens passaient. Il faisait chaud et la poussière lourde montait sous leurs pas. Kid avait sa chemise blanche échancrée jusqu'à sa ceinture, et ses manches retroussées. Ils sortirent des chaises et s'installèrent pour boire l'apéritif en attendant que les femmes servent le repas. Le confiseur apporta une bouteille de pastis, des verres, de l'eau fraîche et de la glace dans un petit seau de métal brillant comme de l'argent. La nappe était bien blanche. Ils étaient assis dans des fauteuils de camping, confortablement, comme pour un repas de vacances. Angèle et Pierrette aidaient la femme du confiseur à préparer les plats et à dresser le couvert.

— Quand je pense que Pat devrait être installé comme vous autres, dit Kid.

— Quand j'étais gosse, expliqua le confiseur, le vieux

Pat était le roi. Il gagnait mieux sa vie que le plus gros manège. Il avait déjà la même roulotte, et à ce moment-là, c'était la plus moderne de toutes. A présent, je me demande ce qu'ils vont devenir.

Kid l'écoutait, renversé en arrière dans son fauteuil, son verre embué dans sa grosse main, buvant à petites gorgées. Comme il ne répondait pas, l'homme demanda :

— La Tine ne t'a pas proposé de revenir avec eux ?

— Si, mais ça ne m'intéresse pas.

— Tu as peut-être tort, tu pourrais poser tes conditions.

Kid eut un ricanement.

— Des conditions, avec un maboul pareil ? Mais le jour où il est rond, tu sais bien ce qu'il est capable de faire.

L'homme eut un geste d'impuissance.

— C'est vrai, fit-il, avec lui, on peut s'attendre à tout. Mais pourtant...

Il s'arrêta. L'Angèle venait de sortir de la caravane, portant un long plat blanc où étaient alignées des tranches de pâté en croûte et de saucisson garnies de cornichons et de petits oignons au vinaigre.

— Ta femme s'est dérangée, remarqua Kid.

— Mais non, dit l'homme, faut bien manger.

Angèle avait quitté sa veste, son chapeau et son voile. Elle paraissait toute ronde dans un corsage blanc bordé dont les manches courtes serraient ses gros bras rouges. Son soutien-gorge noir se devinait sous le tissu mince et tendu dont la transpiration augmentait la transparence. La sueur et les larmes avaient sillonné son maquillage. Ses traits étaient tirés, mais elle essayait de sourire.

— On vous fait des misères, disait-elle.

— Ma pauvre Angèle, fit le confiseur, s'il n'y avait pas de plus grande misère, le monde serait beau à vivre.

Ils commencèrent par manger en silence, puis, peu à peu, la conversation s'amorça. Ils parlèrent d'abord de Gégène. Ils en parlaient comme s'il eût été simplement absent pour une journée. Presque sans tristesse, en racontant ce qu'il avait fait, ponctuant seulement leur récit à plusieurs voix de cette phrase qu'ils reprenaient tour à tour :

— Pauvre Gégène, quand on l'a connu si fort !

Ils en étaient à manger un gros saladier de fraises au vin rouge, quand le confiseur demanda :

— Tu ouvres, cet après-midi, Angèle ?

— Tout de même, soupira-t-elle. Je ne peux pas.

— Tu aurais tort. On sait tous que tu es dans l'embarras. Personne n'a rien à dire, fit le confiseur.

— D'ailleurs, Pierrette peut tenir sans toi.

— Moi, dit l'Angèle, il faut que je fasse mes comptes. Avec tout ce que j'ai payé, je ne sais plus où j'en suis.

— Si tu as besoin...

Elle leva la main en signe de remerciement.

— Je sais, dit-elle, tout le monde est gentil. Mais je ne veux pas me mettre des dettes sur le dos.

— Avec nous, fit l'homme, ce ne sont pas des dettes.

Ils restèrent à table jusqu'au moment où les haut-parleurs des manèges commencèrent à moudre leurs rengaines. Là, sans se concerter, ils se levèrent. Le confiseur entra dans la caravane et ressortit bientôt, vêtu de sa veste blanche et coiffé d'une haute toque amidonnée.

— Voilà qu'il est l'heure, dit-il.

Et il ouvrit la petite porte qui donnait accès à sa boutique. Les femmes débarrassèrent la table, tandis que Pierre et Kid repliaient les fauteuils. Tout près, sous le soleil, la fête recommençait, avec les cris, les crépitements et les rires qui se mêlaient à la musique et au grondement sourd des moteurs.

52

Tandis que Kid accompagnait Angèle dans sa roulotte où elle voulait faire ses comptes, Pierre aida la petite à ouvrir la loterie. Il resta quelques minutes près d'elle, puis se mit à flâner sur la fête. Il s'arrêtait de temps à autre pour bavarder avec un forain, repartait, regardait les groupes de jeunes qui marchaient lentement d'un tir à un manège, comme écrasés par la chaleur. Il demeura un long moment devant le Palais des Jeux. Il avait de l'argent et l'idée lui vint d'entrer là. Et pourtant, il n'avait pas vraiment envie de jouer, de s'installer devant un flipper et d'actionner les manettes pour allumer des ampoules, aligner des chiffres et tenter de gagner une partie gratuite. Il regardait, et il se sentait étranger aux joueurs. Il n'avait pas envie non plus d'aborder les garçons et les filles qui se trouvaient là. Bientôt il repartirait avec Kid. Il reprendrait son travail sur les places. Travailler, changer de pays, rencontrer des gens comme le forgeron de Louhans, ou les paysans, c'était une bonne vie, après tout. Il se sentait plus proche des forains qui besognaient derrière leurs baraques ou sur leurs manèges, que des jeunes désœuvrés qui tentaient de s'amuser sans y parvenir vraiment.

Kid lui avait dit : « Tu reviendras dans un moment. » Un moment, ça veut rien dire. Il retourna vers la petite loterie. Les enfants d'Angèle étaient installés devant la porte. Les deux petits jouaient aux billes et le plus grand, assis sur une marche, feuilletait une revue de bandes dessinées. Quand ils le virent, ils se précipitèrent.

— Tu nous emmènes... Tu nous emmènes !

Angèle parut sur le seuil et cria :

— Laissez-le un peu tranquille !

Pierre allait répondre lorsque Kid sortit à son tour et lui fit signe de monter.

— Viens une minute.

Pierre entra. Les volets étaient clos, et la seule lumière qui pénétrait par la porte ouverte laissait dans la pénombre tout le fond de la roulotte.

— Assieds-toi, Kid. Faut qu'on cause.

Pierre tira un tabouret et s'adossa à la cloison. Angèle lui versa un verre de bière. Kid le regardait. Il avait son front plissé et son œil inquiet. Il passa plusieurs fois sa main sur son crâne, avant de dire :

— Voilà, l'Angèle a fait ses comptes. Si on n'a rien oublié, elle doit un peu plus de quatre cents tickets.

— Mais moi, dit Pierre, j'ai...

Kid l'interrompit.

— Je lui laisse ce que j'ai. Je voulais seulement savoir si tu es d'accord pour qu'on reparte avec ce que tu as. Bien entendu, je te rembourserai plus tard de tout ce que...

Il s'arrêta. Tine montait. Elle cogna du doigt contre le chambranle en demandant si elle pouvait entrer.

— Bien sûr, dit Angèle.

Elle fit un pas. Elle était à contre-jour et Pierre ne voyait pas ses traits, mais il devinait qu'elle fronçait le visage, encore éblouie de soleil, et cherchant à les distinguer dans la pénombre.

— Qu'est-ce que tu veux ? demanda Kid. C'est nous ou l'Angèle que tu veux voir ?

— Vous tous, fit-elle.

— Si c'est pour recommencer ta comédie, c'est pas la peine. Tu perds ton temps.

Elle prit le tabouret qu'Angèle venait d'avancer et s'assit près de la table.

— Écoute, Kid, dit-elle. Il m'arrive un gros pépin...

Il l'interrompit en grognant :

— Le malheur, on en a notre part.

— Je sais. Oh ! je sais bien, va ! Et je sais aussi que vous autres, vous ne l'avez pas cherché. Mais moi non plus, va, moi non plus...

Sa voix montait. Elle vibrait de plus en plus et sa phrase s'acheva dans une espèce de sanglot avorté, comme si elle allait s'étrangler.

Il y eut un silence. Des mouches entraient et sortaient, tourbillonnant autour des têtes en sueur, frôlant les visages de leur vol saccadé.

— Tu veux un verre de bière, demanda Angèle, ou si tu préfères du café... ?

— Si tu as du café, j'aime autant. Je n'ai même pas eu le temps d'en faire.

Sa voix était redevenue à peu près normale, mais son regard était comme celui d'une bête apeurée. Il allait de l'un à l'autre. On ne voyait que ses yeux dans son visage étroit.

— Alors ? demanda Kid.

— On va emmener Pat à l'hôpital... C'est une sale affaire. Le toubib est venu... C'est la rotule qui est comme qui dirait écrasée. Et avec la chaleur, ça s'est envenimé très vite. Il a une grosse fièvre.

— Qu'est-ce qu'on va lui faire ? demanda Angèle.

Tine eut un geste de ses mains maigres qui retombèrent sur la table. Elle soupira.

— Est-ce que je peux savoir ? Le toubib n'a rien pu me dire. Tu sais comme ils sont. Dès que ça leur paraît compliqué : l'hôpital. Mais l'hôpital, ça veut dire qu'on risque de l'opérer.

Kid ne disait rien. L'avant-bras posé sur la table, il tambourinait doucement du bout des doigts sur la toile cirée. Ses muscles roulaient sous sa peau brune. Tine remua lentement son café qu'elle se mit à boire à petites gorgées. Gil entra et vint se coller contre les jambes de Pierre qui le prit sur ses genoux. Le bruit de la fête augmentait peu à peu. Des gens passaient sans cesse devant la porte ouverte.

— Alors, finit par demander Kid, qu'est-ce qu'on peut faire pour t'aider ?

Tine les regarda encore tour à tour. Elle devait chercher un moyen d'expliquer son idée sans agacer Kid. Elle parla prudemment, comme à regret.

— Des fois, quand on est tous dans l'embarras, si on se prête la main, ça sert à tout le monde.

Elle marqua une pause. Kid ne bronchait pas. Il s'était arrêté de tambouriner sur la nappe. Le petit Gil demanda :

— Tu viens nous promener, Pierre ?

Pierre regarda Angèle, mais ce fut Tine qui reprit la parole.

— J'aimerais bien que Pierre donne son avis. Si Kid voulait revenir avec nous, si Pierre revenait aussi, on pourrait peut-être rouvrir, et ça vous éviterait d'aller courir les routes.

Kid s'apprêtait à répondre, mais Angèle le devança :

— Tu as dit que tu m'aiderais, Kid. Est-ce que ce serait pas mieux, de rester ici ? La semaine prochaine, on monte à Chalon, qu'est-ce que je vais faire, toute seule ?

Le petit hercule la regarda un instant sans rien laisser paraître sur son visage, puis, se tournant vers Tine, il demanda :

— Qu'est-ce que tu proposes, au juste ? Que le petit et moi on fasse marcher la taule à nous deux ?

— Je ne suis pas si con. Mais enfin, Kid, tu connais du monde. Tu peux trouver deux hommes. Avec toi, ils accepteront tous de travailler.

Il eut un ricanement.

— Avec moi, oui. Mais la taule de Pat n'est pas à moi. Elle est à Pat.

Tine se redressa soudain. D'une voix tranchante elle lança :

— Elle était à lui tant qu'il pouvait la faire marcher. A présent, il est sur le flanc. Et il n'a plus droit à la parole.

Ses cent kilos et sa grande gueule, il va les mettre dans un lit. Pour le reste, c'est moi qui décide. Et si je prends un homme pour tout mener, je suis disposée à le payer en conséquence.

Kid laissa passer un moment durant lequel Tine se recroquevilla sur elle-même, comme si cette brusque colère l'eût vidée de toute force.

— Payer, observa Kid. Faut pouvoir.

— Pour moi, dit-elle, il s'agit de sauver la taule et de bouffer. L'hôpital ne me coûtera pas plus cher que les cuites qu'il prenait. Et je vais demander qu'on en profite pour le désintoxiquer.

— Ça, c'est ton affaire.

Elle le regarda bien en face, attendit quelques secondes et dit d'une voix ferme.

— Tu n'as qu'à faire ton prix... Je sais que tu es honnête.

Kid se frotta le crâne. Il paraissait embarrassé. Son regard s'attacha un long moment à Angèle et au petit Gil que Pierre tenait toujours sur ses genoux et qui crayonnait sur un morceau de carton à sucre. Personne n'osait parler, mais tous observaient Kid. Le petit hercule recommença à tambouriner sur la table, s'arrêta soudain et demanda :

— Est-ce que tu en as parlé à Pat ?

— Bien entendu... Il voudrait te voir... Il voudrait voir Joseph... Il est bien emmerdé. Il ne se souvient même pas de ce qu'il a fait.

Kid réfléchit encore, se pencha légèrement vers Tine, et finit par dire :

— Va vers lui... A quelle heure on l'embarque ?

— Il faut une ambulance, il ne peut pas plier la jambe, et dès qu'on la remue, ça le fait hurler. Ils doivent venir vers 5 heures.

— C'est bon, j'irai dans un moment.

Tine se leva, fit un pas, s'arrêta, fit encore un autre pas et demanda :

— Tu ne m'as rien dit, pour les conditions ?

— Je n'ai pas encore dit oui.

La voix de Kid était de nouveau plus dure, et Tine sortit sans se retourner.

53

Après le départ de Tine, Kid s'était avancé jusque sur le pas de la porte. Il y demeura un long moment, appuyé de l'épaule contre le chambranle, avec les mouches qui passaient sans cesse, décrivant de bruques détours au ras de son crâne. Il portait encore son pantalon bleu et sa chemise blanche, mais il était pieds nus. Petit Gil s'étant endormi sur les genoux de Pierre, sa mère l'avait pris pour le porter sur son lit. Elle avait tiré les rideaux derrière elle en disant :

— Je vais me changer.

Quand elle reparut, vêtue d'une longue blouse noire, Kid se retourna et dit :

— Il y a du monde, Angèle, tu devrais aller un peu vers la petite.

Elle fit oui de la tête, prit sur son bras deux culottes d'enfant et une petite trousse à ouvrage. Arrivée près de Kid, qui s'effaça pour la laisser passer, elle s'arrêta.

— Je ne sais pas ce que tu vas décider, dit-elle, mais faut rien changer à cause de moi.

— Va, dit-il. T'inquiète pas.

Il la regarda descendre et tourner l'angle de la roulotte. Il revint s'asseoir et versa de la bière dans son verre et celui de Pierre. Puis il demanda :

— Qu'est-ce que tu en penses ?

Pierre n'eut pas à réfléchir. Il répondit sans hésiter :

— Moi, Kid, je reste avec toi. C'est toi qui décides.

Le visage de Kid se détendit. Il demeura un temps à hocher la tête en regardant Pierre, puis il dit :

— Tu vois, petit gars, dans la vie, faut jamais faire de projets.

— On peut toujours rester avec eux le temps que Pat sera malade. Si on gagne plus, ça permettra d'aider l'Angèle.

— Gégène, c'était mon copain. J'aurais eu un frère, ça pouvait pas être autre chose. Mais toi, tu ne dois rien à personne.

Pierre ne savait comment répondre. C'était vrai. Il n'avait pas le sentiment d'une dette envers Angèle et ses gosses. Et pourtant, il lui semblait que quelque chose le liait à eux. C'était peut-être simplement parce qu'il se trouvait attaché à Kid. Il eut envie de dire que si Gégène était comme un frère pour le petit hercule, c'était par conséquent son propre parent. Il sentait confusément cela, mais il ne trouva pas les mots pour l'exprimer. Ce n'était pas facile. Kid avait de la chance, il savait parler, lui. Il savait se libérer de ce qui était en lui. Il trouvait des mots en toutes circonstances.

— Ça ne te gêne pas de retourner chez les Carminetti ? demanda Kid.

— Non. Pourquoi ?

— Je ne sais pas, dit Kid. Une idée comme ça.

Là non plus, Pierre n'osa pas parler de Diane. C'était pourtant le nom qui lui venait à l'idée. Et il était évident que Kid pensait aussi à elle.

— Tu te souviens, demanda Kid, un jour, je t'ai dit que si j'avais eu des gosses comme ceux de Gégène, j'aurais monté un petit cirque avec eux. Un petit cirque de famille, juste pour gagner la croûte sans dépendre de personne. Avec un truc comme ça, tu n'es pas obligé de suivre les fêtes. Au contraire, vaut mieux rouler les petits bleds, comme ceux où on tirait la fonte ces temps-ci.

A mesure qu'il parlait, il s'animait. Il se mit à expliquer

tout ce qu'on pouvait faire avec des garçons sans les abîmer. Il avait vu des camarades quitter de grands cirques pour en monter de petits, et qui avaient vécu heureux sans se soucier des contrats. C'était une bonne chose, mais il fallait du temps pour tout préparer, et de l'argent pour démarrer.

Il s'arrêta sur cette question d'argent, réfléchit une minute puis, de nouveau plus grave, il conclut :

— Enfin, tout ça, c'est des paroles en l'air. Pour le moment, ce qui compte, c'est de bouffer et d'aider l'Angèle à se tirer du merdier.

Déjà il ne parlait plus pour lui seul. Il semblait associer Pierre à cette idée d'aider Angèle, et le garçon en éprouva une sorte de bien-être. Peut-être un peu de fierté.

Kid se leva, alla jusqu'au fond de la roulotte et ôta sa chemise blanche et son pantalon bleu.

— Je vais me remettre en travail, dit-il. Je me sens pas bien, comme ça. D'abord, ça me serre, et puis... et puis, j'ai toujours l'impression d'être prêt pour un autre enterrement.

Pierre n'avait pas à se changer. Pour l'enterrement, il avait seulement ajouté à ses vêtements de tous les jours, cette vieille cravate qui avait appartenu à Gégène. Il l'avait enlevée dès la sortie du cimetière. Il la tira de la poche de son blouson suspendu derrière la porte, l'examina et demanda :

— C'est vrai, je peux la garder ?

— Bien sûr, qu'est-ce que tu veux qu'elle en fasse, la pauvre Angèle ?

Pierre roula soigneusement la cravate et la remit dans sa poche.

— Je la rangerai dans la valise, dit-il.

Il se retourna vers Kid qui avait fini de se changer. Il le regarda un moment avant de dire :

— Je la mettrai peut-être jamais, ça me fera un souvenir de Gégène.

Kid ne répondit pas, mais Pierre vit comme une lueur de joie un peu triste passer dans ses yeux.

54

Quand je pense, remarqua Kid, que c'est les derniers jours de vogue et qu'ils laissent passer ça, j'en suis malade. Un coup à s'envoyer quatre relevées dans l'après-midi, avec la taule bourrée à bloc.

Ils traversaient la place où le public ne cessait d'augmenter depuis que les premiers manèges s'étaient mis à tourner. Seule la baraque des Carminetti demeurait fermée, son auvent baissé.

Lorsqu'ils arrivèrent, Diane était à côté de la roulotte, cassée en deux vers un grand baquet de zinc où elle lavait du linge. Elle se redressa pour les regarder, passant son avant-bras sur son front où des mèches s'étaient collées à sa peau moite.

— Comment il est ? demanda Kid.

— Il a mal, évidemment, fit-elle en haussant les épaules.

Avant de suivre Kid, Pierre regarda Diane qui lui sourit.

Dans la roulotte où l'air immobile était presque palpable, Pat était allongé sur sa couchette rabattue à côté de la table. Il ne portait qu'un caleçon court d'où la chair molle de son ventre débordait, laiteuse, sous le poil gris. Tout son corps ruisselait de sueur. Le soleil avait dessiné sur sa poitrine la forme de son maillot. Ses mains, ses avant-bras et son cou étaient bruns, mais ses épaules rouges pelaient par endroits. Son visage était cramoisi. Dans son fauteuil, le vieux Pat dormait. En les entendant parler, il leva la tête, battit des paupières et se mit à grogner en agitant la main. Ils allèrent le saluer et, comme toujours, il s'accrocha, tout secoué de tremblements.

— Alors Pat, disait Kid... Alors, ça ira... Ça ira. Faut pas vous faire du souci.

Le vieux voulait dire quelque chose. Pierre le voyait sur son visage et dans ses yeux mouillés. Sa chemise à manches courtes laissait voir ses bras noueux où les tendons et les muscles se contractaient sans cesse. Quand il se fut enfin calmé, les deux hommes se tournèrent vers le gros Pat qui gémissait. Il les regarda et se mit à pleurnicher.

— Bon Dieu, Kid, fit-il... Je suis un con... Je suis un salaud.

Kid l'arrêta d'un geste. Très ferme, il lança :

— Écoute, Pat. On n'est pas venus pour que tu nous fasses ton numéro de sentiment. Moi, on ne m'a pas à l'arnaque.

— Mais Kid...

— Tais-toi. Laisse-moi parler, ou je me tire.

Le gros homme se redressa péniblement, pour porter la main à son genou enveloppé d'une serviette éponge tenue par deux épingles de nourrice. Toute sa cuisse, enflée et rougeâtre, était sillonnée de violet.

— Si tu voyais mon genou, Kid.

— C'est pas la peine. Ça ne m'attendrirait pas. Si j'avais morflé un coup de masse dans la gueule, tu serais pas venu me plaindre...

— Bon Dieu, m'accable pas...

— Je t'accable pas. Mais je risque pas de te plaindre non plus. Je suis pas venu pour ça. Tu es ce que tu es. Je me garderais bien de t'insulter à un moment où tu ne peux pas te défendre, mais ce que je pense de toi, il y a longtemps que tu le sais. Si j'accepte de revenir, je veux que tu saches bien que ce n'est pas pour toi.

— Bon Dieu, il y a le vieux Pat !

Kid se pencha vers lui. Il parla bas pour ne pas être entendu du vieux, mais sa voix était sifflante.

— Le vieux Pat est ton père. Je n'en ai pas la charge. Si je viens, c'est pour moi. Pour gagner de quoi aider l'Angèle. Le reste, je m'en fous !

Pat écoutait sans mot dire. Ses yeux se fermaient de temps à autre. Ses mains se levaient pour chasser les mouches qui l'agaçaient. Chaque fois qu'il laissait retomber ses bras sur sa couchette, il poussait un gémissement. Une odeur fétide, qui devait venir de son genou, emplissait la roulotte.

— Si j'étais vache, observa Kid, je dirais que, même si tu restes estropié, ce sera un bien si ça t'empêche de boire. Mais pour aller te saouler, tu serais encore capable de te traîner à plat ventre.

Tine était immobile au pied du lit. Elle n'avait pas prononcé un mot. Elle les observait tous les deux, le visage crispé.

— Tu as raison, Kid, dit-elle. Mais cette fois, je crois qu'il a compris. Il voulait seulement te faire des excuses.

Kid se mit à rire. Un rire aigre, mauvais, qui fendait sa joue brune pour laisser voir ses dents bien blanches.

— Y peut se les foutre au cul, trancha-t-il. Je suis venu pour dire que j'accepte de m'occuper de la turne, à deux conditions. Premièrement, c'est moi seul qui commande. Deuxièmement : le petit fait le baron, mais tu le payes à la prime, au tarif que tu donnais à Tiennot. Pour moi, c'est la moitié de ce qui reste, une fois déduit le montant des primes versées aux hommes... Et c'est moi qui décide du nombre de relevées.

Les autres ne bronchaient pas. Kid se tut. Pat regarda sa femme puis, d'une voix implorante, il dit :

— Tu m'étrangles, Kid... C'est pas bien.

Le petit hercule pivota sur ses pieds et se dirigea vers la porte. Le vieux Pat se remit à gesticuler et à grogner, tandis que son fils larmoyait :

— Non, Kid... t'en vas pas... C'est d'accord.

Tine s'était plantée devant la porte. Très calme, elle dit :

— Kid, je t'ai expliqué que je voulais seulement pouvoir

manger et ne pas bazarder la baraque. Tes conditions, c'est toi qui les poses, mais crois-tu que je pourrai nourrir tout le monde avec ce qui restera ?

Kid leva les bras comme pour signifier que ces détails ne le concernaient pas. Il se retourna pourtant, le temps d'ajouter :

— Bien entendu, moi et Pierre, on sera pas nourris. On s'arrangera avec l'Angèle.

Doucement, mais d'un geste ferme, il écarta Tine et sortit en disant :

— Réfléchissez. Mais si tu veux avoir une chance d'ouvrir demain, viens me donner la réponse dans une demi-heure. Je serai chez l'Angèle.

Arrivé en bas de l'échelle, il laissa passer Pierre et se retourna pour lancer :

— Je prépare les valises. Je pourrai aussi bien les amener sous ton ring que les mettre aux bagages pour reprendre le large. Dans les bleds où on était, la placarde payait plus que ton arène.

L'évasion

55

Dès qu'ils se furent éloignés de quelques pas, Pierre demanda :

— Tu crois pas que tu y es allé un peu fort ?

Kid se mit à rire.

— Ils ne sont pas fous, va. Et surtout la Tine. Elle sait bien que si c'est moi qui fais marcher la taule, les recettes vont doubler. J'y gagnerai, mais elle aussi.

Ils regagnèrent la roulotte où Angèle les rejoignit aussitôt. Kid s'assit lourdement. Il paraissait épuisé.

— Alors ? demanda Angèle.

— J'ai posé mes conditions. J'attends la réponse.

Il s'essuya le front avec son avant-bras. Il ne les regardait que furtivement, puis baissait les yeux vers la toile cirée de la table.

— Donne-moi quelque chose de frais, dit-il.

Elle tira une bouteille d'eau minérale d'un grand seau qui se trouvait sous l'évier.

— Je n'ai que ça, fit-elle.

— C'est très bien.

Kid vida son verre d'un trait, le remplit à nouveau et le vida encore.

— Qu'est-ce que tu as, demanda Angèle, ça va pas ?

— Si. Ça va très bien. J'ai chaud. Voilà tout.

Les questions semblaient l'agacer. Angèle demeura

silencieuse un moment, mais, n'y tenant plus, elle demanda encore :

— Vous vous êtes disputés ?

— Pas du tout. J'ai posé mes conditions.

— Tu as peur qu'ils refusent ?

— Ça m'étonnerait.

— Tu regrettes de rester là. De perdre ta liberté. Vous étiez sur la route, tous les deux, et vous êtes revenus à cause de Gégène... Et ça te manque.

Kid leva les yeux. Il la regarda intensément. Il semblait faire un effort pour retrouver tout son calme. Comme Angèle allait parler, il dit très vite :

— Non. C'est pas ça. Mais j'ai été dur. Je voulais pas m'attendrir sur cet abruti. Alors, j'ai causé comme un sauvage... Et ça... J'en ai pas l'habitude. C'est tout.

Il se tut, but encore un demi-verre d'eau puis, comme pour préciser sa pensée, il ajouta :

— Mais il fallait le faire. Sans ça, ils allaient encore nous avoir au sentiment. Je les connais. Ils sont plus malins qu'on pense.

Angèle posa encore quelques questions, et Kid expliqua ce qu'il avait exigé. Angèle trouva que c'était excessif, mais Kid fit un calcul rapide des recettes probables qui montrait que les Carminetti s'en tireraient certainement très bien.

— Tu crois que tu pourras trouver des hommes, et faire de si grosses journées ? demanda Pierre.

— Quand on est partis sur la route, dit Kid, est-ce que tu m'as vu me tromper une seule fois ? Si tu veux faire un pari, avant chaque journée je peux te dire ce qu'on fera, à mille balles près.

— C'est bon, fit Angèle, si tu es certain...

Elle se leva et sortit en ajoutant qu'elle retournait à son travail. Elle ne fit que quelques pas et revint au pied de l'escalier pour annoncer que l'ambulance venait d'arriver.

— Et alors ? fit Kid.

Angèle haussa les épaules.

— Tu irais lui dire au revoir, ça t'écorcherait pas la bouche, et peut-être que ça lui ferait plaisir.

Kid eut un geste de lassitude.

— Viens, dit-il à Pierre. Faut pas être vache, même avec les bêtes.

Ils se hâtèrent et parvinrent près de l'ambulance au moment où les infirmiers sortaient le brancard de la roulotte. Ce n'était pas facile, et le gros Pat geignait, cramponné aux longerons de fer de la civière. Kid fendit le cercle des curieux. Pat le regarda et leva la main. Kid empoigna cette main qu'il serra dans les siennes en disant :

— C'est rien va ! Et t'inquiète pas pour ta baraque.

— On est d'accord, dit Pat. La gosse allait partir pour vous le dire quand ils sont arrivés.

— T'inquiète pas, répéta Kid. Et si on a le temps, on ira te voir.

Pat bredouilla encore quelques mots que Pierre ne put saisir. Quand il s'approcha pour serrer sa main brûlante et mouillée, il vit que deux larmes coulaient sur les joues rouges du gros homme. Au moment où l'infirmier s'apprêtait à refermer la porte, Pat sanglota :

— Merci Pierrot... toi aussi, t'es un bon gars.

La voiture recula lentement. Kid s'approcha de Tine qui attendait pour monter.

— Écoute-moi, dit-il. Tu vas avec lui ?

— Oui.

— C'est à Grange-Blanche ?

— Oui.

— Alors, tant que tu seras dans le secteur, fais un saut à Villeurbanne, Joseph avait un copain là-bas. Ce mec qui a une salle de judo. Tu sais où c'est ?

— Oui.

— Va lui demander s'il a vu Joseph, et s'il sait où on peut le pêcher.

Tine paraissait embarrassée. Diane s'avança.

— Vous perdez votre temps, dit-elle. Je sais que Joseph ne reviendra pas.

L'ambulancier s'impatientait. Tine monta.

— N'y va pas, lança Diane. C'est du temps perdu.

La voiture démarra et ils restèrent à la regarder sortir de la place pour s'engager dans le flot de la circulation. Quand elle eut disparu, Kid se tourna vers Diane et demanda :

— Qu'est-ce qui te fait dire qu'il reviendra pas, si c'est pour travailler avec moi ?

Diane avait un sourire curieux. S'adressant au petit hercule, elle dit :

— C'est pas tellement à cause de ce qui s'est passé. Mais je sais qu'il reviendra pas. C'est tout ce que je peux vous dire.

— Bon, fit Kid, si tu es sûre, ma foi, lui ou un autre...

Il se tourna vers Pierre et ajouta :

— Toi, tu vas aller chercher les valises et les amener dans la tente. Et tu resteras ici pour le cas où le mec de la fonderie viendrait. Moi, je vais faire un saut à Vaise. Je suis déjà sûr d'y dégoter au moins un boxeur.

Kid avait retrouvé son calme et son autorité. Avant de partir, il souleva l'auvent de la baraque et jeta un regard à l'intérieur.

— En attendant, tu pourras toujours nettoyer un peu.

Il eut un clin d'œil, tapa sur l'épaule de Pierre et conclut :

— Tu vas voir, petit gars, tu vas voir ce qu'on peut tirer d'une arène de lutteurs.

Sa voix n'était plus la même. Pierre le regarda s'éloigner. Le petit hercule avait retrouvé son aisance, et la même démarche que lorsqu'il bonimentait sur les places.

56

Pierre fit deux voyages, entre la roulotte de la voyante et la baraque des Carminetti, pour apporter les valises qu'il glissa sous le ring. Il faisait lourd à l'intérieur de cette tente fermée depuis plusieurs jours, et il dénoua une cordelette pour soulever le pan de bâche situé du côté de la roulotte. Il était presque heureux de se retrouver là, et il comprit que la lutte lui avait un peu manqué ces temps derniers. Il s'approcha du ring et le frappa plusieurs fois du plat de la main.

— Si Kid était là, il te dirait que tu tâtes l'établi.

Pierre se retourna. Diane était près du rideau fermant l'entrée. Elle s'avança lentement jusqu'à se trouver contre lui.

— T'es content d'être là ? demanda-t-elle.

Il ne répondit pas, mais il l'empoigna presque brutalement et l'embrassa. Lorsque leurs lèvres se séparèrent, Diane murmura :

— J'ai cru que Kid allait tout foutre par terre, tout à l'heure, quand il s'est mis à gueuler.

Pierre ne trouvait rien à dire. Diane lui montra le pan de la bâche qu'il avait soulevé.

— Va fermer ça, dit-elle. On sera tranquilles ici.

— Et s'ils reviennent ?

— Non. On a un moment... J'ai remis la barre de l'auvent.

Pierre alla rattacher la bâche et, quand il revint, Diane était déjà couchée sur le ring. Elle avait ouvert sa blouse sous laquelle elle ne portait qu'un slip et un soutien-gorge.

— Si ta mère arrivait! dit encore le garçon.

Diane l'attira contre elle.

— Je t'aime, dit-elle. Je t'attendais... Je savais que tu reviendrais... Mais c'était long, tu sais.

En la prenant, Pierre comprit qu'il avait, lui aussi, attendu ce moment de plaisir.

Une fois leur fièvre apaisée, ils se rhabillèrent et restèrent allongés, fixant le plafond de toile où commençaient à se dessiner les ombres presque immobiles des arbres. La chaleur était de plus en plus étouffante, et la musique des manèges semblait s'engluer dans un air trop épais. Des silhouettes déformées passaient le long de la tente, montant et grandissant avec des gestes étranges.

— Qu'est-ce qui s'est passé, exactement, avec Joseph? demanda Pierre.

— Ça devait arriver. Pat était rond. Il s'est engueulé avec un des hommes qui voulait être augmenté. Pat lui a dit qu'il ne foutait rien. L'autre l'a insulté; comme Pat voulait cogner, Joseph s'est mis devant et c'est lui qui a reçu.

— C'est Joseph qui a trinqué?

— Oui. Mais il a répondu. Alors Pat l'a traité de feignant et de sale nègre. Il lui a dit qu'il puait.

Elle se tut. Pierre tourna la tête vers elle pour demander :

— Et il a dit aussi qu'il te tournait autour?

— Oui.

— Et c'est tout?

— Non.

Pierre se souleva sur un coude et se pencha vers elle.

— Quoi encore?

— Rien. Le reste, c'est moi qui l'ai dit. Parce que j'en avais envie depuis longtemps. J'ai dit que c'était pas vrai. Que Joseph ne puait pas et que c'était un brave type. Et j'ai dit encore que j'étais assez grande pour l'envoyer paître toute seule. Qu'il avait pas à tourner autour de moi parce que je voulais pas de lui. Et que j'en voudrais jamais.

Elle s'était redressée aussi. Le visage tout proche de celui de Pierre, elle le regardait dans les yeux. Il sentait qu'elle voulait voir tout au fond de lui. Elle avait, dans le regard, comme une flamme fauve qui la rendait très belle. Le garçon eut de nouveau envie d'elle. Il essaya de l'embrasser, mais elle se déroba en disant :

— Attends... Après.

Elle se calma un peu et reprit :

— Pat a foncé sur moi. Il m'a crié que si cet abruti de nègre n'était pas si con, il m'aurait déjà obligée à l'épouser. Mais il trouvait Joseph trop con pour faire marcher la baraque... Je crois bien qu'il m'aurait tuée, s'il m'avait attrapée.

Elle s'arrêta. D'un mouvement de tête, elle rejeta ses cheveux en arrière. Son souffle était précipité comme après une longue course.

— Il allait m'avoir, dit-elle, mais Joseph l'a rattrapé. Il l'a pris par un bras et l'a balancé.

Elle se calma tout à fait pour dire encore, avec un sourire crispé :

— Le reste, tu le connais. Tu as vu son genou. C'est con, mais ça devait lui arriver.

Elle passa un bras autour de son cou et ils roulèrent de nouveau sur le tapis. Comme les caresses du garçon se précisaient, Diane l'arrêta.

— Non, dit-elle. Plus maintenant. Ils vont revenir d'un moment à l'autre. Ce soir, si tu veux. On ira à l'hôtel.

Il fit oui de la tête. Elle l'empêcha d'approcher son visage du sien pour mieux le regarder et, fronçant les sourcils, elle demanda :

— Est-ce que tu m'aimes ?

— Bien sûr. Sans ça, je serais pas là.

— C'est pas certain.

— Tu sais bien que je t'aime.

Le visage de Diane restait inquiet. Pierre comprit qu'elle

voulait encore lui demander autre chose, et il éprouva soudain une appréhension.

— Pierre, fit-elle, en baissant la voix, faut que je te dise quelque chose.

— Quoi ?

— Je crois bien que je suis enceinte.

— T'es folle ?

— Non. C'est à peu près sûr.

— Bon Dieu !... Bon Dieu !

Elle le regardait toujours. Pierre essayait de se reprendre.

— Ça peut pas être d'un autre, tu sais, dit-elle. Je peux te le jurer.

— Je te crois, dit-il. Je te crois, mais c'est quand même un sale coup.

Elle se leva sur les genoux. Son visage, un instant radouci, venait de se fermer à nouveau. Elle rajusta sa blouse d'un mouvement rapide et se dressa en disant :

— Je savais bien que tu m'aimais pas. Mais je te demande rien, va ! Tu peux être tranquille. Je prendrai sûrement une bonne trempe, mais mon gosse, je le garderai. Et je dirai à personne qu'il est de toi... A personne. Tu peux être tranquille.

Souple et rapide, elle passa entre les cordes et sauta du ring. Pierre se leva.

— Diane ! cria-t-il. Écoute-moi.

Mais déjà elle courait vers le rideau qui retomba derrière elle. Pierre empoigna la corde pour sauter, mais il arrêta son élan. La barre de fer avait rebondi sur le plancher de l'estrade, et l'auvent soulevé retomba lourdement, ébranlant toute la façade de la baraque.

57

Parce qu'il avait promis à Kid de nettoyer la baraque, Pierre se mit au travail. Il releva un pan de la bâche, ouvrit l'auvent, arrosa le sol de la salle et le plancher de l'estrade et commença de balayer. Le sol était jonché de sacs vides piétinés, de papiers à bonbons, d'épluchures de cacahuètes, de paquets de cigarettes et de mégots. Il voyait tout cela sans le voir. Il déplaçait les bancs et maniait le balai sans penser un instant à ce qu'il faisait. Il se répétait sans cesse.

— Bon Dieu, sale affaire... Bon Dieu de bon Dieu, si Kid apprend ça, je sais ce qu'il va faire.

Il pensait beaucoup plus à Kid qu'à Diane ou à ses parents. Il imaginait le petit hercule, et il n'osait même pas se dire vraiment quelle serait sa réaction. Il ne pouvait que répéter les mêmes mots, qui ne signifiaient rien, et menaient une ronde effrénée dans sa tête sonore.

Quand il eut achevé sa besogne, il rangea le balai, puis vint s'asseoir à califourchon sur un banc. A présent qu'il n'avait plus rien à faire, il essayait de réfléchir. En fait, il se répétait seulement que Diane, c'était Diane. Elle avait l'air d'une bonne fille, mais elle avait certainement préparé son coup. Elle voulait le posséder. L'attacher comme elles font toutes. Mais ça, c'était impossible.

— Faut pas y compter... Faut pas y compter, grognait-il.

Il demeura encore un moment assis, la tête absolument

vide. Puis, comme si on l'avait fouetté, il se leva, courut vers l'entrée, regarda vers l'extérieur, revint très vite près du ring et tira l'une des valises. Il en sortit deux chemises que Kid lui avait fait acheter, le sac où étaient ses objets de toilette, une serviette-éponge et une paire d'espadrilles. Il étala sa serviette par terre, mit tout le reste au milieu et fit un baluchon qu'il serra avec deux branches d'extenseur.

— C'est tout ce que je lui pique, deux branches d'extenseur. Kid, je le connais, y m'en voudra pas pour ça.

Il faisait tout avec des gestes brusques, fébriles, et il retrouvait cette peur qu'il avait connue lorsqu'il roulait avec Guy et volait des voitures. Il tâta la poche arrière de son pantalon. Son portefeuille y était avec tout son argent. Il regarda encore du côté de l'entrée, hésita un instant, puis alla jusqu'au pan de la bâche qu'il avait soulevé. Il passa la tête. Seuls des inconnus circulaient sur la place. Entre les groupes, il aperçut Angèle, debout derrière son petit comptoir, et qui actionnait sa roue à cliquet. Elle ne regardait pas vers lui. Il attendit que le mouvement de la roue se ralentisse un peu, car c'était toujours à ce moment-là qu'Angèle y prêtait le plus d'attention. Son cœur battait comme au moment d'entrer dans une bagarre. Il respira longuement, sortit d'un bond et fila vers la gare.

La circulation était dense et les voitures roulaient si lentement qu'il n'eut aucun mal à traverser la rue. Il grimpa le petit escalier latéral, louvoya sur l'esplanade dans la mêlée des taxis, et arriva dans le hall. Il y avait énormément de monde, et Pierre se retournait sans cesse pour voir si Diane ne l'avait pas suivi. Elle avait pu le voir sortir depuis la roulotte.

— Faudrait pas qu'elle essaye de s'accrocher !

Une colère sourde se formait en lui. Il lui semblait que tout se liguait pour le rouler. La fille. Ce monde pour le retarder. Tous ces cons qui ne bougeaient pas ! Mais qu'est-ce qu'ils foutaient donc à s'agglutiner comme ça devant les guichets ?

Pierre se plaça derrière une file d'une dizaine de personnes. Il observait l'entrée du hall où il s'attendait à voir surgir Diane et sa mère, et peut-être Kid. Il regardait aussi l'énorme cadran, au-dessus de l'entrée des voyageurs. Il était presque 7 heures. Si Kid rentrait, il allait le chercher. Il ne se souvenait plus s'il avait remis la valise sous le ring, ou s'il l'avait laissée sur le banc. Si Kid voyait qu'il avait pris ses affaires, il viendrait à la gare. Kid était malin. Pierre arriva enfin devant le guichet.

— A quelle heure il y a un train pour Paris ? demanda-t-il.

— Faut aller aux renseignements ou consulter le tableau des horaires, dit calmement l'employé à blouse blanche. Mais le 18 h 27 est parti, il n'y a rien avant 22 h 25.

— Bon Dieu, ça fait... 10 heures.

— 10 h 25, oui, monsieur. Vous voulez un billet ?

Pierre avait posé son paquet sur la banquette à bagages et tiré son portefeuille de sa poche.

— Mais il y a bien un train pour... pour je sais pas, moi, dans la direction de Paris ?

Derrière lui, une femme s'impatientait.

— Où allez-vous ? demanda l'employé.

— A Paris.

— Alors, je vous donne une deuxième classe pour Paris ?

— Mais je peux pas attendre 10 heures...

L'employé haussa le ton :

— Écoutez, monsieur, allez vous renseigner, vous aurez le temps de prendre votre billet ensuite.

Pierre réalisa rapidement qu'il courait trop de risques à revenir dans ce hall si proche de l'entrée. Mieux valait pénétrer dans la gare et s'y cacher en attendant l'heure de départ.

— Non, donnez-moi mon billet tout de suite.

Il paya et fila vers la porte d'accès aux quais. Là aussi, les voyageurs étaient nombreux, mais le flot s'écoulait assez vite. Au passage de contrôle, il demanda où se trouvait le train pour Paris.

— Paris, dit le contrôleur, mais vous n'avez rien avant 22 h 25 !

— Je sais, mais où il est ?

— En principe, il s'arrête sur le quatrième quai. Mais ça peut changer. Vérifiez une demi-heure avant le départ.

Pierre examina l'intérieur de cette gare. Il ne l'avait vu que le jour où il avait pris le train pour Bourg en compagnie de Kid, mais, ce jour-là, il s'était laissé conduire.

Il marcha sur le premier trottoir, dans le seul but de s'éloigner de l'entrée. En passant devant la salle d'attente, il ralentit le pas, mais il renonça à s'y installer. Si Kid venait, il penserait sûrement à la salle d'attente. Un peu plus loin, il remarqua que l'entrepôt des bagages permettait d'accéder directement à l'esplanade extérieure. Il pensa qu'il ne devait pas rester là, mais il se dit aussi qu'il avait peut-être eu tort de prendre un billet. Malgré quelques employés qui poussaient des chariots, on devait pouvoir traverser sans être repéré. Seulement, il pouvait y avoir un contrôleur dans le train. Et puis, il y avait les billets de quai. Oui, mais pour le contrôle roulant, c'était la même chose.

Pierre s'embrouillait. Il s'encombrait la tête d'idées sans importance. Il se reprit et marcha jusqu'au passage souterrain où il s'engagea. Des heures de départ étaient affichées, mais, au quai n° 4, c'était un train pour Chambéry et un pour Saint-Étienne. Il aborda un employé :

— Saint-Étienne, c'est la direction dc Paris ?

— Tu vas à Paris ?

— Oui.

— Alors, c'est pas ça. Si t'as pas loué ta place, faut prendre celui de 23 h 06. Il ne vient pas du Midi, tu as plus de chances de trouver une place.

L'homme était un vieux à grandes moustaches qui avait une bonne tête. Comme il allait s'éloigner, Pierre.demanda encore :

— Je voudrais partir le plus tôt possible, même si je vais pas jusqu'à Paris. Pourvu que ce soit dans la direction.

— Ah !

Le vieux semblait étonné. Il examinait Pierre de la tête aux pieds, l'air soupçonneux. Le garçon comprit qu'il devait dire quelque chose.

— Je peux plus me voir dans cette ville, fit-il. J'aimerais autant attendre dans une petite gare.

L'employé souleva sa casquette pour passer son mouchoir sur son crâne qui brillait. Il eut encore une hésitation. Montrant du doigt l'autre extrémité de la gare, il expliqua :

— Tu as un omnibus qui va jusqu'à Villefranche. Il part à trente-sept. Il est au cinquième quai, là-bas au bout. Seulement, tu te méfieras, tous les express ne s'arrêtent pas à Villefranche.

Pierre remercia et repartit. Il se retourna plusieurs fois. Le vieux le regardait s'en aller.

Le wagon où il monta était pareil à ceux qui forment les trains de banlieue dans la région parisienne. Il n'y avait que quelques personnes, et Pierre s'installa tout au fond de la voiture, du côté opposé au quai. De sa place, il pouvait surveiller l'entrée des voyageurs. S'il voyait arriver Diane ou Kid, il pourrait se baisser. Et puis, ils n'auraient pas idée de venir le chercher dans un omnibus en partance pour Villefranche. Il lui restait un peu moins d'un quart d'heure à attendre. Il pensait à ce nom de ville, Villefranche. C'était là que Guy s'était fait arrêter. Pierre revoyait Kid, le jour où il lui avait pris le journal relatant cette arrestation. Kid, c'était un sacré mec. Est-ce que Guy était encore en taule ? Sûrement. Mais pas à Villefranche.

Un rapide arriva, qui lui boucha la vue de l'entrée des voyageurs. Il restait dix minutes à attendre, et le wagon s'emplissait peu à peu de gens qui bavardaient ou lisaient. Pierre surveillait tour à tour le quai et la porte de la voiture. Quand le rapide repartit, il observa l'entrée des voyageurs et se leva pour examiner chaque quai. Sur le premier, il remarqua le vieil employé qui sortait d'un bureau en compagnie d'un contrôleur et de deux agents.

— Bon Dieu, ce vieux con m'a pris pour un mec en cavale. Il a foutu les flics dans le coup.

Tout d'abord affolé, Pierre vient de retrouver soudain son sang-froid. La seule vue des agents suffit à le calmer. Immobile, il suit des yeux le groupe qui marche rapidement. Il a juste le temps de les voir hésiter sur le bord du trottoir avant qu'un autre train ne vienne les cacher. C'est un marchandises qui roule lentement. Pierre pense :

— J'ai du pot. Ils vont prendre le passage. Celui de la sortie sud sûrement, c'est plus près.

Il empoigne son paquet, saute du wagon et court vers l'escalier qui conduit à l'autre passage. Il se répète :

— J'ai une chance sur deux... Une chance sur deux. Ils ont peut-être foutu un flic à la sortie.

Il s'arrête.

— Mais pourquoi je me tire ? Qu'est-ce que je risque ? Guy ? S'il m'avait balancé, ce serait déjà râpé. Dans les hôtels, j'ai rempli des fiches...

Il repart. Les flics sont les flics. Mieux vaut éviter tout contact avec eux.

— Si je sors de la gare, mon billet est foutu. Merde. Cinq sacs. Je me taillerai en stop. C'est ce que j'aurais dû faire... Et s'ils ont foutu un flic à la sortie ?

Il n'y a pas d'arrivée en ce moment, et personne ne sort de la gare. Pierre transpire à grosses gouttes. Un seul portillon est ouvert. Pierre avance. Tout de suite après le portillon une enseigne indique : « Commissariat de police ». Un agent est adossé au chambranle. Il regarde Pierre. Pierre fait lentement demi-tour, marche en maîtrisant ses nerfs, jusqu'à l'angle du quai. Une fois hors de vue de l'agent, il accélère son allure sans se mettre à courir. Il vient de penser à ce hall des bagages. Par là, il a une chance. Même s'il doit sonner un employé, il passera. Une fois sur l'esplanade, ils pourront toujours lui courir aux trousses. Dans la foule, on est vite noyé. Il le sait pour s'y être caché souvent.

Pierre avance, scrutant le quai où il redoute de voir réapparaître le vieux, le contrôleur et les deux agents. Le train de marchandises s'est arrêté, cachant le reste de la gare.

Pierre remonte le flot des voyageurs qui s'écoule de l'entrée. Il va atteindre cette entrée au moment précis où Kid paraît. Le petit hercule sourit. Il dit calmement :

— Je savais bien que je te trouverais ici.

58

Dès que Kid l'eut pris par le bras pour l'entraîner vers la sortie, Pierre éprouva une impression de soulagement. L'agent se tenait toujours sur le pas de la porte, et Pierre fut sur le point de dire à Kid qu'il était préférable de passer ailleurs, mais Kid ne marcha pas vers le portillon de contrôle. Il obliqua sur la gauche et entra dans la salle du buffet.

— Tu as pris un billet pour Paris, je suppose ? dit-il.

— Oui.

— Alors, on a le temps de bavarder, hein ?

Il trouvèrent une table libre tout au fond de la salle. Pierre continuait d'observer la sortie. De sa place, il pouvait voir la tête de l'agent. Fallait-il parler à Kid ? Il regarda le petit hercule assis en face de lui et qui l'observait, un demi-sourire tordant son visage.

— Alors, dit Kid. Tu partais sans me dire au revoir ?

— C'est une petite salope. Elle l'a fait exprès.

Kid se mit à rire en disant :

— Mais de quoi tu me parles ?

— Fais pas le con. C'est pas elle, peut-être, qui t'a envoyé me chercher ?

— Personne m'a envoyé ici. Je suis assez grand pour savoir ce que j'ai à faire. Quand je suis arrivé, j'ai demandé à Tine où tu étais. Elle n'en savait rien. Je suis allé chez Angèle, et le petit Christian m'a dit qu'il t'avait vu courir vers la gare au moment où il revenait de la boulangerie. Quand on court vers une gare avec un paquet sous le bras, ça veut dire qu'on va prendre un train. C'est tout.

Pierre baissa la tête. Le petit hercule était là, devant lui, avec son regard clair et son visage étonné. Il attendait une explication.

— Faut que je parte, Kid. C'est simplement parce que j'ai envie de partir.

— Regarde-moi.

Pierre leva les yeux. Le visage de Kid était grave. Il le sonda un moment en silence et se mit à parler lentement :

— Faut pas te payer ma tronche, petit. Je suis même pas allé voir Diane pour savoir ce qui s'est passé tantôt, mais tout de même, je suis pas né de la dernière rosée. Et puis, tu viens de dire : « La petite salope. » Alors, hein ? C'est pas sorcier. Elle est en cloque, quoi !

— Tu vois bien qu'elle est allée chialer pour que tu me coiffes !

Le petit hercule haussa le ton :

— Je te dis que je l'ai même pas vue ! Mais tu me prends pour une bille. Si tu fous le camp comme un pet, je me doute bien que c'est pas parce qu'elle voulait te violer, non ! Il y a un moment que tu te l'es envoyée. C'est toi qui me l'as dit. Ce qui est arrivé, ça se devine.

Il se tut. Le serveur s'approcha, et Kid commanda deux bières. Quand elles furent sur la table, il paya, but une gorgée et demanda :

— Alors, c'est vrai ou c'est pas vrai ?

— C'est vrai. Mais elle l'a fait exprès. J'en suis sûr...

Il s'énervait déjà. Kid l'interrompit.

— Ça, mon vieux, c'est son affaire et la tienne. Moi, je suis pas venu te chercher. Je suis pas son père. Je suis venu te dire au revoir. Je t'ai rien fait ? Tu t'en vas comme si tu avais quelque chose contre moi.

— Kid, je voulais pas attendre.

Le petit hercule parla encore un moment de la vie qu'ils avaient eue. Il s'exprimait posément, comme si le départ de

Pierre eût été tout à fait normal. Le garçon continuait de regarder autour de lui. Il pensait toujours au vieil employé et aux agents. Pourtant, avec Kid, il se sentait plus tranquille. Ils restèrent un moment sans parler, puis, d'une voix toujours calme, Kid demanda :

— Alors, c'est décidé, tu t'en vas ?

Pierre fit oui de la tête.

— Tu es libre. La petite est majeure. Rien ne prouve que ce soit toi, et...

— Oh ! ça !

Pierre s'était redressé.

— Quoi. Tu es sûr que c'est toi ?

— Sûrement, oui. Mais elle l'a fait exprès.

Le doute émis par Kid l'avait blessé. Il regretta un instant sa réaction, mais il répéta pourtant :

— C'est sûrement moi.

— Ça ne change rien, dit Kid. Tu restes libre de te tirer. Mais si tu t'en vas en étant persuadé que ce gosse est de toi, tu es un beau fumier.

Le petit hercule s'était accoudé à la table. Il avait appuyé sur ce dernier mot, et laissa passer quelques secondes avant d'ajouter :

— Tu es un petit salaud, et moi, je suis un drôle de con. Je me suis gourré sur ton compte. Et rudement, encore !

Il attendit une réponse, mais comme Pierre se bornait à fixer son verre, il vida le sien et se leva.

Alors, soudain, Pierre eut le sentiment que si Kid s'en allait, tout était perdu pour lui. Il allait se retrouver seul. Les flics allaient venir. Kid les verrait peut-être l'emmener et il n'interviendrait même pas.

— Kid, dit-il, t'en va pas.

— Qu'est-ce que tu veux que je foute ici ?

— Reste un moment.

— J'ai pas le temps. Faut que je bouffe en vitesse. J'ai déjà dégoté un mec pour la taule à Pat, mais il m'en reste...

Il s'arrêta, hocha la tête et fit la grimace.

— C'est vrai, dit-il. Faut que j'en trouve un de plus, puisque tu te tires.

Il repoussait sa chaise sous la table, quand Pierre se leva.
— Non, Kid, non.
— Quoi ? Tu vas pas me retenir de force ?
Il y avait encore un mot que Pierre avait dans la gorge, mais qu'il n'arrivait pas à dire. Kid le prit par le bras et le serra très fort. Ils restèrent ainsi face à face, quelques secondes, à se mesurer des yeux comme avant un combat. Pierre avala un flot de salive, puis, très bas, il finit par dire :
— Si c'est toi qui me dis de rester, Kid, je reste.

59

Avant de sortir du buffet, Pierre avait expliqué ce qui s'était passé avec le vieil employé. Kid avait éclaté de rire. Il trouvait cette aventure très drôle.

— Tout de même, disait-il, ça aurait été poilant que tu te fasses ramasser par des flics, en voulant échapper à ton vieux Kid. Merde alors, c'est pas aimable pour moi !

Lorsqu'il fallut quitter la gare, Kid refusa d'emprunter la sortie.

— On passerait comme rien, expliqua-t-il, mais on va pas paumer cinq sacs ? Faut faire rembourser ton billet.

— Non, Kid. J'aime mieux perdre l'argent.

— D'accord. Viens à l'autre sortie.

Ils suivirent le quai. A présent, plusieurs trains étaient arrêtés. Pierre surveillait le quai devant et derrière lui. Il pensait à Guy et au signalement que la police pouvait avoir de lui. Quelque chose lui disait qu'il ne risquait rien mais il brûlait de se trouver hors de la gare. La présence de Kid était rassurante, mais que pouvait le petit hercule contre la police ?

— Tu as peur que ton pote ait jaspiné, dit Kid. Mais figure-toi que si tu étais recherché, il y a longtemps que tu aurais des nouvelles de la maréchaussée. (Il se mit à rire.) Et avec ta bille rasée de près, t'as plus rien du blouson noir.

Cette sortie-là était vraiment déserte. Une grosse femme en blouse bleue se tenait dans la guérite vitrée.

— Tiens, remarqua Kid, c'est une bonne mémère. Tu as du bol. Même si elle t'attend, elle doit pas avoir une pointe de vitesse terrible.

Il sortit de sa poche son billet de quai qu'il tendit à Pierre en disant :

— Sors avec ça. Et va m'attendre chez l'Angèle. Tu lui demanderas de tout tenir prêt. J'aurai juste le temps d'avaler la soupe. Et toi, commence à manger, tu viendras avec moi.

Il prit le billet que Pierre avait acheté, resta sur place le temps que le garçon ait passé le contrôle, puis, après un petit geste de la main, il disparut. Pierre ne s'attarda pas devant la gare. Il dégringola l'escalier qu'il avait emprunté pour venir, fit un petit détour pour éviter la roulotte des Carminetti, et entra chez Angèle où la mère et les trois garçons étaient à table.

— Kid vous cherche, dit Angèle.

— Je l'ai vu, il sera là dans quelques minutes.

Elle le servit sans poser d'autre question, et il se mit à manger. Le calme était revenu en lui. Durant une demi-heure, il avait beaucoup pensé à Guy, à la police, à la nécessité de se cacher. À présent, tout cela s'éloignait déjà. Un fossé se creusait soudain entre ce monde qui était lié à son passé, et cette soirée qu'il vivait. Ce repas, cette table, ces trois garçons qui mangeaient sans rien dire, le regard fixé sur lui.

— Où il est Kid ? demanda Gil.

— A la gare. Il vient tout de suite, répondit Pierre.

— Tais-toi, et mange, fit Angèle.

Elle acheva sa soupe, se leva pour porter son assiette sur l'évier et dit :

— Je vais aller remplacer la petite, la soupe est sur le gaz.

Elle allait sortir, mais elle se ravisa. Elle prit une lettre sur un petit meuble et la posa sur la table.

— C'est du père Tiennot, dit-elle. Vous pouvez la lire, et vous la ferez lire à Kid. Il me dit qu'il m'envoie cinq mille francs...

Elle s'arrêta. Kid venait d'entrer. Elle répéta ce qu'elle avait dit en ajoutant :

— Le père Tiennot dit que c'est pour des fleurs ou autre chose si ça m'arrange... Vous vous rendez compte, cinq mille francs, pauvre vieux !

Kid affirma que le Portugais avait un bon petit magot de côté. Ménageant ses effets, il tira cinq billets de mille francs de sa poche, puis trois pièces de cent francs.

— Tiens, dit-il, ça te fera dix sacs. La monnaie, c'est pour les lardons.

— Mais Kid...

Il interrompit Angèle, donna les trois pièces aux garçons et, poussant les billets au milieu de la table, il expliqua :

— C'est de l'argent sur lequel je comptais plus. Un copain à qui j'avais prêté de quoi prendre le train, il y a quelque temps. J'en avais fait mon deuil. Mais je viens de rencontrer le gars. Il avait du fric, y m'a remboursé.

Angèle voulut encore refuser, mais Kid se fâcha en disant qu'il n'avait pas le temps de discuter, et que c'était une avance sur sa pension et celle de Pierre. Dès qu'elle fut sortie, il se tourna vers Pierre et lança :

— Faut tout de même que tu sois bille. Cinq minutes, il m'a fallu pour être remboursé. Cinq minutes pour gagner cinq mille trois cents balles, c'est pas chez Pat que ça t'arrivera, même avec moi pour faire la postiche.

60

Le repas expédié, ils prirent un trolleybus pour gagner le centre de la ville, où Kid devait rencontrer des hommes susceptibles de travailler avec eux. Ils parlaient peu. De temps à autre, Kid disait seulement :

— Tu verras, petit môme, tu le regretteras pas.

Et il clignait de l'œil, comme il avait coutume de faire chaque fois qu'il voulait encourager Pierre avant un exercice difficile.

Lorsqu'ils rentrèrent, Kid avait réussi à constituer une équipe qui devait donner toute satisfaction. Pour la première fois, Pierre l'avait entendu parler en patron. Il avait discuté ferme le prix des salaires et les conditions de travail, avec ces gaillards qui le dominaient tous par la taille et le poids. Kid avait au moins une chose de plus qu'eux : il savait parler. Dans la discussion, les autres avaient à peine le temps de formuler une objection que déjà il lançait sa réponse. Il avait raison de dire qu'il s'y connaissait en hommes. Il les avait rencontrés l'un après l'autre, et il avait chaque fois adopté une tactique différente.

— Le tout, expliquait-il à Pierre sur le chemin du retour, c'est de jamais se payer la tête des mecs. S'ils te font confiance, tu peux tout leur demander... Tu vas voir, petit. Tu vas voir comment on fait tourner une taule comme celle de Pat.

Pierre marchait à côté de Kid, et il se trouvait bien.

C'était tout. Il ne pensait à rien. Kid était là pour tout organiser, tout prévoir, tout arranger.

Lorsqu'ils arrivèrent cours de Verdun, Kid marcha droit sur la roulotte des Carminetti. Devant la grande tente, Pierre s'arrêta.

— Alors quoi, fit le petit hercule, tu viens pas avec moi !

— Non. C'est pas la peine.

— Tu vas faire comme le soir où je t'ai emmené chez Gégène ?

— Demain, Kid. Je la verrai demain.

— Fais pas l'andouille, je te dis. Viens !

Ils montèrent. Le vieux Pat dormait dans son fauteuil, la tête cassée en avant, le menton touchant presque sa poitrine velue. Tine et Diane étaient assises côte à côte devant la table, à écosser des petits pois. Tine se leva.

— On n'a pas pu coucher le vieux Pat. Et j'ai pas voulu aller déranger des hommes. Je croyais pas que tu rentrerais si tard.

— Tu te figures que c'est facile ?

— Alors ?

— C'est fait. J'ai ce qu'il nous faut.

Diane regardait Pierre. Ses yeux montraient qu'elle avait pleuré. Il sourit, et le visage de Diane s'éclaira lentement, comme si elle hésitait devant la réalité. Elle semblait douter de sa présence. Pierre éprouva le besoin de dire quelque chose.

— Kid est formidable, fit-il. Il a trouvé des mecs terribles. Et il veut...

Il se tut. Le vieux Pat venait de se réveiller. Il grogna en agitant la main et en regardant les deux hommes. Kid s'approcha de lui, et, parlant très fort, il expliqua qu'il avait pu recruter des hommes de première force.

— Des mecs comme on en avait dans le temps, Pat. De première bourre. (Il se tourna vers Pierre.) Et le petit, je vais le mettre sur l'estrade. Je suis certain que ça va tourner.

Le vieux lui avait empoigné la main. Il grognait toujours, très agité, mais son regard brillait. Il semblait heureux.

Pourtant, ses paupières se mirent à battre, et deux larmes perlèrent un moment au bout de ses cils, avant de se mêler à la sueur qui coulait sur ses joues mal rasées.

Kid et Pierre couchèrent le vieux Pat et restèrent un moment vers les deux femmes, parlant de la façon dont s'organiserait le travail. Lorsque Tine demanda à Kid pourquoi il voulait mettre Pierre sur l'estrade, Kid se frotta le crâne, regarda Pierre, puis Diane, puis de nouveau la patronne, en disant :

— Je sais bien qu'il est jeune, mais je crois quand même qu'il faut l'habituer à faire le haut. Les barons, c'est plus facile à trouver.

Il s'arrêta, parut interroger Pierre du regard avant de demander :

— Enfin, c'est mon idée. Mais c'est tout de même à lui de savoir s'il veut vraiment apprendre le métier ?

Son regard vif vola vers Diane avant de revenir à Pierre.

— Alors, qu'est-ce que tu en penses, petit ?

— Moi, dit Pierre, si tu penses que je peux le faire, je ne demande pas mieux.

Quand ils sortirent, Diane descendit avec eux et fit quelques pas à côté du garçon. Tandis que Kid soulevait l'auvent, elle demanda :

— Tu voulais partir ?

— Non. Je reste.

— Mais tu voulais partir ?

— Puisque je te dis que je reste.

— Je t'aime, fit-elle. Mais tu sais, j'ai rien dit à personne, je peux te le jurer.

Elle se retourna. Sa mère était rentrée dans la roulotte, Kid avait disparu derrière l'auvent. Elle poussa Pierre dans l'espace d'ombre qui séparait la tente de la roulotte et répéta :

— Je t'aime. Je t'aime. On sera heureux, tu sais. Je suis certaine qu'on sera heureux.

61

Pierre trouva Kid déjà couché, bras repliés et mains derrière la tête, tout son torse bronzé émergeant du sac de toile blanche. Il ouvrit les yeux et sourit.

— Alors, lança-t-il, tu voulais te filer au page avant moi, mais c'est tout de même toi qui rentres le dernier.

Le garçon déroula son sac et sa couverture, et commença de se dévêtir.

— Tu déferas ton baluchon, dit Kid, sinon tes liquettes vont être toutes froissées.

Il eut un petit rire narquois avant d'ajouter :

— C'est vrai qu'à présent, tu vas avoir une petite bourgeoise pour te repasser tes sappes.

— Déconnes pas avec ça...

Le petit hercule se tourna sur le côté.

— Quoi, railla-t-il, c'est moi qui débloque ? Merde alors, elle est un peu bonne celle-là !

— Si tu te payes ma tronche avec ça, Kid, je foutrai le camp.

Pierre se tourna vers lui. Dans cette position, Kid, dont le biceps gauche reposait sur la poitrine, était impressionnant. Sa tête rentrée dans ses épaules donnait encore de la puissance à son cou tout en muscles. Il avait cessé de rire.

— Tu regrettes quelque chose ? demanda-t-il.

Pierre pensait aussi bien à son argent qu'à la promesse

qu'il venait de faire à Diane. Il réfléchit un moment avant de répondre :

— Non. Tu as bien fait.

— Quoi ?

Kid voulait connaître le fond de sa pensée. Pour lui, la mort de Gégène et les enfants sans argent devaient compter beaucoup plus que Diane.

— Pour le pognon, dit Pierre. Je l'aurais donné, tu sais.

— Alors, tu vois, ça valait mieux comme ça. L'Angèle n'a pas eu à te remercier, et toi, tu n'as pas été obligé de lui dire qu'il n'y avait pas de quoi.

Kid se tut. Son visage un instant détendu redevint soucieux.

— Quand je t'ai demandé si tu regrettais, dit-il, c'était pas de ton fric, que je voulais parler. Je savais bien que tu serais d'accord, sinon, je l'aurais pas fait. Et puis le fric, c'est pas le plus important. Mais Diane, c'est autre chose.

Pierre était prêt à se coucher. Il s'accroupit pour mieux regarder Kid, et il dit lentement :

— Non. Je regrette pas.

Le petit hercule eut un sourire qui s'attrista peu à peu. Il finit par baisser la tête et murmura :

— Dire qu'on a enterré ce pauvre Gégène à 11 heures. Ça paraît déjà terriblement loin... Bon Dieu, quand on s'en va de ce monde...

Sa phrase demeura inachevée. Lui qui savait si bien parler des vivants se trouvait à court de mots dès qu'il s'agissait des morts. Après un long silence, il ajouta pourtant :

— La vie, c'est comme ça : il y a des jours, où il se passe tellement de choses, que ça vous fait une drôle d'impression.

Pierre s'était relevé. Il monta sur un tabouret et enleva l'ampoule qu'il alla poser à tâtons dans la valise. Une fois couché, il se mit à regarder le toit de toile où dansaient les lumières et les ombres. Tout autour, la fête battait son plein.

— Demain, à cette heure-là, observa Pierre, on sera en pleine bourre.

— Oui, et dans trois jours on pliera le matériel. Mais avant, faut qu'on trouve le temps d'aller voir le père Tiennot jusqu'à Vienne.

Pierre approuva. Ils étaient immobiles, côte à côte à écouter cet éternel concert des haut-parleurs, du ronflement des moteurs, du brouhaha de la foule où ils finissaient par ne plus rien distinguer. Un long moment coula ainsi, et Kid se remit à parler. Il parla de Gégène vivant, de l'Angèle, des gosses. Et c'était un peu comme les premiers soirs, lorqu'il dressait le bilan de sa vie et faisait des projets d'évasion vers la route sans limites. Mais à présent, il n'était plus question de départ. Plus question de liberté. Il ne disait plus rien de cette existence sans soucis, dont le seul fil conducteur était cette route capricieuse, toute pleine d'imprévus au goût de mystère, et dont on ne savait jamais vers quel point de l'horizon elle se dirigerait le lendemain. Tout ce qu'il envisageait à présent se traduisait d'abord en chiffres. Les dettes de l'Angèle, la baraque des Carminetti à remonter, tout cela c'était le travail à venir. Il s'en tint un bon moment à l'organisation de la besogne, avant d'en arriver à son idée de cirque.

— Ce sera pas du sucre, dit-il, à cause de l'Angèle. Elle en a tellement bavé ; elle a tellement vu d'accidents que ça va lui foutre la trouille, cette idée de cirque pour ses lardons. Et pourtant, plus j'y pense, plus je suis certain que c'est la seule solution.

Il se tut. Le bruit de la fête était toujours aussi intense. Il montait autour d'eux comme une marée sans cesse renouvelée. Mais Pierre n'y prêtait plus attention. C'est à peine s'il tournait la tête lorsque des pétards claquaient tout près de la baraque, illuminant un pan de bâche de petits éclairs jaunes ou rouges.

— Si tu t'étais tiré, demanda Kid, qu'est-ce que tu allais bricoler, à Paris ?

— Je sais pas.

— Tu voulais retourner dans ton usine de verres ?

— Sûrement pas. N'importe quoi, mais pas cette vacherie-là !

Il entendit à peine Kid murmurer :

— Bien sûr, n'importe quoi...

Usine. Ce seul mot avait suffi pour que tout un monde se mette à vivre. Un monde triste et dur. Un monde monotone. Un monde où le gris de l'émeri se mêlait à la rouille de cette poudre à polir qui vous collait à la peau et imprégnait les vêtements. Pierre revoyait les visages, gris et rouillés comme toute l'usine, se pencher vers les machines. Des bras répéter toujours et toujours le même geste, à la même cadence strictement minutée. Des dos voûtés à force d'être courbés vers les bacs de lavage où les mains devenaient molles et tendres avant d'être déformées par le rhumatisme. Le passage horaire des contremaîtres vérifiant les galbes, comptant les blocs.

Pierre n'était plus dans la baraque des Carminetti. Le vacarme de la fête avait cédé la place au grondement des moteurs énormes, au claquement des poulies, au roulement des chariots poussés par des manœuvres qui, toute une vie, accomplissaient sans trêve le même trajet dans les travées de l'usine. Pierre avait retrouvé cet univers où stagnaient chaque semaine quarante heures interminables, qui finissaient pourtant par déboucher invariablement sur les rues sans joie, les bistrots, les appareils à sous, les tourne-disques et le cinéma. Il lui semblait que tous ses copains de ce temps-là étaient loin de lui, plus éloignés et plus morts que Gégène qu'il avait à peine connu.

La lutte, la vie avec Kid, le travail sur les places, c'était tout de même autre chose. Pas un seul de ses anciens copains qui pût être comparé à Kid. Dans les bandes, il y avait des chefs, mais le petit hercule aussi en était un. Un caïd, un vrai. Il l'avait montré ce soir encore.

En quittant Paris avec Guy, il avait eu le sentiment de suivre un chef. Ils étaient partis pour échapper à l'usine, pour se donner de l'air. A Marseille, ils avaient trouvé autre chose qui ne valait guère mieux. Une corvée. Une nouvelle corvée à laquelle ils avaient encore voulu échapper.

Avec Kid, le travail n'était jamais une corvée.

Pierre se tourna sur le côté. Sa main chercha la fraîcheur de la bâche tendue sur le ring. L'établi, comme disait Kid. Sur cet établi, il s'était couché avec Diane. Là, à l'endroit où Kid avait déroulé son sac.

Habitué à la pénombre, Pierre se redressa sans bruit sur un coude pour regarder Kid qui tourna la tête vers lui. Les yeux du petit hercule brillaient, et Pierre pensa au diable qui flottait dans le bocal de la voyante. Kid savait deviner les choses et scruter les individus beaucoup mieux que cette vieille dont c'était pourtant le métier. N'avait-il pas également le pouvoir de vous imposer certaines décisions qu'on avait pourtant l'impression de prendre seul ?

— Tu ne dors pas non plus, observa Kid. Fraudrait pourtant roupiller. Demain, les hommes seront là à 8 heures. Et si on veut faire trois séances l'après-midi, faudra bien toute la matinée pour tout mettre au point. La postiche, les combats...

— Mais le baratin, tu le connais à fond.

— Moi, oui. Seulement, faut se mettre d'accord avec ceux qui vont faire le bas. Tu sais bien qu'un nouveau baron, faut s'entendre avec lui. Si on veut que ça marche, faut rien laisser à l'improvisation.

Le petit hercule donna encore quelques explications sur la façon dont il entendait équilibrer ses spectacles, puis il se tut après avoir répété qu'il fallait se reposer.

Le grand huit venait de s'arrêter, et la fête était soudain un orchestre sans batterie, sans rien pour imposer un rythme.

— Ça ne va pas tarder de finir, observa Kid en soupirant. Ce soir, on aurait fait de l'oseille, c'est moi qui te le dis !

Le haut-parleur des autos tamponneuses paraissait plus puissant à mesure que d'autres bruits s'éteignaient. Il continuait d'enfiler, l'une derrière l'autre, ses éternelles rengaines que dominait seulement l'énorme klaxon ponctuant chaque tour.

— Kid, murmura Pierre, je voulais te dire quelque chose.

— Quoi ?

— Quand on était dans la ferme, près de Bourg, le jour où tu m'as fait essayer l'évasion aérienne...

Le petit hercule l'interrompit d'un ricanement.

— Te fatigue pas, dit-il. L'évasion, t'en voulais une vraie. Je suis pas miraud, tu sais.

— Alors, pourquoi tu...

— Question de flair, petit. Et puis toi, t'aimes jouer au flipper, moi, j'aime mieux jouer avec les bonshommes, même si je prends un gros risque. Mais laisse-moi roupiller. On parlera de ça plus tard. Ça nous fera des souvenirs, quand on n'aura rien d'autre à se dire.

Pierre se tut. Il tourna le dos à Kid et ferma les yeux pour tenter de trouver le sommeil. Mais trop de choses remuaient en lui. Il avait trop longtemps vécu la tête vide. Cette nuit, il se sentait bouillonnant, tout habité d'un tumulte plus fort que celui de la fête qui s'estompait lentement. Il s'imposa un moment de silence puis, n'y tenant plus, il se retourna.

— Kid, dit-il, faut encore que je te dise quelques chose.

Le petit hercule répondit par un grognement qui n'était ni un oui ni un non.

— Tu sais, reprit Pierre, Diane c'est sûrement pas une petite salope. J'ai eu tort de dire ça. Elle a sûrement pas cherché à me blouser.

Kid grogna encore, remua dans son sac, et lança d'une voix tout empâtée de sommeil :

— Ça aussi, je le savais. Sinon, je serais pas allé te chercher. Mais tu me les casses. Pense à ta souris si tu veux, et laisse-moi roupiller. Seulement, un conseil, lui fais pas un pilon par an, sinon, toi aussi tu seras obligé de monter un cirque. Et moi, tu sais, je supporte pas la concurrence.

Épilogue

Ce matin, les premières voitures de la fête foraine sont arrivées à Vienne. Pierre, qui conduisait le camion de la baraque des lutteurs, a regardé un moment la longue place descendant en pente douce jusqu'au quai du Rhône, avant de se mettre au montage avec deux des lutteurs. Avec un autre lutteur, Kid a monté la baraque de nougat que tiennent le gros Pat et sa femme, puis la petite loterie de l'Angèle. Depuis tant de mois qu'ils font ce travail, tout marche comme une mécanique parfaitement réglée. A peine un mot ou un juron de loin en loin. Pat regarde. Il donne des conseils ou lance des ordres que personne n'écoute. Il va d'un chantier à l'autre, clopinant sur sa jambe raide et versant à boire. Pierre le surveille. Pat a droit à un verre chaque fois que les autres boivent.

A présent, il est 4 heures de l'après-midi et tout est installé. Pierre se lave au robinet fixé derrière la remorque et regagne une petite caravane bleu clair arrêtée à côté de la vieille roulotte. Diane est assise à table.

— Qu'est-ce que tu fais ? demande Pierre.

— Je viens d'écrire une lettre au vieux Tiennot. Ça fait plus d'un mois que je devais lui répondre. Une maison de repos, tu sais, c'est pas toujours drôle. Il ne doit pas recevoir beaucoup de nouvelles.

Pierre s'assied, il prend la lettre, hésite à lire.

— Tu ne regardes pas ce que je dis ?

— Tu en as mis trop long.

Diane paraît déçue. Pierre soupire. La lecture, ce n'est pas son fort. Il commence pourtant de lire :

« Mon cher Tiennot, je voulais toujours vous répondre, mais vous savez bien que chez nous, c'est le travail qui commande. Je vous donne tout de suite des nouvelles du petit. Il aura trois mois dans huit jours. Il se porte bien, et il a déjà tellement de poigne que Kid prétend que ce sera un lutteur fort comme son grand-père... »

Pierre s'est arrêté de lire. Il sait ce que raconte sa femme. C'est toute leur vie telle qu'elle est aujourd'hui. Telle qu'elle s'est faite en un an, depuis qu'ils ont quitté cette ville où le vieux Portugais a eu son accident.

Un an de travail avec une bonne équipe. Les dettes payées, cette petite caravane achetée à crédit, où ils vivent tous les trois, sa femme, son fils et lui. Le vieux Pat se cramponne à la vie. Il peut durer encore dix ans, mais il n'est pas encombrant. Il se rend compte que tout marche bien, et il sourit. Quand il voit le bébé, son œil devient tout luisant, comme si le soleil entrait avec l'enfant jusqu'au fond de la vieille roulotte.

Depuis quelques mois, Kid ne couche plus sous la tente. Il s'est mis en ménage avec l'Angèle. Il continue de travailler avec Pierre qu'il s'est mis à appeler Pat. Kid a graissé ses sabres qu'il a rangés avec son extenseur. Quand Pierre lui en parle, son visage s'éclaire, et il affirme qu'il se sent prêt à reprendre son numéro le jour où il ouvrira son cirque.

— Ça s'appellera le Cirque Gégène, explique-t-il, et tu verras ce que tu verras.

Et ce ne sont pas des propos en l'air. Angèle s'est bien fait tirer l'oreille, mais elle a fini par céder. Pierre l'avait prévu. Il sait bien que personne ne peut arrêter Kid lorsqu'il a une idée dans le crâne.

Chaque matin, Kid vient avec les gosses s'enfermer dans la baraque de lutte pour une séance de travail. La petite Pierrette a eu beaucoup de peine les premiers temps, mais elle y a mis tant de courage qu'elle fait le grand écart longitudinal, et qu'elle en sera bientôt à le réussir de face. Elle a acquis une grande souplesse des reins, et Kid qui ne se trompe jamais, affirme qu'avant deux mois, en faisant le pont, elle viendra ramasser avec ses dents un mouchoir posé entre ses pieds. Kid sait fort bien ce que l'on peut demander aux enfants sans leur faire courir aucun risque. Quand Pierre vient se mêler à leurs séances de travail, Kid lui dit :

— Dès que ton lardon aura deux ans, tu me le confieras, tu verras ce que j'en ferai. Ce qu'il faut éviter, c'est tout ce qui peut risquer de leur nouer les muscles. Mais pour tout ce qui est souplesse, on ne commence jamais trop tôt. Et l'équilibre, c'est la même chose.

Kid ne se vante pas. Le petit Gil marche déjà sans peine sur une corde tendue entre deux poteaux du ring. Ses deux frères en sont au saut périlleux arrière.

Pierre pense souvent à ce que disait Kid, les premiers temps qu'ils se connaissaient : « Moi, j'ai jamais voulu me marier pour rester libre. Gégène, il s'est foutu le bagne sur le dos, avec ses lardons à élever. Les pilons, c'est les travaux forcés à perpète... »

A présent, Kid ne parle plus jamais de cela. Il dit parfois :

— L'an prochain, j'installerai un petit trapèze. Seulement, faut pas le dire à Angèle. Elle a bien le temps de gueuler quand elle le verra. Les femmes, ça râle toujours, mais faut pas se laisser faire.

Lorsque le petit hercule parle de trapèze, Pierre sait très bien qu'il pense à Gégène. Ce matin, en descendant de la vieille Ford que Pierre a achetée pour tirer sa caravane, Kid a dit :

— Dans quinze jours, on sera à Lyon, et on ira sur sa tombe.

Il y aura bientôt un an que Gégène est mort. En arrivant sur cette place de Vienne, Pierre a regardé l'endroit où Gégène lui avait lancé ce tabouret qui l'a arrêté dans sa fuite. Où est Guy ? Qu'est-il devenu ? A présent, lorsque Pierre se trouve sur l'estrade et qu'il voit tous les jeunes pareils à ce qu'il était alors, il a envie de leur crier que la vie, c'est tout de même autre chose. Mais il se tait. Ces jeunes-là lui apportent leur argent, comme les autres. Il aimerait seulement retrouver la bande de Perrache qui lui a volé son portefeuille. A force de boxer et de lutter à longueur de journées, Pierre a perdu le goût de la bagarre. Pourtant, ceux-là, il aimerait les retrouver. A présent, il n'aurait plus besoin du secours de Kid pour les corriger. En un an, il a pris dix kilos de muscles et beaucoup de métier. Il se sent capable d'en empoigner un par les pieds pour cogner dans le tas. Il est fort. Il le sait, et les autres le savent aussi ; surtout Pat qui n'oserait plus boire comme il faisait autrefois. Peu de temps après sa sortie de l'hôpital, malgré sa patte folle, il a réussi à se sauver. Il est rentré saoul et l'œil mauvais, prêt à cogner. Pierre s'est avancé, mais Tine et Diane l'ont arrêté. Kid a obligé Pat à se coucher et, le lendemain, quand il s'est réveillé, Pierre lui a dit simplement :

— Je vous préviens, je veux pas travailler pour qu'un autre boive. La prochaine fois...

Il n'a dit que cela. Pat a baissé la tête. Il sait qu'il n'est plus de taille. Et puis, il n'a plus à lui que sa confiserie.

Pierre a perdu le goût de la bagarre, et pourtant, c'est lui le patron. Il commande à tous, sauf à Kid qui est resté un conseiller précieux. Sauf à sa femme aussi. Diane est toujours douce et fluette, mais c'est tout de même elle qui prend la plupart des décisions.

Ce soir, avant de gagner la vieille roulotte où elle prépare les repas, elle lève son fils et l'habille.

— Pourquoi tu le réveilles ? demande Pierre. Il dormait, fallait le laisser.

— Non. Il faut le sortir pendant qu'il y a du soleil. Tu vas venir avec moi, on postera la lettre au père Tiennot.

— Moi, tu sais, je suis un peu crevé.

— Je te demande de venir avec moi.

Pierre soupire. Il grogne un peu, mais il se lève et prend le petit que sa femme lui tend.

Ils vont jusqu'à la boîte aux lettres qui se trouve à l'angle de la place, puis Diane se dirige vers le fleuve. Le petit s'est rendormi dans les bras de son père. Au sommet de l'escalier qui dégringole vers le bas du port, Diane regarde Pierre, et commence à descendre. A la troisième marche, elle se retourne pour dire :

— Fais attention, ça glisse un peu.

Pierre se met à rire.

— L'an dernier, dit-il, tu m'as déjà amené ici. Et c'était de nuit, mais tu ne t'es pas demandé si je risquais de me casser la gueule.

— L'an dernier, tu ne portais pas mon gosse sur les bras.

Une fois sur le bas-port, ils marchent pour atteindre un énorme tronc d'arbre charrié jusque-là par une crue. Pierre s'assied, face au fleuve que le soleil fait étinceler. Diane reste plantée devant lui à regarder le Rhône.

— Tu ne veux pas t'asseoir une minute ? demande Pierre.

Sans répondre, Diane marche en direction de l'eau. Arrivée au bord du quai, elle se retourne pour dire :

— Ne bouge pas, attends-moi ici.

Elle fait quelques pas sur la bordure, puis elle saute. Pierre sent son cœur se serrer un peu. Il pense qu'elle va se casser une jambe, mais il la voit sourire. Elle s'éloigne sur les rochers inégaux où l'eau a déposé une couche de vase que la chaleur craquelle. Elle atteint une petite plage de galets qui s'avance comme une langue noire posée sur la lumière.

Elle se baisse, et Pierre voit des gouttes de soleil gicler à côté d'elle. Il ne comprend pas cette idée subite d'aller se laver les mains dans le fleuve. Diane se redresse et revient en courant, les deux mains jointes. On dirait qu'elle sème des perles tout le long de son chemin. Elle garde ses mains ainsi pour grimper la pente raide, et elle doit s'y reprendre à deux fois. Pierre pense qu'elle veut l'asperger. Mais, aussitôt arrivée, c'est au visage du petit que Diane jette les quelques gouttes restées à ses doigts. Le bébé grimace.

— Tu es folle ! Tu vas le faire chialer. Pourquoi tu fais ça ?

Diane regarde Pierre. Son visage est entre la moue et le sourire. Ses yeux semblent chercher quelque chose qui pourrait l'aider à parler. Elle lève la tête vers le mur qui les sépare de la route où grondent les voitures, elle se retourne vers le fleuve.

S'étant assise à côté de Pierre, elle parle enfin :

— Un jour, un vieux de Condrieu m'a raconté qu'autrefois les bateliers baptisaient leurs gosses de cette façon...

Elle se tait. Pierre comprend qu'elle veut ajouter quelque chose. Elle se penche vers le petit et dit encore :

— C'est comme ça qu'on fait les hommes forts.

Chelles, 17 juin 1966.

BERNARD CLAVEL,
QUI ÊTES-VOUS ?

Propos recueillis par Adeline Rivard

A Jean Ferguson,
professeur au Royaume du Nord

Il n'est pas une journée où Bernard Clavel ne reçoive une lettre de lecteur. Pas une semaine sans un coup de fil de quelqu'un qui demande à le rencontrer. Enseignants, étudiants, enfants, parents, gens de tous âges, de toutes conditions, fervents admirateurs, Jurassiens bien sûr, mais Canadiens, Suisses, Chinois, de Prague, de Berlin, de Val-d'Or ou de Paris, tous veulent SAVOIR. *Alors, tous ont des questions. Elles peuvent porter sur un livre : pourquoi ce sujet ? pourquoi Un tel agit-il ainsi ? et pourquoi pas un chapitre de plus ? Ou bien sur un thème : enfance, amour, guerre, liberté... Souvent, elles s'adressent à l'homme : sa vie, ses goûts, les métiers qu'il a pratiqués ; immanquablement on en arrive à : pourquoi écrivez-vous ? comment, avec quoi, depuis quand ?*

Chacun espère une réponse de dix pages. Au moins dix pages ! Or, si Bernard Clavel répondait longuement aux lettres, il ne lui resterait plus de temps pour ses livres. Chacun aimerait passer un moment en sa compagnie. Oh ! seulement une petite demi-heure ! Mais Bernard Clavel ne reçoit personne, ne sort pour ainsi dire jamais et quand il parle de déménager, c'est chaque fois pour aller dans un coin plus inaccessible.

Et personne ne comprend. Parce que personne ne veut admettre qu'il n'y a de Bernard Clavel que dans ses livres. Que, littéralement, cet homme-là n'existe que pour et par ses livres. Plus il va, plus ils le dévorent. Et s'il vous accordait ce tête-à-tête dont vous rêvez, il ne vous confierait rien qui vous comble ou vous transporte. Car il serait ailleurs.

C'est parce que Bernard Clavel m'a dit le regret qu'il éprouve de ne pouvoir donner satisfaction à ses lecteurs — lui qui leur doit tant — que nous avons décidé de faire ce livre. Il m'a alors ouvert tous ses dossiers. J'ai navigué dans une paperasse extraordinaire, accumulée depuis le début des années 50. Nous avons passé ensemble des semaines et des semaines. Je l'ai interrogé. Je lui ai posé toutes les questions que vous lui aviez déjà posées. Toutes celles que vous avez envie de lui poser. Certaines aussi que vous n'oseriez pas lui poser. Il lui est arrivé de regimber. Mais je crois pouvoir affirmer qu'il s'est beaucoup livré. Et qu'au terme de cette lecture vous connaîtrez mieux Bernard Clavel que la plupart de ses intimes.

A. R.

1

Une maison sans livres

Tant que je vivrai, je tiendrai au pays comme à l'enfance, et lorsque la sève ne montera plus, toutes les feuilles tomberont d'un seul coup.

Georges BERNANOS

Adeline Rivard : Bernard Clavel, vous êtes, le 29 mai 1923, né dans une maison sans livres.

Bernard Clavel : Au moment où je suis né, je pense, en effet, qu'il ne devait y avoir, chez mes parents, qu'un gros livre de recettes très fatigué, recollé, corné et plus ou moins taché. Il se trouvait dans un tiroir du meuble de la cuisine où il voisinait avec un traité de médecine dont j'ai oublié le titre, mais dont je revois la reliure grise.

Un jeudi matin, j'avais peut-être six ou sept ans, mes parents étaient au marché, je me suis risqué à feuilleter cet ouvrage interdit. Il contenait non pas des photographies, mais des dessins à la plume représentant le corps de l'homme et de la femme totalement nus, en coupe, en squelette et sans doute plus ou moins découpés en tranches. Ça ne m'a pas fait très forte impression. Moi qui m'attendais à me trouver face à face avec le diable ! J'étais déçu.

A.R. : Et pourtant, vous en parlez encore. A près de soixante ans d'intervalle.

B.C. : Ce sont des choses que l'on croit avoir oubliées,

mais qui sommeillent en vous et ressortent quand quelqu'un s'avise de les aiguillonner.

Au fond, la découverte de la nudité a une grande importance pour un enfant. Quoique... Sans doute est-ce très différent aujourd'hui. La plupart des petits voient des corps nus sur les plages ou même chez eux. Chez nous, il n'y avait pas de salle de bains. Tout se passait à la cuisine et, lorsque mes parents voulaient faire leur grande toilette, ils s'enfermaient chacun leur tour dans cette pièce minuscule où l'on apportait une grande bassine et un arrosoir d'eau.

A.R. : Sur les photos de l'époque, vos parents apparaissent comme des gens déjà âgés. Un couple de retraités.

B.C. : Mon père est né à Lons-le-Saunier en 1873, sous le signe de la Vierge. Il avait donc cinquante ans de plus que moi. Ma mère est née à Vallerois-le-Bois, dans la Haute-Saône, en 1887, sous le signe du Capricorne. Elle avait trente-six ans lorsque je suis venu au monde. Mais elle était déjà usée par des travaux pénibles, par une vie presque médiévale.

Et pourtant, c'est vrai, mes parents étaient, en quelque sorte, retraités. Mon père avait quitté sa boulangerie quelques années avant ma naissance. Il voulait laisser son fonds de commerce à l'aîné de mes deux demi-frères. (C'était le second mariage de mon père qui avait perdu sa première femme dans les débuts de la guerre de 14.) Et, comme il était asthmatique — la maladie des boulangers —, sans doute espérait-il, sinon se reposer, du moins se ménager. Mais en fait de retraite, mes parents cultivaient, entièrement à la main bien entendu...

A.R. : Pourquoi « bien entendu » ?

B.C. : Mon père a vu le jour dans un monde dont le rythme était réglé par le pas du cheval. Il a connu le pétrissage à bras et la lampe à huile pour éclairer le four. Il est mort à l'heure de l'avion à réaction. Mais, si j'ose dire, il a regardé tout ça de très loin. C'était un homme qui parlait exactement comme si le monde se fût arrêté d'évoluer en 1914.

On oublie souvent que les gens de cette génération ont vécu sans moteur. Comptez le nombre de moteurs que vous avez à votre disposition depuis votre automobile jusqu'à votre sèche-cheveux, en passant par vos appareils ménagers et machines audio-visuelles.

C'est donc à la main que mes parents cultivaient leur très grand jardin, une vigne assez éloignée de la ville, et fauchaient un pré sur la côte de Montciel. Ils vendaient des légumes et des fleurs, des œufs, des poules, des lapins, bref, ils se levaient bien avant l'aube pour se coucher fort tard, écrasés de fatigue. « Vieux avant l'âge », répétait ma mère en portant sa main à sa hernie ou à ses reins. Elle se plaignait aussi de ce que nous n'avions pas l'électricité. Car il eût fallu, pour l'installer, planter un poteau dans le jardin. « Je ne veux pas qu'on me bouleverse mon jardin », protestait mon père. Et nous nous éclairions au pétrole. Nous vivions donc ainsi, en pleine ville, mais isolés à la fois du monde et du temps. J'étais peut-être le seul écolier de Lons à habiter une maison où, comme le constatait tristement ma mère, nous retardions d'un siècle.

A.R. : Vos parents n'étaient pas riches ?

B.C. : Mes parents n'avaient aucune fortune. Ils m'ont tout de même légué quelques trésors qui me sont d'autant plus précieux qu'ils étaient simples. La surabondance tue le caractère de chaque objet. Lorsqu'il suffit de tourner un interrupteur pour faire jaillir la lumière au bout d'un fil, on le fait pour un oui et pour un non, à toute heure du jour ou de la nuit, en plein été comme en hiver. La lampe à mèche à remplir, à régler, le verre à nettoyer font que l'on hésite à s'éclairer.

Nous nous tenions essentiellement dans la cuisine — seule pièce chauffée de la maison — qui devait mesurer à peine trois mètres sur quatre. En hiver, à mon retour de l'école, je trouvais la cuisine plongée dans la pénombre. Après quelque temps, mon père tirait les volets, ma mère allumait la suspension. Alors la cuisine se mettait à vivre. Lorsqu'il fallait aller chercher quelque chose dans l'armoire de la chambre ou le buffet de la salle à manger, nous prenions la lampe Pigeon. Ce petit objet de cuivre surmonté d'un verre sphérique était le compagnon de toutes nos expéditions nocturnes. Porté à bout de bras, il nous précédait partout, tirant de l'ombre des meubles et des objets qui n'avaient plus leur visage du grand jour.

A.R. : Il me semble que cette pauvreté relative qui était la vôtre, le fait en tout cas que le confort le plus élémentaire, l'objet le plus humble valaient leur pesant d'or, confère aujourd'hui toute sa richesse à votre œuvre. Vous savez ce que coûtent les choses. Sachant ce qu'elles coûtent, vous savez les décrire.

B.C. : Vivant dans une pièce où il n'y a que l'essentiel, tout prend une dimension, un poids considérables. Pour mon père surtout, chaque objet avait son histoire. Je les ai si souvent entendues que je pourrais les raconter, sans doute les raconterai-je un jour. Il est évident que la paire de pinces d'électricien qu'il avait trouvée une nuit de 1916 sur une voie ferrée ne pouvait ressembler à aucune autre ; et la charrette...

A.R. : La fameuse charrette qui est un personnage des *Fruits de l'hiver* : « Il avait passé un demi-siècle à la traîner partout, à la graisser, à la repeindre pour lui éviter l'usure... »

B.C. : Il y tenait au moins autant qu'à sa propre vie. Je la revois. Vénérable et précieuse. Je revois aussi les vieilles qui venaient au marché, le jeudi, à Lons. Elles arrivaient à pied, poussant des charrettes chargées de légumes, de beurre et de volailles. Les chalands leur marchandaient les œufs et les fromages, allant dix fois de l'une à l'autre pour se décider, après avoir fait rabattre un sou. Rude époque, dont il reste peu de chose.

A.R. : Et pas de radio ! Et pas de télévision ! On jurerait que vous arrivez tout droit d'un autre monde.

B.C. : Mais bien sûr que c'est un autre monde ! Un monde bien plus proche du Moyen Age que de notre époque.

La radio, en 1923, était loin d'avoir pénétré tous les foyers. Bien qu'on en fasse remonter l'invention aux recherches de Faraday, vers 1845, les premières émissions publiques en France ne datent que de 1922 ; et ce n'est guère que vers 32-33 qu'on a vraiment commencé à entendre des postes un peu partout. Ce qu'on invente aujourd'hui sera commercialisé demain et périmé après-demain. Toute la différence est là. Je suis né avec la télévision ; j'avais peut-être trente ans lorsque j'ai vu une image sur le petit écran pour la première fois. Il y a deux ans on annonçait l'arrivée du disque à lecture laser, aujourd'hui, on fait figure d'attardé si on ne possède pas l'appareil qui permet de l'écouter. Je ne suis pas du tout un vieux schnock qui refuse le progrès et qui en nie les bons côtés, mais, sur bien des plans, je ne suis pas certain que nous soyons tellement plus heureux de posséder tant. Loin de moi l'intention de nier ce que nous ont apporté de bien-être les dernières décennies. Pas plus qu'un autre je n'aurais plaisir aujourd'hui à revenir à un habitat sans eau courante, sans électricité et dont une seule pièce serait chauffée. Mais force m'est de constater que de plus en plus nombreux sont les jeunes qui se détournent du récepteur de télévision pour rechercher, dans le contact avec les éléments naturels, ce que ne saurait leur procurer le plus génial des réalisateurs. C'est qu'on ne met pas l'essentiel en images. L'essentiel est matière, et je pense au Dr Hême, grand spécialiste des maladies mentales affectant l'enfant et l'adolescent, qui me confiait un jour combien il déplorait la disparition du foyer.

L'abondance des livres, les moyens modernes d'information, de culture, de distraction et de déplacement ont tué l'imagination chez ceux qu'elle ne nourrit pas vraiment. Elle est devenue l'apanage des artistes. Au Moyen Age, les Jérôme Bosch étaient rares par le talent, mais sans doute beaucoup moins par l'imagination. Si l'on voulait s'évader on devait en chercher les moyens en soi. Créer l'illusion. Raconter, faire surgir de l'ombre ce monde que l'on devait évoquer avec assez de précision pour qu'il devînt image, décor, visage, mouvement.

A.R. : Vous êtes, tous les critiques l'admettent, même ceux qui ne vous apprécient guère, un grand conteur. Quand vous étiez enfant, est-ce qu'on vous racontait des histoires ?

B.C. : Ma mère le faisait parfois, en hiver, à la tombée de la nuit, en attendant l'heure d'allumer la lampe à pétrole et de fermer les volets. Ces crépuscules d'hiver restent comme des moments forts de mes jeunes années, ils sont l'illustration parfaite de ce mot de Jean Guéhenno : « Les impressions d'enfance marquent la couleur de l'âme. » Les autres maisons s'éclairaient bien avant la nôtre, mais leurs volets clos ne laissaient filtrer que de minuscules fentes de lumière. Ces hommes que l'on sentait cachés, isolés de tout et surtout de nous, appartenaient réellement à un monde différent du nôtre. Ils ne participaient pas à cette agonie du jour qui m'émerveillait et me serrait toujours un peu le cœur.

D'ordinaire, c'était mon père qui parlait. Nous étions devant la grosse cuisinière où flambaient des rondins de chêne et de charmille. La nuit coulait lentement, comme une eau trouble envahissant la pièce, le feu devenait insensiblement la seule lumière qui nous éclairait. Alors mon père évoquait les temps d'avant la Première Guerre, son métier de boulanger, ses tournées avec le cheval et ses retours dans les nuits glacées ; ses amis artisans comme lui ou vignerons chez qui il s'arrêtait le temps de se réchauffer devant l'âtre. Je connaissais par cœur certaines de ces histoires, ma mère les connaissait mieux encore qui soupirait parfois de lassitude ; mais nous écoutions en silence car cette voix monotone et jamais pressée s'accordait à l'instant.

Moins fréquemment, et seulement lorsqu'elle estimait

que j'avais mérité cette récompense, ma mère racontait une vieille légende de notre pays comtois. La pénombre se peuplait alors de personnages fabuleux, monstres, vouivres, créatures féeriques évoluant en un univers traversé de lueurs fantasmagoriques. Car les récits de ma mère étaient des œuvres d'art.

Le climat s'y prêtait à merveille. L'imagination est plus à son aise dans la pénombre qu'en pleine lumière et l'on peut avancer que le changement de décor de notre vie est responsable d'un certain vide. Ma mère, qui ne possédait aucune culture littéraire, appartenait encore vraiment au temps des lampes à mèche et des veillées de contes populaires. Elle pouvait me conduire durant des heures à travers ce monde de personnages qui n'eussent pu vivre parmi les hommes. Et lorsqu'elle en avait assez de reprendre les vieilles légendes du pays, comme je n'avais que deux ou trois livres que je connaissais par cœur (un album de Zig et Puce ; et surtout, très important, *Les Contes du lapin vert* de Benjamin Rabier), je m'inventais des récits où prenaient place mille et un personnages dont certains sortaient tout droit de la réalité qui m'entourait alors que je fabriquais les autres. Ayant pris cette habitude, je ne l'ai jamais perdue. J'ai toujours marché dans les rues, sur les routes, au long des chemins solitaires ou noirs de monde en me racontant des histoires. Je continue. Simplement, lorsque je suis las de marcher, je m'assieds un moment devant une page, et je raconte avec la main au lieu que ce soit avec les lèvres.

A.R. : Vous déclariez, en 79, dans une interview aux *Nouvelles Littéraires* : « Il ne faut pas oublier qu'un romancier est essentiellement un menteur et qu'à force de mentir il ne sait plus bien lui-même à quel moment il ment et à quel moment il dit la vérité. » Étant enfant, est-ce que vous mentiez beaucoup ?

B.C. : Je mentais en racontant un événement si la vérité me paraissait trop terne. Ma mère ne comprenait pas ce besoin de déformer les faits les plus quelconques. En réalité, je les enjolivais. Je ne fais pas autre chose aujourd'hui lorsque j'écris. La pauvre femme ne savait pas que j'apprenais mon métier !

A.R. : Vous l'ignoriez tout autant qu'elle, avouez !

B.C. : Mais je savais que je deviendrais célèbre. Ça peut paraître vaniteux, c'est pourtant la vérité. Je rêvais tour à tour d'être Tarzan, Charles Rigoulot, Clark Gable, Joe Louis... La boxe a été l'une de mes premières passions, l'un de mes premiers rêves de gosse. J'avais peut-être dix ans lorsque j'ai accroché dans ma chambre un portrait de Joe Louis. Je le trouvais très beau, ma mère grimaçait d'horreur chaque fois qu'elle le regardait. Je n'ai jamais avoué à la pauvre femme que j'espérais très sincèrement devenir un jour champion du monde et battre Joe Louis — à cet âge, le temps ne compte pas et je le voyais éternel — mais elle avait dû le deviner et je reste persuadé qu'elle en a souffert. Avant de quitter cette terre de douleur, elle aura eu au moins la consolation de savoir que je ne serais pas boxeur.

A.R. : Étiez-vous un enfant sportif ? Particulièrement doué pour quelque chose ? Étiez-vous un enfant gai ? Un enfant triste ? Turbulent ?

B.C. : Mon père était un excellent gymnaste. Comme il m'avait fait débuter très jeune, si j'avais beaucoup travaillé, j'aurais pu sortir du lot. Mais j'étais trop attiré par d'autres choses. Je m'éparpillais. Un jour c'était la poésie, le lendemain la peinture, puis la musique. Je n'étais, je crois, ni triste ni gai, mais très rêveur. Je pouvais rester trois heures devant un devoir sans même lire les questions. J'étais tout simplement ailleurs. Sans doute déjà conteur ou romancier, mais trop paresseux pour écrire ce que j'imaginais.

A.R. : Étiez-vous bon élève ?

B.C. : Ni bon ni mauvais. Ça fait toujours très chic de dire — quand on croit être arrivé : « J'étais brillant. » Ou : « J'étais un cancre. » Eh bien, non ! Moi, j'étais un élève moyen. Beaucoup de facilité en dessin, en gymnastique (mais cette matière n'était pas notée), assez intéressé par l'histoire, bien qu'incapable de retenir une date. Passionné par les sciences naturelles et la géographie. Aucun goût pour les mathématiques, assez bon en composition française, mais à peu près nul en orthographe.

A.R. : Avec ça, vos professeurs ne devaient guère vous voir devenir écrivain ?

B.C. : Certainement pas ! D'ailleurs, mon père, qui ne me voyait pas autrement que reprenant son métier, ne s'inquiéta jamais de me savoir élève médiocre. Sans doute estimait-il que l'on peut être un excellent boulanger avec des notions très restreintes de calcul, de grammaire et d'histoire. Quant à la géographie, il m'enseignait, au cours de longues marches, celle des tournées qu'il avait si longtemps accomplies avec sa voiture et son cheval. C'était de la géographie très locale, économique en un certain sens, mais surtout sentimentale.

Là encore, et sans le désirer vraiment, mon père devait m'apprendre ces choses de la vie qui constituent l'essentiel de mon bagage : la route et ses rencontres, les champs et ce que le paysan peut y cultiver, la forêt et ses bûcherons qu'il appelait des coupeurs, le vignoble et ses amis vignerons qui lui avaient donné du vin en échange de son pain et continuaient d'alimenter sa cave en souvenir d'une si longue amitié, Vincendon le vieux luthier. Ils avaient en commun l'amour de leur métier et le respect du travail des autres. Ils avaient également en partage une connaissance profonde, instinctive des simples. L'âge des roches et des arbres, la valeur d'une terre, le goût d'un vin ou de ce lard que nous mangions sur une tranche de pain, assis de biais entre la table patinée et la cuisinière noire où mijotait la potée des cochons. Tout cela est entré en moi, avec ses parfums et ses bruits. Tout cela est entré sans qu'il y paraisse pour que se pétrisse un levain dont je n'ai découvert l'existence que beaucoup plus tard, au moment où la pâte commençait à lever.

A.R. : Ce qui explique des déclarations du genre : « Je ne dois rien aux écoles et tout à la vie. »

B.C. : Sans doute y suis-je allé un peu fort...

A.R. : Ça cadre avec l'image qu'on a de vous : un homme qui n'hésite jamais à dire ce qu'il a sur le cœur, même s'il doit payer très cher ses coups de gueule.

B.C. : En réalité, j'ai aimé passionnément l'école tant que je me suis trouvé en compagnie de maîtres qui ont su me distraire en me permettant de découvrir le monde et la vie ; je l'ai détestée au point de la quitter lorsqu'on a tenté de m'apprendre, méthodiquement et par force, ce qui m'apparaissait inutile et abstrait. Oserais-je dire que l'enseignement, surtout lorsqu'il s'adresse aux tout-petits, me paraît être davantage une manière d'être qu'une manière d'instruire ? Encore aujourd'hui, l'école ne m'intéresse que dans la mesure où elle accepte de faire place à la vie, dans la mesure où elle inscrit les sentiments, l'émotion, le sens de la beauté, de l'équilibre, de la justice et de l'amour en tête de ses programmes. Et s'il est vrai que je suis loin d'avoir été un élève idéal, je me rappelle néanmoins le visage de mes maîtres : les meilleurs et les pires. Mais ils sont restés en moi pour ce qui émanait de leur personne beaucoup plus que pour ce qu'ils avaient puisé dans leurs manuels.

A.R. : Avez-vous le souvenir de vos livres d'école ?

B.C. : Je ne me souviens pas de ceux de la maternelle. Je pense que tout devait se passer au tableau noir. En revanche, j'ai la vision très précise du Lyonnet-Besseige qui s'ouvrait sur un extrait de *La Gerbe d'or* d'Henri Béraud. Tout de suite après venait un chapitre des *Croix de bois*. J'étais loin de penser que je serais un jour l'ami de Dorgelès ! C'est aussi dans ce manuel de français que j'ai découvert Alain-Fournier, Pergaud, *Jean-Christophe* et quelques grands poètes comme Hugo et Lamartine. Mais ce n'était là que des pages. Un seul chapitre de *Maria Chapdelaine* extrait de la première partie du roman. Très peu de chose, assez cependant pour que s'ouvrît tout grand le large portail par lequel soufflait le vent de l'aventure. D'autant qu'une note ajoutait que l'auteur avait vécu dans le pays, qu'il y avait partagé la vie des défricheurs avant de mourir d'un mystérieux accident, sur une voie ferrée. Tout juste de quoi me donner envie de lire la suite. Mais où ?

A.R. : Vous oubliez une chose dont vous avez dit quelque part qu'elle était très importante : les almanachs.

B.C. : C'est exact. L'almanach du père François avec les lunaisons, les détails sur le temps, sur l'heure du lever et du coucher du soleil et mille autres choses d'un grand intérêt. Et puis le catalogue de graines d'une grande maison où l'on commandait tout. Je revois cette brochure avec un jardinier barbu sur la couverture.

A.R. : Mais ce n'était pas de la lecture ! Vos parents ne lisaient pas ?

B.C. : Mon père, surtout en hiver, lisait le journal. *Le Petit Parisien* qu'un voisin lui prêtait avec un jour de retard, et, chaque jeudi, *La Croix du Jura* qu'un porteur à casquette et à grande sacoche de cuir déposait dans la boîte aux lettres. Il y avait aussi le bulletin paroissial, sans doute mensuel.

Ma mère n'avait pas le temps pour cela. Je crois qu'elle s'est mise à lire par obligation quand j'ai commencé d'avoir des leçons à apprendre et des devoirs à faire. J'ai le sentiment qu'elle y prenait un réel plaisir. Sa main rêche, usée par les travaux de la terre, prenait en tremblant un peu le porte-plume en bois verni pour recopier sur un cahier mes premiers poèmes. Elle avait trente-cinq ans de plus que moi, son écriture était beaucoup plus lisible que la mienne, son orthographe moins hésitante, ses tables de multiplication tellement plus orthodoxes ! Lorsqu'elle ne pouvait pas m'aider, je partais avec mon cahier chez Nanette, dont la mère, institutrice, me faisait faire mes devoirs. Comme c'était beaucoup plus agréable que de travailler chez mes parents, j'essayais d'y aller le plus souvent possible.

A.R. : Et moi, je suis allée à Lons-le-Saunier. J'ai cherché le 25 bis de la rue des Écoles. Ce n'est pas facile à trouver. J'ai été surprise : la maison est minuscule, le jardin existe à peine. Pour vous, un homme des grands espaces !

B.C. : On a construit un immeuble énorme devant la maison. C'est ce qui contribue à tuer le père Dubois à la fin des *Fruits de l'hiver*. C'est ce qui a également réduit le jardin dont il ne reste vraiment pas grand-chose. Tout a été massacré. Depuis longtemps, je me refuse à retourner sur place.

A.R. : Vous regrettez donc à ce point votre enfance ?

B.C. : Bien sûr que je la regrette ! Plus j'avance en âge, plus les êtres qui l'ont habitée me sont précieux. Plus les lieux où elle s'est déroulée me sont chers. C'est bien pourquoi il ne m'est plus possible d'y retourner. Le progrès, le sacro-saint tourisme, la modernisation, tous ces poisons que l'on affuble de majuscules ont rongé mon pays. Ce qui m'est précieux, c'est le Revermont de mon enfance, pas celui d'aujourd'hui que je ne reconnais pas. Même Dole, où j'ai fait mon apprentissage, Dole si longtemps préservée du vandalisme, vient d'être défigurée. Je ne veux même plus discuter pour savoir si tout cela était indispensable au développement économique du pays, je préfère vivre en des contrées que je n'ai pas connues autrefois. Les enlaidissements m'y sont moins pénibles à endurer. D'ailleurs, il n'y a rien à faire. Plus rien n'existe du passé. Les terres, comme les êtres, sont mortes.

A.R. : Vous pensez au clan Clavel : oncles, tantes si étonnamment présents dans votre œuvre. Qui étaient-ils ?

B.C. : Il n'y avait pas de clan Clavel. Les oncles, tantes, cousins et cousines dont j'étais vraiment proche venaient tous, comme on disait, du côté de ma mère. Les Dubois.

Si vous voulez, pour situer en gros la tribu, les principaux membres vivaient à Dole. Ma tante Léa, sœur de ma mère, avait l'air d'une princesse. Je l'adorais. C'est elle qui m'a offert ma première boîte de peinture. C'était un personnage ! Boute-en-train. Infatigable marcheuse.

Frondeuse. Elle était mariée à Charles Mour qui deviendra l'oncle au képi blanc de mon livre.

A.R. : De plusieurs livres, car vous revenez souvent à lui. Par exemple, dans *Terres de mémoire* :

« Ancien officier, mon oncle avait consacré le plus clair de son existence à se battre pour des frontières. Préserver les nôtres ou les reporter jusqu'au Rhin, en établir d'autres en Afrique ou en Asie, bref guerroyer et se faire trouer la peau pour un trait de carte. »

B.C. : Ses récits de campagnes d'Afrique et d'Orient ont bercé mon enfance. Ma tante l'avait suivi partout, avec un tub ! Je ne sais pas si vous imaginez le spectacle : un tub dans des déserts sans eau ! Ce qui prouve à quel point ma tante était, comme le disait ma mère avec admiration, un sacré phénomène ! Je crois qu'elle m'a beaucoup marqué. Car elle avait fini par revenir à Dole, avec mon oncle. Leur appartement, avenue de la Paix, était proche de la place Grévy. (C'est là que j'ai lu *Les Croix de bois*, plus tard, bien évidemment.) Je leur étais très attaché. Durant mon enfance, j'allais chez eux au moins deux ou trois fois par an. Et ce n'était pas une petite affaire !

Il y avait deux lignes pour Dole. Une par Mouchard, l'autre par Chaussin. Avec changement et longue attente dans des petites gares. J'aime les trains et les gares. Et tout particulièrement les petites gares d'où de petits trains partent pour de petits trajets qui prennent du temps. C'était vraiment l'aventure qui durait trois ou quatre heures pour cinquante kilomètres, avec panier à provisions et casse-croûte dans des wagons en bois brinquebalants où la vapeur, en hiver, vous sortait sous les pieds.

Par la suite, j'avais peut-être dix ans, il y a eu les vacances au lac de Saint-Point, à l'abbaye Sainte-Marie, toujours avec ma tante Léa et mon oncle au képi blanc. L'hôtel où nous logions, le vaste champ communal à flanc de colline où je pouvais jouer en toute liberté, le lac où presque chaque matin j'accompagnais mon oncle, inlassable pêcheur, et la forêt profonde, où ma tante m'emmenait cueillir des noisettes ou des mûres, ramasser des champignons ou des escargots, ont été d'une très grande importance et je ne repasse jamais dans ce coin sans beaucoup d'émotion.

A.R. : Mais revenons à Dole. Car il y avait à Dole une autre sœur de votre mère ?

B.C. : Ma tante Alphonsine, mariée à Paul Jeanguillaume. L'oncle Paul tenait un magasin d'articles de pêche derrière lequel était un minuscule salon de coiffure pour hommes. Mon oncle était aussi un grand chasseur. Il possédait tout Pergaud et c'est chez lui que j'ai dû lire *Le Roman de Miraut*. Il fabriquait lui-même cuillers, devons, mouches artificielles...

A.R. : Il a été votre premier mort.

B.C. : Pas mon premier, non. Bien avant, j'avais perdu ma grand-mère maternelle. Mais je la connaissais peu, peut-être l'avais-je vue une ou deux fois, quand elle est morte j'avais à peine trois ou quatre ans. Une femme très impressionnante. C'est elle qui tenait à Dole, rue d'Enfer, cette boutique à fleurs, fruits, primeurs, maison Dubois, bouquets sur commande. Elle ne l'avait plus depuis longtemps au moment où je suis allé chez elle, faubourg de Gray. J'ai un souvenir d'une extrême précision de ma chambre, chez elle, où je partageais avec ma mère un grand lit en bois très haut et qui craquait. Je revois les volets tirés et, à l'aube, le passage sous la fenêtre du petit tram à vapeur reliant Dole à Gray. Nous nous précipitions en chemise de nuit pour le regarder passer. Disant cela, je sens encore l'odeur de charbon.

Puis, un soir, un télégramme est arrivé chez mes parents. Ma mère s'est mise à pleurer. Le lendemain elle partait à l'enterrement. Seule. Tandis que, c'est vrai, j'ai assisté à l'enterrement de mon oncle Jeanguillaume. En ce sens, oui, il a été « mon premier mort », mais c'était déjà plus tard. Au temps de l'apprentissage.

A.R. : Des obsèques qui ont dû vous impressionner si l'on en croit ce passage de *La Maison des autres* :

« Julien regardait ce défilé d'hommes et de femmes et, toujours, il pensait à l'oncle, immobile et raide dans son cercueil. L'oncle Pierre était dans sa caisse, raide et froid, et il descendait entre les deux parois de terre jaune et luisante. [...] L'oncle Pierre qui allait rester tout seul dans le fond de ce trou, à l'ombre de la petite église. »

B.C. : Mon oncle avait, dans son atelier dont la fenêtre donnait sur les toits de la vieille ville, une cage pleine d'oiseaux. Chaque jour à midi, il ouvrait la cage. Les oiseaux s'en allaient sur les toits, quand il sifflait tout le monde rentrait.

Dans sa cuisine, ma tante gardait un bocal où vivaient des sangsues. De temps en temps, elle en prenait une qu'elle se collait derrière l'oreille.

Leur fils, Marius, et sa femme, Charlotte, tenaient un café à Lyon, cours Gambetta. C'est en allant passer des vacances chez eux que j'ai découvert Lyon. A l'école, le maître m'avait fait lire *Le Petit Chose*. J'avais beaucoup aimé ce roman — je crois même que c'est le premier que j'aie lu —, mais ce qui m'avait le plus fortement impressionné, c'était l'arrivée à Lyon par le bateau.

J'en ai longtemps rêvé. Je respirais cette atmosphère, je voyais ce fleuve immense, ses quais noyés de pénombre, j'entendais la cloche, et, surtout, j'imaginais le pauvre perroquet seul sur la rive et appelant Vendredi.

J'y ai pensé ainsi jusqu'à mes premières vacances lyonnaises. Dès mon arrivée chez mes cousins, je demandai à voir le Rhône. On me conduisit sur le bas port, tout près du vieux pont de la Guillotière. Pour moi qui n'avais pas encore appris ce qu'est la fuite du temps, ce fut une grande déception que de voir ces rives où n'étaient amarrés que des bateaux-lavoirs et des péniches viviers à poissons. Pas de perroquet non plus. Pas la moindre trace du Petit Chose. Et pourtant, même s'il me parut moins impressionnant ainsi que dans l'œuvre de

Daudet, je suis certain que, dès ce jour-là, le Rhône est entré en moi.

A.R. : Comme c'est étrange : que des paysages rêvés par des créateurs puissent s'imposer au point de prendre la place du monde réel. Je pense à ce texte que vous avez donné à la bibliothèque de Dole pour une exposition consacrée à Marcel Aymé : « Je connaissais Dole et la forêt de Chaux bien avant de lire *Brûlebois* et *La Vouivre*, mais j'ai perdu Dole et la forêt de Chaux le jour où je me suis plongé dans Marcel Aymé. »

B.C. : Petit détail, mais qui pour moi a son importance, ces cousins de Lyon dont nous parlions, juste maintenant, avaient été des intimes de Marcel Aymé lorsqu'il vivait à Dole. Dans la famille, on ne l'appelait que « le petit Aymé ». Un écrivain que je considère comme l'un des deux ou trois plus grands romanciers français de sa génération !

A.R. : Et le reste de la famille ?

B.C. : Tous les autres — tantes, oncles et cousins — vivaient trop éloignés du Jura pour qu'il m'ait été donné de les rencontrer beaucoup. Un seul m'a laissé un souvenir ému. Le frère de ma mère. Ancien chef de gare. Un rouge, disait-on. Pionnier du syndicalisme ferroviaire. A ma carte de vœux, il répondait chaque année en vers. Je regrette de n'avoir pas conservé ses poèmes qui m'impressionnaient beaucoup.

A.R. : C'est peut-être aussi un peu de lui que vous vient ce grand amour du train. Je crois savoir que vous détestez l'avion, que vous faites le moins de voiture possible.

B.C. : Je suis, bien sûr, le premier à me réjouir que l'avion me permette de gagner l'Amérique en sept heures. Mais faut-il traiter les passagers comme du bétail ? Nous sommes au siècle du toujours plus. Au point d'en avoir oublié que la seule devise qui puisse permettre au monde de progresser tient en deux autres mots : toujours mieux.

Il n'y a pas encore un demi-siècle que l'automobile a

vraiment commencé d'envahir notre univers. Nous en sommes déjà au point où nous ne savons plus qu'en faire. Il devient impossible de descendre de ces engins parce qu'on ne parvient pas à trouver la place de les garer. Pendant ce temps, des trains circulent à moitié vides. N'est-ce pas le comble de l'absurde ?

On a tracé à travers la Provence une autoroute qui mène plus vite aux rives ensoleillées. Cela, bien sûr, dans « l'intérêt public » — on commet tant de forfaits en son nom ! Songeant aux oliveraies, aux champs de lavande, aux forêts, sacrifiés, je ne puis m'empêcher de me rappeler Charles Maury qui chantait : « Ce qui rend joli le chemin, ce sont toujours les lignes courbes. »

A.R. : Et comme les lignes courbes finissent par nous ramener à notre point de départ, nous revoici 25 bis rue des Écoles. Ces grands espaces que vous évoquiez tout à l'heure...

B.C. : Enfant, le jardin me paraissait immense. Et en effet, il était déjà important par rapport à ceux du voisinage. Mais il grandissait surtout par le rêve. L'arbre où je me réfugiais dominait un océan sans bornes. Qui sait si aujourd'hui ce qui manque à bien des hommes, ce n'est pas le souvenir d'un arbre où leur enfance se soit réfugiée pour rêver. Mon enfance a été merveilleuse.

A.R. : Et pourtant... Vous rappelez-vous avoir écrit : « J'ai été un enfant seul, ou qui se croyait seul. Attiré très jeune par la peinture, la poésie, j'ai souffert de vivre avec des parents qui ne s'intéressaient jamais aux arts. »

B.C. : Je leur en ai voulu jusqu'au jour où j'ai découvert ce que sont les vraies richesses. Tout ce que mes parents ne m'ont pas apporté, je l'ai trouvé chez d'autres êtres qui ne m'ont pas marqué, dans des livres qui sont importants mais multiples. Pourtant, aucun livre n'a le poids du silence des êtres qui m'ont entouré, aucun n'a cette force, cette générosité. Aucun ne pourrait me donner autant. Le jardin de mes parents, la minuscule maison si chaude de tendresse et d'amour, tout nous enveloppait si bien que les larmes me montent aux yeux à la seule évocation de ces quelques images. Pourtant, c'est vrai, mon rêve était d'échapper à leur univers et j'envisageais ce départ comme une évasion.

Au début, ce qui me privait un peu, c'était l'interdiction d'aller m'amuser dans la rue avec les copains. « Tous des voyous ! » grognait ma mère. Aussi, jusqu'à l'âge de l'école primaire, n'ai-je à peu près joué qu'avec des filles. Anne-Marie, qu'on appelait Nanette, et Colette, nos plus proches voisines. J'étais très heureux avec elles. En hiver, nous dessinions et nous jouions à cuisiner. En été, nous sortions du hangar de mon père des caisses, un vieux tonneau, quelques planches et des sacs. Avec ça, on bâtissait un énorme transatlantique. Et on partait pour l'Amérique. Il y avait toujours au moins une tempête terrible. Mais j'étais là pour rassurer les passagers et donner des conseils au commandant. Je me souviens de plusieurs traversées où, le capitaine ayant été entraîné par une vague, j'ai dû prendre la direction des opérations.

A.R. : Est-ce que, tout jeune, à l'âge où les garçons se disent « Je voudrais être pompier », vous, vous pensiez « Je voudrais être écrivain » ?

B.C. : J'ai beaucoup rêvé d'être explorateur, navigateur, pêcheur d'Islande... Mais c'est vous qui rêvez quand vous croyez que tous les garçons voudraient devenir pompiers ! C'est bien plus excitant de bouter le feu que de l'éteindre, de détruire que de construire. Plutôt que pompiers ou maçons, les enfants souhaitent être soldats. Et bien des parents sont assez inconscients pour les y pousser.

A.R. : Mais vous, vouliez-vous être artiste ? Vos mensonges, la poésie, et puis vous avez mentionné tout à l'heure la peinture, la musique...

B.C. : La musique, nous en manquions totalement en ces temps où mes parents n'avaient ni phonographe ni poste de radio. Il n'y avait guère que les retraites aux flambeaux, les concerts donnés au kiosque de la chevalerie par l'harmonie municipale et quelques aubades de trompes de chasse. Mon père, qui avait joué du piston et sonné de la trompe, était tout à fait d'accord pour que je fréquente les cours de solfège du jeudi matin. Ça ne devait pas coûter très cher, et ça devait lui paraître plus sérieux que le dessin ou la poésie. J'y suis donc allé deux ou trois fois. J'ai dû me conduire mal, car le vieux professeur, le père Péguillet, m'a pris en grippe tout de suite. Comme il me traitait sans arrêt de cancre et d'imbécile, j'ai refusé de continuer.

Je me rappelle également qu'une demoiselle, que je trouvais très jolie, est venue un soir à la maison, pour voir dans quelles conditions elle pourrait m'enseigner le violon. Vincendon, le vieux luthier ami de mon père, m'avait prêté un instrument. Je n'ai pas le souvenir de ce qui s'est passé, mais ma carrière musicale s'est arrêtée là.

Par contre, j'écrivais des poèmes. Je continuais de dessiner, de peindre. Vincendon, toujours lui, m'avait fabriqué une boîte de peinture bien plus importante que celle offerte quelques années plus tôt par ma tante Léa. Une petite merveille ! Mais peu commode et que j'allais massacrer bêtement pour y faire entrer des tubes trop gros pour elle.

A.R. : Vous n'aviez donc que des distractions d'enfant solitaire ? Vous étiez un ours, déjà ?

B.C. : Je ne crois pas être un ours. Mais, parce qu'il me faut beaucoup de temps pour écrire, je refuse la plupart des invitations que l'on m'adresse. C'est une chose que les amis des artistes doivent s'efforcer de comprendre. Un créateur n'a pas une existence normale, il ne faut pas lui demander de se comporter comme tout le monde.

Pour ce qui est des jeux, j'en vois un, surtout, qui a dominé mon enfance : la guerre, justement. Dès que j'en ai eu l'âge, j'ai amené des copains dans un petit terrain qui se trouvait au fond du jardin, près du hangar bourré de bois et de fourrage. Là, nous avons creusé une tranchée. Au lieu de nous foutre leur pied au cul, les anciens combattants nous donnaient des conseils. Les hostilités ont ainsi duré jusqu'au jour où nous avons trouvé drôle de nous réfugier dans le hangar et d'y faire claquer quelques pétards. Mon père est arrivé avec une trique. Les autres ont battu en retraite. J'ai été fait prisonnier. L'ancien boulanger a rebouché la tranchée. La guerre était terminée.

A.R. : Dans *Lettre à un képi blanc*, vous avouez :

« J'ai été marin, sous-marinier, aviateur, grenadier, voltigeur, cuirassier, lancier. J'ai servi dans les troupes métropolitaines et les troupes coloniales. [...] J'ai été le héros adoré, adulé, acclamé, blessé, enterré, statufié. J'ai souffert toutes les misères et je suis tombé mille et une fois en criant "En avant !". »

B.C. : Mais en rêve. En rêve seulement.

A.R. : Et vous terminez :

« Car si, en cours de route, ma conviction s'est renforcée qu'on ne se sépare jamais de ses rêves d'enfant, je n'en conserve pas moins vive la certitude qu'il faut savoir lutter pour que ceux d'entre eux qui sont emprisonnés ne deviennent jamais réalité. »

B.C. : Ce qui est drôle, c'est le premier livre qu'on m'a offert. Belle couverture cartonnée rouge avec lettres dorées. C'est encore ma cousine de Lyon qui me l'a acheté : *Servitude et grandeur militaires*. Quant au premier que ma mère m'a donné, sur ma demande : le *Napoléon,* de Stendhal que, bien entendu, j'étais incapable de lire. Ensuite, j'ai fait dépenser de l'argent à cette pauvre femme pour deux petits volumes sur Verdun et sur le fort de Vaux, écrits par Henry Bordeaux. Je les ai toujours. Cocardiers et sans intérêt, mais précieux témoignage de ce que les anciens combattants nous apprenaient à aimer. Avouez que pour un futur antimilitariste acharné, ces premiers titres étaient un curieux début de bibliothèque !

A.R. : Vous n'étiez pas tenté par les romans d'aventures ?

B.C. : Bien sûr que si ! Les petits écrits à trois sous racontant des histoires plus ou moins policières de tuniques rouges, d'Indiens, de trappeurs, de chercheurs d'or, de trafiquants. Et ce doit être à peu près à la même époque que j'ai pu lire *L'Appel de la forêt* et *Le Dernier des Mohicans*.

A.R. : Les journalistes ont le nez fin. Rappelez-vous Jean-Claude Lamy qui remarquait dans *France-Soir*, à propos d'*Harricana* : « En se faisant le chantre d'une épopée digne des récits de Fenimore Cooper, de James Oliver Curwood ou de Jack London, il [Bernard Clavel] retrouve des paysages qui correspondent aux horizons insoupçonnés révélés par ses lectures de jeunesse. »

B.C. : Tout vient de l'enfance et tout finit par y retourner. Les hasards de nos routes dévident nos rencontres avec les terres comme ils font de l'écheveau de nos amitiés et de nos amours. Tout se confond d'ailleurs, la plupart du temps, dans la mesure où le rêve naît des réalités, où les réalités se modèlent sur le rêve.

Prenez la Ninie Seguin. Première emballeuse dans une petite usine qui fabriquait de beaux stylos à plume rentrante. Chaque soir, en sortant de son travail, elle venait passer un moment chez nous. Une vieille fille un peu sourde, tremblotante et frêle, qui n'avait jamais quitté Lons-le-Saunier, jamais vu d'autres neiges que les quelque vingt centimètres qui tombaient chaque hiver et fondaient en trois jours. C'est pourtant Ninie qui allait me faire découvrir le Grand Nord !

La fabrique où Ninie exerçait son activité appartenait à M. Victor dont le fils allait s'embarquer avec le commandant Charcot. Ninie avait, durant quelques semaines, délaissé l'emballage des stylographes pour se consacrer entièrement à la préparation des bagages du jeune explorateur. Une fameuse histoire ! Qui devait souvent troubler son sommeil. Par elle, nous étions informés des moindres détails. Nous avions la liste de tout ce que « le petit Victor » emportait, depuis ses caleçons jusqu'à ses carnets de croquis en passant par sa brosse à dents. Dois-je préciser à quel point le départ de Paul-Émile Victor me bouleversait ? Tout se tramait à quelques sabotées de la maison tiède où j'allais rester confiné tout l'hiver tandis qu'un garçon, de seize ans mon aîné, s'en irait hiverner, sur la banquise ! De quoi devenir enragé !

A.R. : Je pense tout à coup à un de vos livres pour enfants, désormais introuvable : *Le Voyage de la boule de neige*. La neige. Le voyage. Deux thèmes essentiels de votre œuvre. Et pourtant, vous venez de le dire, il n'y avait jamais guère plus de trois brins de neige à Lons. Et pourtant, vous ne faisiez jamais que de bien maigres voyages.

B.C. : Je puis déjà dire que je suis triste que *Le Voyage de la boule de neige* ne soit pas réédité. Je crois que c'est un conte qui peut faire rêver les enfants. A cause du voyage et de la neige précisément, et de l'amitié qui lie une petite fille à un ours.

Bien entendu il n'y avait pas autant de neige à Lons qu'en montagne ou au Québec, mais assez pour m'en faire désirer davantage. Quant aux voyages, je vous parlais tout à l'heure de Dole ; de Lyon. Il y a eu aussi un ou deux voyages à Genève et sur la côte romande du Léman. Je devais avoir cinq ou six ans. Un cousin boulanger nous avait enfermés, à Champagnole, dans la caisse de tôle sonore comme un tambour d'une fourgonnette Rosalie qui sentait fort le pain et la brioche. Un seul arrêt à un col où un vent glacial soufflait sur de terribles sapins noirs. Voyage obscur aux multiples virages. Puis, d'un coup, le lac. Ou plus exactement, aux yeux du terrien que j'étais : la mer, une mer que je n'avais jamais vue, mais qui ne pouvait être autrement. Car un ciel de cendre effaçait les Alpes. L'immensité s'offrait à moi.

Tout cela peut paraître dérisoire aux enfants d'aujourd'hui qui prennent l'avion comme leur grand-père prenait le métro. Et pourtant, c'était important, d'autant plus important que ça laissait place à d'autres voyages peut-être plus précieux : les tours du monde imaginaires.

2

La Maison des autres

Parfois, c'est par un long chemin à travers la vie que nous rejoignons notre rêve.

Jacques CHARDONNE

A.R. : Quatorze ans. Vous n'êtes pas un aigle. Vous n'êtes pas un cancre. Pourquoi quittez-vous l'école ? A cause de cet instituteur avec lequel vous ne vous entendiez pas ?

B.C. : Je n'étais pas le seul !

A.R. : Il ne vous supportait pas ?

B.C. : Il prétendait être un grand sportif. Nous étions quelques-uns à le dominer très nettement. Nous le narguions : à la barre fixe, à la corde lisse, au lancer. Vexé, il nous imposait trente minutes de mouvements dits « d'ensemble » que nous exécutions comme la pire des corvées, le plus mal possible. Il nous en voulait, nous lui en voulions. Souvent nous étions punis. La tension montait, devenait insupportable.

A.R. : Mais on ne quitte pas l'école pour ça ! Pour un petit monsieur qui vous fait faire des lignes... C'est une décision terriblement importante. J'imagine de longs conciliabules chez vos parents. Votre tante Léa a dû s'en mêler.

B.C. : C'est une décision bien moins importante que vous ne l'imaginez. Dans les années 30, le nombre d'enfants qui continuaient l'école après quatorze ans était très limité. Mon père, je vous l'ai dit tout à l'heure, rêvait que je sois comme lui, boulanger. Ce n'était pas lui qui risquait de me pousser pour les études.

Aussi, le 29 mai 1937, jour de mes quatorze ans, un lundi, refusai-je d'aller à l'école. Ma mère a imploré et tempêté. J'ai tenu bon. Je la revois encore s'enveloppant de son grand châle gris et partant voir le directeur. Je revois aussi son retour. Je l'entends : « M. Rollet sait que ton maître ne peut pas te souffrir. C'est un homme qui a ses têtes. Mais toi, tu n'es pas un ange non plus. Il paraît que tu t'es mis du côté du grand Roussot, une espèce de voyou d'au moins dix-sept ans — sa pauvre mère ferait mieux d'en faire un cantonnier. Mais à la rentrée, tu seras dans une autre classe. Avec M. Richardot que tu as déjà eu et qui t'aime bien. » Bref, tout ce qu'une mère peut raconter. Mais j'avais la tête beaucoup plus dure que la sienne. Je n'ai pas cédé.

Quant à ma tante, elle vivait à Dole. Vous pensez bien que nous n'avions pas le téléphone ! De plus, mon père se serait bien gardé de la consulter. Car il savait que seule la perspective des Beaux-Arts pouvait me retenir à l'école. C'était une chose dont il ne voulait pas entendre parler. Pour lui, la cause était entendue : un peintre serait toujours un crève-la-faim. Aussi en voulait-il un peu à ma tante Léa, elle-même peintre du dimanche, de m'avoir mis pour la première fois une palette entre les doigts.

Ma mère a certainement beaucoup pleuré et passé quelques nuits blanches. Mais, finalement, tout s'est réglé naturellement. Parce qu'il était dans l'ordre des choses d'appendre un métier à quatorze ans. Et c'est tout de même ma tante Léa qui m'a trouvé cette place d'apprenti dans une pâtisserie où elle se servait.

A.R. : Joli coup !

B.C. : Elle allait le regretter. Mais plus tard.

A.R. : Pour l'instant, vous quittez Lons. Une ville qui m'a paru triste et grise.

B.C. : Vous l'avez mal regardée. Sans doute par un jour de pluie. A l'époque, Lons-le-Saunier était encore traversée par la Vallière, maigre ruisseau que les hommes ont recouvert pour mieux permettre l'invasion de la sacro-sainte automobile. Les collines tout autour étaient peu construites et très vastes. Les foires où la Bresse, le vignoble et la montagne se retrouvaient étaient colorées, animées, très amusantes. Nous allions y écouter les vendeurs de chansons.

Reste, c'est vrai, que je ne tiens pas Lons pour *ma* ville. C'est Dole, ma ville.

Avant d'y vivre mon apprentissage, avant d'y découvrir la haine et la fraternité, la lâcheté et le courage, les servitudes et la grandeur du travail, j'y avais vécu mes plus belles vacances, mes plus beaux Noëls. Des fêtes de Pentecôte inoubliables avec les repas de famille où l'on s'amusait beaucoup. Bref, la ville de la joie. De la rigolade. Sans doute l'existence me paraissait-elle un peu monotone dans la petite maison paternelle. Mes oncles étaient bons vivants, un petit peu guignols, comme disait parfois mon père qui ne pensait qu'au travail. Pêcheurs et chasseurs, tous. Et mon père, lorsque je rentrais de vacances pour raconter nos courses en barque et nos marches en forêt, grognait invariablement : « Jamais pêcheur ni chasseur n'a fait vivre sa famille. » N'empêche, le Doubs, la Loue et les canaux m'attiraient. La lumière y était plus belle que nulle part ailleurs, le passé chantait mieux, les saisons avaient un autre visage. Sans bien m'en rendre compte, j'étais amoureux, déjà : du canal Charles-Quint, de ses chemins de halage, des vieilles écluses et des petites maisons d'éclusier, des grands arbres qui font voûte sur l'eau que seules les péniches tirent de son sommeil, de tout ce monde de mystère, de pénombre, de fraîcheur, de reflets.

A.R. : Ne rêvez pas trop ! Vous quittez la maison de vos parents. La cuisine où vous faisiez vos devoirs. Pour *La Maison des autres*. Le plus autobiographique de vos romans. Vous l'avez dit à plusieurs reprises.

B.C. : Il l'est à quatre-vingts pour cent. Ce qui signifie que toute la matière en est la vie, et que seule la composition qu'exige une œuvre d'art m'a contraint à quelques aménagements. Et encore ! Ces deux années passées dans un univers clos constituaient ce que je serais tenté de tenir pour un cadre tout préparé. Unité parfaite de temps et de lieu, unité d'action aussi puisque l'essentiel en est l'apprentissage d'un métier, de la vie, de la haine, de l'amitié et de la solidarité ouvrière.

Quittant l'école à quatorze ans, et trouvant que la boulangerie n'était pas digne de moi, je lui avais préféré la pâtisserie. J'allais passer deux années dans l'enfer d'un laboratoire où régnait un homme d'une exceptionnelle cruauté, salué à sa mort par la presse locale comme un « notable si bon dont la gentillesse était proverbiale ». Et si j'ai dit là-dessus, dans *La Maison des autres*, à peu près tout ce qu'il m'était permis d'écrire avec l'espoir d'être cru, j'ajoute que la vérité est souvent beaucoup plus cruelle que ce qu'un romancier pourrait imaginer. Et lorsqu'il n'a pas à imaginer, il doit au contraire se restreindre. C'est ce que j'ai fait.

Du 1er octobre 1937 au lundi 30 septembre 1939. Vingt-cinq francs par mois. Plus les insultes, les coups, les crachats.

Je suis repassé récemment à Dijon devant le magasin où ma tante Léa et ma mère m'avaient emmené, quelques jours avant mon entrée en apprentissage, pour acheter mes vêtements de travail. Il existe toujours, ouvriers et apprentis continuent de s'habiller *Au Pauvre Diable*.

Non, rien n'est exagéré. Tout est portrait. Cet homme qui m'a craché au visage alors que je sortais à peine de l'enfance m'a marqué comme au fer rouge. Petiot, sa hargne, sa brutalité ont fait de moi un révolté. Avec lui, j'ai découvert l'injustice. Depuis, je n'ai cessé de la combattre.

Souvent les gens qui cherchent à vous faire des vacheries

vous rendent le meilleur des services. Ils vous contraignent à réagir plus vigoureusement, à travailler plus fort pour vous en sortir. Au fond, lorsque je regarde le déroulement de ma vie, depuis ces deux années d'apprentissage — longtemps le chiffre et le mot ont été pour moi synonymes de bagne — tout me paraît s'être enchaîné naturellement pour m'inciter à écrire. Pour m'obliger à m'exprimer et à lutter.

A.R. : Mais vous arrivez là, vous n'êtes qu'un enfant. Physiquement et moralement. Et vous allez tenir le coup ?

B.C. : Lorsque j'ai quitté la maison de mes parents, mon père a dit à ma mère qui me gâtait beaucoup trop : « Tu verras que ce sera comme à l'école. Il ne foutra rien. Ou bien il trouvera une raison pour revenir, ou bien il se fera foutre à la porte. En tout cas, je suis prêt à parier n'importe quoi qu'avant un mois il sera revenu. »

A.R. : Comme dans *La Maison des autres*.

B.C. : Exactement. Et comme dans *La Maison des autres*, j'ai tenu par orgueil ! Je me suis cramponné de toutes mes forces ! Couché tard avec les punaises, levé avant l'aube.

A.R. : Mais vous aimiez l'apprentissage du métier ?

B.C. : Croyant parfois le détester, à cause de la fatigue et de la privation de liberté, je l'aimais sans bien m'en rendre compte et sans doute parce qu'il faisait partie, chez moi, de ces racines que l'on ne saurait arracher. Ce n'était plus de pain qu'il s'agissait, mais toujours de farine, de pâte et de four brûlant. Si j'en voulais à mon père de m'avoir arraché à la peinture, du moins, lorsque je venais passer une journée chez mes parents, était-ce de métier que nous parlions. Il m'arrivait même de pétrir de la brioche ou de la pâte brisée sur la table de cuisine, pour montrer mon savoir. Mon père m'observait, hochait la tête et disait : « Moi je n'ai jamais fait comme ça. Ce que tu fais, c'est de la brioche de pâtissier, mais pas de boulanger. » Je cuisais dans le four de la cuisinière, mon père goûtait, admettait que c'était réussi, mais finissait invariablement par ajouter : « Oui, c'est bon, mais tout ce que tu voudras, c'est loin de valoir ce qu'on faisait à la boulangerie. » Et disant cela, c'était ma mère qu'il regardait pour la prendre à témoin. Et la brave femme qui nous aimait tous les deux concluait : « Ce n'est pas la même chose, mais c'est aussi bon. »

A.R. : Finalement, vous appreniez tout de même beaucoup de choses, chez ce patron ?

B.C. : Malheureusement, il n'y avait pas que le four à chauffer. Il n'y avait pas que la brioche, les croissants, les chocolats, le vacherin à faire. Il fallait sortir les poubelles ; porter des sacs de cent kilos, faire les livraisons à bicyclette, une énorme corbeille sur la tête et qui pesait très lourd. Il fallait encore recevoir gifles et coups de pied ; servir à table ; se laisser manger par les punaises dans son lit, prier que du plafond ne tombe pas un cafard. Obligation aussi de rester sur place, le dimanche après-midi comme le soir, à cause des courses qu'il pouvait y avoir à faire.

Mais, plus les gens vous tiennent en leur pouvoir, plus le rêve grandit, plus se multiplient les évasions. Dès ce jour d'octobre où j'ai fait connaissance avec les eaux graisseuses du bac à plonge, dans ce laboratoire qui sentait le graillon, où les objets étaient poisseux, les murs noircis, le sol gluant, oui, dès ce premier jour je n'ai plus cessé de penser à autre chose. J'étais Joe Louis. Un jour je me mariais avec Viviane Romance. Puis l'autre, avec Marlène Dietrich.

A.R. : C'est la découverte de l'amour. Et, puisque vous êtes vraiment le Julien Dubois de *La Maison des autres*, il faut aussi parler des filles. La bonne de l'hôtel que vous vouliez épouser, la fille de la rue Pasteur : silhouettes, visages sans nom.

B.C. : La bonne de l'hôtel n'est importante que dans la mesure où elle fut la première. Un moment de lumière dans ces deux années si dures. L'autre, c'est très différent. L'amour romantique. Celle-là n'a jamais su et ne saura jamais. Je n'ai même pas entendu le son de sa voix. J'ai rêvé sur elle. Bâti tout un monde, voyagé avec elle. Je lui ai offert des millions, des châteaux en Espagne. Je l'imaginais supérieurement intelligente, elle était peut-être stupide. Il faut dire que je l'identifiais vraiment à Marlène Dietrich : « Je suis faite pour l'amour de la tête aux pieds. » Elle m'aurait abordé un jour en me parlant allemand que ça ne m'aurait pas surpris. Le rêve, toujours. Dans les pires heures, je me réfugie invariablement dans le rêve.

A.R. : Vous aviez déjà — mais vous l'aviez tout petit, dans votre arbre, sur votre transatlantique, c'est certainement inné chez vous — un extraordinaire pouvoir d'évasion.

B.C. : Et puis j'avais la chance que cet enfer du laboratoire, gouverné par cet exploiteur sorti tout droit d'un roman de Dickens, se trouvât à Dole. Et si j'étais trop jeune et trop abruti de fatigue pour apprécier les beautés de la vieille cité comtoise, du moins était-elle présente de tout le poids de ses vieilles pierres, de toute la profondeur mystérieuse des eaux du Doubs et de ses canaux.

A.R. : Vous avez tout de même eu envie de vous y jeter.

B.C. : Une veille de Noël, oui. Depuis quelque temps, il n'y avait plus d'horaires, plus de nuits ni de journées, plus de rêves accessibles. Exténué, la tête vide et le cœur gonflé de larmes, je travaillais à cette fête dont je me sentais exclu. Je traînais ma fatigue et ma solitude plus lourdes à porter que les bûches de biscuit et de crème au beurre emplissant ma corbeille. Et quelle solitude peut être plus grande que celle d'un enfant avec sa peine pour unique compagne au sein d'une foule où naît la joie brûlante des autres ?

Depuis cet hiver de 1938 où, pour la première fois, je me suis demandé s'il n'était pas plus simple d'en finir avec la vie plutôt que de lutter pour qu'elle s'améliore, je ne puis traverser Noël sans penser à tous ces enfants qui travaillent. Depuis ce temps-là, les bûches de Noël sont pour moi ce qu'il y a de plus difficile à digérer, car elles sont le symbole de ce plaisir des uns qui exige la peine des autres.

Bien sûr, je comprends que cette peine est nécessaire, mais je sais également qu'un rien peut la soulager. Je le sais pour m'être assis un soir parmi les convives d'un réveillon. Ces inconnus moins indifférents peut-être que les autres avaient sans doute lu au fond de mes yeux une telle détresse qu'ils ont voulu m'offrir un peu de cette chaleur qui emplissait leur foyer. Ce n'était rien, ces quelques minutes d'amitié et ce grog brûlant donné sur la table familiale au petit pâtissier épuisé qui venait d'apporter le dessert, mais pour moi, ce fut la respiration qui permet de poursuivre la route.

A.R. : Vous allez finir par me faire pleurer.

B.C. : C'est toujours la solitude au milieu des hommes qui est la plus dure.

A.R. : Mais Julien est-il seul quand il a le chat du patron pour ami ? Quand il s'évade avec le rêve ? Quand il s'accroche à l'affection du chef ?

B.C. : Une petite lueur veillait. Elle m'assurait que le tunnel déboucherait un jour sur la lumière. En attendant, je découvrais la camaraderie, l'amitié et la solidarité du monde en même temps que l'ignominie d'un monde où le patron, qui ne fout jamais rien, déjeune copieusement, en vous versant une tasse de chocolat à l'eau.

A.R. : Cela reste une période noire. Un patron qui vous crache à la gueule. Des journées qui finissent entre huit et neuf heures du soir pour recommencer à cinq heures la semaine, trois heures les samedis et dimanches, minuit les jours de fête. Et pourtant, vous déclarez volontiers que c'est la plus belle période de votre vie.

B.C. : Je ne dis pas la plus belle, je dis la plus riche et la plus enrichissante. La découverte du monde des hommes. Au fond, une exploration. La plupart des expéditions de grandes découvertes ont été très dures. Et pourtant, tous les explorateurs vous jureront que ce sont les plus riches heures de leur vie.

A.R. : Est-ce que votre mère a su quelle était votre existence durant ces deux années d'apprentissage ?

B.C. : Elle ne l'a su qu'après. Et encore ! Même mon oncle Charles, ma tante Léa, qui vivaient à un coin de rue de la pâtisserie et qui s'étaient bien rendu compte que j'en bavais, n'imaginaient pas à quel point c'était. Comme il avait connu une existence très difficile, mon oncle avait tendance à croire que, trop chouchouté par ma mère, ça ne me ferait pas de mal d'en roter un peu.

A.R. : N'était-ce pas le métier et l'époque qui le voulaient ?

B.C. : Non. Il y avait des lois. Les apprentis d'autres maisons avaient une existence différente.

A.R. : Croyez-vous que les choses aient changé depuis ce temps ?

B.C. : Dans les années 60, Alain Weille publiait une enquête intitulée « Trop d'apprentis de quatorze à dix-huit ans sont exploités ». Les chiffres parlaient tout seuls : « Une jeune boulangère fait le travail d'une bonne à tout faire quatre-vingt-trois heures par semaine. » Rien ne change. Il restera toujours des patrons comme Petiot. Je ne prétends pas qu'ils sont la majorité, disons des exceptions, mais quelles exceptions ! Tout récemment, un ami hôtelier me jurait que ce genre de situation ne pouvait plus exister : lois sociales, inspecteurs obligent. Sur ce, il place son fils en apprentissage de cuisinier dans une des maisons les plus réputées de France. Quelques mois après, il m'appelle : « J'ai dû le retirer de là, au plus vite, chercher une place ailleurs, c'était comme dans ton bouquin, exactement ! »

A.R. : Ce qui donnerait raison à André Wurmser qui remarquait, à propos de *La Maison des autres* : « Je me demande combien de lecteurs, persuadés à coup sûr de la véracité des faits rapportés, ne s'étonneront point que le sort des apprentis pâtissiers ait été celui-là, non point au temps d'Olivier Twist ou du petit Jules Vallès, mais en 1939. Je me demande, avec plus de mélancolie encore, combien de ceux qui s'étonneront ne se rassureront pas vite par cette pensée, hélas trop gratuite : mon Dieu, que le sort de la classe ouvrière s'est donc amélioré, en moins d'un quart de siècle ! Quitte à se réétonner du livre qu'écrirait Clavel, aujourd'hui apprenti quelque part. »

B.C. : On ne peut pas nier que le sort de la classe ouvrière se soit amélioré considérablement. Reste qu'il y aura toujours des Petiot dont la haine et le mépris sont une forme de racisme. Et vous savez bien que ce sont souvent les victimes du racisme qui deviennent les pires racistes. Le mal engendre le mal. J'ai été étonné, au moment de la sortie du livre, de constater combien les gens ne se reconnaissent que rarement dans le personnage qu'ils ont inspiré. Un ouvrier, par exemple, un de mes anciens camarades, ne s'est pas vu tel qu'il était à l'époque, mais tel qu'il était devenu. Aussi brutal, aussi inhumain que le père Petiot. Sa formule préférée : « Tu n'en baveras jamais autant que j'en ai bavé ! C'est comme ça qu'on fait des hommes ! »

A.R. : Vous êtes-vous renseigné sur la manière dont votre père traitait ses mitrons quand il avait sa boulangerie ?

B.C. : J'ai connu de ses employés. Mon père était un homme dur, pour lui comme pour les autres. Il travaillait beaucoup (ce qui n'était pas le cas de mon patron), il exigeait donc beaucoup de ses commis, mais il était humain. Sous des dehors bourrus, il avait un fond de bonté et de tendresse. En fait, c'était un grand timide.

A.R. : Et votre oncle Charles Mour ? Comment a-t-il réagi quand le livre est paru ?

B.C. : Il n'était plus là depuis longtemps, mais ma tante vivait encore. Si vous l'aviez entendue ! « Mon Dieu, pauvre petit, si j'avais su ! J'aurais bien dû aller plus souvent à la pâtisserie ! Je n'osais pas, par crainte d'importuner. Jamais je ne t'aurais laissé continuer. Et je crois bien que ton oncle serait allé rosser le patron ! »

A.R. : Il était tout de même allé se plaindre. Du moins,

c'est comme ça dans le livre. Quand Petiot se met à hurler contre « cette vieille baderne qui s'amène ici pour essayer de me faire la morale, de m'impressionner ! Cette vieille bourrique qui me parle d'inspecteur du travail et de lois sociales ! De brutalités ! D'horaires prolongés ! De je ne sais quelle merde de foutre de tous les diables. »

B.C. : Ça s'est passé comme ça dans la vie.

A.R. : Et vous vous êtes inscrit à un syndicat ! Vous êtes pour les travailleurs ? Contre les oppresseurs ? Est-ce un message que vous voulez faire passer par le biais d'un roman ?

B.C. : Voyez-vous, ce que je reproche le plus à notre monde, c'est de toujours vouloir tout récupérer. Cette manière qu'ont les délégués syndicaux de parler des travailleurs me hérisse. Comme s'il fallait absolument avoir les mains noires ou être salariés au-dessous de tel niveau pour être un travailleur !

A quatorze ans, j'étais au travail chez un patron que je ne souhaite à personne. Par la suite, parce que j'avais dans la peau cette maladie qu'on appelle le besoin de s'exprimer, il m'est arrivé de mener trois métiers de front. Mes livres, le journalisme et ce qu'il fallait pour faire vivre une famille. Je ne me souviens pas de m'être jamais accordé de véritables vacances. Je n'ai aucun mérite, je ne les endurerais pas. Je m'acharne dix à douze heures par jour, et ce n'est pas facile. Il faut parfois que je m'arrache chaque mot, chaque phrase, chaque chapitre du ventre.

Pourtant combien d'hommes et de femmes trouverais-je qui considèrent qu'écrire un roman constitue un vrai travail ?

Je ne suis ni un réactionnaire pourri, ni un esclavagiste, ni un extrémiste de droite qui voudrait faire crever le pauvre monde à la tâche. Quand on a été exploité comme je l'ai été du temps de *La Maison des autres*, on ne peut pas, pour peu qu'on ait un peu de cœur et de conscience, verser soi-même dans l'exploitation ni soutenir jamais ceux qui la pratiquent. De là à tenir tous les patrons pour des salauds, il y a du chemin ! De là à penser que l'artiste doit vivre de rien, qu'il doit toujours être prêt à tout offrir gratuitement, il y a une marge ! Faites-moi donc un petit article, une petite préface, donnez-moi donc une petite toile, poussez-nous donc une petite romance, mettez-vous donc au piano. Rien de plus horripilant ! Écrire, peindre, jouer, chanter sont des métiers. Des métiers souvent plus durs et plus longs à apprendre que bien d'autres, plus ingrats, et qui exigent un don total de soi. Jean Reverzy disait : « L'écriture est une autodestruction. » Je ne crois pas que l'autodestruction soit à la portée de tout le monde.

Chaque individu a sa conception personnelle de ce qu'il convient d'appeler un travailleur. Pour M. Marchais par exemple, M. Dubois, petit commerçant retraité, n'a certainement jamais été un travailleur. Pour M. Dubois, le P.-D.G. d'une énorme entreprise n'est certainement pas non plus un vrai travailleur. Quant à moi, j'ai bien peur de ne l'être ni aux yeux de M. Dubois, ni dans l'idée de M. Marchais, ni dans l'esprit du P.-D.G. Et pourtant, lequel de nous travaille le plus ? Lequel prendra sa retraite le dernier ?

A.R. : Revenons plutôt, si vous le voulez bien, à votre apprentissage.

B.C. : Je crois, en effet, que c'est préférable.

A.R. : Sans doute les jeunes de quatorze ans ont-ils beaucoup de mal à imaginer que vous ayez été confronté si tôt à la vie, la vraie. Car non seulement vous apprenez, durement, un métier, mais encore, vous devez subsister sur un bien maigre salaire. Vous l'avez dit tout à l'heure, vingt-cinq francs par mois. Que faites-vous de cette jolie fortune ?

B.C. : Presque tout passait au blanchissage. Car les patrons exigeaient que nous portions toujours des vestes bien blanches et des toques impeccables. Il y avait dans la rue

Duzillet (devenue depuis la rue Marcel-Aymé) une brave vieille qu'on appelait la Blanquette. Elle savait qu'on ne gagnait pas lourd et je la soupçonne de nous avoir fait des prix. En plus du salaire de misère, nous étions, vous l'avez dit, mal nourris et logés avec les punaises. Mais nous avions les pourboires pour les livraisons. Souvent dix sous, parfois vingt. Il y avait un inspecteur d'Académie qui donnait chaque fois cinq francs. Ce n'était certainement pas le client le plus fortuné, mais je pense que ça le peinait de voir trimer des gosses qu'il eût préféré sentir à l'école.

A.R. : En voulez-vous à cet instituteur exécrable à cause de qui vous avez quitté l'école ?

B.C. : Je lui en ai longtemps voulu. Je suis convaincu maintenant qu'il fait partie de ces êtres, dont je parlais tout à l'heure, qui m'ont rendu service en me faisant une vacherie.

Certes, pour avoir quitté l'école à quatorze ans — l'âge où la plupart de ceux qui désirent écrire commencent leurs véritables études —, j'ai cru longtemps qu'il me manquerait toujours l'essentiel. Et il est vrai que je suis loin d'avoir rattrapé mon retard ; dans bien des domaines, je suis moins instruit qu'un lycéen moyen. Pourtant je me considère comme un privilégié pour avoir été très tôt en prise directe avec la vie.

M. Buffard avait bien raison de répondre comme il l'a fait à ma mère, quand elle est allée lui montrer mes poèmes, mes dessins et lui demander conseil. Les choses se sont passées exactement comme dans le deuxième tome de *La Grande Patience* :

« C'est très difficile de juger, dit-il, très difficile. Mais ce qui est encore plus grave, c'est de conseiller. Je ne peux tout de même pas vous dire : “ Il faut que Julien reprenne ses études. ” Et pour faire quoi ? Dessiner, peindre ? Je crois que ni l'un ni l'autre n'a jamais aussi bien nourri son homme que le métier qu'est en train d'apprendre votre fils. »

A.R. : Je pense à Suzanne Michet. Une femme qui vous a beaucoup soutenu. Quand elle remarque, à propos de la genèse de *La Maison des autres* :

« Julien-Bernard ne se doute pas que c'est un livre qui lui coulera du cœur, un jour, un livre long, lent, obstiné à suivre pas à pas sa sévère jeunesse, un livre où chaque pas, chaque virgule a pouvoir de vérité et d'émotion. »

R.C. : Sans doute m'a-t-il fallu apprendre à cuire et modeler la pâte, à manier la spatule, à user du cornet à sirop pour me colleter ensuite avec les mots. Sans doute m'a-t-il fallu aller vers ma destinée de pâtissier pour rencontrer mon métier d'écrivain. Sans doute aussi me suis-je montré injuste envers mon ancien patron. J'aurais dû lui dédier ce livre puisque c'est à lui, surtout, que je dois de l'avoir écrit.

3

La guerre

Le soldat tire à genoux, sans doute pour demander pardon de son crime.

VOLTAIRE

A.R. : Août 1939. C'est la guerre. Mais pour Bernard Clavel (seize ans), c'est surtout la fin très proche de l'apprentissage.

B.C. : La guerre ne nous a pas le moindrement surpris. Tout le monde l'attendait et, parce que — je l'ai découvert depuis — la guerre est au cœur de l'homme, je pense que bien des gens l'espéraient. On a tendance à dire en rigolant que les Français ont toujours une guerre de retard. Mais bien que ce propos vise d'abord les états-majors, on pourrait, sans crainte de se tromper, l'appliquer à toutes les populations de tous les pays. La guerre que les hommes et les enfants souhaitent faire, c'est celle que leurs aînés leur ont racontée.

Notre crétin de patron nous lisait des bribes de son journal en répétant à tout bout de champ : « Allez, les gars, sac au dos dans la plaine ! » Et nous, pauvres niais, nous promettions à la patronne de lui rapporter un collier fait avec des oreilles de Boches ! La sottise n'a hélas ni âge ni patrie. C'est ce qui rend la guerre immortelle. Bien entendu, quand mon chef, que j'aimais, est parti, j'ai eu très mal. Mais, au fond de moi, ce qui me tordait le plus le cœur, c'était de ne pouvoir partir avec lui. Je l'ai écrit ailleurs, quand la guerre est arrivée, nous ne formulions qu'un souhait : qu'elle dure assez longtemps pour en avoir notre part. Évidemment, personne n'imaginait qu'elle se déroulerait autrement que celle de 14. Pas plus les ministres, les généraux que les apprentis pâtissiers. On se voyait dans les tranchées pour quatre ans. On rêvait d'en découdre, d'être blessés, soignés par de belles infirmières et décorés devant le front des troupes. La plus grande vérité sur la guerre, c'est le titre que Jean Guéhenno a donné à l'un de ses livres les plus forts : *La Mort des autres*. Si le soldat n'avait pas constamment la conviction profonde que c'est son copain — pas lui — qui allait être tué, il y a belle lurette que les guerres seraient finies faute de combattants.

A seize ans, j'ai été, à ma manière, un profiteur de guerre, puisque la mobilisation, en privant mon patron de son personnel, m'a permis de lui rendre ce que je lui devais.

Il faut ajouter à cela que les débuts de la guerre n'ont pas fait grand bruit. C'était ce que Dorgelès, dans un article, avait baptisé « La drôle de guerre » — formule qui allait faire fortune. Somme toute, une guerre bien faite pour nous satisfaire. Je me souviens très clairement des actualités cinématographiques : des soldats occupés à jouer au football derrière la ligne Maginot ; d'autres patrouillant dans les forêts enneigées. L'écrasement de la Pologne avait été vite oublié. Quand on se trouve loin des bombes, on n'envisage jamais qu'elles puissent vous arriver dessus. Toujours « la mort des autres ».

A.R. : Le retour à la maison. La débâcle. Tome II de *La Grande Patience : Celui qui voulait voir la mer*. Suivi du *Cœur des vivants*. Julien a dix-huit ans, il est engagé volontaire à Port-Vendres. Cependant, les choses ne sont pas si simples qu'il y paraît et l'on suit plus facilement

Julien Dubois que Bernard Clavel. De la manière la plus rationnelle possible : qu'avez-vous fait de 1939 à la Libération ?

B.C. : Il se passe tellement d'événements en si peu de temps... Tellement que j'ai du mal à m'y retrouver. Et c'est bien ici que l'on peut dire un mot de ces deux vérités superposées et parfois très différentes : la vérité de l'homme et celle du romancier. J'ai tant donné de moi dans *La Grande Patience* qu'il m'arrive de ne plus pouvoir distinguer très exactement ce que je dois à ma mémoire et l'apport de mon imagination.

Je sais simplement que l'essentiel est vrai, mais que mon existence, durant toute la guerre, a été beaucoup plus compliquée que celle de Julien Dubois. Il était nécessaire de simplifier pour donner plus de force au récit.

En gros, si vous y tenez, je puis dire qu'entre ma sortie d'apprentissage et la Libération, j'ai été successivement, confiseur, chocolatier, manœuvre puis polisseur dans une usine de verres de lunettes, débardeur, bûcheron, vigneron (avec l'Espagnol), agent d'assurances (un mois), organisateur d'expositions de peinture, soldat bien entendu, maquisard, boulanger, artiste peintre, cuisinier pour noces et banquets, fendeur et monteur de bois. J'en oublie certainement et je ne suis pas certain du tout de vous donner tout ça dans l'ordre.

A.R. : Voici, pour que vos lecteurs s'y retrouvent un peu :

Octobre 39 : Lons, pâtissier à la chocolaterie du Prince d'Orange, chez Pellen. *Janvier 40* : Lyon, toujours au Prince d'Orange ; en fait, vous partagez votre temps entre les cours libres de l'École des beaux-arts et la chambre d'une jolie fille — ce qui vous vaut d'être renvoyé de la chocolaterie. *Mai 40* : retour, penaud, chez vos parents. *Juin 40* : la débâcle — qui inspirera *Celui qui voulait voir la mer. Août 40* : encore Lons. *Octobre 40* : Gevingey, travail dans les vignes. *Janvier 41* : travail dans une usine de verres de lunettes à Lons ; puis, dans la forêt comme débardeur et bûcheron. *Octobre 41* : les vendanges à Gevingey. *Hiver 41* : Lons. Retour au Prince d'Orange. *Juin 42* : Annecy, pâtissier au Biscuit de Savoie. *Septembre 42* : engagé volontaire dans l'armée d'armistice à Port-Vendres, vous essayez de passer en Espagne. La tentative échoue. *Novembre 42* : affecté au poste de Castres, vous faites la connaissance de Jean Astier qui vous ouvre au monde de la littérature. Vous rencontrez « Sylvie ». C'est le premier, le grand amour. Mais, à la dissolution de l'armée d'occupation et à l'invasion de la zone libre, le poste de guet devient poste de sécurité aérienne publique. Vous y restez quelque temps, avant de rejoindre le maquis du Massif Central. *Octobre 43* : Lons — Lyon — Dijon. Artiste itinérant, et sous une fausse identité, vous essayez de vendre des toiles, les vôtres, celles des copains. Fréquents séjours à Vernaison, chez Delboco. C'est à cette époque, à Beaune, que vous rencontrez l'écrivain Michèle Esday à qui vous montrerez, plus tard, vos premiers manuscrits et qui vous encouragea à continuer. Mais ça commence à sentir le roussi. Une disparition totale s'impose. Cette fois vous rejoignez le maquis du Jura où se situe l'épisode de la torture que l'on retrouve dans *L'Espagnol* et qui sera à l'origine de votre cheminement pacifiste. *1945, la Libération* : vous sortez de la clandestinité et vous êtes enrôlé dans l'armée régulière. *3 juin 1945* : encore mobilisé, vous épousez Andrée David. Mais c'est une autre histoire.

B.C. : Ma foi...

A.R. : J'ai tout trouvé dans vos dossiers, papiers, certificats.

B.C. : Je n'ai jamais eu le courage de chercher vraiment. Encore dernièrement, j'ai dit quelques bêtises à Brigitte Waridel qui préparait — et avec quel soin ! — une chronologie pour le catalogue de la bibliothèque universitaire de Lausanne.

A.R. : Il y a quelques erreurs en effet.

B.C. : Voyez-vous, à mes yeux, ce qui importe, ce n'est pas le détail de mon existence, ce sont mes livres et, accessoirement pour les curieux de votre espèce, les éléments qui peuvent permettre d'évaluer ce qu'ils doivent à ce que j'ai vécu.

Alors, si vous voulez, pour en finir avec les métiers, ajoutons qu'après la Libération, j'ai encore été lutteur de foire, de nouveau manœuvre, jardinier, encore boulanger, sculpteur de lampes, peintre de décorations murales, professeur (sans diplôme) d'éducation physique dans une école libre, colleur d'enveloppes puis rédacteur à la Sécurité sociale, maquettiste, relieur puis journaliste. Vous voyez que ce sont des universités extrêmement compliquées et fluctuantes.

A.R. : Tout à fait comme dans vos *Terres de mémoire* : « Cent métiers, cent misères », dit le proverbe, je suis tentée d'ajouter : cent espérances.

B.C. : Vous m'auriez vu à ma sortie d'apprentissage... J'allais dévorer le monde ! Je n'ai pas perdu une minute. Le 1er octobre, ayant fixé ma valise sur mon porte-bagages et passé mon sac à dos, j'enfourchais mon vélo, je passais embrasser ma tante et mon oncle, et je rentrais à Lons. Mon père m'avait trouvé cette place au Prince d'Orange, chocolaterie à la réputation internationale. Dès le 2 octobre j'étais au travail. Ce qu'il faut bien savoir, c'est que le mot vacances n'était pas dans le vocabulaire du père Clavel et qu'il ne devait jamais y entrer. Pour lui, tout ce qui ne besognait pas durement dix heures par jour à l'année longue, tout ce qui restait assis s'appelait fainéant ou fonctionnaire — ce qui, dans son esprit, était parfaitement synonyme. Il faut dire que du temps où il avait sa boulangerie — période que je n'ai pas connue — il menait sa vie à un rythme que personne ne soutiendrait aujourd'hui : il commençait à travailler au fournil à minuit. Jusqu'à midi. Il mangeait en vitesse, chargeait la voiture, attelait le cheval et partait en tournée dans les petits villages autour de Lons ; il rentrait vers sept heures, mangeait, allait se coucher jusqu'à minuit et recommençait...

A.R. : Mais après... Est-ce qu'il n'a pas appris à s'accorder un peu de détente, de plaisir ?

B.C. : Le dimanche après-midi, en hiver, s'il faisait beau, il mettait son beau costume, ma mère son beau manteau, et nous allions faire une promenade, soit au cimetière, soit du côté de Courbouson, Messia ou autres environs de la ville encore très campagnards.

Une ou deux fois par an, il m'emmenait aux champignons. Ajoutez à cela la fête des écoles et les quelques concerts de l'harmonie municipale, le samedi soir, sous le kiosque de la chevalerie. Ah oui ! Autre chose qu'il ne manquait jamais : le cirque. Il en passait deux ou trois chaque année et mon père m'y conduisait. Tout son amour des chevaux et son passé de gymnaste et de trapéziste lui remontaient au cœur.

A.R. : Il aura au moins réussi à vous inoculer cette passion du sport.

B.C. : J'avais besoin de m'exprimer. Or, le sport est un mode d'expression, le moyen pour l'homme d'extérioriser son agressivité sans faire courir aux autres le moindre danger. Déjà, durant mon apprentissage, en pensant à Joe Louis, à Carpentier, à quelques autres dont le nom ne dirait plus rien à personne, j'avais amassé mes pourboires durant des mois pour m'offrir ma première paire de gants. La boxe peut parfois donner le goût de l'épargne ! De retour à Lons, la chocolaterie ne me laissait guère de temps et j'étais obligé de m'entraîner souvent tout seul. C'est à cette époque que j'ai rencontré Ted Robert's. Il se produisait sur les foires où il jonglait avec les poids, il arrivait même à déchirer un jeu de cartes en huit ! C'est lui qui m'a initié à la lutte et aux poids et haltères. L'haltérophilie m'attirait particulièrement, j'ai disputé le championnat de France junior des poids et haltères. Je pratiquais aussi la boxe, le catch. Et j'ai eu la chance, un peu plus tard, de servir de sparring-partner à Théo Medina, je lui ai d'ailleurs vendu mes derniers gants.

A.R. : D'abord il y a la débâcle. Vous fuyez. Partez-vous par crainte des Allemands ? Ou bien pour vous payer un voyage ?

B.C. : Je suis parti comme tout le monde, parce que tout le monde partait. Le seul moment où j'ai eu peur, c'est lorsque je me suis trouvé sous un mitraillage de route. Le reste du temps, mis à part les difficultés pour se nourrir, ça tenait surtout des grandes vacances. Liberté totale. Aventure. Impression d'être un peu mêlé à la guerre même si elle était manifestement déjà perdue. J'avoue que je ne pensais guère au souci que pourraient se faire mes parents. Sinon à l'occasion, pour me demander s'ils n'étaient pas restés sous un bombardement. Mais je découvrais du pays et c'était l'essentiel. L'absurdité de la guerre ne m'était pas encore apparue. Si ! Une fois, à Toulouse. Pour avoir droit à une gamelle de soupe, j'étais allé aider des soldats en déroute à décharger des camions dans la cour d'une caserne. Ces véhicules contenaient des vêtements militaires, des vêtements civils en paquets, des cantines d'officiers. Une cantine est tombée et s'est ouverte. En ramassant ce qui s'était éparpillé sur le sol, nous avons trouvé une tenue de capitaine modèle grand luxe avec plusieurs paires de gants blancs, des cartes d'Allemagne très détaillées et des instructions : « Comment un officier français doit se comporter en territoire ennemi occupé. » Alors, je me suis mis à rire et j'ai senti obscurément qu'il y avait dans tout ça quelque chose de grotesque.

Puis, je suis rentré chez moi, je dirais presque : le plus tranquillement du monde.

A.R. : C'est tout de même la guerre. Et, bien que vous refusiez de vous en apercevoir, la mort guette. Elle est à chaque coin de rue. Et c'est peut-être parce que vous la craignez, même inconsciemment, que vous avez un tel besoin de vous exprimer ? Car, à cette époque, vous peignez, vous écrivez beaucoup.

B.C. : C'est une belle question, mais j'avoue mon embarras pour y répondre. Je piaffais, je m'ébrouais, comment me serais-je douté que je risquais ma vie ? La guerre était présente partout, mais pas toujours avec violence. Ceux qui n'ont pas vécu cette période ont tendance à se figurer qu'on ne pouvait pas mettre le nez dehors sans risquer sa peau. Ce n'était tout de même pas ça. La guerre passait sur nous. Bien sûr, c'était un cataclysme épouvantable. Mais qui a eu l'avantage (si je puis dire) de me laisser des trous entre les divers travaux que j'ai faits.

A.R. : Des trous ?

B.C. : Des trous pour peindre, pour écrire, justement. Jamais je n'avais eu tant de temps ! A la belle saison, j'aidais mon père au jardin. Mais je me rappelle un hiver où je suis resté au moins un ou deux mois à la maison. La vie étant intenable à la cuisine où nous nous trouvions vraiment les uns sur les autres, j'ai obtenu de m'installer dans la chambre de mes parents pour y « travailler ». C'était, à part la cuisine, la seule pièce où l'on pouvait faire du feu. Mon père pleurait son bois, mais comme j'avais besogné comme bûcheron, j'avais obtenu une livraison en échange de mon temps. Il ne pouvait trop se plaindre. Ma mère s'était souvenue qu'il y avait, dans le grenier de la boulangerie, une malle de vieux papiers qui devait contenir quelques livres. Sous des tas de factures de farine, j'ai découvert *La Divine Comédie* et, en livraison, les œuvres complètes de Victor Hugo. J'ai tout lu. Après *La Retraite de Russie*, j'ai entrepris de raconter la drôle de guerre et la débâcle en alexandrins. Après *Han d'Islande*, j'ai écrit un roman. Ma mère a tout recopié sur des cahiers d'écolier, en corrigeant mes fautes d'orthographe bien entendu, et j'ai expédié tout ça, plus une huile au concours des Intellectuels réunis. C'était une vaste escroquerie. Où il fallait verser de l'argent pour s'inscrire au concours, puis, ayant obtenu tous les prix, je devais en verser encore. Premiers démêlés avec les prix littéraires ! Une grosse rigolade sauf pour mon père qui grognait dans sa moustache.

Contrairement à ma mère, qui avait tendance à admirer tout ce à quoi je touchais, lui ne disait rien. Quand je peignais, il se contentait de regarder. Sceptique. Il se souvenait que, du temps où, apprenti boulanger, il livrait le pain à la famille Puvis de Chavannes, une note était restée impayée. Et pour mon père, un gars qui faisait de la peinture, c'était quelqu'un qui ne payait pas son pain.

A.R. : Le portrait que vous faites de vos parents dans *Celui qui voulait voir la mer* est bouleversant. Plus tard, avec *Les Fruits de l'hiver*, vous irez plus loin encore dans la recherche de ces deux êtres. Or, dans la réalité, vous n'arrêtez pas de les fuir : l'apprentissage ; l'exode ; après, vous essayerez de partir rejoindre de Gaulle. Déjà, enfant, vous vous juchiez sur l'arbre. Somme toute, dans vos livres comme dans votre vie, vous n'êtes jamais longtemps dans cette maison, à laquelle vous vous prétendez si attaché.

B.C. : C'est vrai. Je pars, je reviens, pour repartir vite et finalement, je ne fais que passer. Mais si vous voulez vous lancer dans une étude psychanalytique à partir de mes déménagements, je vous souhaite bien du plaisir ; j'ai dû avoir une trentaine d'adresses, je vous conseille d'ailleurs d'attendre un peu car j'espère bien que ce n'est pas fini.

Dans la maison de mes parents, je ne pouvais pas enfiler ma veste sans ouvrir la porte de ma chambre. Il est certain que je m'y sentais à l'étroit. Que ce soit là le point de départ de ma bougeotte, ma foi, pourquoi pas ? Toujours est-il que lorsque j'énumère mes métiers, je pourrais bien y ajouter celui de déménageur.

Non, je ne crois pas que j'aie jamais voulu fuir mes parents. Que j'aie aprouvé le besoin de m'évader d'un univers un peu terne pour un ailleurs plus coloré, quoi de plus naturel ? Déjà, aux derniers temps de mon apprentissage, j'avais fait une demande auprès de la compagnie Paquet — vous savez, les bateaux — pour un poste de boulanger ou de pâtissier. Avec ça, j'espérais m'embarquer pour l'Amérique ! La guerre a bouleversé mes plans. Je me suis rabattu sur le vélo.

Je travaillais « en saison » dans une pâtisserie d'Annecy. Comme nous commencions à utiliser la sciure de bois pour allonger la pâte d'amandes, comme le patron était un gueulard radin, ça n'avait rien de folichon. Heureusement, René, un garçon de mon âge, mordu de vélo, vint bientôt me rendre visite : « Quel idiot de t'enfermer devant la gueule d'un four par un temps pareil ! me dit-il. Viens avec moi, on se paie toutes les Alpes et la Côte d'Azur. Aller par la route Napoléon, retour par les grands cols. » J'hésitais, à cause du contrat de saison qui me liait pour quatre mois. Mais mon patron, pour une fois bien inspiré, provoqua un incident qui me permettait de le laisser tomber au milieu de ses brioches sans beurre, tout en gardant la conscience à peu près nette.

Et ce fut le grand départ. Avec le sac à dos, la toile de tente, les couvertures, quelques fringues et parfois un peu, un tout petit peu de nourriture. Bien évidemment, à l'époque, nous roulions souvent seuls sur les routes car la vie n'incitait ni aux randonnées ni au camping. Et j'ai connu là des heures terribles, à traîner mon clou à pneus ballons. Saloperie de machine ! C'était inusable, mais ça pesait autant qu'une locomotive. Les fameux cols, c'est à pied, en poussant et en maugréant que nous devions les passer. Puis quand venait l'heure du repos, la tente sans tapis de sol, la couverture trop mince nous protégeaient si mal du froid que, bien souvent, il nous arrivait de nous lever à une heure du matin, frigorifiés (c'était pourtant en août), de plier le camp à tâtons et de nous mettre en route pour nous réchauffer...

Mais, quand je constate aujourd'hui comme la soif d'espace, de nature, de soleil ou de mer bleue précipite des millions d'êtres de tous les âges et de toutes les conditions vers les aéroports, les gares et les routes, quand je vois les salles d'attente surpeuplées, les files interminables aux guichets, les wagons surchargés et les avions bondés, je pense presque avec nostalgie à ce temps où, suant sang et eau, je peinais dans les Alpes.

A.R. : Seriez-vous rétrograde ?

B.C. : Je ne suis pas rétrograde. On a tort, il me semble vous l'avoir déjà dit, de se battre contre le progrès. Mais on a tort aussi d'oublier que le progrès n'est qu'un moyen, qu'il doit se soumettre aux hommes et non les soumettre.

Regardez la vigne. Il y a quarante ans j'ai travaillé la vigne. Quarante ans, ce n'est pas le diable ! C'était un travail pénible — je crois qu'on le sent bien dans *L'Espagnol* — pourtant, de tous les métiers que j'ai pu pratiquer, c'est bien celui qui m'a laissé le souvenir du rythme le plus humain. Ou pour être plus juste, le plus naturel. Aussi, quand je vois aujourd'hui les ouvriers entre les rangs de vigne sur des petites machines à tondre ou sur de hautes sauterelles qui enjambent les ceps et répandent des nuées de pesticides, je les plains. Ils s'emballent, ils se pressent. Mais le rythme des saisons est immuable. Ils peuvent déverser leurs tonnes d'engrais, ils n'avanceront pas d'une minute la venue du printemps.

La vigne, c'est la plante éternelle, sa culture a été pour moi un grand bonheur. Or, nous faisions à la main, à la pioche, à la masse, à la cisaille, ce que des monstres à moteur exécutent aujourd'hui en moins de temps qu'il n'en faut pour le raconter. Et nous allions notre bonhomme de chemin, et nous trouvions le temps, en cours de route, d'échanger quelques mots avec les paysans. Vous croyez que ces gens-là ont le temps de parler, aujourd'hui ? Ce matin, je montais à la poste par le chemin de terre qui longe les vignes. J'ai croisé le vigneron. J'étais à pied, lui en voiture. Une automobile tout-terrain. Il s'est arrêté, vite il est descendu pour me saluer, vite il est reparti après m'avoir dit qu'il était terriblement pressé. Il est toujours pressé, il court, je crois que je n'ai jamais vu un homme aussi pressé. Alors ? A quoi lui servent toutes ses machines ? A quoi lui sert le progrès ? A augmenter le rendement, bien sûr. Mais la qualité de la vie, qu'est-ce qu'on en fait ?

A.R. : Parlez-moi de l'Espagnol. Le vrai. Celui qui vous a initié à la vigne et qui servira plus tard de modèle au Pablo Sanchez du roman.

B.C. : Il s'appelait Jacinto Perez. Il reste pour moi l'Espagnol. Venu en France au moment où son pays s'effondrait sous les coups du fascisme, il devait quitter rapidement un camp d'hébergement pour une ferme du Jura. C'est là, à Gevingey, que je l'ai connu, pendant la période où tant de Français devaient vivre à la campagne. Il avait alors une trentaine d'années. Grand, sec mais robuste, il était le type même du bœuf de travail. Mais un bœuf intelligent, clairvoyant, et qui cachait, sous une apparence souvent un peu rêche, un cœur que la souffrance n'avait pas endurci. Il demeurait un homme capable d'aimer.

Et il se mit à aimer la terre qui lui coûtait tant de sueur ; il se mit à aimer ceux qui étaient devenus sa nouvelle famille. Il n'aimait pas tendrement, ce n'était pas sa nature. Infatigable, il exigeait beaucoup des autres. Car il était bien vite devenu le maître dans cette maison où l'avaient accueilli une veuve et deux orphelins. Il les faisait travailler, mais ce n'était pas pour lui, ce ne pouvait être pour lui puisque rien, plus rien ne lui appartenait. La guerre lui avait tout pris, il s'en accommodait. Dans cette ferme du Jura, il avait le vivre et le toit, ses muscles et son cerveau demeuraient son seul bien, il les avaient mis au service d'une femme et de deux enfants.

Jusqu'à quel point était-il capable d'amour ? J'ai pu constater, en tout cas, qu'il était capable du don total de soi. Il était conscient de son dénuement, mais, en un certain sens, la vie n'était plus pour lui qu'un long voyage solitaire qu'il avait décidé d'accomplir sans jamais rien exiger qui fût vraiment pour lui. Sa patrie — il devait me le dire plus tard — était devenue quelques hectares de terre et trois êtres humains plus faibles que lui. En ce sens, il était le plus farouche patriote que j'aie rencontré. C'est lui qui m'a fait aimer la terre jurassienne. Mieux sans doute que ne l'aurait fait un homme du pays.

A.R. : Le pays, en 1942, vous voulez le quitter, justement. Rejoindre l'Angleterre. C'est pourquoi vous vous engagez à Port-Vendres. Vous tentez de passer la frontière espagnole. Vous échouez. Vous vous retrouvez dans un poste de guet de la D.C.A. à Castres, soldat de l'armée de Vichy. Premier amour. Premières chaînes. Et première déchirure. C'est *Le Cœur des vivants*. Notre héros réduit à rien. Par une fille. Sylvie. Elle s'appelait comme ça ?

B.C. : Non. Cependant, je préfère l'appeler ainsi. Et je vous trouve bien injuste de me prétendre réduit à rien. Tout simplement, mon premier grand amour m'a fait oublier mes projets — j'en oubliais même la guerre. J'avais vingt ans, l'âge où on ne pense qu'à l'amour, à un moment où l'on ne nous offrait que la mort. Et j'ai été un garçon qui aime une fille au point de tout lui sacrifier. Mais dans un monde en délire, il ne suffit pas de découvrir l'amour pour conquérir le droit d'être heureux. Et j'ai perdu Sylvie.

A.R. : A cause de la guerre ?

B.C. : Je crois qu'autant que ses parents, elle redoutait « l'artiste ».

A.R. : Et pourtant, elle vous apprenait les poètes.

B.C. : Et j'ai écrit pour elle des montagnes de poèmes en prose et en vers. Elle lisait beaucoup. Verlaine, Villon, Baudelaire... Comme Jean Astier, le Riter du *Cœur des vivants*. Étudiant en lettres, il m'a fait découvrir des auteurs dont je n'avais jamais entendu parler. Malheureusement, la boisson l'a tué. Il a tout fait pour m'entraîner, prétendant qu'on ne pouvait créer que sous l'emprise de la drogue ou de l'alcool. C'est une idée assez répandue si j'en juge par ce que j'entends depuis plus de trente ans maintenant : « Comment, vous êtes écrivain et vous ne buvez pas ? Ça alors ! » Pour un peu, certains ajouteraient : « Dans ce cas, je ne vous lirai pas. Un écrivain qui ne travaille pas avec sa bouteille de whisky sur sa table, ça ne peut rien donner de bien fameux. » Moi, je n'ai jamais bu. Et Sylvie n'avait pas à craindre de ce côté-là. Mais que pouvait-elle espérer ? J'étais sans le sou, je voulais être peintre, sans doute ses parents étaient-ils catastrophés à l'idée du triste avenir que je préparais à leur fille. Et elle n'a pas su, n'a pas voulu, n'a pas pu échapper à son univers de petite-bourgeoise. Peu de temps après, elle épousait le beau parti auquel on la destinait.

A.R. : Et vous n'avez plus jamais cessé de la chercher. Vous expliquez dans une postface à une édition France Loisirs comment, vingt ans après l'avoir connue, au moment où vous prépariez *Le Cœur des vivants*, vous êtes retourné à Castres « sous prétexte de me remémorer les lieux, mais aucun détail ni du paysage ni des êtres ne m'avait quitté. En réalité, ce que j'étais venu attendre là, c'était Sylvie, celle que pas un instant je n'avais cessé d'espérer [...]. J'ai fixé en vain l'entrée du pont. Cette route par où j'avais si souvent vu arriver Sylvie. Mais Sylvie ne *pouvait* plus revenir. Je le savais. »

B.C. : Pourtant, en 1968, après mon prix Goncourt, j'ai reçu un coup de téléphone de Sylvie. Elle avait quarante-cinq ans et moi aussi. Elle m'aurait crié : « Arrive, on fout le camp tous les deux », je serais parti séance tenante. Mais la main d'une épouse possessive, cette même main qui avait déchiré autrefois les lettres et la photo de Sylvie, a coupé la communication. Et je ne savais pas où la trouver. Il était d'ailleurs évident qu'elle voulait seulement me féliciter de loin. Elle était, elle est moins folle que moi.

A.R. : Est-ce que ce n'est pas justement parce que ce premier amour n'a pas pu vivre qu'il vous est devenu si précieux ? N'êtes-vous pas amoureux de vos blessures et de vos rêves ?

B.C. : Si les artistes n'étaient pas amoureux de leur douleur, de leurs espérances et de leurs rêves, ils ne donneraient que des œuvres bien fades. Je sais que j'ai toujours passé l'essentiel de mon temps à poursuivre des chimères. C'est, je crois, ce qui a rendu la vie si difficile à mes proches. Dans un article sur moi, André Wurmser a cité un jour ce vers de Victor Hugo : *... je marche vivant dans mon rêve étoilé.* C'est très ancien, mais je m'en souviens. Ça m'avait d'autant frappé que c'est un extrait de *Ruy Blas* que j'avais recopié dans le cahier qui me reste de Sylvie. Comme si j'avais pu prévoir l'essentiel de ma vie de romancier.

A.R. : Cet essentiel que Christian Defaye, ami très proche et remarquable journaliste, décrira quelque vingt-cinq années plus tard dans la revue *Bouquet* : « A sa table, il travaille chaque jour avec des horaires d'ouvrier. Il est d'ailleurs un ouvrier du mot, de la phrase, un ouvrier laborieux qui peine et sue face à la feuille blanche, un ouvrier enfermé dans la solitude de la création, qui ne tolère même pas la présence des êtres chers, tant il est vrai que toute œuvre d'art est le fruit d'un égoïsme outrancier. C'est le prix que doivent payer ceux qui l'aiment. »

B.C. : Car je peux, dans l'heure qui vient, vous envoyer promener avec votre questionnaire pour foutre le camp avec Sylvie. Il suffira que j'écrive « Sylvie entra dans le parc où Julien l'attendait » pour que tout s'enchaîne. Pour que ces deux cœurs figés depuis plus de quarante ans se remettent à battre. Et ce couple entrera dans mon bureau. C'est un grand privilège, vous savez, que celui du créateur. Finalement, même si j'ai eu bien du mal à le supporter, je comprends qu'un être qui reste rivé à une réalité qui lui paraît terne puisse être jaloux de celui qui possède un grand pouvoir d'évasion. Ni ma femme ni le mari de Sylvie ne pouvaient m'interdire de m'évader avec Sylvie.

A.R. : 1943. Il n'est guère question d'évasion. Vous finissez par vous résoudre à quitter Sylvie pour prendre le maquis dans la Montagne noire. Un peu par hasard. Un peu par la force des choses. Car vous n'êtes pas un héros — j'ajouterais même que vous vous êtes toujours défendu d'en être un.

B.C. : Pour moi, les héros, ce sont Gandhi, Martin Luther King. Pour moi, le héros, ce n'est pas le petit gars qui s'engage dans les paras pour aller casser du Viet sous les ordres du premier Bigeard venu, c'est l'objecteur de conscience qui, tout seul face à une meute de galonnés, refuse d'endosser l'uniforme. Si vous aviez, une fois dans votre vie, assisté à un procès d'objecteur de conscience, vous sauriez que le courage ne se trouve jamais parmi ceux qui s'abritent derrière leurs uniformes, leurs décorations et leurs textes de loi, mais dans le cœur du garçon solitaire qui leur fait face et répond non à toutes leurs avances. Et quand vous pensez qu'il y a également des objecteurs de conscience dans des pays totalitaires, croyez-moi, les héros, ce sont ceux-là.

L'adhésion aux partis, l'acceptation des doctrines nous aveuglent. C'est par soumission aux lois les plus folles édictées par des gouvernants bornés ou pourris d'orgueil et dont la préoccupation première est d'ordre électoral que les hommes ont toujours accepté la guerre, c'est par la même soumission qu'ils se perdront. « Les nations, écrivait Bernanos, ne peuvent pas traiter sérieusement entre elles parce que leurs signatures sont absolument sans valeur. » Aussi n'est-ce point à leurs lois que nous devons obéir, mais à notre conscience d'homme. La voix que nous avons le devoir d'écouter est celle « qui nous ramène à nous-mêmes, à notre humanité », comme le dit si justement Erich Fromm dans un texte d'une luminosité, d'une richesse, d'une hauteur de pensée absolument extraordinaires : *De la désobéissance*. Le courage, ce n'est point d'accepter de suivre la voix qui nous conduit à une mort dont on tentera de nous démontrer qu'elle est un acte d'héroïsme alors qu'elle est l'absurdité même. Le vrai courage, c'est d'être un homme détaché de toute autorité. Le vrai courage consiste à savoir dire non au pouvoir lorsque ce pouvoir nous oblige à des actes condamnables.

A.R. : Vous êtes antimilitariste. Pacifiste. C'est une prise de position sur laquelle on ne va pas s'étendre ici, vous vous en êtes suffisamment expliqué dans un livre que je trouve magnifique, une sorte d'essai, *Lettre à un képi blanc*. Mais l'on ne devient pas pacifiste du jour au lendemain. Vous l'avez dit dans *Écrit sur la neige* : « Un long cheminement. Une progression à tout petits pas parce que j'étais isolé et privé de quelques lectures qui auraient pu me permettre de progresser rapidement. » Quelles lectures, Bernard Clavel ?

B.C. : La lecture de Romain Rolland par exemple. Celle de Giono. De Gandhi, d'Alain. Mais vous savez, on ne trouve dans les livres que ce que l'on est venu y chercher. Les guerriers vont retenir des *Croix de bois*, par exemple, les chapitres où les soldats s'amusent, où ils mènent ce qu'ils appellent eux-mêmes la bonne vie. Moi, je retiens aussi cela parce que c'est un aspect de la guerre qu'on ne peut pas ignorer. (Et puis, le livre étant d'une écriture remarquable, il n'y a pas une ligne qui soit à rejeter.) Mais ce qui me paraît capital ce sont des pages comme celles intitulées « Mourir pour la patrie » (chap. 9). Si un homme peut lire ces trois pages et ne pas devenir antimilitariste il ne le deviendra jamais. Si un homme qui a lu *Refus d'obéissance* de Giono continue d'aimer la guerre et l'armée, c'est qu'il ne comprendra jamais rien à rien. Si un homme qui a lu *La Célébration de l'art militaire* du père Lelong ne devient pas antimilitariste, ce n'est pas la peine qu'on lui apprenne à lire. Je choisis volontairement ces trois textes parce que ce sont des ouvrages courts et très abordables. Il faut y ajouter *La Peur* de Gabriel Chevallier.

Après cela, dans un autre ordre d'idées et pour un autre objectif, il faut lire Jean-Marie Muller qui est un technicien et un théoricien de la défense civile non violente.

Enfin, trois livres de réflexion absolument essentiels : *Avoir détruit Hiroshima* de Claude Eatherly et Günter Anders, *La Mort des autres* de Jean Guéhenno et *De la désobéissance* d'Erich Fromm que je citais plus haut. Il ne faut jamais désespérer des livres. J'ai souvent éprouvé le sentiment de prêcher dans le désert. Je ne prétends pas que la paix sera gagnée par des écrivains, mais même s'il ne doit convaincre qu'un seul lecteur, un livre n'est pas inutile.

Je vous parlais des *Croix de bois*. Deux jours après les obsèques de Roland Dorgelès, sa veuve m'avait demandé de l'accompagner sur sa tombe, au petit cimetière Montmartre où il repose, tout près du Lapin à Gilles. Un homme était là qui m'a reconnu et s'est présenté en disant : « Je n'étais pas présent aux obsèques parce que j'habite loin et que je travaillais. Mais, dès que j'ai pu, je suis venu pour le remercier. C'est en le lisant que je suis devenu pacifiste. »

A.R. : Dans *Écrit sur la neige* vous décrivez une scène empruntée à votre séjour dans le maquis du Jura — scène, qu'on a lue d'ailleurs, sous sa forme romancée, dans *L'Espagnol*. Pardonnez-moi de vous citer si longuement, c'est important :

« J'étais de garde cette nuit-là, pas très loin de la tente du lieutenant-chef de notre groupe, j'ai entendu l'interrogatoire, les hurlements de douleur du manchot torturé, le bruit sourd des coups, les menaces de brûlures et de mort. Je l'ai entendu vomir. J'ai entendu ses tortionnaires éclater de rire lorsque la peur l'amenait à se souiller. J'ai été dévoré par l'envie de tirer sur cet abri de toile où se mouvaient les ombres chinoises du plus avilissant des spectacles qu'un homme puisse donner. Sans savoir que c'était la honte d'appartenir à cette humanité qui me nouait le ventre, j'ai été malade à hurler. Je n'ai ni tiré sur les ombres ni hurlé de dégoût, mais de ces heures où l'on torturait un homme, m'est resté dans la gorge un fiel dont rien n'atténuera l'amertume. »

Seigneur ! Il me semble que si chacun pouvait entendre ce cri comme vous l'avez entendu cette nuit-là, Bernard Clavel, il n'y aurait plus jamais de guerre. Sommes-nous donc sourds ?

B.C. : Dans *Ce que je crois*, livre que je tiens pour son chef-d'œuvre, Gilbert Cesbron, qui était un frère pour moi, explique que ce qui doit toujours passer avant, c'est le cœur. Ce « certain frémissement » qu'il a apporté à la littérature, je pense que c'est en lui que nous nous sommes reconnus et aimés. C'est cette part de l'homme qu'il faut détenir pour entendre ce cri.

La nuit où l'on a torturé le manchot, nous étions peut-être une cinquantaine à entendre. (Je ne parle pas de ceux qui participaient.) Quand j'ai voulu foutre le camp, c'est un homme d'une quarantaine d'années qui m'en a empêché. Je regrette d'avoir oublié son nom. Je sais seulement qu'il était officier de réserve, professeur de philosophie au lycée de Lons-le-Saunier. Lui aussi avait entendu. Ce ne devait pas être un foudre de guerre, car il n'exerçait aucun commandement important. Il se trouvait sous les ordres de gens moins gradés que lui. Il m'a deviné. Il m'a pris à part et m'a dit : « Tu as été écœuré et tu voudrais t'en aller. Si les gens d'ici te surprennent, ils croiront que tu veux les vendre, ils te tortureront et te fusilleront. Si tu réussis à te tirer, c'est peut-être les Allemands qui te prendront et ce sera la même chose. Nous ne sommes pas loin de la fin. Accroche-toi. » Il m'a peut-être sauvé la vie.

Je répète que nous devions être au moins cinquante à avoir entendu. Peut-être cent à pouvoir contempler ce pauvre manchot attaché à un arbre et saignant de partout. Nombreux étaient ceux qui venaient le frapper et lui cracher au visage. Le gars qui le gardait avait une seule consigne qu'il répétait à tout le monde : « Cognez pas trop fort. Faut pas le tuer. Il a encore à parler. »

Je n'ai revu qu'un seul de mes compagnons de ce temps-là, venu un jour me faire signer un livre. Camarade de classe, il avait toujours été parmi les premiers. Très brave garçon. Lui aussi avait entendu le cri dont vous parlez. Il était devenu général.

Non, je ne crois pas que vous soyez sourde. Ni les autres non plus. Ce n'est pas du côté de la tête que réside l'infirmité, c'est bel et bien, comme le dit Cesbron, du côté du cœur.

A.R. : Le cœur... Sylvie vous a quitté, c'est la fin de la guerre, vous allez bientôt perdre vos parents : votre mère meurt le 3 décembre 1945 ; votre père, le 9 février 1948. Ainsi la disparition de ces braves gens, pauvres gens, marque-t-elle la fin de votre jeunesse.

B.C. : C'est souvent l'un des grands drames de l'homme que d'ignorer ce que représente vraiment l'amour secret d'un père et d'une mère. Encore certains d'entre nous ont-ils le privilège de ne perdre leurs parents que le jour où ils ont eux-mêmes des enfants déjà grands. Ceux-là ont une chance de comprendre combien ils ont été aimés et de rendre un peu de ce qui leur a été donné. Malheureusement, ce ne fut pas mon cas. Ma mère est partie dans l'angoisse. Quant à mon père ! Un fils qui voulait faire de la peinture, c'était au-delà de son entendement. Mes parents s'en sont allés avec le sentiment que j'étais un raté, que j'avais gâché ma vie. J'y pense chaque fois que je vais sur leur tombe. Et quand il m'arrive un événement heureux, je ne peux m'empêcher de dire : « S'ils pouvaient être là ! » Alors qu'il ne me reste plus que la pierre de cimetière, quelques vieilles photos, des objets sans aucune valeur marchande mais auxquels je tiens énormément et deux livres : *Celui qui voulait voir la mer* et *Les Fruits de l'hiver* où je me suis efforcé de brosser leurs portraits.

A.R. : C'est déjà un bel hommage !

B.C. : Un livre ne rachète rien. Ma mère a souffert à cause de moi comme la mère Dubois a souffert à cause de

Julien. Quant à mon père, je ne le connaissais pas. Il s'effaçait tout le temps, je ne savais pas ce qu'il pensait et j'avais l'impression qu'il se foutait éperdument de ce que je faisais. Mais je n'en souffrais pas, ce n'est que plus tard que j'ai souffert... Les remords tardifs sont inutiles. Ces deux vieux ont vécu, sont morts pour moi. Mon ingratitude les a cassés davantage que leurs interminables journées de travail, il était bien naturel que je leur accorde une partie de ma vie. Et si j'ai attendu longtemps — plus de vingt ans — pour entreprendre leurs portraits, c'est que j'avais peur de n'être pas digne de les peindre ; peur de n'être pas assez fort pour les mener à terme, peur de ne pas posséder assez bien mon métier, peur, en un mot, de trahir mes modèles.

C'est aussi que je me suis toujours méfié de tout emportement. Je suis persuadé que l'équilibre, le calme et un certain recul peuvent seuls permettre l'objectivité qui fait qu'un texte a quelque chance de s'imposer. Ce n'est pas en hurlant son remords et sa peine que l'on parvient le mieux à les faire partager. Et c'eût été une manifestation de plus de mon égoïsme que de voir la fin de mes parents à travers mes seuls sentiments.

Imaginant leur solitude, cherchant à recréer leur existence d'alors, j'ai pu m'approcher d'eux comme jamais je ne l'avais fait au cours de leur vie.

A.R. : Vous citez souvent Jean Reverzy : « On sent mieux la présence des morts en écrivant leur histoire qu'en les appelant dans les allées du cimetière. »

B.C. : Jamais je n'ai si bien compris cette phrase que durant le temps passé à écrire *Celui qui voulait voir la mer* et *Les Fruits de l'hiver*.

Car les visages de mon père et de ma mère étaient là, plus présents que jamais, mille fois plus expressifs que lorsque je les regardais de leur vivant. C'est étrange : ce long silence où la mort les avait plongés tous les deux depuis vingt ans n'avait fait que les rapprocher de moi. J'ai pleuré en écrivant. Tellement quelquefois que je devais m'arrêter. Car jusque-là, je n'avais pas mesuré ce qu'avaient été la fin de leur vie, leur agonie... Et voilà que je refaisais ce chemin, pas à pas avec eux, jusqu'au cimetière de Lons où ils sont enterrés, et je mesurais la responsabilité que j'avais dans tout ça. J'avais été le déchirement de leurs dernières années. Mais ils ne m'en voulaient pas, au contraire, ils étaient là pour me soutenir, pour me guider la main. Depuis ce temps, ils m'accompagnent partout, je les écoute sans cesse et leurs voix sans colère me disent ce qu'est la vie, ce que fut la leur et ce que doit être la mienne, et j'ai compris qu'ils ne souhaitent plus qu'une chose : que j'écrive jusqu'au bout aussi honnêtement que mon père a fait son pain.

4

L'Ouvrier de la nuit
ou
Le malheur d'être écrivain

Qu'il ait du talent et ses mensonges, lancés dans l'univers, deviennent plus vrais que des certitudes.

Roland Dorgelès

A.R. : 1945. La France sous la IVe République. Ruinée. Vous ne valez guère mieux. Car, riche de cent métiers, vous décidez de vivre de votre peinture. La bohème ? Pas tout à fait. Le 30 juin 1945, Bernard Clavel, « artiste peintre », épouse Andrée David. Le couple s'installe à Vernaison, petit village de la rive droite du Rhône en aval de Lyon. Où vous resterez une dizaine d'années ?

B.C. : D'abord dans un entrepôt du port Peray. Puis, sous les toits, dans la maison Prénat. Ensuite, dans un bâtiment accolé à la ferme Berthier. Enfin, à la Croix-du-Meunier. « Naître et vivre dans la même maison », disait Sainte-Beuve. J'en étaits déjà à mon énième déménagement !

Mais il y avait le Rhône. Alexandre Arnoux disait si justement de lui : « Une teigne, on ne s'en débarrasse pas quand il vous coule dans le sang. » Partout où j'allais il était. Je veux parler du Rhône sauvage, tel qu'il n'existe plus. Dès que je suis arrivé à Vernaison, j'ai essayé d'engager le dialogue avec lui.

A.R. : Vous dites souvent que c'est le Rhône qui vous a poussé à écrire ?

B.C. : J'ai d'abord voulu le peindre. Mais comment exprimer une telle grandeur, une telle puissance ? Comment communiquer à d'autres des émotions qui me tenaient figé durant des heures ? C'était désespérant. Je n'arrivais pas à dire ce qu'il était : la violence de ses colères, la tendresse de ses matins embrumés, le mystère fauve de ses soirs, tout son poids d'humanité...

J'avais beau le guetter depuis l'aube, observer de minute en minute la progression et le déclin du jour sur son corps musculeux, suivre ses rives, fouiller les lônes, longer les enrochements, interroger chaque signe de l'eau, de la terre, des digues, des peupliers et des souches. J'avais beau vivre avec son peuple : mariniers, pirates, jouteurs, sauveteurs, monde du jour et de la nuit, hommes liés à un passé d'une étonnante richesse et tournés vers un avenir angoissant (car déjà il était question de canaliser le Rhône, c'est-à-dire de faire de lui un fauve dompté). Je m'empêtrais dans la pâte.

Alors, peu à peu, j'ai délaissé la toile pour les mots. Ce que je ne parvenais pas à exprimer par des formes et des couleurs, j'essaierais de le dire en racontant des histoires. Certes, ce passage ne s'est pas fait sans déchirements. Je regrettais — je regrette encore — le contact avec la matière. N'ayant pas de bagage intellectuel, j'avais compté m'exprimer par la peinture. Poursuivi depuis l'adolescence par le désir d'écrire, je n'avais pas eu le courage d'essayer vraiment. Et je suis à peu près persuadé que sans l'aide du Rhône, jamais je n'aurais tenté l'expérience. C'est à lui que j'ai emprunté la force d'oser. Et c'est peut-être bien ce qu'on appelle l'inspiration. Ce bouillonnement intérieur, cet air épais de brume et de soleil mêlés que l'on respire dès l'aube et qui vous emplit le corps pour vous remonter à la tête, insistant, tenace, coriace, jusqu'à vous tourneboulerl'esprit.

A.R. : Cependant, la vie vous force à remettre les pieds sur terre. Il vous faut bien l'admettre : peinture ou écriture, vous n'arriverez pas à vivre de votre art. D'autant qu'un fils est déjà né, Rolland, le 9 janvier 1946 ; qui sera suivi, en 1947, de Gérard ; en 1949, de Yves. Une famille à nourrir. Alors vous rentrez dans le rang. Si vite ?

B.C. : Il fallait bien joindre les deux bouts. Ayant retrouvé Ted Robert's, je travaillais — quand il était par là — dans sa baraque de lutte. Je donnais des cours d'éducation physique dans une école libre. Le samedi et le dimanche, j'aidais un boulanger à faire le pain, la pâtisserie. Puis, un jour, tout à fait par hasard, je suis entré à la Sécurité sociale pour coller des enveloppes durant deux semaines. J'y suis resté neuf ans — neuf années effroyables — tout simplement parce que j'avais besoin d'argent.

A.R. : Comme vous avez dû pleurer votre liberté perdue !

B.C. : Il est évident que je n'étais absolument pas fait pour être père de famille. Mais la pilule n'existait pas et j'étais bien obligé de faire face à mes charges.

J'ai donc travaillé au service encaissements, puis, grâce à un chef de service qui aimait la peinture et qui s'est intéressé à moi, M. Germain, j'ai potassé et passé un concours de rédacteur juridique. Vilain métier ! Très lourd à porter sur le plan humain. Je voyais des cas dramatiques. Je me souviens d'un pauvre homme qui pleurait chaque fois qu'il venait. Depuis quinze ans, il était donneur de sang et il répétait : « J'en ai sauvé des vies, j'en ai fait gagner de l'argent à la Sécurité sociale ! En plus, je cotise... Et parce que j'ai causé un petit accident, je vais devoir me saigner toute ma vie pour payer ! » A côté de cela, il y avait un gâchis ahurissant. J'ai assisté à la mise en place des premiers engins de mécanographie qui, comme par hasard, changeaient tous les six mois. Je me rappelle de travaux de menuiserie qui avaient été facturés le quadruple de ce qu'ils valaient réellement. Où allait cet argent ? J'enrageais. Non pas parce que j'avais trop de travail, au contraire, mais je supportais mal d'être enfermé toute la journée. Je n'ai pourtant jamais écrit une ligne dans ce bureau. L'atmosphère était évidemment peu propice à la création. Et puis cela m'aurait attiré des ennuis. Je ne pouvais seulement pas lire, il aurait fallu faire de telles acrobaties pour se cacher. Notre seule distraction était de jouer aux morpions. Nous organisions des tournois interservices, intercaisses même, tout cela en glissant des feuilles de papier quadrillé dans les dossiers, et en circulant d'un service à l'autre.

A.R. : Je pense à votre père. A ce qu'il disait des fonctionnaires. C'est tout à fait dans la note !

B.C. : Le piège ! Et pas un seul jour de repos. Tous mes loisirs consacrés à la peinture, à l'écriture. Je ne dormais jamais plus de six heures par nuit, souvent beaucoup moins. Je cultivais, à bras, un immense jardin et je vendais ensuite une bonne partie de ma récolte. En plus, je faisais partie de la Société de Sauvetage de Vernaison — le sauvetage tenait une place essentielle dans la vie des hommes de la vallée ; des hommes capables de mourir pour sauver quelqu'un en l'arrachant à ce fleuve : le Maître-Fleuve, l'indomptable, celui dont les colères avaient fait trembler des générations de colosses, celui dont la grandeur, la pureté et la puissance souveraine ont subjugué des générations de poètes, le Fleuve-Dieu, enfin quoi !

Mais il est mort maintenant. Et moi qui le croyais invincible...

Et je pensais que sa grandeur m'aiderait à montrer ma propre grandeur. Je malaxais sur le carton des pâtes grises dans lesquelles je voyais complaisamment couler la puissance d'un remous, l'harmonie d'une rive incurvée, la vigueur fraîche d'une ombre de peuplier animé du frisson perpétuel d'une faune grouillante de vie secrète. Enfin j'avais découvert un sujet à ma taille ! J'ignorais encore que le peintre doit rester maître de son sujet, le dominer. Le mien m'écrasait, j'étais inondé, c'est le mot. C'est alors, je me rappelle très bien maintenant, que j'ai entrepris d'écrire un roman. Le fleuve serait le personnage principal ; il dominerait tout le reste. Mes personnages parleraient fleuve. Comme moi, ils entendraient le langage de l'eau vive. Ils se nourriraient des brouillards du Rhône qui baigneraient l'action dans une atmosphère de rêve. Pauvre de moi !

Les premiers romans que j'ai détruits avaient le fleuve pour personnage principal et c'est également lui qui m'a permis d'écrire les deux premiers ouvrages que j'ai publiés : *L'Ouvrier de la nuit* et *Pirates du Rhône.*

A.R. : Avez-vous écrit beaucoup de pages restées inédites ?

B.C. : Des montagnes.

A.R. : Que vous avez conservés ?

B.C. : Beaucoup ont été détruites.

A.R. : Le premier texte de vous à être publié s'appelle *Noël de Rapin.* C'est en 1954, dans le *Progrès-Dimanche.* Après des centaines de pages jetées à la poubelle. Vous faites vos gammes, c'est normal. Mais n'êtes-vous pas choqué par le fait qu'aujourd'hui tout le monde se croie porteur d'un best-seller ?

B.C. : Nous pourrions parler longuement des raisons qui, généralement, poussent tant de gens à « essayer » de devenir romanciers, exactement comme ils achèteraient un billet de loterie. La soif de gloire et l'appétit d'argent sont certainement parmi les premières motivations. Elles ne sont guère respectables et témoignent d'une certaine naïveté. Car il est bon de savoir qu'en général, sur cent manuscrits reçus par les éditeurs, un seul est publié. Sur ce qui est publié, très peu se vendra. Les premiers romans sont légion qui ne sont jamais suivis d'un second. Ces auteurs-là sont des plombiers qui ont installé une baignoire ; comme elle fuyait, on ne leur a rien demandé d'autre. Parce que le succès n'est pas venu, ils n'ont pas persisté. Sans doute n'avaient-ils pas grand-chose à dire.

Pour moi, j'ai conquis mon public très lentement, grâce à quelques libraires et à quelques bibliothécaires qui se sont mis à conseiller mes livres. Bien entendu, si mon premier roman s'était vendu à cent mille exemplaires, j'aurais bondi de joie. Certains prétendent qu'un succès de début, surtout quand on est très jeune, peut tuer. Je constate que le succès énorme de *Bonjour tristesse* n'a pas tué Sagan. Quand on est vraiment écrivain, on le reste. Être romancier, ce n'est pas seulement savoir écrire, le talent peut se forger à force de travail. Mais que voulez-vous forger si vous n'avez pas de fer ? Vous pouvez toujours battre l'enclume, ça fera une jolie musique, ça ne donnera jamais une pièce de ferronnerie. Pour être romancier, il faut avoir des sujets, des histoires à raconter, des personnages à faire vivre ; en un mot : il faut porter un monde.

A.R. : Je sais que vous avez pour Jean Guéhenno une fervente admiration. Or, dans ses *Carnets d'un vieil écrivain,* s'en prenant à la littérature actuelle, il déplore : « Tant de gens, depuis cinquante ans, ont écrit sans savoir pourquoi, même il est arrivé qu'ils se vantaient de n'avoir rien à dire et écrivaient d'autant plus. » Je pense que cela s'inscrit parfaitement dans votre ligne de pensée.

B.C. : Ce qui me chagrine surtout, c'est la légèreté avec laquelle chacun se dit un matin qu'il va devenir romancier du jour au lendemain. Que penserait-on de moi si, m'arrêtant d'écrire sur l'heure, je décidais de devenir plombier, biologiste, médecin, pilote d'avion ou interprète de japonais ? C'est, me semble-t-il, faire bien peu de cas des romanciers que l'on assure pourtant admirer. Mais qui donc, parmi ceux qui n'ont jamais ni pétri, ni taillé la vigne, ni tenu aucun outil, oserait prétendre égaler son boulanger ou réparer des montres ? Me voyez-vous, demain, opérant mon voisin d'une hernie ou démontant son automobile ?

Vous parliez tout à l'heure de *Noël de Rapin.* C'est une nouvelle que j'oublie d'autant moins qu'elle a été publiée par *Le Progrès* au moment où des éditeurs venaient de refuser mon premier manuscrit. Mais une autre est plus importante encore : *La Cane.* Elle m'a valu le prix Résonances. C'était le temps où la revue *Résonances* était devenue un pôle attractif pour beaucoup d'écrivains. Jean Reverzy, Gabriel Chevallier, Joseph Jolinon, André Maurois, Suzanne Michet, d'autres, de passage à Lyon, se réunissaient tous les vendredis autour de Régis Neyret. Et, chaque année, ils donnaient un prix littéraire de la nouvelle.

Je me souviens très clairement de la remise de mon prix. Jolinon, que j'admirais sans l'avoir jamais rencontré, m'a dit : « Mon petit, quand j'ai lu votre nouvelle, au bout de deux pages j'ai dit : ce gars-là est un écrivain. J'espère que vous avez aussi ce qu'il faut pour être romancier. » Ce propos m'a procuré une grande joie. Mais il m'a fallu longtemps pour saisir le sens profond de la deuxième phrase.

Tout être peut avoir une histoire à raconter — généralement la sienne — s'il la porte en son cœur, il l'écrira peut-être agréablement, mais après ? Sera-t-il romancier pour autant ? Bien sûr que non ! Il y a encore le travail, l'acharnement nécessaire. Il faut savoir aller au bout du papier. « Épuiser l'encre », comme disait Jules Renard. Et je ne parle pas seulement des refus essuyés, des critiques, des déceptions, des moments de terrible désespérance ; je parle également de cet arrachement constant de soi. De cet étirement du cœur et de l'âme d'où doit être extrait l'essentiel de ce qui nourrit une œuvre. Car la page blanche est un désert qu'il faut affronter chaque matin, traverser *seul* au prix d'efforts souvent considérables et toujours épuisants. La différence entre ce métier et les autres, c'est qu'il faut fatalement l'apprendre seul.

A.R. : Vous-même, vous avez été beaucoup aidé ?

B.C. : Soutenu. Nous parlions des écrivains réunis autour de *Résonances.* Je dois aussi beaucoup à Armand Lanoux, à Hervé Bazin. Dès les débuts, ils m'ont donné des conseils techniques sans chercher ni l'un ni l'autre à m'influencer. Reste qu'il n'y a pas de professeur de roman. Le maître et l'élève, l'apprenti et le critique habitent le même être. Un critique qui ne sera jamais trop exigeant à une époque où certains éditeurs jouent eux aussi à la loterie et lancent les auteurs comme on engage plusieurs chevaux douteux dans la même course en se disant que, peut-être, avec un peu de chance...

Heureusement, ça n'a pas été le cas pour moi. Je l'ai dit, écrit plusieurs fois : René Julliard a été le premier éditeur à croire en moi et il l'a fait de la manière la plus intelligente qui soit.

Vorgine — qui devait par la suite s'intituler, malencontreusement, *Pirates du Rhône* — avait été refusé par les principaux éditeurs de Paris. Cependant, dans sa réponse, René Julliard affirmait que mon texte l'avait beaucoup intéressé, mais qu'il hésitait à le publier. C'était, m'écrivait-il, un roman qui ne touchait pas assez directement le public. Il terminait en m'invitant à aller lui rendre visite à Paris. Ce que je fis peu de temps après. « Je crois, me dit-il alors, que vous êtes un romancier. Mais je ne publierai ce livre que lorsque vous m'en aurez donné un autre. » Attitude que les éditeurs devraient adopter dans bien des cas. Les libraires seraient un peu moins encombrés d'ouvrages assez moyens et qui n'auront jamais de suite parce que leurs auteurs n'ont pas un véritable tempérament. Quant à moi, à peine rentré à Lyon, je décidais d'écrire le récit de ma mésaventure. C'est ainsi que naquit *L'Ouvrier de la nuit.*

A.R. : « Ou le malheur d'être écrivain », précisait la bande-annonce. Et j'ai été étonnée de constater que, dès la parution du livre, vous devez vous défendre contre ceux qui prétendent que, sous couvert de roman, il s'agit en fait d'une autobiographie. Et vous criez : « Non ! » Dans une entrevue accordée au *Progrès* en mars 1956 — *L'Ouvrier de la nuit* vient d'être publié — vous affirmez :

« ... J'ai trop de plaisir à inventer pour me borner à décrire des événements réels. » Mais vous pouvez toujours nier, quelque trente ans plus tard, lecteurs, critiques, certains de vos proches s'acharnent à dire qu'il s'agit d'un livre calqué sur la réalité. Pourquoi ?

B.C. : Parce que *L'Ouvrier de la nuit* est écrit à la première personne. Seulement le « je » est trompeur. D'autant qu'il s'agit d'un cri. Où tout est grossi, amplifié, déformé.

Lorsqu'on recherche un écrivain à travers ses écrits, il ne faut jamais perdre de vue ce mot d'Albert Camus : « Les œuvres d'un homme retracent souvent l'histoire de ses nostalgies ou de ses tentations, presque jamais sa propre histoire, surtout lorsqu'elles prétendent à être autobiographiques. Aucun homme n'a jamais osé se peindre tel qu'il est. »

J'ajoute — mais je vous l'ai déjà dit et il faut tâcher de vous en souvenir — que je suis un menteur-né. Si j'ai oublié ce qu'il y a de vrai et ce qu'il y a d'inventé dans mes livres, c'est sans doute que je ne l'ai jamais vraiment su. Au moment même où j'écris tout se mêle. Je pourrais aller jusqu'à affirmer que ce phénomène se produit même pour ce qui se veut œuvre de vérité. J'ai d'ailleurs constaté que ce que j'avais ajouté à des reportages était souvent ce qui semblait le plus exact, le plus fort ; presque toujours, en tout cas, ce que les lecteurs préféraient. Aussi, je tiens qu'Élie Faure a tout à fait raison quand il dit : « Le plus grand des artistes est un menteur sublime, il voit conforme au réel l'image qu'il en donne. »

A.R. : Reste qu'en 1971, dans une préface bien réfléchie, longuement pesée, à la réédition de cet *Ouvrier de la nuit* vous écrivez :

« Sans l'amour immense, solide et lucide de Françoise, le narrateur de *L'Ouvrier de la nuit* n'aurait pas survécu à ce livre. L'amour qu'il a vécu lui a donné la force de vivre et de s'accrocher aux obstacles dressés sur son chemin pour les franchir. La petite paysanne a enseigné à ce bohème la longue patience de la terre. »

Or, le narrateur, vous n'allez pas vous défiler, le doute

n'est pas possible, c'est vous, Bernard Clavel ; vous encore qui écrivez en plein milieu de *L'Ouvrier de la nuit* :

« Tu as peur que je te laisse tomber avec les gosses ? Que je foute le camp comme Gauguin ? Tu ne risques rien, va !... Je n'aurai jamais ce courage... Tout envoyer au diable, la femme, les gosses et le reste... non, n'aie pas peur, vous ne risquez rien. »

Je rappelle qu'en 1958 paraît, aux éditions du Sud-Est, une petite biographie de Paul Gauguin. Cette petite biographie est signée Bernard Clavel.

B.C. : Pas plus que moi, le héros de *L'Ouvrier de la nuit* n'a foutu le camp. Reste à savoir où était le vrai courage. Partir ou rester ? Ce petit peintre n'était pas Gauguin. Quant à moi, je ne me défile pas. Mais j'ai dit, je répète, que ce qui compte d'un artiste, c'est son œuvre. Pas sa vie privée. Notre époque, avec la curiosité des journaux, des radios et des télévisions, nous pousse aux jeux incessants de questions-réponses. Nous nous y prêtons, les uns par exhibitionnisme, les autres parce qu'il faut bouffer et que, par ce jeu, l'on aide à la vente des livres. Nous ferions mieux, comme Troyat, de rester devant notre page blanche.

C'est d'ailleurs ce que j'essaie de faire de plus en plus depuis quelques années et que j'aimerais faire encore davantage. Quand j'ai accepté de jouer avec vous à ce jeu des questions, c'était poussé par la nécessité de donner aux lecteurs qui m'interrogent des réponses sans avoir chaque jour à répéter la même chose. J'écris, je vous l'ai dit, à peu près dix heures par jour, le courrier qui s'ajoute à cela me fait grand plaisir, il est la preuve que des gens s'intéressent à mes livres, l'effort qu'ils font pour m'envoyer un mot, une lettre me touche beaucoup, mais je ne puis répondre trois pages à chacun. Alors, il faut que ce petit livre constitue ces réponses. Mais je n'ai pas à parler de ma vie privée. Je n'ai à me justifier d'aucun de mes actes. On sait — les lecteurs savent toujours tout — que j'ai vécu trente ans avec une femme avant de la quitter. J'ai failli foutre le camp dix fois, cent fois peut-être. A cause de mes enfants, je suis resté. Et puis, un jour, la vapeur accumulée a fait sauter le couvercle. Voilà. Vous êtes satisfaite ? Qu'on en pense du bien ou du mal, c'est le dernier de mes soucis, je suis fait pour écrire des romans. Je n'ai jamais donné de leçons à personne dans le domaine de l'amour ou de la fidélité, je n'accepte pas qu'on veuille m'en donner. Et je serais vraiment très heureux si vous passiez à autre chose. Il y a beaucoup plus important dans mon œuvre que *L'Ouvrier de la nuit* que je ne voulais pas rééditer, précisément parce qu'on le prenait trop pour une autobiographie, ce qui est grotesque. Il y a plus important dans ma vie que des querelles de ménage. Quand on a tourné la page d'un livre, on peut toujours revenir en arrière, lorsqu'on l'a déchirée parce qu'elle vous restait en travers de la gorge, il ne faut jamais tenter de la récupérer dans les cendres.

A.R. : Il est pourtant une page de vos premières et douloureuses amours que vous n'accepterez jamais de tourner. Je veux parler du Rhône. *Vorgine* est déjà paru en feuilleton dans *le Progrès* (1956). En automne 1957, enregistrement d'un film radiophonique, tiré du roman et réalisé par Henri Lesieur. Vous avez écrit l'adaptation et vous suivez de très près la réalisation. Quelques mois plus tard, *Vorgine* est édité, non pas par Julliard mais par André Bonne sous le titre *Pirates du Rhône*. « Avant tout le récit de l'identification d'un homme à un lieu, écrira Suzanne Michet [...]. Aventure qui concerne notre terre périssable et menacée dont il faut se hâter d'adorer et de fixer les traits. » De fait, le Rhône est canalisé lorsque, en 1971, *Pirates du Rhône* est repris par Laffont. En 1974 il y aura encore une dramatique tournée par l'O.R.T.F. d'alors. Mais vous ne vous arrêtez pas là. En 1972 paraît *Le Seigneur du fleuve*. « *Pirates du Rhône* annonce *Le Seigneur du fleuve* comme *Mont Cinère* annonçait *Adrienne Mesurat* », remarque Ernest

Dutoit. En 1979, c'est *Le Rhône ou les métamorphoses d'un dieu,* repris en 1984, sous le titre de *Je te cherche, vieux Rhône.*

C'est donc vrai : le Rhône est une teigne, il ne vous lâche pas ?

B.C. : Savez-vous que, récemment, paraissait la thèse d'une étudiante de l'université de Liège : « Le thème de l'eau dans l'œuvre de Bernard Clavel » ? Le Rhône n'y est certainement pas étranger. Je vous l'ai dit : sans lui je n'aurais peut-être jamais écrit. Chose certaine en tout cas : je lui dois mon premier livre, tant il est évident que je suis parti de mon expérience personnelle pour écrire *Pirates du Rhône* : de citoyen du Rhône, puisque j'habitais Vernaison ; de peintre car je n'ai commencé à peindre véritablement que lorsque j'ai connu le Rhône ; de demi-pirate aussi...

Et vous voudriez que je reste insensible au traitement qu'on lui inflige ? Regardez-le devenir ruisseau alors que toute son eau lui est volée par un canal. Regardez-le changer de couleur selon que les usines crachent bleu, noir, jaune, violet ou vert. Je ne vais pas ouvrir ici le procès des massacreurs de nature. Je ne redirai pas ce que j'ai si souvent crié : l'inutilité de ce sacrifice. Elle est l'évidence même puisque ce canal ne sera jamais terminé, faute de crédits. Faute d'une entente entre les pays. Et vous croyez que je peux me taire ? Il faudrait que je sois un auteur bien ingrat !

Bien avant que ne s'ouvre le premier chantier des grands travaux, j'ai écrit *Pirates du Rhône* où je me plaisais à imaginer la revanche du fleuve insulté. Je le montrais bousculant les obstacles dérisoires dressés sur son chemin. Les barrages ont été édifiés. Le canal creusé. Le Rhône ne s'est pas mis en colère. Non. Il ne s'insurge pas. Il a compris que la violence n'est pas le bon moyen face à l'obstination stupide des hommes. Lentement, insidieusement, il recouvre de vorgine ce qu'ils ont bâti. Son eau nourrit les saules et les peupliers, les ronciers et l'ivraie. Il lui faudra peut-être un siècle pour redevenir le maître, le seigneur de sa vallée, mais il y parviendra. Car, au fond, qu'est-ce donc que ce canal ? Que sont ces barrages, ces digues, ces enrochements, ces tas de pierres et de ciment ? Que représentent ces minuscules besognes humaines comparées à ses forces gigantesques ? Nous qui l'avons connu dans sa splendeur, nous qui avons admiré sa pureté et tremblé devant ses crues, nous serons morts depuis longtemps lorsqu'il triomphera. Un jour, lorsque j'aurai cessé de répéter : « Je te cherche, vieux Rhône », mon fleuve renaîtra, ses taillis couvriront de leur ombre épaisse toutes les plaies.

D'ici là, même torturé, endigué, défiguré, je ne peux m'empêcher de l'aimer. Je l'aime en ma mémoire tel qu'il s'est ouvert à moi, je l'aime tel qu'il sera demain lorsqu'il aura triomphé, et je ne peux me retenir d'avoir quelques égards pour l'infirme qu'il est devenu... Après tout, il fut mon premier fleuve. Or, comme il peut l'être par sa première idylle — et nous avons parlé longuement de Sylvie —, un homme sensible est toujours marqué par son premier fleuve. Qu'on le lui prenne ou qu'il s'en éloigne, ses eaux continuent de lui couler dans le sang.

A.R. : Cependant, quand paraît *Pirates du Rhône,* vous avez quitté Vernaison pour Lyon. Abandonné aussi la Sécurité sociale pour devenir relieur. Jusqu'à ce que, forcé de quitter cet emploi, vous entriez, en 1958, comme journaliste stagiaire au *Progrès* de Lyon. Un métier dont vous avez maintes fois déclaré qu'il est, de tous ceux que vous avez pratiqués, celui qui vous a le moins appris. Cela m'a semblé étonnant. Au point que je suis allée interroger un de vos confrères de l'époque, Christian Defaye — toujours lui.

Christian Defaye : C'est en 1959 que j'ai rencontré Bernard Clavel pour la première fois à Lyon au journal *Le Progrès* — notre premier journal à l'un comme à l'autre. Pendant des années, nous avons travaillé dans le même bureau. Enfin, façon de parler, car il prenait son service à l'heure où je quittais le mien. Il avait, en effet, délibérément sacrifié, à l'époque, une brillante carrière de reporter, préférant l'ingrat travail de nuit au marbre afin de disposer de tout un long jour.

Un jour qui commençait tôt. Enfermé dans son bureau, il profitait de ses heures de liberté pour écrire ses premiers romans. A vingt heures, il prenait son service au journal avec déjà derrière lui une journée de travail bien remplie, journée qui ne se terminait qu'à quatre heures du matin.

Son labeur consistait à corriger les papiers des correspondants de l'édition du Rhône dont il avait la responsabilité journalistique et « grammaticale ». Ce qui n'était pas rien quand on savait que le lyrisme de ces dévoués collaborateurs dépassait souvent la fiction. Exemple type : « Le maire de X est très dévoué, non seulement il travaille vingt-quatre heures par jour, mais une partie des nuits. »

Ce qui ne manquait pas de faire sourire Clavel qui, lui, connaissait — et pour cause — le prix du temps.

B.C. : J'avais à écrire une pièce radiophonique de vingt minutes chaque semaine. Je devais la faire répéter aux acteurs et, avec leur aide et celle d'une équipe, la mettre en ondes. En plus, j'écrivais chaque année un roman, son adaptation radiophonique, une ou deux pièces plus longues, des émissions sur les disques et les livres, des articles pour *Jardin des arts, Résonances* et d'autres revues.

Après cinq ans de cette vie, j'étais épuisé, mais je crois que j'étais devenu un écrivain. Ce qui ne signifie pas que j'avais fini d'apprendre mon métier. L'art est un domaine où l'apprentissage ne s'achève qu'au tombeau.

A.R. : Or, à l'époque, vous apprenez beaucoup de la radio ?

B.C. : C'est vrai, la radio m'a beaucoup appris. Elle permet de se juger tout de suite. Quand vous écrivez une pièce et que vous la mettez en ondes, vous voyez immédiatement si les comédiens sentent bien votre texte et s'il « passe ». S'il est évocateur. S'il suggère des images. Un décor. Une action. Si les dialogues sont vivants. Le théâtre radiophonique, que des imbéciles ont tué sous prétexte de moderniser la radio, est un art extrêmement exigeant. Quelle école !

A.R. : Bref, ces années lyonnaises — de 1957 à 1961, quai Romain-Rolland ; puis, jusqu'en 1964, cours de la Liberté — vont faire de vous un homme cultivé. Une culture à trous, je veux bien, les fameux trous de l'autodidacte, mais tout de même... Croyez-vous que cette culture, qui n'est arrivée ni trop tôt ni trop tard, vous a aidé à devenir le romancier que vous êtes aujourd'hui ?

B.C. : Je ne pense pas que l'on puisse devenir romancier sans aucune culture artistique, mais je me demande parfois ce qu'aurait pu être ma vie si j'avais commencé par me cultiver. Aurais-je écrit des romans si, à vingt-cinq ans, j'étais sorti de la faculté des lettres ? Je ne sais pas. Tout est dans le tempérament, mais tout vient aussi des rencontres, de ce que la pratique des métiers et le côtoiement des êtres vous apportent.

Prenez Reverzy. Savez-vous que, dès après qu'il eut obtenu le Renaudot avec *Le Passage,* il a quitté son cabinet de médecin des pauvres pour se consacrer entièrement à son œuvre ? Quelque chose comme une année plus tard, il reprenait son travail. Il recommençait à monter les étages comme on le voit les monter, écrasé de fatigue, dans son plus beau livre : *Place des Angoisses.* Lorsque je lui ai demandé pourquoi il était de retour, il m'a répondu : « Mon métier, c'est ma nourriture. J'ai autant besoin de mes malades qu'ils ont besoin de moi. Sans eux je n'ai plus rien à dire. »

Oui, nous avons besoin des poèmes, des romans, des symphonies, des toiles et des films des autres pour créer, mais nous avons beaucoup plus besoin de la vie. Ma bibliothèque est assez pauvre en œuvres de fiction. Elle contient quelques auteurs que je relis souvent et les poètes de ma jeunesse. En revanche, elle regorge de documents, d'encyclopédies, de dictionnaires, de géographie, d'histoire, d'ouvrages scientifiques et pratiques. C'est là surtout que réside ma culture.

A.R. : Vous n'aimez pas les intellectuels.

B.C. : N'allez pas croire ça ! Mais je leur reproche d'éloigner l'homme de certaines valeurs qu'ils tiennent pour mineures. De placer le cerveau plus haut que le cœur. En un mot, d'avoir honte ou peur de leur propre sensibilité, de vouloir faire oublier aux autres qu'ils sont, avant tout, des êtres de chair sensibles. Et puis, il y a le langage. Pour être beau, pour être grand il doit, soi-disant, être hermétique. Eh bien non ! Même si je dois passer le reste de ma vie à faire grincer des dents nombre de critiques, dont je me moque d'ailleurs éperdument, je suis bien décidé à continuer d'écrire pour le plus grand nombre.

A.R. : De toute manière, vos personnages sont toujours des gens simples, inspirés d'êtres que vous avez connus ?

B.C. : Je n'ai jamais « inventé » un personnage de toutes pièces. Les lecteurs veulent toujours savoir comment naissent les personnages, d'où ils viennent, la place qu'ils occupent dans la vie d'un romancier. Question très embarrassante à laquelle je n'espère pas répondre aujourd'hui. Ce n'est pas que je refuse de dire que tel élément appartient à la réalité alors que tel autre est un apport ou une transposition. Mais c'est tout simplement qu'il m'arrive de ne plus savoir très bien où s'arrête la vérité, où commence la fiction. Les personnages de roman, voyez-vous, sont faits de la chair humaine, du cœur et de l'âme. Il n'est pas plus facile de manipuler ces matières premières que d'en parler. Impossible de les disséquer.

Prenez *L'Espagnol.* Il s'agit, nous l'avons dit, du portrait d'un homme que j'ai connu. Avec qui j'ai travaillé dans les vignes, les prés, les bois. Qui m'a aidé à découvrir et mieux sentir la terre de mon propre pays. Et qui a contribué à me faire comprendre ce qu'est la guerre.

Naturellement, ce n'est pas exactement sa vie que j'ai racontée. Les nécessités de la composition littéraire, le fait que je ne savais pas ce qui était arrivé à Jacinto une fois que j'ai eu quitté Gevingey m'ont obligé à modifier, à inventer.

Puis, un jour, le roman était sorti depuis quelques années, Jacinto a frappé à ma porte. C'était à Lyon. On est tombés dans les bras l'un de l'autre. Il m'a raconté sa vie depuis que j'avais quitté la ferme. L'aîné de mes garçons, qui devait avoir une douzaine d'années à l'époque, n'en croyait pas ses yeux — c'était un peu comme si un personnage de Jules Verne avait débarqué chez nous. Mais il s'établit entre eux un dialogue de sourds car l'Espagnol, le vrai, n'avait pas encore lu le roman et Rolland lui posait des questions sur des personnages du livre qu'il n'avait pas connus, que j'avais inventés. Alors il ne comprenait pas. Et moi aussi, je perdais pied. Le personnage que j'avais retrouvé n'était plus le même que celui que j'avais créé, au visage de Jacinto s'était substitué en moi un visage que j'avais composé. Désormais, j'aurais toujours du mal à mesurer la distance réelle entre les deux.

Les choses ne se sont pas arrangées quand, quelques années plus tard — Jacinto était mort —, j'ai repris le livre, déjà ancien, pour en faire avec Jean Prat l'adaptation télévisée. Depuis, il est encore plus difficile pour moi de dire où s'arrête la réalité, où commence la fiction. Il y a là une sorte de pénombre que nul n'éclairera jamais. Et c'est une chance, car la lumière risquerait de tuer le pouvoir émotionnel du mystère. La frontière est un marécage. Tout se mêle, se confond en une brume où je me perds. Ce qui appartient au film est devenu à mes yeux aussi vrai et aussi présent que ce qui demeure au fond de ma mémoire. Aux deux premiers visages confondus, la télévision en a ajouté un troisième : celui de Jean-Claude Rolland, disparu tragiquement. Et désormais c'est le plus souvent cet extraordinaire comédien que j'ai devant les yeux quand je pense à *L'Espagnol.*

Vous voyez que rien n'est simple avec les personnages dits « imaginaires ».

A.R. : Avouez que vous compliquez à plaisir. Quand, avec *Qui m'emporte,* vous désignez, comme personnage principal, Simone, une putain qui parle à la première personne, quel défi... Vous mettre dans la peau d'une femme ! Et vous n'en êtes qu'à votre troisième roman. Pourquoi avoir pris un tel risque ? Qui est Simone ?

B.C. : A vrai dire, personne en particulier. Le roman n'est pas né d'un être, mais d'un élément curieux. J'habitais Vernaison. Il y avait, du côté de Givors, une usine qui fabriquait de la colle à base d'os. Chaque jour, passaient devant chez moi d'énormes camions chargés d'os ramassés dans les boucheries lyonnaises. L'odeur excitait mes chiens. Un jour, je me suis persuadé que ces chargements étaient destinés non pas à une usine, mais à un homme qui avait décidé de recueillir tous les chiens perdus. J'ai donc imaginé Brassac. De là à me dire que cet homme pouvait tout aussi bien sauver une fille qu'un chien...

A.R. : Vous vous êtes intéressé à la prostitution ?

B.C. : Pas à la prostitution, mais aux prostituées. Je me suis toujours intéressé aux marginaux. Et cependant, il faut croire qu'en effet je redoutais de « devenir » une prostituée. Car j'ai écrit le roman une première fois en prenant la place de Brassac. Je n'étais pas satisfait. J'ai recommencé, en prenant la place de sa femme. Je ne suis pas allé au bout. Assez vite, je me suis rendu compte que je trichais avec la difficulté. L'intérêt du sujet était précisément que tout soit vu par la putain. Alors, je me suis lancé. J'ai beaucoup travaillé, c'est vrai, l'écriture surtout. Car, une fois dans le vif du sujet, je ne me rappelle pas avoir tellement souffert de me trouver dans la peau d'une femme.

A.R. : *Qui m'emporte* paraît en 1958, dans l'indifférence la plus totale. Au point que René Lefèvre du *Canard enchaîné,* indigné, crée en l'honneur de ce livre un prix qui ne sera décerné qu'une fois : le prix des Petits Pères.

B.C. : L'indifférence, c'est le pire ! Les articles de critique très durs, les reproches plus ou moins justifiés, les petites mesquineries dues à la jalousie — et ceux qui cherchent en vain à placer des manuscrits peuvent jalouser un auteur débutant —, tout ce qui tend à vous détruire n'est rien comparé au silence, le plus terrible des propos. Mais lorsque dans cet océan de vide retentit soudain une voix qui vous lance un encouragement, c'est la merveille des merveilles. Un article comme celui de René Lefèvre, une lettre comme celle de Gaston Bachelard, qui m'écrivait : « Votre livre est une exception dans la corbeille d'un vieux philosophe », et tout s'illumine soudain.

A.R. : *Qui m'emporte* était un bijou. *L'Espagnol* est un livre âpre. C'est un gros livre : quatre cent quarante-six pages. Votre premier gros livre. Avez-vous eu peur avant de vous y jeter ? Prévoyiez-vous qu'il ferait le double de ce que vous aviez écrit jusqu'alors ? Aviez-vous mesuré à quel point cet *Espagnol* serait important pour vous ? C'est, je crois, un des ouvrages auxquels vous tenez le plus.

B.C. : Il est bon que cette question vienne à présent, car je crois que l'écriture de *L'Espagnol* a contribué à m'aider beaucoup dans un moment très sombre. Oui, je savais dès le début que ce serait un gros livre. Et je sentais aussi qu'il serait le premier où la terre prendrait vraiment une grande importance. Je m'y attelais chaque jour, même si ce n'était que pour une heure, mais il me portait autant qu'il me vidait. Je vivais avec Pablo et son pays beaucoup plus que dans le présent.

Vous dire qu'en l'écrivant je mesurais la place qu'il tiendrait dans ma vie serait exagéré, mais en raison du sujet, de l'ampleur du personnage et surtout parce que ma propre découverte du métier de vigneron était liée à cette histoire, j'éprouvais le sentiment de me donner pleinement. De me retrouver aussi en des lieux où j'aurais aimé passer ma vie. Du moins était-ce ce que j'imaginais alors parce que, prisonnier d'un univers que je détestais, je rêvais des coteaux et des forêts du Jura.

A.R. : Vous écrivez *L'Espagnol.* Vous êtes enfermé dans un tout petit bureau. Sous votre fenêtre, c'est le marché. Brouhaha. Insupportable vacarme. Et pourtant : « ... pas un souffle de vent. Pas de bruit, seul le cliquetis des sécateurs, un fil de fer vibrant, une seille traînée sur des cailloux, quelques mots ou un rire. » Est-il possible d'être à ce point ailleurs ?

B.C. : Je serais presque tenté de dire que seul le vrai romancier est ailleurs totalement. Que s'il n'est pas transplanté, envahi, pleinement investi par le monde qu'il décrit et les personnages qu'il veut peindre, il n'est pas romancier. Il a peu de chances que son livre soit bon.

Être romancier, je le répète, c'est porter en soi un monde, et c'est vivre en ce monde beaucoup plus qu'en celui qui vous entoure. Peu de gens sont à même de mesurer ce qu'est la vraie création s'ils ne sont pas eux-mêmes créateurs. Je veux dire créateurs au sens profond du terme. A l'homme qui dessine un meuble ou une petite fleur sur la maquette d'une boîte de fromage, il faut du talent, de l'invention, ce que l'on peut appeler un esprit créatif. On ne saurait le placer sur le même plan que le compositeur, le vrai peintre, le dramaturge, le poète ou le romancier. Oui, chaque univers romanesque exige que l'on s'y transporte. Il exige en quelque sorte que l'on quitte cette terre pour une planète que nul ne connaît, que le romancier a l'immense et redoutable privilège d'être seul à pouvoir fouler aux pieds.

A.R. : Vous parlez souvent des personnages qui vous mènent par le bout du nez...

B.C. : Il est certain qu'on ne fait pas ce qu'on veut avec les personnages. Ils ont leur destin, qui leur est propre. Ils vous l'imposent. Il suffit de lire la merveilleuse nouvelle de Marcel Aymé *Le Romancier Martin* pour comprendre.

Car si les lecteurs interrogent souvent le romancier sur ses personnages, il arrive aussi que le romancier s'interroge sur certains de ses personnages, sur leur pouvoir, sur ce qui fait qu'ils s'accrochent à lui et le suivent à la tracc, le rejoignent à l'étape, obstinés, pareils à ces chiens errants qui croient avoir flairé un maître.

Ainsi, depuis mon enfance, un être me poursuit dont j'ai déjà parlé à plusieurs reprises sans que jamais il se montre satisfait. Il s'appelle *Vincendon.* Il est le seul homme dont je n'aie pas changé le nom pour faire de lui un personnage. Sans doute parce que ce nom me plaît, mais aussi parce qu'il s'imposait à moi.

Il s'appelait Eugène Vincendon et habitait sur le quai du Solvan à Lons-le-Saunier. Il n'était pas seulement luthier, mais aussi facteur et accordeur de pianos. J'ai de lui quelques souvenirs — la boîte de peinture dont je crois vous avoir parlé — et une photographie. Il me poursuit. Son visage, ses mains, sa voix me restent toujours très présents. Son destin tragique me hante. Au fond, ce qui hante toujours les créateurs de mon espèce, ce sont l'amour, la folie, la grandeur et la mort. Or, quand Vincendon est apparu dans mon enfance, c'était la première fois que tout cela me touchait.

Mais, je ne vais plus vous parler de Vincendon ici. Car, bien qu'il soit apparu dans cinq de mes œuvres *La Célébration du bois* ; une pièce radiophonique que j'ai moi-même réalisée et qui s'intitule *L'Homme qui fait chanter l'arbre mort* ; une nouvelle assez longue intitulée *Vincendon* ; l'adaptation, très libre, de cette nouvelle pour la télévision ; et mon premier conte pour enfants, *L'Arbre qui chante*), bien que ce retour épisodique ait surpris bon nombre de mes lecteurs fidèles, j'espère écrire un jour un gros roman dont il sera le personnage principal. Or, parler du livre à écrire, c'est, pour moi, courir le risque de le désamorcer.

A.R. : Nous sommes en 1960. L'aîné de vos fils a quatorze ans. Est-ce la crainte de ce qui pourrait lui advenir, de la délinquance qui guette les jeunes, qui vous inspire *Malataverne* ?

B.C. : *Malataverne* est une histoire d'adolescents, mais qui me vient de mon enfance. Quand on est gosse, on admire toujours beaucoup ceux qu'on appelle les grands. Or, je devais avoir six ou sept ans quand trois jeunes gens, de quinze, seize ans, entraînés par un plus âgé, ont commis un crime dans une ferme située aux environs de Lons-le-Saunier. Je connaissais ces garçons-là. Tous étaient de « bonne famille ». Et je suivais cette affaire avec d'autant d'attention qu'un ami de mon père, qui n'habitait pas la ville, était juré au procès. Notre maison était trop petite pour qu'il habite chez nous, mais, chaque soir, il venait, comme on disait, « manger la soupe ». Et il nous parlait du procès, de ces garçons que rien ne semblait destiner au meurtre. Ce sont des moments qui m'ont profondément marqué. Car je découvrais, à travers les propos des adultes, que les assassins se recrutent parmi les braves gens.

A.R. : Vous ne croyez donc pas au mal ?

B.C. : Je crois à des fautes, à des défauts d'éducation, à des manques sociaux. Les assassins « absolus » (disons) sont des malades. Et je me suis toujours érigé de toutes mes forces contre la peine de mort. Que la société se regarde avant de parler si haut ! Qu'elle mesure sa responsabilité avant de mesurer la responsabilité de ses victimes !

A.R. : La société serait coupable ? C'est elle dont vous faites le procès ?

B.C. : On m'a souvent demandé pourquoi mon roman s'arrêtait si court, pourquoi je ne poussais pas plus avant, pourquoi je ne décrivais pas — par exemple — le procès que l'on allait faire à Robert. A quoi bon ? Mon roman s'arrête là parce qu'il est normal qu'il cesse en cet endroit justement. Ce qui se passe, ce qui va se passer ensuite n'est plus du ressort du romancier, mais de la société.

Les enseignants l'ont d'ailleurs fort bien compris. *Malataverne* est beaucoup étudié dans les écoles. Or, dans bien des cas, les professeurs ont, si je puis dire, instruit l'affaire et monté le procès. Dans une ville de l'Est, plusieurs écoles se sont même réunies pour le faire et ont demandé à de vrais avocats et à de vrais magistrats d'y participer. Sans aller jusque-là, de nombreux enseignants demandent à leurs élèves d'ajouter un chapitre à ce roman. Un de mes amis — dont je tairai le nom car il est très célèbre — m'a téléphoné un jour pour me dire qu'on avait donné ce devoir à sa fille et me demander si ça ne m'ennuierait pas de le faire. En réalité, c'est lui qui espérait s'amuser en me voyant récolter un zéro. Je ne me suis pas « dégonflé ». J'ai fait le chapitre que la fille de mon ami a aussitôt recopié. Je m'étais tout simplement mis dans la peau du romancier qui reçoit la visite de son personnage (Robert) venu lui dire qu'il n'est pas d'accord du tout avec le destin qu'on lui impose. J'ai récolté une assez bonne note. Mais le professeur a tout de même fait remarquer que ce n'était pas exactement ce qu'il espérait de son élève. Il ne saura sans doute jamais que l'auteur du devoir était aussi celui du livre ! Et que cet auteur se refuse à juger Robert.

Et d'ailleurs, comment juger Robert ? Le juge d'instruction ne saura jamais de lui que ce que l'on peut savoir d'un pantin. La vérité, la profondeur, la complexité, le drame de ce garçon dont les grandes personnes se sont écartées quand il avait besoin d'elles, qu'on a laissé crier, hurler dans un désert, comment les saisir, les comprendre ? Et dès lors à quoi bon donner une suite au livre ?

A.R. : *L'Espagnol* est paru en 1959. *Malataverne* en 1960. *Vincendon,* cette nouvelle dont vous parliez tout à l'heure, en 1961. En 1962, c'est *La Célébration du bois* et *La Maison des autres.* En 1963, *Celui qui voulait voir la mer.* Vous travaillez de nuit au *Progrès.* Vous travaillez à la radio. Et, malgré tout, une moyenne d'un livre par an. Vous avez donc une santé de fer ?

B.C. : J'ai la chance d'être assez solide, et je suis persuadé que le besoin de créer, l'orgueil, la volonté de s'en sortir, l'ambition sont porteurs. Mais ne vous figurez pas que tout cela se fasse sans risques, sans vous secouer profondément. J'ai traversé des moments de terrible déprime, comme on dit aujourd'hui. Chez Jean Reverzy, il y avait plusieurs personnages. L'écrivain qui me conseillait et m'épaulait, l'ami qui me remontait le moral et le médecin qui me soignait. Me sentant très fragile en dépit des apparences, il m'avait présenté à un psychiatre, le Dr Angel.

Angel m'a soigné plusieurs années à l'époque où je menais ma quadruple existence : journaliste de nuit, producteur de radio, pigiste et romancier. Puis, un jour, alors que nous étions devenus amis, il m'a dit : « Mon pauvre vieux, ce n'est plus de ma compétence. Un homme qui dort quatre heures par nuit et ne prend jamais un jour de vacances, ce n'est plus un malade qu'on peut soigner. C'est un individu qui se suicide délibérément. » Alerté, Peuchmaurd, qui était, qui est toujours pour moi plus qu'un directeur littéraire, un ami, un frère, a prévenu Robert Laffont. Celui-ci a aussitôt décidé de m'assurer une mensualité pour que je quitte *Le Progrès*.

Vous savez, quand tout est très noir, quand on ne voit jamais pointer la moindre lueur, on en arrive fatalement à se dire que le tunnel ne finira jamais. Lorsque j'avais achevé ma nuit de travail, je traversais le Rhône sur le pont de la Guillotière pour rentrer me coucher. C'était l'heure où j'aurais aimé me lever pour écrire. Souvent je me suis arrêté à mi-parcours, pour regarder et écouter le flot du fleuve se fracasser contre les piles. Des phrases de *Rhône mon fleuve* chantaient en moi. Elles m'ont peut-être sauvé de la noyade. Je l'ai dit des années plus tard au merveilleux Alexandre Arnoux. Il souriait en m'écoutant. Sans doute n'avait-il jamais regardé le fleuve de cette manière, ce Pierrot lunaire capable de faire entrer le soleil dans une cave et qui écrivait : « Je fais un nœud à mon mouchoir pour me rappeler que j'existe. »

Si je ne me suis pas jeté à l'eau en ce temps-là, c'est sans doute qu'il restait toujours, au fond de moi, l'écho d'une petite voix murmurant encore faiblement : « Et pourtant, si ça pouvait encore s'éclairer ! »

5

« Le premier à Paris »

Vous pouvez arracher l'homme du pays mais vous ne pouvez pas arracher le pays du cœur de l'homme.

John Dos Passos

B.C. : Vous me demandez pourquoi j'ai quitté Lyon et vous vous demandez comment un homme qui se prétendait attaché à sa terre a pu, soudain, à quarante ans, décider de « monter à Paris ». Sachez avant tout que je ne rompais aucun lien véritable, que je ne tranchais aucune des racines plantées dans une terre à laquelle je devais, en effet, ce qui constituait alors l'essentiel de mon œuvre. Et puis, je n'étais lyonnais que d'adoption. Je le suis resté de cœur en dépit des blessures qu'a subies cette cité admirable. Mais, sans l'avoir vraiment établi à l'époque, je devais déjà sentir que j'étais un déraciné et un éternel vagabond. J'ai moins quitté Lyon pour « monter » à Paris que pour partir, tout simplement. Partir au sens où l'entendait Baudelaire. D'ailleurs, la ville n'est pas toujours là où l'on croit : je n'avais, en province, qu'un mur gris et le bruit de la rue ; tandis que de ma table de travail à Chelles je voyais des arbres, un canal où passaient des péniches brouillant le reflet du merveilleux ciel de l'Ile-de-France. Contrairement à ce que pensait Raoul Ponchon, les villes ont bien été construites à la campagne. Ce qui compte, c'est moins de vivre dans Paris que d'avoir Paris à portée de voix.

Ils le savent bien, les Parisiens : écrivains, journalistes, éditeurs de livres et de revues, créateurs d'œuvres et d'hommes et qui voient arriver les provinciaux, lcurs manuscrits sous le bras, l'air emprunté, la semelle encore engluée de cette glaise des champs qui fait si bien déraper sur le pavé de la capitale.

« Paris, disait Gauguin, est un désert pour l'homme pauvre », et le provincial qui débarque est souvent un homme pauvre. Désespérément seul. J'ai assez de mémoire pour pouvoir vous l'affirmer. Un homme que tout pousse à croire que le monde des arts lui est non seulement fermé, mais hostile. Et si je conclus volontiers aujourd'hui qu'il n'est pas besoin de Paris pour percer ; si même je suis tenté de dire qu'on y court le risque de se disperser ; si je suis forcé d'admettre aussi que la province était alors pour moi, selon la formule d'André Bourin, « terre d'inspiration » ; je dois admettre également que je la taxais à l'époque de parfait étouffoir. Écrire un livre est une chose et le faire lire en est une autre. Or — vous-même le mentionniez tout à l'heure — du temps où j'habitais Lyon, la publication de mes romans passait à peu près inaperçue. J'avais beau ouvrir le journal, écouter la radio. On n'en parlait guère. J'en souffrais. Car j'avais cette faiblesse de croire que mes livres n'étaient pas plus mauvais que ceux dont on parlait. Pourquoi ce silence ?

A.R. : Vous avez tout de même eu, en 1962, le prix Populiste pour *La Maison des autres*.

B.C. : C'est exact, le prix Populiste a été très important pour au moins trois raisons. Il a amené de grands écrivains membres du jury à me lire. La liste des lauréats était prestigieuse. Plusieurs grands journaux, qui m'avaient jusqu'alors ignoré, ont parlé de moi. Malheureusement, travaillant à Lyon, je n'ai pu passer que vingt-quatre heures à Paris, ce qui n'a pas permis à

Robert Laffont d'exploiter cet événement comme il aurait pu le faire si j'avais été à sa disposition. Ces vingt-quatre heures furent une très rapide bouffée d'oxygène dans la grisaille de mon train-train surchargé, et, aussi, une fatigue ajoutée à celle du travail par un voyage éclair plutôt exténuant.

A.R. : On pourrait, à ce propos, déplorer la trop grande centralisation artistique.

B.C. : Goethe disait déjà : « Ce serait un grand bonheur pour la belle France si, au lieu d'un seul centre, elle en avait dix répandant tous la lumière et la vie. » Seulement, Paris sera toujours Paris. C'est un état de choses auquel les écrivains ne peuvent rien changer.

Lyon avait beau, du temps où j'y vivais, n'être qu'à quatre ou cinq heures de Paris, les hommes de Paris se trouvaient tellement plus proches du bon Dieu que moi ! Et je ne crois pas que le T.G.V. y change grand-chose. Un artiste a rarement le déplacement aussi facile qu'un homme d'affaires. Double question de tempérament et de bourse. Et puis, entre l'apparition épisodique et la présence quasi permanente, il y a un monde. Certes on peut vivre à Lille ou à Bordeaux et se sentir (ou se croire) tout près de Paris, mais on peut aussi — comme Marcel Aymé — vivre quarante ans à Montmartre sans jamais quitter les rives du Doubs. Emporter sa terre dans sa giberne, y rester planté ou partager son temps entre elle et Paris, tout est valable ; mais il importe qu'existe un lien solide entre cette terre et la capitale.

Quand j'ai quitté Lyon pour Paris, certains amis se sont indignés : « Tu vas contre tes idées, tu as toujours dénoncé le rôle excessif de Paris et maintenant, tu fais comme les autres. » Que voulez-vous ? Je publiais des livres ; je les lançais vers la capitale comme on lance une bouteille à la mer, ne venant qu'en coup de vent pour la signature du service de presse. Mon éditeur aurait souhaité me voir là plus souvent. Et le temps ? Et l'argent ? Robert Laffont m'a alors accordé cette mensualité qui m'a permis de quitter *Le Progrès* pour me consacrer uniquement à l'écriture. Reste que pour faire vivre ma famille, je devais allonger cette somme. Faire des piges. Et ce n'était pas à Lyon que j'allais y arriver. A Paris j'ai tout de suite été en contact avec des revues, des journaux, mille liens se sont créés, mille possibilités se sont offertes qui n'existaient que parce que je me trouvais sur place.

Je rencontrais les gens pour ainsi dire « par hasard ». Ce qui est certain cependant, c'est que les grands coups de pouce à ma carrière, *L'Espagnol* à la télévision et le Goncourt, seraient arrivés sans que je sois à Paris.

Une œuvre ne se bâtit ni dans les salons ni dans l'antichambre des éditeurs. Elle s'élabore dans la solitude, face à la page blanche. Le reste est secondaire.

Jolinon est mort avec, au plus chaud de son cœur, le culte de Lyon et de la province. Entre ces deux collines dont il disait que l'une priait tandis que l'autre travaillait, Chevallier avait lui aussi bâti une œuvre, mais son rêve jamais réalisé le portait vers d'autres horizons. Le premier m'assurait que nulle ville au monde n'était plus propice à la création littéraire que ce confluent chargé d'histoire, que cette porte ouverte à la fois sur le souffle du Nord et celui du Midi. Le second me lançait : « Foutez le camp. Cette ville est un étouffoir. Mieux vaut être le centième à Paris que le premier à Lyon, je crève de ne l'avoir pas compris à trente ans ! »

Où était donc la vérité ?

Il y avait dans la voix de Chevallier qui m'avait toujours soutenu un tremblement qui m'a ému. Il s'est vite repris et m'a claqué l'épaule en ajoutant : « Allez, mon petit. Je vous dis merde. Partez en vous disant que vous pouvez être le premier à Paris. »

Oui, je suis venu à Paris parce que j'en avais assez d'un certain silence qui n'était pas sain pour moi ; assez de compter uniquement sur le dévouement des autres.

Mais je pense souvent à ceux qui n'ont ni la chance ni l'envie de faire le même saut — ne me parlez pas de courage, il en faut toujours à l'artiste pour s'engager un peu plus et aller à Paris est peut-être une forme d'engagement, mais c'en est une aussi que de rester en province. Car ceux qui restent savent ce qu'ils risquent aussi bien que je savais ce que je risquais, à quarante ans, en recommençant tout.

A.R. : Pas un déménagement banal. Une rupture. Je m'explique : le 30 octobre 1964, vous vous installez à Chelles. Dans le même temps, paraît *Le Cœur des vivants,* l'histoire de votre premier amour. Quelques mois plus tard, lors d'un congrès international des écrivains en Allemagne de l'Est : « C'est la rencontre avec Renate, l'amour rendu impossible par le mur [1]. 1966 : long séjour en Tchécoslovaquie, chez le pianiste Joseph Palenicek, où il retrouve Renate. » Je tire ce passage du catalogue que vous a consacré la bibliothèque de Lausanne. Amour important donc. Pour que vous l'avouiez publiquement. Croyez-vous que d'avoir quitté Lyon a pu contribuer à briser le ciment du clan Clavel ? Du moins, du couple Clavel. Croyez-vous en la puissance des lieux ? Tant que vous restiez à Lyon, vous prolongiez les débuts — je pense à *L'Ouvrier de la nuit,* à Françoise. Puis, vous partez. Et c'est l'effritement.

B.C. : Oui, je crois à la puissance, au rayonnement, j'irais jusqu'à dire à la radioactivité des lieux, mais pas forcément pour ce genre de chose. Il est exact que Renate est, dans ma vie sentimentale, la deuxième rencontre capitale. Et c'est peut-être cet amour rendu impossible par la double barrière du mur de Berlin et de mon désir de ne pas m'éloigner de mes enfants tant qu'ils n'étaient pas adultes qui a fait éclater le couple. C'est en tout cas, et

1. Signalons à ce propos deux chansons inspirées à Bernard Clavel par cet amour rendu impossible par le mur de Berlin. l'une, mise en musique et chantée par Francis Lemarque : *Le Mur.* L'autre, mise en musique et chantée par Charles Dumont : *Un amour de Berlin.*

bien qu'il y ait eu de nombreux accrocs avant, de ce temps-là que date la grande discorde.

Mais revenons à la « charge » de certains lieux. Je ne prendrai qu'un exemple dans chaque sens, si j'ose dire.

Négatif : j'ai quitté Chelles en 1969 pour Brunoy où je venais d'acheter une maison très originale. Qui avait certainement une âme. Je n'ai jamais été foutu d'y écrire un livre. Rien. Je ne pouvais pas pondre une ligne. Il y avait une espèce de blocage, une chape de plomb qui me tombait dessus dès que je soulevais la plume. Je crois pourtant n'avoir jamais occupé un aussi beau bureau.

Positif : quand je suis allé habiter Saint-Télesphore, au Québec, j'ai immédiatement senti que c'était la maison idéale pour écrire. Aussitôt arrivé, je me suis mis à l'œuvre. Je n'ai pas pu y vivre longtemps, hélas, mais c'est tout de même là que j'ai conçu dans sa totalité le plan du « Royaume du Nord » et préparé chacun des volumes.

On sait fort bien qu'il est des maisons où un sourcier armé de sa baguette vous dira que vous serez heureux ou malheureux, bien portant ou malade.

Sans doute en est-il de même pour l'amour.

A.R. : Je regarde vos mains. Larges et fortes. Pas les mains de Proust, non. Des mains de lutteur, d'ouvrier. Cependant, quittant Lyon, vous avez décidé de ne plus vivre que de votre plume. Vous n'allez plus jamais exercer de métier manuel. Le regrettez-vous ?

B.C. : Je n'ai jamais tout à fait rompu avec les travaux manuels. J'ai défriché, jardiné, bûcheronné, menuisé, charpenté et maçonné à peu près partout où j'ai habité. Bien entendu, plus je vais, plus j'écris et moins il me reste de temps pour ces gestes du travail. N'empêche que j'éprouve régulièrement le besoin d'un contact avec la matière. Souvent, dans les moments de doute et d'angoisse, je me tourne vers l'outil. Un bon outil silencieux et tranquille. Il m'impose sa loi et me dicte son rythme. Une cadence mesurée qui me permet peu à peu d'échapper à mon tourment pour retrouver une certaine harmonie. Une vie exclusivement intellectuelle me ferait peur, je craindrais qu'elle ne me conduise à la désincarnation et au dessèchement.

Et puis, il est un autre aspect de la chose que souligne Alain lorsqu'il remarque : « Tout métier est un jeu pour l'amateur, tout métier est pénible dans la durée. » Se faire charpentier, maçon, boulanger, puisatier, ferblantier ou couvreur pour quelques années, c'est aussi se donner une chance de mieux apprécier le monde et les hommes. Qui n'a jamais bêché ignore la fatigue du jardinier et le véritable prix d'une laitue. Qui n'a jamais pétri et enfourné ne connaît point ce que coûte le pain.

Mon père savait faire tout ce dont peuvent avoir besoin une maison, un jardin, un verger, une vigne, une basse-cour, une écurie, une voiture et son cheval. Il pouvait travailler la terre comme le bois, le fer comme le cuir, la peinture comme le mortier, la pierre comme la tuile, et pourtant, ce n'était pas un bricoleur. Tout ce qu'il entreprenait, il le menait à bien à la manière d'un professionnel. Il disait, avec admiration : « un homme de métier ».

C'est sans doute de lui que me vient mon sens de l'identification. Car je ne suis pas, non plus, un bricoleur. Même si je n'ai ni le talent, ni l'adresse, ni l'incroyable sens de la matière de mon père, chaque fois que je plante un clou, découpe une tôle ou retourne la terre, je deviens menuisier, zingueur ou jardinier. Ainsi puis-je dire que depuis ma tendre enfance, je n'ai jamais cessé de jouer aux métiers. C'est une occupation passionnante. Qui multiplie la vie. Vous transporte en d'autres univers où les soucis, les joies, les émotions diffèrent. C'est peut-être le fondement de la nature du romancier puisque c'est vivre des personnages en un monde étranger. C'est rêver plusieurs existences. Si je répare ma toiture, je suis charpentier, si j'élague un arbre, je suis élagueur. Je dois d'ailleurs jouer assez bien, au point de prendre le physique de l'emploi. A Montréal, je suis allé habiter au sommet d'une tour ultramoderne, dans un immeuble assez luxueux de type très américain où les locataires avaient à leur disposition des ouvriers de tous les corps de métiers. Un jour que j'étais occupé à fabriquer des bibliothèques, arrive un électricien qui me demande :

— La dame est pas là ?

— Non.

— Qu'est-ce que tu fais, toi, t'es menuisier ? Je t'avais pas encore vu ici.

— C'est que je n'habite ici que depuis trois jours.

— Mais alors, vous êtes le locataire. Excusez...

— Pourquoi ? Nous avons commencé de nous tutoyer, autant continuer.

J'ai remarqué alors que l'homme regardait mes mains.

Bien entendu, mes mains ne sont plus ce qu'elles étaient quand je besognais dur. J'en suis parfois un peu triste. J'ai la nostalgie des travaux manuels et particulièrement de ceux du bois. Mais la création est un besoin violent. Exigeant.

J'ajoute que je pense souvent aux mains de mes parents, aux mains de Vincendon, à celles de Joseph Revolat, mon ami forgeron. Et, lorsque me revient le souvenir de ces gens-là, j'entends murmurer en moi cette phrase de Louis Jouvet : « Un homme qui ne sait rien faire de ses mains ne peut avoir que des idées fausses. » Ce n'est peut-être pas tout à fait vrai, mais j'ai bien des raisons de croire que ce n'est sans doute pas tout à fait inexact. Ce qui m'a toujours exaspéré, ce sont les gens qui sont très fiers de ne rien savoir faire de leurs dix doigts.

J'aime beaucoup regarder des mains au travail. Des mains habiles entre lesquelles il semble que tout prend forme comme par enchantement. Regardez les gestes d'une potière. Quelle grâce et quelle efficacité ! Regardez les mains d'un ferronnier, d'un maréchal-ferrant. Et puis, regardez-les s'arrêter, se détendre. Et répétez-vous alors cette phrase de Jouhandeau :

« Au repos, les mains de ceux qui travaillent ont je ne sais quoi de solennel, quelque chose de la majesté des objets sacrés qu'on expose dans les églises. »

A.R. : Comment écrivez-vous ?

B.C. : Avec des stylos à encre. Ce n'est pas une boutade. Je suis incapable d'écrire avec ces engins à bille trop impersonnels. J'aime la matière. (Ce que je regrette le plus dans la peinture.) Le papier, l'encre, tout cela m'est nécessaire. La feuille blanche me fait peur, comme à tout le monde, mais un beau papier me donne toujours envie d'écrire. J'aime les outils, et pour moi, un stylo est un outil auquel la main s'habitue. On s'y attache, on l'aime très vite. Il fait amitié avec la main. J'en ai quelques-uns — c'est mon luxe — et, si je m'écoutais, j'en achèterais souvent de nouveaux. Je les nettoie. Le matin je fais le plein. Quand l'un est vide j'en prends un autre. Le changement repose la main. J'aime également les encres de couleur pour les plans, les notes, les indications en marge. J'aime aussi la mine de plomb. Il paraît que certains romanciers écrivent avec un ordinateur. Moi, je n'écris pas encore à la machine. On voit que je suis très en retard sur mon époque ! Un de mes jeunes confrères me disait l'an dernier : « Comment, vous n'avez pas d'ordinateur ? Mais alors, vous ne pouvez pas écrire. » Il y avait tant d'autorité dans cette affirmation que, si je n'avais pas été très solidement accroché à mon stylo à plume, j'en aurais été ébranlé. Je me serais peut-être mis à relire tout ce que j'ai publié en me demandant s'il n'y avait pas là un énorme malentendu.

Non, je ne possède pas d'ordinateur, et je n'ai vraiment aucune envie d'en acheter un. Quand je compose une histoire, même si mes personnages sont quelquefois récalcitrants, les ordres, c'est moi qui les donne. Question de mémoire, quand la mienne est défaillante j'utilise ce qu'on nomme des livres, des fiches, ou des calepins, ou encore des cahiers d'écolier. Ça doit vous paraître dérisoire mais je m'entends assez bien avec ce petit monde de papier qui se laisse gribouiller et surcharger. Même si elles peuvent manquer de clarté, ce sont des choses qui finissent par être assez colorées pour rivaliser avec certaines peintures abstraites. Pour ce qui est des « moyens de traitement des informations à grande vitesse », je ne suis pas autrement pressé. Je trouve que le monde, autour de moi, roule bien assez vite. C'est à peine si j'ai le temps de voir passer les journées, je ne vais pas m'asseoir devant un écran pour y regarder danser des signes auxquels je ne comprendrais rien. Je ne verrais plus la lumière du ciel jouer à travers les feuillages et ce serait bien dommage.

Je reste avec mon encrier, ma paperasse, mes dictionnaires et mes grammaires. Ceux qui m'accompagnent depuis tant d'années : le *Robert,* mon vieux *Grevisse* et quelques ouvrages plus ou moins spécialisés dans des tâches différentes — par exemple le *Dictionnaire analogique.* Et les derniers arrivés, ceux qui, à peine entrés, s'installent sur ma table de travail et se montrent, dès l'abord, très ouverts et très généreux : récemment, le *Nouveau Dictionnaire des difficultés du français moderne,* de Joseph Hanse, et le *Grand Dictionnaire encyclopédique Larousse.* Ces gens-là sont mes amis. Mes fidèles compagnons de travail. Ils ne se marchent pas sur les pieds, ils se complètent parfaitement, la bonne entente règne entre nous et je me sens mieux avec eux qu'avec n'importe lequel des ordinateurs. D'ailleurs, pour la plupart, ils n'ignorent rien de ces monstres sophistiqués. Et les définitions qu'ils m'en donnent suffisent à me faire frémir. Car je ne veux être prisonnier d'aucun fourbi électronique. J'ai besoin du contact avec la plume et le papier. C'est une jouissance dont j'aurais beaucoup de mal à me passer. Je m'obstine. Je suis une de ces bêtes curieuses qui écrivent encore à la main. Mais notre espèce se raréfie. Je n'arrive plus à trouver du papier qui ne boive pas trop. (Ou alors, il faut aller dans des boutiques de luxe où on me le vend à la feuille et à des prix fous — des prix faits pour les gens qui écrivent deux pages par mois.) Et les papetiers s'étonnent. Ils me répliquent qu'on est au siècle du stylo à bille, de la machine à écrire et de l'ordinateur. Encore ! Alors, je rengaine mon porte-plume et je sors de la boutique l'oreille basse, un peu honteux d'être déjà si vieux.

A.R. : Nous sommes au milieu des années 60, vous dépassez à peine la quarantaine, et vous allez, au contraire, apprendre à user de nouveaux outils : le cinéma et la télévision. En 1965, *Qui m'emporte,* devenu *Le Tonnerre de Dieu,* est adapté pour le cinéma. En 1966, c'est le *Voyage du père.* Puis en 1967, projection, à la télévision, de *L'Espagnol.* Vous n'allez pas rechigner, tout de même...

B.C. : Le jour où j'ai appris que la firme Gaumont demandait à mon éditeur les droits de *Qui m'emporte,* j'ai bien entendu été emballé. Il ne m'est seulement pas venu à l'idée que je pourrais être mécontent du résultat. C'était la première fois. J'exultais !

Je parlais tout à l'heure de cette existence des personnages, de cette épaisseur, de cette consistance que peut prendre un univers créé par un romancier. Imaginez la réaction d'un homme à qui l'on annonce que tel ou tel personnage de son œuvre va lui apparaître. Qu'il va se mettre à marcher, à parler, à vivre vraiment devant lui. C'est en quelque sorte le rêve le plus merveilleux qui se réalise. D'autant que j'ai su tout de suite que Gabin devait jouer le rôle principal.

Malheureusement, quand le contrat a été signé, je me suis rendu compte qu'il n'était plus question que j'intervienne. On ne m'a même pas soumis les adaptations. Le scénariste et le réalisateur ont fait ce qu'ils ont voulu, j'ai dû demander qu'on m'envoie deux places pour aller voir ce que cela donnait.

Déjà, avec l'adaptation radiophonique d'une œuvre, les personnages prennent corps. Non seulement ils ont une voix, mais aussi un certain poids de matière, un corps, puisqu'on les entend marcher, respirer, manger ou boire. Avec le film, ils ont un visage. Si le film s'est élaboré et réalisé sans que le romancier intervienne, au moment où il voit apparaître un personnage sur l'écran, c'est un peu, pour lui, l'instant du miracle. L'émerveillement ou bien l'immense déception.

Quand je suis sorti de la salle, je me suis demandé pourquoi ces gens-là m'avaient acheté le livre dont ils n'avaient pris qu'une vague idée, exactement comme un romancier peut puiser un sujet, un point de départ, dans un fait divers. L'ayant lu, ils auraient pu en tirer le film qu'ils en ont tiré, il ne me serait jamais venu à l'esprit de leur demander des comptes.

A.R. : Le Tonnerre de Dieu a pourtant été une grande réussite commerciale.

B.C. : *C'est vrai. On m'en parle encore parfois, sans jamais arriver à comprendre mon mécontentement, ma douleur. C'est pourtant simple. On avait assassiné mes personnages !*

Mais ça a été pire encore avec *Le Voyage du père.* La catastrophe à tous les points de vue. Avec des moyens techniques et financiers énormes, avec d'excellents comédiens — Lili Palmer, Laurent Terzieff, Madeleine Robinson, Fernandel —, avec un sujet que toute la critique du livre avait reconnu valable, on a fabriqué un navet.

A.R. : Mais comment était-ce possible ?

B.C. : Consultez votre dictionnaire. « Adaptation : modification que subit un organisme vivant pour s'adapter à un milieu différent de celui où il vivait. » « Adapter : appliquer, ajuster : adapter un robinet à une fontaine. » Eh bien, je suis tombé sur un plombier qui a modifié ce qu'il fallait garder et gardé ce qu'il aurait fallu modifier ! Faire de Fernandel un paysan jurassien, c'est un peu gros. Le paysan de mon roman est un paysan de partout. Il lui arrive ce qui pourrait lui arriver dans n'importe quel patelin. Il eût été si facile de situer l'action en Provence sans que l'histoire en souffre le moins du monde. Par contre, alors que le sujet même du livre est la solitude d'un homme de la campagne jeté en pleine ville, on a éprouvé le besoin de lui adjoindre un compagnon. Une hérésie ! Au point que Fernandel, qui à l'origine était très emballé par le bouquin et qui voyait là une possibilité de faire autre chose que ce qu'il tournait depuis des années, m'a tout de suite prévenu : « Mon p'tit Clacla, c'est foutu ! » Que faire ? Déjà, je n'avais reçu le texte de scénario qu'un mois avant la sortie du film, après l'avoir réclamé plusieurs fois. Quand je me suis étonné qu'on éprouve le besoin de saboter ainsi le drame, le réalisateur m'a répondu : « La solitude au cinéma, ça n'est pas faisable. » Pourtant, au moment où le contrat pour le film a été signé, un réalisateur de télévision proposait aussi d'acheter les droits du *Voyage du père*. Et ce qui l'intéressait, c'était précisément cette solitude d'un homme face à la ville.

A.R. : Alors, pourquoi cette trahison ?

B.C. : Volonté de faire un gros succès. Mépris du public. Manque de jugement. Manque de respect, de compréhension pour le créateur.

Toucher à une œuvre d'art pour l'adapter, c'est toujours toucher à une œuvre de sentiment. Parfois à une œuvre d'amour. C'est-à-dire à quelque chose d'extrêmement sensible, de facilement douloureux. Je me suis souvent interrogé sur ce que pourrait éprouver Léonard de Vinci s'il voyait *la Joconde* des boîtes de chocolats, des foulards en trois couleurs ou même des catalogues du musée du Louvre. Sans doute ne la reconnaîtrait-il même pas. Mais si quelqu'un lui disait : « C'est elle. » Il est permis de se demander si Vinci ne se lèverait pas pour étrangler l'assassin de son œuvre qui est œuvre d'amour. Eh bien, il arrive souvent, toutes proportions gardées, que les adaptateurs de romans à l'écran soient ces hommes qui piétinent ce qu'il y a de plus sensible chez un artiste, ces hommes qui collent des moustaches sur les plus beaux portraits d'amour.

A.R. : Et c'est pourquoi vous ne vous livrez plus pieds et poings liés. Car, depuis ce double désastre, vous écrivez vous-même les scénarios — soit seul, soit en collaboration. Et vous semblez ne plus vouloir travailler qu'avec la télévision.

B.C. : Le cinéma, je le sais, dispose de moyens beaucoup plus importants que la télévision, mais il méprise trop souvent ceux qui ne lui appartiennent pas. À part de rares exceptions, il refuse d'ouvrir la porte de ses équipes aux écrivains qui seraient capables d'exiger que l'on respecte leurs œuvres. Il achète leurs idées pour en faire « autre chose » et comme je ne veux plus voir mes enfants devenir cette autre chose, je préfère — à moins d'un contrat qui garantisse mes droits — m'accommoder des moyens effectivement plus restreints de la télévision. D'ailleurs si, de prime abord, le cinéma est plus flatteur, plus payant, les dangers sont grands. La vente du *Voyage du père* s'est arrêtée, complètement, et pendant un an, à la sortie du film. Pour avoir envie de lire le livre après avoir vu le film, il aurait fallu que les gens soient vicieux ! Par contre *L'Espagnol* à la télévision — une réussite totale — a contribué à augmenter très largement mon public et c'est encore aujourd'hui un des livres dont on me parle le plus.

Il faut dire que j'ai eu beaucoup de chance. Prat, le réalisateur de *L'Espagnol,* connaît admirablement son métier. C'est un homme d'une extrême intelligence et d'une honnêteté rare. C'est avec lui que j'ai appris ce qu'est le regard d'un homme de cinéma. Nous avons écrit le scénario ensemble. Puis, j'ai suivi de très près la réalisation. J'ai alors découvert que s'il naît incontestablement une jouissance du tête-à-tête avec la feuille blanche, il y a prolongement de ce plaisir lorsque ce travail solitaire est suivi d'un travail en équipe. Travailler en équipe, c'est se trouver en prise directe avec autrui et, par conséquent, échapper à cet aspect, parfois un peu desséchant, de l'écriture solitaire. Si vous saviez ce que j'ai pu foutre en l'air comme dialogues simplement parce que je me suis rendu compte de ce que Jean-Claude Rolland, l'Espagnol dans le film, était capable d'exprimer avec un seul regard ! Je réalisais enfin ce que je n'avais fait que pressentir : un film n'est définitivement écrit que lorsque vient d'être donné le dernier coup de ciseaux du montage. Car c'est de la conception à la fin de la réalisation qu'intervient cette équipe où chacun peut apporter sa contribution à une œuvre où se conjuguent l'image, la parole, la musique et le silence.

Ainsi le romancier participe-t-il à cette lente métamorphose qui peut avoir tout ce qu'un accouchement a de douloureux et de merveilleux à la fois. S'il y a trahison, il y est pour quelque chose. Mais si l'œuvre est bonne, elle devient pour lui comme un prolongement de sa création originale. Elle lui donne une forme qui peut être une preuve que ses personnages étaient des hommes ; qu'ils avaient bien des dimensions humaines puisque d'autres hommes ont pu entrer dans leur peau. C'est la substitution du monde romanesque au monde vivant. Une sorte de triomphe de la vie qu'on cherche à créer sur celle qui existe déjà.

A.R. : Au point que les forces de l'imaginaire prennent parfois le pas sur celles du réel... Je pense à Jean-Claude Rolland. Vous disiez : « Il a donné une dimension définitive, un visage au personnage de mon roman. » Or, Jean-Claude Rolland est mort dans la nuit du 9 au 10 avril 1967. C'était la veille de la programmation de *L'Espagnol.* Il s'était pendu dans sa cellule à la prison de la Santé.

Bernard Clavel, j'ai vu *L'Espagnol* à la télévision. J'ai lu et relu le roman. Dans les deux œuvres il y a un crochet, au-dessous du grenier à paille où couche *L'Espagnol.* Ce crochet a une très grande importance. C'est après ce crochet qu'un valet de la ferme s'est pendu autrefois.

« Le premier soir, Pablo était resté longtemps à regarder le crochet. Il avait eu envie un instant de monter chercher sa couverture et d'aller se coucher au pied d'une haie ou bien à l'écurie, près de la Noire... Mais il s'était contraint à monter en se rappelant les paroles du vieux Perez : la mort, faut se foutre d'elle. »

Bernard Clavel, est-ce que vous ne vous êtes pas trop foutu de la mort ? « Mort violente dans la maison, malheur sur trois générations », dit la vieille Marguerite. Et vous n'y croyez pas ! La réalité aura pourtant raison de vous. Malheureusement aussi de Jean-Claude Rolland. Vous l'avez dit, il était devenu *L'Espagnol.* Au point qu'on l'a retrouvé pendu. Est-ce vous, Bernard Clavel, romancier, scénariste, qui l'avez pendu ?

B.C. : Sacrée question ! Pensez-vous que je ne me suis pas interrogé cent fois ? Pensez-vous que je n'ai pas été bouleversé par la mort de Jean-Claude Rolland ? Car rien n'était clair. Un juge d'instruction que j'ai traîné dans la boue s'est bien gardé de réagir. Le garde des Sceaux n'a pas bougé non plus. Car ces gens-là étaient responsables ! Révolté par cette attitude, mon ami le bâtonnier Pierre-Antoine Perrod a accepté d'engager un procès difficile qu'il a gagné. L'État a d'ailleurs été condamné à verser une indemnité au fils de Jean-Claude. Indemnité dérisoire, soit dit en passant. Mais la vraie raison de ce suicide serait plutôt que Jean-Claude (dont j'ignorais qu'il fût incarcéré) n'a pas supporté l'idée que la presse risquait, après le passage du film, de le chercher et de découvrir où il se trouvait. En prison ! Or, c'était un garçon parfaitement honnête que seules la vindicte d'une femme et la stupidité d'un juge maintenaient sous les verrous. Après l'avoir examiné, les experts avaient tous conclu à sa fragilité, à ses tendances suicidaires et demandé son transfert immédiat à l'hôpital. Tout cela pèse évidemment très lourd. Mais je sais aussi que le personnage qu'il venait de jouer avec une foi incomparable l'habitait encore. Je sais que c'est *L'Espagnol* qui s'est pendu avec lui.

Et je vous ramène à Dostoïevski. A ce qu'en dit Henri Troyat : « Il n'a pas encore dix-huit ans, quand une nouvelle effrayante ébranle sa raison. Le major (son père, qu'il déteste), qui s'est retiré dans son domaine de Daravoie, vient d'être assassiné, après de longues tortures, par un groupe de paysans que ses extravagances ont poussé à bout. Le jeune Dostoïevski a l'impression que, *ce crime, il en est le seul responsable, bien que d'autres l'aient commis à sa place. N'a-t-il pas désiré ce qui s'est accompli ? N'a-t-il pas, sinon levé la main, du moins forcé la main*[1] ?

Mais vous savez, la vie d'un romancier est jalonnée de faits étranges. Je pourrais en citer un grand nombre, je n'en retiendrai que trois :

Quand *L'Hercule sur la place* a été projeté sur les écrans, une lettre m'est parvenue de Ted Robert's, mon ancien entraîneur dont nous avons déjà beaucoup parlé. Je ne l'avais pas revu depuis Lyon des années 50. Or, il demeurait à Paris, tout près d'un petit pied-à-terre que je possédais alors dans le 15e arrondissement. J'avais écrit le livre en m'inspirant de lui et des personnages qu'il m'avait fait connaître, mais j'avais imaginé l'action. En particulier le moment où les lutteurs vont chercher Kid pour qu'il les aide à reprendre la baraque. Quand j'ai demandé à Ted ce qui s'était passé dans la réalité, il m'a raconté une aventure qui collait exactement avec mon roman. A ceci près que ce n'était pas le patron qui s'était blessé un pied, mais sa femme à qui on avait coupé une jambe.

Deuxième exemple : *Le Voyage du père.* Roman d'imagination à quatre-vingts pour cent. Je suis parti d'une visite à un vigneron chez qui j'étais allé acheter du vin. Il y avait sur le buffet de cuisine la photo d'une très jolie fille : sa fille, qu'il adorait ; qui était partie pour la ville où elle avait une merveilleuse situation. Je me suis

1. *Dictionnaire des auteurs,* Laffont-Bompiani.

simplement dit : et s'il découvrait, par exemple, qu'ellese prostitue...

Je suis parti de là. De ce tout petit déclic, sans rien soupçonner de la réalité. Quelque temps après la sortie du livre, un lecteur, qui connaissait ce vigneron, m'a demandé s'il m'avait servi de modèle. Quand j'ai eu répondu, il m'a demandé : « Comment savais-tu que sa fille est une prostituée ? »

Troisième exemple : lorsque je préparais *L'Or de la terre,* je suis descendu dans des mines d'or ; bien entendu, je suis allé voir également des mineurs des années 30 et quelques grands spécialistes de la mine. Parmi eux, Gonzague Langlois, apprenti mineur à douze ans devenu ingénieur, puis directeur de mine, puis, à force de travail, directeur du Service des Mines pour tout le Québec. Comme j'avais cherché une fin dramatique à mon roman et que ma mine avait son puits sur une île, je lui ai demandé s'il était plausible qu'une erreur de calcul amène des mineurs à monter trop haut une galerie et à crever le fond du lac, provoquant ainsi l'inondation des galeries. Réponse : « C'est peu probable, mais ce n'est pas impossible. » De retour en Europe, je me mets à écrire *L'Or de la terre.* Le manuscrit terminé, je l'envoie à Langlois pour qu'il me signale les erreurs que j'aurais pu commettre en décrivant le travail des mineurs. Je vais le voir. Nous parlons du livre et quand je l'interroge surla fin, il s'exclame : « Très impressionnant ! Vous vousêtes inspiré de la mine Belmoral ? » J'ignorais même cenom.

Voici le rapport établi sur cette tragédie par les services de M. Langlois. Je vous lis le début : « Le 20 mai 1980, le toit de la mine s'effondrait et celle-ci était envahie par une masse d'eau boueuse charriant des rochers et des troncs d'arbres, qui inondait les galeries de la mine et entraînait la mort de huit des vingt-quatre mineurs qui se trouvaient sous terre à ce moment-là. »

Rentré chez moi, j'ai consulté mes vieux agendas. Le 20 mai 1980, je me trouvais à Lausanne, à la radio, où je parlais du Québec. J'étais loin de penser que des mineurs mouraient comme ceux que j'avais fait mourir dans mon livre.

Comment appeler de tels phénomènes ? Sont-ils du domaine de la télépathie, sont-ils parapsychiques ? Ils restent en tout cas profondément troublants.

A.R. : Et, comme pour vous dégager de ce drame épouvantable qu'est le suicide de votre Espagnol, paraît, en 1967 aussi, votre premier conte pour enfants, *L'Arbre qui chante.* Encore une fois, « l'imagination au pouvoir », mais sur un mode tellement plus inoffensif et qui semble vous convenir.

B.C. : Les gens graves, les femmes et les hommes qui ont un grand savoir ou d'énormes bibliothèques, me demandent souvent pour quelles raisons j'écris pour les enfants. Et je sens bien, à l'air qu'ils prennent pour formuler cette question, que quelque chose les inquiète dans mon comportement. Certains se demandent si c'est pour faire fortune ; d'autres, qui savent fort bien ce que peut rapporter un conte pour enfants, comprennent encore moins. Ils laissent tomber sur la quinzaine d'albums que j'ai publiés un regard qui veut dire : « Oui, vraiment, tout cela manque de sérieux. » Je ne me formalise pas. Je sais qu'ils n'y entendent rien. Les bibliothécaires me l'ont dit qui voient leurs petits abonnés délaisser les ouvrages que les adultes avaient sélectionnés en premier lieu pour s'intéresser à ceux qu'ils n'avaient acceptés qu'après bien des hésitations parce qu'ils les jugeaient trop sérieux.

Car il ne s'agit pas de dévider des guirlandes roses et parfumées. Le conte de fées a probablement cessé d'être ce qui intéresse le plus les petits. Il faut que le réel entre dans les livres qui leur sont destinés. Le réel, mais pas la noirceur — tant il est faux de prétendre que seule la violence attire les enfants. Et c'est ici, sans doute, que se pose une grosse difficulté : donner à l'enfant, mais sans bêtifier, un monde où la justice, la bonté, l'amitié, le bon sens, l'humour aussi et l'amour aient quelque chance de triompher. Beau défi ! Mais sacré travail ! Et quelle joie de s'y donner !...

A.R. : Alors pourquoi avoir attendu 1967 pour la publication de votre premier conte ?

B.C. : Je n'osais pas. Car moi aussi j'appartiens à ce monde d'adultes évoqué plus haut. Influencé par les gens d'âge, je croyais m'être trop éloigné de l'enfance pour savoir encore lui parler et l'intéresser à mes rêves. Aveuglé par les racontars de ceux qui croient tout savoir parce qu'ils ont tout appris et tout analysé sans rien sentir, je me figurais sottement qu'il existait un langage spécial, des structures particulières, une manière de construire bien à part pour tout ce qui s'adresse à l'enfance.

A.R. : Et ce n'est pas vrai ?

B.C. : Est-ce que Daudet écrivait pour les jeunes lorsqu'il racontait l'histoire du *Petit Chose* ? Et Eugène Le Roy avec *Jacquou le Croquant* ? Et London, et tant d'autres auteurs qui ont enchanté notre adolescence ? En réalité, il n'existe pas de littérature pour adolescents, il n'existe que des livres pour adultes parmi lesquels les adolescents choisissent ce qui peut les intéresser. Et si l'on ne peut dire la même chose pour ce qui est des plus petits, du moins peut-on avancer qu'il n'existe pas « une écriture pour enfants ». C'est d'ailleurs un autre élément qui rend la tâche particulièrement ardue : personne n'est en mesure de définir cette forme d'expression — et je suis le premier à m'en réjouir, car toute définition est une prison — et rien n'est plus agaçant que ces ouvrages où l'auteur s'est cru obligé de se mettre à la portée des petits. Rien ne peut blesser plus douloureusement un enfant que le sentiment qu'il éprouve en présence d'un adulte qui condescend.

A.R. : Donc : pas de règle, pas de sujets précis : l'aventure !

B.C. : Écrire est toujours une aventure. Mais, vous avez raison, écrire pour les enfants en est peut-être une plus périlleuse que les autres. Cependant, si la plus grande liberté est accordée à l'écrivain que tente ce public, il reste tout de même une règle à laquelle il devra se soumettre. Elle n'a pas été édictée en pensant à la littérature pour enfants, et nous sommes encore quelques auteurs à estimer qu'elle doit être respectée, quel que soit le lecteur que l'on veut toucher. On la trouve formulée par Jules Renard qui dit : « La clarté est la politesse de l'homme de lettres. » Et par Martin du Gard : « Il y a un minimum de clarté qui est une forme de politesse. »

Ainsi, pas de recette, pas de secret, pas de méthode particulière à connaître et à observer. Tout tient en un mot : clarté. Écrire avec des mots simples, en phrases courtes et bien faites, exprimer des sentiments également limpides et, bien entendu, bannir les sujets qui pourraient heurter ou laisser indifférents les enfants.

A.R. : Comment savoir ?

B.C. : On ne sait pas. On sent. La chose me paraît simple, bien d'autres écrivains vous répondraient ainsi, certainement : écrire pour les enfants, c'est avant tout tenter de réaliser l'impossible : retrouver un moment sa propre enfance, rechercher ses propres sources d'émerveillement, accomplir pour soi et pour les autres le voyage au jardin où se sont endormis nos premiers rêves. Les histoires que je raconte et que l'on propose aux petits sont de la même nature que celles que je me fabriquais quand ma mère se taisait. Je n'appellerai à mon aide ni M. Freud ni ses disciples : je continue d'avoir besoin d'histoires. Prenant de l'âge, je ne me suis jamais séparé de l'enfant qui demeure en moi. Et sans doute n'est-ce pas d'abord pour les petits que j'ai écrit *La Maison du canard bleu, Le Chien des Laurentides,* tous mes autres contes, mais pour moi. Pour moi à mes heures les plus innocentes. Oui, et même si je cours le risque d'étonner encore davantage les adultes bien installés dans leur confort matériel et intellectuel, c'est avant tout pour échapper à leur univers que je raconte ces histoires que j'aurais aimé entendre lorsque j'avais cinq ou six ans.

A.R. : Vous parliez tout à l'heure de Benjamin Rabier,

auteur-illustrateur, créateur de merveilleux personnages, animalier. Vous-même peignez. Vous-même avez une prédilection pour les animaux : Jérôme, *Le Roi des poissons;* Isidore, *Le Mouton noir;* Victor, *Le Hibou qui avait avalé la lune;* Sidonie, *L'Oie qui avait perdu le nord;* j'en passe... Mais vous n'avez jamais illustré aucun de vos contes. Pourquoi ?

B.C. : Benjamin Rabier a, si j'ose dire, dominé mon enfance. Avant même qu'on ne me donne ses *Contes du lapin vert,* j'ai eu pour compagnon un de ses personnages les plus célèbres : la Vache-qui-rit. (N'ayez crainte, je ne suis pas sponsorisé et je suis d'ailleurs allergique au fromage.) Mais, de notre fenêtre, par-delà le jardin de l'école normale caché par un vieux mur de pierre, nous pouvions voir le château d'eau de la fromagerie où était reproduite, considérablement agrandie, la bonne vache rouge dont bien peu de gens savaient, naturellement, qui lui avait donné naissance.

J'ai eu parfois envie d'illustrer mes contes, on me l'a souvent demandé, je sais que je ne le ferais pas aussi bien que les illustrateurs. Chacun son métier. J'ajoute à cela que j'ai besoin de tout mon temps pour écrire.

A.R. : Par contre, et puisque vous êtes à ce point sensible au visuel et tout de même un peu du métier, participez-vous au choix de l'illustrateur ?

B.C. : Il m'est arrivé de conseiller quelqu'un, je ne le fais plus, car là aussi chacun son métier et j'ai appris qu'il faut laisser à l'éditeur l'entière responsabilité de son travail. Bien entendu, on demande toujours des essais à plusieurs illustrateurs, on me les soumet, je donne mon avis, mais je me garde bien de décider. D'ailleurs, la plupart du temps nous partageons le même jugement. Le choix est toujours douloureux pour tous car il oblige souvent à éliminer des gens qui ont énormément de talent, se sont donné beaucoup de peine et ont passé un temps infini pour réussir. Je pense chaque fois à tous les refus que j'ai essuyés. C'est parfois exaltant de donner sa première chance à un jeune.

A.R. : J'ai vu une publicité récemment : « Vos enfants aussi vont adorer Clavel. » Le passage d'un public à l'autre s'est-il fait facilement ?

B.C. : Il y a quelques années, un monsieur est venu me demander de signer un livre pour son petit garçon. « J'avais dix ans, m'a-t-il, lorsqu'on m'a offert *L'Arbre qui chante,* depuis j'ai lu tous vos livres ; maintenant que j'ai un gosse de quatre ans, je veux qu'il fasse comme moi. » J'ai trouvé cette fidélité absolument merveilleuse. Quelle récompense, quelle leçon pour un écrivain ! Car s'il n'y a pas, dans ce domaine, de succès immédiat et spectaculaire sur le plan des chiffres de vente d'un livre, il y aura toujours, et c'est autrement important, cette petite graine semée au cœur sensible d'un enfant qui sera peut-être un jour un grand ami des livres.

A l'époque où j'allais « à la rencontre de mes lecteurs » — et je crois avoir rencontré à peu près tous les publics, de l'usine au Rotary en passant par les grandes écoles et les bibliothèques municipales — je me suis trouvé assez souvent dans des classes de garçons et de filles de six ans à huit ans. Rien n'est comparable à ces contacts-là. Quand le monsieur qui a écrit le livre cesse d'être le barbu de bronze ou de plâtre poussiéreux perché depuis un siècle en haut de la bibliothèque, quand il devient un être de gestes et de paroles pareil à tous les autres à qui l'enfant, pointant son petit doigt sur un personnage du livre, peut demander : « Alors, celui-là, c'est toi ? », alors, il y a de quoi pleurer de joie. Car c'est la preuve, la seule valable, que l'histoire est réussie, que le merveilleux peut être confronté à la réalité sans, pour autant, perdre pied. Et pourtant, croyez-moi, ça n'est pas du tout cuit ! Chaque fois que je publie un livre pour enfants, je me sens la gorge nouée, j'ai un trac terrible. Parce que je sais qu'il s'agit d'un public impitoyable, d'une extrême exigence. Aucune tricherie ne passera inaperçue, pas de style maniéré, de ton de supériorité, de leçon de morale trop évidente : c'est ce que les enfants détestent le plus.

A.R. : Vous aimez beaucoup les enfants ?

B.C. : J'ai le respect de l'enfant. Il est la vie et la pureté.

A.R. : Et vos livres pour enfants sont une manière de vous accrocher à cette vie, à cette pureté. Vous avez donc si peur de la mort ?

B.C. : Il est vrai que mes livres destinés aux petits me rapprochent toujours de ma propre enfance, mais ils ne sont pas les seuls qui me permettent de lutter contre la mort.

Finalement, je me demande si l'on ne crée pas avant tout pour se survivre.

Oui, j'ai peur de la mort. Pour ceux que j'aime et pour moi. Peur de la douleur qui peut l'accompagner. Peur, aussi, du néant sur lequel elle risque de déboucher.

Et je pense aux nuits de mon enfance. Seulement, cette fois, il s'agit des nuits d'été. Nous sortions. Quelques voisins venaient se joindre à nous sur le banc et les chaises du jardin. Le monde n'était pas illuminé comme aujourd'hui, ce qui fait que les lumières du ciel avaient bien plus d'importance. Mon père, qui en connaissait quelques-unes, se mettait à interroger les étoiles. En un langage dont il n'a malheureusement pas eu le temps de me livrer les clés, elles lui annonçaient le temps des jours à venir ; elles lui donnaient maints conseils pour les plantations, les semailles et les récoltes. Il me revient même des bribes de dialogues où les vieilles gens, se référant à des observations anciennes, nous annonçaient quelque événement. Leurs prédictions étaient rarement de bon augure. Mais de ces amoureux du ciel réunis en notre jardin, les propos qui me frappaient le plus étaient ceux de ma mère. Me montrant les étoiles, elle m'apprenait qu'elles sont l'âme des morts. Et lorsque nous suivions des yeux une étoile filante, elle me disait : « Voilà une âme qui monte au ciel. » C'était la mort. J'en avais un peu peur parce que personne ne pouvait répondre de manière satisfaisante à cette question : qu'est-ce qu'il y a après ? Bien entendu, je redoutais cet après ; probablement je le redoute encore aujourd'hui à peu près autant.

Peut-être plus. De là à conclure que je suis encore un enfant... Et j'espère le rester jusqu'à mon dernier souffle.

A.R. : Chose certaine en tout cas : en 1968, vous avez vu passer une étoile filante et fait un vœu ! Quelle année extraordinaire : tournage de *La Maison des autres* (première version) ; prix Jean Macé pour *Victoire au Mans* ; grand prix littéraire de la Ville de Paris pour l'ensemble de votre œuvre ; surtout, le 18 novembre : le Goncourt ! On dit que vous ne l'espériez pas ?

B.C. : Et comment l'aurais-je espéré ? Le prix de la Ville de Paris ne m'avait été accordé que pour m'évincer de la course au Goncourt. N'eût été la fidélité de quelques amis, le courage et l'honnêteté de Bernard Pivot qui dénonçait la manœuvre d'Aragon dans *le Figaro littéraire* paru la semaine qui précédait l'attribution du prix...

A.R. : « Guet-apens sur la route du Goncourt. » « L'Académie Goncourt, terminait Pivot, serait bien inspirée de décider une bonne fois pour toutes que, se plaçant au-dessus de tous les autres prix, elle ne tiendrait plus compte de ceux-ci, surtout si justement leurs choix sont faits pour contrarier le sien. »

B.C. : Vous voyez que rien n'était simple.

A.R. : Mais tout était possible... Et tellement important !

B.C. : Le Goncourt, c'est vrai, peut être décisif pour un auteur valable, qui a déjà publié au moins deux ou trois livres, et surtout qui a la volonté ancrée dans la peau, l'intention bien arrêtée de continuer — avec ou sans prix. Mais il faut avoir les épaules solides pour le supporter sans qu'il vous écrase et sans qu'il vous fasse la grosse tête. Il a d'ailleurs des répercussions très variées suivant les auteurs. Il est certain que plus on a de métier derrière soi, plus il est bénéfique. Quoique attention ! Si je ne suis pas partisan du Goncourt au premier livre publié, j'estime qu'il ne doit pas être, non plus, un prix de consécration. Ce n'est pas ce que souhaitaient les fondateurs. Il ne s'agit pas tant de donner un formidable coup de projecteur sur un livre, que sur un écrivain, avec tout ce que cela implique d'espoir pour l'avenir. C'est à ce niveau que se situe l'importance qu'il *peut* avoir pour un romancier. A laquelle s'ajoute l'importance qu'il a *toujours* pour un éditeur. Parce qu'il fait vendre et qu'il classe une maison.

A.R. : Vous me permettrez de citer un article retrouvé dans vos dossiers. Malheureusement, la référence n'apparaît pas sur votre coupure. Aussi, ce journal me pardonnera-t-il de le citer sans mention. Titre : « Clavel ou l'intelligence du cœur. » Sous-titre : « Au prix d'un accroc à l'une de ses traditions, ainsi que de la démission d'un de ses membres les plus en vue, l'Académie Goncourt est revenue hier à sa vocation d'origine en couronnant un talent sinon tout à fait jeune, du moins à la notoriété encore limitée. Elle a sans doute voulu aussi, du même coup, affirmer l'indépendance d'un prix trop convoité par les maisons d'édition. »

B.C. : Vous auriez voulu que je m'attende à avoir le prix, alors qu'en vingt-sept ans — depuis le jour où il avait fondé sa maison d'édition à Marseille — jamais Robert Laffont n'avait eu le Goncourt ! Il avait même affirmé, non sans fondement, qu'il ne l'aurait jamais « parce qu'aucun membre du jury n'était employé dans ses bureaux ». Nous n'y croyions pas l'un plus que l'autre. Personne n'y croyait.

Et pourtant, ce lundi matin 18 novembre quand, arrivant à son bureau bleu turquoise sous les toits du 6, place Saint-Sulpice, Robert Laffont décide de mettre un peu d'ordre dans ses papiers, il trouve, mystérieusement glissée entre deux feuilles, une carte à jouer : le sept de trèfle. C'est à partir de ce moment, il me l'a dit après, qu'il se met à y croire. Il réunit ses collaborateurs. Tous se persuadent, au milieu d'un épouvantable nuage de fumée de cigarettes, que la plus grande récompense littéraire de l'année à laquelle ils ne pensaient pas la veille va enfin leur être attribuée. A cause d'une carte à jouer !

A.R. : Et vous ?

B.C. : Moi ? Ignorant de tout, je me trouve dans les studios de Joinville, occupé à suivre les prises de vues de *La Maison des autres.* La seule chose qui pourrait me donner un peu d'espoir, c'est qu'il a neigé dans la nuit et que ce matin, allant promener mon chien au bord de la Marne, j'ai rencontré mon ami, le peintre Jean-Baptiste Fourt, jurassien comme moi, qui m'a dit : « Il a neigé. Ça va te porter chance. » Mais je préfère ne pas y penser.

A.R. : Il va bientôt être treize heures...

B.C. : Dans le bureau de Robert Laffont, tout le monde attend autour d'un petit transistor posé sur la table. De mon côté, je discute le départ de la troupe le lendemain pour Dole. Un journaliste d'Europe 1 insiste pour que je monte dans sa voiture pour écouter le verdict. La radio fonctionne mal...

A.R. : Pas sur la table du bureau turquoise ! Du transistor la voix d'un journaliste annonce que, par cinq voix contre cinq, celle du président comptant double, le prix Goncourt 1968 a été décerné, au troisième tour de scrutin, au roman de Bernard Clavel, *Les Fruits de l'hiver.*

B.C. : Je n'entends rien, je suis sur le point de renoncer quand un réalisateur accourt vers moi les bras levés en criant : « C'est toi, c'est toi ! » Comme un immense coup au cœur. Je vois repasser, dans l'instant, toute ma jeunesse, toutes ces années de misère, ces nuits au *Progrès,* tout... Je pense à mes parents qui ne sont plus là pour partager ma joie et qui sont les héros du livre. J'imagine la joie des miens, celle de Robert Laffont, enfin récompensé de ses efforts ; celle de Jacques Peuchmaurd qui m'a soutenu, conseillé depuis mes débuts. Voilà. C'est comme un grand coup de masse sur la tête.

A.R. : Mais la fête ne fait que commencer, vous êtes toujours dans la voiture des journalistes. Racontez cette journée folle.

B.C. : C'est que je suis incapable de la raconter convenablement. Trop de choses se brouillent et m'échappent.

A.R. : Alors je vais essayer de le faire pour vous à travers cette montagne d'articles que je viens de lire. Vous m'arrêtez si je me trompe.

La voiture d'Europe 1 vous emmène à toute allure. En route : une première entrevue en direct. Et quand vous arrivez chez Laffont, c'est pour trouver la maison vide. Tout le monde vous cherche. C'est l'affolement sur la place, l'énervement aux portes de l'immeuble et la quête à travers les bistrots du quartier. Nul qui sache où vous trouver, manifestement personne n'a écouté Europe 1 ! On prétend que vous avez regagné le Jura, les bruits les plus fous courent... Et puis les retrouvailles ! Et aussitôt, à travers les cinq étages de la maison, le branle-bas de combat. Françoise Lebert se précipite sur son téléphone pour demander à S.V.P. quels traiteurs ont pu penser à préparer un buffet « Goncourt ». Le Tout-Paris littéraire, les amis, les « hirondelles » s'engouffrent bientôt dans le petit escalier et l'ascenseur, seuls à desservir les cinq étages. Des plateaux de verres sont réduits en miettes, on fait venir de nouvelles bouteilles de whisky et du champagne du restaurant de la rue des Canettes. Vous n'êtes évidemment d'aucune aide : assailli par les micros des stations de radio, placé face aux caméras de télévision. Les autres s'occupent des choses sérieuses : répondre au téléphone — le standard est saturé ; faire imprimer des bandes pour les livres qui sont encore en librairie ; surtout faire imprimer, et en vitesse, les cent cinquante mille exemplaires que les libraires réclament ; trouver du papier, l'acheminer de la papeterie à l'imprimerie, le camion se perd, le wagon est décroché par erreur ; il y a encore cent cinquante mille couvertures à imprimer, cent cinquante mille volumes à brocher, tout cela d'un jour à l'autre. Quand les premiers exemplaires arrivent à Forum, une chaîne a été constituée uniquement pour *Les Fruits de l'hiver* : les livres sont emmagasinés à part, les livraisons faites en priorité, les facturations notées séparément. Tout se complique encore du fait que les commandes portent aussi sur d'autres de vos livres, plus anciens. Les camions font la queue dans la rue, les coursiers s'impatientent, il faut donner satisfaction à tout le monde. Les libraires vous demandent tous d'aller signer chez eux, il faudrait que vous puissiez vous trouver partout à la fois.

B.C. : C'est l'euphorie totale, certainement un des moments les plus grands, les plus chaleureux de ma vie.

A.R. : Je suis soulagée de vous l'entendre dire et avec tant d'émotion. Car depuis, beaucoup de choses se sont passées, vous avez émis des critiques, de sorte qu'on a pu vous reprocher de « cracher dans la soupe ».

B.C. : C'est autre chose.

Je me suis souvent, et longuement exprimé sur l'attribution du prix Goncourt et sur mon passage à l'Académie Goncourt. Je ne vais pas y revenir. J'aurais l'impression de radoter. Et d'ailleurs ce serait fastidieux pour tout le monde.

Oui, j'ai été heureux de recevoir ce prix qui m'a apporté un public plus large. Oui, durant un moment, j'ai éprouvé du plaisir à retrouver, autour d'une bonne table, des auteurs dont certains sont devenus des amis. Mais je pense que ma place n'est pas dans un cénacle littéraire. Mon travail est d'écrire des romans, pas de juger ceux des autres. J'avais eu tort d'entrer à l'Académie, je le confesse, je m'en suis retiré. J'aurais dû refuser cet honneur comme j'ai toujours refusé les décorations. A présent, tout est rentré dans l'ordre. Je me sens mieux au cœur de mon « Royaume du Nord » que dans n'importe quel salon littéraire.

A.R. : Reste qu'être lu a pour vous une grande importance ?

B.C. : Capitale ! Mais je parle pour moi... Car il y a ceux qui, rejetant la littérature de sentiments, ne s'attachent qu'à la recherche formelle. Ceux-là vous répondront qu'il est vain de se soucier du public et que c'est seulement pour soi que l'on écrit. N'appartenant pas à cette famille de créateurs, je placerais plutôt parmi mes premières raisons d'écrire le besoin et la volonté d'échapper à ma solitude en faisant partager mes propres émotions.

Et c'est pourquoi je dois beaucoup à Frédéric Ditis. C'était deux ans avant le Goncourt, le Livre de Poche ne voulait pas de moi, prétendant que jamais je n'atteindrais une couche suffisamment large de lecteurs pour mériter une édition populaire. Ditis, lui, l'a cru. Il n'y avait pas si longtemps qu'il avait fondé les éditions J'ai Lu et je suppose qu'il prenait tout de même un risque. Mais bientôt, *L'Espagnol, Le Voyage du père, Le Tonnerre de Dieu, Malataverne* ont été mis en vente à des prix très modiques. Et nous avons gagné. Cette réédition de mes romans en format poche m'a permis de toucher le grand public et même plusieurs publics. Les jeunes, les ouvriers, les paysans. Tout le monde ne peut pas se payer tout le temps des livres à quatre-vingts, quatre-vingt-dix, cent francs.

Écrire, c'est se vider de sa vie. C'est perdre sa sève, c'est s'appauvrir sans cesse et sans jamais aucune certitude que ce que nous donnerons profitera à l'autre. Mais si j'accepte de donner ainsi ce que j'ai de plus précieux, du moins dois-je le faire avec les plus grandes chances d'être entendu par le plus grand nombre. Écrire, c'est communiquer. Écrire pour être lu, c'est aussi se donner — si mince soit-il — un espoir de survie. Ce n'est pas manquer de modestie que de le reconnaître, mais c'est avouer, du même coup, son attachement à l'existence et sa volonté de compenser le risque d'autodestruction par l'espérance qu'une part de ce qui est donné de vie animera d'autres êtres.

A.R. : Vous pensez donc beaucoup au public quand vous écrivez ?

B.C. : Quand j'écris ? Je ne pense à rien d'autre qu'à la joie douloureuse de créer, à mon sujet, à mes personnages, à mon histoire, à ses prolongements, aux hommes, aux femmes, aux enfants qu'elle met en situation et à la foi qu'ils portent en eux. Quand j'écris ? Je vais mon chemin de conteur, d'amoureux, de lutteur, en m'oubliant pour être l'autre.

Car on ne saurait écrire « bien » par envie. On ne peut écrire véritablement que par un besoin profond. Pour répondre à des nécessités intérieures que j'appellerais volontiers organiques. Il est bien entendu que je ne considère ici que ce qui relève de l'art. La création. Là où il n'y a ni truquage, ni recette. Là où il n'y a que la vie — particulièrement celle que nous nous prenons — et les mots. « Aimer les mots, disait Anatole France, on n'est écrivain qu'à ce prix. » Si je devais écrire sans ce double amour de la vie et du langage, je pense que j'abandonnerais très vite la feuille blanche.

Les mots sont là pour donner à nos émotions une chance de passer ce fossé qui nous sépare de notre public. Encore nous faut-il éviter les pièges qu'ils nous tendent et les considérer non point comme des serviteurs aveugles, mais comme d'éternels révoltés. Les mots ne sont ni des patates ni des cacahuètes avec lesquelles le romancier, comme l'épicier, n'a qu'à « faire le poids ». Ils sont au contraire une denrée que l'écrivain s'arrache du cœur en transpirant énormément. Et s'il est vrai qu'il n'existe aucune recette d'écriture, que les règles que nous nous imposons aujourd'hui nous paraîtront dérisoires demain, du moins vais-je revenir à ce mot dont nous parlions déjà pour la littérature pour enfants, ce mot dont je n'ai jamais accepté de détourner mon regard — car c'est en fonction de ce qu'il m'impose que j'aborde tous les autres : clarté. Choisir un mot, c'est avant tout s'efforcer de cueillir le plus juste, celui qui correspond le mieux à ce que l'on veut exprimer, mais c'est aussi, lorsqu'il s'en présente plusieurs qui se disputent le même rôle, donner la priorité au plus simple. Et c'est peut-être une des plus grandes difficultés de ce métier. Moi qui n'ai jamais écrit qu'avec la volonté de permettre à mes personnages de trouver en mes livres quelques heures d'existence, il y a longtemps que j'ai compris que le véritable amour des mots est celui qui emprunte le chemin le plus simple. Car l'aventure est au cœur de chaque mot comme elle est au cœur de l'homme. Les recherches trop poussées, la volonté de faire original ne peuvent que tuer le rythme et la vie. Et il est merveilleux qu'écrire soit une aventure de chaque instant, même si elle comporte des risques ; même s'il nous arrive de mettre en jeu ce que nous possédons de plus précieux.

A.R. : Au fond, vous seriez assez d'accord avec Rilke lorsqu'il conseille : « Confessez-vous à vous-même : mourriez-vous s'il vous était défendu d'écrire ? »

B.C. : Tout à fait. Et c'est peut-être là que surgit l'une des plus grandes difficultés pour l'écrivain vieillissant. Pourra-t-il continuer de vivre s'il ne peut plus écrire ?

A.B. : Puisque écrire peut mener à de telles extrémités, je vous repose la question : pourquoi écrivez-vous ?

B.C. : Écrit-on jamais pour autre chose que pour aller au fond de soi ? J'écris pour me raconter des histoires, je l'ai dit, mais, chemin faisant, c'est toujours moi que je finis par rencontrer. Et souvent à l'endroit où je m'y attends le moins. Si bien que je ne me reconnais pas toujours. Certes, et c'est encore une redite, j'écris pour tout le monde. J'aime être lu par un large public. Mais je me demande si, avant tout, comme aurait dit Musset, je n'écris pas pour « cet étranger vêtu de noir » qui vient chaque matin s'asseoir en face de moi et « qui me ressemble comme un frère ». Cet étranger qui, une nuit d'hiver, viendra s'asseoir sur ma tombe.

A.R. : Et les personnages ? C'est aussi à cause d'eux que vous écrivez. Parce qu'ils vous forcent à « raconter leur histoire ». Vous parliez tout à l'heure du *Romancier Martin* de Marcel Aymé...

B.C. : Si vous voulez savoir ce que c'est que d'être romancier lisez *Le Romancier Martin*. Tout y est.

A.R. : Justement. Je l'ai lu. A un moment donné, Mathieu demande à Martin de le débarrasser de sa maîtresse, la petite Gigi, en la faisant entrer dans son roman. « On n'entre pas dans mon roman comme dans un moulin », proteste Martin. Mais à l'inverse, pouvez-vous faire entrer dans vos romans qui vous voulez, quand vous voulez ? Après tout, vous êtes bien le maître d'œuvre, non ?

B.C. : Les personnages sont faits de chair, de sang et d'âme, ne l'oubliez jamais — je vous l'ai déjà dit, c'est essentiel et c'est pourtant une de ces choses que le public a le plus de peine à accepter. Ils n'arrivent pas tous du même endroit. Certains sortent tout droit de la vie, d'autres doivent l'essentiel de ce qu'ils sont à notre imagination. Mais ce qui est certain c'est qu'ils n'ont de chance d'être bons qu'à partir du moment où ils deviennent collants. Où on ne parvient pas à se débarrasser d'eux. Ce qui est certain aussi, c'est qu'ayant gagné ce « droit à l'existence », ils ne peuvent pas s'insérer n'importe où. Un roman est quelque chose de construit, qui répond à des règles précises. Encore une chose que le public comprend difficilement. Et pourtant, c'est vrai : on n'imagine pas l'infirmier du *Tambour du bief,* par exemple, faisant irruption dans la vie de Brassac. Il a donc fallu qu'Antoine attende son tour. Ou plutôt qu'il prenne un jour une telle dimension, qu'il m'em... au point que je ne pouvais faire autrement que raconter son histoire. Tout cela n'est pas venu d'un jour à l'autre.

J'ai connu l'infirmier qui m'a inspiré ce personnage à l'époque où je vivais à Vernaison. Il appartenait, comme moi, à la Société de Sauvetage et j'avais souvent eu l'occasion de remarquer son dévouement. Quand ma chienne était malade, il m'aidait à la soigner. Puis, un jour, parce que le mal était devenu incurable et que la bête souffrait terriblement, il lui a fait une dernière piqûre. Comme je lui demandais s'il accepterait, de la même manière, d'abréger les souffrances d'un homme également condamné : « Je ne sais pas, répondit-il. Non, vraiment, je ne sais pas ce que je ferais. On ne peut pas répondre comme ça... dans le vide. »

A.R. : C'était dans les années 50. Or, *le Tambour du bief* paraît en 1970. Pourquoi tant de temps ?

B.C. : Parce que je porte les choses longtemps en moi, sans y penser. Parce que, dans mon cas, l'inspiration se limite toujours à l'étincelle : l'impression qu'à partir de tel fait, de telle remarque, je pourrais écrire un roman. Je prends note. Et puis c'est tout. Le temps passe. Chaque fois que me vient une idée en rapport avec ce sujet, je l'inscris. Je mets les notes dans un cahier. Elles s'entassent. Les personnages deviennent envahissants. Je décide de commencer le travail de préécriture : bien réfléchir, faire deux ou trois plans très serrés, revoir, laisser mûrir. Recommencer.

Tout cela prend des années. Je crois que pour écrire un bon roman, il faut avoir bien digéré sa matière.

Par contre, je ne pense pas que l'envie me vienne jamais — ou si l'envie me venait, j'aurais certainement du mal à la satisfaire — d'écrire un roman à partir de certains drames, par exemple, ce que j'ai vu au Bengale...

A.R. : C'était en 1972, vos voyages au Bengale ?

B.C. : Ça me paraît hier. Des millions de morts, des millions d'enfants qui risquent de mourir, ça ne se digère pas facilement. Et je me vois mal utilisant une matière si douloureuse, si sanglante pour en tirer une histoire. La seule chose à ma portée dans un cas pareil, c'est le témoignage. Peut-être faudrait-il plutôt parler de cri. Parce que j'en avais assez de voir qu'il y a toujours quelque part un enfant qu'on massacre ou un enfant qui meurt de notre indifférence. Alors, en rentrant de là-bas, j'ai écris des reportages, j'ai témoigné par le canal de la radio et de la télévision.

A.R. : Vous aviez déjà publié *Le Massacre des innocents*.

B.C. : Là aussi, j'étais bouleversé par la vision des victimes innocentes : les enfants de Terre des Hommes. Alors j'ai hurlé. Mais hurlant je n'ai pas écrit un bon livre. *Le*

Massacre des innocents est une œuvre mal foutue. Parce que je n'ai pas pris le temps de construire. Et il ne me fallait pas prendre le temps, je ne pouvais pas, j'aurais risqué d'amoindrir l'émotion, d'enlever à ce qui jaillissait de moi et me conduisait. Je n'allais pas chercher les mots, au contraire, c'est eux qui me talonnaient, qui me poussaient. Il y a comme ça des choses qui brûlent en vous, que vous ne pouvez pas hésiter à écrire, de ces choses que l'écrivain doit avoir le courage d'exprimer.

C'est ainsi que je reviens toujours à la guerre. Parce qu'elle est partout, étouffante, écrasante avant même que d'être sur nous. En réalité, je n'y reviens pas, c'est elle qui me poursuit et me coule dans le sang. C'est ainsi que je reviens toujours à la misère humaine. La pauvreté, la mendicité, la faim m'ont toujours bouleversé et je ne connais point de pays que l'on puisse traverser sans les rencontrer. Que faire ? Se taire ? Les écrits sont bien peu de chose. Nous écrivons toujours avec l'espoir qu'un livre peut beaucoup. Mais un livre passe et l'écrivain est bien orgueilleux qui ose croire en son pouvoir. En fait, c'est davantage par devoir que pour exercer un pouvoir que j'écris certaines choses. L'essentiel n'est-il pas qu'après chaque page un auteur puisse se regarder dans une glace sans avoir à rougir ?

6

Terres de mémoire

Rien n'est aussi puissant que le [silence.
Et si nous n'étions pas nés au cœur de la parole, il n'aurait pas été rompu.

Rainer Maria RILKE

A.R. : Et puis, vous quittez Paris.
B.C. : Mon rêve, c'était de retourner dans mon Jura natal.
A.R. : Et vous êtes allé chez Mandillon.
B.C. : Chez Mandillon ?
A.R. : Un ami à vous, journaliste. Et que vous avez eu la douleur de perdre voilà cinq ans.
B.C. : Je sais très bien qui est Mandillon ! Mais je ne vois pas.
A.R. : Voici ce que Mandillon raconte. Tiré du *Journal du Jura,* octobre 70 :

« Un jour Bernard est arrivé chez moi, à trois pas du village où Marcel Aymé avait grandi et amassé le meilleur de son œuvre : Villers-Robert.

« C'était au début de l'été et Clavel qui venait de corriger les épreuves d'un document qu'il avait écrit sur l'enfance martyre, *Le Massacre des innocents,* soufflait un peu avant de reprendre la plume. Il s'est installé entre mes chaumes et mes haies et il partait à pied à travers champs et à la recherche de ces personnages de Marcel Aymé qu'il rencontrait un peu partout au détour des chemins. “ J’ai vu Déodat ”, me dit-il un matin. Et après avoir coupé une tranche de lard qu’il mangeait par petits morceaux avec du pain de campagne, Clavel m’a dit en me fixant de ses yeux clairs et avec la rudesse des mots qui cache si mal sa timidité : “ Aide-moi à trouver une maison dans le Jura. Je vais bientôt écrire mon prochain bouquin. Si je ne trouve rien, je reste chez toi. ” Et il ajouta un rien sardonique : “ Et tu sais, c’est une histoire interminable, j’en ai pour trois mois. ” »

B.C. : Et nous sommes partis à la recherche de ma maison. Près de Dole d’abord, la ville de *La Maison des autres* ; sur les rives du Doubs, ensuite, la rivière de mes vacances, quand j’entendais battre *Le Tambour du bief* ; puis, une fin d’après-midi de juillet, nous avons pris la route de ce village perché dans les vignes où avait été tourné *L’Espagnol :* Château-Châlon.

A.R. : Et vous avez acheté la maison des abbesses. Splendide construction de lourde pierre.

B.C. : De ma fenêtre, je découvrais tout ce paysage de vignes et de coteaux qui descend jusqu’à Voiteur et la vallée de la Seille. Je dominais la campagne, le merveilleux pays de Bresse, jusqu’à l’horizon. Là, j’écrirais ! Durant des années, lorsque je n’en possédais pas les moyens, j’avais rêvé de voyages. Et puis voilà que j’éprouvais le besoin de me fixer. Le temps était venu pour moi de faire ce que je croyais être un choix définitif. Persuadé que mes désirs d’évasion ne se limiteraient plus qu’à mon village, aux lacs et aux forêts d’alentour et au ciel infini qui se confondait avec la terre, là-bas, très loin, par-delà les méandres brumeux de la Saône. A cette époque, lorsque je disais « très loin », je parlais de cet horizon qu’une voiture me permettait de toucher de la main en une heure de route. Et pourtant... Comme Baudelaire, j’avais été « l’enfant amoureux de cartes et d’estampes ». Comment expliquer un tel revirement ?

A.R. : Relisez-vous *Terres de mémoire* ?

B.C. : Je ne me relis jamais.

A.R. : Tout y est : « Par un effort inouï, j'ai longtemps réussi à rester à l'attache, mais mon corps étant là, rivé à une chaîne que tendait le courant, et vrillaient les remous, mon esprit s'en allait. »

B.C. : Peut-être est-ce simplement que je sentais venir le moment de la rupture. Peut-être est-ce qu'obscurément je pressentais un départ d'autant plus inéluctable que j'avais maintenant les moyens de la liberté.

A.R. : Vous avez donc acheté cette magnifique maison de Château-Châlon...

B.C. : Invivable.

A.R. : Invivable ?

B.C. : Pas pratique. Jamais une minute de silence.

A.R. : Quand vous vous y installez, c'est le paradis.

B.C. : Sans doute n'avais-je pas réalisé... Peut-être aussi n'était-ce pas encore tout à fait aussi insupportable. Et puis, j'avais décidé qu'il me fallait reprendre racine dans ma Franche-Comté. Je voulais me rapprocher de mon enfance, de mes morts... J'allais passer là le reste de mes jours. Bientôt, j'écrirais mes Mémoires. Cela me paraît tellement absurde aujourd'hui. Je m'enterrais. Je refusais de voir la réalité en face.

A.R. : Pourquoi ?

B.C. : Par peur de m'enfuir, probablement. M'enfuir et courir après la seule chose qui me manquait.

A.R. : Quoi ?

B.C. : Le bonheur, tout simplement. J'en étais arrivé à me persuader que mon pays allait récompenser ma quête. Jamais je n'irais au bout de ses richesses, jamais je n'épuiserais sa sève savoureuse. Pauvre imbécile ! Et je clamais partout ma décision de ne plus bouger. Vous voyez où cela m'a mené...

A.R. : A votre table de travail. Henry Muller l'avait prédit. Au lendemain du Goncourt, dans *Jours de France* : « Il ne fera pas de grands voyages, il n'achètera pas une luxueuse voiture, il ne fera aucune " folie ", il continuera simplement de s'asseoir tous les matins à son bureau

[...], non pas en attendant l'inspiration — il n'y croit guère — mais pour satisfaire la seule vraie passion de sa vie : le travail. »

B.C. : Je me levais à quatre heures, je me mettais au boulot à cinq heures, j'écrivais jusqu'à une heure. Cet horaire doit être à peu près la seule chose que j'ai gardée de cette époque. Encore a-t-il été considérablement amélioré depuis. Car, vivant depuis bientôt huit ans avec une femme qui elle aussi écrit et qui s'est faite volontiers à mon rythme, je n'ai plus à supporter aucun tiraillement.

A.R. : Tout le monde ne peut pas être debout avant l'aube !

B.C. : Nous déjeunons à cinq heures. Travaillons jusqu'à onze heures. Puis courrier, repas de midi suivi d'une marche ou d'une baignade ou de quelque détente. Vers treize heures trente, chacun regagne son bureau. Nous dînons tôt, comme les paysans. La soirée est ordinairement consacrée au courrier. Nous sommes au lit bien avant onze heures pour reprendre le collier le lendemain.

A.R. : Vous m'épuisez !

B.C. : Savez-vous ce que disait Jules Renard ? « En littérature il n'y a que des bœufs. Les génies sont les plus gros, ceux qui peinent dix-huit heures par jour d'une manière infatigable. La gloire est un effort constant. »

A.R. : *Le Seigneur du fleuve* paraît en 1972. Puis vous écrivez *Tiennot* que, pour des raisons personnelles, vous ne publierez que beaucoup plus tard. En 1974, c'est *Le Silence des armes*. Suivi de *Lettre à un képi blanc* en 1975. Puis, vous entamez *La Saison des loups*.

B.C. : « Pas un jour sans une ligne », disait Zola.

A.R. : Quoi qu'il en soit, et malgré toutes vos professions de foi, à peine installé à Château-Châlon, vous vous défilez. Pour retrouver le Rhône tumultueux.

B.C. : Je ne me défile pas. Sauf pour *Le Seigneur du fleuve,* les romans que vous venez d'énumérer se passent tous dans le Jura. *Tiennot,* pas loin dans la forêt de Chaux, sur une île de la Loue en amont de Parcey. Une île imaginaire. *Le Silence des armes* à Château-Châlon. Quant au *Seigneur du fleuve*... J'avais retrouvé ma terre. Il me fallait bien revenir à mon fleuve. Il était en moi. Son monde m'habitait. Et c'est avant tout pour me donner la joie de revivre avec lui que j'ai cédé à l'envie de raconter l'histoire d'un de ces hommes d'un âge que la vapeur a fait disparaître.

A.R. : Comment avez-vous fait ? Car vos personnages sont de 1840, vous ne les avez pas rencontrés ; vous n'avez pas non plus vécu la crue du Rhône à cette époque.

B.C. : Mais le combat de patron Merlin et de ses batteurs d'eau est de tous les temps. Ce sont seulement les lieux, la forme et les personnages qui changent. A chaque époque naissent des êtres qui voient dans le progrès ce qu'il détruit et non ce qu'il construit. Et ce ne sont pas toujours les plus fous... La lutte des bateliers contre la vapeur a duré des années ; elle a été dramatique. Un équipage a été jusqu'à se jeter volontairement contre un vapeur. Sans doute il est toujours vain de s'élever contre l'évolution du monde. N'empêche...

Quand j'ai entrepris d'écrire *Le Seigneur du fleuve*, je voulais rester objectif. Comme si on pouvait écrire un roman objectif ! Petit à petit, j'ai été pris par mes personnages et j'ai fini par penser à travers eux. Si j'avais été patron d'équipage, j'aurais sans doute réagi comme Merlin. En orgueilleux. Car orgueilleux, il l'était. Tous l'étaient. Ils le sont encore. Orgueilleux de leur force physique, de se débrouiller par tous les temps avec leur barque de sauvetage. Pourquoi aurais-je eu du mal à me mettre dans leur peau ? Je n'avais qu'à penser à mes amis de Vernaison. Petit-fils des mariniers dont je parle, leurs grands-pères leur avaient raconté beaucoup de choses du passé, un passé en somme très proche : on oublie que 1840, c'était hier. On oublie que le Rhône s'est métamorphosé deux fois au cours de son histoire : d'abord entre 1830 et 1845 quand les « chaudrons » à vapeur se sont mis à sillonner le fleuve ; et puis tout dernièrement, avec la domestication de ses eaux : retenues, canaux ou centrales hydrauliques. L'histoire, sur ce plan comme sur tant d'autres, est un éternel recommencement. Et les mariniers qui se sont manifestés au moment de la parution de mon livre, ceux avec qui j'avais discuté lors de sa préparation, tous m'ont dit : « C'était comme ce qui se passe aujourd'hui. Nous vivons exactement le même drame avec la canalisation du Rhône et la lutte contre les grandes compagnies. »

Pourtant, je vous l'ai dit, je le répète, je ne suis nullement passéiste. Il faudrait avoir perdu la raison pour nier le progrès en bloc. On peut avoir la nostalgie de son enfance ou de temps révolus que l'on imagine chargés de poésie sans souhaiter pour autant un retour en arrière. Je suis le premier à reconnaître que le Rhône qui m'a envoûté c'est le Rhône endigué dont les mariniers d'avant la vapeur ne voulaient pas. Or, j'ai trouvé ces digues et ces enrochements magnifiques. Et je sais que ceux qui découvriront la vallée du Rhône dans vingt-cinq ou trente ans — quand les barrages, les retenues et le canal auront pris leur place dans la nature — éprouveront à leur tour des émotions précieuses. Mais je suis un homme de mon temps et le fleuve que j'ai connu, ce fleuve aujourd'hui disparu, me manque terriblement. D'ailleurs, soyons juste : ce qui a été fait en 1840 a duré jusqu'à nos jours, alors que ce que l'on vient à peine de faire est déjà inutilisable. Pour assurer sa propre fortune et améliorer ses conditions de vie, il arrive trop souvent que l'homme égoïste sacrifie une forêt, un fleuve ou une vallée alors que la nécessité ne s'en fait point sentir. Il y a trop peu de générosité et trop peu de raison dans tout cela pour que nous l'acceptions sans réserve. Et je ne me fais pas davantage à l'idée qu'un fleuve doive mourir que je n'admets la mort de ceux que l'on envoie, à l'âge de l'amour et de la joie, peupler ces chefs-d'œuvre de l'armée que sont les cimetières militaires.

A.R. : Parlons, justement, du *Silence des armes*. Et puisque

Lettre à un képi blanc a été écrit pour répondre à toutes les interrogations qu'entraîne la lecture de ce roman, je me contenterai d'une seule question : vous considérez-vous comme un écrivain engagé ?

B.C. : Je l'ai dit tout à l'heure : j'estime que je n'ai pas le droit de cesser de me battre pour que la justice et la paix s'imposent. Même si j'ai l'impression de n'accumuler rien d'autre que des écrits inutiles, même si je suis condamné à prêcher éternellement dans un désert, je poursuis mon combat. J'écris des articles, parfois un essai comme *Lettre à un képi blanc.* Car je ne crois pas au roman à thèse. Mes romans ne sont pas là pour expliquer ou pour convaincre, pas davantage pour exposer. Si je m'engage dans mon œuvre romanesque, c'est à la suite de mes personnages. Des hommes comme les autres, qui souffrent comme les autres, qui sont malgré eux impliqués dans un combat dont le premier enjeu est leur propre survie. Nous allons ensemble où les événements nous mènent, il arrive bien souvent qu'ils nous poussent à marcher à contre-courant. J'ajoute que j'utilise une matière première qui est le fruit de mon expérience personnelle et de mes observations autant que de mon imagination. Or, mon expérience est celle d'un homme qui s'est battu et qui se bat pour vivre ; qui voit des gens sans cesse aux prises avec des problèmes. Et dans ces conditions, comment, en effet, pourrais-je écrire une œuvre dégagée ?

A ce propos, je vais seulement vous parler d'une aventure qui m'est arrivée bien après la publication de *Lettre à un képi blanc* — ce qui explique qu'elle n'y figure pas.

Il y a quelques années, les services de presse et de relations publiques de l'armée — qui sont, soit dit en passant, admirablement organisés — avaient invité soixante-dix écrivains à visiter les installations de la force de frappe. Nous nous sommes retrouvés une dizaine. Ce qui veut dire que soixante n'étaient absolument pas intéressés ou ne se sentaient pas concernés par le problème.

Comme je m'en étonnais, un officier me dit que, quelques mois plus tôt, c'étaient les évêques de France qui avaient été conviés. Il en était venu un. Un seul. Il semble que la réponse des autres ait été assez souvent : « Nous ne voulons pas nous compromettre avec des militaires. » Ce doit être l'avis de pas mal de monde car, après cette visite dont la presse a parlé, j'ai reçu pas mal de lettres d'insultes de pacifistes. Or, comment lutter intelligemment contre quelque chose que l'on ne connaît pas ? J'y suis allé parce que, en toute modestie, je pense toujours à ce vers de Victor Hugo : « Le siècle est à la barre et je suis son témoin. »

Comment témoigner si l'on refuse de regarder ?

D'ailleurs, il y avait là beaucoup plus qu'à regarder. Car les militaires sont des hommes, pas des machines. Avec eux, j'ai engagé un dialogue qui n'était pas sans intérêt.

Mais l'histoire ne s'arrête pas là. Voyant qu'un échange d'idées était possible entre nous, des marins m'ont invité à embarquer sur le *De Grasse.* Le cuirassé le plus beau, le plus grand, le plus moderne de la flotte française. Nous sommes allés jusqu'à Copenhague. En plus des officiers, de l'équipage, il y avait à bord un amiral avec qui j'ai sympathisé et qui s'intéressait beaucoup à la défense non violente. En mer, j'ai regardé vivre ces hommes, j'ai longuement parlé avec eux, j'ai assisté à leurs exercices, leurs tirs, leurs missions de surveillance des cargos soviétiques. Car le rouge est l'ennemi désigné d'avance. On le sait. Aucun doute là-dessus. Autrement dit, durant des jours, je les ai vus jouer à la guerre. Exactement comme j'y jouais à dix ans, mais avec des jouets plus beaux, plus coûteux et des connaissances plus grandes. Certains d'entre eux n'étaient plus très loin de la retraite. Et c'est en les observant que j'ai véritablement compris *Le Désert des Tartares,* ce chef-d'œuvre de Dino Buzzati. Ces retraités-là auront vécu pour rien puisque le but de leur travail est la guerre et qu'ils auront vieilli sans l'atteindre.

A.R. : Vous pensez qu'ils la souhaitent ?
B.C. : En toute logique, et même s'ils s'en défendent, ils ne peuvent pas ne pas l'espérer. Il y a forcément au fond d'eux-mêmes une part d'inconscient qui l'appelle.

Mais, parce qu'il faut toujours qu'il y ait quelque chose de drôle dans chaque aventure, notre croisière allait se terminer sur un très beau gag. Le bateau était attendu à Copenhague à onze heures du matin, par des autorités civiles et militaires danoises et françaises. Le commandant de ce cuirassé atomique et antiatomique dispose de tout ce qu'il peut y avoir de plus sophistiqué comme gadgets électroniques. Cet homme qui peut savoir ce qui se passe sur la terre entière, et peut-être même dans l'espace, s'était donc fait un point d'honneur d'entrer en rade de Copenhague non pas à onze heures moins une, non pas à onze heure une, mais à onze heures pile. Car une belle ribambelle d'officiels galonnés et décorés jusqu'à la gauche attendaient. Le bateau-pilote aussi faisait, si je puis dire, les cent pas à l'entrée de la rade. A son bord, l'attaché militaire français qui cria : « Alors, bande de rigolos, qu'est-ce que vous foutez, ça fait une heure que vous devriez être là ! Une heure qu'on vous attend ! »

Sur ce navire où il suffit d'appuyer sur des boutons pour savoir ce qui se passe dans le monde entier, on avait oublié une heure de différence entre les deux pays.

J'ai bien entendu éclaté de rire, au grand mécontentement des officiers.

A l'heure de l'atome, une heure de retard, c'est bien plus grave qu'une guerre de retard. Preuve de plus de l'absurdité de tout système de défense armé. Le moindre grain de sable dans l'engrenage, et tout s'écroule. On avait tout simplement oublié un détail : une heure de décalage entre le Danemark et la France. La colère de l'amiral fut encore attisée par mon hilarité.

J'ai retrouvé, l'autre soir, l'écho de cette fureur chez un militaire suisse quand je me suis permis de rire d'une bévue des techniciens de son armée. Et cet homme, me sachant peu enclin à admirer la soldatesque, de me lancer : « Monsieur ! Sachez qu'on tue moins facilement avec un fusil qu'avec une plume. » Bigre ! Voilà une formule qui va me rester un moment sur l'estomac. Et qui, dans la bouche d'un officier, devrait avoir de quoi inquiéter le peuple que l'armée à laquelle il appartient est chargée de défendre. Si cet homme porte en lui pareille certitude, il faut vite qu'il cesse de tirer, il est par trop maladroit. Il finira par provoquer un accident. Il faut vite qu'il échange son arme contre un stylo. C'est moins lourd à porter, moins encombrant, moins voyant et surtout beaucoup moins bruyant.

Pour ma part, voilà quarante ans que j'écris, je n'ai encore jamais vu perler le sang au bout de ma plume.

A.R. : Il y a pourtant des jours où les plumes font saigner. Par exemple, au moment de votre entrée chez les Goncourt, en 1971, des auteurs vous ont attaqué avec beaucoup de vigueur et vous ne les avez guère ménagés dans vos réponses.

B.C. : C'est vrai, mais la petite guerre des lettres est dérisoire à côté de la vraie. Elle blesse. Elle ne massacre pas.

A.R. : Je voudrais seulement rappeler le propos de Roland Dorgelès, alors président de la docte Académie. A J.-J. Antier, qui lui demandait ce qu'il pensait de votre élection toute récente, Dorgelès répondit : « Clavel est non seulement un très remarquable écrivain, mais un esprit impartial et un cœur généreux. C'est si rare à notre époque. »

B.C. : Dorgelès était un homme merveilleux à qui je dois beaucoup. J'ai passé avec lui des heures inoubliables et très enrichissantes. Il aimait à se définir d'un mot où je me retrouve un peu : « Je suis anarchiste chrétien, parti peu encombré. » Je crois que nous étions faits pour nous comprendre.

A.R. : Je voudrais également vous citer. Les lignes qui suivent sont extraites d'un article publié dans *La Pro-*

vence libérée le 24 novembre 1972. A peine plus d'un an que vous siégez chez Drouant. Et déjà, vous vous plaignez des graves problèmes de conscience que pose aux membres des jurys littéraires l'abondance d'ouvrages de qualité :

« Plus de deux cents livres qui vous tombent sur les bras entre le 15 septembre et le 15 novembre, quel régime ! Comment tout lire et surtout, comment lire convenablement ? La pile est là, on l'attaque et chaque jour le facteur apporte de quoi la reformer. Les semaines passent, et l'on regarde cette pile en disant qu'elle sera encore bien haute le jour du prix, qu'il y aura là des livres que personne n'aura pu lire vraiment et que, peut-être, tous les jurys passeront à côté d'un chef-d'œuvre.

« Je n'ai pas la mémoire courte et je suis incapable de regarder un livre sans penser à la somme de travail qu'il a exigée, à la somme d'espoir qu'il porte.

« Aujourd'hui que je n'ai plus rien à espérer d'aucun jury, cette saison des prix devrait me laisser dans la paix la plus totale et voilà qu'elle devient celle de l'angoisse. Ce dont j'étais parvenu à me libérer lorsqu'il s'agissait de mes livres, je l'éprouve aujourd'hui pour tous ces romans qui devraient m'être étrangers mais dont je sais trop ce qu'ils représentent pour parvenir à les traiter avec légèreté.

« La lecture, cet immense plaisir, devient un supplice lorsqu'elle doit être menée à un tel rythme et surtout lorsqu'elle engendre de tels tourments.

« Égoïstement, pour mon propre confort, en arriverais-je à souhaiter des années où un très grand roman domine de la tête et des épaules une production médiocre ? »

Comprenne qui voudra. Je sais que vous ne me répondrez pas, d'ailleurs, je n'ai nul besoin de réponse. Car je tiens qu'il y a là, dans ces propos et dans ceux de Roland Dorgelès cités plus haut, en germe, toutes les raisons de votre départ de l'Académie Goncourt.

B.C. : ...

A.R. : Car vous partez. Pas de l'Académie Goncourt — pas encore — mais de Château-Châlon — déjà !

B.C. : Je vous l'ai dit : trop de bruit.

A.R. : Je sais. Vous aimez le silence. Ce serait même une obsession chez vous et certains prétendent que si vous déménagez sans cesse, c'est pour échapper aux aboiements des chiens. Vous n'êtes tout de même pas comme Mahler ? Lui, le seul pépiement des oiseaux le dérangeait !

B.C. : J'aime le silence, mais j'aime aussi la musique et les beaux bruits. C'est-à-dire la musique de la nature. Le Nord, ce n'est pas le silence. Le vent dans les forêts, sur la toundra ou la banquise, c'est aussi une chanson de qualité. Le craquement des glaces, les eaux sous la neige, le feu qui lutte contre le froid, les arbres qui éclatent sous l'effet du gel, quel concert !

Ce que je déteste, ce sont les bruits imbéciles.

Quel plaisir peut-on tirer de ces pétarades, de ces mégaphones, de ces concerts d'avertisseurs poussés à un niveau tel qu'ils détraquent les mieux équilibrés ? N'y a-t-il plus une once de raison chez ceux qui oublient qu'ils vivent en société ? On sait qu'une moto à échappement libre qui traverse une grande ville à trois heures du matin réveille des milliers de personnes. Les voitures d'un cortège de mariage claironnant à coups de klaxon l'heureux événement réveillent dix villages. Comment se fait-il que l'on tolère encore que roulent des véhicules à échappement libre ? Comment ceux qui sont de la noce n'ont-ils pas assez de bon sens pour se dire qu'il y a des villages où les cortèges se succèdent sans arrêt ?

De mon nid d'aigle à Château-Châlon, le paradis que vous me reprochez d'avoir quitté, je ramassais tous ces bruits-là. Avec le son et lumière en juillet, les pétards de vigne en septembre. Et vous auriez voulu que je travaille ?

A.R. : Que vous pénétriez, par un hiver sombre et froid de

1658, en une Franche-Comté rongée par la guerre et par la peste ; et que vous montiez, derrière Mathieu Guyon, jusqu'aux loges de Salins.

B.C. : Mais de quelle maladie souffre donc notre époque qui ne se satisfait que de vacarme ?

Parce que l'égoïsme est roi en un monde où l'on se soucie de moins en moins du prochain, il est indispensable que des mesures sévères soient prises. Les psychiatres savent à quel point le bruit est dangereux. Il est une forme de pollution que l'on oublie trop souvent, et c'est pourtant contre elle qu'il est le plus facile de lutter. Car s'il est encore nécessaire qu'un véhicule à essence roule en dégageant des gaz nocifs, il est facile d'exiger qu'il le fasse en silence, ou à peu près. Certaines marques de voitures et de motocyclettes vendent encore du bruit. Non seulement on le tolère, mais rien de sérieux n'a jamais été tenté pour interdire ce qui est pourtant absolument inutile. Je ne parle pas des bangs d'avions à réaction militaires, ni des vols à basse altitude qui provoquent, surtout chez les très jeunes enfants, des frayeurs qui peuvent être à l'origine de lésions graves. Non, je n'en parle pas, car je sais qu'il s'agit là d'un monde où il serait vain d'espérer que soit entendu le moindre appel au bon sens. Mais il reste les bruits faciles à museler et qui sont d'autant plus nocifs qu'ils semblent faits uniquement pour attaquer nos nerfs.

Le chien qui aboie à longueur de journée, ce n'est pas lui que je condamne, mais son maître assez égoïste, assez borné pour le laisser gueuler et qui se moque du voisinage. Si j'ai le malheur de le dire, on m'accusera de ne pas aimer les animaux. Est-ce les aimer que de les laisser hurler durant des heures ? Bien des gens ont une étrange conception de l'amour des bêtes. Je connais un vieil homme dont la plus grande passion a été la chasse et les armes à feu. Sa maison est bourrée de ses trophées. Or, il meurt d'envie de tuer le chat de son voisin, parce que cet animal chasse des oiseaux. Il lui reproche de faire par instinct ce que lui-même a fait toute sa vie par plaisir. Pour ne pas dire par vice.

A.R. : Vous quittez donc vos terres de Comté en 1975 avec l'ébauche de *La Saison des loups* sous le bras. Vous gagnez l'Yonne où vous vous installez dans une belle demeure bourgeoise qui a été jadis la maison de Thadé Natanson, le fondateur de *La Revue blanche*. Vous êtes là où régnait la belle Misia, entourée de Bonnard, Vuillard, Renoir, Toulouse-Lautrec. Pareille compagnie devrait vous séduire. Pareil cadre, vous rassurer. Vous êtes près de vos enfants, de vos petits-enfants, et vous allez pouvoir vous adonner à « l'art d'être grand-père ». C'est du moins ce que l'on croit dans votre entourage. Cette fois, c'est fini, vous ne partirez plus. On y croit dur comme fer. Mais c'est qu'on n'a pas lu ce texte que j'ai trouvé dans les dossiers que vous m'avez confiés :

« La chose est en moi depuis des jours sans que j'ose l'écrire. J'ai peur. Je suis devant la feuille blanche comme si le fait de tracer des signes risquait de matérialiser le mal, de l'amplifier, de lui donner une force sauvage d'ouragan.

« Et pourtant, c'est en moi que réside ce mal. Le fait qu'il prenne forme de mots sur le papier ne va pas forcément me délivrer de son poids écrasant, mais il ne va pas non plus décupler sa vigueur. »

Si les vôtres avaient pu lire ces lignes, tracées de votre main le 25 août 1976, sans doute auraient-ils frémi d'effroi.

B.C. : Ou simplement, haussé les épaules.

A.R. : L'ouragan s'annonçait. Il allait fondre sur eux, sur vous, et rompre les amarres.

7

Le Royaume du Nord

Les aventures de cette terre ne sont que des symboles de la suprême et grande aventure ; elles se déroulent dans les antichambres et le long des ressacs de la ténébreuse et formidable majesté.

Ernst JÜNGER

A.R. : Villeneuve-sur-Yonne donc ; où — je cite Christian Defaye — « le regard n'accroche que l'insignifiance de la plaine ». Vous vous en foutez. Puisque, encore une fois, vous êtes ailleurs. Et pour longtemps : « Les Colonnes du ciel », votre épopée jurassienne, comportera cinq volumes qui, de *La Saison des loups* à *Compagnons du Nouveau Monde,* paraîtront entre 1976 et 1981. Quel plan vous avez dû dresser pour vous y retrouver !

B.C. : C'est vrai, je fais toujours un plan assez précis. D'ordinaire, je le suis dans ses grandes lignes et surtout dans ce qu'il peut m'apporter d'équilibre. Ce qui ne veut pas dire que je m'y tienne à la lettre. Un plan ne doit pas être une prison. Pourtant, jusqu'à ce que j'entreprenne « Les Colonnes du ciel », je n'avais jamais beaucoup débordé du cadre que je m'étais donné. Sans doute me procurait-il de l'assurance. Et c'est peut-être parce que, connaissant mieux mon métier, je craignais moins de me perdre, que, pour la première fois, je me suis laissé, à ce point, influencer par mes personnages.

A l'origine, je ne voulais faire qu'un seul livre : *La Saison des loups*. On sait d'où l'idée m'était venue. J'étais à Salins, pour un reportage...

A.R. : Publié dans *Le Jardin des arts* de juin 1963.

B.C. : C'était donc dans l'hiver 62-63. Il faisait humide et froid et j'avais passé toute la journée à respirer l'odeur de jadis dans les sous-sols des salines et dans les ruelles étroites. Le soir venu, dans ma chambre d'hôtel glaciale et mal éclairée, je me suis mis à lire des vieux documents que m'avait confiés un maçon amoureux de sa ville. Et c'est alors que je suis tombé sur quelques lignes où étaient évoqués l'an 1639, l'invasion française, la peste et le sort des gens désignés pour monter aux loges de la Beline soigner les malades et, bien souvent, mourir. Il ne m'est pas possible d'expliquer exactement ce qui s'est passé en moi à la lecture de ces quelques lignes, mais je sais de manière certaine que je fus réellement transporté...

A.R. : L'inspiration ?

B.C. : Précisément : l'inspiration. Vous voyez que ça ne dure guère qu'un tout petit moment mais fulgurant. Aujourd'hui encore, lorsque j'évoque cette nuit et cette chambre sinistres, j'éprouve le sentiment d'avoir véritablement pris pied dans une autre époque ; d'avoir vécu, quelques instants, il y a plus de trois siècles, glacé par ce vent du nord qui portait la peur, la mort et le hurlement des loups. De là, est né *La Saison des loups*. Mais je ne savais pas, quand j'ai commencé d'écrire ce roman, qu'il y aurait une suite. J'étais à cent lieues de penser que le groupe de réfugiés comtois que nous allions rencontrer, Mathieu et moi, en cours d'écriture, prendrait tant d'importance. Et c'est au moment où je les ai quittés pour redescendre vers les loges avec mon charretier que j'ai senti qu'il me faudrait venir les retrouver. Alors, dès après la mort de Mathieu, échappant à ma peine, je suis revenu en hâte dans la forêt où le temps s'était figé. J'ai retrouvé Bisontin et ses amis. Je m'étais tellement attaché à ces personnages que j'ai décidé qu'il faudrait raconter leur histoire jusqu'au bout. J'écrirais un deuxième, un troisième et puis un quatrième tome qui mettrait fin à la série par des images de paix. Après la peste, la guerre, l'exil et encore la guerre, mes personnages regagneraient enfin leur patrie. Ils reconstruiraient leur village ruiné. Et le bonheur reviendrait.

Seulement, c'était compter sans la vie, sans ma découverte du Saint-Laurent, de Québec et de celle qui allait devenir ma femme. C'était compter sans le caractère de Bisontin-la-Vertu, bien trop épris de liberté pour rester enchaîné dans une clairière aussi fermée que celle de la Vieille-Loye. C'était compter sans l'appel d'autres cieux. Ainsi, arrivé au terme de *La Femme de guerre,* je remaniai une fois encore mon plan. Il y aurait cinq tomes, je repartirais avec Bisontin vers le Nouveau Monde. Preuve que la construction d'un roman — et qui plus est celle d'une série — n'est jamais achevée tant que la dernière page n'est pas écrite.

A.R. : Preuve que la construction d'une vie n'est jamais terminée. Car vous décidez — c'est la fin de 1977, vous venez de donner à taper le manuscrit de *La Femme de guerre* —, vous décidez de vous installer au Québec, auprès de Josette Pratte.

B.C. : Lorsque, avant de la rencontrer, j'ai quitté Château-Châlon pour aller habiter Villeneuve-sur-Yonne, je venais de passer le cap de la cinquantaine. J'étais en plein dans *La Saison des loups*. Je me disais : « Tu t'installes dans cette maison pour y finir tranquillement tes jours. » Vous le voyez : presque une mentalité de retraité.

A.R. : Christian Defaye pressentait ce qui allait se passer. Dans ce portrait — dont j'ai déjà cité un extrait — qu'il fait de vous en 1976 pour le magazine *Bouquet,* parlant de votre déménagement de Château-Châlon à Villeneuve-sur-Yonne, il écrivait : « En réalité, je le soupçonne d'avoir eu l'envie d'un autre-part, pour tirer un trait, peut-être, sur une première tranche de vie et retrouver ailleurs un espace neuf... »

B.C. : Je me rapprochais de Paris pour n'avoir plus à effectuer de longs trajets ! Une fois le déménagement terminé, j'ai pensé : ouf, le dernier ! Depuis, j'ai redéménagé je ne sais combien de fois...

A.R. : Début janvier 1978, vous vous installez au Canada. Là, en l'espace d'un an, vous habitez : un appartement dans un immeuble de brique rouge, Côte-des-Neiges, à Montréal ; une ferme à Saint-Télesphore ; puis à nouveau Montréal, un gratte-ciel. Vous rentrez en Europe en mars 1979. Période d'errance. Principalement : l'hôtel de l'Abbaye, dans le VIe arrondissement ; la banlieue bruxelloise, chez un ami très proche, Georges Renoy ; le Portugal où vous écrivez le premier jet de *Marie Bon Pain*. Puis, Paris, chez vos amis de Kertanguy, pour écrire *La Bourrelle*. A la fin de l'été 1979, vous achetez une ferme dans un hameau du haut Doubs, Le Pissoux. Que vous quittez en novembre 81 pour rejoindre les personnages de *La Lumière du lac* à Morges, en Suisse, où vous vivez présentement, pas pour longtemps, j'imagine. N'y a-t-il pas toujours eu chez vous une sorte de frénésie du déménagement ?

B.C. : C'est vrai. La seule perspective de tout mettre en caisses fait naître en moi une immense joie. Et puis, quelle belle occasion de se débarrasser de certaines choses, de détruire par exemple des dizaines de dessins ou d'aquarelles médiocres gardés jusque-là par faiblesse !

A.R. : Parce que vous faites encore de la peinture ? J'ai vu qu'il y avait eu récemment une exposition de vos aquarelles chez Sauter, à Reverolle. Et vous faites aussi de la photographie ? Le musée Nicéphore Niepce exposait vos photos durant l'été 83.

B.C. : L'aventure artistique se nourrit autant de réalités que de rêves. Or, les réalités s'engrangent. Consciente ou inconsciente leur moisson est constante, mais souvent malaisée en un monde bruyant, trépidant, rapide, assourdissant, fiévreux et sans cesse en mouvement. Mutations, bouleversements, éruptions ou simple passage d'une ombre, tout est à percevoir, tout demeure à saisir. J'aime à utiliser tous les blocs-notes dont je dispose. Fixer l'image. Mémoriser le fugitif. Tout est précieux qui donne matière à forger. Et c'est ainsi que, lorsque j'ai vraiment éprouvé le besoin de faire partager aux autres les histoires que je me racontais — c'est-à-dire d'écrire des romans —, l'aquarelle et la photographie sont vite devenues pour moi un moyen de capter certaines émotions, certains détails, dont j'aurais éprouvé quelques difficultés à rendre compte avec des mots.

La petite boîte d'aquarelle que je traîne partout dans ma poche est un outil merveilleux. Certains instants, qui provoquent chez moi une sorte de frisson, m'échapperaient totalement si mon pinceau ne les saisissait pas. Dans des cas différents, répondant à d'autres besoins, l'appareil photographique me permet de fixer, de la manière la plus détaillée qui soit, tel détour du chemin, tel moment de ma quête.

A.R. : Bien des lecteurs essaient de retrouver les lieux de l'action des « Colonnes du ciel ».

B.C. : C'est en effet une question que l'on me pose souvent. Il y a même des gens qui préparent des voyages de groupe sur les traces de Bisontin et de ses amis. Finalement, ça ne m'étonne pas autrement, car j'ai moi aussi eu, deux ou trois fois dans ma vie de lecteur, envie de suivre à la trace, sur le terrain, les personnages d'un roman qui m'avait beaucoup marqué : *L'Adieu aux armes,* de Hemingway, *Le Hussard sur le toit, Que ma joie demeure,* de Giono.

Je me souviens de la traductrice anglaise des *Fruits de l'hiver,* venue passer ses vacances dans le Jura pour retrouver les lieux de l'action avant même de commencer son travail. Elle ne m'a d'ailleurs appelé qu'après avoir terminé son périple, pour s'assurer qu'elle ne s'était pas trompée. Et, en effet, elle avait parfaitement suivi la piste. Ce qui prouve que les lecteurs attentifs pourraient s'y retrouver sans mon aide. Mais je ne vais pas leur imposer ce supplice.

Pour *La Saison des loups,* tout est fort simple. On peut partir du fond des salines de Salins qui se visitent aujourd'hui. Le camp des malades se trouve derrière l'actuel fort Belin. La route que Mathieu emprunte en suivant les fuyards venus de la Vieille-Loye, dans la forêt de Chaux, passe par Clucy, Lemuy et le conduit dans la forêt de La Joux.

Tout est clairement dit dans le livre. Même chose pour le deuxième volume qui voit le départ de Bisontin-la-Vertu et des réfugiés comtois vers Morges (Suisse) par des routes très précises jusqu'à la combe des Cives, de nos jours D 46, qu'il faut prendre à Chaux-Neuve et qui mène à Morez par Chapelle-des-Bois et Bellefontaine. De Morez à Morges, ils passent par Les Rousses, Saint-Cergues où ils prennent à gauche par Arzier. Quant au village de Résurrection — Reverolle, où a eu lieu l'exposition de mes aquarelles —, il se trouve à dix kilomètres au-dessus de Morges, en allant à Apples.

La Femme de guerre parcourt beaucoup de chemin, mais toujours dans la même contrée. Tous les villages, les lacs, les combes, les bois où elle passe figurent sur la carte Michelin n° 70, dont on ne sort pas un instant pour les quatre premiers volumes des « Colonnes du ciel ».

Bien entendu, les choses changent avec le cinquième, *Compagnons du Nouveau Monde,* dont toute l'action se déroule au Québec. Et, en particulier dans la ville de Québec où demeurent quelques édifices de l'époque. Mais je déconseillerais aux lecteurs de vouloir entreprendre le périple de Bisontin et du père Delorimière prisonniers des Iroquois. Il n'y a pas de route. On ne peut le suivre qu'en canot et à pied à travers bois. C'est la forêt du Nord. Celle où l'hiver n'en finit pas de souffler sur les miroirs gelés des grands lacs et sous le couvert des arbres où peuvent mourir des hommes qui seront un jour la proie des loups.

A.R. : Pourquoi tuez-vous toujours vos personnages ?

B.C. : Est-ce que les gens ne meurent pas dans la vie ? Comment pourrais-je échapper au dénouement, à la fatalité qui guette chacun d'entre nous ? Pourtant je lutte. Je souffre. J'ai espéré, par exemple, jusqu'au bout, le miracle qui sauverait la petite Séverine et Bisontin, comme j'aurais aimé sauver précédemment Hortense, *La Femme de guerre*. Ça m'était impossible. Mes personnages ne pouvaient pas finir autrement, je n'étais plus que l'historien et le témoin de ces gens de mon imagination et qui semblaient vouloir assumer eux-mêmes leur propre destinée.

A.R. : Peut-on parler de romans historiques ?

B.C. : Aucun personnage des « Colonnes du ciel » n'est historique — sauf Lacuzon, le chef de la résistance franc-comtoise, et Marie de l'Incarnation, la mère supérieure des Ursulines de Québec. Mais on ne les voit apparaître que brièvement. Pour le reste, c'est-à-dire — et de très loin — l'essentiel, cette série qui se situe dans le passé est également moderne. Bisontin, Hortense, Marie, le père Boissy, sont des héros contemporains. Au niveau des sentiments, des passions, le temps ne modifie rien, il ne nous apprend rien. J'ai vu au Bengale ce qui s'est passé dans la Franche-Comté de 1639. Quand on tue des hommes, peu importe la façon dont on les tue, à la lance ou à la bombe atomique, dans tous les cas, c'est horrible. La résistance du XVIIe siècle n'a rien à envier à la résistance des années 40. Pourtant, vous pouvez ouvrir n'importe quel manuel d'histoire de France, vous ne trouverez rien qui relate cette guerre abominable où l'on peut compter au moins cinquante Oradour-sur-Glane. Aucun historien, même contemporain, n'aborde le sujet. Je suppose que la honte explique ce silence généralisé.

A.R. : Mais vous non plus n'êtes pas si fier de vous, Bernard Clavel. Quand, en 1978, revenant du Canada pour présenter *La Femme de guerre* à la presse française, vous avouez à Janick Jossin, de *L'Express* : « Je ne suis pas content de moi. Je ne suis pas bien dans ma peau. » Et vous ajoutez : « On est un menteur dans sa vie et dans ses romans. » Un peu plus d'un an après paraîtra *Marie Bon Pain*. Où l'on voit Bisontin-la-Vertu s'en aller avec une « jeunesse », laissant Marie à ses larmes.

B.C. : Et alors ? Vous voulez me faire avouer que je suis Bisontin, c'est ça ! Vous cherchez qui se cache derrière les traits de Marie. Eh bien non ! Vous ne saurez rien.

A.R. : Mais les rapports de la fiction et de la réalité...

B.C. : Contentez-vous de savoir qu'un livre est souvent composé de douleur autant que de mots. Bien sûr, Bisontin va faire payer sa liberté à ceux qui restent. Mais il la prend ! Le mortier de l'écriture accepte le sel des larmes.

A.R. : Vous avez déclaré quelque part : « J'ai payé cher le droit d'être libre. »

B.C. : C'est vrai. Mais aujourd'hui, je me compte pour un homme heureux. Qui revit. Mais nous ne sommes pas ici pour parler de ma vie privée — je vous l'ai dit et répété. Mais puisque vous insistez, je vous conseille de vous reporter à mes propos concernant mes rencontres de Castres et de Berlin. Et je vous dirai que pour avoir énormément peiné, pour m'être dépensé au travail sans compter, pour avoir été rongé par le démon de la création jusqu'à frôler le suicide ou la folie, pour avoir beaucoup sacrifié durant tant d'années, j'ai fini par acquérir la conviction profonde qu'il y a, pour l'artiste, un droit absolu d'adhérer de plus près à son œuvre qu'aux êtres qui l'entourent. C'est un problème qui m'a beaucoup remué les entrailles jusqu'au moment où la solution s'est imposée, éclatante. Où quelque chose de plus fort que moi, de plus fort que tous les tabous de la bonne société, m'a ouvert la voie.

A.R. : Comme elle l'ouvre à Bisontin à qui j'aimerais que nous revenions à présent, plus calmement.

B.C. : Bien sûr, j'avais espéré qu'il finirait sa vie sur sa terre retrouvée... Mais il va reprendre la route. Moins vertueux que ceux qui l'ont baptisé Bisontin-la-Vertu.

A.R. : Toujours dans cette interview à Janick Jossin, vous dites : « Je voudrais être un saint et je sais que je ne suis pas capable de le devenir. »

B.C. : Comme Bisontin, je suis un homme qui ne sait pas résister à ses passions et qui rompt les amarres. Et quand on rompt les amarres il y a toujours une femme en noir qui reste sur la grève et qui sait que demain elle sera peut-être veuve ou que son mari aura découvert une île où il aura décidé de rester.

A.R. : En fait, d'île, vous avez découvert le Québec.

B.C. : Pas découvert. J'y étais déjà venu, mais brièvement en 68, juste après le Goncourt, pour une grande émission de télévision qui s'appelait « Le sel de la semaine ». Et j'avais eu la chance, c'était au mois de décembre, de débarquer en pleine tempête de neige. La poudrerie, comme ils disent là-bas. J'ai pris le pays dans la gueule. Je me suis dit : « Il faudra que je revienne pour essayer d'y habiter. » Et puis les années ont passé, Château-Châlon, Villeneuve, et puis je suis revenu...

A.R. : Et puis, vous avez rencontré celle qui allait devenir votre femme.

B.C. : Et puis je suis resté. J'ai retrouvé l'hiver. Je suis un homme de l'hiver, vous le savez, et Gilles Vigneault a bien raison de dire de son pays qu'il est l'hiver. L'hiver avant tout. C'est-à-dire avant ce que j'allais découvrir peu à peu : l'indescriptible spectacle des débâcles d'un printemps d'une brutalité terrible ; l'été souvent brûlant et bourdonnant de mouches et de maringouins ; l'embrasement de l'automne où la pourpre et l'or des feuilles plaquent leurs lumières sur l'ombre lourde des résineux. J'ai vécu tout cela depuis l'ancienne ferme que j'habitais à Saint-Télesphore et qui reste, avec la maison de mes parents, le lieu qui m'est le plus cher au monde.

A.R. : Mais qui, comme la maison de vos parents, vous a échappé.

B.C. : Il ne passe pas une journée sans que j'y pense. Une maison de bois modifiée et déjà métamorphosée, mais qui gardait une âme. A côté, quatre vieilles bâtisses de planches grises. Plus de foin. Plus de paille. Ni vaches ni chevaux pour battre le sol du sabot. J'ai passé à Saint-Télesphore, dans le silence habité seulement par la respiration du ciel, des moments d'une extrême intensité. Pour les retrouver aujourd'hui, il me suffit de serrer au creux de ma main un anneau de fer à l'ovale déformé par la traction et l'usure. Je l'ai ramassé là-bas, nettoyé et poli, pour l'emporter comme un précieux témoin des travaux d'autrefois, de la peine et de la joie des hommes qui ont arraché cette terre à la forêt. Maillon d'une chaîne qui servit sans doute à dessoucher, je le contemple, et il raconte. Sa langue est belle et colorée. Elle est venue de Normandie, de Bretagne, du Pays Nantais pour se perpétuer ici depuis les premiers voyages de Cartier et de ses matelots dont certains allaient se faire paysans. Quatre siècles et demi, c'est loin... C'était hier.

De Saint-Télesphore, j'ai beaucoup voyagé à travers le pays. J'ai parcouru ces immensités souvent désertes à la recherche des impressions qu'avaient pu éprouver, en débarquant ici, les premiers voyageurs venus d'Europe. Je suis allé à Québec, bien sûr, où j'ai passé de longues journées à marcher le long du fleuve au plus dur de l'hiver. Je pensais aux grands voiliers prisonniers des glaces ; aux paysans et aux matelots réfugiés dans de mauvaises bâtisses de bois rond montées à la hâte. Entre les troncs mal assemblés par ces charpentiers d'occasion habitués à des climats plus doux, le Nord tout entier devait entrer miaulant de rage comme un fauve dérangé dans sa solitude.

A.R. : Alors vous avez décidé de faire venir Bisontin. Un vrai charpentier.

B.C. : Quand j'ai vu le Saint-Laurent couvert de glace, j'ai senti qu'il me faudrait me colleter avec lui, en faire un personnage. Et sans doute est-ce parce que j'étais moi-même abasourdi — tellement fasciné, à ce point séduit — que je l'ai fait découvrir par deux amoureux : Bisontin et Jarnigoine.

A.R. : Mais avant *Compagnons du Nouveau Monde,* vous publiez deux longues nouvelles : *L'Iroquoise* et *La Bourrelle.* Vos premiers textes à avoir le Canada pour cadre.

B.C. : Sans doute est-ce parce que, pour amener Bisontin au Nouveau Monde, il me fallait tâter le terrain. Nous parlions, il y a de cela un bon moment. de ma rencontre avec le Rhône. Je crois pouvoir avancer que le deuxième choc, capital, de ma vie d'écrivain a été ma rencontre avec le Québec. Voilà que je respirais un vent qui faisait couler en moi la passion de l'immensité. J'apprenais l'ivresse des terres dont rien ne semble devoir marquer les limites. Moi, le quasi-retraité, le vieux de cinquante et quelques années, je me trouvais soudain avec une montagne de pain sur la planche.

Tous les boulangers qui savent encore faire le vrai pain savent très bien qu'un nouveau levain est un regain de force.

A.R. : Une autre jeunesse ?

B.C. : Il ne faut pas se faire d'illusions, les années sont là, elles pèsent lourd. Mais un, élan peut, effectivement, faire rajeunir l'âme et surtout le pouvoir de création. Donner ce que les coureurs de fond appellent le second souffle. « Aussi longtemps que nous restons des apprentis, écrit Jünger, nous n'avons pas le droit de vieillir. » Saoul d'espace et de solitude, il me faudrait désormais traduire de nouvelles émotions et pour cela adapter mes outils, parfois même en changer, trouver la voix capable de porter ce pays où tout est démesure.

A.R. : A propos de second souffle... Vous rappelez-vous le devoir qu'a fait sur vous un dénommé Ducrot ?

B.C. : Si je me le rappelle ! Je l'ai fait taper sur papier pelure de manière à l'avoir avec moi, dans mon portefeuille. Jacques Chancel l'a lu dans une de ses émissions.

A.R. : Et moi, je l'ai trouvé dans vos dossiers :

Rédaction

« Bernard Clavel qui fut un grand écrivain qui naquit en 1742 et mourut en 1795 était naturaliste et passait surtout son temps à écrire des romans que j'aime beaucoup et qui, aujourd'hui, sont bien connus.

« J'admire cet homme qui, à partir de douze ans, commença à travailler à la mort de son père. Il vécut toute sa jeunesse dans la pauvreté avec sa mère. A l'âge de vingt ans, il écrivit son premier ouvrage *Le Voyage du père* qui ne fut presque pas vendu. A partir de vingt-cinq ans, tout en parcourant l'Europe il rencontre un éditeur, Jacques Balmat, qui s'engage avec lui. Où tout allait pour le mieux, il fut frappé par la paralysie.

« Ne pouvant plus entreprendre ses travaux de naturaliste, il se mit à écrire dans son fauteuil roulant.

« Et, cinquante ans après il ne pensait plus qu'à écrire des romans.

« Désespéré, fatigué par les années de tristesse et de désespoir, il perdit sa mère qui lui était la plus belle chose au monde.

« Il avait le visage toujours las et la tête baissée dans ses feuillets et ses encres qu'il tripotait à longueur de journée. Ses cheveux blanchissaient de jour en jour et d'année en année. Se voyant vieillir dans ce fauteuil qu'il ne quittait jamais et dans la solitude, il se suicida un soir d'automne au bord de la fenêtre en regardant tomber la pluie, et laissant tomber doucement son bras vieilli et ridé par les années.

« Eh bien cet homme je l'admire et étant suicidé pour mettre fin à son désespoir ne me paraît pas bien, à moi, qui suis encore un enfant et me rend triste de cette faute. »

B.C. : Le pauvre, il a eu zéro ! Je lui aurais mis huit. Au moins... Quel culot, quel tempérament, quelle imagination...

A.R. : Avouez qu'il n'avait pas bien appris sa leçon. Ce qui me frappe cependant c'est ce qu'il a retenu : un homme vieux, attaché à sa mère, tourné vers le passé, terriblement triste et qui finit par mettre fin à ses jours. Mais ce devoir a été fait en 75. Avant votre départ pour le Nouveau Monde. Près de dix ans après, en 84, dans votre préface à l'édition de poche de *Terres de mémoire* — préface que vous intitulez « Et l'amour en partage » —, vous écrivez : « Pour commencer, un aveu : j'ai changé. [...] Je ne veux plus macérer dans la tristesse. Je veux cultiver la joie qui m'est offerte, la faire grandir, la préserver de toutes les souillures et de toutes les violences. »

Depuis quelques années, en effet, vos réponses aux journalistes ont changé. Autrefois, vous rameniez presque tout à votre passé. Aujourd'hui, vous parlez davantage du présent et du futur. Il y a là quelque chose qui étonne, car, en général, plus les gens vieillissent, plus ils reviennent sur leur enfance.

B.C. : N'imaginez pas que je me sois détaché de mon enfance. Je ne m'en éloigne que pour mieux la regarder. Mais s'il est exact que je parle plus volontiers du présent et du futur que je ne le faisais il y a dix ou douze ans, c'est que ma vie a changé considérablement. J'ai rompu avec tout un pan de mon passé. J'ai épousé une femme jeune, que j'aime d'un grand amour et avec qui j'ai des échanges constants. Nous ne partageons pas toujours les mêmes idées, mais nous avons les mêmes passions. Avec elle, je ne connais plus jamais ni l'ennui, ni la grogne, ni toutes ces choses qui rendent le présent si pénible et le futur si peu engageant que l'on a souvent tendance à se reporter sur le passé.

Je ne sais pas si je suis un artiste assez important pour que certains, se penchant sur mon œuvre après ma mort, disent qu'il y a le Clavel première manière, deuxième manière, etc. Ce que je sais, c'est que je n'écris plus depuis cette union de la même façon qu'avant. Ma femme, qui écrit elle aussi, me contraint à beaucoup retravailler mes textes. Nous bâtissons en commun. C'est ainsi que nous avons écrit ensemble un conte pour enfants : *Félicien le fantôme* ; l'adaptation, pour la télévision, des cinq tomes des « Colonnes du ciel ». La collaboration est un enrichissement. Avec elle, j'ai rompu avec une certaine solitude qui m'a longtemps écrasé sans que j'en sois vraiment conscient.

A.R. : Et pourtant, il semble que vous vous isoliez de plus en plus. Vous ne faites plus de signatures — ni dans les librairies ni dans les salons. Vous n'allez plus dans les écoles. Vous refusez de faire des préfaces aux manuscrits de romans qu'on vous envoie. Vous êtes plus allergique que jamais à toute forme de mondanité. Vous ne venez que très rarement à Paris...

B.C. : Je manque déjà de temps pour écrire...

A.R. : Non ! Il n'y a pas que ça. Il y a aussi que l'amour vous a rendu terriblement égoïste.

B.C. : Il y a surtout qu'avec ma femme, j'ai la force de vivre les exigences de mon métier. Or, le métier d'écrivain est d'abord un métier de solitaire. Dès qu'un authentique écrivain s'écarte de cette vérité fondamentale et de la règle qu'elle lui dicte, il est fatalement puni. Il va inévitablement rencontrer des médiocres venus brouter à son râtelier et leur vue va le blesser. Nous vivons des temps très durs pour les artistes de tempérament parce que la presse écrite et parlée a jeté le public dans une grande confusion. Tout ce qui s'édite est œuvre d'écrivain. On fabrique un livre comme on fabrique une automobile. De la même manière on va lui fabriquer son succès. Il n'aura sans doute pas de lendemain, mais, au passage, il aura blessé quelques vrais talents en train de naître. Je n'en ai pas souffert beaucoup parce que je suis arrivé quand la foire commençait, mais j'ai tout de même assez cruellement éprouvé ses effets pour n'avoir aucune peine à me mettre dans la peau du véritable écrivain qui débute aujourd'hui. Je le plains de tout mon cœur et je ne puis lui donner qu'un seul conseil : qu'il ne perde jamais de vue que le métier d'écrivain est fatalement une longue solitude.

Qu'il n'oublie pas que personne ne le ménagera jamais et qu'il n'a, pour sa part, à ménager personne.

S'il remporte un premier succès, il sera forcément invité. Je ne lui conseille pas de tout refuser, mais s'il sent qu'il doit le faire parce que son art exige de lui une présence constante, qu'il refuse sans scrupules. Il ne doit rien à son public que des livres.

L'écrivain en représentation n'est plus un écrivain. Je le sais pour avoir trop souvent cédé aux sollicitations de toutes sortes. L'écrivain n'est lui-même qu'en deux endroits au monde : sa table de travail et le champ qui lui fournit le blé à moudre. Ce champ peut être le monde entier, l'univers ou un étroit réduit, il ne saurait être un lieu où les autres observent l'écrivain qui leur est livré comme une bête curieuse.

Je ne suis pas l'homme d'une tour d'ivoire. J'ai besoin du contact des êtres, des terres et des choses pour nourrir mon œuvre. Mais, vous ayant dit cela, je vous dois un aveu qui m'est cruel : jamais ce que l'on appelle le contact avec le public ne m'a rien apporté pour mes livres à venir. Simplement le bonheur que l'on éprouve toujours à constater que l'on a pu procurer du plaisir ou communiquer une émotion. Mais c'est une chose que le courrier vous apporte tout aussi bien.

Vous voyez que si j'ai décidé de m'isoler, c'est après avoir usé du contact, et après avoir longuement réfléchi. Je sais à présent de manière absolument certaine que le meilleur de moi (et peut-être le pire) se trouve dans mes livres. Ma présence physique ne peut rien apporter à mes lecteurs. C'est Guéhenno qui avait raison, Guéhenno qui tenait tant à « cette intimité pathétique que tout écrivain tente d'établir avec chacun de ses lecteurs ».

A.R. : Mais pourquoi refusez-vous d'aider ceux qui débutent ?

B.C. : Je ne refuse pas de les aider. Je ne peux rien pour eux. Solitude ! Solitude ! Allez-vous enfin vous entrer ce mot dans la tête ? Le métier d'écrivain est un métier de solitaire, l'apprentissage comme le reste. Si je ne fais pas de préfaces, c'est que les préfaces ne servent à rien. Et puis, je ne sais pas parler des romans. Si je ne lis pas les manuscrits que l'on m'envoie, c'est que je suis un très mauvais lecteur d'œuvres de fiction, au point d'avoir quitté l'Académie Goncourt. On me demande des conseils. Certains voudraient savoir s'ils doivent continuer d'écrire. Jamais je ne me permettrais de juger ! Alors que je doute de moi à chaque ligne, à chaque mot... Et plus je vais, plus le doute est grand, plus je me sens dépourvu.

Il faut souvent bien des années et bien des livres à un écrivain pour qu'il trouve son public, mais, dès lors que ce public existe, il s'en détache des filles et des garçons, des femmes et des hommes qui ont eux aussi, le goût et le désir d'écrire. Parce qu'ils aiment un auteur, parce qu'ils se sentent en étroite communion avec lui, c'est à lui qu'ils adressent leurs textes. A cet homme qui a la chance d'être édité et dont les livres sont lus, ils attribuent tous les pouvoirs. Il va les lire à son tour, il va imposer leur manuscrit à son propre éditeur et, dès que ce roman paraîtra, le romancier déjà consacré n'aura qu'à lever le petit doigt pour que son protégé prenne la tête sur la liste des ouvrages les plus lus.

Bigre ! s'il en allait ainsi !...

Eh bien non ! Ce n'est pas cela. Répétons-le une fois de plus : un écrivain ne détient aucun pouvoir dans ce domaine, et c'est aux éditeurs que doivent être adressés les manuscrits. C'est une erreur de croire que les textes ne sont pas lus. Les lecteurs des comités sont gens sérieux. Ils peuvent se tromper mais ils font consciencieusement leur travail. Lorsqu'ils refusent un mauvais livre, c'est d'abord à son auteur qu'ils rendent service. Même si celui-ci souffre au point d'envisager d'en finir sur le moment, la douleur passera. Un jour viendra où, si cet auteur a vraiment quelque chose à dire, il le dira. Il remerciera alors — comme je l'ai fait depuis longtemps — ceux qui lui auront refusé ses premiers essais.

Il faut parfois détruire trois ou quatre romans avant d'en écrire un qui mérite d'être lu.

Et surtout, que ce refusé n'aille pas céder aux avances de ceux qui lui proposeront une édition « à compte d'auteur », je suis prêt à parier avec lui qu'il s'en mordrait les doigts au point de ne plus jamais pouvoir empoigner un stylo.

Je sais, ça fait très mal d'être refusé. Mais autant savoir, dès l'abord, qu'écrire est un bonheur qui se paie. Tout comme la liberté. Je ne sais pas si vous avez lu *Avec mon meilleur souvenir,* de Françoise Sagan ? Non ? Alors, il faut le lire, il y a dedans des choses très justes, terribles, en particulier sur ce qu'il en coûte de créer. Ça se termine par la littérature : « Elle fait de ceux qui osent la toucher, même du bout des doigts, des infirmes impuissants et amers, et ne leur accorde rien, sinon parfois, par cruauté, un succès provisoire qui les ravage à vie. »

A méditer.

Écrire n'est jamais une partie de plaisir. On n'écrit « bien » qu'au prix d'un engagement total. Se donner entièrement au monde qui va sortir de soi, se vouer corps et âme à ces damnés personnages, même le romancier ne mesure jamais vraiment ce que cela va signifier.. Quand j'ai entrepris de raconter, par exemple, les souffrances des colons des années 30 dans le nord du Québec, j'ai éprouvé d'abord un peu de honte à parler de tant de misère sans en avoir porté ma part. Mais, très rapidement, je suis entré dans le monde que je décrivais, ma honte m'a quitté. J'étais envahi par le froid, par les odeurs, j'avais faim...

A.R. : Dieu sait pourtant si vous avez écrit *Harricana* dans une maison douillette, face au Léman. Tout ce qu'il y a de plus paisible et de plus rassurant.

B.C. : Ça n'a rien à voir.

A.R. : Je sais : vous n'êtes pas là où vous êtes, mais là où se trouvent vos personnages. Aussi allez-vous me parler des lieux du « Royaume du Nord ». Puisque vous vous y trouvez depuis plus de quatre ans alors que le commun des mortels vous croyait en Suisse, à Morges plus précisément, sagement installé à votre table de travail.

B.C. : Je vous ai dit que je déconseille aux curieux de chercher à parcourir les sentiers suivis par les personnages de *Compagnons du Nouveau Monde* quand ils sont enlevés par les Indiens. En revanche, je puis vous annoncer que plusieurs jeunes Français sont partis sur les traces de Steph, de ses parents et de Raoul, héros de *Harricana.* En fait, je crois qu'ils ont surtout descendu en canot l'Harricana depuis le lac Siscoe jusqu'à son estuaire.

Pour se procurer une carte détaillée de la région où se situe l'action du « Royaume du Nord », le plus simple est d'écrire au Kiosque touristique d'Amos : 122, 6e Avenue, Amos. Abitibi. PQ Canada.

Il existe également un bon *Petit Atlas géographique du Québec,* aux éditions Guérin : 4574, rue Saint-Denis, à Montréal.

Mais, donnant ces précisions, je tiens à insister sur un point qui me paraît capital :

Au moment de publier *Harricana,* mon éditeur voulait y joindre une carte. J'ai refusé parce que je tiens à conserver ma liberté de romancier. Si, dans mon esprit, Saint-Georges-d'Harricana se trouve situé où vous verrez Amos, si *L'Or de la terre* se déroule sur ce que l'on nomme l'île Siscoe (près de Val-d'Or), si, en un mot, mon Royaume du Nord est directement inspiré par la grande aventure de l'Abitibi, il n'en reste pas moins que je veux demeurer maître de mon Royaume.

Je dois avouer qu'au moment où est sorti le premier

volume de cette série, j'étais loin de m'attendre à voir arriver l'avalanche de lettres me réclamant une carte. Il est vrai que, même au Canada — que dis-je, même au Québec —, bien des gens ignorent où se trouve l'Abitibi.

Pour faciliter les recherches, puisque tout le monde sait où se trouvent Ottawa et la baie James, en tirant un trait de l'un à l'autre, ils tomberont forcément dessus.

Je regrette beaucoup de ne pouvoir en dire plus, mais le romancier est amené à prendre, avec la géographie, des libertés qui peuvent, à première vue, dérouter un voyageur. Ce qui compte, ce n'est pas la vérité, c'est la vraisemblance. C'est que tout se tienne. Et je sais que tout se tient, parce que les pionniers dont l'épopée m'a inspiré cette fresque se sont très bien retrouvés dans mes romans.

A.R. : Je vais simplement citer cette phrase tirée d'une lettre de Jean Fergusson, écrivain et professeur à Val-d'Or : « On dirait que tu nous as donné une grande fierté de notre région rude, solitaire et désolée... »

B.C. : L'histoire de l'Abitibi m'a accroché dès le début, dès que j'ai appris que des gens étaient allés s'installer là-bas, à partir de 1910, dans des conditions épouvantables. Je me suis dit : « Le pays a ton âge, à peu de chose près. » Avant, il n'y avait rien. Uniquement des forêts, des lacs, des rivières où passaient parfois des coureurs de bois et des Indiens. C'est extraordinaire de penser qu'un monde a pu se faire en si peu de temps, que l'on va pouvoir toucher du doigt son histoire, la caresser comme un chat qu'on prend sur ses genoux. L'entendre racontée par les vieux qui se souviennent. Alors je suis parti. De la ferme de Saint-Télesphore, puis du gratte-ciel de Westmount Square, je suis allé vers le nord. Le Témiscamingue, l'Abitibi, le fleuve Harricana... J'ai fait je ne sais combien de périples, j'ai marché, roulé, volé durant des heures et des heures. Sans voir âme qui vive. A chaque endroit où je me suis arrêté, j'ai rencontré mes personnages. Je les ai écoutés. Et je n'ai pas perdu mon temps !

Où que j'aille désormais je retrouverai, en face de moi, le visage marqué par la fatigue et le regard noyé d'émotion de Florida Cailler. Nul ne connaît ailleurs qu'en son village du bout du monde le nom de cette femme partie vers le nord durant la crise des années 30 et qui pleurait en me racontant ses luttes et sa misère. Partout me suivra le récit essoufflé de ce mineur de Nord-Métal, rongé par la silicose, accroché à sa maison dans cette cité fantôme aux puits abandonnés. En tous lieux, je retrouverai ce conducteur d'engins, assis dans un baraquement de chantier et me contant son arrivée vers l'estuaire de Rivière-la-Grande, alors que rien n'existait encore des fabuleux barrages qui expédient aujourd'hui leur énergie jusqu'à New York. Cet homme-là portait son aventure dans ses grosses mains gercées. Ses compagnons plus jeunes que lui l'écoutaient avec envie, eux qui sont aussi de la race des pionniers. La vision de la route de glace me poursuivra toujours. J'y retrouverai l'homme bâti comme un iceberg et capable de faire traverser un torrent à un camion de cent tonnes sur un pont de troncs d'arbres que seul maintenait entre eux le ciment de l'eau et du froid conjugués. Je marcherai longtemps au pas de ce coureur de bois devenu centenaire, qui me parlait de ses randonnées, de ses nuits de bivouac entre deux feux cernés par les loups. Et puis, l'inoubliable et inépuisable discours véhément et tragique d'Hauris Lalancette, le dernier paysan à s'accrocher encore, tout au Nord, au bout du bout d'un « rang » abandonné. Il lutte à la fois contre la forêt et contre le gouvernement. Et il gueule. Et il y a dans son appel toute la beauté, toute la grandeur, tout le pathétique de ce Nord qui m'a empoigné à jamais.

Avec tous ceux-là, avec le souvenir de l'honorable Garon Pratte me parlant des années encore proches où le couteau faisait souvent la loi, sur les sentiers de bois, il y a les trappeurs, les prospecteurs, les fous de l'or, les bûcherons, les curés-pionniers, les gardes-malades perdues dans les congères, les prostituées, les trafiquants, et mon ami François, le médecin des neiges qui sauve les Indiens.

Vous voyez : une fois de plus, je n'ai rien inventé et j'ai tout inventé.

A.R. : Mais vous allez nous mener jusqu'où, avec ces gens-là ?

B.C. : Je ne vous le dirai pas. D'abord parce que si je vous dévoilais la suite, je n'aurais plus aucune envie — ni aucune raison — de me la raconter. Et puis aussi, peut-être surtout, parce que je suis trop respectueux du côté aventure qui existe dans le métier de romancier.

Le roman c'est comme la vie. Vous allez sortir d'ici, rentrer chez vous, et si ça se trouve vous allez rencontrer en route quelqu'un qui va changer votre existence. Vous n'y pensez pas, vous ne le prévoyez pas, mais cela peut arriver. Quand on écrit un roman, la même chose risque de se produire. Il y a des personnages qui passent comme ça, qu'on a envie de retrouver, or, le seul moyen de les retrouver c'est de raconter leur histoire. Le phénomène s'est déjà produit, on l'a vu, avec « Les Colonnes du ciel » et j'ai depuis été obligé de prendre bien des virages que je n'avais pas prévus pour « Le Royaume du Nord ».

Il y a un moment, dans la création, que je tiens pour extrêmement important. C'est celui où l'histoire qu'on est en train d'écrire prend le pas sur le réel. C'est l'instant où le personnage à qui l'on s'en prend commence à devenir encombrant. Pas encombrant dans le livre, mais dans la vie. On n'écrit pas un livre d'une seule traite, sans quitter un instant la pièce où l'on travaille. La composition d'un roman peut durer des mois, on ne se détache pas durant des mois du monde extérieur. Alors, il y a une porte, celle de la pièce où l'on écrit, qu'il faut ouvrir et refermer derrière soi après être sorti. On a beau faire vite, il arrive un certain moment où quelques personnages font comme les chats. Ils vous filent entre les jambes. Vous croyez les avoir laissés aplatis entre deux feuilles de votre manuscrit, non, vous les retrouvez de l'autre côté de la porte. C'est à la fois merveilleux et très ennuyeux. Merveilleux parce que le personnage existe. Ennuyeux parce que c'est le moment où le romancier se met à parler tout seul dans la rue. A faire des grimaces dans le métro. A s'apercevoir que les autres passagers le regardent comme une bête curieuse. Comme un fou. C'est aussi le moment où il bâcle tout ce qui est en dehors de son livre pour revenir vite s'enfermer avec ses personnages. Celui où sa femme lui dit : « Mais qu'est-ce que tu as ? Tu n'es jamais là ! Tu penses toujours à autre chose. A moins que ce ne soit à quelqu'un d'autre ? » Pour un peu, elle lui ferait une scène de jalousie. Car elle est absolument incapable d'admettre que son mari est un homme bien embêté. Traqué. Poursuivi par une meute.

J'ai la chance extraordinaire d'avoir une femme qui non seulement me comprend, mais qui est dans le même cas que moi. Si bien que nos personnages envahissent la maison et y vivent vraiment, les siens et les miens. On en parle comme de gens bien vivants, comme on parlerait de vous. Récemment, elle finissait quelque chose qui se passait en 1980, et en France. Tandis que moi, je me trouve au Québec, dans les années 30. Tout notre monde se retrouvait dans notre cuisine du pays de Vaud. Vous voyez ce que cela pouvait donner.

Et quand il nous faut partir pour quelques semaines, que nous devons enfermer tous nos gens dans le coffre d'une banque... c'est qu'ils n'y restent pas ! On les emmène, on n'a pas le temps de s'en occuper, mais ce sont eux qui s'occupent de nous.

Bien entendu, une fois l'œuvre terminée, ces personnages, il faut s'en débarrasser. Il faut tuer même ceux qu'on n'a pas tués dans l'action du livre. Si on ne les tue pas, ils vous encombrent, on a une tête qui devient un peu comme Paris, une ville surpeuplée, où on ne peut plus circuler.

Mais une fois tués, il arrive qu'on soit obligé de les ressusciter. Il arrive même que d'autres aient envie de les ressusciter à votre place. C'est ce qui est arrivé récemment avec Gabriel Axel et la saisissante réalisation qu'il a faite des « Colonnes du ciel » pour la télévision.

Enfin, vous voyez : c'est dément, c'est intense et c'est épouvantablement épuisant. A quoi j'ajouterai simplement cette phrase de Gustav Mahler : « Si je devais cesser de créer je serais alors le plus malheureux des hommes. »

A.R. : On en revient toujours à cela qui m'amène à une question peut-être banale, sans doute douloureuse, mais qui devrait nous permettre de conclure : que feriez-vous s'il vous était interdit d'écrire ?

B.C. : Je suis tenté de vous répondre que je peindrais, je sculpterais, j'apprendrais la musique, mais vous allez me dire que c'est un moyen trop facile de me défiler. Si l'on m'interdisait d'écrire, se poserait alors à moi de manière terrible la question de Rilke qui revient sans cesse : « Mourriez-vous s'il vous était défendu d'écrire ? » Je ne vous ai pas attendue pour me la poser. Il y a près d'un demi-siècle qu'elle me poursuit. Jusqu'à présent, j'y ai répondu en écrivant toujours davantage, toujours avec une fièvre plus intense. Je crois que le fait que je sois tellement effrayé à la perspective qu'elle pourrait se poser un jour véritablement constitue déjà en soi une réponse.

Morges, 1er février-1er juillet 1985

P.-S. A une réponse donnée dans ces pages, il me faut ajouter qu'entre la rédaction de ce livre et la lecture des épreuves, j'ai déménagé pour la vingt-cinquième fois.

Doon House, Maam, Irlande
Septembre 1985

Et après Le Royaume du Nord ?

A.R. : Depuis votre P.-S. de septembre 1985, beaucoup d'eau a coulé sur cette terre d'Irlande où vous vous êtes installé et que, déjà, vous vous préparez à quitter.

B.C. : Pourquoi, déjà ? J'y suis depuis quatre ans. C'est à peu près ma moyenne.

A.R. : Ce qui laisse présager que vous vous embarquez pour un autre bail de quatre années sur une autre terre ?

B.C. : Qui sait ? En tous les cas, je ne parlerai pas pour le moment de cette autre terre que je connais à peine. Sachez tout simplement que je me trouve de nouveau en plein dans cette fièvre qui, chez moi, précède chaque déménagement.

A.R. : Quand je dis que beaucoup d'eau a coulé, je ne pense pas seulement aux averses qui arrosent le Connemara, mais au travail que vous avez accompli, aux livres écrits et publiés peut-être également à ceux qui sont encore en gestation et que vous inspire l'Irlande.

B.C. : Alors, si vous le voulez bien, commençons par là. C'est le plus simple. On ne passe pas quatre ans sur un sol aussi fort, aussi chargé sans en sortir marqué d'une certaine empreinte. Mon ami Tomi Ungerer, qui vit lui aussi en Irlande, prétend qu'il a du mal à y travailler parce que des forces telluriques l'en empêchent. Moi, je crois avoir assez bien écrit ici, mais je dois reconnaître que ce n'était pas toujours aisé. Non point en raison des forces telluriques — qui me semblent au contraire plutôt bénéfiques — mais à cause du climat extrêmement lénifiant. L'aiguille de l'hygromètre se promène constamment entre 70 et 100 %. Chose très pénible à porter. Et je ne parle pas de la pression barométrique qui vous écrase. Ce sont des phénomènes que je n'avais pas prévus. Je n'avais vu que la solitude et la beauté du pays. Et ce silence que nous ne retrouverons nulle part ailleurs. Mais il me paraît naturel de ne plus imposer pareil isolement à ma femme qui est bien trop jeune pour s'en accommoder. Et puis, il me manque les saisons...

A.R. : Nous y revenons inévitablement. Nostalgie de l'hiver : glace, neige et poudrerie... Nostalgie d'autant plus forte que vous avez mis un point final à votre « Royaume du Nord ».

B.C. : Et quel immense trou noir ! Un vide qui me donne encore le vertige après des mois. Ces pionniers, ces chercheurs d'or, ces bûcherons, ces mineurs, ces Indiens que j'ai fait vivre durant plus de dix ans m'ont tellement apporté que je n'arrive pas à les quitter vraiment. J'aimerais, par exemple, consacrer un album à leur pays. Peut-être aussi ajouter à cette partie de mon œuvre quelques nouvelles ou courts romans qui me permettraient de brosser des portraits de personnages qui m'ont échappé. Ou, plus exactement, que j'ai dû repousser au moment où ils se présentaient à moi parce qu'ils n'avaient pas place dans cette série. Vous voyez, c'est toujours le même problème : un roman a beau être un monde, il doit rester une œuvre d'art : une construction équilibrée. Si on y fait entrer tous les gens qui passent devant la porte, ça devient vite une pétaudière.

A.R. : A regarder votre « Royaume du Nord » bouclé et à repenser au projet que vous en aviez...

B.C. : Je n'avais pas dû vous parler beaucoup de ce qui n'était pas écrit.

A.R. : Il me semble pourtant que vous envisagiez cinq tomes dont le dernier serait consacré aux pionniers de la baie James. Or, il y en a six, le dernier traite bien des barrages et un peu de ceux qui les ont faits, mais avec l'œil critique et douloureux des Indiens.

B.C. : Exemple même du roman qui s'impose au romancier. Et ce n'est pas simple. J'ai écrit, je crois, trois versions de ce livre en me mettant à la place de ces constructeurs fabuleux avec qui j'ai eu la chance de vivre un peu. Chaque fois, ma femme lisait et me rendait — en quelque sorte — avec le mot : « Peut mieux faire. » Elle ajoutait : « Il me semble que tu n'oses pas approcher les Indiens. » Ça a duré comme ça bien longtemps. J'ai été dix fois sur le point d'abandonner, jusqu'au jour où Josette ayant relu une fois de plus m'a dit : « Tu as pourtant là une formidable occasion de rendre la terre à qui elle appartient : aux maudits sauvages ! Cette phrase que j'entends encore comme si elle venait de me la lancer a été le déclic. Je tenais enfin l'élan et le titre. J'ai foncé.

A.R. : Et ça a marché ?

B.C. : Pas du premier coup. Il m'a fallu encore pratiquement trois versions, mais j'étais sur la bonne voie. Seulement, on n'entre, pas facilement dans la peau des Indiens. Même si on croit les connaître un peu.

A.R. : J'ai examiné récemment les dossiers de presse des six volumes du « Royaume du Nord ». Deux remarques : de grands critiques ont écrit des pages très élogieuses, mais il ne sont finalement pas nombreux. Par contre, on trouve quelques démolitions...

B.C. : D'abord les démolitions. Vous observerez qu'elles viennent de petites personnes sans envergure que les tirages de mes livres rendent malades. Je crois qu'ils suivent les chiffres plus que moi. Et me vient, à leur propos, ce mot de Sacha Guitry : « Si ceux qui disent du mal de moi savaient exactement ce que je pense d'eux, ils en diraient bien davantage. » Quant au nombre extrêmement limité d'articles, il me semble que vous aviez vous-même constaté à quel point mes dossiers de presse avaient enflé à l'époque où je siégeais à l'Académie Goncourt. La quasi totalité de la critique se fait en famille. Je ne suis pas de la famille. Ni directeur d'un journal, d'une télévision ou d'une radio, ni critique, ni salonard. Je n'ai donc aucun ascenseur à renvoyer. Je suis un solitaire qui reste chez lui, fuit les cénacles et refuse les décorations. Qui voulez-vous que j'intéresse dans un milieu où tout s'échange et s'achète ?

A.R. : Je citerai pourtant — et longuement, vous m'en pardonnerez — un critique québécois qui a la réputation, là-bas, d'être très dur et tout à fait imprévisible. Cet extrait me paraît résumer l'essentiel de ce qu'il y avait à dire sur votre saga. Réginald Martel, *La Presse,* Montréal, 1er avril 1989 :

« ... Voici le sixième et dernier volume du cycle. *Maudits Sauvages*. Les plus fidèles les auront lus tous, j'en ai lu cinq. En tout, mille cinq cents, deux mille pages peut-être. Une œuvre immense, à la mesure du territoire d'où elle a été arrachée avec une ferveur qui commande l'admiration. Œuvre romanesque, d'imagination donc, mais qui tient assez compte de la vérité historique pour la dépasser sans la trahir. M. Bernard Clavel a *marché* nos terres ingrates et magnifiques, il a connu ceux qui les ont habitées, il a subi et les gifles des hivers et les piqûres des mouches noires.

« L'art pour l'art n'est pas sa manière. L'artisanat si, qui veut dire connaissance intime des matériaux et des outils, et respect des uns et des autres. L'art vient quand même après, qui ne doit rien aux modes de maintenant, de naguère ou de jadis ; l'œuvre ainsi se situe hors du temps et d'autant mieux armée pour le traverser, il me semble, lentement, longtemps. Parfois, quand je regarde ma maison paysanne du XVIIIe siècle à Lotbinière, je me dis que ceux qui l'ont bâtie avaient la fierté et l'humilité de M. Clavel.

« On ne quitte pas facilement ce à quoi on a donné pendant plus d'une décennie le meilleur de soi-même. Ici c'est l'œuvre mûre qui quitte l'écrivain et *Maudits Sauvages* est tout entier habité par ce sentiment d'abandon qui n'épargne pas, dit-on, certaines parturientes. Enfants de mots ou de chair lancés vers un imprévisible destin, paternité ou maternité vécues en creux. C'est pourquoi M. Clavel a pris cette fois une profonde respiration, bien décidé à ne rien brusquer. En finir puisqu'il le faut, mais surtout ne pas feindre de s'en aller le cœur léger. »

B.C. : C'est un admirable article. Je ne lui connais qu'un pendant en France : la très forte analyse de Michel Suffran.

A.R. : Je vous sens ému. Tout y est, n'est-ce pas ? Le travail, l'œuvre d'art et puis ce trou dont vous parliez tout à l'heure. Mais puisqu'il vous a fallu vous arracher à votre « Royaume du Nord », retournerez-vous au moins vivre au Québec un jour ?

B.C. : Je n'ose l'espérer. La maison de Saint-Télesphore où j'ai été si heureux n'est plus à ma portée. Et puis, c'est toujours une erreur de remettre les pieds dans ses pas. N'empêche... Si je pouvais aller finir ma vie dans le bas du fleuve, près de Kamouraska par exemple, ce serait un immense bonheur. Mais je n'ai pas à me plaindre. Je suis un homme comblé par une femme que j'aime et qui m'aime et par des lecteurs fidèles et attentifs.

A.R. : A l'heure où je vous interroge, l'Europe est en train de se faire...

B.C. : Je dirais plus volontiers qu'elle cherche à se faire.

A.R. : Pour le pacifiste que vous êtes, ce devrait être une source de joie ?

B.C. : Si c'est l'Europe sans armée que Victor Hugo souhaitait en 1869 ; si c'est l'Europe que Jean Guéhenno appelait déjà de ses vœux en 1910 et dont il parle si bien dans *La Foi difficile* [1], bien entendu, je serais le premier à me réjouir du fond du cœur. Mais si c'est l'Europe des politicards, des marchands d'armes et des militaires, alors je ne vois pas qu'il y ait lieu de pavoiser. Si c'est l'Europe Verte, pour employer une formule qui parle clairement, là encore je suis d'accord. En faisant remarquer toutefois que ce n'est pas seulement l'Europe qu'il faut pousser vers l'écologie, mais le monde. Les marées noires, le Tiers Monde poubelle, Tchernobyl, Seveso, Bhopal et les essais nucléaires dans le Pacifique, ce n'est pas l'Europe. L'augmentation du nombre d'électeurs écologistes est un phénomène extrêmement intéressant, mais il serait encore beaucoup plus rassurant si nous étions certains qu'il n'est pas dû, en grande partie, au fait que les gens écœurés trouvent là un refuge. J'aime assez

1. Éd. Grasset.

qu'on rencontre de plus en plus d'écœurés de la politique, cependant, je ne voudrais pas que les rangs des Verts soient grossis surtout par des réfugiés peureux ou dégoûtés. Ce ne serait ni sain ni solide. Il ne faudrait pas non plus — et c'est un grand danger — qu'un quelconque parti politique récupère ce mouvement qui ne peut vivre qu'à condition de rester propre.

A.R. : Vous qui êtes généralement pessimiste, croyez-vous pourtant que la nature puisse encore être protégée ?

B.C. : Il serait criminel de jeter le manche après la cognée. Mais il est évident que le point de non-retour a déjà été dépassé dans certains domaines. Il ne faut jamais perdre de vue que le principal obstacle dressé sur la route du véritable progrès est militaire. L'humanité ne se sauvera du désastre que si elle cesse de s'armer. Elle n'en prend pas le chemin. La France ne montre pas l'exemple. Les spécialistes avancent des chiffres effrayants. Entre l'armement classique (ah ! les mots !) et l'armement nucléaire, il y aurait, sur la planète, de 4 à 5 tonnes d'explosifs par individu de l'espèce humaine. Si vous vous sentez à votre aise assise sur une telle poudrière, à la bonne vôtre !

A.R. : Il n'empêche que voir se faire l'Europe devrait vous passionner davantage. Vous réagissez un peu comme si vous doutiez déjà du résultat.

B.C. : C'est probablement que cette Europe dont on parle tant ne me semble pas devoir apporter grand-chose à un monde dont on sait qu'il est coupé en deux. Je ne pense ni à la coupure Est-Ouest ni même à la coupure Nord-Sud qui devient un sujet de débat à la mode. Ou, plus exactement, un élément que l'on introduit dans le débat pour avoir l'air d'avant-garde. Je parle de la coupure entre le Tiers Monde et l'autre. Un Tiers Monde qui n'est pas seulement au Sud, mais partout où il y a de la misère, de la pauvreté. Partout où des gens tirent le diable par la queue tandis que, à côté d'eux, passe la voiture d'un ministre précédée d'une nuée de policiers. Un ministre qui dépense des milliards pour aller assister aux essais d'une arme nouvelle. Le Tiers Monde est partout où un homme tend la main sous un ciel sillonné d'avions de guerre dont chacun dépense, en deux minutes, ce qui le ferait vivre aisément toute sa vie. Droits de l'homme ? Égalité ! Vous rigolez, non ? Mais ce n'est pas aux événements de cet ordre que l'on attache le plus d'importance. Le genou de tel coureur cycliste soulève bien plus de passions. Alors, je me sens pris d'un, grand découragement. Car si les journalistes agissent ainsi, si les responsables des stations les laissent faire, c'est que le public s'intéresse plus aux jeux du cirque pourris par l'argent qu'à la survie de l'humanité.

A.R. : Vous baissez les bras ?

B.C. : Non. Mais par moments, il arrive qu'ils tombent.

A.R. : Quand je disais, tout à l'heure, que beaucoup d'eau a coulé depuis notre dernière entrevue, je pensais également aux larmes. *Maudits sauvages* est dédié « à la mémoire de deux hommes de justice : Casamayor et Yves Pratte ».

B.C. : Je pense souvent au merveilleux Roland Dorgelès qui me confiait : « Quand on commence à connaître davantage de gens au cimetière qu'en ville, ça n'est pas réjouissant ! » Je n'en suis pas encore là, mais lorsque je feuillette mon carnet d'adresses, mon regard tombe de plus en plus sur des êtres chers à qui je n'écrirai plus. Yves Pratte, le père de ma femme, était devenu pour moi un ami très précieux. Grand juriste, il ne connaissait pas Casamayor, mais il l'admirait. Je m'étais promis de les réunir un jour, la mort a été plus rapide que moi. Yves Pratte a été foudroyé en pleine force dans sa maison perdue dans les neiges du Québec. Une demeure où nous aimions à nous rendre pour écrire, Josette et moi, où il aimait à nous entraîner dans de longues marches sur les chemins glacés.

Casamayor, au contraire, a vécu une très longue agonie, mais avec une force et un courage que j'aimerais avoir s'il m'était imposé un jour de devoir lutter contre le mal. Il est resté jusqu'à la dernière minute l'être lumineux et fabuleusement intelligent qu'il avait toujours été. Lucide. Fraternel. Souriant. Attentif aux autres. Tendu vers ce cœur du monde qu'il n'a jamais cessé d'écouter. Nous étions sept personnes à ses obsèques. Il avait souhaité la plus stricte intimité — et chez lui ça n'était pas une formule. Il restera pour moi l'un des très grands exemples. Un sage. Qui s'en est allé comme il avait vécu : en toute modestie. La veille de son départ, il pensait encore aux injustices, aux drames, à la douleur du monde, mais aussi à ses joies, à ses petits riens, soufflant par exemple à Josette — de cette voix qui n'était plus qu'un râle — qu'elle avait une « bien jolie robe ». Si Casamayor a quelquefois laissé aller une plainte, c'était en pensant aux autres, jamais à lui. Combien avez-vous rencontré d'hommes de cette trempe ? Un homme, comme disait Jean Guéhenno « de grand format ».

Doon House, juillet 1989.

Répertoire commenté des œuvres

établi par

Brigitte Waridel

Romans

L'Ouvrier de la nuit

Écrit à la première personne, ce livre est pourtant moins confession que roman. Histoire d'un homme qui a tout sacrifié à sa vocation.

Révolte, doute, dégoût de soi, sursauts d'orgueil, sentiment d'échec sont exacerbés à l'extrême, parfois à la limite du supportable, pour le lecteur qui est interpellé et pris à témoin par un artiste douloureux qui crie beaucoup plus qu'il ne parle.

*Pirates du Rhône (*ou *Vorgine)*

Ce roman, c'est la dernière chanson d'un monde aujourd'hui disparu : celui de la vorgine, celui des passeurs, des braconniers, du petit peuple des rives du Rhône, près de Vernaison. Ces gens vivent du fleuve, en parfaite communion avec lui et ses abords dont ils connaissent chaque roseau, chaque ronce.

C'est un hommage rendu à leur inutile et tragique sursaut de révolte contre les grands travaux qui, à partir des années 50, vont changer à tout jamais le visage du fleuve, canaliser son cours et bétonner ses rives.

Il y a dans ce roman-témoignage comme un geste de piété filiale de la part de l'écrivain, qui doit au Rhône et à ceux qui lui ont appris à le déchiffrer d'avoir découvert sa vraie vocation.

Qui m'emporte (Le Tonnerre de Dieu)

Simone, emmenée de Lyon dans le domaine de Brassac, comme un jeune chien perdu, découvre une autre vie. Elle s'y intègre peu à peu, sans chercher à comprendre, physiquement, avec une sorte d'instinct animal.

Point de départ de cette *renaissance* : le réveil de sensations oubliées, celles de l'enfance, qui symbolise ici le naturel, l'équilibre, la simplicité de la vraie vie.

L'Espagnol

Pablo, républicain espagnol réfugié en France, fuit une guerre qui lui est devenue haïssable.

La terre, les vignes jurassiennes sont ici à la fois lieu et instrument de réconciliation possible entre le monde et lui. Et dans sa lutte contre ses fantômes, Pablo s'attache à cette terre dont il doit tout apprendre et qui, en retour de sa peine, donnera à sa vie une harmonie et un sens nouveaux.

Malataverne

A travers l'histoire de trois adolescents qui décident de voler une vieille femme, ce roman pose la question des causes possibles de la délinquance : ici, et comme souvent, la coupure, l'absence de la communication entre le monde des adultes et celui de la jeunesse.

Le jeune Robert, qui hésite et s'interroge, montre la fragilité de la frontière qui sépare l'honnêteté de la délinquance. Et qu'est-ce qui, en définitive, fait qu'un adolescent, un jour, franchit cette frontière ?

Le Voyage du père

Voulant ramener à la maison, pour les fêtes de Noël, sa fille Marie qui travaille à Lyon et se dérobe sans cesse, Quantin part à sa recherche. Le voyage qui le conduit de sa campagne jusqu'à Lyon, puis le ramène chez lui, est comme un lent chemin de croix. La vérité qu'il découvre sur sa fille le laisse définitivement seul et meurtri, car le bonheur simple qui est celui de sa maison n'est pas armé pour l'affronter en partage.

S'opposant à *Qui m'emporte*, roman du retour aux sources, *Le Voyage du père* est celui de la lumière aux ténèbres. Les silhouettes de Marie et de Simone, les figures de Quantin et de Brassac se font écho.

Tous deux à la fois romans de réalisme et de romantisme, ils opposent à la ville, symbole de souillure, de vanité et de nuit, la nature, symbole de pureté, de vie meilleure et de lumière.

L'Hercule sur la place

Dans le monde des fêtes foraines, Pierre échappe à la délinquance qui le guette dans son désœuvrement grâce au lutteur Kid Léon. La vie, la dignité humaine et les valeurs fondamentales qui en sont le tissu, c'est au contact du petit hercule de foire que Pierre les apprend.

Le personnage de Kid Léon est directement inspiré de celui qui fut un « maître » pour Bernard Clavel, qui raconte ici, en quelque sorte, une page de ses « universités ».

Le Seigneur du fleuve

Ce roman évoque l'épopée des grands bateliers du Rhône, à un tournant important de leur histoire : l'apparition des premiers vapeurs.

A la charnière de cette mutation, Philibert, Merlin, le

patron marinier, à la tête de ses barques tirées par les chevaux, lance un défi au progrès, au monde moderne qu'il refuse.

Avec la mort de ce seigneur, englouti corps et biens dans le Rhône, s'achève symboliquement l'époque des anciens pour faire place à celle des modernes.

Est-ce le défi inutile et néfaste d'un homme orgueilleux contre le mouvement inébranlable de l'histoire ?

Le Tambour du bief

Sur fond de joutes nautiques et de fête, se joue le drame d'Antoine, chef tambour de la Société de Sauvetage et infirmier : une piqûre pourrait délivrer la vieille mère Kermeur, condamnée par la maladie et qui appelle souvent la mort de ses vœux.

Le drame d'Antoine est double : c'est d'abord celui de la question à laquelle il doit faire face (a-t-il le droit, peut-il ?) et celui du glissement lent mais perceptible de la solitude, dont il est coutumier, vers l'isolement que lui impose cette interrogation.

La question de l'euthanasie reste avant tout un débat intérieur de l'homme seul avec sa conscience.

Le Silence des armes

Venu d'Algérie dans son village jurassien pour quelques jours de convalescence, Jacques Fortier va jusqu'au bout de sa révolte contre une guerre dans laquelle il s'était engagé et dont il est maintenant malade.

La terre et la nature s'inscrivent, comme dans *L'Espagnol*, en symboles d'une réconciliation de Jacques avec lui-même et avec la mémoire de son père.

Mais aux yeux de la société, le héros est un déserteur. Et derrière son drame particulier se pose la question du pacifisme et de l'objection de conscience.

Tiennot

Tiennot est un être fruste, simple, auquel échappent les conventions établies de la société. Sa solitude sur l'île au Biard, son rapport instinctif et total à la nature et à tous les éléments qui la composent, soulignent sa « différence ». La présence d'une femme à ses côtés : ose-t-il seulement en rêver ? Les autres vont lui arranger ça et pourront dormir tranquilles.

Mais c'est l'échec, et Tiennot s'exclura lui-même de cette société qui, pour avoir voulu se donner bonne conscience en prétendant faire son bien, a provoqué une brèche fatale dans son fragile univers.

LA GRANDE PATIENCE

1) *La Maison des autres*

A travers son apprentissage de pâtissier, Julien Dubois apprend les hommes, la société, avec ses jeux et ses règles, l'amour et l'injustice, la force de l'amitié et du rêve pour surmonter la médiocrité ; ce sont deux années qui mènent au bout de l'enfance : le prix à payer est lourd, mais la révolte peut prendre bien des formes.

Derrière la fiction romanesque nourrie d'éléments autobiographiques, apparaît la peinture d'une société aux prises avec l'histoire, avec les mutations de son temps, entre l'avènement du Front populaire et les prémices de la Seconde Guerre mondiale.

2) *Celui qui voulait voir la mer*

L'exode de 1940 pousse Julien sur les routes du Sud et laisse à Lons-le-Saunier le père et la mère désormais dans l'attente. La figure maternelle se détache bien vite, illustrant le désarroi, l'impuissance, l'angoisse sourde d'un petit coin de pays devant une guerre qui est partout et nulle part.

L'insouciance du fils amplifie la portée de la douleur maternelle et l'oppression de son attente.

3) *Le Cœur des vivants*

A Castres, enrôlé dans l'armée de l'armistice, Julien Dubois fait deux découvertes tout à fait différentes mais qui, l'une comme l'autre, participent de son apprentissage de l'âge d'homme : d'abord l'expérience exaltante de l'amitié et par elle d'un monde qu'il ne soupçonnait pas, celui de l'art, de la poésie, des livres; ensuite celle du premier grand amour, dont les difficultés et le terme tragique l'éloigneront à tout jamais de l'adolescence.

Et cela en un temps de l'histoire où tout est troublé et déstabilisé. A quelles valeurs se raccrocher à un moment où des repères sûrs sont si importants pour poursuivre le chemin de sa vie ?

Les victimes de la guerre ne se comptent pas que sur les champs de bataille.

4) *Les Fruits de l'hiver*

La pauvreté, la solitude, l'usure de la vieillesse, les silences et les petits mots de misère, le dernier bout de route qui mène à la mort, l'attente : la vie des parents Dubois tient davantage de la survie ; les soubresauts de la guerre qui tire à sa fin, puis ceux de la Libération soulignent les traits de ce tableau en clair-obscur.

Roman de sentiments, c'est une évocation douloureuse et sans concession qui parachève le portrait maternel de *Celui qui voulait voir la mer.*

1) *La Saison des loups*

1639, en Franche-Comté, sur fond de guerre, de pillages, d'exode et de mort, un charretier, Mathieu Guyon, affronte un destin qui le dépasse ; lente descente aux Enfers qui commence aux loges de la Beline, chez les pestiférés, et s'achève à la potence.

Mathieu, héros ou antihéros ?

2) *La Lumière du lac*

En forêt de Chaux, Mathieu a failli suivre cette caravane guidée par Bisontin-la-Vertu, et qui fait route vers le pays de Vaud.

Malgré la paix retrouvée, malgré la beauté du lac, malgré l'amitié, l'oubli est impossible. Et Alexandre Blondel, soldat sans armes qui se bat pour sauver les enfants comtois, et les amène à Morges, est là pour rappeler les ravages de la guerre que l'on a tenté de fuir.

C'est le roman de l'exil. C'est le roman de l'exilé, cette âme partagée entre l'apaisement, le bonheur de revivre, et la douleur du déracinement.

3) *La Femme de guerre*

Au contraire de Mathieu, le charretier d'Aiglepierre, Hortense d'Eternoz affronte un destin qu'elle a choisi, en décidant de poursuivre l'œuvre d'Alexandre Blondel ; grande figure héroïque, il reste à dégager les moteurs véritables de son action : le sentiment de vengeance a-t-il une part dans cette croisade ?

Hortense est une figure complexe, où se mêlent force charnelle et guerrière et idéal humanitaire.

4) *Marie Bon Pain*

La paix revenue en Franche-Comté, Bisontin, Marie et les autres rentrent au pays. Le bonheur retrouvé ?

Mais Hortense est traquée, et elle va mourir. Bisontin s'en va. Il quitte Marie et la Vieille-Loye.

La figure féminine qui est au centre du roman se dessine comme en contrepoint à celle d'Hortense. Marie Bon Pain, c'est la femme meurtrie dans son âme et dans sa chair par l'abandon. Et elle n'échappera pas à cet obscur cheminement des sentiments, cette alchimie du cœur qui transforme l'amour en haine.

5) *Compagnons du Nouveau Monde*

Le Nouveau Monde, pour Bisontin, c'est une vie nouvelle avec Séverine, c'est la rupture avec le Vieux Monde et avec son passé, c'est *partir.*

Comme beaucoup d'autres, il s'engage pour travailler à la construction de la Nouvelle-France. Il découvre un pays rude et violent, que tentent de domestiquer les jésuites à coups d'évangile, il se heurte à une terre qui se rebiffe.

Il découvre surtout qu'il ne suffit pas de traverser les océans pour rompre avec son passé, dont les fantômes le hantent bien souvent.

Rejeté par le Nouveau Monde, renié par le Vieux Monde, c'est symboliquement à mi-chemin entre les deux que la mort vient mettre un terme à son voyage.

Une version de la suite *Les Colonnes du ciel* en bande dessinée a commencé de paraître aux Éditions Claude Lefrancq (diffusion Dargaud), dans la collection « BD-Écrivains ». Ainsi est sortie de presse *La Saison des loups*, en octobre 1989. Le dessin et l'adaptation sont de Malik.

Cette adaptation respecte fidèlement l'œuvre, reprenant de nombreux passages des dialogues et des descriptions, soutenant un dessin lui aussi fidèle à l'histoire.

Le Royaume du Nord

1) *Harricana*

L'histoire de la famille Robillard nous fait découvrir l'épopée des pionniers qui, au début du xxe siècle, décidèrent d'aller tenter la chance d'une vie nouvelle dans les terres du Grand Nord québécois.

Le fleuve Harricana, c'est la route qui mène ces pionniers vers Saint-Georges. Harricana, c'est le début d'un pays nouveau qui émerge du sol, d'un monde nouveau fait de sueur, de sang, de larmes, d'espoir et de solidarité.

2) *L'Or de la terre*

Le mirage de l'or pousse les hommes toujours plus vers le nord, là où la terre n'est plus que neige et glace.

L'aventure de Maxime Jordan et des autres, la naissance de Bourg-le-Rouge et sa destruction illustrent l'histoire de ce pays qui surgit et disparut en même temps que les mines.

Le rythme du roman balance entre l'existence enfiévrée et éphémère, agitée et dérisoire des hommes et celle, invisible et puissante, lente et inexorable de la terre dans ses profondeurs.

La nature se venge-t-elle parfois de la prétention des hommes ?

3) *Miserere*

La crise de 29 a poussé Cyrille Labrèche, Martin Garneau, Koliare et bien d'autres, vers le Nord, jusqu'à Saint-Georges d'Harricana, où on leur a distribué des terres. Ainsi se fonde Val Cadieu. C'est l'histoire de ces « colons » malgré eux, pauvres d'entre les pauvres, qui vont déboiser, retourner et ensemencer une terre hostile, construire leurs maisons. On retrouve à Saint-Georges le Magasin Général, les Robillard, Steph, Raoul Herman et les autres.

Miserere, c'est l'histoire d'un groupe d'hommes et de femmes déracinés comme en un exil intérieur forcé, avec au cœur, malgré les coups du sort, malgré le froid et la pauvreté, l'amitié et la solidarité qui sont gages de leur survie et de leur dignité.

4) *Amarok*

La guerre. A Saint-Georges d'Harricana, une bagarre de bistrot avec des MP, des sergents recruteurs de la Police militaire : un sergent entre la vie et la mort. Et Timax en fuite. Il se cache à Val Cadieu.

Raoul Herman va organiser sa fuite. Avec son attelage de huit chiens, conduits par Amarok, Raoul emmène Timax vers le nord.

Le roman nous entraîne dans cette fuite sans issue, dans cette traque, la peur au ventre, comme Timax, et qui s'achèvera dans les glaces et les neiges du Nord. Le chien Amarok, maître de l'attelage, compagnon de Raoul Herman, marque tout le roman de sa présence, de son regard, de son extraordinaire courage, de son intelligence et de sa sagesse.

5) *L'Angélus du soir*

On retrouve Val Cadieu, bien des années plus tard. Tout le monde est parti. Seul Cyrille Labrèche, vieil entêté, abandonné depuis longtemps par femme et enfants, est resté. Son unique compagnie : sa jument Bergère.

Il peuple sa solitude des fantômes d'autrefois. Rêve et réalité se superposent, s'imbriquent. Labrèche travaille et entretient les lots de terres « parce que les autres vont revenir » ; il monte la garde pour empêcher la destruction des granges. Dans cette région abandonnée par les paysans et l'administration, Cyrille combat des ennemis fantômes, alimentant un formidable monologue. Il poursuit son rêve jusqu'à la folie, jusqu'à cette nuit de tempête où se retrouvent pour la dernière fois tous les fantômes, et où Cyrille, pour les rassembler en un ultime combat, sonnera l'ultime angélus.

6) *Maudits sauvages*

La Longue Ile, là où vivent les Indiens wabamahigans, les descendants de Tiska, la femme du Loup blanc, est menacée par les grands travaux de construction de barrages de la baie James.

A travers la destinée inéluctable de cette communauté et de ces terres condamnées, à travers cette histoire dominée par la figure à la fois magnifique et dérisoire du chef Mestakoshi, c'est la dernière page de la grande saga du « Royaume du Nord » qui se tourne.

Le « cercle du monde » des Indiens se referme inexorablement : les fleuves, les plaines, et tous ceux, hommes et bêtes, qui y vivaient dans le respect des équilibres naturels, tous paient le prix exorbitant du progrès. Le Royaume du Nord a vécu.

Contes et nouvelles

L'Iroquoise

Karl au pays des Iroquois, sa rencontre et sa vie avec Aldina, c'est en quelque sorte une version moderne et canadienne du mythe du paradis perdu, du retour au bonheur originel et à l'innocence, incarnés par la nature et la vie sauvage.

Mais précisément parce que l'homme a perdu ce paradis, Karl, qui croyait son passé loin de lui, est condamné à le rejoindre. Son rêve s'envole au vent avec le chapeau de la petite iroquoise.

La Bourrelle

Le Québec à l'aube du XVIIIe siècle : société de violence et de misère, où l'on risque la mort pour le vol de quelques nippes, mais où l'on ne trouve pas de bourreau, car s'il représente le bras de la justice, il est en même temps sujet de répulsion, condamné à la solitude et rejeté par ceux-là mêmes qui, le jour venu, se pressent en place publique pour le voix exécuter la sentence de mort.

S'il épouse une condamnée, elle est graciée ; mais alors, devenue la bourrelle, elle doit partager son sort d'exclu et de paria. C'est dans cette réalité historique que s'inscrit l'histoire de Jeanne, la jolie Normande venue du Vieux Monde.

L'Homme du Labrador

Lyon 1937 : un homme poursuit son rêve et y entraîne bientôt le petit monde des habitués du bistrot des Trois-Maries. Chacun se met à y croire, à ces terres fascinantes du Labrador et à leurs promesses de fortune.

Le rêve fait oublier la grisaille du vieux quartier, la médiocrité et la monotonie quotidiennes.

Variation sur le thème de la fascination du Grand Nord, ce roman indique les limites du rêve ; au-delà, il devient folie et détruit ceux qui s'y laissent prendre.

Mais le Grand Nord en a rendu fou plus d'un.

L'Espion aux yeux verts

Recueil qui regroupe neuf nouvelles, en partie parues isolément dans diverses revues, à des époques différentes, comme *le Père Vincendon, Légion, le Jardin de Parsifal,* ou encore *le Fouet,* et *l'Homme au manteau de cuir.* Avec *la Baraque, le Soldat Ramillot* et *le Père Minangois* complètent ce volume qui doit son titre à la première nouvelle.

L'Ami Pierre

Ce livre est un récit à deux voix qui se partagent le réel et l'imaginaire.

Le réel, c'est l'histoire authentique de Pierre Le Ny, paysan du Morbihan. L'imaginaire, c'est la vie que lui a inventée Bernard Clavel à partir de quelques photos. Son texte est en fait une nouvelle. Vie vécue, vie inventée, quelle différence ?

Avec des photographies de Jean-Philippe Joudrin.

Légendes des lacs et des rivières
Légendes de la mer
Légendes des montagnes et des forêts

Ces trois recueils regroupent des légendes du monde entier ; transmises d'abord par la tradition orale, fixées ensuite par l'écriture, elles remontent à la nuit des temps.

Elles appartiennent à un patrimoine universel et l'auteur les reprend et les raconte à sa guise.

D'où qu'elle vienne, du sénégal ou d'Irlande, du mexique ou de Russie, la légende, derrière ses monstres et ses fées, exprime l'âme des peuples ; à travers le rêve et le fantastique, elle perpétue une certaine forme de sagesse populaire.

Ces trois volumes ont été illustrés dans les différentes éditions par : Jacques Poirier, Jean Grugeon, Morgan-Rozier, Annie-Claude Martin.

Commentaires pédagogiques de Nicole Sinaud.

Essais

Célébration du bois

Pour Bernard Clavel, le bois est la matière noble et vivante par excellence. Dès son enfance, le monde du bois lui a été révélé par le père Vincendon.

Qu'il en surgisse les chefs-d'œuvre de l'art souabe médiéval, qu'il devienne armoire, coffret ou charpente, qu'il se dresse comme montant de guillotine, ou comme croix au carrefour des chemins, du premier berceau jusqu'à son cercueil, le bois accompagne l'homme tout au long de sa vie, le servant dans la grandeur comme dans la misère de sa destinée.

L'édition du C.L.D. est accompagnée de bois gravés de Georges Pons.

Je te cherche, vieux Rhône

Plus de vingt ans après *Pirates du Rhône,* sept ans après *Le Seigneur du fleuve,* l'auteur quitte le mode romanesque pour évoquer la mort progressive du Maître-fleuve.

Adresse, poème, témoignage et interpellation : l'auteur ne se révolte pas — le temps est passé de sonner l'alarme.

Mais il veut, une fois encore, témoigner de ce que fut ce grand fleuve et de ce qu'il est devenu.

C'est le testament du fleuve transmis par un de ses fils.

Bonlieu ou le Silence des nymphes

Monde de mystère et de vie infiniment petite, le lac est menacé. Au cours d'une promenade sur ses rives, l'auteur ramasse les détritus abandonnés par ses semblables. Ce geste lui vaut d'être abordé par le vieux faune et de voir les nymphes qui peuplent le lac.

La nature meurt de la main de l'homme. Pour exprimer ce triste constat et lancer une fois encore ce cri d'alarme, Bernard Clavel a choisi ici la poésie, l'humour et l'imaginaire.

Illustré par Jean-François Reymond.

Terres de mémoire

Derrière son titre, ce livre cache le contraire de ce qu'il est censé contenir. Sous l'apparence d'une relecture géographique d'une œuvre et d'une vie, derrière ce qui ressemble à l'évocation d'un enracinement, il faut voir en réalité le bilan — provisoire — d'un homme qui passe.

D'un lieu à l'autre, l'écrivain court après son enfance, après ses rêves d'enfant. C'est cette part de rêve qui donne aux terres où il séjourne parfois un faux air de ports d'attache. Ses personnages ne font que le suivre, du Jura aux rives du Rhône, et jusqu'au Royaume du Nord, nourris de ses peurs et de ses désirs.

Déracinement et fidélité : *Terres de mémoire* est fait de ce paradoxe qui explique toute l'ambiguïté de la « géographie sentimentale » de Bernard Clavel.

L'ouvrage comporte un texte de Georges Renoy ainsi qu'une bibliographie.

La première édition est accompagnée de photographies de Jean-Marie Curien.

Arbres

Du chêne de l'enfance aux forêts en flammes du Viêtnam, Bernard Clavel s'est tissé avec le monde des arbres des liens multiples, puissants et mystérieux.

Lié à son passé, l'arbre est sa mémoire ; aujourd'hui, il focalise son inquiétude et sa colère devant la vie menacée.

A la fois souvenirs, méditation et poème d'un homme déraciné auquel la forêt et les bois ont toujours offert un univers où retrouver sa juste mesure.

Avec des photographies de Jean-Marie Curien.

Lettre à un képi blanc

Le Silence des armes a suscité de très violentes réactions, et entre autres une critique incendiaire parue dans la revue de la Légion, *Le Képi blanc,* signée : caporal McSeale.

Cette *Lettre* est la réponse de Bernard Clavel à McSeale. Il y expose les raisons *objectives* qui l'ont amené au pacifisme, qui n'est pas chez lui vertu innée mais éthique formée au combat contre l'instinct. Le ton fraternel n'est pas un artifice : Bernard Clavel et McSeale sont frères en quelque sorte, dont l'un aurait tourné le dos aux guerres de son enfance et l'autre pas. Et de l'affirmation de son engagement surgissent les figures de quelques maîtres : le philosophe Jean Guéhenno, le pacifiste Louis Lecoin.

Fleur de sel, les marais salants de la presqu'île guérandaise

Évocation poétique d'un monde entre deux mondes, ni terre ni mer, et les deux à la fois ; cette écume des vagues a une histoire fort ancienne, elle a inspiré l'imagination de l'homme qui a appris à l'exploiter, à y travailler, à en vivre. Elle a créé des gestes, des mots, un rythme de vie.

Et elle est, comme tout ce que touche l'homme, qui en veut toujours plus, menacée dans sa beauté immobile et généreuse.

Avec des photographies de Paul Morin.

Le Massacre des innocents

Bouleversé par ce que lui révèle sa rencontre avec l'animateur de Terre des Hommes, Bernard Clavel témoigne de la souffrance et du martyre infligés aux enfants par les guerres que se livrent les hommes partout dans le monde.

Il témoigne du combat mené par cet homme et son équipe pour sauver du massacre ces victimes innocentes, abandonnées, mutilées et brisées.

Écrit sur la neige

Interrogé par Maurice Chavardès, Bernard Clavel fait le point sur son métier d'écrivain, sur le chemin parcouru jusqu'alors, sur ses engagements, comme le pacifisme, par exemple.

Il aborde ensuite la question de ses rapports d'auteur avec le public, et avec la critique.

Enfin, il apporte quelques éléments de réponse sur les questions touchant ses engagements plus personnels, la valeur de la famille, ou son attitude spirituelle.

Le Royaume du Nord

Ce royaume du Nord, l'écrivain le rêve depuis son enfance, alors que son père et la vieille « Nini Seguin » se le racontaient, évoquant les préparatifs de Paul-Émile Victor qui allait s'embarquer pour le Grand Nord.

Bernard Clavel a dépassé son rêve : il se fait témoin d'une histoire écrite dans la sueur et dans le sang de ceux qui ont « dompté » un pays sauvage et glacé. Il y a l'évocation romanesque, qui va de *Harricana* à *Maudits Sauvages* ; et il y a cet album, où textes et photos racontent d'une même voix ce pays de neige et de gens courageux, cette saga des pionniers qui s'achève aujourd'hui dans la pollution et le béton. Mais il reste malgré tout la fascination d'un pays somptueux.

Avec des photos de Jean-Marie Chourgnoz.

Récit

Victoire au Mans

Bien plus qu'un reportage, ce récit nous fait pénétrer dans le monde de la course automobile et de son épreuve la plus célèbre : les Vingt-Quatre Heures du Mans. Il nous la fait vivre de l'intérieur, presque heure par heure, aux côtés de l'équipe formée, en 1967, par Robert Bouharde et Jean-Claude Andruet, dans l'écurie Alpine.

Nous entrons dans les coulisses de la course, là où le public n'a jamais accès. C'est l'envers du décor.

Pour enfants

Rouge pomme

Recueil de poèmes pour les petits.

Poèmes et comptines pour apprendre les mots

Plein de mots à découvrir pour les tout-petits, sur la maison, le jardin, etc.
Illustré par Lise Le Cœur.

L'Arbre qui chante

Dans ce récit, Bernard Clavel s'inspire directement d'un de ses souvenirs d'enfance : la rencontre avec Vincendon. Le père Vincendon montre aux enfants que le bois ne meurt jamais : de l'érable qui ne bourgeonne plus, il fera un violon.
Illustré par Jean-Claude Luton.

Le Voyage de la boule de neige

Ce voyage est une autre illustration de cette particularité que confère aux enfants la capacité de vivre le rêve comme une chose naturelle.
Ce sont les adultes qui font une différence entre le rationnel et l'irrationnel, entre la réalité et l'imaginaire.
Illustré par Jean Garonnaire.

Odile et le vent du large

L'aventure extraordinaire d'une petite fille désobéissante et de sa rencontre avec le vent et un gros caillou.
Illustré par Jacqueline Delaunay.

Le Hibou qui avait avalé la lune

Conte à l'usage des tout-petits et de leur première lecture.
Illustré par Jacques Aslanian.

La Maison du canard bleu

Le vieux Simon vit au milieu des marécages et tout le monde se méfie de ce barbu qui parle avec les bêtes, recueille les oiseaux blessés et se moque des chasseurs.
Il devient l'ami de deux enfants à qui il apprendra à connaître et respecter la nature.
Illustré par Jean-Baptiste Fourt.

Le Chien des Laurentides

C'est aussi l'histoire d'une amitié comme seuls les enfants peuvent en nouer dans un monde autre que le leur. C'est l'histoire de Céline et d'un chien-loup.
Il y a des choses naturelles dans l'univers enfantin que les adultes ne peuvent percevoir.
Illustré par Léonor Dodon.

Le Mouton noir et le Loup blanc

Isidore le mouton noir s'échappe du convoi qui le mène à l'abattoir, se réfugie dans la montagne et se lie avec Gustave, vieux loup blanc.
Par la vertu d'un enfant, la chaîne des ennemis « hérédi-

taires » — mouton/loup, loup/humains — se transforme en chaîne d'amitié et d'harmonie.
Illustré par Anne Romby.

Le Roi des poissons

C'est l'histoire de Jérôme, le petit poisson rouge, et du voyage extraordinaire qui l'emporta de son bassin jusqu'à la mer.
Illustré par François Crozat.

Félicien le fantôme

Félicien a plus de cent ans ; en fait il n'a pas d'âge. Soulagé de sa carcasse d'homme, il est davantage passe-muraille translucide que simple fantôme.
Bernard Clavel et Josette Pratte nous racontent la merveilleuse histoire de l'amitié qui se crée entre lui et un petit garçon à qui peu à peu il transmet son savoir et sa sagesse.
Rencontre qui est le privilège de l'enfance, de son ouverture encore intacte au mystère, à l'inconnu.
On songe à une autre amitié, celle d'un autre petit garçon et d'un être étrange appelé E.T.
Écrit en collaboration avec Josette Pratte.
Illustré par Jean Garonnaire.

Le Grand Voyage de Quick Beaver

C'est la rencontre du jeune Castor Rapide avec le vieil Archibald, Castor qui a roulé sa bosse à travers le monde, et qui l'emmène en voyage dans le Nord. Au terme de ce périple extraordinaire, Quick Beaver retournera dans son village du Sud, accompagné d'Archibald et d'une nouvelle famille, et riche des leçons apprises sur la folie des hommes.

BIBLIOGRAPHIE

Cette bibliographie est limitée aux ouvrages édités sous forme de livres. Elle comporte la date de la première parution et les éditions les plus courantes, toujours disponibles. Pour tous les autres textes de Bernard Clavel, on se reportera à la bibliographie figurant dans *Terres de mémoire* ou à celle, plus complète encore, établie par Brigitte Waridel pour le catalogue de l'exposition organisée en 1984-1985 par la bibliothèque cantonale et universitaire de Lausanne où se trouve un important fonds Bernard Clavel-Josette Pratte.

ROMANS

L'Ouvrier de la nuit, Julliard, 1956 (repris par R. Laffont en 1971)
Vorgine, publié en feuilleton inédit par *Le Progrès* de Lyon, repris sous le titre *Pirates du Rhône* par A. Bonne, 1957, puis par R. Laffont, 1974
Qui m'emporte, R. Laffont, 1958
L'Espagnol, R. Laffont, 1959
Malataverne, R. Laffont, 1960
Le Voyage du père, R. Laffont, 1965
L'Hercule sur la place, R. Laffont, 1966
Le Tambour du bief, R. Laffont, 1970
Le Seigneur du Fleuve, R. Laffont, 1972
Le Silence des armes, R. Laffont, 1974
Tiennot, Éd. Mon Village, Vulliens, Suisse, 1977

La Grande Patience, R. Laffont :

1. *La Maison des autres,* 1962
2. *Celui qui voulait voir la mer,* 1963
3. *Le Cœur des vivants,* 1964
4. *Les Fruits de l'hiver,* 1968 (prix Goncourt 1968)

Les Colonnes du ciel, R. Laffont :

1. *La Saison des loups,* 1976
2. *La Lumière du lac,* 1977
3. *La Femme de guerre,* 1978
4. *Marie Bon Pain,* 1980
5. *Compagnons du Nouveau Monde,* 1981

Le Royaume du Nord, Albin Michel :

1. *Harricana,* 1983
2. *L'Or de la terre,* 1984
3. *Miserere*
4. *Amarok*
5. *L'Angélus du soir*
6. *Maudits sauvages*

CONTES ET NOUVELLES

Les nouvelles de Bernard Clavel sont nombreuses et dispersées aux quatre vents de la presse périodique ou quotidienne. On ne trouvera mentionnées ici que celles éditées en librairie.

L'Espion aux yeux verts, 1969 ; R. Laffont, J'ai lu
L'Iroquoise, 1979 ; Balland, J'ai lu
La Bourrelle, 1980 ; Balland, J'ai lu
L'Homme du Labrador, 1982 ; Balland, J'ai lu
L'Ami Pierre, 1978 ; Duculot
Légendes des lacs et des rivières, 1974 ; Hachette Jeunesse, le Livre de Poche Jeunesse
Légendes de la mer, 1975 ; Hachette Jeunesse, le Livre de Poche Jeunesse
Légendes des montagnes et des forêts, 1975 ; Hachette Jeunesse

RÉCIT

Victoire au Mans, 1968 ; R. Laffont, J'ai lu

ESSAIS ET AUTRES

Paul Gauguin, 1958 ; Éd. du Sud-Est
Célébration du bois, 1962 ; C.L.D. Normand et Cie
Léonard de Vinci, 1967 ; Club d'art Bordas — épuisé
Le Massacre des innocents, 1970 ; R. Laffont, J'ai lu
Lettre à un képi blanc, 1975 ; R. Laffont, J'ai lu
Fleur de sel, 1977 ; Le Chêne
Je te cherche, vieux Rhône (le Rhône ou les métamorphoses d'un dieu), 1979 ; Actes Sud
Arbres, 1981 ; Berger-Levrault
Terres de mémoire, 1981 ; Éd. Universitaires Paris, J'ai lu
Bonlieu ou le silence des nymphes, 1973 ; H.-R. Dufour (Lausanne)
Le Royaume du Nord, 1989 ; Éd. Albin Michel

POUR ENFANTS

L'Arbre qui chante, 1967 ; La Farandole
La Maison du canard bleu, 1972 ; Casterman
Le Chien des Laurentides, 1979 ; Casterman
Le Voyage de la boule de neige, 1975 ; R. Laffont — épuisé
Félicien le fantôme, 1980 ; Éd. J.-P. Delarge
Poèmes et comptines, 1981 ; École des Loisirs
Rouge pomme, 1982 ; École des Loisirs
Le Hibou qui avait avalé la lune, 1981 ; Clancier-Guénaud
Odile et le vent du large, 1981 ; G.P. Rouge et Or
Le Mouton noir et le Loup blanc, 1984 ; Flammarion
Le Roi des poissons, 1984 ; Albin Michel
L'Oie qui avait perdu le nord, 1985 ; Flammarion
Au cochon qui danse, 1986 ; Flammarion
Le Grand Voyage de Quick Beaver, 1988 ; Nathan
A Kenogami, 1998 ; La Farandole

FILMOGRAPHIE

Cinéma :
Le Tonnerre de Dieu, réalisé par Denys de La Patelière

Le Voyage du père, réalisé par Denys de La Patelière
Télévision :
L'Espagnol, réalisé par Jean Prat
La Maison des autres, réalisé par Jean Archimbaud. Puis, par Jean-Pierre Marchand
L'Espion aux yeux verts, réalisé par J.-P. Sassy. Puis, au Canada (Radio Canada), par J.-Y. Laforce
L'Hercule sur la place, réalisé par René Lucot
Le Tambour du bief, réalisé par Jean Prat
Légion, réalisé par Philippe Joulia
Malataverne, réalisé par Jean Archimbaud
Pirates du Rhône, réalisé par René Lucot
Le Silence des armes, réalisé par Jean Prat
Vincendon, réalisé par Frank Apprederis
« Les Colonnes du ciel » — *La Saison des loups, La Lumière du lac, La Femme de guerre, Marie Bon Pain, Compagnons du Nouveau Monde :* cinq films réalisés par Gabriel Axel

POUR EN SAVOIR PLUS SUR BERNARD CLAVEL

Écrit sur la neige, 1977 ; Stock et J'ai lu
Bernard Clavel, portrait : par M. C. de Coninck ; Éd. Pierre de Meyer
Bernard Clavel, par Michel Ragon ; Seghers
Bernard Clavel ou la « Géographie sentimentale », Bibliothèque cantonale et universitaire (Riponne 6, 1005 Lausanne, Suisse)

Cassettes :
Bernard Clavel interviewé par Jacques Bofford (Radio Suisse Romande, CP 233, 1211 Genève 8, Suisse)
Bernard Clavel interviewé par Jacques Chancel (Maison de la Radio, 116, avenue du Président-Kennedy, 75016 Paris)

BANDES DESSINÉES

La Saison des loups, adapté par Malik, 1989 ; Éd. Claude Lefranc

TABLE DES MATIÈRES

Qui m'emporte
(Le tonnerre de Dieu)

Le Voyage du père

L'Hercule sur la place

BERNARD CLAVEL, QUI ETES-VOUS ?

Aubin Imprimeur
LIGUGÉ, POITIERS

Achevé d'imprimer en août 1990
pour le compte de France Loisirs
123, bd de Grenelle, 75015 Paris
N° d'édition 25157 / N° d'impression L 35463
Dépôt légal, août 1990
Imprimé en France